曲海總目提要

（附補編）

董康 編著

北嬰 補編

上

人民文学出版社

圖書在版編目(CIP)數據

曲海總目提要:附補編:全3册/(清)董康著;北嬰補編.—北京:人民文學出版社,2014

ISBN 978-7-02-010476-5

Ⅰ.①曲… Ⅱ.①董…②北… Ⅲ.①古代戲曲—内容提要—中國 Ⅳ.①Z89:I237

中國版本圖書館CIP數據核字(2014)第115135號

責任編輯　徐文凱
裝幀設計　柳　泉
責任印製　李　博

出版發行　人民文學出版社
社　　址　北京市朝内大街166號
郵政編碼　100705
網　　址　http://www.rw-cn.com

印　　刷　北京新魏印刷厂
經　　銷　全國新華書店等

字　　數　1140千字
開　　本　880毫米×1230毫米　1/32
印　　張　79.375　插頁3
印　　數　1—2000
版　　次　1959年6月北京第1版
印　　次　2014年10月第1次印刷

書　　號　978-7-02-010476-5
定　　價　320.00圓(全三册)

出版説明

近人董康之《曲海總目提要》，輯録了自元迄清近七百種雜劇與傳奇劇目，且逐一考辨其作者、故事源流和劇情，爲曲學研究之必備工具書。是書雖有收録失全、考證有欠準確等種種遺憾，但曲海湯湯，許多戲曲作品歷歲月而失傳，惟賴該書而得以爲今人所知，董氏保存之功，不可磨滅。

一九五九年五月，人民文學出版社曾依一九二八年上海大東書局本爲底本，將《曲海總目提要》重排出版。惟原書《鬧元宵》一劇，卷十四與卷三十三復見，乃删去其一；雜劇和傳奇形式截然不同，原書未加區别，重排本則凡雜劇（包括一二折的短劇），均于劇名下注出，未注者均爲傳奇（中有少數是南戲文）；對原書認爲作者不詳或標注有誤之處，重排本盡可能就已知的情况加注更正或考訂説明，注文用『*』爲記，排在正文下；書末附有索引，以便讀者檢閲。

同時出版的，還有北嬰（杜穎陶）先生編著的《曲海總目提要補編》，補編從各種不同傳本的《傳奇彙考》裏，輯録了《曲海總目提要》所遺漏的（或文字不同的）提要七十二篇；復根據歷年所發現的材料，對《曲海總目提要》各劇作者不詳或錯誤之處，作了二百四十九條補充和修正；爲方便讀者，補編亦有劇目索引。

《曲海總目提要》與《曲海總目提要補編》出版後，迅速成爲戲曲研究者案頭必備之作，其學術價值，即使是在半個多世紀之後的今天，亦從未褪色。遺憾的是，自上世紀五十年代以後，因爲種種原因，此書一直未獲重印，市場上早已難覓其踪。爲了滿足讀者需求，我們現決定把二書合在一起，重新掃描修訂後，再次推向市場，以期能更好地服務于學術。

人民文學出版社編輯部

二〇一四年六月

序

武進董廷尉康得樂府考略四函。又從盛氏愚齋假考略三十二册。爲一書而失羣者。互相比覈。得曲目都六百九十種。復取揚州畫舫錄所載黄文暘曲海總目互勘之。則考略之六百九十種。較曲海目之一千一十三種。所佚止三分之一。于是就考略所存者排比纂錄。釐爲四十六卷。鍥印行世。較坊刻傳奇彙考有條理矣。傳奇彙考者。不知何人所集。或云即曲海殘本。疑莫能明也。宗室寶瑞臣侍郎有之。黄陂陳士可都護亦有之。他日若得二家藏本補苴罅漏。則更爲此書慶矣。廷尉釐訂付印。仍名曰曲海者。蓋不沒文暘蒐集之盛心也。嗟乎余與廷尉。生有同耆。二十年奔走南北。篋中所得。幾及六百種。頗有軼出此錄之外者。大氐明代中葉。作者極盛。雖有一二好事如呂天成輩。搜集萃錄。而聞見有限。終不能無遺漏也。古今輯錄曲目者。草窗周氏。南村陶氏。最稱浩博。近人中惟海寧王君靜庵曲錄六卷。亦推美富。所惜者各曲文字未及徧覽。時見紕誤。未若此書之詳贍也。余嘗謂古今文字。獨傳奇最爲眞率。作者就心中蘊結。發爲詞華。初無藏山傳人之思。亦無科第利祿之見。稱心而出。遂爲千古至文。考鏡文學之源者。當于此三致意焉。自諸史藝文四庫存目以爲褻弄戲墨。不足言文。擯而弗錄。于是謏聞下士。熟視無睹。日佚日亡。以迄今日。使無文暘廷尉先後爲之董理。不獨昔賢撰述不可得見。而元明清三朝文獻所繫。不更鉅且大哉。昔顧俠君元詩選成。夢古衣冠者來謝。吾知此書出。而南北詞家亦可無憾于地下矣。戊辰七月。霜厓吳梅敘。

序

夫所謂曲者。即非直之謂也。鹿觸殺與漆城蕩蕩。皆非直諫之辭。是故俳優祖述。莫不取其遺意。用爲譎諫。蓋當其時。天子至尊。無敢論其得失。而假借天象。託爲災眚。以期自責。又或有所不能。則惟設法以投所好。藉聲色之足動心情。借歌舞而進藥石。或采往古興亡。用作千秋金鑑。或取眼前事物。俾知一覺黄粱。其用意必有所在。而叙事不厭其繁。固與詩賦文章。不可同日而語。以視鐘鼓管籥。適爲别面新開。傳奇雜劇之所以盛於金元者。則以外夷入主。士大夫習於荒淫。家絃戸誦。幾不自念亡國之恥。於是有心者因勢利導。作逢場之戲。爲救世之針。描畫人心。竟如其面。宛轉譬喻。則取諸身。於是匹夫匹婦。知有所責。十手十目。毫不能逃。中國之不亡於元。未始非其功也。迨及明季。作者已失本意。因而比事屬詞。益趨工巧。以視金元所作。都取方言白話者。迥别兩途。是蓋無異於詩。上古歌謠。不假雕琢。二南風雅。悉本性靈。即所用韻。亦取天籟。初無束縛。降至李唐。始以應制。於是雕飾求工。遂多無病而呻之作。而矜奇好異之徒。且復創變爲詞。其實擅爲長短句者。無過李白。而李白不爲詞祖。亦甚寃耳。金元北曲。絕似李白歌行。宋儒類皆拘謹。惟知守舊。自命解人。故無創作。唯能倚聲塡詞而已。南詞之所以異於北曲者。北曲都爲絃索調。略如今之大鼓。故其詞語多直率放浪。如野馬之不羈。大抵操縵自歌。初無拘束。故以白話爲多。南詞則配簫管。不能使竹肉齊鳴。如雙聲之絳樹。於是操觚落筆。不得不就一定之範圍。此南曲之所以無異於詞。稱之曰塡。正以先有管色。而後以文字就之耳。塡詞家所奉圭臬。曩不過花間草堂。未嘗註有工尺。惟白石自度。恆註管色於行邊。蓋新聲自倡。欲使小紅低唱而與簫聲相協。自不得不有定譜以示準繩。此足以見宋詞未嘗無譜也。紅友生平未嘗學律。而乃謬託知音。強著詞律。殊不知死板活腔。偷聲減字。正其見長之處。例如皮黃不限於七字。而賓白非必用四言也。惟是文人製曲。大都未習謳歌。好事傳奇。乃欲播之絃管。若不按譜就班。安得和聲協律。於是反主爲客。奉伶工爲南針。削足就履。如日華之西廂。而碎金詞律以及大成九宮譜等。遂如場屋中之佩文詩韻。視爲鐵板鑄成。不可移易分寸。彼蓋不知毛詩一部。固已備具衆體。其初作者果何所依據而成耶。元人百種。未嘗如納書楹之註板註腔。試以同一牌名。彼此前後互相對照。其不同之點甚多。即納書楹所註工尺板眼。而同一牌名。亦復各闋不同。是足以證減字偷聲。換頭賺尾。正與今之皮黃名角。行腔使調。各具特長。琴師倚聲而和。全賴耳熟能詳。初非若留聲機片之千遍皆同也。故吾嘗以簡括之辭詔門弟子曰。諺有之。熟讀唐詩三百首。不會吟詩也會吟。塡詞製曲。亦復如是。蓋學詩不必讀仄仄平平仄。即學曲不必讀工尺上四合。但取前人曲本。瀏覽百篇。任用何種自然腔調。信口讀之。但勿讀仄爲平。讀平爲仄。則聲調自能流露。而瑕瑜遂以顯見。擇其善者而從。則前人皆吾良導師也。豈必奉伶工樂伎。北面再拜。學爲應聲蟲哉。東坡水調。千古盛稱。但一按其前後字句。正自矛盾。何以能傳。蓋取神韻不在死板直腔中也。玉茗四夢。擅場一時。而牡丹亭之冥判。直是全不相干之一篇散文韻語而已。其他類此。不勝枚舉。所謂熟極而流。出神入化者。正如汪笑儂之馬前潑水。豈復能以呆板二六繩之。中庸所謂致曲。大抵類是。蓋由誠形而著其明動變化之功。洵足使人忘其所以。受其感化。若必家家收拾起。戶戶不提防。則諺所謂好曲兒沒三遍可唱。有不使人厭倦者幾希。曲海之輯。初非爲塡詞家而設。讀其原序。足知當時御前聲樂。正與慈禧供奉一般。荒嬉燕逸。習爲故常。言官噤如仗馬。文網密於蟄蛛。除卻優俳。又孰敢爲鹿觸殺與漆城蕩蕩之曲喩哉。且不第此。即在達官貴人之家。門下食客彈鋏者。只圖魚肉。房中美人擱箏者。祇勸醇醪。直諒多聞之友。不爲所重。嬉涎諂笑之徒。則加特賞。然則舍倡優而外。又孰能與士大夫交一言哉。是無怪乎捧角者盛行於今。而識曲者久亡於昔矣。或謂曲海總目。固屬洋洋大觀。惜其所載僅如四庫提要。不及正文。未免使人觖望。殊不知所謂曲者。已非直道。而况加以文飾。又何足取。所可取者。只在事實。雖不必眞。而比興之旨。胥在乎是。例如首篇所述靑衫淚。元稹旣任採訪之職。而反助居易以奪民妻。聖明之主。居然聽元稹之奏。下皇皇之詔。以裴興奴賜居易而反懲劉。其間究竟孰是孰非。孰曲孰直。是在觀劇者之良知與以心判。蓋其事正如鹿觸殺與漆城蕩蕩。初亦何嘗眞實不虛。不過優俳用爲譎諫。以博軒渠。將使人人知其爲曲。而於是審曲面執舉直錯枉以正其曲。所謂識曲賞其眞者。初非斤斤於聲樂之微。蓋其眞諦只在以己之正。正人之曲而已。則但讀其提要。已可賞識其眞意之所在。又何必斤斤於曲文字句間哉。予作此序。適紅樹詞人過訪。見而笑曰。洵如君言。不但曲譜曲韻俱在打倒之列。而人人所擊節歎賞之曲文。亦竟完全剗除。然則曲海之目亦徒存矣。予應之曰。誠然。如其曲文而無深意存焉。則爲徒作。今人之爲無病而呻者。皆不過言志之詩。比事之詞。直率無味。又安所謂曲耶。故吾以爲曲者。即非直之謂也。唯其委細屈曲。所爲不能方正。則凡良知未泯之人。必能判其曲直。其爲文不過爲引人入勝之具耳。曲海提要之輯。正如新劇幕表。揭示後臺。影片說明。列諸前導。蓋其要旨不在演繹而在歸納。固可省讀十年書也。戊辰端午。天虛我生識於香雪樓。

序

戲曲肇自古之鄉儺。迨其後春秋有優俳。漢有滑稽。見唐歌樓格十二紅注。蓋即優伶之一種。唐有梨園弟子。五代有伶官。宋隸教坊部。相沿至今不替。劇本之可考者。據陶九成輟耕錄。宋爲官本雜劇。金爲院本。二者或稱爲爨。亦有以所裝脚色名之者。如某孤某旦亦作妲。某酸是。金又爲艷。亦作豔。或作段。顧傳於今者。惟金董解元西廂記。餘均亡佚。爲可惜也。元分雜劇傳奇二種。雜劇除楔子外。大率四折。間有少或一折。多六折八折者。此不多見。傳奇闕目至繁。二三十折不等。若王實甫西廂。古本僅五本。各本四折。體蓋參用雜劇傳奇矣。元傳奇之存者。惟施惠拜月亭。高則誠琵琶記。按徐子室元譜南詞九宮正始所引。多至一百二十餘種。是書傳本絕希。世人知者蓋鮮。亦憾事也。至所用曲調。雜劇用北詞。傳奇用南詞。不容少紊。明代仍之。然雜劇如周憲王誠齋樂府。猶不失元人遺矩。中葉以後。盛明雜劇所收。多用南詞。若傳奇且雜以北詞。不復拘拘元法矣。此又體例沿革之大概也。竊謂戲劇乃文藝之一。粉墨登場。涓涇攸判。梟雄盜世。難逋紘索之誅。大節捐軀。克享氍毹之壽。發人猛省。補救頹風。以言儆世之深功。甚於史官之直筆。誠未可以小道鄙夷之。嘗欲集今世通行各本。舉其大要。名曰檀板陽秋。篋中略有編輯。而人事牽率。隨作隨輟。迄未卒業。曩從涛宗室寶瑞臣侍郎處得閱傳奇彙考一書。有十鉅册。喜其翔實。聞黄陂陳士可都護亦有之。與寶本互有出入。兩書惜未流行。坊間有石印本。任意删節。已非完書。嗣於廠肆獲樂府考略四函。乃自清内府佚出者。楷錄工整。鈐有硃圈。標簽用黄蠟硍牋。書法尤精妙。文多與彙考同。而强半爲彙考所不載。近歲避囂南來。得讀盛氏愚齋藏書。亦有考略三十二册。裝潢與廠肆所得内府書同。乃一書而失羣者。借歸迻錄經年。合之前帙。凡得曲六百九十種。戲劇大觀。於斯稱盛。考畫舫錄。乾隆丁酉。巡鹽御史伊齡阿奉旨於揚州改修曲劇。圖思阿繼之。歷經兩任。凡四年事竣。總校黃文暘李經。分校凌廷堪等四人。別條又載黃文暘曲海二十卷序。稱乾隆辛丑間。奉旨修改古今詞曲。予受鹽使者聘。兼總校蘇州織造進呈詞曲。因得盡閱古今雜劇傳奇。閱一年事竣。追憶其盛。擬將古今作者。各撮其關目大概。勒成一書云云。並載目錄凡一千一十三種。翫讀文義。當時織造倉猝進呈。並無主名。而文暘蓋欲就所進呈刪約爲是編。雖有序目。未覩成書。今考略所存之目。均見於曲海目中。是所佚僅三分之一。其爲織造所進無疑。亦即曲海所據之藍本也。方今文學振興。戲曲列入國學專科。莘莘學子。不可無典麗之鉅製以資考鏡。爰爲條列作者世代先後。釐爲四十六卷。以其事其文。悉出於修輯原手。仍用舊名。無嫌剽掠。他日若得佚簡復出。珠還璧合。亦意中事。或就竇陳二氏補錄此本所遺者。當較原目所缺無幾。詞壇同好。儻能賡續其後。是亦余檀板陽秋之志也。歲在丙寅秋七月。毘陵董康。

曲海總目提要目錄

卷一

卷二

卷三

卷四

卷九

卷十

卷十一

卷十二

卷十三

卷十八

卷二十二

卷二十三

卷三十

卷三十七

卷三十八

卷四十三

卷四十四

卷四十五

卷四十六

曲海總目提要卷一

青衫淚 雜劇

元馬致遠撰。*按馬致遠。號東籬。大都人。所作雜劇。今存青衫淚。岳陽樓。陳摶高臥。漢宮秋。薦福碑。任風子。黃粱夢等七種。*謂白居易裴興奴江州相遇。其事不實。因居易琵琶行江州司馬青衫濕。故以爲名也。劇云。白居易。太原人。唐憲宗時爲吏部侍郎。與元稹、賈島、孟浩然相契厚。長安名妓裴興奴。有才技。尤善琵琶。居易與賈、孟訪之。裴重居易才。往來契密。願以終身相托。後以他事左遷江州司馬。辭裴之貶所。約娶裴。江西茶商劉一。聞裴美。欲娶之。母利其財。强裴嫁商。裴堅拒以俟居易。母與商計。令人給爲居易書。若病篤時與裴決者。復紿云。居易已斃。以絶裴念。遂强娶之。商攜裴過江州夜泊。裴知居易任江州。欲謁不能。月下撥琵琶以自遣。適元稹採訪江南。過居易。相與泛舟江中。聞琵琶聲。疑必裴所彈也。過舟訪之。果是裴。泣訴始末。稹令畢其詞。聲甚悽惋。居易遂作琵琶行。乘商醉臥。稹令裴過居易舟載歸。商踪跡之。稹採訪回京。奏居易罪可原。詔復起爲侍郎。稹又奏劉僞書誑妾。詔以裴賜居易而懲劉。按居易與稹最善。然居易在江州。稹亦方貶官。無採訪江南之事。居易由中書舍人貶。非爲侍郎。亦未嘗爲吏部也。賈島雖同時。頗少贈答。孟浩然。開元天寶時人。相去懸絕矣。蓋因樂天琵琶行。有老大嫁作商人婦。及商人重利買茶等語。遂求其人以實之。借名於裴興奴也。興奴以攏撚擅名。故設想當然耳。洪邁之論。以爲居易官其地。豈有喚商婦至船。與客飲酒之事。蓋係假託。此則竟謂奪之以歸。更失官箴矣。

岳陽樓 雜劇

元馬致遠撰。考純陽子呂巖集。有詩曰。朝遊碧海暮蒼梧。袖裏青蛇膽氣麤。

三醉岳陽人不識。朗吟飛過洞庭湖。此劇之張本也。按各種稗乘。呂眞人留題處甚多。而楚中爲最。眞人嘗行巴陵市。太守怒其不避。頃忽失之。留詩曰。暫別蓬萊海上游。偶逢太守問根由。身居北斗星杓下。劍挂南宮月角頭。道我醉來眞個醉。不知愁是怎生愁。相逢何事不相認。卻駕白雲歸去休。襄陽雪中劍畫詩曰。峴山一夜玉龍寒。鳳林千樹梨花老。襄陽城裏沒人知。襄陽城外江山好。洞庭湖君山頌。午夜君山玩月回。西鄰小圃碧蓮開。天香風露蒼華冷。雲在青霄鶴未來。又有贈太平觀道士詩。鄂渚悟道歌。又有遊長沙持小瓦罐乞錢。得錢無算。而罐常不滿口占詩。皆見本集。又韻書載呂眞人憩岳州白鶴寺前。有老人自松梢冉冉而下。曰、某松之精也。見先生過。禮當候見。呂書壁云。獨自行來獨自坐。無限世人不識我。惟有城南老樹精。分明知道神仙過。與劇中所載頗相類。略云。呂眞人望氣。知岳陽郡當有神仙得度。遂至岳陽樓。以墨換酒一醉。樓下有老柳樹一株。千年成精。又有杜康廟前白梅花一株。

亦成精。在樓作祟。而柳精常至樓巡徼。惟恐梅精之傷人也。柳遇眞人。眞人勸之修道。柳以未得人身。土木形骸。不能成道爲辭。眞人令其投胎樓下賣茶人郭姓家爲男。復令梅花精往賀家。托生爲女。共成夫婦。約三十年後來度。其後郭馬與賀臘梅夫婦在岳陽樓下開茶坊。眞人再至。欲度郭馬。馬不悟。眞人三至樓。則郭已易茶坊業賣酒。眞人飲其酒。以劍授馬。令殺妻出家。馬攜劍至家。臘梅頭忽落。馬遂控眞人於官。欲償臘梅命。眞人謂臘梅未死。官問何在。眞人一呼而至。官以誣告坐馬。馬甚急。賴眞人救獲免。熟視問官。乃鍾離先生也。於是馬亦自悟前生爲老柳。臘梅前生爲梅花。皆從眞人入道。按范仲淹作岳陽樓記。以示尹洙。洙曰。此傳奇體也。見燕閒錄。然則以岳陽樓作傳奇。適相宜耳。魏武帝詩。何以解憂。惟有杜康。杜康、古之造酒者。後世遂目酒爲杜康。東南州縣。往有杜康廟、杜康橋。又按劉伶傳云。伶土木形骸。此以指柳精。亦是影借。

陳摶高臥 雜劇

元馬致遠撰。宋史隱逸傳云。陳摶、字圖南。亳州眞源人。後唐長興中。舉進士不第。遂不求祿仕。以山水爲樂。服氣辟穀二十餘年。但日飲酒數杯。居華山雲臺觀。又止少華石室。每寢處多百餘日不起。太平興國中來朝。太宗待之甚厚。九年復來朝。上益加禮重。謂宰相宋琪等曰。摶獨善其身。不干勢利。所謂方外之士也。摶居華山已四十餘年。度其年近百歲。自言經承五代離亂。幸天下太平。故來朝覲。因遣中使送至中書。琪等問曰。先生得修養之道。可以教人乎。對曰。摶山野之人。於時無用。亦不知神仙黃白之事。吐納養生之理。非有方術可傳。假令白日冲天。亦何益於世。今聖上龍顏秀異。有天人之表。眞有道仁聖之主也。正君臣協心同德。興化致治之秋。勤行脩煉。無出於此。琪等以其語白上。上益重之。下詔賜號希夷先生。仍賜紫衣一襲。留摶闕下。令有司增葺所止雲臺觀。上屢與之屬和詩賦。數月。放還山。端拱二年卒。又龎覺希夷先生傳云。唐僖宗時。封先生爲淸虛處士。仍以宮女三人賜先生。先生爲奏謝書云。性如麋鹿。迹若萍蓬。飄然從風之雲。泛若無纜之舸。臣遣女復歸淸禁。及有詩上浼聽覽。詩云。雪爲肌體玉爲顋。深謝君王送到來。處士不生巫峽夢。虛勞雲雨下陽臺。以奏付宮使。即時遁去。本朝眞宗皇帝聞之。特遣使就山中宣召先生。先生曰。極荷聖恩。臣且乞居華山。意甚堅。使回具奏其事。眞宗再遣使齎手詔茶藥等。仍仰所屬太守縣令禮以遣之。先生回奏謝上。中有云。數行紫詔。徒煩彩鳳啣來。一片閒心。郤被白雲留住。當時有一學士。以先生累詔不起。因爲詩譏之云。抵是先生詔不出。若還出也沒般人。先生復答云。萬頃白雲獨自有。一枝仙桂阿誰無。後亦稀到人間（靑瑣集所載。與此略同。）按宋史以摶爲太宗時自至京師。後於眞宗端拱二年卒。而龎傳則以爲眞宗時累召不起。正史是也。劇中演此事。又以爲太祖時召至京。尤屬不合。鄭恩党繼恩。

亦係撮撰。竹橋同卜事。見小說家。翰府名談云。陳希夷先生每睡。則半載或數月。近亦不下月餘。

漢宮秋 雜劇

元馬致遠撰。記王昭君事。以漢元帝於宮中憶之。故云漢宮秋。後人所作和戎記。*和戎記見本書卷十八 本此增飾。互有異同。辨證數條。已詳和戎記。略云。單于呼韓邪請公主和婚。時元帝以後宮寂寞。毛延壽請選良家女入宮。圖形以進。按圖臨幸。延壽大索賄賂。王嬙獨無。延壽毀其狀。嬙不得幸。後於宮中彈琵琶。帝聞召見。遂獲大寵。知延壽納賄。將殺之。延壽逃歸單于。圖嬙以獻。單于呼韓邪來朝。請居光祿塞下。求公主和婚。按圖索嬙。帝不許。朝臣皆請從之。嬙亦願以身報國。遂從之。出塞行至黑水。嬙投水死。單于感其義。葬之。而縛延壽送漢。元帝在宮中。秋夜憶嬙。形諸夢寐。醒而單于解延壽至。乃斬延壽祭嬙。中外和好如初。　唐宋以來。　明妃曲最多。白居易云。君王若問妾顏色。莫道不如宮裏時。王安石云。意態由來畫不成。當時枉殺毛延壽。似爲最佳。　畫譜據西京雜記等書云。元帝後宮既多。不得常見。乃使畫工圖形。按圖召幸之。諸宮人皆賂畫工。多者十萬。少者亦不減五萬。獨王嬙不肯。遂不得見。匈奴入朝。求美人爲閼氏。於是上按圖以昭君行。及去召見。貌爲後宮第一。應對舉止閑雅。帝悔之。而名籍已定。帝重信於外國。故不復更。乃窮案其事。畫工皆棄市。籍其家貲皆巨萬。畫工有杜陵毛延壽。爲人形。妍媸老少。必得其眞。安陵陳敞、新豐劉白、龔寬、並工爲牛馬飛鳥衆勢。人形好醜。不逮延壽。下杜陽望亦善畫。尤善布色。樊育亦善布色。同日棄市。名畫工於是差稀。　按杜甫詩。羣山萬壑赴荆門。生長明妃尙有村。一去紫臺連朔漠。獨留青冢向黃昏。畫圖省識春風面。環珮空歸月夜魂。千載琵琶作胡語。分明怨恨曲中論。指此事也。歸州有昭君村。故云。北地草皆白。惟昭君冢上草獨青。故名青冢。在今歸化城。即古豐州。唐爲五原郡地。光祿塞者。光祿卿徐自爲所築。在今神木。琵琶、馬上所彈。推手爲琵。卻手爲琶也。樂府有明妃引。晉石崇所作。入琴操中。崇避司馬昭諱。故改昭君曰明妃。後人作明妃詞甚衆。

薦福碑 雜劇

元馬致遠撰。事有根據。但碑本歐陽詢書。今作顏眞卿。打碑本范仲淹事。今作寺僧。其張鎬姓名。及觸龍神怒以致雷擊。又有張浩以姓名相同。冒認之官。且謀殺鎬。俱憑空造出。宋公序即宋庠之字。亦是隨意點入。堯山堂外紀。饒州魯公亭在薦福山。山有唐歐陽詢所書薦福寺碑。顏魯公眞卿嘗覆以亭。後人因名。范希文鎭鄱陽日。有書生獻詩甚工。希文頗優禮之。書生自言天下至寒餓者無在某右。時盛重歐陽薦福寺碑。墨本直千錢。希文欲爲打千本。售於京師。紙墨已具。一夕雷擊碎其碑。時人爲之語曰。有客打碑來薦福。無人騎鶴上揚州。東坡窮措大詩曰。一夕雷轟薦福碑。本此。一統志。薦福山在饒州府城東三里。上有薦福寺魯公亭。又云。薦福寺。元季燬。永樂間重建。范仲淹傳。景德中知饒州。興學校。明教化。一以豈弟爲政。賑濟饑民。賴全活者以萬計。按唐王勃自馬當赴南昌。七百餘里。山神借以便風。一夕而至。得與閻都督之宴。後人以此事相較。作諺曰。時來風送滕王閣。運去雷轟薦福碑。言窮通得失。皆有定數。且有鬼神主之。人無所容心於其間也。

任風子 雜劇

元馬致遠撰。記任屠從馬眞人成道事。按徑山書。廣額屠兒。在涅槃會上。放下屠刀。立便成佛。屠兒既可作佛。自可成仙。總在一念轉移耳。此作者意也。考馬丹陽。一云名裕、字義輔、道號丹陽抱一眞人。王眞人嚞之弟子。

所謂丘、劉、談、馬、郝、孫、王之一也。一云名從義，寧海萊陽人。馬伏波之後。遇祖師得道。身掛一瓢。頂分三髻。授白雲洞主、丹陽抱一無爲普化眞人。神仙變化無常。姓名不一。未知孰是。略云。眞人馬丹陽。中宵望氣。知終南山甘河鎭。有一任屠。號曰風子。有半仙之分。因至鎭中點化。以此人本操刀屠戶。先化一鎭之人。皆斷葷茹素。使其買賣不行。必來傷害。因而引之入道。任屠果與衆屠謀。謂屠行折本。皆此三丫髻道人化人喫齋之故。必殺之而後快。衆推任屠勇。任屠遂持刀至草庵欲殺眞人。反爲護法神所殺。向眞人索頭。眞人令其自摸。頭固在也。不覺猛然省悟。投刀于地。願隨眞人出家。眞人命其擔水潑畦。誦經修道。任屠之妻。率其子弟。到庵勸屠還俗。任屠皆不顧。後屢經眞人指示。去盡酒色財氣。一空人我是非。竟得證果云。元史丘處機傳。年十九。爲全眞。學于寧海之崑崙山。與馬鈺、譚處端、劉處元、王處一、郝大通、孫不二。同師重陽王眞人。按馬鈺即馬丹陽。唐時釋敎有南北兩宗。宋元時道敎亦有南北兩宗。丘處機七人。謂之七眞。乃北宗也。

麗春堂 雜劇

元王實甫撰。*王實甫。名德信。大都人。所作雜劇。今存麗春堂。西廂記。破窰記等三種。演宰相樂善。與統軍李圭。釋怨會飲麗春堂事。本無實蹟。史亦無樂善、李圭等名。

略云。蕤賓令節。賜羣臣御園射柳。中三矢者賜錦袍玉帶。射畢會宴。元相徒單克寧爲押宴官。端陽有射柳故事。蕤賓。五月也。統軍使李圭。斗筲器也。以諂得顯官。馳騎爭先。不能獲雋。右相樂善連中三矢。受賜袍帶。圭慚而退。會復賜宴香山。圭欲以雙陸取勝。圭出八寶珠。善出寶劍。善復勝圭。圭愧甚。必欲勝善。且云若勝則搽善黑臉以雪恥。善謂非大臣體。互相詬詈。遂毆圭。押宴以情奏。詔善濟南閒住。善欣然別妻子。居於濟南。惟以山水自娛。或披蓑戴笠。持竿釣魚。濟南尹重其清高。常攜樽就飲。值土寇擾。起善招撫。歸見妻子。鬢髮已蒼。出軍未幾。賊皆安哉。詔旨嘉獎。就其第麗春堂賜羣臣宴賀。令圭詣善謝罪。圭負荆伏地。善扶之起。邀同暢飲。情好益篤。人皆服其度量云。按金史徒單克寧傳。世宗時。拜平章政事。章宗時。拜太師。封淄王。勳業甚著。樂善李圭無所聞。射柳擊毬。本因遼俗。金尤尚之。金史禮志云。重五日拜天禮畢。插柳毬場爲兩行。當射者以尊卑序。各以帕識其枝。去地約數寸。削其皮而白之。先以一人馳馬前導。後馳馬。以無羽横鏃箭射之。既斷柳。又以手接而馳去者爲上。斷而不能接去者次之。或斷其青處。及中而不能斷。與不能中者爲負。既畢賜宴。歲以爲常。

度柳翠 雜劇

元人王實甫撰。*錄鬼簿及太和正音譜均作李壽卿撰。僅柳枝集本註稱或云王實甫作。誤。明嘉隆間。徐渭所作翠鄉夢。*翠鄉夢見本書卷五本此。而臨川吴士科作紅蓮案。*紅蓮案見本書卷二十三。則又本之翠鄉插入徐渭事。

近時人所作樂府。本之元人者甚多。如白羅衫之本合汗衫。繡襦之本曲江池。玉環記之本玉簫女。八義之本趙氏孤兒。長生樂之本誤入桃源。昊天塔後復有昊天塔。紅梨花後復有紅梨記。作者不同。關目互異。或隨手點竄。或以事牽合。或假託爭新。或借題翻案。但取其悅一時之耳目。漸莫能究立說所從來。若此之類。未易一二數也。

劇云。南海觀世音菩薩。淨瓶內楊枝葉上。偶汙微塵。罰往人世。轉入輪迴。在杭州抱劍營街。積妓牆下爲妓女。名爲柳翠。三十年後塡滿宿債。令第十六尊羅漢月明尊者。點化還元。同登佛會。考佛書。觀世音大士。佛法之廣大教化主也。過去已成正法明如來。逆來示菩薩相。立大願。不度盡衆生。誓不成佛。稱觀世音者。謂觀世間衆生稱名。悉蒙救拔離苦。從他機而立名也。又稱觀自在者。謂一身現千手眼。隨類應化。圓融無礙。從自行而立名也。所謂淨瓶楊柳者。乃變現千手眼中。執持法寶之一。浸潤菩提。包涵甘露。方以此徧灑大千世界。普救一切衆生。安得有微塵可汙。

宿債可塡乎。作者借此撮撰。未免褻瀆。又云。柳翠與富戶牛璘相得。宣敎已沒十年。柳翠向璘乞鈔一千貫。請嵩亭山顯孝寺僧十衆。爲親作佛事。而寺僧能誦經者只九人。不得已。以廚下燒火風和尙補之。和尙即月明也。甫至柳翠門。即勸之出家。後復於茶坊勸之。及和尙講法。復勸之。數數問答。言下省悟。遂披剃爲尼。不久坐化。月明亦乘雲而去。佛說四十二章經云。凡人事天地鬼神。不如孝其二親。二親最神也。他若報恩、地藏、心地觀諸經。觀人忠孝。最爲詳切。與聖賢大指不殊。劇云柳翠以孝思感動三寶。接引回頭。其指與佛法相合。

西廂記 雜劇

元王實甫撰。草橋驚夢後四齣。關漢卿補。事據會眞傳待月西廂而作。乃元稹實事。而嫁名於張生也。按稹所作姨母鄭氏墓志云。其既喪夫遭軍亂。微之爲保護其家備至。與傳奇所叙正合。又白居易作稹墓誌。以太和五年薨。年五十三。則當以大歷十四年己未生。至貞元十六年庚辰。正二十二歲。與傳奇生年二十二合。又韓愈作稹妻韋叢誌文。壻韋氏時。微之始以選爲校書郎。按貞元十八年。微之始中書判拔萃。授校書郎。年二十四。正傳奇所謂後歲餘生亦有所娶者也。又稹作陸氏姊誌云。予外祖父授睦州刺史鄭濟。白居易作稹母鄭夫人誌。亦言鄭濟女。而唐崔氏譜。永寧尉鵬亦娶鄭濟女。則鶯鶯者。乃崔鵬之女。于稹爲中表。正傳奇所謂鄭氏爲異派之從母者也。又稹春詞二首。其間皆隱鶯字。且傳奇亦言立綴春詞二首。又有鶯鶯詩、雜憶詩。則每首皆用雙文。意謂二鶯字爲雙文也。鶯嫁鄭恆。則據恆墓志云。娶博陵崔氏。本傳但云委身于人也。蘇軾贈張子野詩云。詩人老去鶯鶯在。註言所謂張生。乃張籍也。按稹所作會眞事。在貞元十六年春。又言生明年文戰不利。乃是十七年。而唐登科記。張籍于貞元十五年登科。既先二年。則非張籍明矣。會眞傳云。唐貞元中。有張生者。年二十二。游於蒲。寓於蒲東之普救寺。適有崔氏孀婦者亦止焉。崔氏婦。鄭女也。張出於鄭。敘其親。乃異派之從母。是歲。丁文雅不善于軍。軍士大掠蒲人。崔氏惶駭。張與蒲將之黨有善。請吏護之。遂不及于難。會杜確將天子命。以統戎節。令於軍中。軍由是戢。鄭厚張之德甚。因設饌以宴之。命其子歡郎出見。次命女鶯鶯出拜爾兄。至則顏色豔異。光輝動人。張自是惑焉。崔之婢曰紅娘。生私爲之禮者數四。乘間遂道其衷。婢曰。崔善屬文。君試爲喻情詩以亂之。張立綴春詞二首以授之。是夕紅娘復至。持綵箋以授張曰。崔所命也。題其篇曰。明月三五夜。其詞曰。待月西廂下。迎風戶半開。拂牆花影動。疑是玉人來。張亦微喻其旨。既望之夕。張踰牆而達于西廂。及崔至。則端服嚴容大數張。復翻然而逝。張自失者久之。復踰而出。數夕之後。忽紅娘攜衾枕而至。撫張曰。至矣至矣。天將曉。紅娘又捧之而去。自是同會於曩所謂西廂者幾一月。是夕旬有八日也。張生俄以文調及期。西之長安。明年生文戰不利。止於京。因遺書于崔。以廣其意。崔氏緘報之。張生發其書於所知。人多聞之以爲異。然而張亦絕志矣。後歲餘崔已委身於人。張亦有所娶。後乃因其夫。求以外兄見。而崔終不爲出。自是絕不復知。按稹有夢遊春古詩七十韵。雖不點出姓名。而所叙則會眞記中事實也。白居易和之。廣爲百韵。前七十韵。皆直叙稹事。而後三十韵。則欲其返眞祛妄。三復乎法句心王。蓋鶯之與元遇。的然無疑也。李紳、楊巨源輩。亦皆有詩艷其事。所謂人多聞之以爲異也。其後杜牧之亦有和會眞韵之詩。自元人作西廂記。人盡以爲張珙。忘其假託矣。珙之名。君瑞之字。會眞所無。杜確戢軍。據會眞似非稹力。稹與蒲將善。非確也。孫飛虎。當即會眞所謂丁文雅者。崔本非相國之女。恐作者別有所寓。法本、法聰、慧明。皆因普救寺揣摩結撰名字。琴童則以生善琴。故謂其童曰琴童也。鄭恆據恆墓誌。請宴、寄柬、跳牆、佳期等折。皆據會眞。餘則增飾點綴居多。按元人㑳梅香諸折。亦仿此意。而以生爲白敏中。且爲小蠻。與此各異。　據會眞記。張爲崔卻亂兵。崔母乃俾鶯見張。事以仁兄之禮。張見而不能定情。於是愬紅爲蜂蝶。劇中遊殿相逢。秋波微轉。孫飛虎圍寺。老夫人許退兵者不論僧俗即以鶯婚。張生乃踴躍修書。激慧明請兵。杜確解圍之後。改婚姻爲兄妹。於是張怨而紅亦忿。寄柬探病以就佳期。至被拷而甘心無怨。蓋巧作波瀾。以飾鶯、紅之過也。跳牆燒香。亦是點綴。長亭送別。草橋驚夢。已非記中所有。關漢卿又添登第歸家。蓋收局必然之勢。而鄭恆求親不得。至于身殉。似覺過情。記云委身于人。則鶯實歸鄭也。

金線池 雜劇

元關漢卿作。關漢卿。號己齋叟。大都人。所作雜劇。今存金線池。切鱠旦。救風塵。蝴蝶夢。調風月。哭存孝。單刀會。拜月亭。雙赴夢。玉鏡臺。緋衣夢。竇娥冤。謝天香。陳母教子等十四種。　記杜蕊娘金線池事。備極花柳場中翻雲覆雨情形。可爲冶游之戒。事之有無。不必論也。　濟南府尹石敏。有同窗友韓輔臣。洛陽人也。遊學至齊。謁敏。設宴款待。有妓杜蕋娘。濟南人。酒次相慕悅。輔臣遂留蕋娘家。賦定情南鄉子詞云。嫋嫋復盈盈。都是宜描上翠屏。語若流鶯聲似燕。丹青。燕語鶯聲怎畫成。難道不關情。欲語還羞便似曾。占斷楚城歌舞地。娉婷。天上人間第一名。蕋娘既傾心。假母亦知府尹貴客。又多金。甚敬禮之。未幾金盡。府尹復以滿考朝京。遂不肯留。輔臣負氣。移寓他所。蕋娘尚有餘情。假母紿云。輔臣別有所暱。輔臣復至。蕋娘遂不禮焉。輔臣心悅蕋娘。而復憤其母女之不情。適敏復任濟南。輔臣往訴。敏以顯加之罪。則難再合。不若善處。於是陰以資給衆妓。使置酒於金線池。諭之以意。此是劇中正意。衆妓勸蕋娘醉。而令輔臣往見。蕋娘終不爲禮。輔臣愈憤。敏亦怒。乃收其母女。欲寘之法。蕋娘急。求之輔臣。輔臣爲請釋。敏取俸銀百金與母。以蕋娘歸輔臣。蕋娘曲中有云。俺這不義之門。全憑五箇字。無過是惡劣乖毒狠。模寫盡情。又云。無錢的要親近。則除是佛留下四百八門衣飯。俺占着七十二位兇神。四百八門衣飯。出佛書。

七十二位兇神。出道書。唐詩紀事云。杜牧佐宣城。遊湖州。刺史崔君張水戲。使州人畢觀。令牧閒行閱奇麗。得垂髫者十餘歲。劇中石府尹爲韓作合。蓋仿彿崔刺史之意。

切鱠旦 雜劇

元關漢卿撰。演譚記兒望江亭切鱠紿楊衙內事。係空中結撰。潭州理官白士中之任。過清安觀。觀主即其姑也。往謁。訴以失偶。時學士李希顏妾譚記兒新寡。美而多才。與白姑善。常相過從。姑遂爲作合。令與士中諧伉儷。攜之潭州。黠弁楊衙內者。初欲占譚爲妾。聞歸於白。甚銜之。奏白戀花酒曠職。請勢劍金牌文書。自往潭州殺白。白母知其事。甚驚懼。修書遣蒼頭報白。譚云。彼欲謀我。不足累君。請毋憂。楊弁欲掩白。獨攜二僕。泊舟望江亭。中秋玩月。忽見一漁舟鼓棹而至。漁家婦甚美。籃提金色鯉。登楊舟云。爲官人獻新切鱠。楊覩其美。心甚蕩。命坐與痛飲。婦問至潭何爲。楊以實告。婦爲作歌勸飲。楊沉醉。乃誘楊以勢劍金牌出玩。楊不覺其詐。遂付與觀。婦醉楊及二僕。竊之去。及旦。楊大駭。欲縛白則無所據。白出勢劍金牌云。漁婦告汝中秋欲奸占爲妾事。楊猶抵飾。白令婦出見。楊知中計。大愧。湖南都御史李秉忠訪得其事。奏于朝。詔杖楊。奪其職。白仍理潭州。

救風塵 雜劇

元關漢卿撰。記趙盼兒救宋引章于風塵之中。故曰救風塵也。小說家所載諸女子。有能識別英雄於未遇者。如紅拂之於李衛公。梁夫人之於韓蘄王也。有能成人之美者。如歐陽彬之歌人。董國度之妾也。有爲豪俠而誅薄情者。女商荆十三娘也。劇中所稱趙盼兒。似乎兼擅衆長。至其事之有無。則無可據。略云。汴梁歌者宋引章。與鄭州人周同知之子周舍暱。周舍願娶。引章願嫁。而秀才安秀實。亦曾與引章爲約。引章義妹趙盼兒。妓中之豪也。秀實浼盼兒通辭於引章以探其意。引章方與周舍情甚濃。盼兒力勸其當從秀實。而引章不聽。竟嫁周舍。於是秀實欲赴京應舉。盼兒曰。姑緩。我當有以相復也。周舍挾引章歸鄭州。不半載。日加鞭撻。引章不能堪。作書與盼兒求救。且深悔不從昔日之言。盼兒乃盛設裝具。買車遊鄭州。止宿店家。濃粧艷抹。囑張小閒者往勾周舍。周舍果至。欲娶盼兒。盼兒羅箱篋。陳酒饌。而勒舍休引章。始以賞嫁。陰使引章至店相鬧。周舍既貪盼兒。又怒引章。遂以休書付引章而逐之。盼兒預約引章至店。相挈潛行。索引章所得休書。易以他紙。周舍知盼兒、引章俱去。追及於路。奪引章休書毀之。而告於官。不知書之已易也。舍謂盼兒設計誑其婦。盼兒亦告舍强佔有夫之婦。且既已願休。又復誣告。因出眞休書爲據。而指秀實爲引章原夫。盼兒其媒證。舍辨不能勝。官乃杖舍。以引章歸秀實云。

蝴蝶夢 雜劇

元關漢卿撰。　略云。包拯爲開封府尹。一日晝寐。夢見一蝴蝶墜在蛛網中。一大蝴蝶飛來救出。次者亦然。後來一小蝴蝶亦墜網中。大蝴蝶雖見之而不救。飛騰而去。拯夢醒驚訝。適中牟縣解送人命一案。有老人王姓爲葛彪打死。其子三人。曰王大、王二、王三。亦打死葛彪。大曰金和、二曰鐵和、三曰石和。中牟縣論三人並抵罪。及拯覆讞。其母自認己罪。三人亦各認己罪。拯第令一人認罪。先定金和。其母不可。次定鐵和。其母亦不可。次定石和。其母首肯。拯疑石和非其所生。委曲審問。則金、鐵乃前妻之子。而石和乃其親生也。復並下三人獄而默令胥役于獄中細察之。果無異情。蓋母寧殺己子。不忍殺前妻之子。於是拯大感動。以他死囚代幼子盆死獄中。而盡釋三子。且爲具題旌獎焉。齣中言三子報父讐。則其罪本不當誅。蓋作者但設此事。以見兄弟既爭死不推諉。而母復力救前妻之子。皆人所極難。不復計其犯由若何也。元人雜劇往往如此。　列女傳。齊宣王時。有人鬬死道者。被一創。齊義母二子立其傍。吏問之。兄曰。我殺之。弟曰。非兄。乃我殺之。朞年相推不決。召其母。問所欲殺活。母泣對曰。殺少者。相曰。少子人之所愛。欲殺之何也。對曰。少者妾之子。長者前妻之子。子雖痛。謂行何。宣王美其義。皆赦之。

魯齋郎 雜劇

元關漢卿撰。*按。錄鬼簿及太和正音譜兩書關漢卿名下均未著錄。恐爲無名氏所作。演包拯戮魯齋郎事。略云。魯齋郎素强暴。離汴之許州。覘銀匠李四妻張氏美。欲佔爲妾。託以銀酒器令修整。詒其家劫張而去。其子曰喜童。女曰嬌兒。慟哭仆地。李匠尾至鄭州。欲控理。投都孔目張珪。忽心痛殞絕。珪以藥治之。詢其姓與珪妻同。即認爲妻弟。李訴齋郎劫妻事。珪畏魯勢。贈以資斧。令且歸慰兒女。李至家。不見喜童、嬌兒。其鄰告云。因出覓汝。遂不知所往。李悲益不勝。節居清明。張珪與妻子掃墓。魯郊外試彈。中珪子金郎。珪不知爲魯也。詬之。魯怒責珪。珪懼謝罪。魯覩珪妻美。謂珪云。速獻汝妻。免爾罪。珪慮禍。紿妻暫至舅家。竟以獻魯。

魯以初所掠張氏賞珪。令撫其兒女。及歸。男女皆散失。李詣珪探問。見其妻。驚問云。何自至此。珪告之故。還其妻。遂以家事付李。出家雲遊。初包拯爲湖南採訪使。過許州。遇李四兒女。訴母被魯劫。無所歸。包收而撫之。還過鄭州。復遇張珪兒女。亦訴母被魯奪。包亦留養。皆令讀書。憤魯稔惡。欲除之。以其有奧援。恐倖脱。乃書魯齋郎爲魚齊。即奏其罪。得旨批斬。包遂擒魯誅之。復書魯齋郎以覆。云即其人也。士庶皆大悦。且服其智。及喜童入試。擢大魁。金郎第進士。兩家兄妹。皆于雲臺觀薦父母。李四攜其妻。亦詣觀薦喜童、嬌兒。張珪妻因魯誅。亦走脱。詣觀薦珪。及子金郎女玉姐。適珪雲遊至觀。見薦疏姓名。大驚異。父子夫婦皆相認。包聞甚奇之。令以張女配喜童。李女配張子。珪不願歸俗。包與其妻子皆勸慰。始從之。二姓深感包德云。

梧桐雨 雜劇

元白仁甫撰。*白仁甫。名樸。一字太素。號蘭谷先生。眞定人。所作雜劇。今存梧桐雨。牆頭馬上。東牆記等三種。采白居易長恨歌中。秋雨梧桐葉落時句。以爲標目也。略云。張守珪爲幽州節度使。裨將安祿山失機當斬。惜其驍勇。械送至京。丞相張九齡請誅之。明皇不從。召見授以官。時貴妃方寵幸。命以祿山爲義子。賜洗兒錢。後與楊國忠不叶。出爲范陽節度使。七月七日。妃陪上宴於長生殿。賜金釵鈿盒。酒酣。感牛女事。對星而盟。願生生世世爲夫婦。天寶十四載。方食荔枝。祿山反報至。倉皇幸蜀。次馬嵬驛。軍譁不行。龍武將軍陳元禮請誅楊國忠。既誅。軍譁不止。元禮復以貴妃爲請。明皇不得已。令高力士引至佛堂中自盡。六軍始行。肅宗收京。上皇居西宮。懸貴妃像於宮中。朝夕相對。一夕。夢與妃相見。而爲梧桐雨驚醒。追思往事。怨梧桐不置云。前後皆據正史及他傳記。不妄。按太眞外傳及長恨歌傳、開元天寶遺事、明皇十七事。諸所載太眞事甚詳。此特十之二三耳。曲終言畫像入夢。則本之元虛子所志道士王舟事也。志云。太眞生而有玉環在臂。環上墳起。故小字玉環。馬嵬變後。明皇朝夕思維。道士王舟以少君術求見。上極寵待。舟出袖中筆墨。索細黃絹誦呪呵筆。畫一女人。僅類人形。使上齋戒懷之。想其平日。三日夜不懈。舟曰。得之矣。上出像觀之。乃眞貴妃面貌也。上喜甚。舟曰。未也。請具五色帳。結壇壓而供之。索十五六聰慧端正之女二十四人。齊聲歌子建步虛詞。復焚符誦呪。吸煙呵像上。次命諸女如方呵之。至昏時請上自秉燭入帳中。先是舟以五色石示上。謂之衡遙。以少許研極細。和以諸藥。令作燭。外畫五色花。謂之還形燭。上旣入。舟命侍者出。反閉金扉。以葳蕤鎖鎖之。于是太眞在帳中。見上泣曰。以天下之主。不能庇一弱女。何面顏復見妾乎。沉香亭下月中之誓何在也。上亦淚下。言馬嵬之變。出於不意。言甚多。太眞意稍釋。與上曲盡綢繆。勝於平日。脫臂上玉環內上臂。天未明。舟曰。宜別矣。上出帳。回視不復見。惟玉環宛然在臂。舟具言太眞所以尸解。今見爲某洞仙甚悉。說與長恨歌異。存之備考。

牆頭馬上 雜劇

元白仁甫撰。全係北曲。明時有人改作南曲。*參閱本書卷二十二玉樓春篇。南戲有裴少俊。牆頭馬上。見南詞敘錄。增飾成劇。情節亦稍添。而名不改。按此劇。蓋因白居易樂府有牆頭馬上句而作。居易雖作此詩。未必果有實事。即有實事。亦未指出姓名。仁甫以居易乃中唐人。則所詠之事當在其前。故以裴行儉子當之。非其眞也。彼時有拜住于馬上見鞦韆會事。當已流傳。疑暗指此。然拜住以正合。非少俊比也。稗史又有青梅歌。言室女金英。閑步後園。因戲青梅。窺見牆外俊士。騎馬經過。彼此相顧。女背其親相從。及後相棄。悔恨無及。乃作青梅歌以自解。此與仁甫所撰恰合。仁甫所撰女詩。亦有手撚青梅句。但金英之說。未知確否。其青梅歌即居易樂府。或此女誦居易之作。而人誤以爲女詩。未可知也。李白詩。妾髮初覆額。折花門前劇。郎騎竹馬來。遶牀弄青梅。同居長干里。兩小無嫌猜。十四爲君婦。羞顏未嘗開。此詞人作男女慕悅事。用青梅之根也。白居易長慶集內有新題樂府。其井底引銀瓶詩。小序云。止淫奔也。詩云。井底引銀瓶。銀瓶欲上絲繩絕。石上磨玉簪。玉簪欲成中央絕。瓶墜簪折兩若何。似妾今朝與君別。劇中磨簪汲瓶。逼子寫休書逐女。即此。憶昔在家爲女時。人言舉止有殊姿。嬋娟兩鬢秋蟬翼。宛轉蛾眉遠山色。笑隨戲伴後園中。此時與君未相識。君騎白馬傍垂楊。妾折青梅倚短牆。牆頭馬上逢相顧。一見知君即斷腸。爲君斷腸共君語。君指南山松柏樹。感君松柏化爲心。暗合雙鬟逐君去。此劇中之正面也。去到君家五六年。君家大人頻有言。聘則爲妻奔則妾。不堪主祀奉蘋蘩。劇云女至裴宅七年。與此詩相彷彿。又裴尙書云。聘則爲妻。奔則爲妾。是引此語。終知君家不可住。其奈出門無去處。豈無父母在高堂。亦有親情滿故鄉。潛來竟不通消息。此日悲羞歸不得。感君一日恩。誤妾百年身。寄言癡小人家女。愼勿將身輕許人。

劇云。裴尙書行儉。子少俊。奉高宗命。往洛陽買花栽子。嘗過洛陽總管李世傑園。馬上見其女千金。霧鬢雲鬟。冰肌玉骨。作詩投入云。只疑身在武陵遊。流水桃花隔岸羞。咫尺劉郎腸已斷。爲誰含笑倚牆頭。女答詩云。深閨拘束暫閒遊。手撚青梅半掩羞。莫負後園今夜約。月移初上柳梢頭。少俊遂于牆頭跳入。爲千金乳媪所知。密令二人遁去。至長安。不告父母。匿于後花園七年。生子端端六歲。女重陽四歲。清明祭奠。裴夫人柳氏。率少俊同往。而行儉以小恙在家。偶至花園。見端端兄妹。詢得其由。令少俊作休書逐女歸。而留其男女。千金歸。其父母已歿。守節于家。少俊舉進士。適官洛陽令。迎父母至任所。行儉亦憐李守節。且知是世傑之女。曾與議婚。遂使爲夫婦終其身。元人鞦韆會記。大德二年。孛羅拜宣徽院使。生自相門。窮極富貴。私居後有杏園一所。取春色滿園關不住。一枝紅杏出牆來之意。花卉之奇。亭榭之好。冠于諸貴家。每年春。宣徽諸妹諸女。邀院判經歷宅眷。于園中設鞦韆之戲。二月末至清明後方罷。謂之鞦韆會。適樞密同僉帖木耳不花子拜住。過園外聞笑聲。於馬上欠身望之。正見鞦韆競就。歡鬨方濃。潛于柳陰中窺之。覩諸女皆絕色。遂久不去。爲閽者所覺。走報宣徽。索之亡矣。拜住歸。具白于母。母遣媒求親。宣徽曰。得非窺牆兒乎。遣來一觀。果佳則當許也。同僉飭拜住以往。宣徽見其美少年。心喜。試之曰。爾喜觀鞦韆。以此爲題。菩薩蠻爲調。賦南詞一闋能乎。拜住以國字寫之曰。紅繩畫板柔荑指。東風燕子雙雙起。誇俊要爭高。更將裙繫牢。牙床和困睡。一任金釵墜。推枕起來遲。紗窗月上時。宣徽恐是預搆。再命作滿江紅詠鶯。拜住用漢字書呈宣徽。其末云。入柳穿花來又去。欲求好友眞無計。望上林何日得雙棲。心迢遞。宣徽遂面許第三夫人女速哥失里爲姻。擇日遣聘。喧傳都下。以爲盛事。旣而同僉以墨敗。拜住財散人亡。宣徽將呼回家。教而養之。三夫人不肯。決意悔親。速哥力諫不聽。別議平章闊闊出之子。曁成婚。速哥行至中道。潛解脚紗縊于轎中。夫人悉傾家匳。及夫家聘物殮之。暫寄淸安僧寺。拜住聞變。夜往哭之。扣棺曰。拜住在此。應曰。我活矣。乃謀于僧。斧其蓋。女果活。挈走上都。居一年。宣徽出尹開平。下車求館客召之。則拜住也。問娶誰氏。拜住實告。舁至則眞速哥。夫婦愧歎。待之彌厚。收爲贅婿。終老其家。

崔護渴漿雜劇

元白仁甫撰。其時尙仲賢亦有崔護渴漿劇。所記皆即本事詩中事。標出酒渴求漿以爲名也。後人因此緣飾。有作登樓記者。*登樓記見本書卷四十六。有作題門記者。*題門記見本書卷十七。有作桃花莊者。即題門記。有作桃花人面者。*桃花人面見本書卷八。尙有桃花記亦演此事。見本書卷十。要皆脫胎於此。緣本事詩中未詳時代。故或以爲與王維友。或以爲與裴航友。而女子姓氏。隨意撰出。不可爲典要也。

雙獻功 雜劇

元高文秀撰。*高文秀。東平人。所作雜劇。今存雙獻功。諢范叔。襄陽會。遇上皇等四種。演孫榮、郭念兒、白衙內事。皆水滸所無。水滸七十二回目云。梁山泊雙獻頭。則與李逵負荊事合。與此不符。而逵殺奸夫王小二及狄太公女。則所謂黑旋風喬捉鬼。亦與此劇關目迥異。劇或借此。因別有所指也。劇云。鄆城縣孔目孫榮與妻郭念兒。曾許泰安州神廟香願三年。欲往還願。時多盜賊。畏路難行。榮舊與宋江相識。因至梁山泊借一人防護。江下令。李逵願行。江令立軍狀。改姓名。易農家服。偕榮去。榮妻念兒與白衙內通奸。設計令衙內先往店相候。以眉兒鎖常扢皺。夫妻每醉了還依舊。二語爲口號。欲乘榮不備。互聽口號。相率而逃。榮與逵同念兒行至店。留念兒于店。榮逵往廟中。擇房爲念兒宿處。念兒遂與衙內逃。榮返知之。與逵追不及。榮急而訴之官。官即白也。下榮于獄。逵聞。念在山寨立狀保榮。不救榮。難以回寨。因僞爲榮義弟。入獄中送飯。陰置蒙汗藥於食物中。賺獄卒食。卒倒。脫榮。使先馳歸寨。逵又僞作祗候。以酒入衙內室。殺念兒及衙內。取其頭獻之山寨。故曰雙獻功也。

誶范叔 雜劇

元高文秀撰。大略與綈袍同。＊綈袍記見本書卷十五。情節已詳載。此則名須賈大夫誶范叔。添出鄒衍。以作關目。魏公子申在齊。丞相魏齊使中大夫須賈貢齊。求放申歸。賈薦館客范雎字叔者、同往。齊王喜兩國復歡好。歸申。令中大夫鄒衍於驛亭宴雎。賜以金帛。雎辭不受。賈亦至。衍重雎才。甚恭謹。而頗譏賈。賈疑雎以魏陰事告齊。然知其不受金。則又疑雎避嫌也。歸告魏齊。值大雪會飲。擒雎拷訊。雎與辨。賈質之。剝衣痛笞。飼以糞草。遂悶絕。舁置厠中。雎復甦。懇一蒼頭濯穢。蒼頭贈衣一襲。銀五兩。縱之遠遁。易姓名曰張祿。入秦。代穰侯爲相。召六國大夫入賀。賈入秦。適遇風雪。詣相府。不令見。車避簷下。雎忽至。如舊日狀。衣甚敝。賈疑雎入秦必得志。詢之。雎云。覩衣即知矣。賈云。范叔一寒如此。遂贈以綈袍。云欲見張君。雎云。與張君有舊。先入見。爾姑待之。賈詢諸僕。即張丞相也。賈惶悚甚。雎召諸大夫會宴。鄒衍在坐。賈入。負荆伏罪。雎謂衍曰。雎昔曾以魏陰事告齊耶。衍曰。無之。雎遂笞賈。亦飼以穢草。欲誅之。衆爲懇恕。蒼頭亦入懇。雎乃釋之。令歸獻魏齊頭來。賈唯唯而出。

楚昭公 雜劇

元鄭廷玉撰。*鄭廷玉。彰德人。所作雜劇。今存楚昭公。後庭花。忍字記。看錢奴。金鳳釵等五種。劇中吳楚事。詳見伍員吹簫、及浣紗記。*伍員吹簫見本書卷二。浣紗記爲明梁辰魚作。本書未收入。此則重在申包胥乞師復楚。所演關目。有實有虛。按左傳。伍員與申包胥友。其亡也。謂包胥曰。我必覆楚。申包胥曰。勉之。子能覆之。我必能興之。及昭王在隨。申包胥如秦乞師曰。吳爲封豕長蛇。以薦食上國。虐始於楚。寡君失守社稷。越在草莽。使下臣告急。秦伯使辭曰。寡人聞命矣。子姑就館。對曰。寡君越在草莽。未獲所伏。下臣何敢即安。立依於庭牆而哭。日夜不絕聲。勺飲不入口。七日。秦哀公爲之賦無衣。九頓首而坐。秦師乃出。魯定公五年六月。申包胥以秦師至。敗吳師。楚子入於郢。劇云。吳有寶劍。曰魚腸、純鈎、湛盧。伐越所得。吳王常珍之。按吳越春秋。歐冶子作名劍五。一曰純鈎。二曰湛盧。三曰豪曹。四曰魚腸。五曰巨闕。又蜀志薛燭曰。造此劍時。赤堇山破出錫。若耶溪出銅。雖城量金珠。猶不可得。湛盧飛入楚。吳索諸楚。楚不與。吳遂興師。傳曰。伍員爲行人以謀楚。伯州犁之孫嚭。爲吳太宰以謀楚。楚自昭王即位。無歲不有吳師。蔡侯因之。定公四年冬。蔡侯以吳子。及楚人戰于柏舉。楚師敗績。劇稱求劍事不實。以孫武爲軍師。伍員爲元帥。軍師元帥。時無此名。將兵四十萬伐楚。申包胥勸昭公堅守不戰。己則往秦乞師。昭公使費無忌率師拒吳。無忌與員戰敗。被擒。傳序左司馬戌與子常分師抗吳。史皇説子常速戰。吳師大敗之。子常奔鄭。無被擒事。劇敘戰事亦不詳。吳師入郢。楚昭公與其弟芊旋。及夫人公子出奔。渡江遇大風。舟人以舟小不能盡載。請棄一人。芊旋欲下。昭公曰。疏者下。謂妻之親不敵弟也。夫人投於江。風愈大。舟人復請棄一人。旋又欲下。昭公曰。疏者下。攬旋袂曰。子之親亦不敵弟也。公子復投於江。乃得濟岸。兄弟各投他國。按傳吳破郢。楚子取其妹季芊畀我以出。涉睢。鍼尹固與王同舟。王使執燧象以奔吳師。楚子涉睢濟江。入於雲中。王寢。盜攻之。以戈擊王。王孫由于以背受之。中肩。王奔鄖。鍾建負季芊以從。則從王奔者乃妹季芊。無所謂弟芊旋也。劇特假女弟爲王弟耳。申包胥至秦乞師。秦昭公不允。傳載哀公。非昭公也。包胥止驛亭中。依牆而哭。七晝夜不絕。秦君臣感動。乃命姬輦將兵十萬。同包胥救楚。傳載子蒲子虎帥五百乘以救楚。此云姬輦。失考。吳師退。昭公復入郢。芊旋亦歸。夫人公子之投於江也。江神以其賢孝。救入蘆葦中。投申屠氏。申屠氏知爲貴人。奉養半年。至是聞楚復皆來歸。於是兄弟夫婦父子皆得合。賞申包胥。與秦結婚姻。永爲脣齒。傳曰。楚子入於郢。賞申包胥。曰。吾爲君也。非爲身也。君旣定矣。又何求。遂逃賞。王將嫁季芈。季芈辭曰。所以爲女子。遠丈夫也。鍾建負我矣。以妻鍾建。以爲樂尹。劇中事雖不盡實。然申包胥之志。楚昭王之友愛。夫人公子之賢孝。皆足以勸世也。楚僭稱王。劇稱公。遵經也。然吳則稱王。又不可解。

後庭花 雜劇

元鄭廷玉作。劉天義與翠鸞唱和後庭花詞。故以爲名。後人增改作桃符記。*桃符記見本書卷十二。按妬記。載唐兵部尙書任瓌。賜二女。妻爛其髮禿。太宗賜金瓶酒。云飲之立死。不妬不須飲。柳氏拜勅曰。誠不如死。乞飲盡。太宗謂瓌曰。人不畏死。卿其奈何。二女別宅安置。劇云趙廉訪妻妬欽賜之女。蓋影借其事。略云。廉訪使趙忠。桃符作傳忠。妻張氏無子。桃符作雲氏。欽賜一女翠鸞爲侍婢。桃符作裴青鸞。與母劉氏偕。張密令僕王慶殺之。慶謀於祇候李順。桃符作賈順。順嗜酒。其妻張舊與慶私。桃符作妻鄧。有子福童。幼而啞。慶告張以翠鸞事。張設計使順縱鸞。使慶詰順。因逼順休妻嫁慶。順强從之。而有怨詞。慶聞。殺順投井中。遂據順妻。

翠鸞母子逃出。巡卒衝散。鸞投獅子店。爲店小二擊殺。以桃符挿髻沉諸井。秀才劉天義。桃符作天儀。應舉宿店。與鸞倡和後庭花詞。鸞母叩門相索。女忽不見。見詞以天義匿其女。執送府尹包拯。而趙廉訪亦疑翠鸞事。以慶送尹。拯因井底蛙句窮治李順。井中得尸。啞童證是其父。乃定王慶張氏罪。天義宿店中。得桃符。於小二井中獲鸞。乃定小二罪。而天義得釋。皆與桃符相合。惟獅子店、黃公店小異。劉裴團圓。亦與此異。按風俗通曰。東海度索山大桃。蟠屈數千里。卑枝向北曰鬼門。有二神曰神荼、鬱壘。主領衆鬼。黃帝因立桃板於門。畫二神以禦凶鬼。此桃符之始也。

忍字記 雜劇

元鄭廷玉撰。考無生法忍。出大藏般若經。則忍字本釋典要旨。略云。靈山會上第十三尊羅漢。聽佛講經。凡心忽動。罰往下方。投胎於汴梁劉氏。曰劉均佐。佛恐其迷卻正道。囑彌勒尊佛。化爲布袋和尚。點化證果。均佐爲汴梁第一富戶。妻曰王氏。子曰佛留。女曰僧奴。而均佐慳悋苦剋。以錢爲命。一日大雪中。見有凍人。不覺惻然動念。以酒灌醒。問其里居姓氏。據云洛陽人。姓劉名均佑。均佐以其姓名與己相似。留之家。結爲兄弟。均佐生日。均佑方爲置酒。門首一胖和尚負布袋大笑大呼曰。劉均佐看財奴供我一齋。當以大乘佛法傳爾。且索紙書佛法。均佐吝紙。伸手掌與之書。遂書一忍字。頃之和尚忽不見。均佐呼水洗手。愈洗而字愈明。以手巾拭之。滿巾皆忍字。方大怪異。俄有乞者劉九兒。亦呼均佐名而索錢。謂均佐負錢也。均佐不能忍。舉手推九兒。九兒立殞。均佐窘甚。欲自首於官。而布袋和尚忽至。責均佐不忍。爲救九兒甦。而勸均佐出家。均佐辭未能。願即所居屋後結庵修持。以妻子產業託均佑。居久之。其子佛留來告。其母與均佑同坐而飲。均佐復不能忍。持刀排闥。欲殺妻與均佑。至則不見均佑。而刀柄有忍字。復見和尚云。劉均佐須忍著也。於是再勸均佐。休妻棄子女出家。均佐强從之。和尙引至嶽林寺。命其徒定慧爲師。敎之參禪念佛。以忍爲上。均佐方打坐。忽憶其家貲萬貫。不知若何。慧師訶之。稍間。均佐復憶其妻之美。又憶其子女之嬌。屢爲慧所訶。俄而均佐夢與其妻相見叙綢繆。見其妻手中有忍字。見子若女額上皆有忍字。俄而似夢非夢。又見布袋和尙。率其妻子繞場而走。遂疑和尙之賺己出家。而奄有其妻子也。更不能忍。辭慧還鄉。過祖塋小憩。見一人年可八十餘。呵均佐曰。至我墓何所爲。均佐謂此我家墓也。何反被呵。細詰之。則此人乃是均佐之孫。去均佐出家時百十餘年矣。其妻與子女。皆已入土。旁設虛墓。爲均佐也。均佐乃大悟浮生之幻。而布袋和尙亦至。告以前世乃賓頭盧尊者。妻王氏爲驪山老母。子爲金童。女爲玉女。己爲彌勒尊佛。恐汝墮落。而來度脫也。遂各念佛而去。按驪山老姥以陰符經授李筌事。載仙傳。釋氏稽古錄。布袋和尙在明州奉化縣。常以杖荷一布袋。攜破席。凡供身之具。盡貯袋中。入市見物則乞。或醯醢魚葅。

纔接入口。分少許投囊中。時號長汀子。貞明二年三月三日。坐於嶽林寺廊下。說偈曰。彌勒眞彌勒。分身千百億。時時示時人。時人自不識。偈已。安然而化。其後他州復見其負囊而行。競圖其像而奉祀之。傳燈錄云。布袋和尙形材猥矮。蹙額皤腹。以杖荷一布囊。供身之具。盡貯囊中。白鹿和尙問如何是布袋。師便放下布袋。又問如何是布袋下事。師便負之而去。或云是彌勒佛化身。故今佛寺塑彌勒像。旁有布袋。按彌勒佛當繼釋迦牟尼佛出世。故稱當來彌勒佛。所謂未來佛也。四十二章經云。阿羅漢能飛行變化。住壽命如天地。學佛至證入阿羅漢。已爲佛大弟子。爲百祖式。爲天人師。必不退轉。此云思凡降生。恐未可信。載考羅漢名位雖不同。此云賓頭盧尊者。見於東坡贊禪月所畫十八大阿羅漢中。乃第十八尊。非第十三尊也。此稱第十三尊。可見其妄。特其所撰。足以破除鄙吝。警醒癡愚。不可謂無補於世耳。

看錢奴 雜劇

元鄭廷玉撰。近時有狀元旗。*狀元旗見本書卷二十七。大略本此。漢書五行志。客謂鄧彪曰。終不如臨沮鄧生。爲守錢奴。又馬援曰。凡多財貴能賑施。否則守錢奴耳。盡以頒昆弟故舊。作者蓋本此意。以勸世也。其事則見小說。又與周譬借車子財事相同。按搜神記曰。有周譬者。家貧。天帝問司命曰。此可富乎。司命曰。命當貧。有車子財可借之。期日車子生。急還之。後稍富。夫婦輦其財以逃。因寄宿車下。夜生子名車子。從是貧困。劇名周榮祖。蓋指此也。其略云。曹州秀才周榮祖者。世富。祖周奉記。敬重釋門。曾蓋佛院一所。爲薰脩之地。其父爲脩理宅舍。需木石。毀之。旋得疾而亡。人皆以爲不信三寶之故。太平廣記載李虛還魂事云。唐開元十五年。有勅。天下佛堂小者並坼。大者封閉。不信之徒。望風毀坼。新息令李虛。嗜酒倔強。方醉而州符至。限三日報。虛怒。約胥界內毀坼者死。于是一界並全。虛病死三日而蘇曰。初爲兩卒拘至王前。未見王。見典吏曰。長官平生嗜殺害。今當受報。若何。虛懼請救。吏曰。去歲坼佛堂。長官界內獨全。此功德彌大。少間王問。更勿多言。但以此對。虛見王索善惡簿。即有人持一通案至。大合抱。吏讀曰。專好割羊脚。合割其身肉百斤。虛曰。去歲坼佛堂。界內獨存。此可折罪否。王驚曰。審有此否。速檢福簿。吏至天堂檢得。惟一紙。讀曰。去歲坼毀佛堂。新息一境獨全。合折一生中罪。延年三十。仍生善道。言畢。罪簿軸中火出。焚燒之盡。王曰。送李明府歸。仍勅兩吏送出南門。兩吏推之。遂得蘇。觀此則以毀佛院致災。洵有之也。後榮祖學成。欲應舉。以祖遺金悉藏地窖中。率妻及子長壽偕行。有打牆人賈仁者。不勝窮苦。至東嶽廟中。訴於廟神靈派侯。求小富貴。侯問之增福神。覈其籍應餓死。會聖帝有旨。以曹州周家世積陰功。宜享福報。而榮祖之父一念差池。子孫合受折罰。今以其家藏金。暫借與仁。期以二十年後還本主。仁於夢中受命。醒而爲人打牆。果於牆下忽得藏金。遂致富。然慳吝異常。一錢不輕出。其自奉之薄。無異打牆時也。榮祖赴舉不第。歸求藏金于故處不復見。復投姻故。皆不遇。流落不堪。過賈仁門。見其門客陳德甫。知仁無子。欲求他人子爲義兒。乃鬻其子長壽于仁。仁又吝。不肯多出錢。德甫支己俸錢。并給榮祖。越二十年。賈仁死。長壽盡有其業。至岳廟燒香。與榮祖遇。相離已久。兩不相識。夢神告之。不悟。越明。榮祖之婦患心痛。至藥鋪中求藥。而藥舖主人。陳德甫也。引與長壽相見。爲道其詳。于是厚酬德甫。父子重合。檢其鏹上。有奉記字云。逸史載一書生。穴官庫錢。欲攜揭。忽見一金甲神持戈日。要錢。取尉遲公帖來。生訪求尉遲敬德。時敬德未遇。方袒露蓬首煅冶。生拜之。乞錢五百貫濟貧。敬德怒。生曰。足下他日富貴。但求一帖。敬德不得已與之。生至庫。復見神。令以帖置梁上。與之錢。後敬德賜錢一庫。計其數缺五百千。敬欲罪主者。忽得梁上帖。此與劇中借錢事相近。存此益見錢財有定分。不可倖獲也。此事頗相類。

燕青博魚 雜劇

元李文蔚撰。*李文蔚。眞定人。所作雜劇。今存燕青博魚、圯橋進履等二種。劇中姓名。借用水滸傳燕青等。其事則憑空捏造。絕無可據。考元取士有塡詞科。主司所定題目外。止曲名及韵耳。其賓白則演劇者自爲之。或多鄙俚蹈襲之語。如此劇是也。古者烏曹作博。以五木爲子。有梟盧雉犢。爲勝負之釆。楚辭。箟蔽象棊有六博。分曹並進尤相迫。成梟而盧呼五白。晉書。劉毅樗蒲大擲數百萬。人並黑犢。惟毅得雉。大喜。褰衣繞床叫曰。非不能盧。不事此爾。劉裕因接五木曰。老兄試爲卿答之。而四子俱黑。一子轉躍未定。裕厲聲喝之。即成盧。毅殊不悅。又宋武帝與侍中顏師伯樗蒲。帝得雉大悅。師伯後得盧。帝失色。師伯遽斂手曰。幾得盧。又事始。載明皇與貴妃采戲。將北。惟重四可轉。上連呼叱之。骰子轉成重四。上悅。賜四緋也。又莊子。以瓦注者巧。以鉤注者憚。以金注者殙。注云。注、射也。射而賭物曰注。即孤注之注。又後漢梁冀意錢之戲。即攤錢也。按劇中曲云。則這新染來的頭錢不甚昏。可不算先道的准。心手裏明明白白。攤定一文文。則所謂博者。蓋攤錢。博魚。以魚爲注也。略云。梁山泊宋江。以重陽節。給假放衆頭領下山遊賞。仍立限回山。燕青踰限當誅。吳用等爲之請免。受責。青以氣憤而目失明。江令下山覓醫。青遂流落汴梁。汴梁人燕和。妻王臘梅有淫行。和弟捲毛虎燕順。惡其嫂。棄家去。臘梅與奸夫楊衙內約。三月三日會於同樂院。及期。楊跨馬赴院。撞倒盲人燕青。青欲牽馬。反爲楊所毆。楊馳去。青誤扭一人。乃燕順也。順善鍼。憐青以盲受辱。爲下鍼治盲。青目復明。通姓名。結爲兄弟。青方困。借本販鮮魚以自給。時復三月三日。青至酒店博魚。燕和夫婦在店飲。青與和博。和得魚。青告苦於和。和還其魚。負擔欲去。値楊衙內至店。以青不迴避。奪其擔。青知即前毆己之人。還毆之。楊狼狽走。和見青拳勇。亦與結兄弟。引至家留養。中秋節。臘梅又約楊到園飲。爲青所見。報和。持刀將殺楊。楊軼去。又欲殺臘梅。和猶豫未决。楊統衆至。縛和及青。付官下獄。青與和越獄走。楊與臘梅復率衆追。將及。青、和遇順。時順已入梁山寨。聞和及青受寃。挾貲來救。遂并力擒楊及臘梅而殺之。俱歸梁山。

虎頭牌 雜劇

元李直夫撰。*李直夫。一名蒲察李五。女直人。所作雜劇。今僅存虎頭牌一種。劇中地理官名。蓋指金源時事。山壽馬罰不避親。見其時軍法之嚴也。漢制。郡國兵必有虎符而後發。金制。軍中符驗。有金牌、銀牌、木牌。金牌以授萬戶。銀牌以授猛安。猛安。千人長也。木牌則謀克蒲輦所佩者也。謂之曰信牌。軍中傳遞以爲信。元因之。萬戶金虎符。千戶金符。百戶銀符。略云。金牌上千戶山壽馬者。完顏氏也。世居渤海。幼孤。其叔銀住馬撫之成立。襲職千戶。鎭守夾山口。累著功績。擢爲兵馬大元帥行樞密院事。按史。天會十二年。立三省樞密院。賜雙虎符金牌。便宜行事。又許以前所授金牌。隨舉一人授之。守夾山口。會其叔銀住馬自渤海來探之。聞有是命。使其妻與壽馬之妻茶茶言。欲得金牌守夾山口。而山壽馬以其篤嗜酒。恐誤軍政。難之。茶茶告其妻。其妻告銀住馬。願得官。誓止酒不飲。山壽馬乃以牌委之而去。親友來賀。銀住馬不覺復醉。其兄金住馬切戒之。銀住馬恃其姪爲元帥。不以爲意。中酒屢失事。中秋夕方痛飲。而夾山口爲敵所破。掠去人口牛馬。銀住馬乘醉上馬奪回。而山壽馬已行文至勾之。銀住馬復毆役不聽勾。山壽馬復遣曳刺縛詣帥府。使畫供。銀住馬醉中具服。山壽馬將按法誅之。其嬸及茶茶來求免。叱退之。軍吏皆爲之請。俱不聽。銀住馬醒。始追憶其奪回人口牛馬事。

願以功抵罪。山壽馬始釋而杖之。山壽馬既申軍法。乃置酒殺羊。向其叔請罪。叔姪相好如初。

曲海總目提要卷二

辰鉤月 雜劇

元吳昌齡撰。*按吳昌齡撰有張天師夜祭辰鉤月。此本正名曰張天師斷風花雪月。恐另自一本。爲無名氏之作品。云長眉仙遣梅菊荷桃。張天師斷風花雪月。蓋必當時舉子。秋榜獲雋。而不能得志于春闈者。故劇中以桃桂二仙偕至。桂仙留而桃仙不留。是其寄託也。鄉闈得雋。必以折桂爲比。唐人詩。桂花香處同高第。領取嫦娥攀取桂。皆此意也。桃仙、封姨。本之博異記。但記有楊氏、李氏、石醋。并陶氏爲四。其封十八姨。以指春風。此則兼四時言。故添梅荷菊與雪天王。曰風花雪月。月即指桂花。謂月中仙也。略云。洛陽太守陳全忠。西洛人也。有姪曰世英。以應舉經洛陽。全忠留住園中。值中秋節。世英醉後玩月。題詩鼓琴。時羅睺、計都星纏月。按此謂月蝕也。而世英琴聲。感動婁宿。得救月宫之難。于是月中桂花仙子。深感世英。且與世英有宿緣。潛下人間。與封姨、桃花仙子。叩世英館。飲酒而去。訂以明年此夕再來。世英思仙子不置。染疾伏枕。張天師結壇請神云。時遇中秋。偶逢月蝕。羅計纏于黑道。婁宿聞此顯威。夢入蟾宫。敵戰惡星而退度。救兹月蝕。元光再續于寥天。半明半滅。乍闕乍盈。忽嫦娥之感動。思凡世而降臨。私離瑤臺。誤干天運。混仙凡而爲患。錯躔舍以成災。請命道流。立壇究治。適張天師道元過洛。謂全忠園有花月之妖。遂爲結壇。勾攝梅菊荷桃風花雪月諸仙。畢至壇所勘問。諸仙皆怨桂花一人思凡。而波累及衆。各以詞折辨。天師勘問既明。牒往西池長眉仙處問罪。長眉仙者。羣仙之總也。以桂花仙子。本爲酬恩起見。又念其從無匹配。思凡下世。情有可矜。竟得釋免。其餘衆仙各歸本位。而世英疾亦平。張衡靈憲曰。羿請不死藥於王母。姮娥竊之奔月宫。又虞喜安天論曰。俗傳月中仙人桂樹。今視其初生。見仙人之足。漸已成形。桂樹復生。按天文書。火之餘爲羅睺。土之餘爲計都。又計都犯羅睺則日食。羅睺侵計都則月食。奎、婁、胃、昴、畢、觜、參七星。金星主之以司秋。婁星明則郊祀得禮。天子有福。多子孫。臣忠子孝。劇中張天師云。祖傳三十七代。按元史釋老傳。正一天師者。始自漢張道陵。其後四代孫曰盛來。居信之龍虎山。相傳至三十六代孫宗演。當至元十三年。世祖召之。待以客禮。特賜玉芙蓉冠組金無縫服。命主領江南道教。仍賜銀印。嘗命取其祖天師所傳玉印寶劍觀之。二十九年卒。子與棣嗣。爲三十七代。襲掌江南道教。三十一年入覲。卒於京師。今云三十七代。蓋指與棣也。道元之名係撰出。天師弟子吳全節。嘗授崇文弘道元德眞人。撮其中兩字以爲名耳。陳世英白云。三十三天。離恨天最高。四百四病。相思病最苦。三十三天。四百四病。皆出內典。天師白云。引誘嫦娥。輒入五姓之家。按五姓。謂張王趙李劉也。元時以此爲舊族之最著者。故云。

又天師白中菊花詩云。東坡昔貶黃州道。吹落黃花滿地金。按此本稗史之說。謂王安石三難蘇軾。有黃州菊花落地之說。然此誤也。史正志菊花叙云。荆公詩。黃菊飄零滿地金。歐陽曰。秋花不比春花落。憑仗詩人仔細看。荆公笑曰。歐九不學故也。不見楚詞云。餐秋菊之落英云云。噫、荆公蓋拗性自文耳。詩之訪落。訓落爲始。蓋謂花始敷也。殘芳剩馥。豈堪咀嚼乎。嘗詢楚黃士人。實無此種。據此乃歐陽事。非蘇軾也。白中菊花仙。本之夷堅志。志云。成都府學有神曰菊花仙。相傳爲漢宮女。諸求名者往祈影響。神必明告。仙爲漢宮女。蓋在漢宮飲菊花酒者。或云。成都府漢文翁石室。壁間畫一婦人。手持菊花。前對一猴。號菊花娘子。大比之歲。士人多乞夢。頗有靈異。

東坡夢 雜劇

元吳昌齡撰。*吳昌齡。西京人。所作雜劇。今僅存東坡夢一種。記蘇軾與佛印相問答事。用白牡丹點綴。蓋借用琴操事也。考蘇軾詩。有贈金山寺長老了元絕句二首云。病骨難堪玉帶圍。鈍根仍落箭鋒機。欲教乞食歌妓院。故與雲山舊衲衣。此帶閱人如傳舍。流傳到我亦悠哉。錦袍錯落眞相稱。乞與佯狂老萬回。施氏瞻注云。佛印禪師。法名了元。饒州人。公久與之遊。時住持潤州金山寺。公赴杭過潤。爲留數月。一日值師掛牌。與弟子入室。公便服入方丈見之。師云。內翰何來。此間無坐處。公戲云。暫借和尙四大。用作禪床。師云。山僧有一轉語。

內翰言下即答。當從所請。如稍涉擬議。願留玉帶以鎭山門。公許之。便解玉帶置几上。師云。山僧四大本無。五蘊非有。內翰欲於何處坐。公擬議未即答。師急呼侍者云。收此玉帶。永鎭山門。公笑而與之。師取衲裙相報云云。世所傳東坡佛印問答語甚多。此其最著者。但在金山事。劇內言廬山問答。則無可考。蘇軾遊廬山。至東林。贈總師二偈曰。溪聲便是廣長舌。山色豈非淸淨身。夜來八萬四千偈。他日如何舉似人。橫看成嶺側成峰。遠近看山了不同。不識廬山眞面目。只緣身在此山中。黃庭堅曰。此老於般若。橫說竪說。了無剩語。非筆端有口。安能吐此不傳之妙乎。又考西湖志餘。蘇子瞻守杭州日。有妓名琴操。頗通佛書。解言辭。子瞻喜之。一日遊西湖。戲語琴操曰。我作長老。汝試參禪。琴操敬諾。子瞻問曰。何謂湖中景。對曰。落霞與孤鶩齊飛。秋水共長天一色。何謂景中人。對曰。裙拖六幅湘江水。髻挽巫山一段雲。何謂人中意。對曰。隨他楊學士。鱉殺鮑參軍。如此究竟如何。子瞻曰。門前冷落車馬稀。老大嫁作商人婦。琴操言下大悟。削髮爲尼。與劇中了元度白牡丹事頗相類。然地里人名皆不合。略云。東坡以諫阻青苗法。觸王安石。謫居黄州。於太守席見一歌妓。曰白牡丹。云是樂天之後。聰慧異常。東坡挈之遊廬山。時廬山東林住持了元。東坡之故人也。坡欲使牡丹招之還俗。元終不爲動。而以神通遣花間四友。曰夭桃、嫩柳、翠竹、紅梅。引東坡入夢。飲以酒。坡盡醉。爲各賦詩。明日。了元昇座説法。東坡不能難。及與白牡丹問答數語。牡丹言下有省。願披剃爲尼。坡本欲以牡丹魔障了元。今反爲了元度脱。坡不覺爽然。益悟色即是空。空即是色也。吳中紀聞。載張敏叔嘗以牡丹爲貴客。梅爲淸客。菊爲香客。瑞香爲佳客。丁香爲素客。蘭爲幽客。蓮爲凈客。荼蘼爲雅客。薔薇爲野客。桂爲仙客。茉莉爲遠客。芍藥爲近客。各賦一詩。吳中至今傳播。東坡外集。東坡元豐末年。得請歸耕陽羨。舟次瓜步。以書抵金山了元禪師曰。不必出山。當學趙州三等接人。元得書徑來。東坡迎笑問之。以偈爲獻。曰。趙州當日少謙光。不出山門見趙王。爭似金山無量相。大千都是一禪床。東坡拊掌稱善。說見詩話。

老生兒 雜劇

元武漢臣撰。（武漢臣。濟南人。所作雜劇。今僅存老生兒一種。）其事無考。陶詩曰。弱女雖非男。慰情良勝無。言無男則女亦聊可自慰也。漢書曰。生女不生男。緩急非所益。言緩急之際。女不如男也。至於承祧嗣續。則女不但不如男。並不可與兄弟之子同語也。作者之意。蓋欲深誡妬婦之愛女。而忘其夫之後者。劇云。東昌劉從善娶李氏。垂老無子。有女曰引張。贅婿曰張郎。從善之弟從道早亡。有子曰引孫。從善撫之甚篤。其妻李氏憎之。尤爲張夫婦所不容。從善乃以銀百金。草房一所與引孫。令獨居訓蒙以自活。從善家本厚。憤妻女若婿之逐其姪。乃取藏券悉焚之。有婢小梅懷孕。從善他出。囑妻女善視之。女若婿相與謀曰。小梅有子。則家產無復望矣。乃移置小梅於別屋。與從善妻同告從善。謂小梅私潛逃。不知所之矣。從善心疑。然無可如何。浩歎而已。旋念老年無子。皆宿業所致。於是至開元寺捨財布施。救濟貧人。時引孫亦貧甚。來求鈔。而鑰爲張婿掌握。不肯給鈔。從善陰以銀二錠付引孫去。値淸明節。從善命婿備祭具掃墓。而囑其夫婦。先往墓所陳設。二老當繼至。則不見張夫婦。而墓有焚紙一陌。澆酒一杯。徐迹張夫婦。則自往張墓設祭。從善大悲惋。妻亦悟壻不可爲後也。俄而引孫荷鍤來增土。向所謂一陌一杯。乃其所奠也。於是夫婦皆持引孫泣。攜之歸。產業盡付之。而拒張夫婦。張夫婦皆內慙。求昔所置別屋之小梅。則已生子三歲矣。小梅雖置別屋。張夫婦仍以衣食稍稍給之。故得存活。至是引見從善。具道其詳。從善大喜。以家貲分而爲三。一以與女。一以與姪。一與其子。有小說載此事。則云劉女甚賢。與此略異。

玉壺春 雜劇

元武漢臣撰。*按此劇元曲選本題武漢臣撰。錄鬼簿武漢臣名下不著此目。僅著有玉堂春。錄鬼簿續編賈仲明名下著錄此目。應爲賈撰。又太和正音譜及元曲選等均作賈仲名。今依錄鬼簿續編。演李斌遇妓李素蘭事。玉壺春者。素蘭所畫蘭及所作春詞也。廣陵人李斌、字唐斌、別號玉壺生。美才品。遊學嘉禾。淸明。遇妓李素蘭於郊外。各相愛慕。遂訪其家。眷戀不能舍。密友陶綱、字伯常者。官杭州郡佐。聞斌客嘉禾。過而訪之。勸斌就試。告以爲李羈留。綱索其文。出萬言策示之。綱袖而去。云當代若呈獻。斌乃與李情好益篤。李畫素蘭一枝。插玉壺中。題詞云。香嬌淡雅天然格。蓝嫩幽奇能艷白。看四季。永馨香。遠蓬蓽。堂鄰野陌。惟待客。不許遊人閒摘。玲瓏瑩軟無瑕色。玉潔冰淸有潤澤。玉壺內。插蘭花。壓梅瓣。壽陽點額。休挪摔。莫伴羣芳亂折。斌極稱賞。嗣後資斧漸乏。假母欲拒斌。有山西紬客聞蘭美欲娶之。蘭堅拒。使斌娶己。斌屬蘭義妹陳玉英作合。而假母言同姓不當結婚姻。蘭云已本張姓。非李所出。無嫌也。假母利客財。復强之。蘭截髮以拒。母甚怒。鳴於官。適綱復至嘉禾。拘而質之。即李斌也。詢蘭意所適。蘭出自繪玉壺春圖幷春詞以見志。母尤爭不已。値京使至。云斌策稱旨。授杭州郡倅。母乃已紬客以蘭妻斌。

生金閣 雜劇

元武漢臣撰。*錄鬼簿武漢臣名下不著此目。錄鬼簿續編入失載名氏項下。應非武撰。演包拯斷郭成寃事。無可考。與灰闌、盆兒、神奴諸劇相似。*灰闌記見本書本卷。盆兒鬼與神奴兒均見卷四。略云。郭成、蒲州河中府人。世爲農家。成習儒。家有老親。妻曰李幼奴。成得惡夢。卜之。日者云。宜避千里外。成方欲應舉。遂束裝。瀕行。其父出一世傳寶物。曰生金閣。閣以生金造成。置風中則有聲如仙樂。無風處以扇搧之亦然。謂成曰。持此獻要路。可得官。成得閣。挈其妻幼奴偕行。將至汴。天大雪。成與幼奴憩於酒店。有龐衙內者。權豪也。雪中出獵。亦飲於店。成見其聲勢赫奕。知爲要人。出生金閣獻之。以求得官。龐許之。成喜。率其妻拜謝。龐遂拉至家。設酒款待。欲奪其妻。成不從。禁之後園。而令一老嫗勸幼奴。幼奴劈面自誓。嫗傷之。

助幼奴罵龐。龐怒。縛嫗投井中。令家人殺成。成既被殺。家人見其提首越牆而去。越歲元宵。都人競出賞燈。龐亦出遊。衆見一鬼提首逐龐。各驚散。會包待制之任。夜行。命役妻青至城隍廟焚牒拘鬼赴開封署。訴其事甚悉。龐嫗子福童聞母死。陰導幼奴同逸。至署聲寃。拯乃置酒邀龐。給以從西延邊上得一寶。名生金塔。上放五色光。龐遂自言有生金閣。拯問閣所自來。龐方欲諱。幼奴、福童並從階下出證之。縛龐拷掠具服。誅龐。以幼奴送至河中。還其公姑而旌其節。并䘏福童。

韓信乞食 雜劇

元王仲文撰。*王仲文。大都人。所作雜劇。今僅存救孝子一種。 標曰。淮陰縣韓信乞食。仲文、大都人。淮陰侯傳。韓信從下鄉南留亭長食。亭長妻苦之。乃晨炊蓐食。信往不爲具食。自絕去。至城下釣。有一漂母哀之。飯信。信曰。吾必重報母。母怒曰。大丈夫不能自食。吾哀王孫而進食。豈望報乎。項羽死。高祖襲奪信軍。徙爲楚王。都下邳。信至國。召所從食漂母賜千金。及下鄉亭長錢百。曰。公小人也。爲德不竟。

救孝子 雜劇

元王仲文撰。記賢母李氏。救其庶出子楊謝祖事。謝祖事李盡孝。故曰孝子。考元兵制有五衞。以總宿衞諸軍。又有蒙古軍。探馬赤軍。平宋。立漢軍。河洛山東。則蒙古探馬赤軍。列大府以屯之。江淮南海。各以漢軍新附軍戍焉。有萬戶府千戶所以鎭之。後立義兵萬戶。又有團練安撫勸農司招集義旅。其法甚密。終元之世。內外兵數之多寡。雖樞密近臣。不能盡知。劇中所謂勾遷義細軍。當是漢軍之屬義兵萬戶者。略云。大興府尹王翛然。奉命隨處勾遷義細軍。至開封府西軍莊。軍戶楊家兄弟二人。長曰興祖。次曰謝祖。母李氏。

興祖娶妻曰王春香。謝祖未娶。二人當以一人爲軍。儵然問其母。二子之中。願以誰往。李氏以長男興祖對。而謝祖以得夢吉願往。其母不從。儵然疑興祖必非李出。故欲留謝而以興往。詳詰之。則興實李出。而謝乃妾康氏所生。未彌月而母亡。其夫遺言以兒囑李。李守此言。故預使興習武。而命謝攻詩書。不欲其遠離也。儵然深歎其賢。敬禮之。而率興祖去。興祖有一刀。其妻春香之弟曾索之。瀕行。以遺春香。令付其弟。春香以未奉姑命。必告姑。始肯收。夫婦相語。爲儵然所知。乃悉春香亦賢婦也。春香母家東軍莊。屢欲其女歸寧。農事稍暇。李氏命謝祖送其嫂往東軍莊。謝恐嫂叔嫌疑。至近莊林浪嘴。以行李付嫂而歸。有賽盧醫者。於推官署行醫。誑其啞婢逃至林浪嘴。婢有孕將產。而醫見春香獨行。且行李中有刀。遂奪刀殺婢。破其面。剝春香衣衣之。掠春香而去。春香母訝女久不至。親至西軍莊。李云。已令謝祖送歸。春香母遂疑謝祖。欲奸嫂不遂而殺之。同李氏母子至林浪嘴左右訪問。見有尸在地。其旁置刀。適勸農官至。春香母即執謝祖叫寃。指尸爲證。時尸已腐。官不細檢。欲令其母及姑領歸燒化。李堅執不認。官嚴刑拷謝祖屈供。又令李氏押。以實謝祖罪。李氏復不肯。久之。興祖從軍。以傔然薦。立功爲金牌上千戶。元兵制置行樞密院。有萬戶金虎符。千戶金符。百戶銀符。所謂金牌上千戶者。當即千戶給金符。屬行樞密院也。告假省親。路遇春香於井旁汲水。驚問之。知爲盧醫所掠。強逼爲妻。不從。勒令汲水澆畦也。興祖乃執盧醫。偕春香至官。會傔然賜上方劍。至河南審囚刷卷。採訪孝子順孫。已將楊氏一門賢孝上聞。而閱卷至楊謝祖欺兄殺嫂。深訝之。提謝祖親鞫。會李氏以官吏不檢屍入謝祖死罪。來控寃。與興祖相値。興祖見其母并及其弟。始知弟以嫂受誣。遂引春香並見傔然。於是知春香尚在。而殺人乃賽盧醫也。傔然正盧醫罪。釋謝祖。表賢母李氏爲義烈太夫人。興祖妻春香爲賢德夫人。謝祖亦授一官云。

伍員吹簫 雜劇

元李壽卿撰。＊李壽卿。太原人。所作雜劇。今存伍員吹簫。度柳翠二種。本春秋、左、國、史記及吳越春秋等書。而點綴翻換以成者也。左傳。昭公二十年。費無極言於楚子曰。建與伍奢將以方城之外叛。王信之。執伍奢。無極曰。奢之子材。若在吳。必憂楚國。盍以免其父召之。彼仁必來。不然將爲患。王使召之曰。來。吾免而父。棠君尙謂其弟員曰。爾適吳。我將歸死。吾知不逮。我能死。爾能報。伍尙歸。奢聞員不來。曰。楚君大夫其旰食乎。楚人皆殺之。員如吳。言伐楚之利於州于。公子光曰。是宗爲戮。而欲反其讐。不可從也。員曰。彼將有他志。余姑爲之求之而鄙以待之。乃見鱄設諸焉而耕於鄙。春秋。定公四年。冬十有一月庚午。蔡侯以吳子。及楚人戰於柏舉。楚師敗績。楚囊瓦即子常。出奔鄭。庚辰。吳入郢。和州志。昭關。在小峴山西。相傳子胥奔吳。過此。伍尙。春秋時棠邑宰。多惠政。民稱棠君。溧陽志。投金瀨。在今溧陽縣。即擊漂女飯子胥處。子胥欲報。不知其家。投金瀨水而去。吳越春秋。漁父渡伍員歌曰。日月昭昭乎寢已馳。與子期兮蘆之漪。日已夕矣余心憂悲。月已馳兮何不渡爲。事寢急兮將奈何。蘆中人兮豈非窮士乎。楚捕子胥急。至江上。有父老知子胥。急渡之。子胥解劍與漁父。父曰。楚法。得子胥賜粟五萬石。爵執珪。豈徒百金之劍耶。辭不受。胥後每食必祝曰江上丈人。其事史策互見。皆合。專諸即嫥設諸。左史並載。劇中大略不外諸書。特以費得雄爲費無忌子。而以浣婆婆爲漂女之母。以江上丈人閭丘亮子曰村廝。則皆憑空造出。無可考也。至吳師至郢。楚王命費無極將兵拒吳。無極爲子胥所擒。殺之轅門。此作者爲子胥洩憤而云然。考左傳。費無極爲子常所殺。事在魯昭公二十七年。

柳毅傳書 雜劇

元尚仲賢撰。*尚仲賢。眞定人。所作雜劇。今存柳毅傳書。三奪槊。氣英布等三種。本唐人李朝威所撰柳毅傳。此略而傳詳。後來蜃中樓記。*蜃中樓見本書卷二十一。又本於此。傳云。儀鳳中。儒生柳毅應舉下第。將還湘濱。劇云淮陰人。添出毅母張氏。鄉人有客於涇陽者。劇云官涇陽。遂往。見婦人牧羊道畔。乃殊色也。毅詰曰。子何苦而自辱如是。婦泣對曰。妾洞庭龍君小女也。劇稱三娘子。嫁涇川次子。夫婿爲婢僕所惑。訴於舅姑。毀黜至此。聞君將還吳。欲以尺書寄託。可乎。毅曰。吾義夫也。聞子之言。氣血俱動。何可否之謂。然而洞庭水深。吾行塵間。寧可致耶。女曰。洞庭之陰。有大橘樹。鄉人謂之社橘。劇云金橙樹。君當解去鉉帶。束以他物。然後擧樹三發。當有應者。毅受書曰。吾爲使者。他日歸洞庭。愼勿相避。女曰。寧止不避。當如親戚耳。劇中以金釵一根。令毅擊樹。語竟。引別東去。訪洞庭社橘。向樹三擊。武夫出於波間。劇云夜叉。問自何來。毅曰。謁大王耳。武夫揭水引路。謂毅曰。閉目數息。可即至宮。止於靈虛殿。洞庭君方幸元珠閣。與太陽道士講大經。少選。披紫衣。執青玉。謂毅曰。水府幽深。寡人暗昧。夫子不遠千里。將有爲乎。毅曰。毅、大王之鄉人也。昨涇水之涘。見王愛女牧羊於野。風鬟雨鬢。所不忍視。毅因詰之。

知爲夫壻所薄。舅姑不念。以至此。遂取書進之。洞庭君覽畢。哀咤良久。書達宮中。宮中皆慟哭。君謂左右曰。無使有聲爲錢塘所知。毅問錢塘何人。曰。寡人之弟。昔爲錢塘。今則致政。其勇過人。昔堯遭洪水九年者。此子一怒也。近與天將失意。穿其五山。帝以寡人有薄德。寬其同氣之罪。然猶縻繫於此。（劇竟以爲錢塘因洪水九年。罰在水簾洞受罪。）詞未畢。大聲忽發。雲烟沸湧。有赤龍長萬餘尺。千雷萬霆。激繞其身。霰雪雨雹。一瞬皆下。乃擘青天而去。（劇中火龍與涇河小龍交戰。電母向涇龍。形容對陣光景。本傳所無。）俄而祥風慶雨。擁一人入於宮中。君笑謂毅曰。涇水之囚人至矣。君乃辭歸宮中。有頃復出。與毅飲。有一人披紫裳。執青玉。立於君左右。君曰。此錢塘君也。毅起趨拜。錢塘亦向毅謝。君曰。所殺幾何。曰。六十萬。傷稼乎。曰。八百里。無情郎安在。曰。食之矣。（劇云。化爲小蛇。入淤泥中。錢塘獲而吞之。）宴罷。宿毅於凝光殿。明日。張廣樂。旗旄劍戟。舞萬夫於其右。中一夫曰。此錢塘破陣樂。綺羅珠翠。舞千女於其左。中一女曰。此貴主還宮樂。二舞畢。洞庭君乃擊席而歌。錢塘再拜而和。劇中即以歌辭爲樂。歌闋。奉觴於毅。錢塘因酒作色。踞謂毅曰。涇陽之妻。洞庭之愛女也。淑性茂質。不幸見辱於匪人。將欲求託高義。世爲親賓。可則俱履雲霄。不可則皆夷糞壤。毅笑曰。始毅以爲剛決明直。無如君者。今乃欲以介然之軀。悍然之性。乘酒假氣。將迫於人。豈近直哉。且毅之質。不足藏王一甲之間。然而敢以不伏之心。勝王不道之氣。惟王籌之。錢塘逡巡致謝。劇中言毅以老母辭。毅辭歸。洞庭君夫人。別宴毅於潛景殿。使涇陽女當席拜謝。毅當此。殊有歎恨之色。宴罷辭別。贈遺珍寶。怪不可述。毅歸。本傳毅娶張韓二氏。劇皆不載。徙家金陵。有媒以盧氏女告。卜日就禮。毅視其貌。類於龍女。而豐艷過之。曰。余即洞庭君之女也。自君救涇川之辱。誓心求報。季父論親不從。悵望成疾。今日獲奉君子。無恨矣。乃相與覲洞庭。劇中言毅歸母已爲配盧氏。即係龍女。視本傳情節較省。

三奪槊 雜劇

元尚仲賢撰。　隋唐嘉話。　鄂公尉遲敬德性驍果。　而尤善避槊。　每單騎入敵。　人刺之。　終不能中。　反奪其槊以刺敵。　海陵王元吉聞之。　不信。　乃令去槊刃以試之。　敬德云。　饒王着刃。　亦不畏傷。　元吉再三來刺。　既不少中。　而槊皆被奪去。　元吉力敵千夫。　由是大慙恨。　太宗之禦竇建德。　謂尉遲公曰。　寡人持弓箭。　公把長鎗相副。　雖百萬衆。　亦無奈我何。　乃與敬德馳至敵營。　叩其軍門。　大呼曰。　我大唐秦王。　能鬬者來。　與汝決。　賊追騎甚衆。　而不敢逼。　禦建德之後。　既陳未戰。　太宗望見一少年。　騎驄馬。　鎧甲鮮明。　指謂尉遲公曰。　彼所乘馬。　眞良馬也。　言之未已。　敬德請取之。　帝曰。　輕敵者亡。　脫以一馬損公。　非寡人願。　敬德自料致之萬全。　及馳往。　并禽少年而返。　即王充兄子僞代王琬。　宇文士及在隋。　亦識是馬。　實內廐之良也。　帝欲旌其能。　並以賜之。

氣英布 雜劇

元尙仲賢撰。言漢高祖欲挫英布銳氣。濯足媟慢以激之。布爲氣憤。故名。略云。漢楚戰于靈壁。漢敗北。屯軍滎陽。項王授英布爲當陽君。以精兵四十萬駐九江。徵布擊漢。楚將龍且嫉忌布。托病不赴。且譖其有叛心。項亦懷疑。漢王與張良曹參輩議招布降。典謁官隨何。少與布善。請往說。王謂何豎儒。何異持蠅釣鼇。徒供其一啜耳。何堅請。以二十騎詣布營。及往。布度必下說。列刀斧以懾之。何從容謂布云。予無所懼。爾不日禍及。是當憂耳。布遂延坐以詢。何云。公比范增若何。布云。增係項謀臣。尊爲亞父。某何敢與較。何云。增且見疑而逐。今徵爾擊漢。不赴且受譖。能無疑乎。禍必及爾矣。布猶豫。適楚使至。何伏屏後。使以項命慰布疾。何出謂楚使云。予漢臣也。布已歸漢。命予來迎。使驚異。何謂布曰。使歸告項。禍及矣。宜速誅之。布遂殺楚使引兵歸漢。之成皋關。無迎者。布不懌。何請先入關。布待之久。何出謂云。王昔與項王會廣武江。數項王十大罪。項以伏弩損王足指。今未瘳。不能出。請往見。及布入。王倨坐。令宮人濯足。佯不爲禮。布愧甚。欲撤兵之楚。則無顏見項。留則受侮慢。讓何以巧言紿己。遂欲自剄。何勸止之。俄頃大設筵宴鼓樂。漢王率衆詣布營。謂云。公鋭氣勃勃。故少加折挫耳。親致酒以謝。授布九江侯。使擊楚。亦爲布捧轂推輪。布感王德。引兵破項奏捷。此劇與正史雖不甚合。亦以表揚漢高祖用人之智略也。

秋胡戲妻 雜劇

元石君寶撰。*石君寶。平陽人。所作雜劇。今存秋胡戲妻。曲江池。紫雲庭等三種。全據列女傳諸書魯秋胡事。但秋胡之妻。實本自盡。此欲團圓結局。故曰伉儷如初也。女名梅英。及李大戶謀娶。俱係添飾。略云。秋胡、魯人。父早背。母劉氏。娶羅大戶女梅英爲室。新婚三日。勾胡從軍。別母妻之魯。久不歸。有李大戶者。知梅英美。欲謀爲室。紿其父云。秋胡已歿軍中。乃强委紅定。逼其父曲從之。父不得已。與劉商。勸女改嫁。梅英守節自矢。姑不能奪其志。乃語梅英父令拒李。梅英以蠶桑養姑。秋胡仕魯久。有軍功。昭公授中大夫。賜金一餅。令歸省母。將及故里。見一女採桑林中。貌絕婉媚。試挑之。女正色力拒。秋胡復遺以金。女恚。奔歸告其姑。而秋胡亦歸。繫馬門外。見女侍母側。詢知即其妻。愧赧無地。母述梅英守節奉姑。又不勝感刻。乃擒李治其罪。而梅英薄其夫無行。羞與伉儷。欲自盡。姑與胡父同勸慰。夫亦謝罪愧悔。英始復諧伉儷云。據傳記云。魯人秋胡。娶妻五日而遊宦。三年休還家。遇一婦採桑于郊。見而悅之。乃遺黃金一鎰。婦曰。妾有夫遊宦不返。幽閨獨處。三年於茲。未有被辱于今日也。採不顧。胡慚而退。至家。問家人妻何在。曰。行採於郊未返。既還。乃向所挑之婦也。胡大慚。婦責之曰。見色棄金。而忘其母。大不孝也。遂赴沂水而死。列女傳、山東通志諸書所載皆合。宋顏延年作秋胡詩五章。直敘其事。最爲古雅。載文選中。後人詠者甚衆。有七絕云。郎恩葉薄妾冰清。郎予黃金妾不應。若使偶然通一語。半生誰信守孤燈。尤中情理。又後漢時有名秋胡者。屬媒求某氏女。女父母以秋胡戲妻。堅不欲予。媒言有兩秋胡。戲妻者乃古人。非此人也。女氏方許諾。至漢有朱買臣。而六朝時又有朱買臣。此等姓名。似不必效法古人也。父與姑皆令改嫁。似後漢焦仲卿妻蘭芝之事。時人作廬江小吏行者也。誤報夫亡。似唐公乘億事。億赴長安應舉。或報其妻云億已沒。妻子身單騎訪之。至中道。億成進士歸。見服縗騎驢者。乃其妻也。相持感涕。易服並還。劇云。李大戶設計妄報。其後正來索鬧。而秋胡已歸。蓋影借此事也。列女傳曰。魯秋胡潔婦者。魯秋胡之妻也。秋胡子旣納之。五日而去。宦于陳。五年乃歸。未至家。見路旁有一美婦人。方採桑。秋胡子下車謂曰。苦曝獨採桑。吾行道遠。願託桑陰下一食。婦人採桑不輟。秋胡子謂曰。力田不如逢農年。力桑不如見公卿。今吾有金。願予夫人。婦人曰。採桑力作。紡績經織。以供衣食。奉二親養夫子而已矣。吾不願人之金也。秋胡子還家。奉金遺母。母使人呼其婦。婦乃向採桑婦。婦乃自投于河而死。

曲江池 雜劇

元石君寶撰。後人所作繡襦記（*繡襦記、明薛近兗撰。本書未收入。）本此。其事出唐人白行簡李娃傳。此較略。繡襦較詳。其命名曰。李亞仙花酒曲江池。蓋曲江、唐人遊賞最盛之地。渲染爲題。非本傳所有。彼曰繡襦者。則取傳中元和落魄時。娃以繡襦擁而歸也。略云。滎陽鄭公弼爲洛陽府尹。（傳云。天寶中常州刺史。與此異。）所生子曰元和。弱冠有詞藻。公弼命赴舉入長安。長安大戶趙牛觔者。挾其妓劉桃花。并邀桃花之姨李亞仙。同遊曲江。與元和遇。元和悅亞仙之貌。墜鞭者三。（傳云。元和訪友至鳴珂曲。見娃。乃詐墜鞭於地。候其從者取之。）亞仙亦回眸凝睇。情甚相慕。遂邀元和同飲。元和屬牛觔通辭。至亞仙家。傾囊給歡。金盡爲鴇所逐。（此與本傳同。）鬻駿馬及其家僮。資斧蕩然。娃情彌篤。而鴇意已怠。授計於娃。紿元和出而他遷。鬻僮馬事詳繡襦中。此略。然羇馬非本傳事。流落不堪。至爲人送殯唱挽歌。（此段傳中最詳。劇中略見。）公弼訝其子久絕音耗。至京遇元和所從僕。（繡襦云父之僕。）知其流落狀。又於路親見元和唱歌。怒甚。呼而撻之垂死。投於荒郊。亞仙奔救得甦。（此節傳與繡襦皆無。）欲留至家。鴇不容。元和愈落魄。沿途乞食。亞仙陰使牛觔招之。出私蓄付鴇爲贍資。而與元和同居。勸其勵志功名。一舉登第。授洛陽縣令。謁府尹。公弼固知其即元和也。而元和佯不識。公弼親詣縣署。召見亞仙。亞仙責元和背父。謂人苟知禮義。必能歸咎於己。憤欲自殺。元和于是叩首請罪。父子如初。而公弼尤善其得賢婦也。按劇中所演。與傳皆互異。而於後半尤不合。本傳詳繡襦記中。須互看情蹟。

瀟湘雨 雜劇

元楊顯之撰。（*楊顯之。時號楊補丁。大都人。所作雜劇。今存瀟湘雨。酷寒亭等二種。）崔女驛中遇雨。正臨湘江。故曰瀟湘雨。後人仿此作江天雪。（江天雪見本書卷十七。）改崔通曰崔君瑞。張商英曰蘇尙書云。商英宋時宰相。若其女。定無此事。蓋假託也。漢口鋪韓玉父題詩。正與相類。玉父、宋南渡時女子也。其題漢口鋪詩曰。南行踰萬山。復入武陽路。黎明與鷄興。理髮漢口鋪。盱江在何處。極目烟水暮。生平良自珍。差爲浪子婦。知君非秋胡。强顏且西去。其序云。妾本秦人。先大父嘗仕於朝。因亂。遂家錢塘。幼時。易安處士（李易安。趙明誠之妻。善詩詞。）教以學詩。及笄。父母以妻上舍林子建。去年。林得官歸閩。妾傾囊以助其行。林許秋冬間遣騎迎妾。久之杳然。何其食言耶。不免攜女奴自錢塘而之三江。比至。林已官盱江矣。因而復回延平。經由順昌。假道昭武而去。歎客旅之可厭。笑人事之多乖。因理髮漢口鋪。漫題數語于壁。然不知其究竟。作者或因此詩序。改易姓氏。幻成關目。添入後段。以警天下負心男子。爲蛾眉吐氣耳。劇云。諫議大夫張商英。以忤權貴。謫官江州。攜女翠鸞偕行。渡淮覆舟。父女相失。翠鸞爲漁父崔文遠救歸。養爲義女。文遠之姪崔通。將應舉。來辭。文遠以翠鸞配爲夫婦。瀕行。約成名後即相迎。比得第。主司趙錢友以女妻之。通不辭。授秦川縣令。攜趙赴任。翠鸞聞通得官。日望其來迎。久不至。因隻身至秦川。通既負心。趙女復悍妬。翠鸞至。誣爲逃女。刺配沙門島。而商英遭水時亦以救脫。歷官至提刑廉訪使。賜上方劍。得便宜行事。與翠鸞相遇于臨江驛。翠鸞訴其寃於父。請親詣秦川。縛通及趙女。數其罪。將殺之。適文遠至。力救獲免。翠鸞自念無改適理。復請於父。還通官。與俱之任。而以趙女爲婢妾焉。情史。載新嘉驛女子題壁云。予生長會稽。幼工書史。年方及笄。嫁於燕客。具林下之風致。事腹負之將軍。加以河東獅子。日吼數聲。今早。薄言往訴。逢彼之怒。鞭笞亂下。辱等奴婢。氣塡胸臆。幾不能起。嗟乎。予籠中人耳。死何足惜。但恐委身草莽。湮沒無聞。故忍死須臾。俟同類睡熟。竊至後庭。以淚和墨題三詩於壁。庶知音者讀之。悲予生之不辰。則予死且不朽。詩云。銀紅衫子半蒙塵。一盞殘燈伴此身。恰似梨花經雨後。可憐零落不成春。終日如同虎豹遊。含情默坐懨悠悠。老天生妾非無意。留與風流作話頭。萬種憂愁訴與誰。對人强笑背人悲。此詩莫作尋常看。一句詩成千淚垂。此詩一傳。人爭和之。頗與臨江驛訴寃相似。

酷寒亭 雜劇

元楊顯之撰。事無可考。其曰酷寒亭者。鄭嵩發配時。兒女送飯於此亭也。略云。鄭州孔目鄭嵩。妻蕭氏。子僧住。女賽娘。護龍橋人宋彬。犯法當抵死。嵩以彬仗義殺人。改案爲誤傷。刺配沙門島。彬感泣別去。嵩與妓蕭娥往來。嘗言於尹。除名樂籍。聽其從良。娥貪嵩富。欲嫁之。而妬其有婦蕭氏。遂留嵩不使歸。婦以嵩久不歸。託祗候趙用賺嵩。言婦病死。囑其急歸看兒女。娥固知其誑也。於其婦生日。凶服號哭登其堂。婦竟氣死。娥遂居其室。久之嵩奉尹命。同趙用齎文往京師。以兒女囑娥。嵩旣出。娥日撻兒女。適用以遺文書一紙。復回嵩家。見兒女苦狀。痛罵蕭娥而去。然娥終不悛。凌虐愈甚。且素與祗候高成通。雖嫁嵩。往還不斷。嵩出。成常在嵩家。嵩歸。飲於張酒保店。酒保不識嵩。以鄭孔目娶娥虐兒女。並與成通奸事告。嵩大憤歸。而遇成與娥並坐飲酒。遂殺娥而成逃去。嵩自首於尹。杖配遠惡軍州。行至酷寒亭。子僧住、女賽娘、行乞送飯。先是宋彬刺配於中途。殺解子爲盜。至是聞嵩事。率黨赴鄭州劫獄。相遇於亭。乃往州中殺高成。而拉嵩及其兒女俱入山。後以招安。得復爲民。

趙氏孤兒 雜劇

元紀君祥撰。*紀君祥。大都人。所作雜劇。今僅存趙氏孤兒一種。說本春秋、左、國、史記。後來八義記*八義記見本書卷十三。本此。春秋。成公八年。晉殺其大夫趙同、趙括。傳曰。趙莊姬爲趙嬰之亡。故譖之於晉侯曰。原屏將爲亂。欒郤爲徵。六月。晉討趙同、趙括。

武從姬氏畜于公宮。以其田與祁奚。韓厥言於晉侯曰。成季之勳。宣孟之忠。而無後。爲善者懼矣。三代之令王。皆數百年保天之祿。夫豈無辟王。賴前哲以免也。書曰。不敢侮鰥寡。所以明德也。乃立武而反其田焉。史記。趙朔爲屠岸賈攻滅。有遺腹子朔。夫人置兒袴中。得脫。朔客公孫杵臼、程嬰。取兒以文褓匿山中。嬰繆曰。吾知嬰兒所在。諸將隨之。杵臼繆曰。趙氏孤兒何罪。請活之。諸將殺杵臼及兒。然眞兒乃在。嬰匿十五年。因韓厥立之。是爲趙武。程嬰自殺。劇中不無增飾點綴。然大段皆有本。不同妄作。略云。晉靈公時。文臣趙盾。武臣屠岸賈。賈欲害盾。使鉏麑刺之。麑觸槐死。靈公賜賈神獒。賈閉之密室。三四日不與飲食。而以草紮盾狀置羊心肺於草人中。出神獒。使剖而噉之。且言於靈公曰。獒能識邪佞。靈公使試於朝。獒噬盾。左傳言公使鉏麑。及嗾夫獒。不及賈。皆作者增飾。提彌明搏殺之。盾出。賈預毀其車馬。盾昔所救桑間餓夫靈輒。掖之而去。賈復言於靈公。誅絕趙氏一門三百口。盾子朔亦賜死。按左傳靈公欲殺盾。在魯宣公二年。同括之誅。在成公八年。此並作一時事。朔妻公主有遺腹子。賈搜之甚急。朔門下客程嬰。以醫得見公主。公主以孤授嬰。而自縊死。嬰藏孤於藥籠中。時爲賈守公主門者。韓厥也。厥與朔有舊。知嬰藏孤而出。縱之使去。亦自刎。（按左傳武得復立者。厥之力也。此云縊孤自盡。亦是隨手點竄耳。）嬰攜孤投公孫杵臼。（史記稱嬰杵臼皆朔客。此言杵臼以宰輔罷職居山中。無所據。）然賈索孤益急。欲盡收國中兒手刃之。嬰攜孤投公孫杵臼。將使杵臼匿孤。而已挾所生兒。令杵臼告岸賈。與兒俱死。杵臼以已年老。恐不及視孤成立。乃使嬰以所生兒易孤。置山中。往告岸賈。謂孤在杵臼家也。（按國語謂杵臼曰。死與立孤孰難云云。此言年老。亦是作者稍變其文。）岸賈執杵臼。即令嬰拷之。杵臼死。岸賈殺嬰子。德嬰。以孤爲嬰所生。養爲義兒。敎以兵法。而令嬰敎以詩書。越二十年。（史記言十五年。）嬰乃以盾、朔及孤遭岸賈害。并厥與杵臼死狀。共作一圖。對之而泣。孤疑而詢。始詳告之。孤乃告晉君六卿。殺岸賈。滅其家。以報積讐。晉君使復姓襲爵。而褒諸義士云。按駙馬公主等。春秋時並無此稱。作者往往因時隨俗。不復顧本事年代。不獨此劇也。

張生煮海 雜劇

元人作。*元李好古撰。錄鬼簿及太和正音譜均著錄。今存元曲選及柳枝集本。又元尙仲賢亦有此目。今佚。李好古。保定人。所作雜劇。今僅存張生煮海一種。事出小說。在疑信之間。考後漢書。徐登趙炳。能爲越方。登禁水。水爲不流。註云。越方、禁呪也。又幽怪錄。葉靜能閒居。有白衣老父來。泣拜曰。職在小海。有僧善術。來竭水。海水十涸七八。靜能使朱衣人執黃符。往投之。海水復舊。白衣老父乃龍也。觀此則仙家煮海之術。亦或有之。扶風馬孺子。戲郊亭上。有奇女墮地。少年光艷。孺子駭且悅之。女怒曰。我故居鈞天。劇中言思凡謫降。當本此。帝言我心侈大。被謫七日。當復去。後化爲龍。事見柳宗元文。與此頗相類。又冷齋夜話。載吳城龍女詞曰。數點雪花亂委。撲漉沙鷗驚起。略云。潮州張羽、字伯騰。有才學。功名未遂。閒遊海上。寓居石佛寺。淸夜撫琴。有東海龍王第三女曰瓊蓮者。聞琴聲來聽。韻府載有僧講經。一叟來聽。曰。某山下龍也。幸歲旱。得閒來此。僧曰。能救旱乎。

曰。上帝封江湖。有水不得用。僧曰。此硯水可用乎。乃吸水去。是夕大雨。龍能聽經。則亦能聽琴也。因與羽遇。兩相愛慕。訂羽於中秋夕至海上。招爲婿。出鮫綃帕贈之。鮫人水居。出人間賣綃。臨去從主人索器。泣而出珠與主人。說見博物志。及期。羽持帕至海岸。大水茫茫。莫知所之。忽遇一道姑。乃秦時毛女也。劉向列仙傳云。毛女者。字玉姜。在陰山中。自言始皇宮人。詰羽安往。羽告以故。且問津於女。女謂龍王性躁難犯。須先有以降伏之。事庶可諧。乃以銀鍋一。金錢一。鐵杓一。授羽。令舀海水。投錢於鍋煎之。鍋中水淺。則海水亦淺。龍王覺。必來告哀也。羽如法行。龍王果窘。覘知羽意。乃浼石佛寺僧爲媒。願招羽爲婿。僧引羽入龍宮與龍女成婚。夫婦皆感毛女恩。而東華仙忽至。謂二人乃瑤池上金童玉女。一念思凡。謫罰下界。今已償還宿願。當重返瑤池。遂相攜離海上昇云。按位業圖。西王母侍者。有王上華、董雙成、石公子、宛絕青、地成君、郭密香、于若賓等。殆即所謂金童玉女也。

竹塢聽琴 雜劇

元石子章撰。*石子章。大都人。所作雜劇。今存竹塢聽琴一種。演秦脩然月下聽琴遇鄭彩鸞事。無所考證。則尼庵相偶。蓋玉簪記*玉簪記明高濂撰。本書未收入。所本。梁公弼誑脩然以私彩鸞爲魅。又與紅梨相似。*紅梨花見本書卷三。又明無名氏撰有紅梨花記。明徐復祚撰有紅梨記。本書均未收入。鄭禮部女彩鸞。美才色。通音律。其父與工部尙書秦恩遠子脩然。指腹訂婚。皆失怙恃。不通音問。鄭州尹梁公弼。脩然父執也。値土寇擾。與妻鄭氏。相失於途中。在鄭州尼庵爲道姑。彩鸞年長獨居。慮有强梁。乃令僕供薪水。而投鄭爲弟子。隱於別墅之竹塢草庵。脩然無所倚。往投公弼。遇之甚厚。適踏青野外。暮不及歸。詣竹塢草庵借宿。聞撫琴聲甚凄惋。叩之。鸞啟扉邀入。詢其姓氏。知即脩然也。各述顚沛始末。不能定情。遂與狎昵。嗣後晝則讀書署中。暮則棲於竹塢。梁頗覺之。慮其廢業。囑乳媼謂曰。是庵有女祟。嘗迷少年者。已斃數人矣。脩然懼。辭梁欲赴試。遂贈資斧送詣京師。而迎鸞訊家世。知爲宦家女。即儵然幼所訂婚者。且不與明言。居白雲觀。會儵然擢大魁。奏梁教育恩。請歸覲。詔即授鄭州通判。以省視。及至。梁與同飲白雲觀。令鸞出見。儵然驚以爲魅。梁始明告之。使諧伉儷。初梁失妻。徧訪不得踪跡。至是老尼聞鸞還俗。往視之。梁一見大駭。喜不自勝。迎歸於署。

關盼盼 雜劇

元侯克中撰。明人又改換增添以成全本。克中、眞定人。自號艮齋先生。標曰。關盼盼春風燕子樓。所記即盼盼本事也。*按。燕子樓。明竹林逸士撰。今佚。又南戲亦有燕子樓。今殘存二曲。宋王惲燕子樓傳云。白樂天有和燕子樓詩。其序云。徐州張尙書有愛妓盼盼。善歌舞。雅多風態。予爲校書郎時。遊淮泗間。張尙書宴予。酒酣。出盼盼佐歡。予因贈詩。落句云。醉嬌勝不得。風嫋牡丹花。一歡而去。爾後絕不復知。茲一紀矣。昨日司勳員外郎張仲素繪之訪余。因吟詩。有燕子樓詩三首。辭甚婉麗。詰其由。乃盼盼所作也。繪之從事武甯累年。頗知盼盼始末。云張尙書旣歿。彭城有張氏舊第。中有小樓。名燕子。盼盼念舊愛而不嫁。居是樓十餘年。於今尙在。盼詩有云。樓上殘燈伴曉霜。夜眠人起合歡床。相思一夜知多少。地角天涯不是長。又云。北邙松柏鎖愁烟。燕子樓中思悄然。自埋劍履歌塵散。紅袖香銷二十年。又云。適看鴻雁岳陽迴。又覩元禽逼社來。瑤瑟玉簫無意緒。任從蛛網任從灰。余嘗愛其新作。乃和之云。滿窗明月滿簾霜。被冷燈殘拂臥床。燕子樓中寒月夜。秋來只爲一人長。又云。鈿帶羅衫色似烟。幾迴欲起即潸然。自從不舞霓裳曲。疊在空箱二十年。又云。今春有客洛陽回。曾到尙書墓上來。見說白楊堪作柱。爭教紅粉不成灰。又贈以絕句云。黃金不惜買蛾眉。揀得如花四五枝。歌舞教成心力盡。一朝身去不相隨。後仲素以余詩示盼盼。乃反覆讀之。泣曰。自公薨背。妾非不能死。恐百載之後。人以我公重色。有從死之妾。是玷我公淸範也。所以偷生耳。乃和白公詩曰。自守空樓歛恨眉。形同春後牡丹枝。舍人不會人深意。訝道泉臺不相隨。盼盼得詩後。往往旬日不食而卒。但吟詩云。兒童不識冲天物。漫把青泥汚雪毫。

魔合羅 雜劇

元孟漢卿撰。＊孟漢卿。亳州人。所作僅魔合羅一種。今存。元人百種中。如合同文字、救孝子、勘頭巾、灰闌記、後庭花、神奴兒、生金閣、及此劇等。皆記賢能官吏。判决疑獄事。事雖未必皆實。而其鈎距得情。伸洩枉濫處。有關吏治。不同苟作。考歲時紀異。七夕俗以蠟作嬰兒形浮水中以爲戲。爲婦人宜男之祥。謂之化生。本出西域。謂之摩㬋羅。今曰魔合羅。蓋流俗相沿。音訛字謬也。又夢華錄云。七月七夕。京師賣小塑土偶。悉以雕木彩裝欄座。或用紅碧紗籠。或飾金珠牙翠。有一對直數千者。禁中及貴家與士庶爲時物。按此皆摩㬋羅之踵事增華者。今虎丘山塘店中。不倒翁泥美人之類。皆其遺也。　又考七夕故事。乞巧樓前鋪陳磨喝樂。磨喝樂本出內典。後人訛作摩侯羅。魔合、又摩侯之訛也。　略云。河南府錄事司醋務巷人曰李彥實。子文道。姪德昌。德昌妻劉玉娘。子佛留。文道爲醫。德昌爲賈。同巷分居。文道開藥鋪。德昌開線鋪。文道無行。數過德昌家。戲其嫂。玉娘叱之。德昌賈南昌。文道復至德昌家。玉娘呼彥實至。責文道。文道懷憾。德昌獲利回。冒雨受寒。病於城外五道將軍廟。時當七夕。有賣魔合羅者高山。入廟避雨。德昌告以居址。囑其通信於妻。高山入城。至文道藥鋪中問路。文道紿其走枉道。而懷毒藥先馳至廟。毒殺其兄。劫其貲以歸。及高山繞城問至德昌家。則即藥鋪之對門也。達信。復以魔合羅一。遺佛留而去。玉娘至廟。德昌已垂絕。扶至家。七竅流血死。文道乘機勒其嫂爲婦。玉娘不從。遂誣其因奸殺夫。官吏皆受賄嚴拷。玉娘誣服。越一年。新官至。將就戮。孔目張鼎疑其寃。請卷閱之。卷云。供狀人劉玉娘。有夫李德昌。將銀十錠。從南昌買賣。回至五道將軍廟中染病。而此銀無着落。一疑也。又云。有不知姓名男子。前來寄信。而此人並未到官質審。二疑也。又云。玉娘慌速到廟。扶策到家。入門氣絕。七竅流血。報知小叔李文道。小叔說玉娘與奸夫同謀。而奸夫無名。並未到官。三疑也。合毒藥藥殺丈夫。而毒藥何從而來。何人所合。皆未明供。四疑也。遂與令史力爭。而請新官復審。官即委鼎三日內定虛實。鼎出玉娘于獄。首詢以報信之人形狀。作何生理。玉娘始追憶爲賣魔合羅者。而所遺佛留魔合羅尙存。取驗之。上有姓名曰高山製。乃收高山。詰以報信之日。尙有何人見聞。山供先至藥店。遇一人紿以繞道。乃收藥店人至。則即德昌之弟文道也。鞫文道。文道不承。時文道之父彥實。年已八十。老憒。鼎使人賺以文道已供。彥實不能隱。拘至官。一一證之。文道伏誅。玉娘之寃得白。

問牛喘 雜劇

元李寬甫撰。寬甫、大都人。刑部令史。除廬州合肥縣尹。漢書。丙吉出。逢羣鬬者。死傷橫道。吉過之不問。前逢人逐牛。牛喘吐舌。使騎問逐牛行幾里矣。掾吏謂前後失問。吉曰。民鬥傷。京兆尹職當禁捕。宰相不斷小事。非當於道路問也。方春牛喘。此時氣節恐有所傷。三公典調陰陽。職當憂。是以問之。掾吏乃服。以吉爲知大體。

灰闌記 雜劇

元李行道撰。*錄鬼簿作李行甫。名潛夫。絳州人。所作僅灰闌記一種。今存。亦龍圖公案之一。其事有無不可考。決疑斷獄。頗得情理。足爲吏治之助。略云。鄭州張海棠者。本良家女。家貧。迫於母爲妓。兄林憤其敗壞門風。痛詈之。去家爲商。海棠與富翁馬均卿厚。委身爲妾。生一子。均卿正妻與趙令史奸。欲謀殺其夫而嫁趙。幷占均卿家業。購毒藥藏之。未得其便。適海棠兄張林。落魄而歸。投妹求貸。海棠念前憾不與。均卿妻說海棠。使盡脫其衣飾。僞爲己物。以畀張林。而譖海棠於均卿。謂其以衣飾與奸夫。均卿怒訶海棠。林已去。無從置辨。妻又佯令海棠作湯。而己陰投藥湯中。飲其夫立斃。乃以殺夫衊海棠。欲取海棠子爲己子。留子而去則已。否則聲其事於官。海棠自念無罪。又不忍離其子。遂偕至官。妻與令史合謀。賄囑鄰里及收生嫗。皆以海棠子爲妻所出。官亦以海棠本青樓。其因奸殺夫。事無可疑。煅煉成獄。牘上開封府。府尹包拯疑之。提海棠及其子親質。妻又令趙令史賄囑解子。於中途殺海棠以滅口。海棠適與兄林遇。悉其冤。與俱行。得至府。拯詳鞫之。均卿子幼。妻妾皆以爲己出。莫能辨。拯乃命取石灰於階下。畫一欄。置兒中間。使兩婦互拽之。拽出者即其子。妻屢拽屢出。海棠屢拽不能出。蓋欄與兒隔遠。重拽之。則傷兒。輕拽之。則不得出。海棠惟恐傷其子。故不得出。妻惟恐兒不出。而不顧其傷也。既得其情。乃鞫妻。妻供趙令史。遂并收令史。又得張林爲證。并解役皆伏辜。海棠冤始白。母子重合。獲保其家。

曲海總目提要卷三

勘頭巾 雜劇

元孫仲章撰。（*錄鬼簿刻本作陸登善撰。抄本不載。錄鬼簿續編及太和正音譜著錄在無名氏項下。應是無名氏之作品。）記張鼎勘王小二寃獄。元曲中。河南府孔目張鼎勘事。凡兩見。（*即孟漢卿撰之張鼎智勘魔合羅。見本書卷二。）必當時有名能吏也。按周制。庶人在官。與下士同祿。秦法棄儒重吏。漢初以文學掌故補卒史。而于定國、丙吉、衛青等。皆自吏起。蜀董欽爲府令史。晉有都令史。奉朝請。隋有都事。（即後世所謂都孔目也。）自隋以來。令史漸卑。不參官品。唐有優敘。令史歲滿。授官流外。爲小選。後唐有流外銓。（後世所以稱令史爲外郎。）宋初。流外經十考。方得引對注擬。元歲貢吏試。諸路長佐。同儒學考試。習行移算術。字畫謹嚴。語言辦利。四書內通一經者。爲中式。補充。再試貢解。必以儒吏兼通爲上。

又職官才堪省掾令史者。亦用。並參用秀才進士。其著者。李思謙、謝文蔚、樊楫、謝讓、郭貫、夏思忠、以功名顯。劇中張鼎云。凡爲吏人。非同容易。有八件事。一筆札。二算子。三文狀。四把法。五條劃。六書契。七抄寫。八行止。各必有所本。非捏造也。略云。王小二者。開封府人。貧甚。富戶劉平遠稍稍週之。一日。小二欲求見平遠。而門有臥犬。小二以磚擲犬。誤投缸。缸破。平遠妻見而怒詈。平遠出問。小二飾以爲犬傷。故擊犬。及衆驗小二身。無犬傷處。因而與平遠相訴。小二怒曰。無人處且殺汝。平遠妻聞之。遽責小二輸狀。保平遠百日內無事。小二自知失口。輸狀而去。平遠妻與道士王知觀私通。久欲殺平遠。得小二狀。潛與知觀謀。令於城外無人處殺之。取其芝蔴羅頭巾。鈒銀環子爲信。平遠出城收債。醉歸。果被殺。妻執小二券。告小二殺其夫。官聽令史言。嚴拷小二。誣服而無據。案不得結。有村夫賣草於獄吏。向獄吏索錢。獄吏賺使入獄結草苫。會令史以不得平遠芝蔴羅頭巾及鈒銀環。

就獄中呼小二拷之。小二謬云。在城外瘸劉家菜園裏。井口旁邊石板底下。令史遂出。賣草者亦出。值知觀在獄旁探聽。誘賣草者盡得其語。即馳去。及令史遣役往小二所供處取巾環。果得之。遇一道士。有忽遽色而不知其故。小二將就戮。孔目張鼎微聞其寃。質之該管趙令史。索文卷及贓仗頭巾驗視。心甚疑。請於官。官令覆問。鼎疑此案已經半年。而在井邊所獲頭巾無泥滓。環不生澁。皆如新也。入獄問小二。小二稱寃。且告以屈供。實不知其果在此也。鼎問供時何人共聞。取巾時何人共見。皆云無有。時鼎又以獄中廳事失修。旁責獄吏不買草苫蓋。吏乃猛憶小二供時。有村夫賣草者與聞也。覓得村夫。徐誘其追憶前事。始知是日曾遇道士與語。而取巾之人亦言遇一道士。鼎輒勾平遠妻至。而以賣草者加道裝。蒙其面。指謂平遠妻曰。奸夫已供。汝諱無益。於是盡得其姓名實蹟。收知觀伏誅。剮平遠妻。而釋王小二云。

鐵拐李 雜劇

元岳伯川撰。*岳伯川。濟南人。或云鎭江人。所作雜劇。今存鐵拐李一種。標目。呂洞賓度鐵拐李岳。按鐵拐李事。本無確據。未審果是岳壽否。伯川姓岳。或其宗人事或借以自喻。俱未可定。略云。岳壽、鄭州奉寧人。妻李氏。子福童。壽爲本州都孔目。有幹辦才。然怙勢刁惡。有大鵬金翅之號。呂洞賓見其夙具仙緣。恐迷本性。化顚道人詣門。忽啼忽笑。呼其子曰無父兒。呼其妻曰寡婦。岳歸。妻子以告。欲擒呂。呂以言警岳云。採訪韓魏公將抵任。汝汚吏。必當被戮。岳益怒。縛於梁。適韓巡鄭州。私行過岳。放呂去。岳之隷張千。向韓索錢。韓於懷中露金字牌示之。張知即韓。告於岳。岳遂驚悸成疾。及韓抵任。察岳所行案卷。無分毫過差。以爲能吏。聞其病。令吏孫福。賜藥餌以慰之。令病痊辦事。而岳已不起矣。妻李氏殮而焚之。訓子守節。韓爲書額褒美。而岳以生前罪多。遊地府。

將入油鑊。呂乃現身云。爾省悟否。岳覘之。即瘋道人。知必神仙。求其化度。呂爲語冥官。使復還陽。冥官以其屋舍已毁。有屠戶李氏子。殁三日。氣尙温。可借以還魂。但粗陋瘸跛耳。呂囑岳云。復到人間。勿戀酒色財氣。貪嗔癡愛。雙名李岳。道號鐵拐。李子果復甦。自悟非前身。紿其妻收魄於城隍廟。遂歸岳家。見妻子述返魂事。屠謂岳家誤認其子。訴於韓琦。琦細鞫。果係岳借軀。兩家猶爭不已。呂至云。毋相爭。予即洞賓也。彼有仙緣。當度。令其返陽入道耳。遂偕鐵拐去。後成上仙。至今其象跛足持拐。甚陋云。

杏花莊 即李逵負荊雜劇

元康進之撰 *康進之。棣州人。所作雜劇。今存杏花莊一種。 事見水滸傳。姓名微有不同。古今羣英樂府。稱進之曲如花裏啼鶯。略云。酒家王林。有女滿堂嬌。住杏花莊。與梁山相近。林素聞宋江名。所部頭領多至其家飲。有宋剛、魯智恩者。冒稱宋江、魯智深。林本不識江。敬禮之。幷出女勸酒。剛解紅絹褡與女。旋掠之而去。據水滸傳。荆門鎭劉太公女。爲草賊王江董海。冒稱宋江名奪去。地名姓氏互異。亦不言女名滿堂嬌。時值淸明。江令所部頭領皆下山祭掃。限三日回寨。李逵下山。過林家買酒。見林狀悲苦。詰之。林告以宋江奪女事。逵怒甚。許林索女還。持斧奔入寨。斫倒杏黃旗。欲殺江及智深。江不知所以。令吳用詳問。始得其故。江謂實無此事。逵不信。以紅絹褡爲據。必欲殺江。于是江令立軍狀與逵賭。同智深及逵至林家。辨事之眞僞。眞則江願自盡。僞則取逵頭。及問林。林曰非是。江歸。逵慚懼。負荆請罪。吳用等皆爲之請。江令逵擒得假江、深。即不問。時王林旣知劫其女者爲假宋江。方念逵恩。恐其見殺。値假宋江又至。林乃潛通知寨中。逵至。擒剛及恩。獲其女還林。江乃設席剸剛、恩。賞逵功云。據水滸。李逵燕靑于元宵看燈。回至荆門鎭相近劉太公莊借宿。知其女爲假宋江奪去。此云淸明節。互異。亦無紅絹褡事。又逵以江令。同燕靑往拿假宋江。四面尋覓。靑射倒剪徑賊一人。問之。知王江董海蹤跡。引至其處殺之。獲劉太公女回。與此皆大同小異。

紅梨花 雜劇

元張壽卿撰。（*張壽卿。東平人。所作僅紅梨花一種。今存。）事見小說趙汝舟傳。後人所作紅梨記本此。（*明無名氏撰有紅梨花記。明徐復祚撰有紅梨記。本書均未收入。）而趙之名。謝之字。其友人之姓名。亦俱有異。略云。劉輔、字公弼。爲洛陽太守。有同窗友趙汝州。（傳作汝舟。此作汝州。傳云樊城人。此不載。）別久。以書招之。回書中云。洛有謝金蓮者。欲求一見。（傳中謝媼攜女至樊城。寓居南曲。汝舟訪之不值。庭有紅梨。作詩留題。女歸和詩寄之。訂晤期。有無賴子挾勢求懽。女不從。逐之使行。遂還洛陽。生怏悵不已。此段緣起。劇中不載。又謝女名素秋。故有男中趙汝舟。女中謝素秋之語。劇改爲金蓮。互異。）輔預屬署中人。汝州至問謝。竟以適人對。（傳令人召素秋侑觴。而以病死還報。亦異。）汝州見輔。果首以謝爲問。聞已適人。即欲辭去。輔强留館之後園。而密令金蓮僞爲王同知女。（傳中汝舟患病。此無。）夜至園中看花。汝州見而悅之。引至書齋同飲。越夕。女攜酒一尊。紅梨花一缾贈趙。（此傳所無。）復相與作詩倡和。（詩即傳中未相見時倡酬之句。）情好甚篤。忽聞母命呼女。去久不至。輔欲下鄉勸農。恐汝州戀女不赴試。復令一嫗僞作賣花者。擕筐詣園採花。傳云。僞爲奠其亡兒。謂有王同知女死葬園中。往往夜出魅人。吾子爲其魅死。汝州詢其狀。與所見無異。大驚。即日就道。應舉及第。得官還至洛。輔設宴款之。召金蓮持扇揷花而侍。汝州見之驚懼。輔始以實告。汝州大喜。即席結爲夫婦。

范張雞黍 雜劇

元宮天挺撰。劇中事皆實。惟王韜無其人。按天挺、字大用。大名開州人。歷學官。除釣臺書院山長。爲權豪所中。事獲辨明。亦不見用。卒於常州。後漢書獨行傳云。范式、字巨卿。山陽金鄉人也。少遊太學爲諸生。與汝南張劭爲友。劭字元伯。二人並告歸鄉里。式謂元伯曰。後二年當還。將過拜尊親。見孺子焉。乃共尅期日。後期方至。元伯具以白母。請設饌以候之。母曰。二年之別。千里結言。爾何相信之審耶。對曰。巨卿信士。必不乖違。母曰。若然。

當爲爾醞酒。至其日。巨卿果到。升堂拜飲。盡歡而別。式仕爲郡功曹。後元伯卒。式忽夢見元伯屣履而呼曰。巨卿。吾以某日死。當以爾時葬。永歸黃泉。子未我忘。豈能相及。式怳然覺寤。悲嘆泣下。具告太守。請往奔喪。太守雖心不信。而重違其情。許之。式更服朋友之服。投其葬日。馳往赴之。式未及到。而喪已發引。既至壙。將窆而柩不肯進。其母撫之曰。元伯豈有望耶。遂停柩移時。乃見有素車白馬。號哭而來。其母望之曰。是必范巨卿也。巨卿既至。叩喪言曰。行矣元伯。死生路異。永從此辭。因執紼而引柩。於是乃前。式遂留止冢次。爲修墳樹。然後乃去。後到京師。受業太學。舉薦茂才。四遷荆州刺史。友人南陽孔嵩。變名姓。傭爲新野縣街卒。式行部到新野。而縣選嵩爲導騎迎式。式見而識之。呼嵩。執臂謂曰。子非孔仲山耶。懷道隱身。處於卒伍。不亦惜乎。嵩曰。貧者士之宜。豈爲鄙哉。遂辟公府。嵩官至南海太守。按式本傳無鷄黍字。後人以設饌醞酒。想像揣模如是耳。

㑳梅香 雜劇

元鄭德輝撰。*鄭德輝。名光祖。平陽襄陵人。所作雜劇。今存㑳梅香。王粲登樓。周公攝政。倩女離魂。三戰呂布等五本。以劇中關目。皆在婢樊素一人。樊素最乖覺。夫人口中目爲㑳梅香也。全唐詩話。樊素善歌。小蠻善舞。皆樂天之姬人。有詩曰。櫻桃樊素口。楊柳小蠻腰。至樂天年高。而小蠻方豐豔。因爲楊柳枝詞以託意曰。一樹春風萬萬枝。嫩於金色輭於絲。永豐坊裏東南角。盡日無人屬阿誰。及宣宗朝。國樂唱是詞。帝問永豐在何處。左右具以對。因命取永豐柳兩枝植於禁中。白感上知。又爲詩云。一樹衰桐委泥土。雙枝移植種天庭。定從此後天文裏。柳宿光中添兩星。雒下文士無不繼作。又按裴度嘗以馬贈居易。侑以詩云。君若有心求逸足。我還留意在名姝。劇以蠻爲裴女。殊可哂也。劇中以小蠻爲裴晉公之女。而樊素則其家生女。與小蠻爲伴讀。劇云。方晉公征討淮西。爲賊所困。敏中之父白參軍。時爲步將。苦戰救脫。晉公德之。以女許字敏中。幷贈玉帶。爲後來作證。及參軍沒。晉公亦逝。敏中往探晉公夫人。夫人韓氏。韓吏部愈之姊也。使小蠻與敏中稱爲兄妹。而絕口不及姻事。小蠻私以香囊侑詩遺敏中。敏中以相思致病。託樊素通辭。約小蠻夜會。甫一見而夫人至。激使入朝應舉。敏中及第爲翰林。尙書李絳奉朝命。令敏中爲裴壻。敏中以夫人韓氏嘗待以冷面。故於見時若不相識。樊素數以辭調侃。遂歡然如故云。按此劇與王實甫西廂。關目大略相似。西廂直作張生。此則變作白敏中。換羽移宮以相角勝。點簇唐人姓名。示遊戲耳。中間聽琴問病。寄書佳期。拷問逼試等。節節相似。其文筆亦不相上下。裴度征淮西。無白參軍相救事。其以玉帶與白。則有因。蓋度嘗有御賜玉帶。臨終作表繳還。故相影借也。敏中乃居易從弟。長慶中進士。由翰林學士至宰相。蠻、樊皆居易妾。不宜妄引。亦作者失檢點處。裴度、韓愈最相契。劇遂以韓姊爲裴妻。李絳與敏中。亦不相涉。

王粲登樓 雜劇

元鄭德輝撰。粲在荆州依劉表。意不自得。作登樓賦。載文選中。後世共傳誦。而作者本此。改賦爲詩。以便點綴。又前後布置。將虚作實。以蔡邕最賞粲。而陳思與粲並稱曹王。故用兩人作關目也。魏志。王粲、字仲宣。山陽高平人。曾祖父龔。祖父暢。皆爲漢三公。父謙。爲大將軍何進長史。以疾免。卒於家。劇云。粲父默爲太常博士。卒於官。與傳不合。獻帝西遷。粲徙長安。左中郎將蔡邕。見而奇之。時邕才學顯著。貴重朝廷。常車騎填巷。賓客盈座。聞粲在門。倒屣迎之。粲至。年既幼弱。容狀短小。一坐盡驚。邕曰。此王公孫也。有異才。吾不如也。吾家書籍文章。盡當與之。劇據此。遂云粲是邕壻。按邕女文姬。嫁於董祀。又羊祜之母亦是邕女。文選有祜讓封於舅子蔡襲表。是邕有兩女。亦有子也。但與粲無涉耳。年十七。司徒辟。詔除黃門侍郎。以西京擾亂。皆不就。乃之荆州依劉表。據傳辟除在前。依劉在後。劇與互異。表以粲貌寢。而體弱通脫。不甚重也。表卒。粲勸表子琮令歸太祖。太祖辟爲丞相掾。賜爵關內侯。劇云。王粲、字仲宣。高平玉井人。父默。太常博士。母李氏。粲學富家貧。丞相蔡邕。與其父指腹爲婚。以女桂花字粲。粲恃才矜傲。邕遺書邀粲。母使詣京師謁邕。邕先與學士曹植密商。託植名爲書。薦粲於劉表。及粲至。邕故不爲禮。而向植持觴甚恭。粲憤辭歸。植具薦書。贈資斧。令投劉表。表見其貌不揚。且性矜傲。不任用。落魄荆楚間。饒陽人許達、字安道。國子助教士謙子也。建一樓曰。溪山風月。左鹿門山。右金沙泉。淸風霽嶺。明月雲峯。雅擅名勝。嘗偕粲登樓吟詠。粲醉。輒盼故鄉流淚。一日達邀飮樓中。賦詩。許作七言律一首爲倡。粲五言絕云。危樓高百尺。手可摘星辰。不敢高聲語。恐驚天上人。復云。憶昔離家一載過。鬢邊白髮奈愁何。無窮興對無窮景。不覺傷心淚點多。許與酬唱甚富。初粲作萬言策。懇植獻於朝。邕爲進呈。召授天下兵馬大元帥。以魏太祖賜爵關內侯。故劇作兵馬大元帥也。邕植具道贈金獻賦始末。以女諧伉儷云。按粲時不應有七律。粲五言絕。乃晏殊幼

蔡邕爲丞相。曹植爲學士。皆隨意點綴。

作也。許逵亦係增出。

竹葉舟 雜劇

元范子安撰。*范子安。名康。杭州人。所作今存竹葉舟一種。所演陳季卿乘竹葉歸家事。異聞實錄云。陳季卿家於江南。舉進士不成。常訪僧於青龍寺。寓僧宅。適有終南山翁。亦候僧歸。東壁有寰瀛圖。季卿乃尋江南路而長嘆曰。得自渭泛河達於家。亦不悔。山翁笑曰。此不難致。命僧僮折堦前一竹葉。作舟置圖上。季卿熟視久之。稍覺渭水波浪。一葉漸巨。席帆便張。恍然若登舟。旬餘至家。一更復登舟。泛江遵舊途而去。復遊青龍寺。見山翁尚擁褐而坐。季卿曰。非夢乎。山翁曰。六十日當自知爾。後季卿妻子自江南奔來。謂季卿厭世矣。妻曰。某日歸。是夕題詩於西齋。及留別二詩。始知非夢。

宋弘不諧 雜劇

元鮑吉甫撰。（*錄鬼簿抄本作錢吉甫。鮑吉甫。名天祐。杭州人。所作今均散佚。）後漢書。光武姊湖陽公主新寡。帝與共論羣臣。微觀其意。主曰。宋公威容德器。羣臣莫及。帝曰。方且圖之。後弘被引見。帝令姊在屏風後。因謂弘曰。諺云富易交。貴易妻。人情乎。弘曰。臣聞貧賤之交不可忘。糟糠之妻不下堂。帝顧謂主曰。事不諧矣。

玉簫女 雜劇

元喬夢符撰。（*喬夢符。名吉。號笙鶴翁。又號惺惺道人。太原人。所作雜劇。今存玉簫女。揚州夢。金錢記等三種。）曰玉簫女兩世姻緣。事出唐人玉簫傳。詳見玉環記中。（玉環記見本書卷十四。）然彼以張延賞女爲主。此則以玉簫爲主。而紐合延賞。云再世之玉簫。乃延賞義女。蓋因韋臯本延賞之壻。而元曲只叙一事。不作串插。故直以玉簫爲延賞女也。玉簫本姜荆寶之婢。此言姓韓。爲上廳行首。玉環記亦据此。但此言轉世爲延賞之義女。以貌相似。及寫眞爲證明。而不言指有玉環。玉環則言爲副節度姜承之女。指有玉環。此其異也。玉環載臯與承大怒賭賽。則又本之於此。略云。成都韋臯。少耽花酒。與妓韓玉簫有白頭之訂。朝廷掛榜招賢。假母迫臯行。臨別。與玉簫期。得官來取。闊數年。絕耗。玉簫病歿。臨終自寫眞一幅。作詞一首。此詩是出眞玉簫本傳。囑其母往京師訪韋。達之。不遇而回。又數年。韋已歷官至鎭西大元帥。遣人取玉簫母子。始知玉簫已亡。與其母亦不相值。赴任經荆州。與節使張延賞有舊。邀韋飲。出其義女侑酒。貌與韓無異。兩人皆有情。微呼玉簫名。其女輒應。乃知亦名玉簫。向延賞乞此女。延賞怒。臯亦怒。幾至相殺。適玉簫之母。復以所寫眞至。臯使向張賣之。延賞見畫。始知臯與女相親之故。臯以事聞於上。遂奉旨成婚云。

揚州夢 雜劇

元喬夢符撰。按太平廣記。唐中書舍人杜牧。少有逸才。下筆成詠。然性疎野放蕩。雖爲檢制而不能自禁。會丞相牛僧孺出鎭揚州。辟掌節度書記。牧供職之外。唯以宴遊爲事。揚州、勝地也。每重城向夕。倡樓之上。常有絳紗燈萬數。輝燿空中。街衢巷陌。珠翠塡咽。邈若仙境。牧出沒馳逐其間。殆無虛夕。復有卒三十人。易服隨後潛護之。僧孺之密敎也。而牧自謂得計。人不知之。所至成歡。無不會意。如是且數年。及徵拜侍御史。僧孺于中堂餞。因戒之曰。以侍御氣概特達。固當自極夷塗。然常慮風情不節。或至尊體乖和。牧因謬曰。某幸常自檢收。不至貽尊憂耳。僧孺笑而不答。即命侍兒取一小書簏。對牧發之。乃街卒之密報也。凡數十百。悉曰。某夕杜書記過某家無恙。某夕宴某家亦如之。牧對之大慙。因泣拜致謝。而終身感焉。又按牧本集有張好好詩。其序云。牧太和三年。佐故吏部沈公江西幕。好好年十三。始以善歌來樂籍中。後一歲。公移鎭宣城。復置好好于宣城籍中。後二歲。爲沈著作述師以雙鬟納之。後二歲。于洛陽東城重覩好好。感舊傷懷。故題詩贈之。作者將此二事參錯成文。特好好本隸籍江西。詩序則云沈公。而此謂豫章太守張紡移贈僧孺。又牧作詩之故。以舊識重逢。時移事易。不勝感愴。聊用寄懷。蓋好好時又屬沈著作矣。初未歸牧也。唯牧詩有贈之天馬錦。副以水犀梳之句。纏頭之賞。形于歌咏。塡詞家借此設色。旣使關目有情。兼謂牧眷念未忘。遂爲生波作合耳。至牧遣懷詩云。落拓江湖載酒行。楚腰纖細掌中輕。十年一覺揚州夢。贏得青樓薄倖名。蓋追憶僧孺幕中事而作。作者命名之意。本取諸此。

金錢記 雜劇

元喬夢符撰。緣唐人許堯佐章臺柳傳。柳歸韓翃。翃大曆才子。故劇以翃名。

翃字君平。此曰飛卿。唐温飛卿亦才子。合以寓意也。王輔之女。小字柳眉。亦借韓妾章臺柳之意。又添入賀知章。又因有李生。故借李白點染。韓翃亦作韓翊。各書互異。明萬曆間。梅鼎祚所作玉合記。*玉合記本書未收入。据柳氏本傳。無金錢事。全唐詩話云。侯希逸鎮淄青。翃爲從事。罷府閑居十年。李勉鎮彝門。辟爲幕屬。時已遲暮。不得意。一日夜將半。客叩門急。賀曰。員外除駕部郎中知制誥。翃愕然曰。誤矣。客曰。邸報制誥闕人。中書兩進名不從。又請之。曰。與韓翃。時有同姓名者。爲江淮刺史。又具二人同進。御批曰。春城無處不飛花。寒食東風御柳斜。日暮漢宫傳蠟燭。青煙散入五侯家。又批曰。與此韓翃。翃曰。是不誤。時建中初也。略云。京府尹王輔。有女曰柳眉兒。年十八。未字。輔曾以御賜開元通寶金錢五十文。與女懸佩。三月上巳。都人仕女俱遊九龍池。看楊家一捻紅。輔命女往。時韓翃方與賀知章飲。聞龍池之盛。逃席往遊。一見眉兒。目成心許。柳以所佩金錢遺翃。翃乘醉。隨柳車入輔後園。值輔退朝。見翃可疑。縛之。適知章來。爲翃通姓名。輔素聞其才。遂館于園中。一日。置酒與翃飲。於翃書中。忽見其女所佩金錢。怒甚。欲聲其罪。而知章來求云。上見翃卷。謂此子文章不在李白下。有旨宣入朝。將加以官。輔訴其狀于知章。知章曲解之。願爲媒以合秦晉之好。翃見上。擢爲狀元。輔乃結綵樓。招翃爲壻。而翃以兩次受辱。忽拒不肯。知章以告李白。白聞於上。奉敕命知章、太白爲媒。加賜成親云。史稱翃。南陽人。傳云昌黎人。此云洛陽人。彼此互異。蓋韓愈傳亦稱南陽人。其曰昌黎。以其遠祖麒麟封昌黎伯。故稱郡望也。洛陽則以流寓而名。按史。開元初。宋璟請禁惡錢。更鑄開元天寶錢。又唐初進蠟錢樣。文德皇后招一甲跡。故錢有招文。唐逸史云。明皇在東都。晝夢一女子。容豔異常。謁帝曰。妾凌波池中龍女也。願賜一曲。以光族類。帝爲歌凌波池曲。及寤盡記之。因宴於池奏新聲。忽池波湧起。有神女出於波心。乃夢中女也。望拜御座。良久方沒。因置祠池上祀之。此龍池所由著也。然中宗時。沈佺期輩唱和。俱有龍池篇。蓋其來久矣。青瑣高議。楊家紅者。貴妃匀面。脂在手。印花上。來歲花開。上有指印紅迹。帝名爲一捻紅。

屈原投江 雜劇

元睢景臣、吳仁卿。*睢景臣。後字景賢。揚州人。吳仁卿。名弘道。號克齋先生。二人所作今均散佚。皆有此劇。標曰。楚大夫屈原投江。屈原傳。原名平。與楚王同姓。仕於懷王。爲三閭大夫。入則與王圖議政事。決定嫌疑。出則監察羣下。應對諸侯。謀行職修。王甚任之。原同列上官大夫。及用事臣靳尙妒害其能。共譖毀之。王疏屈原。原心煩亂。遂赴汨羅江自沉而死。續齊諧志。屈原以端午日投汨羅江而死。楚人哀之。每至此日。以竹筒貯米。投水祭之。漢建武中。長沙歐回。白日忽見一人。自稱三閭大夫。謂曰。君常見祭甚善。但苦爲蛟龍所竊。今若有惠。可以楝樹葉塞其上。以五綵絲縛之。此二物蛟龍所憚也。回依其言。世人五日作糉子。幷帶五色絲及楝葉。皆汨羅之遺風也。王逸離騷經注。伯庸名我爲平以法天。字我曰原以法地。愚按三閭大夫。既名爲平字原矣。而又有正則、靈均之稱者何也。或云。古人有名必有小名。有字必有小字。正則乃小名。靈均則小字也。

東堂老 雜劇

元秦簡夫撰。*秦簡夫。名里不詳。所作今存東堂老。趙禮讓肥。剪髮待賓等三種。劇云。趙國器、李實、皆東平人。同爲揚州賈。相友善。國器子曰揚州奴。按此蓋揚州生者。如石崇曰齊奴是也。東堂老又稱爲揚州兒。飲酒宿娼。國器憂悶成疾。念其友李實有古君子風。人皆稱爲東堂老。國史補。宰相曰堂老。又回道人詩有曰。東老雖貧樂有餘。人以李實有古風。故尊稱之耳。乃陰以託孤事委之。國器既歿。揚州奴益恣肆。爲無賴柳隆卿、胡子傳引誘。家日破耗。東堂老屢加訶責。雖頗畏憚。而卒不悛。產業傾盡。甚至行乞。東堂老之妻稍稍衣食之。給以微貲。令作生業。揚州奴計無復之。投隆卿、子傳。皆若不相識。始大悲悔。而以李姆所給貲。賣菜自給。刻苦營生。東堂老覘知之。以己誕。設筵席大召鄉里故人。及揚州奴夫婦。乃出國器託孤遺囑。令揚州奴讀之。始知國器臨終。暗寄銀五百錠。囑俟其子困極始給之。東堂老爲經營生息。凡揚州奴所賣田產驢馬奴婢。及家中所有之物。東堂老皆令人轉買之。至是出簿籍。詳列年月。一一付還。無少欠缺。揚州奴依然富賈。柳、胡復至。爲東堂老所訶。揚州奴亦拒絕之。不復與近。按殺狗記亦元人所作。中間引誘爲非者二人。亦是柳隆卿、胡子傳。必元時有此二人。故多引爲關目也。羣英樂府稱秦簡夫曲。如峭壁孤松。

趙禮讓肥 雜劇

元秦簡夫撰。後漢書趙孝傳。孝家長平。沛國蘄人也。天下亂。人相食。孝弟禮爲餓賊所得。孝聞之。即自縛詣賊曰。禮久餓羸瘦。不如孝肥飽。賊大驚。並放之。謂曰。可且歸。更持米糒來。孝求不能得。復往報賊。願就烹。衆異之。遂不害。鄉黨服其義。永平中。辟太尉府。詔拜諫議大夫遷侍中。又遷長樂衛尉。復徵弟禮爲御史中丞。禮亦恭謙行己。類於孝。帝嘉其兄弟篤行。欲寵異之。詔禮十日一就衛尉府。大官送供具。令共相對盡歡。按劇中大段本此。而以餓賊爲即馬武。後亦因武薦於鄧禹。係作者捏造。又孝母代求子死。亦屬憑空結撰。

昊天塔 雜劇

元人所撰。*元朱凱撰。錄鬼簿刻本著錄。抄本不著錄。錄鬼簿續編及太和正音譜著錄在無名氏項下。凱字士凱。所作今存昊天塔。黃鶴樓等二種。亦曰孟良盜骨。明時人又增飾之。按楊業。山後人。在北漢爲將。以忠勇聞。後歸於宋。與遼兵戰。潘美忌其成功。坐視不救。遂戰死陳家谷中。宋史爲立傳。而宣府密雲等處。志書皆載其事。其子六郎曰延昭。爲宋將。鎭守三關。亦以勇聞。今北方州縣。處處有楊六郎故迹。其爲名將無疑。寇準澶淵之役。分遣將校防守。亦有延昭。蓋三關的是其所轄。爲宋拒遼。厥功不少。然宋史所載。甚略而不詳。而楊家將演義及北宋演義。又往往僞多於眞。於是里巷之所流傳。戲場之所演唱。稗乘之所綴緝。信者悉認爲眞。而疑者又皆以爲子虛烏有矣。要其父子兄弟及諸部曲智略勇績。不盡無因。特其事蹟多在邊方。且在遼宋交界。中朝不能盡知。民間聞見。亦多影響。故不免疑信相參也。楊業撞死李陵碑下。亦史傳所無。韓延壽乃以趙延壽、韓延徽合爲一人。六郎名景。即延昭。點入寇萊公。因延昭乃寇準部將也。延壽梟首無此事。非此不便結束耳。五郎、孟良、岳勝等事蹟。皆據演義。

還牢末 雜劇

元李致遠作。*按元曲選本題李致遠撰。古名家雜劇本題馬致遠撰。均誤。應是無名氏作品。與燕青博魚、及爭報恩。*燕青博魚見本書卷一。爭報恩見卷四。皆掇拾水滸傳中姓名。信手撰出。曲雖李作。其賓白甚拙。略云。劉唐、史進。皆東平人。有勇力。習武藝。宋江聞其名。遣李逵下山。招之入夥。發端便與水滸迥異。劇中白並云。宋江遣人招安二人。更可笑。逵改名李得。路見不平。打死一人。拘至官。將抵命。孔目李榮祖。爲改案作誤傷。發配。李感恩。至榮祖家拜謝。道眞名。并遺以金環。爲榮祖妾蕭娥所得。並聞逵名。知爲大盜。乃與奸夫趙令史謀。首之於官。時劉唐、史進並在官爲吏役。皆與水滸傳異。榮祖嘗以事責唐。唐憾之。見娥出首。即至其家收榮祖。毒拷之。榮祖下獄。蕭娥又以銀囑唐。令唐勒榮祖。棄於牆外。榮祖之子女。哀呼之而復醒。蕭娥見之。告唐。復收之下獄。此是劇中正面也。江久不見逵至。再遣阮小五持書挾金。來招唐、進。逵亦續聞榮祖下獄奔救。四人相値。各知事之始末。唐乃釋榮祖。與逵、進、及阮小五。共擒趙令史、蕭娥。挈榮祖兒女歸山寨。殺奸夫淫婦云。

柳梢青 雜劇

元楊景賢撰。＊楊景賢。字里不詳。所作今存西遊記一種。演馬眞人度劉倩嬌事也。關目在柳梢青詞。

故名。考回道人集中。有題妓屏詩云。嫫母西施共此身。可憐老少隔千春。他年鶴髮雞皮媼。今日玉顏花貌人。又云。花開花落兩悲歡。花與人還是一般。開在枝間妨客折。落來地上倩誰看。又題東都妓館壁云。嘘吸鸞笙裂太清。綠衣童子步虛聲。玉樓喚醒千年夢。碧桃枝上金雞鳴。觀此則靑樓女子。爲仙家度脱者。庸或有之。按劇中所載柳梢靑詞。一名隴頭月。見鳴鶴餘音及樂章考索諸書。或云何仙姑所作。或云無名氏。莫能定其所自來也。略云。仙人王嘉。道號重陽眞人。未成道時。名曰王三舍。在登州開酒肆。遇正陽祖師純陽眞人。叩長生不老之訣。呂祖引至東海濱。以金丹七粒投水中。化金蓮七朶。謂嘉曰。此金蓮七朶。乃是丘、劉、談、馬、郝、孫、王七人。可傳大道。汝可下人間。度此數人。遂承命化作道人。遊於人世。一夕至西安城外北邙山口。憇於松陰。有鬼仙者。乃唐明皇時管玉斝夫人也。五世爲童女身。惡世間生死。居山三百餘年。是夕風月淸朗。口佔柳梢春詞一闋云。天淡曉風明滅。白露點蒼苔敗葉。斷址頹垣。荒烟衰草。漢家陵闕。咸陽陌上。行人依舊。名親利切。

改換容顏。消磨今古。隴頭殘月。嘉聞知爲鬼仙。依韻和之。鬼仙遂求嘉度脫。

嘉謂須托生人間爲女子。償完宿債。然後可度。乃召東岳神。導往汴梁劉家爲女。囑以二十年後。遇三丫髻馬眞人來度。急須回首也。其後汴梁行首劉倩嬌。

即玉皇夫人後身。色藝雙絕。名冠樂籍。節居重陽。官衙設席。呼以賄酒。道逢馬丹陽。奉其師王眞人之命。來度倩嬌。倩嬌不悟。時有富戶林茂之。約娶倩嬌爲妾。倩嬌方欲嫁之。馬丹陽復來度倩嬌。卒不應。乃命東岳神於夢中告以前生公案。倩嬌醒而憶其所賦柳梢青半闋。丹陽爲續誦其半。倩嬌乃大悟。

值茂之來娶。倩嬌佯爲瘋疾。茂之怨丹陽。以手毆之。一擊而倒。拽棄荒野。

欲拉倩嬌行。忽見丹陽擊漁鼓從外至。又有六賊若將軍者。共擒茂之。茂之奢甚遁走。倩嬌乃從丹陽朝東華帝君。得道證果。按王紹夜讀書。忽窗外有言借筆者。紹予之。於窗上題一詩曰。何人窗下讀書聲。南斗闌干北斗橫。千里思家歸不得。春風腸斷石頭城。小說所載。此類甚多。固不獨曲中人不見。江上數峯靑也。

薛仁貴 雜劇

元張國賓撰。*張國賓。一作國寶。又作酷貧。大都人。所作今存薛仁貴、汗衫記、七里灘等三種。因三箭定天山。而點綴成編也。後又有作定天山*定天山見本書卷三十六。南曲者。增飾甚多。與此各異。考史。太宗初得仁貴。語曰。古有射貫七札者。卿試以五甲射焉。一發洞貫。是仁貴勇力。果能過絕於人。其後破九姓突厥於天山。發三矢。殺三人。餘皆請降。軍中歌曰。將軍三箭定天山。壯士長歌入漢關。是仁貴射法。果能百中。有穿楊貫虱之技也。但天山在西北。即是雪山。前後作者。皆誤以爲征高麗事耳。略云。薛仁貴。小字驢哥。絳州龍門鎭大黃莊人。父母皆業農。仁貴獨好武。不習耕作。一日辭父母。別妻柳氏。投總管張士貴爲義軍。從征高麗。常服白袍。以三箭定天山。士貴冒其功爲己有。相爭不已。軍師英國公徐勣。令總管與白袍小將。於轅門外百步。懸金錢校射。士貴不能中。而仁貴三發三中。於是逐士貴。而以仁貴功奏聞。授天下都元帥。衣錦還鄉。奉旨以徐勣女嫁仁貴。與柳氏並封夫人。按太宗親征高麗。高麗傾國以抗王師。六軍爲高麗所乘。太宗命視黑旗。黑旗者。英公之麾也。候者告黑旗被圍。帝大恐。須臾復曰圍解。高麗哭聲動山谷。勣軍大勝。斬首數萬。俘亦數萬。詳見劉餗隋唐嘉話。蓋征高麗。乃徐勣之功居多。

此劇與定天山多所異同。彼云十大功勞。此云五十四件。彼云尉遲敬德白其功績。此云杜如晦。彼云張士貴爲女壻薛宗顯冒功。此直云士貴。其他定天山內。點綴增飾者甚多。

羅李郎 雜劇

張國賓撰。*按、各本錄鬼簿及太和正音譜張氏名下均無此目。錄鬼簿續編失載名氏下有相國寺。太和正音譜無名氏有大鬧相國寺。疑即此本。記羅李郎撫友人兒女事。事無可考。足爲友道之勸。蘇文順、孟倉士。陳州兩寒畯也。爲同窗友。各喪耦。蘇有女定奴。孟有子湯哥。兩人欲入都應舉。無行貲。遂以子女質於其友羅李郎。蓋姓李贅羅氏。又以織羅爲業。故呼羅李郎。家頗豐而無子。惟一僕侯興。乃善視兩人子女。以湯哥爲子。定奴爲息。既長使成婚。生子受春。而湯哥浮浪不率教。沈酣歌場酒肆間。所負酒債纏頭無算。父責治不悛。因悲憤云。人言兒要自養。穀要自種。洵然。湯哥聞之。疑李非生父。質之侯興。興紿使遁走。而以假銀給之。湯哥既行。李使興追。則詭報已死。復僞作湯哥魂附己狀。欲占定奴。李憤甚成疾。興竟刦貲掠定奴、受春而逃。李病痊。始覺興奸。棄家覓湯哥而追興。兼訪蘇、孟。初蘇、孟兩人至京。先後得第。文順得尙書左丞。倉士至禮部侍郎。乞歸皆不允。文順奉命監修相國寺。新買一僮。失去銀唾壺。方拷問。湯哥假銀事發得罪。流落在寺執役。忽見受春。與語。知爲興所掠賣。而文順之僕以爲必盜唾壺者。急縛湯哥。李適至。湯哥受春並呼救。李方相視錯愕。而文順出。見李郎。大驚喜。李爲徐道其詳。始知湯哥即其婿。受春其外孫也。會侯興盜馬被獲。且供唾壺亦爲所竊。由是並得定奴。倉士亦奉使來寺進香。兩家父子夫婦祖孫。皆得相聚。實與於法。感李之恩。奉養終其身。

誤入桃源 雜劇

元王子一撰。*王子一。字里不詳。所作今僅存誤入桃源一種。近時人所撰長生樂。*長生樂見本書卷二十三。本此。

按晉時一云漢永平時。劉晨、阮肇二人。採藥入天台。頗遠。不得返。經十三日。饑。偶望山上有桃子熟。遂躋險登噉數枚。饑止體充。欲下山以杯取水。見蕪菁葉流下甚鮮。復有一杯流下。有胡麻飯。乃相謂曰。此近人家矣。遂渡山出一大溪。溪邊有二女子。色甚美。見二人持杯。便笑曰。劉阮二郎。捉向杯來。劉、阮驚。二女欣然如舊識。曰來何晚。因即邀還家。南壁東壁。各有羅帳絳帳侍婢。便令具饌。有胡麻飯。山羊脯。甚甘美。食畢行酒。有羣女持桃子笑曰。賀汝壻來。酒酣作樂。夜後各就一帳宿。婉態殊絕。至十日求還。苦留半年。

氣候草木。常似春時。百鳥啼鳴。更切鄉思。女遂相送。指示歸路。至家。鄉邑零落。已十世矣。名山記及天台山志。與雜見於他書者。事相同。劇中關目。與諸書所載。亦無甚異。惟云二女乃紫霄玉女謫降。與劉阮有宿緣。玉帝勅太白金星。指引入桃源洞。後歸而復往。遂至迷路。復得星官引回仙境。行滿功成。同赴蓬萊。此則作者增飾。中間劉阮及仙女詩。俱用曹唐作。附曹唐詩。天和樹色靄蒼蒼。霞重嵐深路渺茫。雲竇滿山無鳥雀。水聲沼瀾有笙簧。碧沙洞裏乾坤別。紅樹枝頭日月長。願得花間有人出。不令仙犬吠劉郎。劉阮洞中遇仙子。殷勤相送出天台。仙境那能卻再來。雲液既歸須强飲。玉書無事莫頻開。花當洞口應長在。水到人間定不迴。惆悵溪頭從此別。碧山明月照蒼苔。仙子送劉阮出洞。再到天台訪玉眞。青苔白石已成塵。笙歌寂寞閑深洞。雲鶴蕭條絕舊鄰。草樹總非前度色。煙霞不似往年春。桃花流水依然在。不見當時勸酒人。劉阮再到天台。不復見仙子。

城南柳 雜劇

明谷子敬所撰。＊谷子敬。字里不詳。所作今僅存城南柳一種。亦演呂洞賓事。中間借桃精點染柳精不能悟道。命托生酒家楊氏。桃亦托生爲柳婦。呂先度桃。後度柳。皆非實事。按古今詩話云。岳陽樓有碑極大。乃李觀記呂仙翁筆跡。李知賀州日。有道士相訪。自云呂先生。誦過岳陽詩云。唯有城南老樹精。分明知道神仙過。李亦不曉。後知岳州。有白鶴寺僧見過。道及呂仙翁嘗憩於寺前松下。有老人自松梢冉冉而下。致恭於先生之前。曰。某松之精也。今見先生過。禮當致謁。呂書一絕於寺壁而去。獨自行來獨自臥。無限世人不識我。唯有城南老樹精。分明知道神仙過。後郡守爲創亭於松下。名曰回先生云。

金童玉女 雜劇

元賈仲名撰。*錄鬼簿續編作賈仲明。字里不詳。所作雜劇。今存金童玉女。對玉梳。蕭淑蘭。裴度還帶。玉壺春等五種。云王母蟠桃會上。金童玉女。一念思凡。謫下人間。男曰金安壽。女曰嬌蘭。配爲夫婦。機緣已到。王母命鐵拐李度脫歸眞也。按漢桓驎西王母傳云。西王母者。九靈太妙龜山金母也。一號太虛九光龜臺金母元君。乃西華之至妙。洞陰之極尊。以東華至眞之氣。化而生木公。又以西華至妙之氣。化而生金母。梁陶弘景眞靈位業圖。則云紫微元靈自玉龜臺九靈元眞元君。名位與本傳小異。又云。西王母侍女王上華、董雙成、石公子等。凡十五位。所謂金童玉女。未知孰是。漢武帝內傳。帝閒居承華殿。東方朔、董仲舒在側。忽見一女子。着青衣。美麗非常。帝愕然問之。女對曰。我墉宮玉女。王子登也。爲王母所使。從崑崙山來。語帝曰。從今日淸齋。不閑人事。至七月七日。王母暫來也。言訖。玉女忽然不知所在。帝問東方朔。此何人。朔曰。是西王母紫蘭宮玉女。常傳使命往來扶桑。出入靈州。交關常陽。傳言玄都。阿母昔出配北燭仙人。近又召還。使領命祿眞靈官也。

按劇中之說。疑即本此。鐵拐李。別見鐵拐李岳劇中。略云。北地金安壽。娶夾谷童家女嬌蘭爲妻。家世豐。夫婦綢繆。嬌蘭生日。設家宴上壽。一道者化齋。曰從三島來。度爾往蓬萊去。安壽笑曰。我方安享富貴。安能舍此從爾吃菜根乎。因命家伶盛陳伎樂。以誇道者。更爲道錦堂繡幙之華。朝歌暮絃。勝於十洲三島。道者爲言仙家之福無窮。安壽終不契也。自是道者日來。安壽頗憎之。時當春日。攜嬌蘭郊外踏青。道者即借春色指點。安壽猶不契。倏忽炎夏。夫婦深鎖重門。納涼後院。以不見道者爲幸。而道者忽在前。安壽始訝之。道者先以語開導嬌蘭。嬌蘭省悟。復引安壽入夢。以其本身嬰兒姹女。意馬心猿。現形點化。夢醒來已閱世四十年。按此又是黄粱翻案。乃悟夫婦本來是王母金童玉女。道者乃李鐵拐也。於是同赴瑤池。謁見王母。王母喜其重證仙果。爲奏八仙歌舞云。東方朔海內十洲記。祖洲、瀛洲、炎洲、元洲、長洲、懸洲、流洲、生洲、鳳麟洲、聚窟洲。三島。蓬萊、方丈、瀛洲也。蓬萊山即蓬丘。對東海之東北岸。

周迴五千里。外別有圓海繞山。圓海水正黑。而謂之冥海也。無風而波濤百丈。不可得往來。上有九老丈人、九天眞王宮。蓋太上眞人所居。唯飛仙可能到其處耳。方丈洲在東海中心。西南東北正等。方丈方面各五千里。有金女琉璃之宮。三天司命所治之處。羣仙不欲昇天者。皆往來此洲。仙家數十萬。耕田種芝草。課計頃畝。如種稻狀。瀛洲即十洲之一。在東海中。地方四千里。大抵是對會稽。去西岸七十萬里。上生神芝仙草。又有玉石。高且千丈。出泉如酒。味甘。名之爲玉醴泉。飲之數升輒醉。令人長生。洲上多仙家。風俗似吳人。山川如中國也。按嬰兒姹女。其說不一。大旨不外於動靜交養。坎離交媾。以至於脫胎移鼎而成仙也。回道人詩曰。水府尋鉛合火鉛。黑紅紅黑又玄玄。氣中生氣肌膚換。精裏含精性命專。藥返便爲眞道士。丹還本是聖胎仙。又云。水火平均方是藥。陰陽差互不成丹。又云。尋常水火三回進。眞箇夫妻一處收。又云。嬰兒只戀陽中母。姹女須朝頂上尊。又云。坎男會遇逢金母。離女交騰嫁木郎。眞箇夫妻齊守志。立教牽惹在陰陽。又云。九盞水中煎赤子。一輪火內養黃婆。皆丹訣也。

對玉梳 雜劇

元賈仲名撰。說文云。梳、理髮也。一曰解髮之飾。又梳、櫛也。通作疏。吳主亮夫人洛珍。有櫛名玉雲。黃庭堅詩曰。月高雲插水晶梳。梳形如半月也。劇中顧玉香與荊楚臣別。斷玉梳。各持其半。後復得合。故以爲名。其事之有無不可考。據所演。玉香推財助困。不汚强暴。卒成其志。爲青樓中傑出之婦。殆可存也。揚州秀才荊楚臣。與松江妓顧玉香厚。傾其貲。爲假母擯出。寄居故舊。玉香誓不他接。東平賈柳茂英。以厚貲啗母。强玉香。玉香不從。而邀楚臣至家。盡脫金珠釵珥。助之赴舉。瀕行出玉梳一枚。斷爲二。各收其半。楚臣旣行。母說誘百端。茂英長跪以懇。輒爲玉香所訶。楚臣應舉得第。授句容縣令。方欲遣人迎玉香。而玉香不堪逼。與婢潛行。將之京訪楚臣。於丹陽遇風。捨舟登陸。茂英知之。追至黑林中。逼撦邀歡。不從。將殺之。適楚臣奉府牒下鄉催租。過林外。聞呼殺人聲。迹之。禽茂林送府治罪。攜玉香歸署成婚。各出玉梳之半。令巧匠以金對嵌。復合爲一。史稱設形容。揳鳴琴。揄長袂。躡利屣。爲青樓常態。然房千里之稱楊娼。許堯佐之傳柳氏。所謂青蓮之擢淤泥也。作者蓋本此意。散樂女助宋齊丘事。與玉香頗相類。齊丘、豫章人。父卒。家計蕩盡。朝不謀夕。時姚洞天爲淮陽騎將。素好士。齊丘欲謁之。奈囊空無以備紙筆。但於逆旅悶坐。如此數日。鄰房有散樂女甚幼。問曰。秀才何以杜門不出。齊丘以實告。女歎曰。此事甚小。何吝一言相示。乃惠以數緡。齊丘市紙筆。以詩投洞天。洞天憫之。稍加拯救。徐温聞其名。召至門下。及昪之有江南也。齊丘以佐命。遂至上相。乃上表云娶散樂女爲妻。以報宿惠。許之。

蕭淑蘭 雜劇

元賈仲名撰。演張世英拒奔女蕭淑蘭。後以淑蘭之兄作合爲夫婦事。有無不可考。自是有關風化之作也。按自古拒奔女不納。史册甚多。自魯男子以下。摘近事相似者並載一二。以備參閱。魯人有獨處室者。鄰之嫠婦。亦獨處一室。夜暴風雨至。嫠婦之室壞。趨而託焉。魯人閉戶而不納。嫠婦自牖與之言。子何不仁而不納我乎。魯人曰。吾聞男女不六十不同居。今子幼吾亦幼。是以不納爾也。嫠婦曰。子何不如柳下惠。嫗不建門之女乎。（以體覆之曰嫗。不建。門名。）魯人曰。柳下惠則可。吾固不可。吾將以吾之不可。學柳下惠之可。孔子聞之曰。善哉。欲學柳下惠者。未有似於此者。期於至善而不襲其爲。可謂智哉。明謝遷。餘姚人。少館毘陵某家。主家女乘父母出。詣館見遷。遷諭之曰。女子未嫁。失身於人。父母夫族皆無顏面。吾決不從。女怏怏去。明日辭館。成化乙未。

神告曰。上帝以子能不亂人婦女。中今科狀元。見狀元錄。與世英事如一。陶大臨。年十七。美姿容。赴鄉試。寓有隣女來奔。三至三卻。遂徙他寓。寓主夜夢神語曰。明日有秀才來。乃鼎甲也。因其立志端方。能不爲奔女亂。上帝特簡。寓主以告陶。陶益自砥礪。後中榜眼。謚文僖。見不可不可錄。茅坤。歸安人。弱冠遊學餘姚。寓於錢應揚家。錢有美婢。慕茅丰姿。一夕至書室呼貓。坤曰。汝何獨自來呼貓。婢笑曰。我非呼小貓。乃呼大茅耳。坤正色曰。父命我遠出讀書。若非禮犯汝。他日何以見父。又何顏見若主。我必不就。切勿再來。婢慚退。後登嘉靖戊戌榜。官副使。年九十。見庸行錄。略云。張士英、字雲傑。浙江温州人。苦志勵學。博通經史。蕭山友蕭公讓。雅重其人。延爲館賓。公讓之妹淑蘭。美貌能詩。及笄未字。窺見世英。悅其丰姿。淸明節。公讓與室崔氏。及其二子。俱往墓祭掃。淑蘭托病不行。潛至書館見世英。世英若不見。淑蘭以言挑之。世英正色曰。男女婚媾。必遵父母之命。從媒妁之言。不然則非禮。

非禮之事。吾不爲也。況蕭公待我爲上賓。他日我何顏見之。當速歸爾室。兄嫂至。必見責也。淑蘭惶恐而退。世英欲與公讓言。又慮責其妹。將言輒止。淑蘭抱疾作一詞。使老嫗達世英。詞云。君心情遠迷蓬島。妾心命薄連芳草。芳草正凄凄。君心知不知。妾身輕似葉。君意堅如鐵。妾意爲君多。君心棄妾何。世英終以禮自持。欲執詞告公讓。嫗窘避。世英乃托故往西興。瀕行。題詩於壁云。感公清盼寄餘生。三載交遊兩月情。別去難言心下事。月明酒醒在西興。公讓見詩。不解其故。修書遣使往彼相懇。淑蘭病中聞之。復作一詞。欲并以入兄書寄去。詞云。無情水滿西興渡。多情人往西興去。西興去路遥。叫奴魂夢勞。今將心內苦。聯作相思句。君若見情詞。同諧連理枝。詞爲公讓見。審得其詳。益重世英品。於是託媒以禮至西興。招世英爲妹壻云。

兒女團圓 雜劇

元楊文奎撰。*元曲選本及太和正音譜均題楊文奎撰。錄鬼簿續編高茂卿名下亦著錄此目。疑爲高撰。事之虚實不可考。據云。螽州白鷺村農家子韓弘道。兄早亡。事寡嫂盡禮。有姪福童、安童。撫之如己出。弘道家資頗厚。中年無子。婢春梅有孕。其嫂終日詬誶。欲分家。弘道以十之九與兩姪。而自取其一。嫂猶未厭。婢春梅生子。乃於弘道婦前讒搆春梅。婦信其言。辱春梅不已。而勒弘道出之。至怖以死。弘道不得已。爲出春梅。春梅不肯嫁。乞食自活。新莊店人俞循禮者。亦垂老無子。其妻產一女。妻弟王獸醫晚歸。聞林間兒啼聲。見一乞婦方產兒欲棄。獸醫抱與其姊。易所生女歸爲己女。問乞婦姓。曰。李春梅也。越十三年。獸醫至循禮家借牛具。循禮不與。因而相詬。循禮詈其無後。獸醫亦斥其無後。循禮爭不已。獸醫忿甚。將訪春梅以爲證。獸醫又嘗負弘道銀。持息往酬。弘道不取。出劵焚之。獸醫深德弘道。而憫其無子。云何故不早納婢。弘道夫婦。亦自痛悔其初之出春梅。乃以舊事告之。獸醫曰。若然。則君固有子也。遂具述十三年事。弘道夫婦急欲見其子。獸醫竟造循禮家塾中。語其子以眞父所在。遂攜歸弘道。循禮悲憤。莫知所出。徐得其詳。因求所生女。則獸醫固已換養長成。仍歸循禮。弘道亦感循禮撫子恩。率子登門。求爲婚配。且呼春梅復還。是爲兒女團圓也。

黃粱夢 雜劇

元馬致遠撰。＊此劇爲馬致遠等四人合撰。錄鬼簿刻本下註第一折馬致遠。第二折李時中。第三折花李郎學士。第四折紅字李二。錄鬼簿抄本作黃粱夢。下註一折馬致遠。一折紅字李二。一折花李郎。一折李時中。太和正音譜亦作黃粱夢。著錄馬致遠名下。下註第三折花李郎。第四折紅字李二。 演漢鍾離度呂洞賓事。

亦本列仙傳而緣飾之。大略言洞賓應舉。與雲房遇於旅店。方炊黃粱作飯。飯未熟而洞賓倦睡。遂入夢中。拜官兵馬大元帥。入贅高太尉家。生子女二人。及領兵征吳元濟於蔡州。太尉與洞賓送行。飲酒吐血。因此斷酒。征蔡時。受元濟金珠賣陣。回家獲罪。刺配沙門島。因此斷財。回家時。覩妻高氏有姦。休還母家。因此斷色。刺配時。率兒女跋涉山谷。投一老母家。其子獵回。摔殺洞賓子女。洞賓方怒。爲獵戶所追殺。醒而見雲房在旁。怒氣亦斷。酒色財氣皆斷。遂從雲房入道。所謂漢鍾離度脫唐呂公。邯鄲道省悟黄粱夢也。後雲房四化。亦本列仙傳鍾離十試洞賓意。而變易其事蹟。又引東華眞人、驪山老母、點綴生色。非仙傳所有也。又仙傳云。遇鍾離於長安酒肆。今此劇則云。遇於邯鄲王化店。按太平廣記。盧生於邯鄲與呂翁遇。其事頗相彷彿。邯鄲乃呂翁度人。非洞賓受度也。考其年月。呂翁亦非洞賓。後人誤合爲一耳。

曲海總目提要卷四

硃砂擔 雜劇

元無名氏撰。演白正刼王文用擔中硃砂。遭冥誅事。略云。河南人王從道。子文用。業賈而貧。嘗詣卜者云。百日内有災。乃販硃砂抵江西南昌。旅店中遇兇徒白正。號爲鐵旛竿。欲謀其貨。紿爲同鄉。與結兄弟。步步隨之。文用亦覺白不良。脱身歸河南。白躡其後。復遇旅邸。夜枕其股而睡。用乘白睡。紿以如厠。令店廝代枕之。夜遁黑石旅店。謂主人曰。有惡人尾我。汝不宿單客。當酬汝。入臥密室中。白果後至。店主辭之。白云。彼曾與我賭。知其藏處者爲勝。汝導我贏彼物。當謝汝。主人以實告。白乃入。文用知。越牆走至東岳廟中。欲擔檢硃砂無失。祈旁立太尉神庇佑。白突入捽其髪。拽簷下。欲刃之。文用云。汝殺我。當訴陰府。白云。無所證。文用云。太尉神爲證。白謂泥神無靈。時方雨。白指云。除是滴水浮漚。乃申汝寃耳。遂刃之。瘞其尸。盡刼硃砂。復之河南。謂其父曰。汝子路歿。與我結義。囑令侍汝。父信其言。留與仝居。一日紿其父汲井。推入之。文用妻痛哭。白挾使從己。否則殺之。妻知其狡。念沉寃未雪。姑從之。白即病不能起。從道訴于天曹。文用訴東岳。岳神使太尉神及地曹。率寃魂往勾白。文用妻日聞白吐害文用事。復云痛楚不勝。當入陰司受訊矣。遂歿。遍受地獄諸苦。文用妻嗣同族子。奉養守志終身云。

桃花女

元人撰。*元王曄撰。曄字日新。一作日華。杭州人。所作今存桃花女一種。事本說家所載解禳神煞之法。至今世俗婚娶。猶多用之。謂之桃花女所傳。然不知其女何代人也。山東新泰縣志。有周公廟。又有桃花女墓。度即所謂周公與桃花女。此劇既以爲洛陽人。而新泰志又誤以周公爲魯公。當正其失。考解禳之法。自古有之。禮記。季春。命國儺。九門磔禳。蓋磔牲而祭。以禳災也。其後風角占相之道。盛於漢魏。而管輅、郭璞之術爲尤著。觀文察變。考驗陰陽五行生尅之理。以趨吉避凶。亦理所不廢也。

洛陽村中有三姓。曰石、曰彭、曰任。彭大公無子。任二公有女。曰桃花女。石婆婆有子。曰留住。留住經商不歸。大公之主人曰周公者。善卜算。斷禍福如神。常以銀一錠懸門而自題云。一卦不着。願罰此銀。石嫗問其子歸期。周公布算畢。拍案叫曰。卦大凶。三更有板殭之厄。嫗歸。適桃花女來借鍼。問其説曰。我亦能算。試算之。則曰。是猶可禳也。夜三更坐門限上。披髮擊馬杓。呼石留住者三。即無恙矣。嫗如其法行。是夜留住歸。將抵家。遇風雨。避一破窰中。夜過半方睡。忽聞有人呼其名者三。留住甫出應而窰倒。遂得生還。明日石嫗率其子索周公銀。周無辭。然由此忽忽不樂。聊取顧工人彭大公生年月日算之。謂其不吉。以告于彭。彭過任氏。遇桃花女。女復謂可禳。囑彭云。明晚北斗星君下降。以香花燈果供養。伺其臨去。求益壽自可無恙。按此用管輅事。彭如其言。果無恙。周公大驚。知受桃花女解禳法。大恨之。周有子曰增福。設計强彭爲媒。娶桃花女爲媳。預定新婦出門登車。以至成婚之時。皆犯兇神惡煞。無可避。而桃花女已一一知之。備諸什物。使留住爲己用。一一破之。戴花冠。持篩子。云破日遊神及金神七殺也。以車倒拽。以帕蒙頭。云避太歲也。以席二領。倒換鋪地。云易黑道爲黃道也。以馬鞍置門限。云當日馬也。以鏡及碎草五色米穀。云破鬼金羊昴日鷄也。張弓搭箭者三。云破喪門弔客也。此數件。至今民間婚娶。猶以相尙。自出門至夫家臥室。竟得無恙。而周公之女臘梅。反以犯白虎而殞。桃救之得甦。周公益憤。更擇日時。於城外東南角。斫倒小桃樹一株。欲傷桃花女本命。復爲桃花所破。全家已危。而桃一一活救之。周公始大慚服。終身不復言陰陽卜算。夷門廣牘。元女經云。諸欲娶婦嫁女。必計初許嫁之日以爲本。其娶婦時。愼無令尅其許嫁日辰也。又欲令日辰陰陽中。及用神中。有天后。無螣蛇白獸相尅。吉。謂內婦時如此者即吉。又無令夫家之門傷婦年。即婦有咎。又無令婦年上神傷夫家之門。即夫家有咎也。又不欲所出入之神傷日辰。爲女固有敗傷。又不欲令傷日。爲害翁。謂神將共傷日也。神將幷傷日。害舅。日幷傷神將。害夫。神將共傷辰。害婦。管輅別傳。弟辰敘曰。晉魏之士。見輅道術神妙。占俱無錯。以爲有隱書。及象甲之數。辰每觀輅書傳。惟有易林風角。及鳥鳴仰觀星書。三十餘卷。世所共有。又云。仰察星辰。俯定吉凶。遠期不失年歲。近期不失日月。辰以甘石之妙不克也。又曰。遠鄰患數失火。輅教使伺一角巾書生。固留止宿。書生以爲圖己。把刀倚薪積間。見有物手中持火吹之。生舉刀斫腰。視之則狐。自此災息。又云。有民捕鹿者。爲人所盜。輅爲卦云。盜者東巷中第三家也。汝往取一瓦。密發其屋東頭第七椽。以瓦著下。明日食時。自送還汝。其夜。盜者父頭痛吐熱煩瘥。亦詣輅卜。輅令以鹿還故處。又教鹿主舉標棄瓦。盜爻亦差。又云。有失物者。輅使于寺門外看。當逢一人。使指天畫地。舉手四向。自當得之。暮果獲于故處。管輅傳。過魏郡太守鍾毓。共論易義。輅因言卜可知汝生死之日。毓使筮其生日月。如言無蹉跌。毓大愕然曰。君可畏也。餘以付天。不付君。遂不復筮。按劇中蓋影借此等事也。

爭報恩 雜劇

元人撰。此與燕青博魚。*燕青博魚見本書卷一。皆借水滸傳中人名。揑造事蹟。其說甚鄙猥可笑。考涵虛子論曲。雜劇有十二科。一曰神仙道化。二曰林泉丘壑。三曰披袍秉笏。四曰忠臣烈士。五曰孝義廉明。六曰叱姦罵讒。七曰逐臣孤子。八曰鏺刀趕棒。九曰風花雪月。十曰悲歡離合。十一曰烟花粉黛。十二曰神頭鬼面。此殆叱姦罵讒之類也。略云。梁山泊與東平府相近。每月。宋江遣一人至府探事。關勝奉差。踰月不至。續遣徐寧接應。再遣花榮。三人先後被難。皆被趙通判之妻李千嬌救脫。結爲兄弟。千嬌爲妾王臘梅控告。將受戮。三人刼歸山寨。故曰爭報恩也。先是濟州通判趙士謙。率其妻妾兒女。及家人李都管等赴任。以路梗留家屬於東平客店中。隻身之任。約到任後遣人馬相接。臘梅與李都管有奸。私相飲。値關勝以病困乏資。燒肉至店。賣以自給。與都管口角。拳毆之倒地。臘梅欲縛勝送官。千嬌見勝。認爲兄弟。釋之去。都管甦。復與臘梅奸。而徐寧適臥病其隔壁。都管臘梅皆以爲賊。告千嬌。將以寧付吏。千嬌亦認爲弟。釋去。士謙至任。千嬌居署之後園。夜焚香告天。願天下皆好男子。勿遭羅網。會花榮爲人識破爲盜。追逐至園。踰牆逃避。聞千嬌語甚感激。欲一見之。千嬌聞步履聲。誤謂夫至。出遇榮。亦與結兄弟。臘梅奔告士謙。士謙入室將殺榮。榮格倒士謙而軼。臘梅遂告千嬌因奸殺夫。士謙以聞之太守。太守收千嬌嚴拷。按律將決之。勝、寧及榮聞信。爭下山刼千嬌入山。

并擒李都管、王臘梅至寨殺之。後送千嬌歸趙、復爲夫婦。

張善友 雜劇

元無名氏撰。本無事實。或據小說而作。大概以善惡因果勸人耳。略云。晉州人張善友。妻李氏。乏嗣。善友性慈祥。茹齋課佛。與同邑崔珏字子玉者最契厚。珏素剛直。學甚富。能斷陰府事。辭張詣長安應試。貧人趙廷玉葬母乏資。夜竊張銀五錠。李氏念張辛勤所蓄。日夕嗟怨。適五臺僧募修殿銀十錠。知張朴實。權以寄藏。張出進香。謂其妻云。僧至即付還。及僧取索。妻賴以無所寄。且設惡誓。臨去。與相詆不承。僧憤憤而別。張歸詢之。紿已還訖。會李有娠。生一男。名乞僧。家漸饒裕。遷居福陽縣。又生一男。名福僧。皆成立婚娶。乞僧甚慧。爲其父殖貨財。福僧甚愚。嗜酒色。不惜家產。張恚其蕩費。以田產分析之。福嫖賭殆盡。乞憐弟落魄。每代償其負。張夫婦以其孝悌。甚鍾愛之。忽患病不起。張痛惜之。適珏第狀元。授福陽尹。謁張。慰以定數。俄而妻亦歿。張益怨咨。俄而福亦病歿。張悲憤交集。遣二媳歸寧擇配。素知珏能斷陰府事。控土地及閻羅於珏。珏辭以陽官焉能剖陰事。張復訴城隍東岳。以祈報應。懇珏再三。珏欲彰示其因果。令宿臺下。攝其魄見閻羅。閻羅遣二子出。張相抱慟哭。乞謂張云。予趙廷玉也。昔竊汝銀五錠。今倍償之矣。何索我耶。福云。予五臺僧也。昔寄修殿銀十錠。汝妻賴之。今倍索淸。與汝無涉矣。皆不顧而去。張詢李氏。閻謂張云。因負僧銀。墮無間獄中。亦令出見。告張以受苦不勝。速爲懺罪。閻云。汝識吾否。張視即子玉也。及醒乃大悟。薙髮修道云。按崔子玉爲泰山府君。唐宋人雜說中頗及之。今北方州縣。亦往往有崔府君廟。

合汗衫 雜劇

元人所作。＊元張國賓撰。國賓或作國寶。太和正音譜作張酷貧。酷貧疑即國賓之同音。劇中合汗衫關目。與原化記所載崔尉事。及近時人作白羅衫＊白羅衫見本書卷十六。相似。但白羅衫與小說中蘇知縣羅衫再合。姓名事蹟同。此與崔尉姓名亦別。其入手處亦不相符。或即一事而作者增損更易。或別是一事。中有相同處耳。陳虎、陳豹。殆非的名。原化記載白羅衫劇。劇云。南京宋時南京。今歸德府。馬行街竹竿巷。金獅子張員外。家素豐。妻趙氏。子曰孝友。媳曰李玉娥。歲晚登樓賞雪。見一人凍倒雪中。孝友掖之上樓。灌以酒。問其姓名。則曰陳虎。徐州人。孝友見其狀頗偉。留於家。結爲兄弟。託以收債。翌日。復有徐州刺配人趙興孫。亦以雪天凍餓於張氏之門。孝友之父令給以銀錢。陳虎阻之。張父子不聽。虎又私抑其數。興孫謝張詬虎而去。玉娥孕十八月不產。孝友疑爲鬼胎。虎紿以徐州嶽廟有玉杯珓者。靈驗非常。夫婦偕往卜之。幷偕虎行。孝友父母念惟此子。急追及之。以上皆與崔尉事不合。欲挽使歸。不聽。母趙。以一汗衫分作二。一自攜。一付媳。欲其夫婦相憶早歸也。孝友渡河。

爲虎推墮河中。刼玉娥去。不數日。玉娥生子。虎以爲己子。取名陳豹。（原化記刼妻生子與此略同。）年十八。嫻武藝。母命其應舉。出汗衫與之。囑其訪金獅子張員外夫婦。而不言其故。初張老夫婦自送孝友而歸。家被火焚。資產蕩然。（按醒世恆言蘇知縣之母。亦有被火災事。）甚至行乞。而豹已中武狀元。授本處提察使。於相國寺中散齋濟貧。張老夫婦投齋。見豹狀似孝友。憶其子。忽啼忽笑。豹問之。具道其故。豹以汗衫示之。趙出所攜之半合之無異。遂大慟。豹心疑之。而未知爲祖父母也。助以路費。囑先行至徐州相會。（原化記與此關目無異。但無乞食散齋事。且汗衫乃其祖母出以贈孫。非孫示其祖也。）豹歸叩其母。母乃詳告以本生父被刼。而陳虎乃父讐。所遇二老。即豹祖父母。時虎適山行。豹即馳騎往。將縛而殺之。以報父讐。追將及虎。虎覺而逃。遇本地巡檢領兵至。見虎。縛送於豹。蓋巡檢即趙與孫。其發配沙門後。遇赦立功。見張老夫婦。已知其詳。正欲殺虎。爲張報讐而洩己怨也。豹既獲虎。祖父母及其母。同至金沙院追薦其父孝友。而院中一僧即孝友。蓋孝友墮黃河時遇救。得脫爲僧。於是父子祖孫夫婦皆得團圓。而送虎於官正法。原化記云。孫氏伏誅。不言尉未死。按韓愈詩。手持杯珓導我擲。云此最吉餘難同。珓即今之筶。當有玉爲之者。故曰玉杯珓。

白兎

元明以來。相傳院本上乘。皆曰荆劉拜殺。荆謂荆釵。劉謂白兎。拜謂幽閨。殺謂殺狗記。又曰荆劉蔡殺。蔡謂琵琶也。樂府家推此數種。以爲高壓羣流。李開先、王世貞輩議論。亦大略如此。蓋以其指事道情。能與人說話相似。不假詞采絢飾。自然成韻。猶論文者謂西漢文能以文言道世事也。此劇未知誰筆。總出元人之手。*傳奇彙考標目謝天祐名下著錄此目。富春堂本題謝天祐校。劇云。劉智遠。徐州沛縣沙陀村人。家貧不事生產。寄宿馬鳴王廟中。村中有老人曰李乾。富而好善。村中呼曰太公。其弟曰李坤。子曰洪一、洪信。女曰三娘。洪信出外當軍。惟洪一在家。與其妻張氏。俱刁惡不良。李太公賽神廟中。智遠竊食其雞。爲廟祝所侮。太公奇智遠狀貌。收養于家。見鼾睡時。有火光透出丈許。又有蛇穿七竅之異。卜其大貴。遂以女贅爲婿。洪一時與索鬧。會太公夫婦沒。洪一逼智遠休妻。而其書爲三娘裂碎。乃更設計。僞作分家財與智遠者。以瓜園與之。內有瓜精慣食人。欲令智遠自斃也。智遠與瓜精戰。瓜精遁入地中。掘得寶劍金甲兵書。遂與妻相別。而往并州。投岳勛節度麾下爲軍。岳有女繡英。見智遠徼巡。寒凍難忍。取一衣從樓上投與之。而誤取勛錦袍。智遠不知。以爲天賜也。勛索衣不得。而軍士見智遠所衣。以告于勛。勛欲重罪之。見其有金龍護身之異。乃不加罪。而以爲贅婿。其後與王彥章戰。及積軍功甚著。竟代勛職。智遠之別妻而去也。洪一夫婦。益折挫三娘。俾日則擔水。夜則推磨。三娘不勝苦。分娩之時。自咬子臍。始得墮地。因名曰咬臍郎。甫三日。令火公竇老。送往并州。岳氏撫爲己子。至十六歲。率家衆出獵。見一白兎。射之不中。隨兎而馳。星飛電流。直至沙陀村。見三娘于井邊。訴以夫出子離之苦。其夫與子姓名小字。皆與智遠咬臍相同。亟歸告智遠。智遠遂以情告岳氏。迎李歸鎮。而治洪一夫婦之罪。因咬臍以逐白兎而見母。故標其名曰白兎云。五代史漢本紀。高祖姓劉氏。初名知遠。其先沙陀部人。後世居于太原。（按此。知遠乃太原人。今云徐州沙陀村。蓋因沙陀部人而誤稱也。）與晉高祖俱事明宗。爲偏將。（齣中云晉國徐州沛縣。彼時不應稱晉國。）明宗及梁人戰德勝。晉高祖馬甲斷。梁兵幾及。知遠以所乘馬授之。復取高祖馬殿而還。（齣中與王彥章戰本此。）高祖德之。以知遠爲押衙。高祖舉兵。知遠密謀贊成之。即位于太原。以爲侍衛親軍都虞候。領保義軍節度使。久之。拜河東節度使。北京留守。及即帝位。仍稱天福十二年。六月戊辰。始改國號曰漢。（按知遠之在太原。所事者乃石敬瑭也。其時無岳勛。家人傳亦無岳氏。）乾祐元年己未。更名暠。（劇稱名暠字知遠。誤。或更稱皐。愈誤。按史並不載知遠未遇前事。似屬太略。英雄發跡之始。容或有之。然閱李后傳。知其不合也。）五代史家人傳。高祖皇后李氏。晉陽人也。（劇云沛縣亦誤。）其父爲農。高祖少爲軍卒。牧馬晉陽。夜入其家劫取之。（據此則劇中事跡俱不的。）高祖已貴。封魏國夫人。生隱帝。高祖即位。立爲皇后。宋史李洪信傳。洪信。并州晉陽人。漢昭聖太后弟也。后弟六人。洪信居長。劇云。太公長子洪一。次子洪信。從軍雲南。從軍亦有影響。但史云洪信居長。則無所謂洪一也。少善騎射。後唐明宗在藩時。隸帳下。即位遷小校。晉初。漢祖鎭太原。奏隸麾下。累遷三鎭節度使。周廣順初。加同平章事。至宋開寳中。致仕。弟洪義。亦官節度使。宋初。加兼中書令。五代史周本紀。太祖姓郭氏。名威。邢州堯山人。爲侍衛親軍吏。漢高祖爲侍衛親軍都虞候。尤親愛之。後所臨鎭。常以威從。契丹滅晉。漢高祖起兵太原。即位。拜威樞密副使。又漢臣傳。史弘肇。鄭州滎澤人。漢高祖典禁軍。弘肇爲軍校。其後鎭太原。使將武節左右指揮。高祖起義。弘肇行兵。秋毫無犯。累遷歸德軍節度使。同中書門下平章事。劇中知遠云。二弟史弘肇。三弟郭彥威。亦有所本。按唐書王廷湊傳。廷湊常使至河陽。醉寢于路。有過其所者。視之曰。非常人也。從者以告。廷湊馳及之。問其故。曰。吾見君鼻之息。左若龍。右若虎。子孫當王百年。按劇中蛇穿竅之說。乃借此以爲影射耳。廷湊事。太平廣記所載尤詳。相者乃駱山人也。時廷湊爲鎭州軍校。未幾。

軍士擁廷湊殺田弘正。請以爲留後。久之被命。傳兩子至孫鎔。在鎭州幾百年。

凍蘇秦 雜劇

元人所撰。本係蘇秦激張儀事。今言張儀已先相秦。蘇秦往謁。儀故薄待以激怒之。暗令陳用資其路費。後取六國相印。皆儀之力。蓋改頭換面以作戲劇。不欲太認眞也。唐宋時元載、楊沂中二事。與此相類。恐因此有觸。借題寓意耳。蘇梨即蘇厲。張固幽閒鼓吹。元相載在中書日。有丈人自宣州所居來投。求一職事。中書度其材不任事。贈河北一函書而遣之。丈人惋怒。不得已。持書而去。既至幽州。念破產而來。止公一書。書若懇切。猶可望。乃拆而閱之。更無一辭。唯署名而已。大悔怒。欲回。念已行數千里。試謁院寮。問既是相公丈人。豈無緘題。曰。有。判官大驚。立命謁者上白。斯須。乃有大校持箱復請書。書既入。館之上舍。留連數日。及辭之。奉絹一千疋。宋稗類鈔。

紹興間有代北人衛校尉者。從襄漢來。時楊和王爲殿前帥。曩在行伍中與結義爲兄弟。首往投謁。楊一見驩如平生。仍事以兄禮。且令夫人出拜。復招飲於堂。款曲殷勤。而不問其所向。兩日後。忽浸疎之。來則見於外室。衛雅意以爲楊方得路。志在一官。故百舍間關赴之。至是。大失望。栖泊過半年。疑爲人所嫉譖。乃告辭。又不得通。或教使伺其入朝回。遮道陳狀。楊亦略不與語。判狀尾云。執就常州於本府某莊内支錢一百貫。衛愈不樂。念已無可奈何。倘得錢。尚可治歸裝。而一身從北來。何由訪楊莊所在。正傍徨旅邸。遇一客。自云是程副將。謂之曰。無容憂。吾將往常潤。當陪君往。奉爲取之。旣得錢。相從累日。情好無間。遂密語之曰。吾實欲遊中原。君能扶我偕往否。衛欣然許之。迤邐抵長安。入河東。以至代郡。倩衛買田。我欲作一窟於此。衛使牙儈爲尋置。無何得膏腴千畝。衛治具待程。程亦報席。久之乃言曰。吾本無意於斯。此行盡出楊相公處分。初慮公貪小利輕舍鄉里。當今兵革不用。非展奮功名之秋。故遣我相追隨爲辦生計。所買良田。已悉作衛氏名。敬以相付。於是悉取契券付之。厥值萬緡。黯然而別。

鴛鴦被 雜劇

元人所作。李府尹之女名玉英。考小說有王玉英者。父爲閩守。將兵禦亂。戰死。玉英守節不辱。死嶺下。福清韓生慶雲。爲之埋瘞。夜有人剝啄叩戶。啟視見一女子。甚端麗。自言姓名家世。感掩覆恩。來相報。遂與成歡。無何生子。恐爲人見。棄之河旁。有黃公拾去。命名曰鶴齡。後復與雲相見。此所稱府尹女。名雖同而關目事蹟殊不合。作者或因此名。幻出空中樓閣耳。玉英有贈慶雲詩曰。莫訝鴛鴦會有緣。桃花結子已千年。塵心不釋藍橋路。信是蓬萊有謫仙。今取鴛鴦被爲名。恐因此也。略云。府尹李彥實。居官清正。爲左司誣劾。逮京勘問。按李彥實名。元曲中屢見。大約皆隨手捏造。猶張千李萬也。不注鄉貫。亦不言何處府尹。其爲捏造無疑。乏行資。浼玉清庵劉道姑。向富戶劉彥明借銀十錠。彥明欲親屬書名債券。彥實惟一女玉英。即令書券借銀。留玉英於別館而去。踰年。彥明聞玉英美。圖估爲妻。向道姑索銀。囑爲媒。不從。則將以姑及英付官追拷。姑懼。勸玉英從之。玉英恐累姑。以所繡鴛鴦被付姑。令約彥明於庵中私會。彥明赴約夜行。爲邏卒縛去。姑蘇張瑞卿者。赴京應試。道經此庵。日暮欲投宿。道姑誤以爲彥明。引入室。玉英繼至。亦以爲彥明。遂與成歡。天欲明將別。瑞卿始以實告。玉英遂以鴛鴦被贈卿而別。明日。彥明至庵憤甚。逼勒至家說誘。威逼百端。玉英寧死卒不從。乃置酒店中。令當鑪以辱之。會瑞卿得第授官。微行訪玉英踪跡。至店已不相識。而覺當鑪者有異。試問其姓氏里居。則玉英也。瑞卿乃詭爲府尹長子。向出外游學。呼彥明與語。而攜玉英歸寓。紿彥明三日後以禮來迎。玉英至卿寓。卿出被示之。知即瑞卿。越三日。彥明來。方與瑞卿爭。適彥實復官而回。詢得其詳。笞彥明而以玉英配瑞卿云。

陳州糶米 雜劇

元人無名氏作。*錄鬼簿刻本陸登善名下有開倉糶米一目。疑即本劇。宋熙寧間。有結糶、寄糶、俵糶、均糶、博糶、兌糶等名。此云陳州糶米。殆所謂均糶也。劇中韓范呂包。俱係假借。按宋史。包拯、字希仁。家合肥。位終樞密副使。謚孝肅。爲人方嚴。知開封府。語曰。關節不到。有閻羅包老。略云。范仲淹爲戶部尚書、天章閣大學士。按史。仲淹知蘇州。召拜天章閣待制。不言爲大學士。薨贈兵部尚書。謚文正。不言生時爲戶部尚書也。會陳州大旱。上命仲淹集公卿議。差淸廉官兩員。至陳州開倉糶米。欽定五兩白銀。一石細米。仲淹集韓琦、呂夷簡、及劉衙內等議。而劉衙內舉其子小衙內。與壻楊金吾往。仲淹從之。時恐百姓刁頑。勑賜紫金槌以行。劉、楊到州。與吏朋比爲奸。倍增銀數。大秤小斗。民受其殃。有張撇古者。性倔强。與其子小撇古。以銀十二兩。至倉糶米。倉吏以十二兩爲八兩。給米不滿一斛。互相爭論。觸小衙內怒。以金鎚打死老撇古。小撇古素聞包待制名。至京聲寃。范、韓亦並聞劉、楊不法狀。請於朝。遣拯前往勘斷。并賜勢劍金牌。先斬後聞。拯到陳州。訪知劉、楊方與妓王粉蓮淫暱。并所謂紫金槌者。亦付粉蓮。遂按其罪斬之。劉衙內求旨來赦。已無及也。考龍圖公案。包拯曾有陳州糶米案。是說拯至陳州糶米。因審出他人事情也。與此各異。然皆屬假託。拯傳所無。按呂夷簡爲相時。范、韓皆未大用。范、韓執政。則呂退休矣。此劇湊合劉衙內。未知所指。大概借以刺權要耳。非有實也。

賺蒯通 雜劇

元無名氏撰。演蒯徹勸韓信不從。恐及禍。佯狂於市。隨何識其假而賺破之。因以是名。漢高祖遊雲夢以收信。蒯徹勸信勿往。信不從。徹遂於信前祭弔。信怒。逐之。及誅信。徹慮禍。佯狂于市。蕭何知徹曾勸信叛漢。與陳平、樊噲等議踪跡執之。隨何請往。見徹瘋狂。于羊圈中臥。何覘其神情。知爲僞。

潛窺聽之。徹作歌寓志。何以達蕭。執詣漢庭。欲烹之。蒯略無懼色。漢臣讓其助信。徹云。桀犬吠堯。非不知堯之仁。彼各爲其主也。復述信十大罪。衆詢之。蒯一一細述。衆云。如此。乃信十大功也。徹又云。信有三愚。收燕趙。破三齊兵四十萬。是時不叛。今乃叛。此一愚。漢王出成皐。信屯脩武。將二百員。兵八十萬。猶不叛。今乃欲叛。此二愚。九里山大會垓下。兵百萬歸掌握。且猶不叛。今忽叛。此三愚也。漢高祖聞其言。赦徹罪。授以京兆職官。賜金千兩。旌其直。詔復信原官。封樹其墓云。

来生債 雜劇

元人所撰。*按。此爲元劉君錫撰。君錫字里不詳。所作今僅存來生債一種。云靈兆女點化丹霞師。龐居士誤放來生債。蓋演唐襄陽龐蘊事也。釋氏稽古錄。襄陽居士龐蘊。字道元。衡州衡陽人。貞元初。謁石頭遷有省。後與丹霞天然禪師爲友。一日石頭問曰。子以緇耶素耶。蘊曰。願從所慕。遂不剃染。後參馬祖。參承二載。有偈曰。有男不婚。有女不嫁。大家團欒頭。共說無生話。機辨捷出。諸方向之。元和六年。北遊襄漢。隨處而居。有女名靈照。賣竹漉籬以供朝夕。劇內用偈語及靈照賣籬。士問靈照。古人道。明明百草頭。明明祖師意。如何會。女曰。老老大大。作這箇語。士曰。你作麼生。女曰。明明百草頭。明明祖師意。寶倫集。夫婦學佛說云。龐公曰。難難難。十石油麻樹上攤。龐婆曰。易易易。百草頭邊祖師意。後龐公坐脫。龐婆別親故入山。不知所終。龐公女靈照修禪。亦坐化。傳燈錄。禪門龐居士。即毘耶淨名也。有詩偈三百餘篇。傳于世。五燈會元。丹霞天然禪師。初本業儒。將應舉長安。遇禪者于旅邸。曰。選官何如選佛。曰。選佛當往何所。曰。江西馬大師出世。此選佛之場。遂造江西見祖。祖令參石頭。後再謁祖。名曰天然。按蘊亦有詩云。十方同聚會。箇箇學無爲。此是選佛場。心空及第歸。劇中印證丹霞本此。但云丹霞戲調靈兆。爲所點化。未免涉于褻侮。略云。有李孝先者。借龐居士銀爲賈。本虧不能還。過縣門。見縣令方爲債主。拷掠逋戶十餘人。孝先驚憂成病。居士念之。往問病由。孝先以實告。居士因念平日濟人之急。本行善也。使盡如孝先。以憂成疾。乃造業矣。遂面折券。復以銀賙之。歸則搜所藏積券盡焚之。煙焰沖天。上通帝闕。有增福神化爲秀士。託名曾信實。下界叩居士。細詰其由。曰。居士疎財仗義如此。後會有期。居士一夕過磨房。見磨博士驅牛打羅之苦。令輟業。給銀使別爲生。博士持銀歸。終夜不能睡。以銀繳還。又嘗過馬槽門。聞問答聲。細聽之。乃驢馬作人語也。馬云。我前世少龐居士銀若干。死後作馬塡還。驢云。我前世少居士銀十兩。死後作驢爲拽磨。牛亦云然。居士大驚曰。我平日好施與。所行善事。皆弄巧成拙。都放做來生債也。曲云。我則待要錢粧得你如狼似虎。誰承它今日倒折得做馬爲驢。于是召妻。及子鳳毛。女靈照。詳告之。釋牛馬驢。任其所如。悉焚田宅券。復以數大舸裝載家貲鉅萬。悉沉于海。挈家入鹿門山。斫竹編籬。易米食粥。以勵淸修。靈照因賣所編笊籬至雲岩寺。遇丹霞禪師。師以語嘲撥之。照一言點化。

師得悟道皈依。後居士聞天樂聲。全家同上兜率宮。見註祿神。即李孝先。及增福神、即曾信實。共謂奉玉帝命。以四聖功成行滿。皆得證果朝元也。科白點出云。居士即賓陀羅尊者。龐婆是上界執幡羅刹女。鳳毛是善才童子。靈兆乃南海普陀落迦山觀音菩薩。龐居士語錄。一日問馬祖云。不昧本來人。請師高着眼。祖直下覷。士云。一種沒絃琴。惟師彈得妙。祖直上覷。下座。居士隨後云。適來弄巧成拙。劇內弄巧成拙語本此。

合同文字 雜劇

元無名氏撰。因宋史傳包拯。有關節不到。閻羅包老之稱。拯曾爲龍圖閣待制。故曰包龍圖智賺合同文。小說有龍圖公案。載其所斷疑獄甚多。其書當在此後。元人去宋未遠。流傳樂府。或得其眞。未可知也。略云。汴梁西關有兄弟二人。曰劉天祥、天瑞。妯娌曰楊氏、張氏。天祥無子。天瑞有三歲兒安住。與李社長約爲婚。時値年荒。上官令民間分房減口。適他邦就熟地。而天祥兄弟產業未分。於是作合同文字二紙。上書田房等件。社長爲證。兄弟各執一紙。兄守家。弟率妻挐他往。天瑞與妻子行至潞州高平縣。舍於張秉彝家。秉彝待之頗厚。而天瑞夫婦一病不起。出合同文字。託孤於秉彝。秉彝爲埋骨撫孤。迨安住十八歲。始告其父母姓氏鄉里。以合同文字交還。使負父母骨還葬。時天祥家已富厚。而其妻楊有前夫所出女。贅壻在家。惟恐安住之歸奪其貲也。安住歸。未見天祥。先遇楊氏。楊氏賺出合同文字。而擊破其額。拒之門外。謂非己姪。天祥惑婦言。亦以爲非己姪也。安住進退無門。適李社長來。乃助安住爭。而楊氏終不肯留。社長乃率安住。申寃於包拯。拯數日不問。陰遣人往潞州取張秉彝至。乃鞫楊氏。楊氏堅持不認。鞫天祥。天祥如婦言。拯命下安住於獄。俄而獄吏言安住前爲楊氏所傷。傷發已斃。拯從容謂楊氏曰。殺人者死。是親則不問。非親則須抵命也。楊氏乃曰。此我親姪。拯以爲無據不足信。楊氏乃以所奪安住文字。出諸袖中。拯猶以一紙不足信。楊氏幷出合同二紙。拯乃命獄吏取安住。則安住固生也。乃并召秉彝。四面質證。事遂大白。於是賞社長。奬秉彝。罰楊氏。逐其贅壻。葬天瑞夫婦於其先塋。擇日與安住成婚云。

小尉遲 雜劇

元無名氏撰。尉遲敬德事。見麒麟閣及單鞭奪槊中。*麒麟閣見本書卷十九。單鞭奪槊元無名氏撰。本書未收入。新舊唐書。皆不載鄂公有子。留沙陀後復歸唐者。蓋空中樓閣也。考紫桃軒雜綴云。奎基法師。尉遲敬德之子也。年十八。有絕力。每出以三車自隨。一載酒饌。一載女樂。一載兵器。遇所欲留。縱飲至醉。而後與壯士運矛挺槊。搏刺自快。率以爲常。玄奘法師自西域取經回。欲立賢首宗旨。而請於文皇曰。大唐國中。能承我法嗣者。尉遲子耳。帝命敬德令依奘剃落。爲開示數語。即盡棄其習。而盡研宗乘。今相宗諸秘奥。皆其所披析也。然性廓落。不知有戒律。一日買牛肉啖之。掛其餘於錫端。至宣律師所住刹。留三日而去。宣師平日受天供。不御人間食。至是天供三日不至。奎師行。復來。宣師曰。日來爲粗行者腥穢所觸耶。天人曰。不然。我輩嶽瀆小聖耳。兩日本刹有大乘菩薩。四洲大力神王。色欲界主。咸在擁護。故不敢唐突。今幸其行。始得修敬也。宣師爲之三嘆曰。我不能也。奉律益嚴。未知即此小尉遲否。附載於此以俟考。略云。尉遲敬德降唐之時。遺一子曰保林在番中。甫三歲。劉武周之子劉季眞。養爲己子。改名曰劉無敵。既長。武藝絕倫。時季眞以唐將老兵驕。興兵窺伺。即命無敵爲前鋒。令索敬德戰。蓋所懼者惟敬德。以爲擒敬德。則其他不足慮也。而敬德之僕宇文慶者。在番中撫保林成立。至是以詳告保林。乃於陣前佯敗。引敬德於無人之處。謂我實公子保林。回軍縛季眞降。敬德於是率其子上聞。命爲金吾上將。世掌樞密云。

神奴兒 雜劇

元人作。亦龍圖公案之一。按小說及諸劇中。多稱包待制日斷寃獄。夜決鬼簿。白日有寃鬼。他人不見。包獨見之。此皆本於關節不到。有閻羅包老之語。非無因也。　劇云。汴梁人李德仁。妻陳氏。弟德義。妻王氏。兄弟同居。惟德仁有子神奴。王氏貪而悍。妯娌不和。强德義與兄分家。詬誶不已。又使德義逼其兄棄嫂。德仁以藫死。陳氏與神奴別居。王猶惡陳有子。日夜欲殺神奴。神奴偶同老僕嬉於市。思得傀儡。僕往買。德義醉歸。遇神奴與橋上。憐其獨出。抱之將至家。有役何正。悞撞之幾倒。德義怒罵。正含忍去。德義攜神奴歸付王氏。而已則醉臥。王氏勒殺神奴。埋溝中。以石壓之。德義醒。索神奴。王氏誣德義醉中命之勒死。德義隱忍不敢發。老僕不見神奴。奔告陳氏。陳氏驚駭。沿路訪至德義家。王氏遂誣陳有姦。故殺子而滅其屍。賄囑官吏。嚴刑誣陷。獄將成。待制包拯知開封。莅任。路見寃氣若小兒狀。鞫陳氏。詞與卷不符。心知其寃。自語云。苦無干證。而役何正。誤聽以爲呼其名。上堂見德義力毆之。拯詰其致毆之由。正告某日某地遇德義。抱神奴歸。被罵唧憒。今始見之。申宿怨也。拯遂詰德義神奴下落。德義供付妻王氏。乃捕王氏。王氏爲神奴魂所擊。拯又見神奴魂至庭。訴其寃甚悉。王氏不詰而供。于是掘得神奴尸于德義家。誅王氏。杖德義。釋陳氏而還其家貲。此與干寶搜神記蘇娥訴寃事相類。備載之。以見明有國法。幽有鬼神。作惡者無所逃也。漢九江何敞。爲交州刺史。行部至蒼梧郡高安縣。暮宿鵠奔亭。夜猶未半。有一女子從樓下出。呼曰。妾姓蘇。名娥。字始珠。本居廣信縣修里人。早失父母。又無兄弟。嫁與同縣施氏。薄命夫死。有雜繒帛百二十疋。及婢一。名致富。妾孤窮羸弱。不能自振。欲之旁縣賣繒。從同縣男子王伯賃車牛一乘。直錢萬二千。載妾幷繒。令致富執轡。乃以前年四月十日到此亭外。於時日已向暮。行人斷絕。不敢復進。因即留止。致富暴得腹疾。妾之亭長舍乞漿取火。亭長龔壽。操戈持戟。來至車旁。問妾曰。夫人從何所來。車上所載何物。丈夫安在。何故獨行。妾應曰。何勞問之。壽因持妾臂曰。少年愛有色。冀可樂也。妾懼怖不從。壽即持刀刺脅下一創立死。又刺致富亦死。壽掘樓下合埋。妾在下。婢在上。取財物去。殺牛燒車。車扛及牛骨。貯亭東空井中。妾既冤死。痛感皇天。無所告訴。故來自歸於明使君。敞曰。今欲發出汝屍。以何爲驗。女曰。妾上下着白衣青絲履。猶未朽也。願訪鄉里。以骸骨歸死夫。掘之果然。遣吏捕捉。拷問具服。下廣信縣驗問。與娥語合。壽父母兄弟悉捕繫獄。敞表壽常律殺人不至族誅。然壽爲惡首。隱密數年。王法自所不免。令鬼神訴者。千載無一。請皆誅之。以明鬼神。以助陰誅。上報聽之。

謝金吾 雜劇

元無名氏撰。標曰。謝金吾詐拆淸風府。其大略云。王欽若者。本蕭太后心腹之人。原名賀驢兒。蕭后遣入宋爲細作。恐其戀南朝富貴。忘卻契丹。於左脚刺賀驢兒三字。欽若至宋。累官樞密使。是時楊令公之子六郎名景。鎭守瓦橋三關。其部下有二十四將。欽若深忌之。欲因事殺景。楊令公宅有淸風無佞樓。乃太宗勅建。欽若奏誑眞宗。令謝金吾拆毁無佞樓。景母佘氏不能禦。使人報景知之。景以兵權授部將岳勝。而私下三關探母。景將焦贊密聞其事。亦竊下三關。隨景而行。比入都城。贊乘間獨入謝金吾家。殺其良賤十七口。題詩于壁而去。欽若擒獲景、贊。奏聞。眞宗誅斬二人。景之妻母柴國姑。劫景贊回家。欽若方奏于帝。而景部將孟良適奏遼相韓延壽與王樞密書。約爲内應。帝命校尉擒欽若按驗。脚下果有賀驢兒三字。於是誅欽若而赦景贊。令景復鎭三關。此皆據楊家將演義。與正史抵捂。不足信。演義云王欽。此劇直云欽若也。演義云謝金吾與王欽同官樞密。此劇云金吾。即欽若之壻也。演義但云毁樓。此劇云金吾推佘太君下階破頭也。演義云九妹往三關請六郎。此劇云院公也。演義云八王救景贊免死發配。此劇云柴國姑劫法場也。演義云蕭后已敗。

王欽逃遁被擒。乃驗其左脚之刺字而誅之。此劇則云正欲誅景贊時。以孟良奏欽若通謀契丹。即按驗誅戮也。演義焦贊殺金吾題詩云。四水星連家下流。二仙並立背峯頭。明明寫出眞名姓。仔細參詳莫浪求。乃隱寓焦贊二字。此劇贊詩云。多來少去關西漢。殺人放火曾經慣。一十七口誰殺來。六郎手下焦光贊。乃明書焦光贊三字也。皆係空中樓閣。又稍有同異云。楊景白云。某受六使之職。謂邊關裏外點檢使。界河兩岸巡綽使。關西五路廉訪使。淮浙兩場催運使。幽汾二州防禦使。河北三十六處救應使。按此亦係鋪飾好看語。宋時何承矩守雄州。謂之六宅使。疑六使乃六宅使也。

舉案齊眉 雜劇

元時人作。演後漢梁鴻、孟光事。與鴻本傳甚不合。言光父曾以女許鴻。後嫌貧欲改字。光不從。不果。已而贅鴻。尋復逐之。鴻乃棲皋伯通家。每食。光舉案齊眉。從叔知非凡人。暗使乳媼贈以資斧。勸鴻應試。擢大魁作收場。蓋故作波折以爲關目也。略云。孟光、字德耀。父名從叔。母王氏。祖居汴之扶溝。從叔官府尹。乞老閒居。與同堂友梁公弼善。彼此懷妊。指腹訂姻。弼夫婦早逝。子鴻學富家貧。從叔欲悔親。置酒邀豪家子及鴻。俾女隔簾自選。度鴻藍縷。必不入女目。迨席散。詢女所適。女志堅金石。甘守貧窶。父母不得已。遂贅鴻。越七日而鴻不樂。光問其故。鴻以戴珠衣繡非所願爲言。光即易布襖荆釵。從叔謂其辱己。怒逐之。鴻依富家皋伯通。夫婦賃舂糊口。每具食。光舉案齊眉。不敢仰視。從叔乃助鴻衣銀鞍馬。紿云乳媼所贈。試擢甲第。乳媼乃述贈金勸試。皆出從叔。鴻感其誼。與光奉侍盡禮云。後漢書。梁鴻、字伯鸞。扶風平陵人。父名讓。劇云公弼。非。新莽時爲城門校尉。封修遠伯。使奉少昊後。寓於北地而卒。時鴻尙幼。因卷席而葬。後受業太學。家貧而尙節介。里中慕其高節。多欲以女妻之。鴻並拒。同縣孟氏女。三十不嫁。父母問其故。

女曰。欲得賢如梁伯鸞者。鴻聞聘之。劇內孟從叔指腹爲婚等事。皆屬增飾。及嫁。以裝飾入門。七日而鴻不樂。女跪請曰。竊聞夫子高義。簡斥數婦。妾亦偃蹇數夫矣。今而見擇。敢不請罪。鴻曰。我欲裘褐之人。可與俱隱深山者爾。今乃衣綺縞。傅粉墨。豈鴻所願哉。此節劇內同。妻曰。以觀夫子之志耳。乃更爲椎髻。著布衣。操作而前。鴻大喜曰。此眞梁鴻妻也。字之曰德曜。名孟光。劇內與此不同。乃共入霸陵山中。耕織爲業。詠詩書彈琴以自娛。仰慕前世高士。而爲四皓以來二十四人作頌。又作五噫歌。乃易姓運期、名耀、字候光。居齊魯間。有頃。適吳。依大家皐伯通廡下。今蘇州閶門內有皐橋。即伯通故址。爲人賃舂。每歸。妻具食。不敢於鴻前仰視。舉案齊眉。伯通察而異之。曰。彼傭能使其妻敬之如此。非凡人也。劇內與此皆不同。乃方舍之于家。鴻潛修著書十餘篇。且困。告主人白。昔延陵季子葬子於嬴博之間。不歸鄉里。愼勿令我子持喪歸去。及卒。伯通等爲求葬地。于吳要離冢傍。咸曰。要離烈士。伯鸞淸高。可令相近。初鴻友人京兆高恢。少好老子。

隱華陰山中。及鴻東遊思恢。作詩曰。鳥嚶嚶兮友之期。念高子兮僕懷思。想念恢兮爰集茲。二人遂不復相見。恢亦高抗。終身不仕。劇內云。鴻擢大魁。係增飾語。

隔江鬬智 雜劇

元人所撰。演孫、劉鬥智。所謂三氣周瑜也。其說與演義相比附。未知孰先孰後。後來錦囊草盧*錦囊記見本書卷四十四。草盧記見卷二十四。諸劇。又多采此事實。詳錦囊記中。考地里志。湖廣荆州府有劉郎浦。在石首界。爲昭烈娶孫夫人渡處。此最得實。時備在公安也。史稱權妹剛猛。有諸兄風。侍婢百人。皆持刀侍立。今劇中所演孫夫人。甚是柔順。頗不相似。云止隨嫁女入。更不合矣。劇云。曹操逼走劉備。過江借孫權兵。權助兵三萬。以周瑜爲帥。與備及諸葛亮謀。大破曹兵於赤壁。操敗。投華容小路而走。此段與正史合。備旋奪取荆州據之。瑜不勝憤。按史。備求都督荆州。魯肅勸權借之。操聞方作書。落筆於地。則實借非奪也。於是大合諸將密謀。擬以權妹與備結婚。引兵送親。乘其不備而掩取之。以此謀告權。權以爲然。權即告之於母及妹。妹初不從。權强之再三。妹不得已。姑應之。乃遣魯肅爲媒。陰令甘寧、凌統。各領精兵一千。以護送爲名。襲荆州。而已屯柴桑渡。以圖進取。肅見備、亮。亮早知其謀。歡然報命。而令張飛以兵守城。戒孫夫人至。惟許夫人翠鸞車一乘及隨嫁女入。餘兵皆列城外。及期。孫夫人至。兵不得入。孫、劉既成禮爲夫婦。瑜計不行。（此又與演義不相合。）瑜初意此計不行。則陰令夫人害備。權亦曾以此囑妹。至是甚相得。瑜計復不行。婚既匝月。瑜復語權。邀備夫婦過江。因而羈留之。荆州終爲吳有也。亮俟備過江後。使人送冬衣與備。而附以一錦囊。又囑備伴醉遺囊。使權得見。備如計。囊爲權拾得。啟視之。則云。曹操以赤壁之恨。方大集兵來攻。公且緩歸。我當復來借兵共拒曹也。權欲假手於曹以害備。立使其妹從備行。備及夫人皆得歸。（此又與演義不合。）瑜聞。追及夫人車。跪請回馭。而車中之人。乃張飛也。亮發書時。預命飛將兵迎備及夫人。先馳歸。而飛駕車緩行。此又與演義不合。瑜計既不得行。又被辱。竟以積憤而死。所謂三氣周瑜。又謂周郎妙計高天下。賠了夫人又折兵也。按劇中三氣周瑜。本諸小說流傳。世俗艷稱。皆若實有此事。殊可哂也。

抱粧盒 雜劇

元無名氏撰。演宋眞宗劉后事。與正史不相合。史亦無陳琳、寇承御之名。而其情節。大類明弘治事。詳見金丸記中。*金丸記見本書卷三十九。此劇在前。金丸借其情節敷演。大略皆仿佛。宋眞宗乏嗣。太史奏前星舒彩。應以金彈射御園。宮眷拾得者。當有聖嗣。上可其奏。西宮李美人拾得。遂懷娠生仁宗。劉后嫉忌。密遣宮人寇承御。詐出刺之。棄於金水橋河內。寇欲救之。計無所出。適內監陳琳抱粧盒。於御園摘新菓。與南淸宮八大王上壽。寇以情告。琳藏盒中。矢天各毋洩。琳出。適遇劉后。詰琳。陳琳遽以菓品對。劉后心疑。欲揭金盒。

寇忽趨報駕幸中宮。琳得脫去。謁楚王德芳。德芳係眞宗嫡弟。樂善好施。眞宗劉后無此事。德芳係太祖子。今云眞宗嫡弟。益知其謬也。率之朝眞宗于後宮。欲爲奏明。琳告始末。德芳撫爲己子。戒左右勿洩。逾十載。劉后亦侍坐。疑必李美人子。遂以他事請駕出。眞宗見其有龍鳳之姿。貌逈不凡。甚異之。后度琳同謀。呼使質對。皆云楚王子。遂使琳杖寇。痛拷寇承御。承御終無所言。后御極。疑其事。密詢於琳。琳以實奏。仁宗重獎德芳。封寇宮人墓。賜琳田宅。念劉后有恩。奉養如舊。而尊生母李氏爲太后。

盆兒鬼 雜劇

元人撰。世所傳龍圖斷案之最著者。一見於小說。曰烏盆子。再見於傳奇。曰斷烏盆。其間姓名不同。事實則一。按馬遷傳曰。戴盆可以望天。李白詩曰。願借羲皇景。甘心照覆盆。作者之意。蓋謂決獄之吏。有如閻羅包老者。則民雖有覆盆之寃。無不可洩也。後漢書注。載漢時王忳事。與此相類。王忳、字少林。爲郘令。一夕有女子稱欲訴寃。無衣自蓋。忳以衣與之。訴爲縣門下遊徼所害。忳曰。當爲爾報之。鬼捉衣而去。謠曰。信哉少林世無偶。飛彼走馬與鬼語。又暌車志云。有巫送鬼。自持呪前行。令一童擔羹飯。旣行。童覺擔漸重。至不能任。巫曰。此寃鬼難送也。略云。汴梁人楊從善。有子國用問卜於賈半仙。謂百日之内有災。囑其避千里之外。不滿百日不得歸。（小說則云揚州人李浩。至定州買賣。不言問卜事。）國用遂辭父。出外爲商。三月得利十倍。歸將抵家。以未滿百日。離汴四十里。宿於破瓦村客店中。店主盆礶趙者。以燒瓦礶業。其妻曰撇枝秀。夫婦皆不良。國用至。枝秀覘其貲重。遂與趙謀。劫而殺之。（小說云。浩將抵家。醉不能行。臥路旁。有賊丁千丁萬。見浩貲財。攜至僻處。奪其金百兩。平分之。又恐其醒而訴官。遂擊死。入窰燒化。）欲滅其迹。移入瓦窰中。燒灰和土。作爲瓦盆。嗣後趙家時見寃魂。夫婦神識顚倒。復夢窰神怒甚。擒兩人欲加誅。醒而懼禍。莫知所逃。有張撇古者。開封府中老役也。曾向趙索瓦器。

至是復來。趙以瓦盆與之。小說云王老。亦不言開封役。攜至家。瓦盆忽作人聲。懺古懼。細叩之。瓦盆躍地數尺。訴其冤。懇以此事告包尹。懺古果持盆至府。包鞫之。瓦盆無聲。攜出則復語。如是者再。懺古責瓦盆。瓦盆曰。門神阻我。乃爲焚紙錢於門。復入。則訴說甚詳。包遂勾趙夫婦。一訊而伏。小說云。初瓦盆以無衣裳掩蓋。故不言。後王老以衣蓋之。訴說如前。包乃置趙夫婦極刑。以抵國用命。厚賞懺古。旌其能。

貨郎旦 雜劇

元人作。考陶九成論曲。正宮五十四章。內有貨郎兒。注云。與仙呂出入。九轉。有煞尾。不知其名所自。按劇中云。雖則是打牌兒出野村。不比那吊名兒臨构肆。又云。又不會賣風流弄粉調脂。又不會按宮商品竹彈絲。無過是趕幾處沸騰騰熱鬧場兒。搖幾下桑琅琅蛇皮鼓兒。唱幾句韻悠悠信口腔兒。一詩一詞。都是些人間新近希奇事。紐捏來無詮次。倒也會動的人心諧的耳。都一般喜笑孜孜。則其與近今世俗所唱鼓兒詞無異。其曰貨郎旦者。以唱者爲女人也。丹丘論曲曰。雜劇有正末、副末、狚、狐、靚、鴇、猱、捷譏、引戲。九色之名。狚。猸之雌者也。其性好淫。今俗訛爲旦。劇中事無考。觀其命名。則知爲衢歌巷曲流傳之說耳。略云。長安李彥和。富翁也。有妻劉氏。有子春郎。春郎有乳母張三姑。彥和耽花柳。與妓張玉娥。往來甚密。後遂娶爲妾。玉娥悍淩劉氏。劉氏以鬱死。玉娥又與當差人魏邦彥通。欲嫁之。相與謀。放火焚彥和家。竊其財而奔。使邦彥艤舟河上以相待。火發。玉娥與彥和、春郎、三姑。倶奔至河喚渡。登邦彥舟。玉娥推彥和墮水。并欲縊殺三姑及春郎。遇他舟至救免。邦彥、玉娥軼去。有拈各千戶。以公幹過河。見三姑及春郎。欲買春郎爲義子。適唱貨郎兒張㦃古者。亦在河上。拈各千戶令三姑寫賣契。三姑不能書。㦃古代之書。春郎歸千戶。㦃古見三姑無依。收爲義女。教之唱貨郎。是爲貨郎旦。千戶無子。撫春郎如己出。稍長習騎射。襲職千戶。臨歿。出賣契。告春郎以所自來。囑其往尋本生父。春郎旣葬千戶。以催趲窩脫銀至河南館驛。驛中獨飲無聊。命吏呼唱貨郎兒者。時懒古已死。三姑欲歸洛陽。道逢牧人呼其名。徐視之。則彥和也。錯愕相詢。知墮河不死。流落爲人牧牛。于是與三姑爲兄妹。而亦習唱貨郎以度活。逢吏召。俱至驛。見春郎貌。心雖疑而不敢言。俄見春郎遺一紙。檢視之。則即懒古所書賣契。乃知爲春郎無疑。然猶不敢直陳。而懒古常以彥和事。編成貨郎曲十二回。教三姑。三姑遂向春郎唱之。春郎果一一詳問。知唱者之即三姑。并知三姑之兄即其父彥和。父子重逢。相持慟哭。而吏役緝獲侵欺窩脫銀人犯。解送春郎正法。犯乃魏邦彥也。乃并收玉娥。並誅之以復父讐。瀝血祭告其亡母劉氏云。

碧桃花 雜劇

元人撰。未詳作者姓名。劇中事。與吳興娘附魂於妹慶娘。大略相仿。姓名不同。興娘事詳見一種情記。*一種情見本書卷二十一。又至正間。賈平章女賈雲華事。亦與此相類。詳灑雪堂記。*灑雪堂明梅孝巳撰。本書未收入。略云。東京張珪。爲廣東潮陽縣縣丞。有子曰道南。博通經史。人皆許爲國器。知縣徐端。亦東京人。有女名碧桃。許字道南而未婚。時三月牡丹盛開。珪治具邀端夫婦相賞。而碧桃與婢遊於後園。適道南有白鸚鵡飛過園中。道南踰墻覓鸚鵡。與碧桃遇。甫相見而端夫婦歸。見女與道南語。怒責其女越禮。碧桃憤極而死。即葬園中。後端致仕。珪任滿還京。道南應舉得第。授潮陽縣知縣。赴任至園。見碧桃花盛開。追思舊遊。誦崔護桃花人面句。憶碧桃不置。夜見花陰一女子殊麗。詢之。則但云隣家女。而不道姓名。道南悅之。贈以詞。女收去。自此往來甚密。而道南得危疾。醫藥罔效。珪聞有薩眞人者。行五雷法。延請禳禱。眞人結壇作法。攝碧桃詰責。碧桃詳告云。生前與道南遇。沒葬園中。陰府以陽壽未絕放回。而屋舍已壞。道南至此相見。贈詞致病。非無端作魅也。眞人爲檢姻緣簿。知與道南當復合。而碧桃之妹玉蘭。又當祿盡。乃假玉蘭之身。使碧桃附之還魂。適端欲以次女玉蘭。與道南續舊好。而玉蘭暴亡。比甦。則自稱碧桃。叙前事歷歷。眞人亦爲珪道其詳。道南疾亦愈。遂再合姻緣。爲白頭夫婦。按道家言。薩眞人名守堅。西河人。初學醫。慮用藥悞傷人命。棄而學道。雲遊方外。參訪名山。至西蜀遇虛靖天師。以薩有仙風道骨。授以咒棗之術。及神霄靑符。五雷正法。薩乃至龍虎山叅籙奏名。誓欲剷除天下妖邪鬼怪。普救衆生。忤王天君。欲殺之。陰隨數年。思伺其隙。而眞人戒律精嚴。無隙可指。天君於是皈依證道。常爲眞人護法。至今所謂靈官法者。眞人之傳也。明周思得行靈官法。先知禍福。扈從成祖。數試之不爽。招弭祓除。祈雨禬兵。咸如影響。年踰九十。賜謚弘道眞人。後萬尊師亦奉此法。行於時輒有靈驗。並見錢謙益集。

馮玉蘭 雜劇

元人撰。劇中事與宋人摭青雜說所載徐倅事略同。作者因此竄易增損。結撰成文也。摭青云。項四郎。秦州鹽商也。常泛自荆湖。歸至太平州。中夜月明不睡。聞有物觸船。項起視之。似一人。救之起。乃一丫鬟女子也。問其所自。曰姓徐。本北人。寓居澧州。父自辰倅解官赴臨安。至此江中。忽逢劫賊。某驚墮水中。附一踏道漂流至此。父母想皆遭賊手矣。項以其貴家女。留之至家。隣有一金官人。授澧州安鄉尉。喪妻。見項求娶。女聞是尉職。或能獲賊。便可報仇。白項嫁之。從金到官。一年。獲一大劫盜推勘。供云。曾在太平州劫一徐通判船。擔一籠出。聞鳴鑼聲散去。不曾傷人。女聞之稍安。又一年。金攝邑事。有一徐將仕過邑借脚夫。女自屏後窺之。甚類其兄。告尉具食。召將仕至。問其父及履歷。具言曾在太平遭劫。失一小妹。其父後得鄂倅。現在岳州。尉乃引將仕入中堂。與其妹相見。相持而哭。將仕欲挈妹歸。知已字金尉。于是發書告知父母。女德項。畫像終身奉事之。略云。馮鸞、字文翔。洛陽人。由進士累官郡守。授福建泉州知府。同妻田氏。子憨哥。女玉蘭。從水道赴任。舟行至大江。夜泊蘆洲。遇巡江官屠世雄求見。鸞留與飲。世雄見鸞婦美。乘夜殺鸞父子。及童婢梢公。刼田氏去。玉蘭藏舵底得存。空船飄蕩。有都御史金圭。奉命巡撫江南。停舟夜坐。燈下見若羣訴寃狀者。俄聞一舟觸其榜。徐聽之。有女子哭泣聲。遣人驗視。引玉蘭見。知其詳。舟中幷得一刀。明日泊清江浦。坐驛中。廣召官屬。世雄至。收之。行李中得刀鞘。拷問不服。乃命玉蘭至世雄船側呼其母。田氏果出。見女相持大慟。世雄乃具服。收其黨並斬之。送田氏母子歸籍。按劇中有清江浦。浦乃明永樂十年平江伯陳瑄所開。又云。都御史金圭巡撫江南。都御史及巡撫。亦皆明時官制。此蓋永宣以後人所作。託名元人者。

百花亭 雜劇

元無名氏撰。以王煥與賀憐憐相遇於百花亭。故用是名。係空中樓閣。略云。汴梁人王煥、字明秀。父早逝。依叔居洛陽。煥美丰姿。善吟咏。兼精騎射。人以風流王煥稱之。時屆清明。與奚童出城遊玩。妓賀憐憐。踏青至陳家園百花亭暫憩。與煥相值。覘賀之艷。竚亭不去。賀亦愛煥才品。遂折蘭花于手。吟詩云。折得名花心自愁。春光一去可能留。煥亦續詩云。東風若是相憐惜。爭認開時不並頭。然不知賀爲誰氏女也。有賣查梨王小二者。過陳園。煥與相識。詢賀居止。始知之。遂造其家相狎昵。居半載。囊資已竭。西延邊將高邈、字常彬。取軍需赴洛。聞賀欲買之。假母遂逐煥。嫁賀于邈。邈移賀妓居承天寺中。賀欲與煥訂生死約。而乏通問之使。王小二至寺。乃作柬達煥。煥視之。則長相思詞一首云。朝相思。暮相思。朝暮相思無盡時。奉君腸斷詞。生相思。死相思。生死相思兩處辭。何由得見之。煥遂易裝作賣查梨者。覘邈出。高聲叫呼。賀聞出與語。令煥赴西延立功。且訐邈佔有夫之婦。贈以路費。復賦南鄉子詞云。勉强贈行裝。願爾長驅掃夏涼。威鎮雷霆傳號令。軒昂。萬里封侯相自當。功績載旂常。恩寵朝端孰比方。衣錦歸來攜兩袖。天香。散作春風滿洛陽。煥詣西延。投經略种師道。以戰功授西涼節度使。師道覈邈擅用軍需。以致缺額。聞其以洛陽娶妓之故。拘而鞫之。賀云。身是煥妻。不願從邈。適煥凱旋入謁。言賀實已所聘妻。師道乃治邈罪。斷賀歸煥云。

連環計 雜劇

元人所撰。未詳誰手。其名曰。錦雲堂暗定連環計。載王允與蔡邕。設美人連環計。以貂蟬先許呂布。後送董卓。令布怒而殺卓。其事虛實各半。後來撰連環計者。以此爲藁本。又復翻換增添。互有同異。稍臚本末。參觀正史爲得。

據劇云。董卓爲隴西邊將。何進召入朝中。官封太師。又加九錫。按卓但爲太師。未加九錫。九錫是曹操事。用李儒、李肅爲腹心。呂布爲牙爪。按史無李儒。時太尉楊彪。司徒王允。密謀圖卓。學士蔡邕。謂允宜用連環計。按邕非學士。漢時亦無學士。邕未嘗與允定謀。故爲允殺。劇蓋爲邕出脫耳。允未得其說。允所撫義女貂蟬。本忻州人任昂之女。小字紅昌。靈帝選入宮中。掌貂蟬冠。因喚貂蟬。後賜丁原。原以配呂布。黄巾作亂。貂蟬與布相失。爲允所得。貂蟬後花園燒香。禱佑呂布。爲允所覺。因與密計。召布歡飲。令貂蟬侑觴。即以許布。明日復宴董卓。又以貂蟬許之。定期送布。而竟入董府。布竊窺見貂蟬。方與共語。爲卓所見。彼此大訴。布拳毆卓仆地。連環計作擲戟。本之正史。此則但云揮拳。出投王允。卓使李肅追布入允宅。允以大義激肅。布、肅皆許爲允殺卓。於是允、彪僞作受禪臺于銀臺門。令蔡邕誘卓。李儒勸沮不從。儒自撞死。連環計亦作儒撞死。但無蔡邕誘卓事。卓至。布肅共殺卓。於是彪、允、布、肅、邕等皆受賞。而以貂蟬爲布妻。按允與布謀卓。而布肅共殺卓。皆與史合。其間關目。則著色居多。又千里草及書呂于布。皆係實事。今劇中賓白有此。而謂蔡邕爲董卓詳解。乃是增飾。允共謀誅卓乃士孫瑞。今以爲楊彪。

（止卓出者少妻。今以爲李儒。有詔討賊。本呂布語。今謂蔡邕宣詔。布與卓傳婢情通。今實之以貂蟬。）

後漢書董卓傳。有人書呂字於布上。負而行于市。歌曰。布乎。有告卓者。卓不悟。英雄記曰。有道士書布爲呂字。持以示卓。卓不知其爲呂布也。（劇中云。太白金星化爲道士。）獻帝春秋曰。董卓未誅。有道士持三尺布𢃳。上作兩口相銜之字。負之行歌於道。及呂布殺卓。負布者不復見。後漢書五行志。獻帝初童謠曰。千里草。何青青。十日卜。不得生。按千里草爲董。十日卜爲卓。青青者。暴盛之貌也。不得生者。亦旋破亡也。蘇軾詩。但知天下無健者。豈識軍中有布乎。（袁紹云。天下健者。豈惟董公。）梅香白云。人中呂布。女中貂蟬。按曹瞞傳。時人語曰。人中有呂布。馬中有赤菟。

荆釵記

元人所撰。（*此記作者。呂天成曲品以爲元人柯丹邱名九思字敬仲者撰。王國維曲錄乃以爲明初寧獻王朱權撰。因朱權亦有丹邱先生道號之故。近人頗從之。惟傳明張大復之寒山堂新定九宮十三攝南曲譜。在荆釵記下稱吳門學究敬先書會柯丹邱著。曲譜如不僞。則此說似最可信。撰此記之柯丹邱。似爲此書會先生。既非柯敬仲。亦非朱權。）後人又加更改。有古荆釵及荆釵兩種。*徐渭南詞叙錄中此記有兩本。一爲宋元舊編。一爲明初李景雲撰。皆未知誰筆。王十朋事。據宋人傳奇點綴。考訂事實見後。按此劇言温州王十朋。以荆釵聘貢生錢流形之女玉蓮時。有孫汝權者。亦託流形妹張姑娘爲媒。孫富王貧。玉蓮繼母欲以女嫁汝權。而玉蓮願嫁十朋。其父竟從女志。十朋既娶。應舉擢狀元。與榜眼王仕弘、探花周璧。一作周必大。同謁宰相万俟卨。卨欲贅十朋。十朋堅卻。時十朋、仕弘皆選僉判。十朋饒州。仕弘潮陽。卨怒十朋。遂換十朋于潮陽瘴地。汝權在京師聞卨欲贅十朋。會十朋託承局寄書迎母妻。汝權醉承局以酒。竊書改易。言已贅万俟。令妻改嫁。流形得書驚訝。繼母復聽張姑娘計。逼女嫁汝權。花輿入門。玉蓮遂投江殉節。福建安撫使錢載和舟過。急拯其溺。問係同姓。收以爲女。而其家不知也。周璧爲温州節推。孫控錢賴婚。錢控孫威逼人命。錢供贅于相府之語。出孫口中。言其所目覩。璧與十朋同謁卨。見其以辭婚觸怒。意孫有詐。下之獄。十朋迎母至京。母責以重婚致媳自盡。十朋大慟。母知無此事。益悲痛。遂偕往潮陽。且令迎妻父母于署所。居三年。遷守吉安。載和赴閩。即遣使至饒訪十朋信。會仕弘沒于任。使者但見書王僉判之靈。誤報十朋已卒。玉蓮聞之。頓易縞素。既而載和移節兩廣。道經吉安。見其守投刺。名曰王十朋。心疑前者之誤。泊舟烏鵲山下。邀飲舟中。詢得其實。且使其妻邀十朋母于舟中。令女侍酒。姑媳乍相見。不覺愴然。已而涕泗交集。載和妻詰問。母乃具言其情。與媳抱持慟哭。呼十朋相見。骨肉並聚。而承局爲吉安驛吏。十朋詰責之。始悉曾遇汝權醉酒易書之故。乃致札于壁。斃之獄中。

按宋朝典故。首甲及制科登第者。可得僉判。凡劇多以正生爲狀元。惟此及呂蒙正、王曾、蔡襄、馮京、張九成等是實。狀元授僉判。亦惟此是實。但十朋曾守饒州。非僉判。亦未嘗守吉安也。万俟卨與十朋無涉。借以點染耳。

李日華紫桃軒雜綴。玉蓮。王梅溪先生十朋之女。孫汝權。宋進士。先生之友。敦尚風誼。先生劾史浩八罪。汝權實慫恿之。史氏所最切齒。遂妄作荊釵傳奇。

故謬其事以衊之耳。劉氏鴻書聽雨增紀云。孫汝權。乃宋朝名進士。有文集行世。玉蓮。則王十朋之女也。十朋劾史浩八罪。乃汝權嗾之。理宗雖不聽。而史氏子姓怨兩人刺骨。遂作荆釵記誣之。以玉蓮爲十朋妻。而汝權有奪配事。其實不根之謗也。瓊山丘文莊公之少也。其父爲求配於土官黎氏。黎誚之曰。是兒豈吾快壻耶。不許。公遂作鍾情麗集。言黎女失身辜輅。他日黎得之。以百金囑書坊毁刻。而其本已遍傳矣。又相傳温州府城外有大橋。橋柱石上刻孫汝權同妻錢玉蓮喜捨。未知的否。宋史。王十朋、字龜齡。温州樂淸人。秦檜死。上親政策士。諭考官曰。對策中有陳朝政切直者。並寘上列。十朋以權爲對。大略欲令威福一出於上。對策萬餘言。上嘉其經學淹通。議論醇正。遂擢爲第一。詔十朋。乃親擢授紹興府僉判。孝宗時嘗知嚴州。累遷起居郎。上書論史浩八罪曰。懷奸。悞國。植黨。盜權。忌言。蔽賢。欺君。訕上。上爲出浩知紹興府。十朋再論之。遂改與祠。十朋旋除吏部侍郎。力辭。出知饒州。嗣後凡歷四郡。以龍圖閣學士致仕。周必大、字子充。江西吉安人。孝宗時宰相。與十朋同時。錢載和等皆增出。史傳無其人。

連環記

明初舊刻。不知誰作。（按。此篇明王濟撰。濟字伯雨。一字雨舟。浙江烏程人。）以元人連環計爲藍本。而粉飾之。情蹟關目。互相轉換。此更與正史合者居多。元劇。以一貂蟬兩用之。故曰連環計。此劇。王允以玉連環予貂蟬。授之密策。故曰連環記也。劇云。

卓議廢立。王允、袁紹、曹操、蔡邕俱在。袁紹抗議。不合而出。（按史。董卓集百僚大會。卓奮首而言。袁紹獨橫刀長揖而出。曹操蔡邕官小。未必能與其議。）操往謁允。允與說劍。潛相定計。以劍獻卓欲刺之。卓覺而操走免。（此伍孚事。詳後。）允乃以貂蟬餌呂布許以爲婚。密送於卓。令布飲恨圖卓。（大略與元劇相仿。此以允賞貂蟬玉連環。貂蟬拜月。允察其有心。告以心跡。呂布虎牢關與劉關張大戰。失去紫金冠。董卓訶責。允知。即製冠送布。布往謝允。允令貂蟬侍酒。即以許之。及布復往虎牢。允乘其出。移送于卓。布歸。見貂蟬于鳳儀亭。正與私語。卓見而擲戟。布走免。卓使李肅逐之。至允家。乃定議反戈。此各異也。卓布方盛。劉關張尚未顯。）

據演義云然耳。洛陽與虎牢近。而卓已遷長安。布不煩往虎牢。亦與正史不合。卓欲出。李傕阻止不從。自撞死。與元劇合。正史不合。及卓旣誅。貂蟬改粧遁至允家。允令配布爲夫婦。後又有載曹操使關羽擒呂布。貂蟬百計媚羽。羽怒而殺之。王世貞詩曰。心心託漢壽。語語厭温侯。蓋指此也。按史。呂布殺董卓後。乃封温侯。今貂蟬口稱温侯。亦誤。

後漢書。王允、字子師。太原祁人也。由郡吏。刺史辟爲別駕從事。遷侍御史。黄巾賊起。拜豫州刺史。累官太僕。守尚書令。獻帝初平元年。代楊彪爲司徒。董卓遷都關中。允悉收斂圖書以從。時卓尚留洛陽。朝政大小。悉委之於允。允矯情屈意。每相承附。卓亦推心。不生乖疑。故得扶持王室於危亂之中。臣主内外。莫不倚恃。允見卓禍毒方深。簒逆已兆。密與司隸校尉黄琬。尙書鄭公業等。謀共誅之。二年。卓還長安。錄入關之功。封允爲温侯。明年。潛結卓將呂布。使爲内應。會卓入賀。布因刺殺之。語在卓傳。允後爲卓部將李傕、郭汜所殺。董卓。隴西臨洮人。少以健俠知名。累戰功至前將軍。拜并州牧。大將軍何進、司隸校尉袁紹。謀誅閹宦。而太后不許。

乃私呼卓將兵入朝。以脅太后。卓得召。即時就道。未至而何進敗。中常侍段珪等。劫少帝及陳留王夜走小平津。卓引兵急進。迎少帝於北芒。與言不能對。與陳留王語。以爲賢。遂有廢立意。何進兄弟部曲。皆歸於卓。卓又使呂布殺執金吾丁原。而幷其衆。乃諷朝廷。策免司空劉弘而自代之。遂脅太后。策廢少帝爲弘農王。乃立陳留王。是爲獻帝。卓遷太尉。進相國。入朝不趨。劍履上殿。卓遂縱放兵士。淫掠婦女。掠擄資物。妻略宮人。羣僚內外。莫能自固。東方兵起。卓遂遷天子西都。悉燒宮廟官府居家。二百里內無復孑遺。分遣諸將拒孫堅等。諷朝廷拜己爲太師。位在諸侯王上。子孫雖在髫齔。男皆封侯。女爲邑君。築塢於郿。高厚七丈。誅關中舊族。殺衛尉張溫。溫故司空車騎將軍，卓其副將。越騎校尉汝南伍孚。忿卓凶毒。志手刃之。乃朝服懷佩刀以見卓。孚語畢辭去。卓起送至閤。以手撫其背。孚因出刀刺之不中。卓自奮得免。急呼左右執殺孚。而大詬曰。虜欲反耶。孚大言曰。恨不得磔裂奸賊於都市。以謝天地。言未畢而斃。時王允與呂布。及僕射士孫瑞。謀誅卓。有人書呂字於布上。負而行於市。歌曰。布乎。有告卓者。卓不悟。三年四月。帝病新愈。大會未央殿。卓朝服升車。馬驚墮泥。還入更衣。其少妻止之。卓不從。乃陳兵夾道。自壘及宮。左步右騎。屯衛周帀。令呂布等扞衛前後。王允乃與士孫瑞密表其事。使瑞自書詔以授布。令騎都尉李肅。（肅、呂布同郡人。）與布同心。勇士十餘人。僞著衛士服。於北掖門內待卓。卓將至。馬驚不行。怪懼欲還。呂布勸令進。遂入門。肅以戟刺之。衷甲不入。傷臂墮車。顧大呼曰。呂布何在。布曰。有詔討賊臣。卓大罵曰。庸狗敢如是耶。布應聲持矛刺卓。趣兵斬之。使皇甫嵩攻卓弟旻於郿塢。盡滅其族。呂布乃使李肅以詔命至陝。討卓子壻牛輔等。肅敗走弘農。布誅殺之。　呂布、字奉先。五原九原人也。以弓馬驍武。給并州刺史丁原。爲騎都尉。原屯河內。以布爲主簿。甚見親待。原受何進召。將兵詣洛陽。爲執金吾。會進敗。董卓誘布殺原。而并其兵。卓以布爲騎都尉。誓爲父子。甚愛信之。稍遷至中郎將。封都亭侯。卓自知兇恣。每懷猜畏。行止常以布自衛。嘗小失卓意。卓拔手戟擲之。布拳捷得免。布由是陰怨於卓。卓又使布守中閤。而私與傅婢情通。益不自安。因往見司徒王允。自陳卓幾見殺之狀。時允與士孫瑞。密謀誅卓。因以告布。使爲內應。布曰。如父子何。曰。君自姓呂。本非骨肉。今憂死不暇。何謂父子。擲戟之時。豈有父子情也。布遂許之。乃於門刺殺卓。允以布爲奮威將軍。假節儀同三司。封溫侯。布常御良馬。號曰赤兎。能馳城飛塹。按布傳與傅婢通。卓傳少妻止之。即記所指爲貂蟬者也。獻劍非曹操。乃伍孚事。

四賢記

未知何人所作。●近人作六十種曲撰人考。稱此記爲王濟作。不知何據。其流傳已久。當係元人之筆。以烏古孫澤、及妻杜氏、妾王氏、子良禎。皆有賢行。故曰四賢記也。烏古孫澤、字潤甫。裔本完顏。編插淮寧。大元皇帝詔賜右榜進士。元史爲烏古孫澤本傳。澤字潤甫。臨潢人。其先女眞烏古部。因以爲氏。從遷汴。轉徙大名。不言編插淮寧也。元史選舉志。蒙古色目人作一榜。漢人南人作一榜。左右榜各三人。皆賜進士及第。餘賜出身有差。累陞建康肅政廉訪使。本傳未嘗爲此官。室人杜氏。本傳。母喪。澤哀毀卒。妻杜以夫死。飲不入口者十三日。不死。乃復食。侍婢丁香。此係增飾。年四十無子。杜爲娶妾王氏。此亦係增飾。王氏。陳州民女也。孝養祖母。有色而賢。祖母卒。依母姨收生楊媪以居。里豪棒胡。窺見其貌。欲劫爲婚。杜知其賢。故爲夫納之。時澤遷廣東宣撫使。與欽差兩廣徹里帖木兒相抗。棄職還鄉。居陳州。按徹里帖木兒未嘗巡行兩廣。澤爲廣西兩江道宣慰副使。發海北元帥薛赤干贓利事。擢海北海南廉訪使。所劾非徹里帖木兒。亦未嘗棄官。未幾。杜生子良禎。而王無子。教良禎以詩書。良禎母事之。王愛閑靜。竟入道於白鶴觀。棒胡糾黨倡亂。陷陳州。寇歸德。焚燒澤家。欲劫娶王氏。澤與妻杜遁走。依其故人戶部郎官許益于山東淄水。而家貲盡亡。子良禎。婢丁香。亦被失散。王氏聞變。亦先遁去。此段皆係撰出。將軍慶童討誅棒胡。慶童者。建康路總管。字穉卿。澤薦陞廣東廉訪副使。以徹里凌毒縉紳。烏古受辱。具奏劾其過惡。旨令徹里照舊供職。而勒童閑住。久之。起除河南右丞。兼掛將軍印綬。征剿反賊。遂擒棒胡。遷中書左丞。元史慶童傳．童字明德．由宿衞累遷上都留守．又累遷江西河南二行省平章政事．入爲太府卿．累遷平章浙江行省．久之爲中書左丞相．未嘗宦于建康廣東．亦無與徹里交惡事．傳又云盜起汝潁．已而蔓延于江浙．慶童分遣僚佐．往督師旅．曾不踰時．以次克復．是慶童討賊事實．然在江浙．非河南時事．劇因汝潁牽合耳． 良禎入京師。年少登第。授江浙行臺御史。劾奏中書省平章徹里帖木兒奸邪誤國。且以他人之女冒爲公主所生。誑請珠袍。大乖典禮。并附奏請假尋親。旨令給假馳驛。而奪徹里誥身。貶徙安南。按徹里帖木兒傳．姓阿魯温氏．爲西域大族．早備宿衞．天曆至元中．兩拜中書平章政事．史稱其以行樞密院討雲南伯忽之叛．所過秋毫無犯．師旋．囊裝惟巾櫛而已．又臚載其發倉廩賑饑寒．劇云．取辦項珠．乾沒萬千．甚不相合．然史又稱其嘗以妻弟阿魯渾沙女爲己女．冒請珠袍等物．臺臣劾其罪．詔貶南安．卒于貶所．人皆快之．蓋徹里在中書時．首議罷科舉．參政許有壬力爭不能得．崇文門宣詔．特令有壬爲班首．以抑辱之．天下士子觖望．無不痛恨徹里．作者力詆．恐亦當時舉子所爲也．珠袍事是實．而徹里非駙馬． 良禎劾徹里。見慶童于午門。童言討賊時。曾見王氏欲往泰山脩行。給其符引。資以路費。良禎抵山東。憶有父執許益里居淄水。父或在彼。因往投謁。果遇父母。因言王氏當在泰山。欲往覓之。而王捧鉢下山。欲探主家信息。中道與丁香遇。蓋丁香爲棒胡所擒。誘脫逃遁。削髮爲尼。兩人遂相挈同行。一日避雨古殿。良禎亦來少憇。遂迎至許宅。舉家辭許歸陳州。爲兩親上壽。而建造庵觀。爲王氏、丁香焚修之所。

烏古孫良禎傳，字幹卿，澤子，資器絕人，好讀書，以蔭補官，拜陝西行臺監察御史，多所劾罷，中外震慴，累官中書左丞。按良禎父子皆非進士，澤宦蹟在世祖時，慶童則在順帝時，且澤父子，與徹里慶童俱並無交關，劇中多屬牽合。

曲海總目提要卷五

劉盼春 雜劇

明周憲王撰。憲王名有燉。（*朱有燉，號錦窠老人，全陽翁，所著雜劇今所知者共三十一種，皆有傳本。又本書卷四十著錄之昇仙記傳奇，或亦爲其所撰。）周定王之長子。明太祖之孫。勤學好古。留心翰墨。集古名蹟十卷。手自臨摹勒石。名東書堂集古法帖。製誠齋樂府傳奇若干種。音律諧美。中原絃索多用之。李夢陽汴中元宵絕句云。中山孺子倚新粧。趙女燕姬總擅場。齊唱憲王新樂府。金梁橋外月如霜。此劇目云。周子敬題情錦字箋。劉盼春守志香囊怨。

劇中大指。言汴梁妓女劉盼春。與子弟周恭字子敬者相厚。鹽商陸源願以重貲結歡。盼春力拒。不肯與接。而恭爲父所禁制。不敢復往。乃作書簡一函。歷叙情事。附長相思詞於簡末。乘其出外彈唱。伺隙授之。盼春緘着香囊中。

假母以盼春不肯接客。家計日落。而源更益貲求好。强女留源。不可。則加以詬辱。盼春輒掩門自縊。恭聞其爲己守節。趨往送喪。焚骨之時。香囊獨經火不滅壞。發而視之。乃恭所寄書及詞也。恭大號慟。求得存骨以葬。終身不娶。以答其義云。按所記即汴中事。而憲王分藩於汴。當有實據。非虛言也。劇稱陸源索盼春唱元人傳奇曲中。臚列劇名甚多。有百種曲所載。亦有不載者。據所唱云。諸葛亮掛印氣張飛。王鼎臣風雪漁樵記。關大王獨赴單刀會。包待制雙勘丁。黃魯直打到底。還鄉衣錦薛仁貴。李亞仙花酒曲江池。半夜雷轟薦福碑。又雙鬬醫。進西施。李太白貶夜郎。蘇子瞻遊赤壁。田眞泣樹。管甯割席。劉弘嫁婢。秋胡戲妻。狂夫有煮海生。怨女有臨江驛。賞黃花。浪子回頭。别虞姬。杜鵑啼血。鑿壁偷光。舉案齊眉。山兒李逵。孟母三移。其花旦雜劇。則銀箏怨金線池。崔鶯鶯待月西厢記。董秀英花月東墻記。王月英元夜留鞋記。蘇小卿月夜販茶船。呂雲英風月玉盒記。凡三十餘種。其論玉盒記云。十分好關目。是奴婢王安調唆大娘子害他。他肯守志尋夫。後來團圓了。據此則玉盒記。蓋元末明初佳手所作。後來萬曆年間。梅鼎祚演章臺柳事。亦名玉合記。劇名雖同。事實各異也。

風月牡丹仙 雜劇

明周憲王撰。本歐陽修洛陽牡丹記而作。略云。牡丹出丹州延州。東出青州。南亦出越州。而出洛陽者。今爲天下第一。洛陽所謂丹州花、延州紅、青州紅者。皆彼土之尤傑者。然來洛陽。纔得備衆花之一種。列第不出三已下。不能獨立。與洛花敵。而越之花以遠罕識。不見齒。是洛陽者。果天下之第一也。洛陽亦有黃芍樂、緋桃、瑞蓮、千葉李、紅郁李之類。皆不減他出者。而洛陽人不甚惜。謂之果子花。曰某花某花。至牡丹。則不名。直曰花。其意謂天下眞花獨牡丹。其名之著。不假曰牡丹而可知也。其愛重之如此。又云。洛陽之俗。大抵好花。春時城中無貴賤皆插花。花開時。士庶競爲遊遨。往往於古寺廢宅。有池臺處爲市井。張幄帟。笙歌之聲相聞。最盛於月坡堤、張家園、棠棣坊、長壽寺東街、與郭令宅。至花落乃罷。按歐公作洛陽牡丹記。本屬韵事。憲王因撰牡丹花仙現形見歐公。相與笑談風月。評量花事。以作佳話云。

琵琶記

田藝蘅留青日札云。高明者。＊高明，字則誠，號東嘉。列朝詩集稱其爲永嘉平陽人。温州瑞安人。以春秋中大元至正乙酉第。授處州錄事。後改調浙東閫幕都事。轉江西行臺掾。又轉福建行省都事。方國珍留置幕下。不從。旅寓明州櫟社。以詞曲自娛。因感劉後村名克莊，宋人。之詩。死後是非誰管得。滿村爭唱蔡中郎之句。乃作琵琶記。有王四者。以學聞。則誠與之友善。勸之仕。登第後。即棄其妻而贅於太師不花家。則誠悔之。因作此記以諷諫。名之曰琵琶者。取其上四王字。爲王四云耳。元人呼牛爲不花。故謂之牛太師。而伯喈曾依附董卓。乃以之託名也。高皇帝微時。嘗奇此劇。及登極。召則誠。以疾辭。使者以記上進。上覽之曰。五經四書。在民間譬諸五穀。不可無。此記乃珍羞之類。俎豆間亦不可少也。於是捕王四。置之極刑。或曰。東嘉初以伯喈爲不忠不孝。夢伯喈謂之曰。公能易我爲善。行當有以報公。遂以全忠全孝易之。東嘉後果發解。未知然否。後卒於寧海。黄溥言閒中古今錄。大略相同。或又云託名蔡邕者。王四少賤。嘗爲人傭菜也。趙五娘者。百家姓自趙至周。數屬五也。王四妻周氏。牛丞相者。不花家居牛渚也。張大公。則誠自謂也。按牛丞相女。乃託牛僧孺女事。唐鄧敞孤寒不第。牛平章僧孺之子蔚。謂敞曰。吾有女弟。子能昏。當爲展力。時敞已爲李評事之壻矣。利其言。許之。旣登第。就牛氏親。不日挈歸家。敞給牛氏。先回家灑掃。及至家。又不敢泄其事。明日。牛氏僕驅其輜橐。直入內鋪設。云夫人將到。李氏知別娶。撫膺大慟。牛至。知敞賣己。請見李氏曰。吾父爲宰相。兄弟皆仕郎省。豈無一嫁處耶。其不幸豈惟夫人哉。今願一與夫人同之。自是相歡如姊妹焉。此事出玉泉子。見太平廣記。又按藝苑卮言引誠齋雜記云。牛相國僧孺之子蘩。與同人蔡生邂逅文字交。尋同舉進士。才蔡生。欲以女弟適之。蔡已有妻趙矣。力辭不得。後牛氏與趙處。能卑順自將。蔡仕至節度副使。據此二事。乃高明所本。而後一事則蔡與牛趙。姓氏皆同。惟改蔡生爲蔡邕耳。按劇以趙五娘彈琵琶唱道情。故曰琵琶記。元人知名傳奇。首稱荆劉蔡殺。蔡即此也。漢史邕傳云。邕性篤孝。母嘗滯病三年。邕自非寒暑節變。未嘗解襟帶。不寢寐者十旬。母卒。廬于冢側。有兎馴擾其室傍。又木生連理。遠近奇之。多往觀焉。故馬日磾云。伯喈忠孝素著。作者因王四事。使冒不白之寃。誠可惜也。陸游詩。春風載酒趙家莊＊按陸游原詩作斜陽古柳趙家莊・負鼓盲翁正作場。身後是非誰管得。滿村聽唱蔡中郎。田藝蘅以爲劉克莊。非也。觀此則宋時已有編蔡中郎事者。疑即爲此記所本。漢時無狀元。宋則有蔡襄、蔡齊、蔡嶷。故託名曰蔡狀元也。邕本陳留圉人。章懷注云。在汴州陳留縣東南。其去洛陽六七程耳。劇云。邕别父母與妻。抵京應試。旣擢狀元。贅入牛丞相府。陳留遭荒亂。父楞暨母。先後窮餓而沒。五娘負土成墳。備歷艱苦。負琵琶沿途唱道情。先見牛氏。以翁姑畫像懸壁。題詩于後。感動夫心。然後復合。邕登第逼贅。辭婚不得。求歸不能。翫月賞花之時。刻刻思鄉墮淚。年逾數載。父母並故。倘非前妻遠覓。則永絕松楸之望矣。似太不近情理。其因他人假託無疑也。邕善鼓琴。故以彈琴點綴。其夫善琴。因以爲其妻善琵琶耳。

中山狼 雜劇

時人以譏李夢陽也。夢陽字獻吉。慶陽人。弘治七年進士。善詩文。爲明代前七才子之冠。武宗立。太監劉瑾等八虎用事。夢陽爲尙書。韓文草疏劾劉瑾。語泄。未及上而文等逐去。瑾矯旨謫夢陽山西布政司經歷。旣而瑾復摭夢陽他事。下之獄。將殺之。有康海者。武功人。弘治十五年狀元也。瑾亦秦人。嘗欲招致之。而海不肯往。夢陽事急。出片紙抵海曰。對山救我。對山。乃海別號也。海曰。吾何惜一官。不救李死。乃往謁瑾。瑾大喜。盛稱海眞狀元。爲關中增光。海曰。海何足言。今關中有三才。古今稀少。瑾驚問曰。何也。海曰。先生之功業。張尙書之政事。李郎中之文章。瑾曰。李郎中非李夢陽耶。應殺無赦。海曰。應則應矣。殺之則關中少一才矣。明日瑾奏上。赦夢陽。瑾欲超拜海吏部侍郎。海力辭之。踰二年。瑾敗。海坐落職爲民。而夢陽不能爲海訟寃。時人作中山狼雜劇以刺之。或云。即海所作也。（＊按。康海。字德涵。號對山。又號滸西山人。武功人。中山狼除康作外。尙有王九思之院本一折。陳與郊及汪廷訥之雜劇二種。康王二作有傳本。陳汪二作今佚。）宋謝良中山狼傳云。趙簡子大獵於中山。虞人導前。夔奚驂右。捷禽鷙獸。應絃而倒者。不可勝數。有狼當道。人立而啼。簡子怒。唾手奮髯。援烏號之弓。挾肅愼氏之矢。一發飲羽。狼失聲而逋。簡子怒。驅車逐之。驚塵蔽天。十步之外。不辨人馬。時墨者東郭先生。將北適中山以干仕。策蹇驢。囊圖書。夙行失道。卒然值之。惶不及避。狼顧人言曰。先生豈相厄哉。昔隋侯救蛇而獲珠。蛇固弗靈於狼也。今日之事。何不使我得早處囊中。以延殘喘。異時脫穎而出。先生之恩大矣。敢不努力以效隋侯之蛇。先生曰。嘻。私汝狼以犯趙孟。禍且不測。敢望報乎。然墨者之道。兼愛爲本。吾固當有以活汝也。遂出圖書。空囊槖。徐實狼其中。前虞跋胡。後虞疐尾。三內之而未克。徘徊籌處。追者益近。狼請曰。事急矣。惟先生速圖。乃跼蹐其四足。索繩於先生。束縛之。下至首尾。曲脊掩胡。蝟縮蠖屈。蛇盤龜息。以聽命先生。先生如其指。入狼於囊遂括囊口。肩舉驢上。引避道左。以待趙人之過。已而簡子至。求狼弗得。不勝怒。拔劍斬轅端示先生。罵曰。敢諱狼方向者。有如此轅。先生伏質就地。匍匐以進。跪而言曰。鄙人不慧。將有志于世。奔走四方。實迷其途。又安能指迷於夫子也。然聞之大道以多歧亡羊。夫羊一童子可制之。尚以多歧而亡。今狼非羊比也。況中山之歧。

可以亡狼者何限。乃區區循大道以求之。不幾於守株緣木者乎。況田獵。虞人之所有事也。今茲之失。君請問諸皮冠。行道之人何罪哉。且鄙人雖愚。亦熟知夫狼矣。性貪而狠。助豺爲虐。君能除之。固當窺左足以效微勞也。又安敢諱匿其踪跡哉。簡子然默。回車就道。先生亦驅驢兼程而進。良久。羽旄之影漸沒。車馬之音不聞。狼度簡子之去已遠。乃作聲囊中曰。先生可以留意矣。願先生出我囊。解我縛。拔流矢我臂。我將逝矣。先生舉手出狼。狼出咆哮謂先生曰。適爲趙人逐。其來甚遠。雖先生生我。然饑餒特甚。使不食。亦終必亡而已矣。與其饑死道路爲烏鳶食。毋寧斃於虞人之手。以俎豆趙孟之堂也。先生既墨者。摩頂放踵。利天下爲之。又何吝一軀。不以啖我而活此微命乎。遂鼓吻奮爪以向先生。先生倉卒以手搏之。且搏且卻。擁蔽驢後。狼逐之。便旋而走。自朝至於日中昃。狼終不能有加於先生。先生亦極力爲之拒。遂至俱倦。隔驢喘息。先生曰。狼負我。狼負我。狼曰。吾不獲食汝不止。相持既久。

日晷洊移。先生心口私語曰。天色苟暮。狼若羣至。吾死矣夫。紿狼曰。民俗爲疑。必詢三老。第行矣。求三老而質之。苟謂我當食。我死且無憾。狼大喜。即與偕行。踰時。道無行人。狼饞甚。望見老樹僵立路側。謂先生曰。可問是老。先生曰。草木無知。叩焉何益。狼曰。第問之。彼當爲汝言矣。先生不得已揖老樹。具述其始末。問曰。狼當食我耶。樹中轟轟有聲如人。謂先生曰。是當食汝。且我杏也。往年老圃種我。不過費一核耳。踰年華。再踰年實。三年拱把。十年合抱。於今三十年矣。老圃我食之。老圃之妻子我食之。外至賓客。下至奴僕我食之。又時復鬻我實於市以規利。其有德於老圃甚膩。今老矣。不能斂花就實。老圃怒。伐我條枚。芟我枝葉。且將售我工師之肆取直焉。噫。以樗朽之材。當桑榆之景。求免於主人斧鉞之誅而不可得。汝何德於狼。乃覬倖免乎。言下。狼鼓吻奮爪以向先生。先生曰。狼爽盟矣。矢詢三老。今値其一。何遽見食耶。復與偕行。狼愈饞甚。望見老牸曝日敗垣中。謂先生曰。可問是老。先生曰。向者草木無知。謬言害事。今牛又禽獸耳。更何問焉。狼曰。第問之。不問。將咥汝矣。先生不得已。揖老牸再述其始末。問曰。狼當食我耶。牛皺眉瞪目。舐鼻張口。向先生作人言曰。是當食汝。我頭角繭栗時。觔力頗健。老農鍾愛我。使貳羣牛。從事於南畝。既壯。羣牛日以老憊。我都其事。老農出。我駕車先驅。老農耕。我引犂效力。老農視我如左右手。一歲中衣食仰我而給。婚姻仰我而畢。賦稅仰我而輸。今欺我老弱。逐我於野。酸風射眸。寒日弔影。瘦骨如山。老淚如雨。涎垂而不可收。步艱而不可舉。皮毛俱亡。瘡痍未差。邇聞老農將不利於我。其妻復妬。又朝夕進說其夫曰。牛之一身。無棄物也。其肉可脯。皮可革。骨角可切磋爲器。指大兒曰。汝受業庖丁之門有年矣。胡不礪刃於硎以待乎。跡是觀之。我不知死所矣。夫我有功老農。如是其大且久。尙將蒙禍。汝何德於狼。乃覬幸免乎。言下。狼又鼓吻奮爪。以向先生。先生曰。毋欲速。遙望老子杖藜而來。鬚眉皓然。衣冠閒雅。

蓋有道者也。先生且愕且喜。舍狼而前拜跪。涕泣致辭曰。乞丈人一言而生。丈人問故。先生曰。是狼爲趙人窘。幾死。求救於我。我生之。今反欲咥我。我力求不免。誓決三老。初逢老樹。强我問之。草木無知。幾殺我。次逢老牸。强我問之。禽獸無知。又幾殺我。今逢丈人。是天未喪斯文也。願賜一言而生。因頓首杖下。俯伏聽命。丈人聞之。欷歔再三。以杖叩狼脛。厲聲曰。汝誤矣。夫人有恩而背之。不祥莫大焉。汝速去。不然將杖殺汝。狼艴然不悦曰。丈人知其一未知其二。初先生救我。束縛我足。閉我囊中。我跼蹐不敢息。又蔓辭以說簡子。語刺刺不能休。且詆毁我。其意蓋將死我於囊。而獨竊其利也。是安得不咥。丈人顧先生曰。果如是亦羿有罪焉。先生不平。具道其囊狼之意。狼亦巧言不已以求勝。丈人曰。是皆不足信也。嘗試囊之。我觀其狀果困苦否。狼欣然從之。先生囊縛如前。而狼未之知也。丈人附耳曰。有匕首否。先生曰。有。於是出匕。丈人目先生。使引匕摘狼。先生猶豫未忍。丈人撫掌笑曰。禽獸負恩如是。而猶不忍殺。子則仁矣。其如愚何。遂舉手助先生。操刃共殪狼。棄道上而去。按紀錄彙編云。是馬中錫作。中錫直隸故城縣人。弘治間進士。正德時官都御史。討流賊無功。削籍。與夢陽輩同時人。

白蛇記

浙江人鄭國軒編。*按鄭自署浙郡逸士。浙江人。祁彪佳遠山堂明曲品中著錄之翁子忠白蛇記。當另是一種。係明初舊本。後改爲鸞釵記。*鸞釵記見本書卷十七。此劇以劉漢卿救白蛇放生。因致貴顯。故名白蛇記也。其略。劉漢卿名相。鸞釵記內名棟字翰卿。四川成都華陽人。母早背。繼母張氏。生子名漢貴。此與鸞釵同。相娶妻王氏。鸞釵係嚴氏。子廷珍。女愛蓮。鸞釵。名玉容。卿、貴甚雍睦。適張壽誕。設席失邀其叔。叔譖于張。張每欲害卿。不令赴試。使索逋鄉村。此與鸞釵同。龍王子獲天譴。化白蛇于洪山渡口。農夫擒欲斃之。卿以所索銀十兩。買放巨甃中。蛇忽乘霧而去。此與鸞釵不同。卿歸。母謂其匿銀。痛責之。復與叔謀。作灌錫銀。令卿出貿易。之徐州。商識假銀。鳴于官。卿述其故。官憫之。令持原銀二十。歸與繼母證。母與叔責卿廢資誑母。欲告官治不孝罪。卿無以訴。攜子廷珍詣江邊。述己始末。遂投于江。（此與鸞釵同。）龍神救之。謂感活命恩。贈卿夜光珠、蝦鬚簾、珊瑚樹。送之長安。詣李斯。代呈獻。（此與鸞釵不同。）斯薦卿爲總管。監築長城。張知卿沉江。逐王氏及子女。另居南莊。漢貴往探。王宰鷄以款。廷珍失手。血汚其衣。貴脫衣歸。途中被擒。解赴臨洮當夫役。張詣南莊見血衣。告王氏謀貴。逮繫獄。卿于臨洮督工。覘貴。詢之果其弟。爲奏聞。皆授職榮歸。（此皆與鸞釵彷彿。）張復遣僕旺保謀廷珍。保仗義負珍同詣憲中理。（鸞釵係朱義。此劇不同。）適卿、貴之郵亭。保令廷珍訴寃。卿認其子。釋王氏出獄。同歸見其母。母愧悔。一家重得完聚云。　按太平廣記內眞如八寶記云。安宜縣尼眞如。被引入化城。天帝授以八寶。眞如詣縣。攝令王滔之以狀聞。州刺史崔侁。從事盧恒。共驗無異。白節度使崔圓。復遣盧恒隨眞如上獻。肅宗視寶。召代宗即日改寶應元年。昇楚州爲上州。縣爲望縣。改縣名安宜爲寶應焉。刺史及進寶官。皆有超擢。號眞如爲寶和大師。寵錫有加。自後年穀豐登。境物潤茂。然則獻寶得官。固有其事。非無本也。

香囊記

明丘濬撰。（*按：邱濬所撰係羅囊記，已散佚。此爲邵璨作。璨字文明，一字宏治，江蘇宜興人。）演張九成事。大半無中生有。言九成兄弟同登鼎甲。九成以對策得罪秦檜。令參岳飛之軍。後又遣之使金。被羈漠北者十載。王倫與以符節。脫身南還。與九成本傳殊不相合。名曰香囊記者。九成佩一香囊。遺失戰場中。敗軍拾得。誤報九成已死。其妻邵貞娘守節多年。避賊流離。香囊復失。有趙公子者得之。遣媒求婚。貞娘控告觀察使。而觀察使即九成也。因此復合。故名香囊記。此亦全無影響。九成非蘭陵人。其亦弟不見正史。俱屬傅會。洪皓、王倫、朱弁皆當時使金者。借以點綴。九成得罪秦檜。在爲刑部侍郎時。非對策事。謫居南安十四年。今云羈沙漠十載。

据此劇標目云。五倫全備香囊記。其首簡云。伯奇孝行。左儒死友。愛兄王覽。罵賊睢陽。孟母賢慈。共姜節義。萬古垂名。因續取五倫新傳。標記紫香囊。蓋以九成兄弟盡孝慈母。比伯奇也。王倫令九成脫歸。捨生代友。比左儒也。九思千里尋兄。比王覽也。九成奉使不屈。比睢陽也。太夫人崔氏教誨兩子。比孟母也。貞娘抗節拒婚。比共姜也。取義於五倫全備。託名九成兄弟云爾。

宋史。張九成、字子韶。其先開封人。徙居錢塘。紹興二年策進士。詔考官直言者拔高等。九成語切。擢置首選。累官刑部侍郎。秦檜主和。九成異議。檜甚惡之。謫守邵州。後又令司諫。詹大方論其謗訕朝政。謫居南安軍。檜死。起知温州。

金印記

一名合縱記。又名黑貂裘。明蘇復之撰。第一齣詞云。可怪郙趨炎惡冷。多少世情人。蓋借季子不禮於其嫂。以明人情之反覆。而勢利起於家庭也。劇中蘇秦云。父母偏愛。與兄嫂分居。又以其兄爲蘇厲。按史記。蘇秦之弟蘇代。代弟蘇厲。則厲非蘇之兄。特借名以實之耳。以佩六國相印。故曰金印。黜出說六國之指。故曰合縱。追原其未遇困頓之時說秦不合。黑貂裘敝。故曰黑貂裘。其實一也。按史記蘇秦傳云。蘇秦者。東周洛陽人也。東事師於齊。而習之於鬼谷先生。出游數歲。大困而歸。兄弟嫂妹妻妾。竊皆笑之曰。周人之俗。治產業。力工商。逐什二之利以爲務。今子釋本而事口舌。困不亦宜乎。蘇秦聞之而慚自傷。乃閉室不出。出其書徧觀之。得周書陰符。伏而讀之。期年以出揣摩。曰。此可以說當世之君矣。乃西至秦。說惠王。惠王弗能用。去遊燕。說燕文侯。文侯曰。子必欲合縱以安燕。寡人請以國從。於是資秦車馬金帛以至趙。說趙肅侯。趙王飾車百乘。黃金千鎰。白璧百雙。錦繡千純。以約諸侯。是時秦惠王使犀首攻魏。且欲東兵。蘇秦恐秦兵之至趙也。乃激怒張儀。入之於秦。又說韓魏齊楚。於是六國縱合。北報趙王。行過雒陽。車騎輜重。諸侯各發使送之甚衆。擬於王者。周顯王聞之恐懼。除道。使人郊勞。蘇秦之昆弟妻嫂。側目不敢仰視。俯伏侍取食。秦笑謂其嫂曰。何前倨而後恭也。嫂委蛇蒲服。以面掩地而謝曰。見季子位高金多也。蘇秦喟然嘆曰。此一人之身。富貴則親戚畏懼。貧賤則輕易之。況衆人乎。又張儀傳云。張儀者。魏人也。始嘗與蘇秦共事鬼谷先生學術。蘇秦已說趙王而得相。約縱親。然恐秦之攻。諸侯敗約後負。念莫可使用於秦者。乃使人微感張儀曰。子始與蘇秦善。今秦已當路。子何不往遊以求通子之願。張儀於是之趙。上謁求見蘇秦。蘇秦乃誡門下人不爲通。又使不得去者數日。已而見之。坐之堂下。賜僕妾之食。因而數讓之曰。以子之材能。乃自令困辱至此。吾寧不能言而富貴子。子不足收也。謝去之。張儀之來也。自以爲故人。求益反見辱。怒。念諸侯莫可事。獨秦能苦趙。乃遂入秦。蘇秦已而告其舍人曰。張君天下賢士。吾殆弗如也。今吾幸先用。而能用秦柄者。獨張儀可耳。然貧無因以進。吾恐其樂小利而不遂。故召辱之以激其意。子爲我陰奉之。乃言趙王。發金幣車馬。使人微隨張儀。與同宿舍。稍稍近就之。奉以車馬金錢。所欲用爲取給而弗告。張儀遂得以見秦惠王。惠王以爲客卿。與謀伐諸侯。蘇秦之舍人乃辭去。張儀曰。賴子得顯。方且報德。何故去也。舍人曰。臣非知君。知君乃蘇君。蘇君憂秦伐趙。敗從約。以爲非君莫能得秦柄。故感怒君。使臣陰奉給君資。盡蘇君之計謀。今君已用。請歸報。張儀曰。嗟乎。此吾在術中而不悟。吾不及蘇君明矣。爲吾謝蘇君。蘇君之時。儀何敢言。且蘇君在。儀寧渠能乎。

嬌紅記

明沈受先撰。＊按沈受先。字壽卿。里居不詳。作傳奇四種。嬌紅。二元。銀瓶。龍泉。今存三元記一種。此曲同名雜劇有四本。一元王實甫。一明劉兌。一明湯式。一明金文質。傳奇有三本。一明孟稱舜。一即沈受先。一盧伯生。或云盧伯生撰。＊祁彪佳遠山堂明曲品稱盧伯生爲申嬌作傳。則盧亦作有嬌紅記。與孟稱舜鴛鴦塚。並据嬌紅傳而作。事蹟無甚異。而關目曲白。絕不相同。蓋各逞才情也。鴛鴦塚以結局而名。嬌紅記則直引記名耳。嬌娘、飛紅本兩人。中純所眷維嬌。紅自作王通判之妾。作者第據本傳之名。非謂嬌紅皆屬於純也。其傳詳鴛鴦塚記。*鴛鴦塚嬌紅記，今存明刻本，本書未收入。按元人王實甫已作嬌紅記傳奇。今其本不傳。作者未審曾見王本否。不能知也。綸純中第之後。綸授主簿。純授司戶。蓋是宋時選舉制度。內兄弟不許成婚。自前代有此功令。然其實非是。春秋時各國婚媾。多係姑舅之子女。未嘗有言其非者。禮經亦無此條。蓋後來造律者拘泥不通之論也。明洪武時學士朱升極言其誤。引据詳核。載在實錄。然彼時未能從其請。而民間亦未嘗遵律。士大夫家中表婚娶者甚多。

五福記

明徐時敏所撰也。時敏、字學父。其自敍云。往歲予遊都門。過招提小院。有沙彌者。延問姓氏。出一編云。此徐勉之傳也。勉之爲南州孺子後。得非與足下同譜也。予覽之。乃謝不敢。因思勉之本丘園布衣。祇以作善享天厚賚。而其間兩惡人。一震于阿香女。一焚于祝融氏。彼蒼蒼者報應之不爽如此。勉之始終事可爲世人龜鑑。久擬編次以風天下。碌碌未遑也。今歲改孫郎埋犬傳。筆研精良。因成此編。題曰五福。從天之所賚。與勉之所享云。按劇中所演救溺還金。拒色行義等事。蓋皆據其傳之所有。但狀元徐汝璋本無其人。係憑空撰出。汝璋父于冥中入闈。爲汝璋改竄文字。蓋聞科場中有請士子先靈入闈之説。又唐錢起湘靈鼓瑟詩。云有神助。宋時岳瀆諸神代作來科狀元賦。皆載于説部。明崇禎三年庚午。南榜解元楊廷樞首篇舉直錯諸枉一節。束語二比。傳是號中一生所增。主司姜曰廣。最所擊節。言篇末尚有餘勇。遂取冠場。其生乃上科沒於號中者。廷樞既雋。歸其殯于家。又聞天啓甲子科山東舉人趙某。其詩經文字。乃金壇孝廉張榜之魂所指授。趙某乃祀榜書室中。然則父賚志沒。而于冥中代子商酌文字。亦理所或然者也。

殺狗記

按元人殺狗勸夫雜劇。*按，元蕭德祥撰，錄鬼簿刻本著錄，今存，又高奕新傳奇品及朱彝尊靜志居詩話稱此劇爲明初徐㽦撰，㽦，字仲由，淳安人，徐渭南詞敘錄歸入宋元舊編，當是元末民間作品，傳奇戲曲初期產物，後歷經徐㽦，徐時敏，馮夢龍等人潤飾。孫榮、字孝先。南京人。與弟孫華不協。榮雖擁厚貲。初不念華。妻楊屢諫不聽。遂逐華。華備受饑寒。略無怨意。淸明日相遇于墓次。榮復痛責之。榮醉臥于道。風雪甚烈。華負而歸。又以爲謀己。唯日與匪人柳胡者爲伍。二人巧加離間。不使復合。楊素賢淑。百方勸解。終無回心。日夜徬徨。欲以計感悟之。遂乘夫醉。夜殺狗于門。被以衣冠。榮以爲人也。懼欲掩之。謀于柳胡。柳胡反顏不應。楊曰。身臨禍患。方見人心。平日酒肉徵逐者。曾何益哉。兄弟至性。或謀于叔。必相救耳。榮慚不肯往。妻促之。見弟于城南破窰中。告以故。華奮身負其尸。埋於隱處。楊謂夫曰。兄弟。天倫也。寧同外人。人命至重。自非至戚。胡肯相援。向來顚倒。寧不媿心。自今以往。親者自親。踈者自踈。愼毋迷惑。致傷手足也。榮大感媿。悉以家財付其弟。明日。柳胡以爲榮眞殺人。奸心反覆。欲挾制之。榮忿而不聽。二人竟訴于官。兄弟相爭認罪。楊出具陳始末。發而視之。果非人也。事既得白。楊名大顯。遂聞于朝加旌表焉。作者全倣元人。而將其中節目。復加點綴。凡肖人情狀。與賢媛苦心。俱極形容。以垂勸戒。雖榮華兩名。小有變換。或此事本無實據。特欲同氣不睦者。觀此自悟。故止取大義動人。罔計小節不合耳。此于傳奇之中。尤爲有關風教云。按徐時敏五福記序云。今歲改孫郎埋犬傳。筆硯精良。則此劇亦時敏手筆也。

寶劍記

明嘉靖時人李開先撰。林冲被高俅父子陷害事。僅見小說水滸傳。本不足信。開先特借以詆嚴嵩父子耳。按開先、字伯華、號中麓。山東章丘人。嘉靖己丑進士。授戸部主事。調吏部。歷文選郎中。擢太常寺少卿。罷歸。家居近三十年卒。開先雅負經濟。不屑稱文士。在銓部謝絶請託。不善事新貴人。已遷太常。竟罷歸。歸而治田產。蓄聲伎。徵歌度曲。爲新聲小令。搊彈放歌。自謂馬東籬、張小山無以過也。所著詞多于文。文多于詩。＊按，李開先作品，今存雜劇園林午夢，傳奇寶劍記及斷髮記，尙有登壇記已佚。改定元人傳奇樂府數百卷。搜輯市井豔詞詩禪對類之屬。多流俗瑣碎。士大夫所不道者。常謂古來才士。不得乘時柄用。非以樂事繫其心。往往發狂病死。今借此以坐消歲月。暗老豪傑耳。同邑袁崇冕。善金元詞曲。有西野老人樂府。開先亟稱之。按梁山諸盜。惟林冲情有可矜。身爲禁軍教頭。素無過犯。其妻張氏又良家女。而太尉高俅之子以威逼之。通國大都中。白日恣侮。此婦持節不從。爲俅者稍識官箴。痛責其子之不暇。乃假託看刀爲名。誘入白虎節堂。加以犯上之罪。刺配滄州。亦已極矣。又使董超、薛霸中途害之。爲魯智深所救。幸得苟免。又使虞候陸謙百計害之。至焚草舍以絶其命而後慊。

是安得不挺戈以揕讐人之胸乎。不能殺太尉而殺虞候。其心尚飲恨未平也。風雪山神廟之慘。雪夜上梁山之憤。又曷怪焉。劇中所記。皆與水滸傳相合。惟其妻本殉節以死。而作者欲以團圓結束。故作迎聚梁山。然據傳觀之。則張有志行。易死爲生。未免作賊婦。恐非其本願也。火併王倫。擁戴宋江。亦皆據傳。其後陳與郊、沈初成、高漫卿等。*陳與郊撰有靈寶刀。沈初成無此人。初成乃凌濛初之字。凌無此類著作。沈姓以水滸故事撰曲者。有沈璟之義俠記及沈自晉之翠屏山。所指當是此二沈中之一人。高漫卿即陳與郊之別名。此亦誤與陳爲二人。靈寶刀見本書卷六。義俠記見卷五。翠屏山見卷八。則又各變闢目矣。

狂鼓史 雜劇

明嘉隆間人徐渭所作。渭山陰諸生。字文長。自名田水月。亦時號天池生。負才不遇。作狂鼓史、玉禪師、雌木蘭、女狀元雜劇。總名曰四聲猿。山陰沈景麟序云。漁陽意氣。泉路難灰。世人假慈悲學大菩薩。而勤王斷國之徒。多在塗脂調粉之輩。文長所爲額蹙心痛也。數言。庶窺見立言微旨矣。按禰正平爲鼓史及罵曹操。是兩事。今幷爲一。且作陰司幻景。是文長借正平身後一駡。以發揮其抑鬱不平之氣。正序文所謂漁陽意氣。泉路難灰耳。又按嘉靖中濬人盧柟。博學强記。落筆數千言。使酒駡坐。以狂得罪。繫獄幾死。獄中作幽鞫放招賦。臨淸謝榛擬之禰衡李白。爲絜泣於長安諸公。平反其獄。後終不爲時所容。落魄嗜酒而卒。又會稽人沈鍊。爲錦衣衛經歷抗疏攻嚴嵩。請誅之以謝天下。杖四十。謫田保安州。與從游者。日唾駡嵩。且縛偶人爲嵩射之。嵩誣其罪。僇死。鍊雄于文。下筆輒萬言。與徐渭交最厚。渭以此劇自寓。亦兼爲盧沈兩人洩憤也。後漢書禰衡傳云。孔融愛衡才。數稱述於曹操。操欲見之。衡素相輕疾。自稱狂病。不肯往而數有恣言。操懷忿。以其才名。不欲殺之。聞衡善擊鼓。乃召爲鼓史。因大會賓客。閱試音節。諸史過者皆令脫其故衣。更著岑牟單絞之服。次至衡。衡方爲漁陽摻撾。蹀躍而前。容態有異。聲節悲壯。聽者無不慷慨。衡進至操前而止。吏訶之曰。鼓史何不改裝而敢輕進乎。衡曰。諾。于是先解衵衣。次釋餘服。裸身而立。徐取岑牟單絞著之。畢復摻撾而去。顏色不怍。操笑曰。本欲辱衡。衡反辱孤。孔融退而數之曰。正平。大雅。固當爾耶。因宣操區區之意。衡許往。融復見操。言衡狂疾。今求得自謝。操喜。勑門者有客便通。衡乃著布單衣。疎巾。手杖三尺梲杖。坐大營門。以杖箠地大罵。吏白外有狂生。坐于營門言語悖逆。請收案罪。操怒謂融曰。禰衡豎子。孤殺之猶雀鼠耳。顧此人素有虛名。遠近將謂孤不能容之。今送與劉表。視當何如。後復侮慢于表。不能容。以江夏太守黃祖性急。故送衡與之。祖子射善于衡。人有獻鸚鵡者。射舉卮于衡曰。願先生賦之。衡攬筆而作。文無加點。辭采甚麗。後爲祖所殺。射徒跣救不及。祖亦悔之。王隱晉書載蘇韶語云。顏淵、卜商。皆爲地下修文郎。記中所云修文郎本此。

玉禪師 雜劇

亦徐渭所作。玉通和尙、紅蓮、柳宣教、柳翠。俱宋時人。詳見西湖志。元人王實甫有柳翠傳奇。（*按：即度柳翠，見本書卷一。）渭作與王本事同詞異。相傳渭爲總督胡宗憲記室。寵異特甚。渭嘗出遊杭州某寺。僧徒不禮焉。銜之。夜宿妓家。竊其睡鞋一。袖之入幕。詭言于少保。得之某寺僧房。少保怒。不復詳。執其寺僧二三輩斬之轅門。渭爲人猜而妬。妻死後再娶。輒以嫌棄。續又娶小婦。有殊色。一日。渭方自外歸。忽戶內歡笑作聲。隔窗斜視。見一俊僧。年二十餘。擁其婦于膝。渭怒。取刀趨擊之。已不見。問婦。婦不知也。後旬日。復自外歸。見前僧與婦並枕臥。渭不勝忿怒。便取鐵燈檠刺之。中婦頂門死。渭坐法繫獄。賴援者獲免。一日閒居。忽悟僧報。婦死非罪。賦述夢詩二章云。伯勞打始開。燕子留不住。今夕夢中來。何似當初不飛去。憐覊雌。悲惡侶。兩意茫茫墮晚烟。門外烏啼淚如雨。跣而濯。宛如昨。羅襪四鉤閒不著。棠梨花下踏黃泥。行蹤不到棲鴛閣。自是絕不復娶。此劇之作。殆借以自喻也。按公安袁中郎宏道作徐文長傳。謂總督胡公素重渭。渭嘗飲一酒樓。有數健兒亦飲其下。不肯留錢。渭密以數字馳公。公立命縛健兒至麾下。皆斬之。有沙門負貲而穢。酒間偶言于公。公復以他事杖殺之。據此則殺僧事非謬。渭之坎壈終其身宜矣。又按明萬曆間。陳藎卿同航隱老人有合編柳翠雜劇。序文內止言實甫傳奇而不及渭。豈渭所作四聲猿。藎卿尚未見耶。田汝成西湖志云。普濟巷東普濟橋。又東爲柳翠井。在宋爲抱劍營地。相傳紹興間柳宣教者。尹臨安。履任之日。水月寺僧玉通不赴庭參。宣教憾之。計遣妓女吳紅蓮。詭以迷道詣寺投宿。誘之淫媾。玉通修行五十二年矣。戒律凝重。初甚拒之。至夜分不勝駘蕩。遂與通焉。已而詢知京尹所賺也。慚忸而死。恚曰。吾必敗汝門風。宣教尋亡。而遺腹產柳翠。坐蓐之夕。母夢一僧入戶曰。我玉通也。既而家事零落。流寓臨安。居抱劍營。柳翠色藝絕倫。遂隸樂籍。然好佛法。喜施與。造橋萬松嶺。名柳翠橋。鑿井營中。名柳翠井。久之。臯亭山顯孝寺僧清了。謂淨慈寺僧如晦曰。老通墮落風塵已久。盍往度之。如晦乃以化緣詣柳翠。爲陳因果事。柳翠幡然萌出家想。如晦乃引見清了。清了爲說佛法奧旨及本來面目。末且厲聲曰。二十八年烟花業障。尙爾耽迷耶。柳翠言下大悟。歸即謝鉛華。絕賓客。沐浴而端化。歸骨臯亭山。從所度也。按僧如晦。即記中所稱月明和尙也。西湖志餘稱杭州上元雜劇。有鍾馗捉鬼。月明度妓。劉海戲蟾之屬。則柳翠之說。其來久矣。志餘又云皎如晦者。淨慈寺僧。嘗作卜算子詞云。有意迗春歸。無計留春住。畢竟年年用著來。何似休歸去。目斷楚天遙。不見春歸路。風急桃花也似愁。默默飛紅雨。則其有風情可知矣。按張邦畿侍兒小名錄。五代時有一僧。號至聰禪師。祝融峰修行十年。自以爲戒行具足。無所誘掖也。一日下山。於道傍見一美人。號紅蓮。一瞬而動。遂以合歡。至明。僧起沐浴。

與婦人俱化。又五戒禪師以淫紅蓮女墮落。再世爲蘇軾。明人雜劇有紅蓮債。

俱與禪和子大有因緣。並附於此。

*紅蓮債。明陳汝元撰。見本書卷十二。此又兩紅蓮。

雌木蘭 雜劇

亦徐渭作。木蘭事情詳載古樂府。按明有韓貞女事。與木蘭相類。渭蓋因此而作也。木蘭不知名。記內所稱姓花名弧及嫁王郎事。皆係渭撰出。古木蘭詩云。唧唧復唧唧。木蘭當戶織。不聞機杼聲。唯聞女嘆息。問女何所思。問女何所憶。女亦無所思。女亦無所憶。昨夜見軍帖。可汗大點兵。軍書十二卷。卷卷有爺名。阿爺無大兒。木蘭無長兄。願爲市鞍馬。從此替爺征。東市買駿馬。西市買鞍韉。南市買轡頭。北市買長鞭。朝辭爺孃去。暮宿黃河邊。不聞爺孃喚女聲。但聞黃河流水鳴濺濺。旦辭黃河去。暮至黑水頭。不聞爺孃喚女聲。但聞燕山胡騎聲啾啾。萬里赴戎機。關山渡若飛。朔風傳金柝。寒光照鐵衣。將軍百戰死。壯士十年歸。歸來見天子。天子坐明堂。策勳十二轉。賞賜百千彊。可汗問所欲。木蘭不用尚書郎。願借明駝千里足。送兒還故鄉。爺孃聞女來。出郭相扶將。阿姊聞妹來。當戶理紅妝。小弟聞姊來。磨刀霍霍向豬羊。開我東閣門。坐我西間牀。脫我戰時袍。著我舊時裳。當窗理雲鬢。對鏡貼花黃。出門看火伴。火伴皆驚惶。同行十二年。不知木蘭是女郎。雄兔脚撲朔。雌兔眼迷離。兩兔傍地走。安能辨我是雄雌。湧幢小品云。孝烈將軍。隋煬帝時人。姓魏氏。本處子。名木蘭。亳之譙人。時方募兵。孝烈痛父老羸。弟妹皆稚騃。慨然代行。服甲冑鞬櫜。操戈躍馬而往。歷一紀閱十有八戰。人莫識之。後凱還。天子嘉其功。除尚書。不受。懇奏省視。及還譙。釋其戎服。衣其舊裳。同行者駭之。遂以事聞於朝召赴闕。帝奇之。欲納諸宮中。對曰。臣無媲君之理。以死誓拒。迫不已。遂自盡。帝驚憫。追贈將軍。謚孝烈。田藝蘅留青日札云。韓氏保寧。民家女也。明玉珍亂蜀。女恐爲所掠。乃易男子服飾。託名從軍。調征雲南。往返七年。人無知者。雖同伍亦莫覺也。後遇其叔。一旦驚異。乃明是女。攜歸西川。當時皆呼之曰貞女。又云。黃善聰。應天淮淸橋民家女。年十二。失母。其姊已適人。獨父業販線香。憐善聰孤幼。乃令爲男子裝飾。攜之旅遊廬鳳間者數年。父亦死。善聰即詭姓名曰張勝。仍習其業自活。同輩有李英者。約爲火伴。弘治辛丑正月。與英皆返南京。已年二十矣。往見其姊。泣語之故。姊大怒。且詈罵之曰。男女亂羣。玷辱我家甚矣。因逐不納。善聰泣且誓。其鄰即穩婆居。姊聊呼驗之。乃果處子。始相持慟哭。爲易男子裝。越日英來候。則善聰出見。忽爲女子矣。英大驚駭問。知其故。歸告其母。時英猶未室。母即爲之求婚。善聰不從曰。妾竟歸英。保人無疑乎。交親鄰里來勸。則涕泗橫流。所執益堅。衆口喧傳。以爲奇事。廠衛聞之。乃助其聘禮。判爲夫婦。此事亦相彷彿。

女狀元 雜劇

亦徐渭作。渭自以長才不第。故爲此劇。以譏世之掇巍科者。皆如婦人女子之流。不足爲重也。齣中大段用玉溪編事所載。唯黃崇嘏中狀元及配周丞相子爲妻。俱渭撰出。玉溪編事云。王蜀僞相周庠者。初在邛南幕中留司府事。時臨邛縣送失火人黃崇嘏。纔下獄。便貢詩一章曰。偶爾幽隱住臨邛。行止堅貞比澗松。何事政淸如水鏡。絆他野鶴向深籠。周覽詩。遂召見。稱鄉貢進士。年三十許。祗對詳敏。即命釋放。後數日獻歌。周極奇之。召於學院與諸生姪相伴。善棊琴。妙書畫。翌日薦攝府司戶參軍。胥史畏服。周既重其英聰。又美其風采。在任將逾一載。遂欲以女妻之。崇嘏貢詩一篇曰。一辭拾翠碧江湄。貧守蓬茅但賦詩。自服藍衫爲郡掾。永辭鸞鏡畫蛾眉。立身卓爾青松操。挺志鏗然白璧姿。幕府若容爲坦腹。願天速變作男兒。覽詩驚駭不已。遂召見詰問。

乃黄使君之女。幼失覆蔭。唯與老孀同居。元未從人。周益仰貞潔。郡內咸爲嘆異。旋乞罷歸臨邛之舊隱焉。

鳴鳳記

係王世貞門客所作。＊按：王世貞字元美，號鳳州，又號弇州山人，江蘇太倉人。清焦循劇說稱相傳鳴鳳傳奇，弇州門人作，唯法場一折，是弇州自填詞。以楊繼盛爲鳳鳴朝陽也。繼盛、容城人。登進士。官兵部員外郎。時仇鸞爲大將軍。請開馬市。繼盛上疏言十不可五謬下獄。貶狄道典史。鸞敗。詔自謫所。遷主事。隨改兵部武選司員外。繼盛感激思報。妻張氏曰。一鸞困公幾死。今相公嚴嵩父子。百鸞也。何以報爲。公休矣。且歸耳。繼盛不聽。密具疏劾嵩。帝以疏內有傳問景裕二王語。詰責主使。法司以爲詐。傳親王令旨。杖一百。擬絞。時都御史張經、李天寵坐大辟。嵩揣帝意怒經等江南釀寇遺患。必殺二人。比秋審。因附繼盛名。并奏報可。將刑。張氏疏請代死。嵩抑不得達。遂決西市。其寫本一齣。乃摘取蔣欽事。欽、常熟人。正德初官御史。偕同官諫逐大臣。語侵劉瑾。杖一百爲民。居三日。欽獨具疏劾瑾。再杖三十。繫獄。越三日。復具疏云。不願與瑾並生。復杖三十。方欽屬草時。燈下聞鬼聲。欽念疏上且得奇禍。此殆先人之靈。欲吾寢此奏耳。因整衣冠立曰。果先人。盍厲聲以告。言未已。聲出壁間。益悽愴。嘆曰。業已委身。義不得顧私。使緘默負國。爲先人羞。不孝孰甚。復坐奮筆曰。死即死耳。此稾不可易也。聲遂止。杖後三日而卒。繼盛未聞有此事也。按鄒應龍、長安人。嘉靖三十五年進士。授行人。擢御史。上疏劾大學士嚴嵩幷嵩子世蕃罪。時嵩眷已衰。會方士藍道行挾箕得幸。帝密問輔臣賢否。道行詐爲箕語。且言嵩父子弄權狀。帝由是疎嵩。而任次輔徐階。及應龍奏入。遂勒嵩致仕。下世蕃等詔獄。擢應龍通政司參議。歷任兵部右侍郎。雲南巡撫。林潤、莆田人。與應龍同年進士。授知縣。擢南京御史。帝用應龍言。戍世蕃雷州。其黨羅龍文潯州。世蕃留家不赴。龍文一詣戍所。即逃還徽州。往來江西。與世蕃計事。四十三年冬。潤按視江防。馳疏言臣巡視上江備防。江洋羣盜悉竄入逃軍羅龍文、嚴世蕃家。搖龍文卜築深山。乘軒衣蟒。有負固不臣之心。而世蕃日夜與龍文誹謗時政。搖惑人心。近假名治第。招集勇士至四千餘人。變且不測。乞早正刑章。以絕禍本。帝大怒。即詔潤逮捕送京師。二人竟伏誅。潤歷官僉都御史。巡撫應天。先應龍等而劾嵩者。有吳時來、張翀、董傳策。時來、仙居人。嘉靖三十二年進士。授松江府推官。擢刑科給事中。劾兵部尙書許論。宣大總督楊順及巡按御史路楷。嵩疾之。會將遣使琉球。遂以命時來。時來乃抗章劾嵩。翀、柳州人。與時來同年進士。傳策、松江華亭人。嘉靖二十九年進士。二人皆官刑部主事。與時來同日具疏劾嵩。而翀及時來皆階門生。傳策則階同鄉。時來先又官松江。于是嵩疑階主使。密奏三人同日搆陷。必有人主之。且時來乃憚琉球之行。借端自脫。詔下三人獄。嚴鞫主使者。三人不承。第言高廟神靈敎臣爲此言耳。主獄者乃以三人相爲主使。讞上。詔皆戍烟瘴。時來得横州。翀得都匀。傳策得南寧。郭希顔、豐城人。嘉靖十一年進士。改庶吉士。授檢討。秩滿進右贊善。九廟災。廷臣議廟制。請復同堂異室之舊。希顔見張璁、夏言輩以議禮驟貴。心揣帝意。欲崇私親而薄孝武二帝。乃獨請建四廟。祀高曾祖攷。斥孝武二宗別祀。疏出。舉朝大駭。禮部尚書張璧等斥希顔悖戾。議終不用。希顔由是得罪清議。久之。罷官家居。冀以危言激論博功名。遂密遣人至京師。遍揭匿名帖。言嵩欲謀害裕王。以搖動羣情。因上建帝安儲。帝大怒曰。立子爲儲。常也。帝誰可建者。下法司。坐妖言惑衆斬。詔所在棄市。傳首四方。希顔無故上書。用自取死。非由嵩作。傳奇中未免惡皆歸焉。夏言、貴溪人。歷官大學士。陝西總督。曾銑請復河套。言倚銑可辦。密疏薦之。謂羣臣無如銑者。帝令言擬旨。優奬銑。益鋭意出師。一日。帝忽降旨。詰責甚厲。嵩揣知帝意。遂力言河套不可復。語侵言。言始大懼謝罪。且陳嵩未嘗異議。

今乃盡委於臣。帝責言强君脅衆。既盡奪言官階。以尙書致仕。會有蜚語聞禁中。謂言去時怨謗。嵩復代仇鸞草奏。訐言納銑金交關爲奸利事。連言繼妻父蘇綱。詔下銑綱詔獄。銑坐斬。綱戍邊。逮言至。竟棄市。妻蘇流廣西。隆慶初復官。賜祭葬。謚文愍。言始無子。妾有身。妻忌而嫁之。生一子。言死。妻逆之歸。貌甚類言。且得官矣。忽病死。傳奇中鄒慰夏孤。不無附會也。按王世貞首輔傳云。曾銑疏言河套肥饒地。久棄之邊。與寇共之。寇得乘間巢窟其中。畜牧水草。於犯秦隴甚易。欲以十萬衆逐之。因故地入城增戍塡其中。言聞其說大悅。而言之繼妻蘇氏。有才色。言嬖而畏之。其父綱頗交通關節。銑故綱同鄉。雅相結納。綱亟稱銑才。言益信爲功必可成。亟下兵部會廷臣議。銑請數十萬餉金。調河南山東兵萬餘。心皆知其難。而不敢決。言意亦小沮。會銑復請給尙方劍。得專僇節制以下。帝心惡之。下諭言套寇之患久矣。今以征逐爲名。不知師出果有名否。兵果有餘力否。食果有餘積。成功可必否。一銑何足言。祗恐百姓受無辜之僇耳。言懼不敢決。嵩乃上疏極言寇不可勝。河套必不可復。師既無名。費復不淺。在廷之臣。無不知其非。第有所畏耳。因引咎乞罷。帝不許。於是怒言不可回矣。按孫丕揚、富平人。嘉靖三十五年進士。授行人。擢御史。上疏劾嵩。帝弗罪、歷官吏部尙書。掣籖之法。自丕揚始。丕揚本御史。傳奇中言孫掌科。不知當時何據也。按李本、餘姚人。嘉靖二十八年二月。由少詹事兼學士。入閣參機務。二十九年八月。晉吏部左侍郎。兼東閣大學士。三十年十一月。晉禮部尙書。是由內閣晉秩。未曾實爲禮部尙書。且二十七年夏言被僇時。本尙爲少詹事。傳奇中議河套一齣。賓白云禮部尙書李本。誤矣。周用、吳江人。三十五年任左都御史。曾銑條陳恢復河套。正是此年。廷議當或與焉。史傳用掌憲時。愼自持而已。無所獻替。傳奇中亦頗描寫情態。此劇所演多係實跡。繼盛晤趙文華。借吃茶諷切。乃是增飾。未嘗有此事。

義俠記

明萬曆時吳江人沈璟撰。*按：沈璟，字伯英，晚字聃和，號寧庵，別號詞隱，江蘇吳江人。所作傳奇共十九種，總稱屬玉堂傳奇。今存七種，又殘本二種。以武松義而俠。故名。沈德符野獲編云。本朝塡詞高手。於陳大聲、沈靑門之屬。俱南北散套。不作傳奇。惟周憲王所作雜劇最夥。南曲則連環、繡襦之屬。出於成弘間。稍爲時所稱。近年則梁伯龍、張伯起。俱吳人。所作盛行於世。若以中原音韻律之。俱門外漢也。近沈寧庵吏部後起。獨恪守詞家三尺。如庚靑先天諸韻。最易互用者。斤斤力持不少假借。可稱度曲申韓。序云。詞隱先生表章詞學。直剖千古之迷。紅牙館所著傳奇雜曲。凡十數帙。予從先生乞得稿本。而義俠則已梓行矣。先生亟止勿傳。而世聞是曲已久。方欣欣想見之。且武松一萑苻之雄耳。而閭里少年。靡不侈談膾炙。今度曲登場。使奸夫淫婦。强徒暴吏。種種之情形意態。宛然畢陳。以之風世。豈不溥哉。詞隱，璟號。

劇中所演武松事。景陽毶虎。陽穀遇兄。殺西門慶。伏蔣門神。十字坡認義。飛雲浦報仇。全本水滸衍義。惟松妻賈氏。係作者撰出。今優壇所演。則又與此微異。蓋後人又爲之潤色。而大段原相同也。龔聖與行者武松贊云。汝優婆塞。五戒在身。酒色財氣。更要殺人。武松養病於柴進家。始與宋江相識。此上梁山之根也。蜈蚣嶺、十字坡、景陽岡、快活林、鴛鴦樓、飛雲浦、二龍山。未入水滸時。其事蹟最熱鬧。作者略據以敷演。已足聳人觀聽。而打虎一折。尤衆所共賞。至敍其與兄友愛而不幸處變。西門慶之奸黠。潘金蓮之淫蕩。王婆之刁詭。武大之愚懦。亦皆曲盡。爲兄報仇。殺三人以洩怨。亦頗有義俠之氣。同類則柴進、孔亮、張青、孫二娘、施恩、魯智深等。旁襯則陽穀令、土兵、鄆哥、何九、蔣門神、張都監等。皆據傳中點入。上梁山以後則事蹟更多。不暇載矣。

四異記

明沈璟撰。演劉璞、孫潤事。本之稗史。而詳於小說之喬太守亂點鴛鴦簿。男女四人。故曰四異。有作碧玉串者。亦名雙玉串。*按：碧玉串，清無名氏撰，王國維曲錄及姚燮今樂考證均著錄，本書未收入。又係後人仿璟作而稍加變換也。笑史云。嘉靖間崑山民爲男聘婦。而男得痼疾。民信俗有冲喜之說。女家度壻且死。不從。强之。乃飾其少子爲女歸焉。將以爲旬日計。既草率成禮。男父母謂男病不當近色。命其幼女伴嫂寢。而二人竟私爲夫婦矣。逾月。男疾漸瘳。女家恐事敗。紿以他故。邀女去。事寂無知者。因女有娠。父母窮問得之。訟之官獄。連年不解。有葉御史者判牒云。嫁女得媳。娶婦得壻。顚之倒之。左右一義。遂聽爲夫婦焉。吳江沈寧庵吏部爲作四異記傳奇。

望湖亭

蘇人沈伯明作也。*按・沈伯明・名自晉・又字長康・別號鞠通生・江蘇吳江人・撰傳奇三種・望湖亭翠屏山今存・耆英會佚・萬曆初。吳江富人顏生。聞洞庭西山高翁女美。遣媒請婚。高必欲覿面。而顏貌甚寢。乃飾其表弟同窗錢生以往。及娶。高必欲親迎。顏復浼錢往。高大會賓客。酒半而狂風大作。高翁恐誤吉期。欲權就其家成禮。錢堅辭之。明日。大風雪。衆賓慫恿。錢不得已從焉。私語顏僕曰。吾成汝主人之事。明神在上。誓不相負。僕未之信也。禮畢送還。顏俟錢登岸。奮拳捶之。高翁詢得其實。訟之縣官。錢生訴三宵同臥。未嘗解衣。官令媼驗女。固處子也。顏大悔。願婚。高翁不可。官乃斷歸錢而責媒。事載情史。劇因迎親之船未至。顏俊佇立望湖亭以俟之。故標曰望湖亭也。錢名選。字子青。蓋取青錢萬選之意。顏名俊。其母乃錢之妗。因高女出遊相遇。是添出關目。相親之時。問以三高祠故事。亦是設想當然。

三高祠在吳江。祠祀蠡張翰陸龜蒙也。作合者尤少梅。誤獻代相之策。顏俊貌陋。爲婢小正所譏誚。選往迎親。俊使僕小乙往偵之。成親之夕。選坐聽更點。不敢脫衣而臥。皆是懸揣。內中又設出文昌示現。以爲天定姻緣。又作登第結束。皆是情景所當有。不必皆實也。

曲海總目提要卷六

紫簫記

明湯顯祖撰。湯顯祖、字若士、一字義仍、號清遠道人、江西臨川人、內中情節。言霍小玉觀燈至華淸宮。拾得紫玉簫。故以爲名。與紫釵同演李益、霍小玉事。而關目迥別。紫釵全據霍小玉傳。此則略引正面。點綴生情。插入唐時人物。不拘年代先後。隨機布置。以示遊戲神通。略云。李益、字君虞。隴西人。前朝相國揆子。母辛氏。狄道夫人。按史、李益故宰相揆之族子、非其子也、李揆系出隴西、爲冠族、肅宗時、同中書門下平章事、德宗時、尙書左僕射、元和中。益入京應舉。正及殿試。吐蕃陷隴西數郡。抄至咸陽。細柳屯兵。暫停臚唱。此係增飾、十四年正月朔旦。是日立春。天下朝覲官員。應制士子。俱入雲龍門太極殿朝賀。朝畢之後。光祿賜宴。値友花卿、石雄、尙子毗相訪。劇云、花卿、字敬定、曾授西川節度、今陞驃騎將軍、按綱目。上元二年四月。梓州刺史段子璋反。討平之。段之璋驍勇。東川節度使李奐奏替之。子璋舉兵襲奐于綿州。奐敗奔成都。子璋自稱梁王。陷劍州。西川節度使崔光遠。與奐共攻斬之。唐書崔光遠高適傳。皆云光遠討平子璋。然考杜甫詩。成都猛將有花卿。學語小兒知姓名。用如快鶻凌風生。見賊惟多身始輕。子璋髑髏血模糊。手提擲還崔大夫。李侯重有此節度。人道我卿絕世無。既稱絕世無。天子何不喚取守成都。是卿乃光遠部將。殺子璋者實出花卿手。子璋既平。乃復奐官。故云重有此節度也。唐史不載花卿。杜詩可補其缺。此劇云西川節度。是以卿既殺子璋。當擢節度耳。時西川節度即光遠。繼光遠者高適也。石雄侑子毗見後。益留與飲。共作元日試筆詩。四人各賦絕句。石侑先別。適教坊子弟迎春還。邀入勸酒。教坊請益作人日詞。元宵曲。教坊供奉急用新詞。霍王府內人日登高。益爲作宜春令。皇帝御前元宵設宴。益爲作探春燈詞。益爲立譜二調。花卿即邀益於新正相過。令侍姬鮑四娘侑觴。益有開簾風動之詩。鮑翻作開簾風動之曲。李益詩。開簾風動竹。疑是故人來。益本傳云。貞元末。名與宗人賀相埒。每一篇成。樂工爭以賂求取之。被聲歌。供奉天子。至征人早行等篇。天下皆施之圖繪。此劇兩段。蓋採此義鎔鑄成之。飲次。見郭小侯戲馬彈鷳。要之共醉。劇云。汾陽郭鋒。郭曖之子。世號小侯。姊貴妃。生太和公主。按史郭子儀傳。子曖。字曖。以太常主簿尙昇平公主。女爲憲宗妃。生穆宗。子四。曰鑄釗鏦銛。又后妃傳。憲宗懿安皇后郭氏。汾陽王子儀之孫。父曖。元和元年冊貴妃。穆宗尊爲皇太后。又公主傳。憲宗定安公主。始封太和。下嫁回鶻崇德可汗。會昌三年來歸。劇內所敍皆實。小侯名鋒。以曖四子皆金字傍耳。卿見小侯紫叱撥馬。心甚愛之。命鮑唱歌。小侯亦大悅。卿欲得駿騎。立功邊陲。乃以四娘與易。罷酒。使四娘從小侯歸。按唐人作愛妾換馬詩甚多。本用韋鮑二生事。具見太平廣記。甚至裴晉公度。送白尚書居易一馬。侑以詩云。君若有心求逸足。我還留意在名姝。白知其意有所屬。答詩云。不辭便送君家去。臨老何人與唱歌。蓋樊素善歌。裴所屬者樊也。鮑四娘見蔣防霍小玉傳。謂卿之伎。本無所據。卿蓄歌者。則實有因。杜甫贈花卿詩。錦城絲管日紛紛。半入江風半屬雲。此曲祗應天上有。人間能得幾回聞。或以花卿爲伎名。或以花卿爲花敬定。言其所蓄歌舞之盛耳。是時霍王之姬鄭六娘。有女小玉。年已二八。王於人日在望春臺登高。命奏新曲。適唱李益詞。有日輪中逐日人忙句。王忽感動。入華山修仙。改鄭姬曰淨住。賜小玉紅樓一座。寶玉十樹。從所封邑爲霍姓。令鄭自擇壻贅之。他姬杜秋娘有志出家。令住金飆門外西王母觀中。度爲女道士。按史。惟高祖子有霍王。順宗弟無封者。鄭姬小玉。見蔣防傳中。賜樓以下逐段情節。俱與紫釵各異。杜秋非霍王姬。本李錡之妾。善唱金縷衣。錡叛。沒入宮中。爲漳王傅姆。後歸江南。吳江有喚渡亭。是其遺跡。杜牧之作杜秋詩。叙其事最詳。李商隱云。杜牧司勳字牧之。清秋一首杜秋詩。是也。劇言住西王母觀者。取唐人詩。願隨仙女董雙成。王母前頭次第行之意。科白中霍王問云。李益甚嫉妬。宮臣跪奏有兩箇李益。大李益現今在朝官職。小李益纔舉博學宏詞。有妬疾的是大李益。按史。君虞少癡而忌尅。世謂妬爲李益疾。時又有庶子李益同在朝。故世言文章李益以辨云。是妬本君虞。劇爲解嘲耳。鮑四娘至郭宅。心念花卿。時時涕泣。小侯乃送鮑居尙冠里別院中。鄭六娘聞。即延請敎小玉歌唱。益知鮑獨居。乘暇訪鮑。鮑與言小玉之才美。許爲作媒。小玉慮益誑以爲妾。且攜歸隴西。婢櫻桃頗慧。僞作鮑女。探益無妻。且以隴西隔絕。無有歸志。遂爲益攜九子金龍鏡。三珠玉燕釵二物爲聘。益於是入贅於紅樓。花卿、石雄、尙子毗、並來賀喜。白云。鮑語櫻。你是霍府鄭櫻桃。據小玉傳不載櫻桃姓。蓋因石虎時有鄭櫻桃。借此巧合耳。李商隱詩。何緣古樂府。惟有鄭櫻桃。時値元宵佳節。勅賜燒燈。憲宗在華清宮。令教坊踏歌。共奏李益元宵探春燈曲。歎爲才子。劇云。帝問曲詞何人所作。對云。隴西進士李益。帝歎曰。眞才子也。令嚴遵穿宮。將名字黏在御風屏上。按玄宗聞李嶠汾水歌。歎曰。李嶠眞才子也。今移作李益。賜宴文武羣臣既畢。令嚴遵美傳示都下士女。無論貴賤道俗。俱得至華清宮玩燈。盡丙夜。金吾不呵止。以稱與民同樂之意白云。北院副使嚴遵美。先出馬存亮門下。後與西門季元同掌掖庭。按史。唐世中人以忠謹稱者。馬存亮西門季元嚴遵美三人。遵美歷左軍容使。年八十餘。益與小玉觀燈。已過三鼓。金吾靜街。萬衆諠擾。小玉與益相失。獨步華清宮門首。惟恐隻身問途。難免多露之譏。拾得紫玉簫一枚。持躲殿西頭以俟。清宮內監遵美見而詰之。奏送郭妃審問。具陳本末。命以銷金寶燭四籠。送歸本宅。即以所拾楊妃紫簫賜之。有詔奬益博學宏詞。小玉智能衛潔。小玉於長秋謝恩。而益于嗣霍王府附呈謝本。按此俱是增飾。名劇紫簫以此。未幾殿試榜發。擢益狀元。授翰林供奉。上任五日。著往朔方參丞相杜黃裳軍事。按史・同輩行稍稍進顯・益獨不調・鬱鬱去遊燕・劉濟辟置幕府・進爲營田副使・憲宗雅知名・召爲秘書少監・集賢殿學士・太和初・以禮部尙書致仕・是益未嘗登第・其出仕亦不應至元和十四年・杜黃裳傳・裳字遵素・京兆萬年人・擢進士第・郭子儀辟佐朔方・子儀入朝・使主留事・憲宗擢門下侍郎・平夏剪齊滅蔡復兩河・自黃裳啓之・元和二年・以檢校司空同中書門下平章事・爲河中晉絳節度使・封邠國公・劇中所敘皆實・但未嘗節度朔方也・石雄中武狀元。經略吐蕃。花卿外擢節度西川。尙子毗奉旨歸國。按石雄傳・雄徐州人・家寒不知其先所來・嘗爲天德防禦副使・兼朔州刺史・擣烏介帳・迎太和公主還・進豐州防禦使・累官檢校兵部尙書・雄之官績・在文宗武宗時・與花卿相去懸絕・作者以其迎歸公主事・故云經略吐蕃・以相映帶耳・劇中雄字子英・雄傳未載其字・益爲三人餞行。即赴朔方。抵受降城外。益詩・回樂峯前沙似雪・受降城上月如霜・此其實事也・黃裳送居屬國署中。吐蕃贊普與中書令尙綺心議。欲引兵入寇。綺心以叔子毗歸國。言朔方之地。黃裳節鎭。李益參軍。老謀英斷。不可搖撼。隴西石雄少年英雄。難以爭鋒。計惟花卿在西川。年已篤老。不如贏師匿馬。徙帳西行。先發大將論恐熱攻打松州。乘其間隙。李商隱代作杜工部蜀中離席詩・雪嶺未歸天外使・松州猶駐殿前軍・此因借引花卿・故并借此相影射・贊普見子毗。請爲決策。子毗力勸和親。贊普乃使子毗奉命通好。黃裳與益引兵出塞。千里不見敵。具奏吐蕃不敢窺邊。朝旨召還。而子毗亦至蠻邸。小玉方與母六娘及杜秋娘等穿針乞巧。値益於是日還京。恰當牛女佳節。復相歡聚云。按吐蕃傳。尙婢婢。姓沒盧。名贊心牙。羊同國人。世爲吐蕃貴相。寬厚。略通書記。不喜仕。贊普彊官之。劇以婢婢名未雅。故改爲子毗也。白云。俺到中國。多隱居崑崙山下。不婚不宦。史稱紫山直大羊同國。古所謂崑崙者也。白又述綺心語云。子毗歸去羊同。築室崑崙山下。贊普要用他時。須待秋深親聘。方來赴命。白又云。子毗語云。本姓沒盧。名贊心牙。羊同國人。備覩丘索之書等語。俱與史合。贊普打圍相訪。強授節度使。許以同行。亦與彊官之語相合。但婢婢本無作侍子交花卿李益事。此係增飾。吐蕃中書令尙綺心兒。嘗圍鹽州不能拔。又攻沙州。十一年得其城。其後吐蕃會盟。尙綺心兒比歲獻金盎銀冶。史未嘗言綺心婢婢爲叔姪也。婢婢與尙恐熱。累相攻伐。白言子毗與論恐熱異同。亦與史合。穆宗長慶元年。與吐蕃議和。大理卿劉元鼎爲盟會使。劇內和親本此。

劇載杜黃裳還朝。委郝玼閻朝爲留後。且語二人云。郝將軍築臨涇之塞。西戎不敢近邊。吐蕃爲鑄一金身。及以名怖止兒啼。閻將軍獨守沙州。十年不下。皆是實事。按史。郝玼不記其鄉里。貞元中。爲臨涇鎭將。說節度使馬璘。城臨涇以扼西戎。璘不聽。及段佑代節度。玼又說佑。詔城臨涇爲行原州。以玼爲刺史戍之。自是蕃人不敢過臨涇。玼在邊三年。獲敵必刳剔。蕃人道其名以怖啼兒。遷涇原行營節度使。封保定郡王。贊普嘗等玼身鑄金像。令于國曰。得生玼者。以金玼償之。朝廷畏失名將。徙爲慶州刺史。閻朝。沙州都知兵馬使。尙綺心兒攻沙州。刺史周鼎遣朝行視水草。朝執鼎縊殺之。自領州事。城守者八年。出綾一端。募麥一斗。又二歲。糧械皆竭。登城而呼曰。苟毋徙他境。請以城降。綺心兒許諾。於是出降。自攻城至是凡十一年。後疑朝謀變。置毒殺之。杜牧之杜秋詩。金階露新重。閒捻紫簫吹。此題之來歷也。

紫釵記

明湯顯祖作。傳奇中始末皆本唐蔣防所撰霍小玉傳。但傳奇至李益與霍小玉重逢而止。以劍合、釵圓、節鎭、宣恩作收場。益就婚盧氏事不及也。（劇中情蹟甚多，而釵圓最要，故標題曰紫釵云。）野獲編云。湯義仍之紫簫。亦指當時秉國首揆。纔成其半。即爲人所議。因改爲紫釵。（義仍，顯祖字也。）舊唐書云。李益。肅宗朝宰相揆之族子。登進士第。長爲詩歌。貞元末。與宗人李賀齊名。每作一篇。爲教坊樂人以賂求取。唱爲供奉歌辭。其征人歌、早行篇。好事者畫爲屛幛。迴樂峯前沙似雪。受降城外月如霜之句。天下以爲歌辭。然少有癡病。而多猜忌。防閑妻妾。過於苛酷。而有散灰扃戶之譚聞于時。故時謂妒癡爲李益疾。以是久之不調。而流輩皆居顯位。益不得意。北游河朔。幽州劉濟辟爲從事。常與濟詩。而有不上望京樓之句。憲宗雅聞其名。自河北召還。用爲秘書少監。集賢殿學士。自負才地。多所凌忽。爲衆不容。諫官舉其幽州詩句。降居散秩。俄復用爲秘書監。遷太子賓客。集賢學士。判院事。轉右散騎常侍。太和初。以禮部尙書致仕卒。霍小玉傳云。大歷中。隴西李生名益。年二十。以進士擢第。其明年。拔萃。俟試于天官。夏六月。至長安。舍于新昌里。生門族淸華。少有才思。麗詞佳句。時謂無雙。先達文人。翕然推伏。每自矜風調。思得佳偶。博求名妓。久而未諧。長安有媒鮑十一娘者。故薛駙馬家靑衣也。折券從良。十餘年矣。性便僻。巧言語。豪家戚里。無不經過。追風挾策。推爲渠帥。嘗受生誠託厚賂。意頗得之。經數月。生方閒居舍之南亭。申未間。忽聞扣門甚急。云鮑十一娘至。攝衣從之。迎問曰。鮑卿。今日何故忽然而來。鮑笑曰。蘇姑子作好夢也未。有一仙人。謫在下界。不邀財貨。但慕風流。如此色目。共十郎相當矣。生聞之驚躍。神飛體輕。引鮑手且拜且謝曰。一生作奴。死亦不憚。因問其名居。鮑具說曰。故霍王小女。字小玉。王甚愛之。母曰淨持。即王之寵婢也。王之初薨。諸弟兄以其出自賤庶。不甚收錄。因分與資財。遣居於外。易姓爲鄭氏。人亦不知其王女。資質穠艷。一生未見。高情逸態。事事過人。音樂詩書。無不通解。昨遣某求一好兒郎。格調相稱者。某具說十郎。彼亦知有十郎名字。非常歡愜。住在勝業坊古寺曲。甫上東閒宅是也。已與他作期約。明日午時。但至曲頭覓桂子。即得矣。鮑既去。生便備行計。遂令家童秋鴻。於從兄京兆參軍尙公處假青驪駒。黃金勒。其夕。生澣衣沐浴。修飾容儀。喜躍交并。通夕不寐。遲明。巾幘。引鏡自照。惟恐不諧也。徘徊之間。至于亭午。遂命駕疾驅。直抵勝業。至約之所。果見青衣立候。迎問曰。莫是李十郎否。即下馬。令牽入屋底。急急鎖門。見鮑果從內出來。遙笑曰。何等兒郎。造次入此。生調誚未畢。引入中門。庭間有四櫻桃樹。西北懸一鸚鵡籠。見生入來。鳥語曰。有人入來。急下簾者。生本性雅淡。心猶疑懼。

忽見鳥語。愕然不敢進。逡巡。鮑引淨持下堦相迎。延入對坐。年可四十餘。綽約多姿。談笑甚媚。因謂生曰。素聞十郎才調風流。名下固無虛士。某有一女子。顏色不至醜陋。堪配君子。頻見鮑十一娘道意旨。今便令永奉箕帚。生謝曰。鄙拙庸愚。不意顧盼。倘垂採錄。生死爲榮。遂命酒饌。令小玉自堂東閤子中出來。生即拜迎。但覺一室之中。若瓊林玉樹。互相照曜。轉盼精彩射人。既而延坐母側。母謂曰。汝嘗愛念開簾風動竹。疑是故人來。即此十郎詩也。爾終日吟想。何如一見。玉乃低鬟微笑。細語曰。見面不如聞名。才子豈能無貌。生遽起連拜曰。小娘子愛才。鄙夫重貌。兩好相映。才貌相兼。母女相顧而笑。遂舉酒數巡。生起。請玉歌唱。初不肯。母固强之。發聲清亮。曲度精奇。酒闌及暝。鮑引生就西院憩息。閒庭邃宇。簾幕甚華。鮑令侍兒桂子浣沙。與生脫靴解帶。須臾玉至。言敍温和。辭氣宛媚。解衣之際。態有餘妍。低幃暱枕。極其歡愛。生自以爲巫山洛浦不過也。中宵之夜。玉忽流涕。謂生曰。妾本倡家。自知非匹。今以色愛。託其仁賢。但慮一旦色衰。恩移情替。使女蘿無託。秋扇見捐。極歡之際。不覺悲生。生聞之。不勝感歎。乃引臂替枕。徐謂玉曰。平生志願。今日獲從。粉骨碎身。誓不相捨。夫人何發此言。請以素縑。著之盟約。玉因收淚。命侍兒櫻桃。褰幄執燭。授生筆硯。玉管絃之暇。雅好詩書。筐箱筆研。皆王家之舊物。遂取繡囊。出越姬烏絲闌素段三尺。以授生。生素多才思。援筆成章。引喩山河。指誠日月。句句懇切。聞之動人。誓畢。命藏于寶篋之內。自爾婉孌相得。若翡翠之在雲路也。如此二歲。日夜相從。其後年春。生以書判拔萃登科。授鄭縣主簿。至四月。將之官。便拜慶于東洛。長安親戚。多就筵餞。時春物尙餘。夏景初麗。酒闌賓散。離思縈懷。玉謂生曰。以君才地名聲。人多慕景。願結婚媾者。固亦衆矣。況堂有嚴親。室無冢婦。君之此去。必就佳姻。盟約之言。徒虛語耳。然妾有短願。欲輒指陳。永委君心。復能聽否。生驚怪曰。有何罪過。忽發此辭。試說所言。

必當敬奉。玉曰。妾年始十八。君纔二十有二。逮君壯室之秋。猶有八歲。一生歡愛。幸畢此期。然後妙選高門。以求秦晉。亦未爲晚。妾便捨棄人事。剪髮披緇。夙昔之願。於此足矣。生且媿且感。不覺涕流。因謂玉曰。皎日之誓。死生以之。與卿偕老。猶恐未愜素志。豈敢輒有二三。固請不疑。但端居相待。至八月。必當卻到華州。尋使奉迎。相見非遠。更數日。生遂訣別東去。到任旬日。求假往東都覲親。至家旬日。太夫人已與商量表妹盧氏。言約已定。太夫人素嚴毅。生逡巡不敢辭讓。盧亦甲族也。嫁女于他門。聘財必以百萬爲約。不滿此數。義在不行。生家素貧。事須求丐。便託假故。遠投親知。歷涉江淮。自秋及夏。生自以孤負盟約。大愆回期。寂不知聞。欲斷其望。遙託親故。不遺漏言。玉自生逾期。數訪音信。虛詞詭說。日日不同。博求師巫。遍詢卜筮。懷憂抱恨。周歲有餘。羸臥空閨。遂成沉疾。雖生之書題竟絕。而玉之想望不移。賂遺親知。使通消息。尋求既切。資用屢空。往往私令侍婢。潛賣篋中服玩之物。多託於西市寄附鋪侯景先家貨賣。曾令侍婢浣沙。將紫玉釵一隻。詣景先家貨之。路逢内作老玉工。見浣沙所執。前來認之曰。此釵吾所作也。昔歲霍王小女。將欲上鬟。令我作此。酬以萬錢。我嘗不忘。汝是何人。從何而得。浣沙曰。我小娘子。即霍王女也。家事破散。失身於人。夫婿昨向東都。更無消息。悒怏成疾。今將二年。令我賣此。賂遺於人。以求音信。玉工悽然下泣曰。貴人男女。失機落節。一至於此。我殘年向盡。見此盛衰。不勝傷感。遂引至延先公主宅。具言前事。公主亦爲之悲歎良久。給錢十二萬焉。時生所定盧氏女在長安。生既畢于聘財。還歸鄭縣。其年臘月。又請假入城就親。潛卜靜居。不令人知。有明經崔允明者。生之重表弟也。性甚長厚。昔歲嘗與生同飲於鄭氏之室。盃盤笑語。曾不相間。每得生信。必誠告於玉。玉常以薪蒭衣服。資給於崔。崔頗感之。生既至。崔具以誠告玉。玉恨歎曰。天下寧有是事乎。遍託親朋。多方召致。生自以愆期負約。又知玉疾候沈綿。慙恥忍割。終不肯往。晨出暮歸。欲以迴避。玉日夜涕泣。都忘寢食。期一相見。竟無因由。寃憤益深。委頓牀枕。自是長安中稍有知者。風流之士。共感玉之多情。豪俠之倫。皆怒益之薄行。時已三月。人多春遊。益與同輩五六人。詣崇敬寺玩牡丹花。遞吟詩句。有京兆韋夏卿者。生之密友。時亦同行。謂生曰。風光甚麗。草木榮華。傷哉鄭君。銜寃空室。足下棄置。實是忍人。歎讓之際。忽有一豪士。衣輕黃紵衫。挾朱彈。風神俊美。衣服輕華。從後潛行而聽之。俄而前揖益曰。公非李十郎者乎。某族本山東。姻連外戚。雖乏文藻。心嘗樂賢。仰公聲華。常思覯止。今日幸會。得覩淸揚。某之敝居。去此不遠。亦有聲樂。足以娛情。妖姬八九人。駿馬十數匹。惟公所欲。但願一過。生之儕輩。共聆斯述。更相歎美。因與豪士策馬同行。疾轉數坊。遂至勝業。生以近鄭之所止。意不欲過。便託事故。欲迴馬首。豪士曰。敝居咫尺。忍相棄乎。乃挽挾其馬。牽引而行。遷延間。已及鄭曲。生精神恍惚。勒馬欲迴。豪士遽命奴僕數人。抱持而進。疾走推入車門。便令鎖卻。報云李十郎來也。一家驚喜。聲聞于外。先此一夕。玉夢黃衫丈夫抱生來。至席。使玉脫鞋。驚悟而告母。因自解曰。鞋者。諧也。夫婦再合。脫者。解也。既合而解。亦當永訣。由此徵之。必遂相見。相見之後。當死矣。凌晨。請母粧梳。母以其久病。心意惑亂。不甚信之。黽勉之間。彊爲粧梳。粧梳纔畢。而生果至。玉沉綿日久。轉側須人。忽聞生至。欻然自起。更衣而出。恍若有神。遂與生相見。含怒凝視。不復有言。羸質嬌姿。如不勝致。時復掩袂。還顧李生。感物傷人。坐皆歔欷。頃之。有酒餚數十盤。自外而來。一坐驚視。遽問其故。悉皆豪士之所致也。因遂陳設。相就而坐。玉乃側身轉面。睨視生良久。遂舉杯酒酹地曰。我爲女子。薄命如斯。君是丈夫。負心若此。韶顏稚齒。飲恨而終。慈母在堂。不能供養。綺羅絃管。從此永休。銜痛黃泉。皆君所致。李君李君。今當永訣。我死之後。必爲厲鬼。使汝妻妾。終日不安。乃引左手握生臂。擲杯於地。長慟號哭。數聲而絕。母乃舉尸寘於生懷。令喚之。遂不復甦矣。生爲之縞素。旦夕哭泣甚哀。將葬之夕。生忽見玉繐帷之中。容貌妍麗。宛若平生。着舊石榴裙。紫榼襠。紅綠帔子。斜身倚帷。手引繡帶。顧謂生曰。媿君相送。尚有餘情。幽冥之中。能不感嘆。言畢。遂不復見。明日。葬于長安御宿原。生至墓所。盡哀而返。後月餘。就禮於盧氏。傷情感物。鬱鬱不樂。夏五月。與盧氏偕行。歸於鄭縣。至縣旬日。生方與盧氏寢。忽帳外叱叱作聲。生驚視之。則見一男子。年可二十餘。姿狀温美。藏身映幔。連招盧氏。生惶遽走起。遶幔數匝。倏然不見。生自此心懷疑惡。猜忌萬端。夫妻之間。無聊生矣。或有親情。曲相勸諭。生意稍解。後旬日。生復自外歸。盧氏方鼓琴于床。忽見自門拋一斑犀鈿花合子。方圓一寸餘。裏有輕綃。作同心結。墜於盧氏懷中。生開視之。見相思子二。叩頭蟲二。發殺觜一。驢駒媚少許。生當時憤怒叫吼。聲如豺虎。引琴撞擊其妻。詰令實告。盧氏亦終不自明。爾後往往暴加捶楚。備諸毒虐。竟訟于公庭而遣之。盧氏既出。生或侍婢媵妾之屬。暫同枕席。便加妬忌。或有因而殺之者。生嘗游廣陵。得名姬曰營十一娘者。容態潤媚。生甚悅之。每相對坐。嘗謂營曰。我嘗於某處得某姬。犯某事。我以某法殺之。日日陳說。欲令懼己。以肅淸閨門。出則以浴斛覆營於床。周迴封署。歸必詳視。然後乃開。又蓄一短劍甚利。顧謂侍婢曰。此信州葛溪鐵。唯斷作罪過頭。大凡生所見婦人。輒加猜忌。至于三娶。率皆如初焉。唐蔣防撰。元夕相逢。墮釵留意。是添出以作前後關目。鮑十一娘。改作四娘。浣紗桂子。略去桂子不用。盧氏未載其父。太尉之官。孟門之鎭。計哨訛傳。延媒勸贅。婉拒強婚。綏婚收翠。皆是添出。賈釵本延先公主。今即作太尉。謂以誑生。言小玉別嫁。棄賣此釵。且揑出鮑三娘。以爲四娘之姊。益參朔方軍。赴玉門關外。小玉傳與舊唐書皆無。然集中受降城詩。乃是邊外之作。似有其事也。與玉門亦遠。折柳寄屛。飛書款檄。曲盡情景。傳中與盧婚。是太夫人所主。此亦略去。劉濟。此添公字。益與小玉事。在大曆中。今云元和十四年。亦異。

還魂記

明湯顯祖所作。柳夢梅與杜麗娘。夢中相遇于牡丹亭。本無此事。顯祖作傳奇四種。牡丹亭、邯鄲夢、紫釵、南柯。相傳謂之四夢。此記尤爲人所指名。其大略見漢宮春詞云。杜寶黃堂。生麗娘小姐。愛踏春陽。感夢書生折柳。竟爲情傷。寫眞留記。葬梅花道院淒涼。三年上。有夢梅柳子。於此賦高唐。果爾回生定配。赴臨安取試。寇起淮揚。正把杜公圍困。小姐驚惶。教柳郎行探。反遭疑激惱平章。風流況。施刑正苦。報中狀元郎。標目云。杜小姐夢寫丹青記。陳教授說下梨花槍。柳秀才偷載回生女。杜平章刁打狀元郎。首尾粗俱於此。其驚夢、尋夢、寫眞、悼殤、冥判、拾畫、玩眞、幽媾、冥誓、回生、折寇、鬧宴、硬拷、圓駕等折。流傳衆口。莫不豔稱。皆係虛空結搆。自序云。傳杜太守事者。彷彿晉武都守李仲文。廣州守馮孝將兒女事。皆載于後。予稍爲更而演之。杜守收考柳生。亦如睢陽王收考談生也。然其言外或別有寄寓。顯祖。江西臨江人。萬曆十一年癸未進士。官禮部主事。上疏劾首輔申時行。謫徐聞典史。稍遷遂昌知縣。二十七年大計奪官。顯祖頗多牢騷。所作傳奇往往託時事以刺貴要。初隆慶時。總督王崇古招俺答來降。封爲順義王。其妻三娘子。封忠順夫人。由是邊督之缺。爲時所慕。自方逢時。吳兌以後。其權愈重。稱曰經略。流俗相傳。有七省經略之稱。薊。遼。宣。大。延綏。寧夏。甘肅。皆重鎭。然非七省也。俗傳云爾。侍郎鄭洛。保定安肅人也。心欲得之。廣西人蔣遵箴。爲文選郎中。聞鄭女甚美。使人謂曰。以女嫁我。經略可必得也。鄭以女嫁之。果得經略。而其女遠別。洛妻痛哭詬洛。洛亦流涕。女至粤。不久而卒。張居正爲首輔。聞之笑曰。鄭範溪洛別號也涕出而女于吳。杜安撫者。蓋指洛爲經略也。洛家近畿。而杜陵最近長安。日去天尺五。故以爲比也。嶺南柳夢梅者。遵箴廣西人。柳州在廣西。故云柳。又日嶺南也。柳夢梅譏杜寶云。你只哄得楊媽媽退兵者。洛等前後爲經略。皆結納三娘子。三娘子能鉗制俺答。又能約束蒙古。故以平得李半譏之也。陳最良語李全妻云。欲討金子。皆來宋朝取用。時吳兌等以金帛結三娘子。兊遺以百鳳裙等服飾甚衆。洛亦可知。故云然也。柳夢梅姓名中有兩木字。時丁丑科狀元沈懋學。庚辰科狀元張懋修。癸未科榜眼李廷機。皆有兩木字。丁丑庚辰。顯祖下第。癸未又不得翰林。故暗藏此以譏之也。苗舜賓爲識寶使臣者。黄洪憲爲戊子北闈主試官。取中七人。被劾。内中鄭材。即鄭洛之子。蘇人李鴻。又中時行之壻。又有屠大壯者。有富名。文字中用一囡字。巢士弘者。有美名。時人謂之巢嬌。物論沸騰。衆共指斥。雖有王衡、董其昌之才。爲第一第二。而不能壓服。洪憲由此回籍。不復補官。故借此以譏之也。黄字抽出數筆。是爲苗字。李鴻宰相之壻。又以夢梅影射也。脣紅齒白。指巢嬌也。苗舜賓問戰守和三策。柳夢梅答能戰而後能守。能守而後能和。宋時雖曾有此語。然其影借者。萬曆年間。日本平秀吉攻陷高麗。神宗遣將劉綎、李如松等往救。時有沈惟聘往來日本。爲秀吉請封。令其入貢。兵部侍郎李頤上疏。進戰守封三策。言能戰而後能守。能守而後能封。其立説卻與此語正相合也。索元一折。借用彭時事。正統十三年戊辰科。狀元彭時傳臚不到。初命錦衣衛拏。尙書胡濙奏改令錦衣衛尋。蓋與此合。記中惟李全及妻楊氏。實有其人。楊氏善梨花槍。金敗被殺。楊氏諭鄭衍德曰。廿年梨花槍。天下無敵手。今事勢已去。撐柱不行。我欲歸漣水。汝等請降可乎。衆曰。諾。翼日。楊氏絕淮而去。後全所據州悉平。楊氏竄歸山東。又數年而斃。詳具宋史。然楊實未降也。法苑珠林。晉時武都太守李仲文。在郡喪女。年十八。權假葬郡城北。有張世之代爲郡。男字子長。年二十。夢一女自言前府尹子。今當更生。心相愛樂。故來相就。如此五六夕。忽然晝現。衣服薰香殊絕。遂爲夫婦。寢息。衣皆有袴。如處女。後仲文遣婢視女墓。因過世之婦相問。入廨中。見此女一隻履。在子長床下。取之啼泣。呼言發塚。歸以示仲文。驚愕。遣問世之。君兒何由得亡女履耶。世之呼問兒。具陳本末。發棺視之。女體已生肉。顏姿如故。惟右脚有履子。長夢女曰。我此得生。今爲所發。自爾之後。肉爛不得生矣。泣涕而別。　又東晉馮孝將。廣州太守。兒名馬子。年二十餘。獨宿廏中。夜夢一女子。年十八九。言我是北海太守徐元方女。不幸早亡。出入四年。爲鬼所枉殺。案生錄當年八十餘。聽我更生。要當有依憑。方得活。又應爲君妻。能從所委。見救活否。馬子答曰。可。因與尅期。至期。牀前有頭髮。正與地平。令人掃去。愈分明。遂屏左右發視。漸見頭面。已而形體皆出。馬子便令坐對榻上。陳說語言。奇妙非常。遂與寢息。每戒云。我尙虛。問何時得出。答曰。出當待本生日。遂往廏中。女計生日至。具教馬子出己養之方法。馬子從其言。至日。以丹雄雞一隻。黍飯一盤。淸酒一升。祭訖。掘棺開視。徐徐抱出。著氈帳中。以靑羊乳汁瀝其兩眼。始開口咽粥。積漸能語。一期之後。顏色肌膚氣力悉復常。乃遣報徐氏。下禮聘爲夫婦。生二男。長男元慶。嘉禾初爲秘書郎。小男敬度。作太傅掾。列異傳。談生四十無婦。夜半讀書。有女子可十五六。姿顏服飾。天下無雙。來就生爲夫婦。自言我與人不同。勿以火照我。三年之後方可照。生一兒。二歲。夜伺其寢照之。腰上生肉。腰下但有骨。婦覺曰。君負我。何不能忍一歲也。大義永離。暫隨我去。生隨入華堂。以一珠袍與之。裂取生衣裾。留之而去。後生持袍詣市。睢陽王家買之。得錢千萬。王曰。是我女袍。此必發女墓。乃收拷之。生具以實對。王視女冢完如故。發視之。得衣裾。呼其兒。類王女。乃召談生以爲壻。表其兒爲侍中。

南柯記

明湯顯祖作。大約本陳翰大槐宮記。演成全劇。其寓意所在。無從考。按大槐宮記云。淳于棼家廣陵。宅南有古槐。生豪飲其下。因醉致疾。二友扶生歸臥。夢二元衣使者曰。槐安國王奉邀。生隨二使上車。指古槐。入一穴中。大城朱門。題曰大槐安國。有一騎傳呼曰。駙馬遠降。引生升廣殿。見一人衣素練服。朱華冠。令生拜王。王曰。前奉賢尊命。許令女瑤芳奉事君子。有仙姬數十人。奏樂執燭引導。金翠步幛。玲瓏不斷。至一門。號修儀宮。一女子號金枝公主。儼若神仙。交驩成禮。情禮日洽。王曰。吾南柯郡政事不理。屈卿爲守。勑有司出金玉綿繡。僕妾車馬。施列廣衢。餞公主行。夫人戒子曰。淳于郎性剛好酒。爲婦之道。貴在柔順。爾善事之。生累日至郡。有官吏僧道音樂來迎。下車省風俗。察疾苦。郡中大理。凡二十載。百姓立生祠。王賜爵錫邑。位居台輔。生五男二女。榮盛莫比。公主遇疾而薨。生請護喪赴國。王與夫人。素服慟哭於郊。備儀羽葆鼓吹、葬主于盤龍岡。生以貴戚威福日盛。有人上表云。元象譴見。國有大恐。都邑遷徙。宗社崩壞。事在蕭牆。時議以生僭侈之應。王因命曰。卿可暫歸本里。一見親族。諸孫無以爲念。復令二使者送出一穴。遂寤。見家童擁篲于庭。二客濯足于榻。斜日未隱西垣。餘尊尙湛東牖。因與二客尋古槐下穴。洞然明朗。可容一榻。上有土壤。爲城郭臺殿之狀。有蟻數斛。二大蟻素翼朱首。乃槐安國王。又窮一穴。直上南枝。羣蟻亦處其中。即南柯郡也。又一穴。盤屈若龍蛇狀。有小墳高尺餘。即盤龍山岡也。生追想感歎。遽遣掩塞。是夕風雨暴發。旦視其穴。遂失羣蟻。莫知所之。國有大恐。都邑遷徙。此其驗矣。劇云。莽與周弁、田子華。槐庭沈醉。是因後有二人預作埋伏也。本傳。生入朱門。酒徒潁川周弁者。亦趨其中。奉命爲駙馬。相者馮翊、田子華。後生治南柯。表請司隸周弁爲司憲。處士田子華爲司農。檀蘿國來伐。表弁將兵三萬。拒賦衆于瑤臺城。弁剛勇輕敵。師徒敗績。單騎裸身。潛遁歸城。生四弁請罪。王並捨之。弁疽發背卒。生罷郡赴國。以子華行南柯太守事。劇中就徵、引謁、尙主、侍獵、薦佐、雨陣、圍釋、帥北、繫帥、召還、臥轍諸折。並見二人事蹟。沙三、溜二者。本傳所云二友人也。武成侯段功者。本傳之右相也。本無姓名。段功乃是南詔大理之長。影借用之也。議冢相爭。是添出。天象示譴。傳止云國人。此亦以屬之右相。禪請、偶見、情着三折。按本傳云。生入贅時。一女謂生曰。昨上巳日。從靈芝夫人過禪智方丈天竺院。觀石延舞婆羅門。吾與諸女坐北牖石榻上。君亦解騎來。言笑調謔。吾與瓊英妹結絳巾掛于竹枝上。又七月十六日。吾于孝感寺晤上眞子。聽契元法師講觀音經。吾捨金鳳釵兩枝。上眞子捨水犀合子一枚。君于法師處請釵合視之。賞歎再三。情意戀戀。不意今日爲眷屬。此折記其事也。其後粲誘、生恣、轉情、情盡諸折。由此而生。則是添飾耳。得翁一折。本傳云。命妻饋致賀之禮。答書皆父生平之跡。是也。啓寇、閨警、圍釋三折。本傳云。有檀蘿國者。來伐是郡。王命生訓將練師以征之。周弁拒賊而敗。賊亦收輜重鎧甲而還。劇云檀蘿四太子欲聘瑤芳爲妻。此係添飾。建水陸道場七七。燒指連心。普度檀蘿大槐。並生天界。法師指點。立地成佛。此係增飾收場。餘悉據本傳無異。

邯鄲記

明湯顯祖作。萬曆五年爲丁丑科。首輔張居正欲其子及第。因網羅海内名士。聞顯祖及沈懋學名。命諸子延致之。顯祖獨弗往。懋學遂與居正子嗣修偕及第。是科嗣修卷。大學士張四維次名二甲第一。既進御。神宗啓姓名。則拔嗣修一甲第二。而謂居正曰。無以報先生功。貴先生子以少報耳。其得鼎甲也。乃出帝意云。顯祖既下第。至十一年始成進士。授南京博士。時申時行爲首輔。顯祖負大才。以不得鼎甲。意常鞅鞅。故借盧生事以抒其不平。指其時之得狀元者。藉黄金。通權貴。故云。開元天子重賢才。開元通寳是錢財。若道文章空使得。狀元曾值幾文來。其指閲卷之宰相。則云。眼内無珠作總裁。譏之如此。按嘉靖壬戌科鼎甲三人。申時行、王錫爵、余有丁皆入閣。而曲本盧生、蕭嵩、裴光庭。皆以同年鼎甲入相。作者亦有寓意也。沈既濟枕中記云。開元十九年。道者呂翁。經邯鄲道上。邸舍中設施榻席。擔囊而坐。俄有邑中少年盧生。衣短裘。乘青駒。將適於田。亦止邸中。與翁接席。言笑殊暢。久之。盧生顧其衣裝弊褻。乃歎曰。大丈夫生世不諧。而困如是乎。翁曰。觀子膚極腴。體胖無恙。談諧方適。而歎其困者何也。生曰。吾此苟生耳。何適之爲。翁曰。此而不適。而何爲適。生曰。當建功樹名。出將入相。列鼎而食。選聲而聽。使族益茂。而家用肥。然後可以言其適。吾志於學而游於藝。自惟當年。朱紫可拾。今已過壯室。猶勤田畝。非困而何。言訖。目昏思寐。是時主人蒸黃粱爲饌。翁乃探囊中枕以授之。曰。子枕此。當令子榮適如志。其枕瓷而竅其兩端。生俛首就之。寐中見其竅大。而明朗可處。舉身而入。遂至其家。娶淸河崔氏女。女容甚麗。而產甚殷。由是衣裘服御。日已華侈。明年舉進士。登甲科。解褐授校書郎。應制舉。授渭南縣尉。遷監察御史。起居舍人。爲制誥。三年即眞。出典同州。尋轉陝州。生好土功。自陝西開河八十里。以濟不通。邦人賴之。立碑頌德。遷汴州。嶺南道採訪使。入京爲京兆尹。是時神武皇帝方事戎狄。吐蕃新諾羅龍莽布。攻陷瓜沙。節度使王君㚟新被殺掠。河隍戰恐。帝思將帥之任。遂除生御史中丞。河西隴右節度使。大破戎虜七千級。開地九百里。築三大城以防要害。北邊賴之。以石紀功焉。歸朝策勳。恩禮極崇。轉御史大夫。吏部侍郎。物望清重。羣情翕習。大爲當時宰相所忌。以飛語中之。貶端州刺史。三年徵還。除戶部尚書。未幾拜中書侍郎。同中書門下平章事。與蕭令嵩、裴侍中光庭。同掌大政十年。嘉謀密命。一日三接。獻替啓沃。號爲賢相。同列者害之。遂誣與邊將交結。所圖不軌。下獄。府吏引徒至其門。追之甚急。生惶駭不測。泣謂妻子曰。吾家本山東。良田數頃。足以禦寒餒。何苦求祿。而今及此。思復衣短裘。乘青駒。行邯鄲道中。不可得也。引刀欲自裁。其妻救之得免。共罪者皆死。生獨有中人保護。得減死論。出授驩牧。數歲。帝知其寃。復起爲中書令。封趙國公。恩旨殊渥。備極一時。生有五子。偆、偊、儉、位、倚。偆爲考功員外。儉爲侍御史。位爲太常丞。季子倚最賢。年二十四。爲右補闕。其姻婭皆天下族望。有孫十餘人。凡兩窴嶺表。再登台鉉。出入中外。迴翔臺閣。三十餘年間。崇盛赫奕。一時無比。末節頗奢蕩。好逸樂。後庭聲色皆第一。前後賜良田甲第。佳人名馬。不可勝數。後年漸老。屢乞骸骨。不許。及病。中人候望。接踵而路。名醫上藥畢至焉。將終。上疏曰。臣本山東書生。以田圃爲娛。偶逢聖運。得列官序。過蒙榮獎。特受鴻私。出擁旄鉞。入昇鼎輔。周施中外。綿歷歲年。有忝恩造。無裨聖化。負乘致寇。履薄戰兢。日極一日。不知老之將至。今年逾八一。位歷三公。鐘漏並歇。筋骸俱弊。彌留沈困。殆將溘盡。顧無誠效。上答休明。空負深恩。永辭聖代。無任感戀之至。謹奉表稱謝以聞。詔曰。卿以俊德。作余元輔。出雄藩垣。入贊緝熙。昇平二紀。實卿是賴。比因疾累。日謂痊除。豈遽沈頓。良深憫默。今遣驃騎大將軍高力士。就第候省。

其勉加針灸。爲余自愛。譏冀無妄。期丁有喜。其夕卒。盧生欠伸而寤。見方偃於邸中。顧呂翁在傍。主人蒸黃粱尚未熟。觸類如故。蹶然而興曰。豈其夢寐耶。翁笑謂曰。人世之事。亦猶是矣。生然之。良久謝曰。夫寵辱之數。得喪之理。生死之情。盡知之矣。此先生所以窒吾欲也。敢不受教。再拜而去。盧生與蕭嵩、裴光庭同登鼎甲。是借申時行、王錫爵、余有丁事。而盧生藉高力士之援以得之。則指萬曆丁丑張嗣脩之榜眼。庚辰張懋脩之狀元。皆由馮保傳旨特擢也。傳中本無宇文融。劇言盧生不出其門。又詩語譏之。故相結怨。其初貶官。其後羅織。皆出于融。乃係添出。史稱宇文融、蕭嵩、裴光庭。同時宰相。劇言融相時。二人甫登第。亦是假託。崔氏織錦。蓋借用唐人繡作龜形以獻。得贖夫歸之事。東巡迎駕。蓋借用韋堅鑿潭通漕牙盤上食兩事。小番作間。蓋借用种世衡使王嵩間野利事。事載瓊花夢後。而其時魏學曾、葉夢熊等征哱拜。潘季馴、楊一魁等治河。皆宰相申時行輩所主。故湯顯祖序中亦及此二事。而又以爲非爲此二事作也。其摹寫沉着貪戀于聲勢名利之場。亦頗以爲張居正寫照。

櫻桃夢

明萬曆時人高漫卿所作。＊高漫卿爲明陳與郊之別號，與郊字廣野，號玉陽仙史，浙江海寧人，所著除詅癡符四種外，尚有雜劇昭君出塞、文姬入塞、義犬記等數種。漫卿有傳奇四種。總名詅癡符。友人齊愨爲之序。序略云。近世士大夫。去位而巷處。多好度曲。高漫卿亦有詅癡符傳焉。予卒讀至盡三跋。曰。噫。此可謂詅癡符耶。昔顏黃門謂人士自號清華。流布醜拙者。曰詅癡符。漫卿之號若此。而流布若彼。何謂詅癡符云云。漫卿固搢紳而隱於詞者也。華亭陳繼儒亦有序。符有四種。櫻桃夢其一也。全本太平廣記所載櫻桃青衣撰成。按太平廣記云。天寶初。有范陽盧子。在都應舉。頻年不第。漸窘迫。嘗乘驢遊行。見一精舍。中有僧開講。聽徒甚衆。盧子方詣講筵。倦寢夢至精舍門。

见一青衣。攜一籃櫻桃在下坐。盧子訪其誰家。青衣云。娘子姓盧。嫁崔家。今孀居在城。因訪近屬。即盧子再從姑也。青衣曰。豈有阿姑同在一都。郎君不往起居。盧子便隨之。過天津橋。入水南一方。有宅門甚高大。青衣先入。頃有四人出門相見。皆姑之子也。一任戶部郎中。一前任鄭州司馬。一任河南功曹。一任太常博士。二人衣緋。二人衣綠。斯須引入拜姑。姑衣紫。年可六十許。言詞高朗。悉訪內外。備諳氏族。遂訪兒婚姻未。盧子曰。未。姑曰。吾有一外甥女子。姓鄭。早孤。遺吾妹鞠養。甚有容質。當爲兒平章。乃遣迎鄭氏妹。有頃。一家並到。車馬甚盛。遂檢擇歷日。云後日大吉。因與盧子定婚。姑云。聘財函信禮席。兒並莫憂。吾悉與處置。明日拜席。大會都城親表。拜席畢。遂入一院。院中屏帷皆極珍異。其妻年可十四五。容色美麗。宛若神仙。盧子心喜不勝。遂忘家屬。俄及秋試之期。姑曰。禮部侍郎與姑有親。必合極力。更勿憂也。明春遂擢第。又應宏詞。姑曰。吏部侍郎與兒子輩情分偏洽。令渠爲兒必取高第。及榜出。又登甲科。授秘書郎。姑云。河南尹是姑堂外甥。令渠奏畿縣尉。數月。勑授王屋尉。遷監察。轉殿中。拜吏部員外郎。判南曹銓畢。除郎中。知制誥。數月即眞。遷禮部侍郎。兩載知貢舉。賞鑒平允。朝廷稱之。改河南尹。旋屬車駕還京。遷兵部侍郎。扈從到京。除京兆尹。改吏部侍郎。三年掌銓。甚有美譽。遂拜黃門侍郎平章事。恩渥綢繆。賞賜甚厚。作相五年。因直諫忤旨。改左僕射。罷知政事。數月。爲東都留守河南尹。兼御史大夫。自婚媾後至是經二十年。有七男三女。婚宦俱畢。内外諸孫十人。後因出行。卻到昔年逢攜櫻桃青衣精舍門。復見其中有講筵。遂下馬禮謁。以故相之尊。處端揆居守之重。前後導從。頗極貴盛。升殿禮佛。忽昏醉。良久不起。耳中聞講僧唱云。檀越何久不起。忽然夢覺。乃見著白衫。服飾如故。前後官吏。亦無一人。廻遑出門。見小竪捉驢執帽。在門外立。謂盧曰。人驢并飢。郎君何久不出。盧子罔然。數曰。人世榮華窮達。富貴貧賤。亦當然也。而今而後。不更求宦達矣。遂尋仙訪道。絕跡人世焉。此段說夢。與盧生邯鄲道上事絕相類。劇中改盧子爲盧生。即以櫻桃爲青衣小名。與原文稍異。又憑空撰出黄里先生、寧陽子、崔閒、張怡雲等名目。及斬鬼遇仙諸事。雖極意經營。而頭緒紛雜。不成章法。且悁忿恣駡。無和平之音。視臨川之譜邯鄲。不逮遠矣。

靈寶刀

明高漫卿本李開先寶劍記而作。所敍林冲事。全據小說水滸傳。其開封府尹竹之有。及貞娘爲尼。錦兒代死情節。皆憑空撰出。按漫卿自題卷尾云。山東李伯華先生舊稿。重加删潤。凡過曲引尾二百四支。內脩者七十四支。撰者一百三十支。今梨園所演夜奔梁山等齣。仍用李本。談樂府者亦止識寶劍。不知有靈寶刀也。第三十四齣燕青青樓乞赦。亦本水滸傳小說。李師師事。正史罕載。按張端義貴耳錄云。道君幸李師師家。周邦彦先在焉。聞道君至。遂匿牀下。道君自攜新橙一顆。云是江南新進。遂與師師謔語。邦彦悉聞之。隱括成少年遊云。并刀如水。吳鹽勝雪。纖手破新橙。錦幄初温。獸香不斷。相對坐調箏。低聲問向誰行宿。城上已三更。馬滑霜濃。不如休去。直是少人行。他日師師歌此詞。道君問誰作。師師以直對。道君大怒。謫邦彦押出國門。越一二日。道君復幸師師家。不遇。至更初。師師歸來。愁眉泪眼。憔悴可掬。道君問故。師師奏言邦彦得罪去國。略致一杯相別。不知得官家來。道君問曾有詞否。李因奉酒唱蘭陵王詞。歌竟。道君大喜。復召邦彦爲大晟樂正。當時師師家有二邦彦。一周美成。一李士美、皆爲道君狎客。士美因而爲宰相。

麒麟罽

明高漫卿作。韓世忠臥麒麟毯遇梁夫人。故名。事本雙烈。結尾云。韓王小傳原奇妙。奈譜曲梨園草草。因此上任誕軒中信口嘲。任誕、漫卿軒名。其意似薄雙烈記而爲此者。按宋史方臘之亂。在徽宗宣和二年。又七八年後。兀朮始見史册。第十二齣云。方臘毒如金兀朮十倍。又將方臘事敍在宋高宗南渡後。非是。又按孝宗生于高宗之建炎元年。六歲始選入宫。韓彦直六歲時。隨父世忠見高宗。高宗親解孝宗丱角之繻縛其首。則彦直必與孝宗年相若矣。韓世忠與兀朮黄天蕩之戰。在建炎四年。彼時彦直尚在襁褓。安能統兵。第二十四齣命子設伏之事。尤荒唐不可信。其用吕小小事。見避亂錄。但小小本世忠妓。後世忠攜之去。未嘗有出家之説也。避亂錄云。胡舜陟待制守錢塘。韓世忠入覲。世忠所攜杭妓吕小小。有罪繫于獄。其家欲脱之。世忠赴待制飯。因啓曰。某有小事告訴待制。若從所説。當飲巨觥。待制請言之。即以此妓爲懇。待制爲破械。世忠欣躍。連飲數觥。會散。攜妓以歸。妓後易姓茅。梁夫人姓名曰扈紅玉。他書未見。必是生撰。云本部使之女。自揚州避難。流落娼家。于京口見世忠。贈以麒麟之墜。結爲夫婦。劇又名麒麟墜。往普陀進香。母趣世忠取功名。遂從王淵討平方臘。又與張浚平苗劉。其後功高爵顯。因爲岳飛抱憤。上表辭官。賞雪西湖。與道月禪師參證。此其大略也。世忠作臨江仙詞。有少年衰老與花同句。今入在賞雪一折。騎驢西湖。亦世忠實事。但世忠自稱清涼居士。卻少此一句耳。張浚侍郎燈下看書。忽一壯士持刀屏後。侍郎問曰。苗劉差爾刺我乎。其人曰。然。侍郎曰。如此取我頭去。其人曰。我豈肯殺公。恐公防衛不密。特來報公耳。其人竟升屋而去。此事出宋稗。然韓琦鎮鄜延。西夏張元遣客刺之。予一玉帶而去。其事絕相類。後人有駁張浚事非實者。万俟高兪攝法司。有人告伯夷、叔齊。此是明海瑞事。按隆慶間。瑞爲蘇松巡撫。有告呑產者云。告狀人柳跖。告爲勢呑血產事。極惡伯夷叔齊兄弟二人。倚父孤竹君歷代聲勢。發掘許由墳塚。被惡來告發。夷又賄求姜子牙得免。今月十五日。挽出惡兄柳下惠。捉跖箍禁孤竹水牢。日夜痛加炮烙極刑。逼獻首陽薇田三百畝。有契無交。崇侯虎見證。竊思武王至尊。尙被叩馬羞辱。何況區區螻蟻。激切上呈。時瑞居官清正。而聽訟之際。未免有偏。庶民告搢紳。則搢紳必敗。往往不甚究其曲直。故蘇人投此以諷切之。瑞見此狀詞。里居檢討吳可行亦進一呈。備言吳中百姓刁黠。不宜偏聽。瑞乃爲之改轍。劇內全抄此詞。

鸚鵡洲

明高漫卿撰。以玉簫禱鸚鵡洲爲主。而以薛濤併入。兼之博採諸書。錯綜點綴。玉簫詳玉環*玉環記見本書卷十四・劇內。韋皋傳云。朱泚以范陽軍鎮鳳翔。留兵五百戍隴上。以步將牛雲光督之。雲光謀請皋爲帥。將劫以臣泚。別將知以白皋。雲光懼不克。率衆出奔。遇泚奴使皋所。謂雲光曰。太尉使我以御史中丞授皋。若不受。可遂誅之。請以兵俱。許之。皋納奴。僞受泚詔。明日置酒大會奴。雲光與其下至。皋伏甲左右廡。酒行盡殺之。以其首徇。唐李璵薛濤傳云。蜀妓薛濤、字洪度。韋皋鎮蜀。召令侍酒賦詩。暮年屛居浣花溪。著女冠服。元稹微之知有薛濤。未嘗識面。初授監察御史。出使西蜀。得與薛濤相見。自後元公赴京。濤歸浣花所。其浣花之人。多造十色綵箋。濤別模新樣小幅松花紙。多用題詩。罰赴邊有懷上韋相公云。聞道邊城苦。而今到始知。卻將門下曲。

唱與隴頭兒。或以營妓無校書之號。韋南康欲奏之而罷。後遂呼之。太平廣記云。韋臯薄遊劍外。張延賞以女妻之。既而惡焉。臯乃告張行意。時女巫在焉。見臯入西院。問延賞夫人曰。向之綠衣入西院者爲誰。曰。韋郎。曰。此人極貴。其祿將發。不久亦鎭此。宜殊待之。問其所以。曰。貴人之所行。必有陰吏。相國之侍。一二十人耳。如韋郎者。乃百餘人。後韋果爲西川節度使。劇中第三齣用此。而以爲對薛濤語。宣室志。韋臯既生一月。其家召羣僧會食。有一胡僧不召而至。既食。韋氏命乳母出嬰兒。請羣僧祝其壽。胡僧忽自升階。謂嬰兒曰。別久無恙乎。嬰兒若有喜色。韋氏問之。胡僧曰。此子乃諸葛武侯之後身。吾往歲在劍門。與此子友善。今聞降於韋氏。吾故不遠而來耳。劇中第四齣用此。所謂無姓禪師。即指胡僧也。秦再思紀異錄云。高駢鎭蜀。命酒佐薛濤改一字令。曰。須得一字象形。又須逐韵。公曰。口。有似沒梁斗。濤曰。川。有似三條椽。公曰。如何一條曲。濤曰。相公尚使沒梁斗。窮酒佐三條椽有一條曲。又何足怪。劇中第十九齣借用。又引鸚鵡事。按章臯鸚鵡舍利塔記云。前歲有獻鸚鵡者。聲容可觀。音中華夏。今年七月。奄然而絕。遂命火。以闍維之法焚之。餘燼之末。舍利十餘粒。烱爾耀目。高僧慧觀。請以舍利於靈山用陶甓建塔。旌其異。小說田洙遇薛濤記云。五羊田洙。隨父百祿赴成都教官。館于負郭張氏。二月花晨，洙偶歸省。道經一所。桃花盛開。忽見一美女。佇立花下。洙偶遺所得俸金。女命婢拾還之。洙往謝。因詢之。女曰。夫爲平姓。妾文孝坊薛氏女。嫁平幼子康。不幸早卒。妾獨孀居。茶至再。女出其所藏示洙。其中元稹、高駢詩詞手翰尤多。洙玩之不忍釋手。因口占一詩曰。路入桃源小洞天。亂紅飛處遇嬋娟。襄王誤作高唐夢。不是陽臺雲雨仙。女更請以落花爲題。聯句一首。有云。妝臺休浪拂。留伴可憐宵。遂留宿。踰半年人無知者。洙嘗謂濤曰。蜀中多產佳麗。文君、薛濤輩。以子方之。殆亦有優劣乎。女曰。使子遇薛濤。亦不啻如今日也。洙曰。濤一妓耳。

何足擬子。女曰。水國蒹葭夜有霜。可以伯仲杜牧。而子以妓女薄之。非知濤者也。後爲張及父百祿所知。呼洙同往窮之。至則漫非前景。張曰。此地相傳薛濤所葬。所遇必濤也。所謂平幼子康者。乃平康巷也。文孝坊者。文與孝合爲教字。濤爲樂妓。故居教坊也。非濤而誰哉。百祿甚以爲然。恐其終爲所惑。乃遣歸廣中。劇中第二十四齣。假借此事。以爲韋臯令他妓詭作薛濤以愚姜荆寶。而荆寶又假託別名曰豫章朱田。按朱田即用田洙二字顚倒之。又借用劉國容語。按開元天寶遺事云。長安名妓劉國容。有姿色。能吟詩。與進士郭昭述相愛。後昭述釋褐。授天長簿。遂與國容相別。詰旦赴任。行至咸陽。國容使一女僕馳短書云。歡寢方濃。恨雞聲之斷愛。恩憐未洽。嘆馬足以無情。使我勞心。因君減食。再期後會。以結齊眉。長安子弟。多諷誦焉。鑑戒錄云。薛濤爲連帥所喜。因事獲怒而遠之。作五離詩以獻。遂復喜焉。一曰犬離家。二曰魚離池。三曰鸚鵡離籠。四曰竹離叢。五曰珠離掌。而摭言又云。元相公在浙東賓府。有薛書記酒後爭令。以酒器擲傷公猶子。遂出幕。既去作十離詩以獻。犬離主。筆離手。馬離廄。鸚鵡離籠。燕離巢。珠離掌。魚離池。鷹離主。竹離亭。鏡離臺。二說未知孰是。

曲海總目提要卷七

明珠記

明嘉靖間長洲諸生陸采所作也。*陸采。字子玄。號天池。一作天奇。又號清癡叟。江蘇長洲人。所作傳奇五種。明珠記。南西廂。懷香記。分鞋記今存。椒觴記今佚。無雙令塞鴻以明珠寄仙客。本傳無此語。蓋增飾以作關目者。采作此記時。年甫十九歲。采兄粲。嘉靖癸未進士庶吉士。改官給事中。有直聲。助其弟作此記。其事則據仙客本傳也。唐王仙客者。建中中朝臣劉震之甥也。少孤隨母歸外家。與震女無雙。幼相狎愛。劉氏疾篤。以仙客爲託。無令無雙歸他族。仙客護喪歸葬。服闋。飾裝入京。時震爲尚書租庸使。仙客既謁。館於學舍。舅甥之分。依然如故。但寂不聞姻親之議。又於窗隙間窺見無雙。姿質明艷。若神仙中人。仙客唯恐其不諧也。遂鬻囊橐。得錢數百萬。左右給使。達於廝養。皆厚遺之。遇舅母生日。市新奇以獻。雕鏤犀玉。以爲首飾。又旬日。遣老嫗以求親聞於舅母。一夕。有青衣告仙客曰。適以姻事言於尙書。尙書云。向前亦未許之。恐是參差也。仙客聞之。心氣俱喪。一日。震自朝歸。言涇原兵士反。姚令言引兵入含元殿。天子出苑北門。百官奔赴行在。我略歸部署。疾召仙客勾當家事。當嫁與無雙。仙客驚喜。乃令仙客押輜騎先出開遠門。我與無雙出啟夏門續至。仙客如言。待久不至。遶城至啟夏門。問守門者曰。城中有何事。今日有何人出此門者。曰。朱太尉已作天子。午後有一人。領婦人四五輩。欲出此門。人皆識。云是租庸使劉尙書。門司不敢放出。近夜。追騎至。一時驅向北去矣。仙客失聲慟哭。三更後。傳呼斬斫使出城。搜城外朝官。仙客驚走歸襄陽。三年後。入京訪舅氏消息。遇舊蒼頭塞鴻。鴻販繒爲業。遂引至所居。尋聞尙書受僞命。官與夫人皆處極刑。無雙已入掖庭。惟無雙使婢採蘋。在金吾將軍王遂中宅。乃以從姪禮見遂中。納厚價以贖採蘋。由遂中薦爲富平縣尹。知長樂驛。累月。忽報中使押領內家三十人。往園陵以修洒掃。下驛中。仙客謂鴻曰。掖庭多衣冠子女。恐無雙在焉。因令鴻假爲驛吏。烹茗於簾外。夜深忽聞簾下語曰。塞鴻。我在此。郎健否。明日。汝於東北舍閤子中紫褥下。取書送郎君。言訖便去。忽聞簾下鬧云。內家中惡。中使索湯藥甚急。乃無雙也。鴻疾告仙客。仙客曰。我何得一見。鴻曰。今方修渭橋。可假作理橋官。車子過時。當得瞥見耳。仙客如其言。至第三車子。果開竹簾一見。乃眞無雙也。仙客不勝其情。鴻於褥下得書送仙客。其書後云。常見敕使說。富平縣古押衙。人間有心人。今能求之否。遂訪求古押衙。則居於村墅。仙客造謁。見古生。生所欲。必致之。一年。仙客秩滿。閒居於縣。古生謂仙客曰。洪一武夫。年且老。綮郎君之意。將有求於老夫。願粉身以答效。仙客泣拜。以實告。古生曰。此事大難。然試求之。一日謂仙客曰。宅中有女家人識無雙否。仙客以採蘋對。古生喜云。借三五日。後累日。忽傳說有高品過。處置園陵宮人。仙客令塞鴻探所殺者。乃無雙也。

仙客歎曰。本望古生。今已矣。爲之奈何。是夕更深。聞叩門甚急。乃古生也。領一兜子入。曰。此無雙也。後日當活。比聞茅山道士有藥術。其藥服之者立死。三日卻活。使人專求得一丸。昨令採蘋假作中使。以無雙逆黨。賜此藥令自盡。至陵下。託親故以百縑贖其尸。君不得更居此。仙客乃挈家歸襄鄧別業。與無雙偕老焉。

分鞋記

明陸采撰。*分鞋記，一名易鞋記。陸采及沈鯨均有此目。今有傳本。不知實爲誰作。其事全據輟耕錄程鵬舉分鞋事。按陶宗儀輟耕錄云。程公鵬舉在宋季被擄於興元版橋張萬戶家爲奴。張以擄到宦家女某氏妻之。既婚之三日。即竊謂其夫曰。觀君之才貌。非久在人後者。何不爲去計。而甘心於此乎。夫疑其試己也。訴於張。張命箠之。越三日。復告曰。君若去。必可成大器。否則終爲人奴耳。夫愈疑之。又訴於張。張命出之。

遂粥於市人家。妾臨行以所穿繡鞵一。易程一履。泣而請曰。期執此相見矣。程感悟。奔歸宋。時年十七八。以蔭補入官。迨國朝統一海宇。程爲陝西行省參知政事。自與妻別已三十餘年。義其爲人。未嘗再娶。至是。遣人攜向之鞵履。往興元訪求之。市家云。此婦到吾家執作甚勤。遇夜未嘗解衣以寢。每紡績達旦。毅然莫可犯。吾妻異之。視如己女。將半載。以所成布匹償元粥鏹物。乞身爲尼。吾妻施貲以成其志。見居城南某菴中。所遣人即往尋見。以曝衣爲由。故遺鞵履在地。尼見之。詢其所從來。曰。吾主翁程參政使尋其偶耳。尼出鞵履示之。合。亟拜曰。主母也。尼曰。鞵履復全。吾之願畢矣。歸見程相公與夫人。爲道致意。竟不再出。告以參政未嘗娶。終不出。旋報程。移文本省遣使檄興元路路官。爲具禮委幕。屬李克復防護其車輿至陝西。重爲夫婦焉。宋稗類抄。彭城程萬里尚書。文業之子也。年十九。以父蔭補國子生。時元兵日逼。萬里獻戰守和三策。以直言忤時宰。懼罪。潛奔江陵。未及漢口。爲元將張萬戶所獲。愛其材勇。擕歸與元。配以俘婢。統制白忠之女也。名玉孃。忠守嘉定。城破。一門皆死。惟一女僅存。成婚之夕。各述流離。甚相憐重。

南西廂

明李日華改王實甫本也。實甫劇本北曲。日華點竄之爲南詞。前後情節。皆仍其舊。按日華字君實。嘉興人。*此劇崔時佩撰，李日華增補，百川書志稱崔時佩作二十八折，餘爲李日華新增。今富春堂刻本即如此分別註明。崔時佩，海鹽人；李日華，吳縣人，非嘉興李君實。此誤。李日華除增訂南西廂外，尚撰有四景記、南琵琶記二種，今均佚。萬曆壬辰進士。官至太僕寺少卿。衡曲塵談云。麗曲之最勝者。以王實甫西廂壓卷。日華翻之爲南。時論頗勿取。不知其翻變之巧。頓能洗盡北習。調協自然。筆墨中之鑪冶。非人官所易及也。南北曲之各異。不獨北調鏗鏘。南調宛折。南兼四韻。北幷三聲。凡元人雜劇。每折皆一人獨唱到底。西廂要緊人物。惟張生與鶯、紅。而紅曲尤多。若不稍爲變通。則勢不能給。雖善歌者難繼其聲。故不得不易元曲而爲明。易北曲而爲南也。近時演唱關目。有欠雅者。亦非日華本色。又按元以前有董解元西廂。董乃大金時人。其曲宛轉纏綿。極盡情致。大抵是一人彈唱到底。恐是專用絃索者。覽其文筆。足稱才士。流傳既久。存其姓而遺名。歸潛志及中州集。亦皆無從稽考。良可惜也。

冬青記

嘉興人撰。自稱檇李大荒逋客。*大荒逋客爲卜世臣之别號。世臣字大匡。一字藍水。江蘇秀水人。所撰除冬青記外。尙有乞麾記。四刼記兩種。與沈璟同時。殆萬曆末年人也。所記唐珏林德陽實事。陶宗儀唐義士傳。唐君名珏。字玉潛。會稽山陰人。家貧聚徒授經。營滫髓以養其母。歲戊寅。有總江南浮屠楊璉眞伽。怙恩横肆。勢焰爍人。帥徒役頓蕭山。發趙氏諸陵。唐時年三十二歲。聞之痛憤。亟貨家具。得白金百星許。執券行貸。又得百星許。乃具酒醪。市羊豕。邀里中少年若干輩。狎坐轟飲。告以願收遺骸共瘞之。乃斵文木爲匱。製黃絹爲囊。各署曰某陵某陵。分委之。瘞地以藏。爲文而告。詰旦。事訖來集。出金羨餘。酬戒勿泄。越七日。總浮屠下令裒陵骨。雜置牛馬枯骼中。築一塔壓之。名曰鎭南。杭民悲切不忍仰視。不知陵骨猶存也。流傳京師。天怒赫赫。飛風雷號令。捽首禍者北焉。始籍籍傳唐事。明年己卯後上元兩日。唐出觀燈歸。忽坐隕。奄奄將絕。良久始蘇曰。吾見黃衣吏持文書來告曰。王召君。道我往。觀闕巍峩。宮宇靚麗。有一冕旒坐殿上。數黃衣貴人逡巡降曰。藉君掩骸。其有以報。唐乃陛謁。造王前。王謂曰。汝受命寠且貧。兼無妻若子。今忠義動天帝。命錫汝伉儷子三人。田三頃。拜謝出。遂覺。踰時。越有治中袁俊齋至。始下車。爲子求師。或以唐薦。一見置賓館。問曰。吾渡江聞有唐氏瘞宋諸陵骨。子豈其宗耶。左右指君曰。此是已。袁大駭。拱手曰。君此舉。豫讓不能抗。曳之坐。北面而納拜焉。叩知家徒四壁。憫然矜嗟。語左右曰。唐先生家甚貧。吾當料理。使有妻有田以給。不數月。二事俱慨。聘婦偶故國之公女。負郭食故國之公田。所費一一自袁出。人固奇唐之節。又奇唐之遇。爾後獲三丈夫子。夢中神語。無一不合。唐又於宋常朝殿折冬青樹。植所函土堆上。作冬青行二首。復有夢中詩四首。又遂昌鄭元祐書林義士事云。宋太學生林德陽、字景曦、號霽山。當楊總統發陵時。故爲杭丐者。背竹籮。持竹夾。遇物即夾。投籮中。更鑄銀作兩許小牌百十繫腰間。取賄西番僧曰。餘不敢望。收其骨。得高家孝家斯足矣。番僧左右之。果得高孝兩朝骨爲兩函貯之。歸葬東嘉。於宋常朝殿掘冬青一株。植所函土堆上。按輟耕錄袁俊齋爲珏聘婦。今記作俊齋以女妻之。俊齋名杰。記中點出。珏與德陽。本未識面。記中作兩人相遇。以作關目。

紅梅記

係明隆萬前舊本。＊周朝俊撰。朝俊字夷玉。一作儀玉或悌玉。浙江鄞縣人。所作紅梅記外。尙有畫舫記一種。又萬錦清音選此劇慧娘鬼辯一折。題周公美撰。公美或亦其別字。袁宏道删潤。裴禹盧昭容以紅梅作合。故名。其第一折白云。讀書則師前漢後漢。吟詩獨數初唐盛唐。宏道當萬曆時有盛名。其前李夢陽、李攀龍輩。文必宗兩漢。詩必宗初盛。宏道心以爲非。每排詆之。蓋借此寓意也。中間李慧娘等數折。借用綠衣人傳。　略云。裴禹、字舜卿。唐裴行儉裔。愛錢塘山水。遂家焉。寓昭慶寺讀書。與社友郭謹字稺恭者善。謹攜友李子春。邀裴看花湖上。適賈似道擁歌妓乘舫至。裴與友竚斷橋。妓李慧娘覷裴云。美哉少年。賈歸。即刃慧以示羣妓。有盧總兵夫人崔氏。孀居湖上。一女曰昭容。貌甚妍。善詞賦。小鬟朝霞頗聽慧。春梅盛放。共登紅梅樓眺望。女折梅吟詠。裴于牆外攀枝。跲于地。鬟以告女。女即以所折梅贈裴。裴詢鬟知爲盧女。會似道于樓窗覰女之麗。欲謀爲妾。遣僕告盧母。母欲拒之而無策。裴復訪女。遇鬟詰得其情。爲畫策云。紿女已字人。可免。吾請爲若拒之。母招裴。悅其俊偉。曰。能拒似道。即妻以女。裴云。權充母婿。可勿憂也。賈憤裴沮其事。致裴于家。拘禁密室。即紿盧云。裴已贅相府。爾宜從賈命。女度其謬私卜之。卜者亦云已贅。女終不從賈。賈復强之。盧乃攜家避揚州曹姨處。賈所嬖慧娘與裴幽媾。賈欲刺裴。慧告裴云。己因盼致斃。冥司察君與妾有夙緣。故相就耳。遂導裴遁。賈疑羣妓縱裴。拷訊之。慧現形燈下。賈驚懼。始免鞫。裴出告謹。謹勸其應試。初曹姨子亦欲聘盧女。盧不允。而使往臨安探信。遇裴。即紿云。女已字曹姨子矣。裴未畢場事。無暇訪也。時有以詩爲似道祝壽者。謹獨獻詩。譏其販鹽及公田二事。復有風僧遺鉢。賸收花結子在綿州之句。元兵圍襄陽。呂文煥屢北。賈匿不報。臺諫及諸生齊疏賈罪。詔貶高州。令會稽尉鄭虎臣押赴貶所。尉父嘗受賈陷。至漳州木綿庵殺賈。會榜放。謹擢榜眼。裴擢探花。裴即詣揚州探盧。盧女懼曹姨子相嬲。改易道服。示將焚脩。值裴至。姨子訐于江都縣。縣令即李子春也。乃潛送盧母女返故居。爲裴執柯作合云。元人稗史內有綠衣人傳云。天水趙源。延祐間遊學杭州。居西湖葛嶺之上。其側即賈秋壑舊宅也。嘗日晚徙倚門外。見一女子從東來。綠衣雙鬟。後暮暮來此。源試挑之。女遂留宿。問其姓氏。曰。但呼我綠衣人可矣。一日。源被酒。戲調之。女曰。兒與君舊相識也。實非今世人。夙緣未盡爾。源驚問之。曰。兒故宋平章秋壑之侍女也。君其家蒼頭。少年美姿容。兒見而慕之。爲同類所覺。讒于秋壑。賜死西湖斷橋之下。源曰。審如此。吾與汝乃再世姻緣也。遂留源舍。（按此乃所謂李慧娘也。）每說秋壑舊事。秋壑一日倚樓閒望。諸姬皆侍。有二人烏巾素服。乘小舟由湖登岸。一姬曰。美哉二少年。秋壑曰。願事之耶。當合納聘。姬笑而無言。逾時令人捧一盒。呼諸姬至前。曰。適爲某姬納聘。可啓視之。則姬之首也。諸姬皆戰慄而退。（劇內慧娘事即此。）又嘗販鹽數百艘。至都市賣之。太學有詩曰。昨夜江頭湧碧波。滿船都載相公鹺。雖然要作調羹用。未必調羹用許多。秋壑聞之。遂以士人付獄。論以誹謗罪。又嘗于浙西行公田法。民受其苦。或題詩于路左云。襄陽累歲困孤城。豢養湖山不出征。不識咽喉形勢去。公田枉自害蒼生。秋壑見之。捕得遭顯戮。（劇以爲郭謹之詩。）

錦箋記

明周螺冠撰。（按螺冠乃周履靖之號。履靖字逸之。秀水人。）劇中大意。梅柳二母。乃結義之姐妹。非親姐妹也。梅母令玉探柳母事之如親母姨。於是玉與淑娘亦遂如表兄妹。始而相見。繼而相慕。錦牋贈答。女媼勾通。湖上之游。既已同舟。寺中之約。復且同室。兩情既定。而柳母全然不覺。以甚言異姓之交。本非至戚。不宜引入閨閣。致生事端也。然形容梅玉之才美。至造爲良家嫠婦。欲輕身改節以奔之。爲所拒而不悔。及見柳女之艷。乃慚恧而投繯。是其造孽又過於綺語之戒。不能免法秀之訶也。

祝髮記

係明時舊本。不知誰作。明張鳳翼撰。鳳翼字伯起。號靈墟。又號凌虛先生。冷然居士。江蘇長洲人。所作傳奇有紅拂記。祝髮記。竊符記。虎符記。灌園記。扊扅記。平播記。蘆衣記。玉燕記等。前六種合稱陽春六集。今扊扅記。平播記。蘆衣記。玉燕記四種佚。竊符殘。餘四種皆存。又王應奎柳南隨筆稱本劇爲徐復祚撰。疑不確。再傳徐渭亦有同名之作。徐孝克事本之正史。略加增飾。據史孝克之妻。不免失身。孝克諒其心而復合。劇不得不爲遮飾也。王僧辨擒王。在孔景行口中說出。達摩折葦渡江。點化孝克。贈以僧帽。名爲法整。此係增飾。達摩渡江在武帝時。其回首在大通二年。去侯景之叛。尙十八九年。劇又以手提隻履。以作隻履西歸之證。按魏使宋雲奉使西域。迴遇達摩于葱嶺。手攜隻履。翩翩獨逝。雲問之。答曰。西天去。雲歸具說之。啓壙。僅存隻履。詔取供養于少林寺。此則回首後三歲事也。劇又以孝克母知其賣妻。責令祝髮。亦係增飾。法整至景行宅募化。與妻相見。亦是增飾。蓋因臧氏私致饋餉。懸揣如此。孝克復官。搜捕逆黨。乃見其妻。亦是增飾。孝克官甚小。搜逆非其職也。南史云。徐孝克。陵弟也。性至孝。事所生母陳氏。盡就養之道。梁末侯景寇亂。孝克養母。饘粥不能給。妻東莞臧氏。領軍將軍盾女也。甚有容色。孝克謂曰。今饑荒如此。供養交闕。欲嫁卿與當世人。望彼此俱濟。於卿何如。臧氏弗許。時有孔景行者。爲侯景將。多從左右。逼而迎之。臧氏涕泣而去。所得穀帛。悉以遺母。孝克又剃髪爲沙門。改名法整。兼乞食以充給焉。臧氏亦深念舊恩。數私致饋餉。故不乏絕。從景行戰死。臧氏伺孝克於途中。累日乃見。謂孝克曰。往日之事。非爲相負。今既得脫。當歸供養。孝克嘿然無答。於是歸俗。更爲夫妻。宣帝時。孝克爲國子祭酒。每侍宴。無所食噉。至席散。當其前膳羞損減。帝密記以問中書舍人管斌。斌伺之。見孝克取珍果納紳帶中。斌後尋訪。知其以遺母。斌以啟。宣帝嗟歎良久。乃敕自今宴享孝克。前饌並遺將還。以餉其母。時論美之。隋文帝時爲國子博士。卒年七十三。

竊符記

明張鳳翼所編也。如姬竊符。本信陵君傳。併撮入趙括事。惟顏恩無其人。李同見平原君傳。但傳載李同赴秦軍戰死。而劇中以爲同請救於魏。係紐合。按信陵君傳云。魏公子無忌者。魏昭王少子。而魏安釐王異母弟也。昭王薨。

安釐王即位。封公子爲信陵君。公子爲人。仁而下士。士以此方數千里。爭往歸之。致食客三千人。當是時。諸侯以公子賢。多客。不敢加兵謀魏十餘年。公子與魏王博。而北境傳舉烽。言趙寇至。且入界。魏王釋博。欲召大臣謀。公子止王曰。趙王田獵耳。非爲寇也。復博如故。王恐。心不在博。居頃。復從北方來傳言曰。趙王獵耳。非爲寇也。魏王大驚曰。公子何以知之。公子曰。臣之客有能探得趙王陰事者。趙王所爲。客輒以報臣。臣以此知之。是後魏王畏公子之賢能。不敢任公子以國政。魏有隱士曰侯嬴。年七十。家貧。爲大梁夷門監者。公子聞之往請。欲厚遺之。不肯受。公子於是乃置酒大會賓客。坐定。公子從車騎虛左。自迎夷門侯生。侯生攝弊衣冠直上載公子。上坐不讓。欲以觀公子。公子執轡愈恭。侯生又謂公子曰。臣有客在市屠中。願枉車騎過之。公子引車入市。侯生下見其客朱亥。俾倪。故久立與其客語。微察公子。公子顏色愈和。當是時。魏將相宗室賓客滿堂。待公子舉酒。市人皆觀公子執轡。從騎皆竊罵侯生。侯生視公子色終不變。乃謝客就車至家。公子引侯生坐上坐。徧贊賓客。賓客皆驚。侯生謂公子曰。臣所過屠者朱亥。此子賢者。世莫能知。故隱屠間耳。公子往。數請之。朱亥故不復謝。公子怪之。魏安釐王二十年。秦昭王已破趙長平。又進兵圍邯鄲。公子姊爲趙惠文王弟平原君夫人。數遺魏王及公子書。請救於魏。魏王使將軍晉鄙將十萬衆救趙。秦王使使者告魏王曰。吾攻趙旦暮且下。而諸侯敢救者。已拔趙。必移兵先擊之。魏王恐。使人止晉鄙。留軍壁鄴。名爲救趙。實持兩端以觀望。平原君使者冠蓋相屬於魏。讓魏公子曰。勝所以自附爲婚姻者。以公子之高義。爲能急人之困。今邯鄲旦暮降秦。而魏救不至。安在公子能急人之困也。且公子縱輕勝。棄之降秦。獨不憐公子姊耶。公子患之。數請魏王。及賓客辨士說王萬端。魏王畏秦。終不聽公子。公子自度終不能得之于王。計不獨生。而令趙亡。乃請賓客約車騎百餘乘。欲以客往赴秦軍。與趙俱死。行過夷門。見侯生。具告所以欲死秦軍狀。辭決而行。侯生曰。公子勉之矣。老臣不能從。公子行數里。心不快曰。吾所以待侯生者備矣。天下莫不聞。今吾且死。而侯生曾無一言半辭送我。我豈有所失哉。復引車還問侯生。侯生笑曰。臣固知公子之還也。公子喜士。名聞天下。今有難。無他端。而欲赴秦軍。譬若以肉投餒虎。何功之有哉。尙安事客。然公子遇臣厚。公子往而臣不送。以是知公子恨之復返也。公子再拜。因問侯生。乃屏人間語曰。嬴聞晉鄙之兵符。常在王臥內。而如姬最幸。出入王臥內。力能竊之。嬴聞如姬父爲人所殺。如姬資之三年。自王以下欲求報其父仇。莫能得。如姬爲公子泣。公子使客斬其仇頭。進之如姬。如姬之欲爲公子死。無所辭。顧未有路耳。公子誠一開口請如姬。如姬必許諾。則得虎符奪晉鄙軍。北救趙而西卻秦。此五霸之伐也。公子從其計。請如姬。如姬果盜晉鄙兵符與公子。公子行。侯生曰。將在外。主令有所不受。以便國家。公子即合符。而晉鄙不授公子兵。而復請之。事必危矣。臣客屠者朱亥。可與俱。此人力士。晉鄙聽。大善。不聽。可使擊之。於是公子請朱亥。朱亥笑曰。臣乃市井鼓刀屠者。而公子親數存之。所以不報命者。以爲小禮無所用。今公子有急。此乃臣効命之秋也。遂與公子俱。公子過謝侯生。侯生曰。臣宜從。老不能。請數公子行日。以至晉鄙軍之日。北鄉自剄。以送公子。公子遂行。至鄴。矯魏王令。代晉鄙。晉鄙合符疑之。擧手視公子曰。今吾擁十萬之衆。屯於境上。國之重任。今單車來代之。何如哉。欲無聽。朱亥袖四十斤鐵椎。椎殺晉鄙。公子遂將晉鄙軍。進兵擊秦軍。秦軍解去。遂救邯鄲存趙。趙王及平原君自迎公子於界。平原君負韊矢爲公子先。引趙王再拜曰。自古賢人。未有及公子者也。公子與侯生決。至軍。侯生果北鄉自剄。魏王怒公子之盜其兵符。矯殺晉鄙。公子亦自知也。已卻秦存趙。使將將其軍歸魏。而公子獨與客留趙。趙王以鄗爲公子湯沐邑。公子聞趙有處士毛公。藏於博徒。薛公藏於賣漿家。公子欲見兩人。兩人自匿不肯見公子。公子聞所在。乃間步往從此兩人遊。甚歡。公子留趙十年不歸。秦聞公子在趙。日夜出兵東伐魏。魏王患之。使使往請公子。公子恐其怒之。乃誡門下有敢爲魏王使通者死。賓客皆背魏之趙。莫敢勸公子歸。毛公、薛公兩人往見公子曰。公子所以重於趙。名聞諸侯者。徒以有魏也。今秦攻魏。魏急而公子不恤。使秦破大梁。而夷先王之宗廟。公子當何面目立天下乎。語未及畢。公子立變色。告車趣駕。歸救魏。魏王見公子。相與泣。而以上將軍印授公子。公子遂將。魏安釐王三十年。公子使使遍告諸侯。諸侯聞公子將。各遣將將兵救魏。公子率五國之兵。破秦軍於河外。走蒙驁。遂乘勝逐秦軍至函谷關。抑秦兵。秦兵不敢出。當是時。公子威振天下。秦王患之。乃行金萬斤於魏。求晉鄙客。令毀公子於魏王。魏王日聞其毀。不能不信。後果使人代公子將。公子自知再以毀廢。乃謝病不朝。與賓客爲長夜飲。飲醇酒。多近女色。日夜爲樂飲者四歲。竟病酒而卒。又按廉頗列傳云。秦與趙相拒長平時。趙奢已死。而藺相如病篤。趙使廉頗將。攻秦。秦數敗趙軍。趙軍固壁不戰。秦數挑戰。廉頗不肯。趙王信秦之間。秦之間言曰。秦之所惡。獨畏馬服君趙奢之子趙括爲將耳。趙王乃以括爲將代廉頗。藺相如曰。王以名使括。若膠柱而鼓瑟耳。括徒能讀其父書傳。不知合變也。趙王不聽。遂將之。趙括自少時學兵法。言兵事。以天下莫能當。嘗與其父奢言兵事。奢不能難。然不謂善。括母問奢其故。奢曰。兵死地也。而括易言之。使趙不將括則已。若必將之。破趙軍者。必括也。及括將行。其母上書言於王曰。括不可使將。王曰。母置之。吾已決矣。括母因曰。王終遣之。即有如不稱。妾得毋隨坐乎。王許諾。趙括既代廉頗。悉更約束。易置軍吏。秦將白起聞之。縱奇兵佯敗走。而絕其糧道。分斷其軍爲二。士卒離心。四十餘日。軍餓。趙括出銳卒自搏戰。秦軍射殺趙括。括軍敗。數十萬之衆。遂降秦。秦悉阬之。平原君傳云。秦圍邯鄲。楚使春申君將兵赴救趙。信陵君亦矯奪晉鄙軍往救趙。皆未至邯鄲。急且降。平原君甚患之。邯鄲傳舍吏子李同與敢死之士三千人赴秦軍。秦軍爲之卻三十里。會楚魏救至。秦兵遂罷。邯鄲復存。李同戰死。封其父爲李侯。

義乳記

明蘇州吳江人顧大典撰。大典所著。有清音閣四種。（顧大典。字道行。一字衡宇。江蘇吳江人。清音閣傳奇爲青衫記。葛衣記。義乳記。風教編等四種。今前二種存。後二種佚。）此其一也。演東漢李善親乳李元兒李續事。故名義乳。後漢書獨行傳。李善、字次孫。南陽淯陽人。本同縣李元蒼頭也。建武中疫疾。元家相繼死沒。唯孤兒續始生數旬。而貲財千萬。諸婢私共計議。欲謀殺續。分其財產。善深傷李氏。而力不能制。乃潛負續逃去。隱山陽瑕丘界中。親自哺養。乳爲生湩。推燥居濕。備嘗艱勤。續雖在孩抱。奉之不異長君。有事輒長跪請白。然後行之。閭里感其行。皆相率脩義。續年十歲。善與歸本縣修理舊業。告奴婢於長吏。悉收殺之。時鍾離意爲瑕丘令。上書薦善行狀。

光武詔拜善及續並爲太子舍人。善顯宗時辟公府。以能理劇。再遷日南太守。從京師之官。道經淯陽。過李元塚。未至一里。乃脫朝服。持鉏去草。及拜墓。哭泣甚悲。身自炊爨。執鼎俎以修祭祀。垂泣曰。君夫人。善在此。盡哀數日乃去。到官以愛惠爲政。懷來異俗。遷九江太守。未至。道病卒。續至河間相。

曇花記

明神宗時。屠隆撰。*屠隆，字長卿，又字緯眞，號赤水，別號由拳山人，浙江鄞縣人。所作傳奇有曇花記、修文記、彩毫記三種，總名鳳儀閣樂府，今均存。隆少有異才。使十人執筆。並作十詩。給令分寫。十首立就。抄者未嘗停筆。自字長卿。謂才可繼司馬相如也。萬曆五年丁丑成進士。官止禮部郎中。所著有由拳、白榆等集。此記演木淸泰事。本係假託。或曰。隆與西寧小侯宋某最相善。燕飮流連。無間晨夕。木淸泰勳封鼎貴。脫略世情。超然悟道。蓋爲宋小侯說法也。或曰。隆家有曇花閣。取佛氏優鉢曇花以爲名。曇花即靑蓮花。

三千年一開。世所希有。經稱佛爲希有世尊。亦以曇花爲擬。隆蓋自負其才。託名喻己。或又曰。神宗時。總兵杜松嘗棄家爲僧。隆蓋借名清泰。以指松事。杜松名姓俱木傍。故標姓爲木也。其關鍵則清泰離家時。手植曇花。後復至家。曇花大放。故取爲名。按唐史。無所爲木清泰者。記云。清泰本國王之子。仍世顯貴。又嘗立功。與郭子儀輩並爲勳臣。襲職定邊王。一妻二妾。皆賢且美。一日。賓頭盧化作風僧。山玄卿化作癡道士。賓頭盧。五百羅漢中第十八尊者。山玄卿事詳後。同詣木府。拍手歌唱。指點出世事。清泰宿根已深。言下醒悟。即割恩愛。與妻妾子女相別。改服道裝。植曇花于閤曰。他日成道。曇花開現。乃隨二人飄然而去。其夫人亦慕道。茹素脩行。欲遣二妾。妾皆願侍夫人。堅守不去。明成化時。海鹽張寧有二妾。曰寒香晚翠。共居一樓。終身不嫁。劇蓋借此。清泰既隨二人。二人乃歷試之。風雨雷電。虎狼獅子。夜叉鬼怪。無所不遇。皆不怖畏。又遇陣傷兵士無算。控之森羅冥府。攝對。乃奉朝命征討。無有罪過。遂遨清遍遊地獄。說法化導。諸所見。西施鶴髮。項羽黃鉞。種種變態。閻君又判斷曹操、華歆、伏后公案。令后擊曹。又判嚴武妾。令報弓絃之怨。又盧杞在獄。作諸苦狀。劇云：杞欲陷人。求籤關廟。予下下籤。杞怒不顧。卒至孽重。以入無間。清泰一一覩記。二人復偕清泰遊天堂。一切樂境。目存心想。有魔向清泰云。天上蓋殿。令寫字書盡捐所有。蓋試其肯捨與否。清泰立作書與之。歷試旣頻。羣魔盡降伏。乃回家試其夫人。紿云出外多年。毫無所益。止夫人不必脩行。夫人答以久改道裝。專心淨業。確不可移。清泰即復別去。二妾語夫人。何不堅留在家。共享富貴。夫人亦不顧也。清泰復改易面貌。往郭子儀家。勸以入道。子儀不能識。且多繫累。留齋健羨而已。時有小魔花花太歲。誆劫二妾。妾拒不從。關公率天兵大戰。降魔救妾。靈照女已成正果。見夫人與二妾道心甚堅。授以妙諦而去。清泰子龍驤。尋親累年。不能相値。山玄卿復化道士。爲清泰寄書與子。令不必尋。子乃以邊功授將軍。爲郭子儀之婿。清泰道旣成。又知妻妾堅貞。子復忠孝。乃回家點化。則閨外曇花已開。於是共證菩提。同參象教。闔門飛昇。歸兜率天宮之上。逍遙極樂云。鄭還古蔡少霞傳。蔡少霞、陳留人。幼而奉道。明經得第。官兗州泗水丞。沿溪獨行。憩于美蔭。當爲褐衣鹿幘之人夢中引去。至城郭一所。碧天虛曠。經歷門堂。遙見玉人。當軒獨立。曰。愍子虔心。今宜領事。鹿幘人引至東廊。止於石碑之側。謂少霞曰。召君書此。題云。蒼龍宮新溪銘。紫陽貞人山玄卿撰。良常西麓。源澤東洩。新宮宏宏。崇軒轍轍。雕珉盤礎。鏤檀楝臬。碧瓦鱗差。瑤堦肪截。閣凝瑞霞。樓横祥霓。騶虞巡徼。昌明捧闑。珠樹規連。玉泉矩曳。靈飈遐集。聖日俯晣。太上遊詣。無極便闕。百神守護。諸眞班列。仙翁鵠立。道師冰潔。飲玉成漿。饌瓊爲屑。桂旗不動。蘭幄互設。妙樂競奏。流鈴間發。天籟虛徐。風簫泠澈。鳳歌諧律。鶴舞會節。三變元雲。九成絳雪。易遷徒語。童初詎說。方更周視。鹿幘人促之。忽遽而返。薛用弱集異記載此事。洪邁隨筆。以爲此銘乃嵇叔夜李太白之流。但山玄卿究未知何等人也。蘇軾詩。君須奴隸蔡少霞。我亦季孟山玄卿。唐逸史。西川節度使嚴武。少時任俠。嘗于京城。與一軍使鄰居。軍使有室女。容色艷絕。嚴公誘至宅月餘。遂竊以逃。東出關。將匿于淮泗間。軍使暴于官司。以狀上聞。詔遣萬年縣捕賊。武自聲縣方雇船而下。聞制使將至。懼不免。乃以酒飲軍使之女。中夜乘其醉。解琵琶絃縊殺之。沉于河。制使搜船無跡。乃已。嚴公後爲劍南節度使。病甚。不信巫祝。有道士從峩嵋山來。至階呵叱。若與人論難者。良久方止。謂武曰。寃家在側。見某披訴。問其狀若何。曰。女人。年纔十六七。項上有物一條。如樂器之絃。武大悟叩頭。道士曰。彼欲面見。公令灑掃堂中。焚香于內。道士以柳枝灑地。逡巡。閣子中有吁嗟聲。見一女子被髮。項上有琵琶絃。結于㘅下。褰簾而至。曰。某從公。是某失行。于公則無所負。公懼罪。棄某于他所即可。何忍見殺。武悔謝良久。欲厚以佛經紙緡祈免。女子曰。某上訴經三十年。今不可矣。言畢卻出。嚴公遂處置家事。按明萬曆時。杜松爲寧夏東路總兵官。尙氣不能容物。嘗有所憤。忽披剃爲僧。部議聽其歸。此記蓋指其事。又按唐元稹集中。有許劉總出家制云。具官劉總。五岳孕靈。三台降瑞。位兼將相。代襲勳庸。視軒冕若浮雲。棄妻孥猶脫屣。屢陳章表。懇願捨家。勉喻再三。終然不奪。朕又移之重鎮。天平軍。寵以上公。莫顧中人之情。遂超開士之跡。張良卻粒。尙想高蹤。范蠡登舟。空瞻遺像。功留鼎鼐。誓著山河。長存魚水之歡。勿忘香火之願。宜賜法號大覺。仍賜僧臘五十夏。主者施行。此勳臣出家故實。作者蓋借此爲墻壁也。

修文記

明屠隆撰。所記蓋李賀事也。此劇專演蒙曜事。與李賀毫不相涉。所云記李賀事。誤。另有白玉樓爲李賀故事。見本書卷十。上帝令賀作新宮記。兼纂凝虛殿樂章。故以修文記爲名。其曰修文者。因顏回卜商爲修文郎。借此傳合也。宣室志。隴西李賀。字長吉。唐鄭王之孫。稚而能文。尤善樂府詞句。意新語麗。當時工于詞者。莫敢與賀齒。由是名聞天下。

以父名晋肅。子故不得舉進士。卒于太常官。年二十四。其先夫人鄭氏念其子深。及賀卒。夫人哀不自解。一夕。夢賀來。如平生時。白夫人曰。某幸得爲夫人子。故從小奉親命。能詩書。爲文章。所以然者。非止求一位而自顯也。且欲大門族。上報夫人恩。豈期一日死。不得奉晨夕之養。得非天哉。然某雖死。非死也。乃上帝命。夫人訊其事。賀曰。上帝。神仙之居也。近者遷都于月圃。搆新宫。命曰白瑤。以某榮于詞。故命某與文士數輩。共爲新宫記。帝又作凝虚殿。使某輩纂樂章。今爲神仙中人。甚樂。願夫人無以爲念。既而告去。夫人寤。甚異其夢。自是哀少解。唐書。李賀、字長吉。系鄭王後。七歲能辭章。韓愈、皇甫湜始聞未信。過其家。使賀賦詩。援筆輒就如素搆。自目曰高軒過。二人大驚。自是有名。爲人纖瘦。通眉長指爪。能疾書。每旦日出。騎弱馬。從小奚奴。背古錦囊。遇所得。書投囊中。未始先立題。然後爲詩。如他人牽合程課者。及暮歸。足成之。非大醉弔喪日率如此。過亦不甚省。母使婢探囊中。見所書多。即怒曰。是兒要嘔出心乃已耳。以父名晉肅。不肯舉進士。愈爲作諱辨。然卒亦不就舉。辭尙奇詭。所得皆驚邁。絕去翰墨畦逕。當時無能效者。樂府數十篇。雲韶諸工。皆合之絃管。爲協律郎。卒年二十七。與游者權璩、楊敬之、王恭元。每撰著時。爲所取去。賀亦早世。故其詩歌。世傳者鮮焉。

梁狀元 雜劇

此明嘉隆間臨朐人馮惟敏所撰也。*馮惟敏，字汝行，號海浮，所作雜劇有此本及僧尼共犯兩種，今均存。惟敏、字汝行。貴州副使裕之子。兄弟四人。皆起家科第。惟敏領山東鄉薦。久困禮闈。選授淶水知縣。官止保定通判。此劇當是會試累次下第之後。倘未謁選時所作。借梁顥以自寓也。錢謙益云。余所見梁狀元不伏老雜劇。當在王渼陂杜甫春遊*王九思杜子美沽酒遊春雜劇，本書未收入。之上。其爲名流推重如此。齣中梁顥云。早領本省鄉薦。明朝沿襲元時中書行省之舊。有直隸及各省之稱。宋時無有。南卷北卷中卷。亦明朝事。大總裁當朝宰相。則明嘉隆後事矣。傳臚唱名。始于梁顥。故此劇名梁狀元玉殿傳臚。又借呂蒙正口中說出此段故事。梁顥與年少角口。題塔記（*題塔記見本書卷二十六。）云沙牛表。此云王從善。俱係隨意點綴。而關目相同。胡旦乃太平興國時狀元。今拉入此榜。又云三甲第一。亦是要點綴生情耳。按此劇結尾梁顥謝表。見于宋人四六中。作者所據。皆本于此。然其說多異同。今詳採以備參攷。洪邁容齋四筆云。陳正敏遯齋閑覽。梁顥八十二歲。雍熙二年狀元及第。其謝啓云。皓首窮經。少伏生之八歲。青雲得路。多太公之二年。後終秘書監。卒年九十餘。此語既著。士大夫率以爲口實。予以國史考之。梁公子太素。雍熙二年廷試甲科。景德元年。以翰林學士知開封府。暴疾卒。年四十二。子固亦進士甲科。至直史館卒。年三十二。史臣謂梁方當委。遇中途夭折。又云梁之秀穎。中道而摧。明白如此。遯齋之妄。不待攻也。又朝野雜記。少年狀元。則梁內翰顥。張舍人孝祥。王尙書佐。皆年二十三。是顥非晚年登第者矣。然今宋史所載。則云景德元年卒。年九十二。是又與八十二歲中甲科之說相符也。宋人事文類聚。並採遯齋閒覽、朝野雜記。無所折衷。元人翰墨全書。亦載其老年登第之作。究之未審孰是也。

義犬記 雜劇

明萬曆間太常少卿陳與郊撰也。與郊爲給事中。議論皆附時相。其時言路多攻許宰相。張居正柄國。御史劉臺、傅應禎。翰林吳中行、趙用賢先後參劾。皆居正門生。久之。大學士王錫爵赴召。將入京。上密揭一封。痛詆言路。淮撫李三才探得之。御史段然等遂交攻錫爵。錫爵因臥不出。三才、錫爵門生也。與郊亦錫爵門生。作此記者。蓋詆臺及三才等。故以義犬齧門生事標題。袁粲、字景倩。陳郡陽夏人。幼孤。祖淑哀之。名曰愍孫。明帝時改名粲。累官尚書令。加侍中。進爵爲侯。與齊高帝、褚淵、劉彥節遞日入直。順帝時遷中書監司徒。侍中如故。齊高帝居東府。使粲鎮石頭。高帝革命。自以身受顧託。不欲事二姓。密有異圖。昇明元年。荆州刺史沈攸之舉兵反。高帝自詣粲。粲稱疾不見。高帝遣軍主戴僧靜向石頭。自倉門入。粲與劉彥節等列兵登東門。僧靜分兵攻府西門。彥節踰城出。粲還坐。列燭自照。謂其子最曰。本知一木不能止大廈之摧。但以名義至此耳。僧靜挺身暗往。奮刀直前。欲斬之。子最覺有異。大叫抱父。乞先死。粲曰。我不失忠臣。汝不失孝子。仍求筆作啟云。臣義奉大宋。策名兩畢。今便歸魂墳壠。永就山丘。僧靜乃并斬之。粲小兒數歲。乳母將投粲門生狄靈慶。靈慶曰。吾聞出郎君者有厚賞。今袁氏已滅。汝匿之尚誰爲乎。遂抱以首。乳母號泣呼天曰。公昔於汝有恩。故冒難歸汝。奈何欲殺郎君。以求少利。若天地鬼神有知。我見汝滅門。此兒死後。靈慶常見兒騎大羝狗戲如平常。經年餘。斸場忽見一狗。走入其家。遇靈慶於庭。噬殺之。此狗即袁郞所常騎也。事載南史及宋書。劇中事蹟。全是南史本傳。然三才於錫爵事。時論互有是非。言三才未免險薄。而錫爵揭中以禽鳥之音指言路。雖隱爲解救。而語覺輕詆。有以致言官之怒。至劉臺等劾居正。則皆係國事。時論頗不直居正云。

眞傀儡 雜劇

係明人雜劇。姓氏無可考。或云王衡所撰。*本劇傳爲王衡撰。衡字辰玉。號緱山。江蘇太倉人。作雜劇四種。鬱輪袍。眞傀儡。沒奈何。裴湛和合。今存前三種。惟祁彪佳遠山堂明劇品稱眞傀儡爲陳眉公在王辰玉座上所作。寓其父錫爵家居時混迹市廛。不矜富貴。有如杜祁公也。或又云爲申時行而作。時行罷相。閒遊村墅。與田夫野老問答竟日。故時人作此劇以美之。二說未知孰是。按杜衍本傳。衍出入從者十餘人。不肯爲居士服以竊高名。則必無道帽深衣。入傀儡場中之理。惟可談所載相合。但與正史不合。至諫議三公入市彈本。及賜白玉壽杖等物。則作者撮撰。非實事也。　宋史杜衍傳云。衍淸介不殖私產。旣退寓南都。凡十年。第室卑陋。才數十楹。居之裕如也。出入從者十許人。烏帽皂履。綈袍革帶。或勸衍爲居士服。衍曰。老而謝事。尙可竊高士名耶。　宋朱彧可談云。世傳杜祁公罷相歸鄉里。不事冠帶。一日在河南府客次。道帽深衣。坐席末。會府尹坐衙。皂不識其故相。有運勾至。年少貴游子弟。怪祁公不起揖。厲聲曰。足下前任甚處。祁公曰。同中書門下平章事。　劉賓客嘉話錄。大司徒杜公在維揚也。嘗召賓幕閒話。我致政之後。必買一小駟八九千者。飽食訖而跨之。著一麤布襴衫。入市看盤鈴傀儡足矣。又曰。郭令公位極之際。嘗慮禍及。此大臣之危事也。司徒深旨。不在傀儡。蓋自汚耳。司徒公後致仕。果行前志。諫官上疏言三公不合入市。公曰。吾計中矣。計者即自汚耳。　按此則傀儡蓋杜佑事。　作者以姓同傅會也。

武陵春 雜劇

明許潮撰。潮字時泉。湖廣黃州人。所著雜劇數種。（除本書著錄六本外，尚存蘭亭會、寫風情二本，總名泰和記。沈德符顧曲雜言稱全本按二十四氣，每季填詞六折，則泰和記應共有二十四本。）此齣或以爲楊愼作。事本陶潛桃花源記。中間云。西南一條路。與武陵溪只隔十里。惟賴石關隔絕。當時在崆峒山與廣成子求得封洞靈符。置於洞口石室。故兩山連合。不能通路。若仰起靈符。則石峽依然兩開。此段非記所有。蓋憑空撮撰。以爲後來迷路張本。天台仙女寄書劉阮。亦借以點染生色。非實事也。按陶潛桃花源記云。晉太原中。武陵人捕魚爲業。（漁人姓黃名道眞。）緣溪行。忘路之遠近。忽逢桃花林。夾岸數百步。中無雜樹。芳草鮮美。落英繽紛。漁人甚異之。復前行。欲窮其林。林盡水源。便得一山。山有小口。髣髴若有光。便舍船。從口入。初極狹。纔通人。復行數十步。豁然開朗。土地平曠。屋舍儼然。有良田美池桑竹之屬。阡陌交通。雞犬相聞。其中往來種作。男女衣着。悉如外人。黃髮垂髫。並怡然自樂。見漁人。乃大驚。問所從來。具答之。便要還家。設酒殺雞作食。村中聞有此人。咸來問訊。自云先世避秦時亂。率妻子邑人。來此絕境。不復出焉。遂與外人間隔。問今是何世。乃不知有漢。無論魏晉。此人一一爲具言。所聞皆歎惋。餘人各復延至其家。皆出酒食。停數日辭去。此中人語云。不足爲外人道也。既出。得其船。便扶向路。處處誌之。及郡下。詣太守說如此。太守即遣人隨其往。尋向所誌。遂迷不復得路。南陽劉子驥。高尚士也。聞之欣然親往。未果。尋病終。後遂無問津者。又按桃源經云。桃源山在縣南一十里。西北乃沅水曲流。而南有障山。東帶鈔鑼溪。周回三十有二里。所謂桃花源也。

午日吟 雜劇

明許潮撰。言嚴武爲劍南節度使。故人杜甫避亂相投。卜築萬里橋西江上。時値重五。武具酒肴音樂。約諸貴公子詣子美草堂吟賞竟日。故謂之午日吟也。按少陵集與嚴武往還詩甚多。獨未嘗有午日之吟。其生平所作四時節序之什亦甚多。而午日最少。僅端午日賜衣及送向卿進奉端午御衣二作耳。作者蓋緣飾以成韻事也。中間詞曲點染處。多用子美詩字句而以見才情。賓白中詩篇。亦多出杜集。元戎小隊出郊坰。問柳尋花到野亭。川合東西瞻使節。地分南北任流萍。扁舟不獨如張翰。皁帽還應似管甯。寂寞江天雲霧裏。何人道有少微星。此甫因嚴中丞枉駕見過之什。劇改作嚴杜聯句。又作蓮舟鬬艇聯句詩二首。則非甫詩。蓋作者借以自騁才情也。中間聯引如日出籬東水。雲生舍北泥。竹高鳴翡翠。沙暖舞䳯鷄。清江一曲抱村流。長夏江村事事幽。自去自來梁上燕。相親相近水中鷗。翠篠娟娟淨。紅蕖冉冉香。故人書斷絕。稚子色凄凉。幽棲地僻經過少。老病人扶再拜難。豈有文章驚海內。漫勞車馬駐江干。青娥皓齒在樓船。横笛短簫悲遠天。春風自信牙檣動。遲日徐看錦纜牽。乘興杳然迷出處。對君疑是泛虛舟等。皆取浣花集中句字。又云梓州刺史送歌妓采蓮船來。因甫集有數陪李梓州泛江。有女樂在諸舫。戲爲艷曲二首詩云。翠眉鶯度曲。雲鬢儼成行。立馬千山暮。迴舟一水香。故曰采蓮船也。章梓州者。章彝也。一作李使君。又云鄭駙馬令龍舟供奉。鄭駙馬者。鄭潛曜廣文博士虔之姪。甫有鄭駙馬宅宴洞中詩。又云何將軍送角黍蒲酒艾虎。甫有陪鄭廣文遊何將軍園林及重過何氏詩。故借以點綴生情耳。然何鄭皆長安時事。

南樓月 雜劇

明許潮撰。晉書庾亮傳。亮在武昌。諸佐吏殷浩之徒。乘秋夜往。共登南樓。俄而不覺亮至。諸人將起避之。亮徐曰。諸君少住。老子於此處興復不淺。便據胡床與浩等談詠竟坐。其坦率行己。多此類也。世説云。看月。此劇所據也。似不可無月字。

赤壁遊 雜劇

亦許潮所撰。按蘇軾赤壁賦云。壬戌之秋。七月既望。蘇子與客泛舟。遊於赤壁之下。淸風徐來。水波不興。舉酒屬客。誦明月之詩。歌窈窕之章。少焉月出於東山之上。徘徊於斗牛之間。白露橫江。水光接天。縱一葦之所如。凌萬頃之茫然。於是飲酒樂甚。扣舷而歌之。歌曰。桂棹兮蘭槳。擊空明兮泝流光。渺渺兮予懷。望美人兮天一方。又後赤壁賦曰。是歲十月之望。步自雪堂。將歸於林臯。二客從余。過黃泥之坂。霜露既降。木葉盡脫。人影在地。仰見明月。顧而樂之。行歌相答。既而歌曰。有客無酒。有酒無殽。月白風淸。如此良夜何。客曰。今者薄暮。舉網得魚。巨口細鱗。狀如松江之鱸。顧安所得酒乎。歸而謀諸婦。婦曰。我有斗酒。藏之久矣。以待子不時之需。於是攜酒與魚。復遊於赤壁之下。劇中以二賦穿插敷衍。而借黃山谷、佛印作客。又因後賦有夢鶴事。遂添出張志和。且云朝爲黄鶴。暮托漁翁。所以點染生色也。

龍山宴 雜劇

明許潮撰。世說補云。孟嘉爲桓宣武温征西參軍。九日宴龍山。寮佐畢集。俄風至。吹嘉帽落。嘉不之覺。宣武使左右勿言。以觀其舉止。嘉良久如廁。宣武令取還之。命孫盛作文嘲嘉。著嘉坐處。嘉還見。即答之。其文甚美。四坐嗟異。又云。過江諸人。每至美日。輒相邀新亭。藉卉飲宴。周侯中坐而嘆曰。風景不殊。正自有山河之異。皆相視流淚。唯王丞相愀然變色曰。當共戮力王室。克復神州。何至作楚囚相對。（劇中借用作孟嘉語。）又云。桓宣武嘗問孟萬年。聽伎絲不如竹。竹不如肉何也。孟答曰。漸近自然。一坐咨嗟。（劇中亦借用其語。）晉桓温傳云。温與諸僚屬登平乘樓眺矚中原。慨然曰。遂使神州陸沉。百年丘墟。王夷甫諸人。不得不任其責。（劇中桓温語本此。）

同甲會 雜劇

明許潮撰。載文彥博事。彥博兩登相位。封潞國公。退休居洛。與致仕中散大夫程珦。朝議大夫司馬旦。司封郎中席汝言。皆七十八歲。爲同生甲會。伏臘宴笑。以樂天年。彥博作同庚會詩云。四人三百二十歲。況是同生甲午年。占得梁園爲賦客。合成商嶺採芝僊。淸淡亹亹風生席。素髮蕭蕭雪滿肩。此會從來誠未有。洛中應作畫圖傳。劇以此段渲染。蓋韻事亦盛事也。生情設法。幻出席間演戲。以松竹梅乃歲寒三友。而此劇作小春時宴會。故用以點綴景色。而暗藏松梅竹三字不露。謂松爲喬氏十八公。梅爲臘氏十八母。生二子女。女曰嶰谷小靑娥。男曰淇園斐然子。其務頭歌行云。徂徠喬氏十八公。庾嶺臘氏十八母。二老風月相絪緼。生下兩箇兒和女。女號嶰谷小靑娥。男曰淇園斐然子。吟風弄月趣無邊。那看雨雪幷風烟。一家占盡歲寒景。醞釀春光媚壽筵。

後作標目四句。徂徠公嘲風弄月。庾嶺母竊玉偷香。嵰谷娥栖鸞舞鳳。淇園子傲雪欺霜。曲白詼諧。皆取本色。頗得風人之趣。按唐白居易香山九老會詩。九人五百七十歲。宋杜衍睢陽五老詩。五人四百有餘歲。司馬光眞率會詩。七人五百有餘歲。皆士大夫生當太平極盛之事。明成弘間又有甲申十同年會。來集之云。天順八年所舉進士。至弘治十六年。而仝年進士之在朝者九人。與南京來者一人。會於刑部尙書吳興閔公朝瑛之第。因爲之圖。而長沙相公李賓之爲之序而記之者也。其十人爲南京戶部尙書公安王公用敬名軾。吏部左侍郎泌陽焦公孟陽名芳。禮部右侍郎掌國子祭酒事黄巖謝公鳴治名鐸。工部尙書柳州會公克明名鑑。刑部尙書吳興閔公朝瑛名珪。工部左侍郎泰和張公時遠名達。都察院左都御史浮梁戴公建珍名珊。戶部右侍郎益都陳公廉夫名清。兵部尙書華容劉公時雍名大夏。太子太保戶部尙書兼謹身殿大學士茶陵李公賓之名東陽。會宴於癸亥年三月二十五日。因而繪之爲圖。皆畫工面對手摹。得其形模意態。惟焦公奉使南國。弗及會。預留其舊所圖者而取之。謝公倡爲詩。八人皆和。閔公年七十有四。李賓之最少。然亦五十有六也。唐九老之在香山。宋五老之在睢陽。歌詩宴會。皆出於休退之餘。而此十老皆有國事吏責。故其詩於和平優裕之間。猶有思職勤事之意焉。王世貞題甲申十同年會後云。明興才人之盛。獨稱孝廟時。而孝廟諸大臣。又獨稱甲申成進士者。中間如劉忠宣、戴恭簡、李文正、謝文肅、王襄敏、閔莊懿。皆歇歷中外。位丞弼著篤棐聲。其他類亦廉潔好修之士。僅一焦泌陽駑耳。按文彥博等同甲午生。而李東陽等同甲申進士。俱可謂之同甲。作者或借此寓意。未可知也。富偉松竹梅賦。羣峯矗兮萬玉。石一柱兮擎天。渺烟霞兮洞府。雲露滃兮飛泉。是爲古皖之巨鎭。而神仙之所家焉。境雖勝而非遠。人骨凡而未仙。或可望而不可到。矧欲拾級而摩其顚。灊山主人曰。嘻、不然。高莫高乎嵩峯。遠莫遠乎祈連。苟有志乎馳騖。在著吾之先鞭。矧今嘉平。月方幾望。雪三白兮初晴。雲已收於列嶂。祥飈肅兮塵清。烟境紛兮萬狀。於是揚雙旌。導華輈。駕彩鳳。籠赤虬。休予暇兮蕭散。緣空闊兮跨飛浮。從我者誰。二三仙儔。秦封夫人之剛勁。直節君子之淸脩。與商鼎之大賓。從杖履而同遊。泛吳塘之瀲灩。桂其棹兮蘭舟。拂三祖之絕頂。古燦遠兮名留。嶺雲橫兮鳥飛。山夢圍兮水流。酌石盤之甘露。駕山谷之青牛。濯予足兮飛泉。瀹予茗兮噴雪。掬九井之泓河。鑒三池之巉絕。光彩爛其如銀。古老舐其丹穴。有仙子兮雙方瞳。冠切雲兮佩明月。芝其茹兮擷蕙蘭。曳芙蓉兮問芳烈。拖予兮白雲莊。坐予兮玉爲牀。明燭夜之瑞露。談且笑兮飛瑤觴。仙子或謂予曰。公骨秀而氣剛。丰標峻兮玉立。器質粹兮金相。其喬松之徒兮。壽天地兮同久長。否亦傲睨兮萬物之表。猶不失爲漢之子房。吾將授公以駕雲馭風之旨。餐霞飲露之方。此有道者之事也。幸無以吾言而爲狂。雖然寄雅趣於碧雲之間。味道腴於方外之賓。孰若反鴻濛。撫星辰。依日月。慶風雲。眞筌賴其主宰。大鈞播兮無垠。契司命於大始。長侍天皇兮萬八千春。斯亦壺中之至樂。蓋數百年而幾人。然則主人之妙用。又豈山澤臞仙之所能倫哉。三友聞之。躍然而喜。抵掌鼓脣。願繼末旨。秦封大夫。於是乎歌之。歌曰。三冬兮操冰霜。千尺兮材棟梁。下有茯苓兮華蓋蒼蒼。凝爲琥珀兮亘千古而猶香。直節君子乃賡載歌曰。勁吾節兮心虛。挹夷齊兮爲徒。長龍孫。招鳳雛。歲旣寒兮誓不渝。商鼎大賓又歌之曰。冰雪其姿兮霜月其神。孤標耿耿兮萬花讓春。薦嘉賓兮南風薰。調羹鼎。莫逡巡。三友歌闋兮。方曈仙子促予而去。請申嘉賓之美。系之曰。有美一人兮 春風之和。醞藉伊周兮。沉酣丘軻。厭上界之官府兮。尋漢嶽之嵯峨。納同宇於春臺兮。令五袴而興歌。千里蒙福兮。不爲不多。四海係望兮。如蒼生何。公何心兮山之阿。整羽翰兮天可摩。無爲此焉婆娑。

曲海總目提要卷八

易水寒 雜劇

明餘姚葉憲祖所撰。憲祖、字美度。別號六桐。塡詞別號曰槲園。萬曆己未進士。官至廣西按察使。善塡詞。街談巷語。亦化神奇。得元人之髓。花晨月夕。徵歌按拍。一詞脫稿。即令伶人習之。此劇演荆軻事。悉本史記。末云荆軻劫秦功成。逢王子晉點化仙去。係撮撰附會。史記云。荆軻者。衛人也。其先乃齊人。徙於衛。衛人謂之慶卿。而之燕。燕人謂之荆卿。荆軻既至燕。愛燕之狗屠及善擊筑者高漸離。燕之處士田光先生亦善待之。知其非庸人也。居頃之。會燕太子丹質秦亡歸燕。歸而求爲報秦王者。國小力不能。居有間。秦將樊於期得罪於秦王。亡之燕。太子受而舍之。鞠武諫曰。不可。夫以秦王之暴而積怒於燕。足爲寒心。又況聞樊將軍之所在乎。願太子疾遣樊將軍入匈奴以滅口。太子曰。夫樊將軍窮困於天下。歸身於丹。丹終不以迫於强秦。棄而所哀憐之交。願太傅更慮之。鞠武曰。燕有田光先生。其爲人智深而勇沉。可與謀。太子曰。願因太傅而得交於田先生可乎。鞠武曰。敬諾。出見田光。先道太子願圖國事於先生也。田光曰。敬奉教。乃造焉。太子逢迎。卻行爲導。跪而襒席。田光坐定。左右無人。太子避席而請曰。燕秦不兩立。願先生留意也。田光曰。光不敢以圖國事。所善荆卿可使也。太子曰。願因先生得結交於荆卿可乎。田光曰。敬諾。即起趨出。太子送至門。戒曰。丹所報先生所言者。大事也。願先生弗泄也。田光俛而笑曰。諾。僂行見荆卿曰。光與子相善。燕國莫不知。今太子聞光壯盛之時。不知吾形已不逮也。幸而教之曰燕秦不兩立。願先生留意也。光竊不自外。言足下於太子也。願足下過太子於宮。荆卿曰。謹奉教。田光曰。吾聞之。長者爲行。不使人疑之。今太子告光曰。所言者。國之大事也。願先生勿泄。是太子疑光也。夫爲行而使人疑之。非節俠也。欲自殺以激荆卿。曰。願足下急過太子。言光已死。明不言也。因遂自刎而死。荆卿遂見太子。言田光已死。致光之言。太子避席頓首曰。燕小弱。數困於兵。今計舉國不足以當秦。諸侯服秦。莫敢合從。丹之私計。以爲誠得天下之勇士使於秦。闚以重利。秦王貪。其勢必得所願矣。誠得劫秦王。使悉反諸侯侵地。則不可。因而刺殺之。彼秦大將擅兵於外。而內有亂。則君臣相疑。以其間得合從。其破秦必矣。此丹之上願。而不知所委命。唯荆卿留意焉。久之。荆軻許諾。於是尊荆卿爲上卿。舍上舍。太子日造門下。供太牢。具異物。間進車騎美女。恣荆卿所欲。以順適其意。久之。荆軻未有行意。秦將王翦破趙。擄趙王。盡收入其地。進兵北略地至燕南界。太子丹恐懼。乃請荆軻曰。秦兵旦暮渡易水。則雖欲長侍足下。豈可得哉。荆軻曰。微太子言。臣願謁之。今行而無信。則秦未可親也。夫樊將軍。秦王購之。金千斤。邑萬家。誠得樊將軍首。與燕督亢之圖。奉獻秦王。秦王必說見臣。臣乃得有以報太子。太子曰。樊將軍窮困來歸丹。丹不忍以己之私。而傷長者之意。願足下更慮之。荆軻知太子不忍。乃遂私見樊於期曰。秦之遇將軍。可謂深矣。父母宗族。皆爲戮沒。今聞購將軍首。金千斤。邑萬家。將奈何。樊於期仰天太息流涕曰。於期每念之。常痛於骨髓。顧計不知所出耳。荆軻曰。今有一言。可以解燕國之患。報將軍之仇者何如。於期乃前曰。爲之奈何。荆軻曰。願得將軍之首以獻秦王。秦王必喜而見臣。臣左手把其袖。右手揕其胸。然則將軍之仇報。而燕見陵之愧除矣。將軍豈有意乎。樊於期偏袒搤捥而進曰。此臣之日夜切齒腐心也。乃今得聞教。遂自剄。太子聞之。馳往伏屍而哭。極哀。既已不可奈何。乃遂盛樊於期首函封之。於是太子豫求天下之利匕首。得趙人徐夫人匕首。取之百金。乃裝爲遣荆卿。燕國有勇士秦舞陽。年十三。殺人。人不敢忤視。乃命秦舞陽爲副。太子及賓客知其事者。皆白衣冠以送之。至易水之上。既祖取道。高漸離擊筑。

荆軻和而歌。爲變徵之聲。士皆垂淚涕泣。又前而歌曰。風蕭蕭兮易水寒。壯士一去兮不復還。復爲羽聲慷慨。士皆瞋目。髮盡上指冠。於是荆軻就車而去。終已不顧。遂至秦。持千斤之資幣物。厚遺臣王寵臣中庶子蒙嘉。嘉爲先言秦王。秦王聞之大喜。乃朝服設九賓。見燕使者咸陽宮。荆軻奉樊於期頭函。而秦舞陽奉地圖匣。以次進。至陛。秦舞陽色變振恐。羣臣怪之。荆軻顧笑舞陽。前謝曰。北蕃蠻夷之鄙人。未嘗見天子。故振慴。願大王少假借之。使得畢使於前。秦王謂軻曰。取武陽所持地圖。軻既取圖奏之。秦王發圖。圖窮而匕首見。因左手把秦王之袖。而右手持匕首揕之。未至身。秦王驚。自引而起。袖絶拔劍。劍長操其室。時惶急劍堅。故不可立拔。荆軻逐秦王。秦王環柱而走。羣臣皆愕。卒起不意。盡失其度。而秦法羣臣侍殿上者。不得持尺寸之兵。諸郎中執兵。皆陳殿下。非有詔召。不得上。方急時。不及召下兵。以故荆軻乃逐秦王。而卒惶急無以擊軻。而以手共搏之。是時侍醫夏無且。以其所奉藥囊提荆軻也。秦王方環柱走。卒惶急不知所爲。左右乃曰。王負劍。負劍。遂拔以擊軻。斷其左股。荆軻廢。乃引其匕首以擿秦王。不中。中銅柱。秦復擊軻。軻被八創。軻自知事不就。倚柱而笑。箕踞以罵。曰。事所以不成者。以欲生劫之。必得契約以報太子也。於是左右前殺軻。秦王大怒。益發兵詣趙。詔王翦軍以伐燕。

雙修記

刊本標奉佛紫金道人編著。其序則云㭬園居士。託言紫金也。（葉憲祖撰。紫金道人。㭬園居士均爲葉之別號。）而㭬園居士姓名亦不傳。其記年則萬曆癸丑。序又云。居士精詞曲。其所作玉麟、四艷諸記（玉麟記及四艷記本書未收入。）皆爲世膾炙。精究佛理。篤信淨土。暇日取劉香女小卷。被之聲歌。名雙修記。按此是萬曆間詞客而宗梵行者所作。近代詞曲中談佛法者。屠隆曇花記爲博極内典。觀此劇序及其開場數語。則似嫌其仙佛並提。禪淨互舉。故作此矯之。專言淨土一門。以唱導淨緣。至其事則出小說。本文亦云借此勸修行。不必論其有無也。淨土法門。本諸內典無量壽佛經。阿彌陀佛鼓音聲王等經。而流行於晉時慧遠廬山蓮社。至明雲栖爲極盛。佛言。從是西方過十萬億佛土。有世界名曰極樂。有佛號阿彌陀。其國衆生。無有衆苦。但受諸樂。故名極樂。又其國土。七重欄楯。七重羅網。七重行樹。皆是四寶。周匝圍繞。又有七寶池。八功德水充滿其中。池底純以金沙布地。四邊階道。金銀瑠璃玻瓈合成。上有樓閣。亦以金銀瑠璃玻瓈硨磲赤珠瑪瑙嚴飾之。池中蓮華。大如車輪。青黃赤白。光華照耀。微妙香潔。又常作天樂。黃金爲地。晝夜六時。雨天曼陀羅華。其土衆生。常以清旦。各以裓衣盛衆妙華。供養他方一切諸佛。又常有種種奇妙雜色之鳥。晝夜六時。出和雅音。演暢五根五力。七菩提分。八聖道分。其土衆生。聞是音已。皆悉念佛念法念僧。又其國。微風吹動諸寶行樹。及寶羅網。出微妙音。如百千種樂。同時俱作。聞是音者。皆生念佛念法念僧之心。又彼佛光明無量。照十方國。無所障礙。故號爲阿彌陀佛。執持佛號。自一日至七日。一心不亂。即得往生極樂國土也。又無量壽佛經中。有十六觀。言必觀想念佛。得往生也。十六觀中。又分九品往生者。言由其人所具功德罪孽。有上品中品等別而分也。又經言。云何是念佛三昧。世尊曰。常念諸法眞實之相。是名念佛。又寶王論云。佛想投於亂心。心不得不佛。又參禪謂之大方便。念佛謂之勝方便。念佛生淨土。最爲佛法中直捷方便法門也。又佛言。凡夫欲修淨業。生西方極樂國者。當修三福。一者。孝養父母。奉事師長。慈心不殺。修十善業。二者。受持三歸。具足衆戒。不犯威儀。三者。發菩提心。深信因果。讀誦大乘。勸進行者。蓮社高賢傳。慧遠法師嘗謂諸教三昧。其名甚衆。功高易進。念佛爲先。既而謹律息心之士。絕塵淸信之賓。不期而至者。慧永、慧持、劉程之、宗炳、雷次宗等。結社念佛。世號十八賢。復率衆至百二十三人。同修淨土之業。造西方三聖像。建齋立誓。令劉遺民著發願文。而王喬之等。復爲念佛三昧詩以見志。蓮池律師袾宏小傳。初發足參方。從參究念佛得力。而歸併淨土一門。普攝三根。結茅雲栖。道風大扇。四衆翕集。首倡毘尼。以立根本。單提念佛。以攝禪淨。人稱雲栖布薩精嚴。傑出諸方。念佛專勤。遠追蓮社。爲蓮宗八祖。其故二亦出家修證。律二云故二。僧在俗時妻之稱也。杭城有蓮池故二比丘尼菴。有遺像森嚴。宛如偉丈夫。蓮宗學人。謂蓮池彌陀應身。又謂其故二。亦耶輸之應身也。蓮池事詳歸元鏡中。●歸元鏡。見本書卷十二。略云。華州華山紫金嶺下人劉長者。名光。劉遺民之後也。妻姚氏。中年無子。生一女。生時異香滿室。故名曰香。少長温柔孝順。隣近福田庵中。有僧曰臺巖。講彌陀經。香請於父母。同東隣范行婆。舅母姚婆往聽。香自幼好善。及聞講經。輒皈依西土甚切。力求巖師度脫。巖知有慧根。而世因未了。授以信香一片。囑其後有難處事。焚香自見。華州城中有馬雄員外者。鬬狠好殺。爲富不仁。子二。長曰馬金。次曰馬玉。金粗豪而懼其妻石氏。玉習詩書未娶。時値隆冬。雄率其二子。縱獵於華山下。歸途經劉光居留憩。見其女。欲强聘爲媳。光不得已應之。而光妻甚怨。香聞。閉室焚信香。則見天使于空中示現因果。乃知香前生姓張。名妙生。修持女子也。以折取桂花飾粧。往山中探親。途遇行僧慧空。兩相情動。墮落今世。爲夫婦三日。馬玉。即慧空也。香白其父母。且招玉至家。囑其戒殺念佛。光夫婦念佛既久。預知逝期。同日坐化。雄乃娶媳。與玉成婚甫三日。馬金之妻石氏。妒其爲親族所稱。譖之於姑。姑信之。立迫玉出外讀書。而以井臼督香。未幾。石氏又嗾姑催玉赴京應試。而令香於南莊種菜。金驅一兎至莊。香庇兎。爲金毆仆幾死。管莊嫗救而蘇。兎後啣藥草至。塗傷處得愈。石又惡語謗香。嗾姑出香於外。香延村乞食。遇一善女金支者。供養之。於古廟中修持。其夫玉應試。一舉狀元。授潮州太守。請假省親。見親及兄嫂。獨不見香。徐問所在。家中皆諱之。石氏之婢玉梅。微告以在南莊。玉即至莊。詰管莊嫗。始知被逐。訪之村中。

相見於古廟。夫婦拈香坐竟夜。問被逐之由。香不言。邀之歸。不從。但勸玉納妾。囑其早退修行。玉歸。其父已爲納一妾。引見香於古廟中。則即金支也。玉別妻。挈金支赴任。其父母兄嫂中蠱毒。在任力行善。一日書室假寐。夢爲冥司所攝。至森羅殿。見其父母兄嫂皆受譴。有佛旨下。謂玉能聽妻勸。戒殺念佛。且居官多善政。令放歸。玉蘇。乃掛冠歸。抵家。大請僧衆。建水陸道場。薦度。夫婦同夕夢見其親云。全家仗佛力。皆得超脫。遂發願雙修。皈依臺巖和尚。得念佛三昧。金支、玉梅。亦皆從香念佛。同皈淨土云。

簪花髻 雜劇

明沈自徵所撰也。*沈自徵，字君庸，所著除漁陽三弄外，尚有冬青樹一劇，今佚。詞苑叢譚云。吴江張倩倩。適同邑沈自徵。自徵負才任俠。所著灞亭秋、鞭歌妓、簪花髻詞三齣。名漁陽三弄。與徐文長並傳。倩倩有憶秦娥云。風雨咽。鵠鵑啼破淸明節。淸明節。杏花零落。悶懷千疊。倩悰依舊和誰說。眉山鬬鎖空愁絕。空愁絕。雨聲和淚。問誰淒切。塡詞集艷云。倩倩艷色淸才。年纔三十四沒。遺詩僅存一二。按倩倩本才女。可比楊愼夫人。故自徵於劇中采黃氏之詩。又借愼之簪花跌宕以自況也。

楊愼、字用修。四川新都人。大學士楊廷和子。正德六年辛未科狀元及第。授翰林院修撰。嘉靖初年。廷和爲首輔。因議大禮不合。致仕歸。愼亦兩上議大禮疏。率羣臣撼奉天門大哭。廷杖者再。謫戍雲南瀘州永昌衛三十餘年。卒於滇。年七十二。世宗每問楊愼云何。閣臣以老病對。怒稍解。愼益自放。嘗大醉粉紅傅面。作雙丫髻。插花。諸伎擁之。遊行城市。苗蠻以精白綾作裓遺諸伎服之。酒間乞書。醉墨淋漓。苗蠻輒購歸裝潢成卷。嘗語人曰。老顚欲裂風景。聊以耗壯心。遣餘年耳。愼博極羣書。著述最富。文集之外。又有外集、及丹鉛錄、藝林伐山、謝華啓秀等書。凡百餘種。皆盛行於世。陸游避暑漫抄云。咸通中優人李可及。滑稽諧戲。獨出輩流。雖不能託諷諭。然巧智敏捷。

亦不可多得。嘗因延慶節緇黃講誦畢。次及優倡爲戲。可及褒衣博帶。攝齊升座。稱三教論衡。偶坐者問曰。既言博通三教。釋迦如來是何人。對曰。婦人。問者驚曰。何也。曰。金剛經云。敷坐而坐。非婦人。何須夫坐而後兒坐也。上爲之啓齒。又曰。太上老君何人。曰。亦婦人也。問者益所不喻。乃曰。道德經云。吾有大患。爲吾有身。及吾無身。吾有何患。非婦人。何患於有娠乎。上大悅。又問曰。文宣王何人也。曰。婦人也。問者曰。何以知之。曰。論語云。沽之哉。沽之哉。我待賈者也。非婦人。奚待嫁焉。上意極歡。賜予頗厚。劇中借用其語。

霸亭秋雜劇

亦沈自徵撰。自徵落拓不羈。故借杜默以自喻。白云。三場文字。那一字不筆奪天孫之巧。那一句不文補造化之虛。直經他剝落一場。滿四海無人識得。只得袖了卷子回來。當藏之名山石室。以俟百世聖人而不惑。永不與世人觀看。蓋自徵下第後所作也。山堂肆考云。和州士人杜默。累舉不成名。因過烏江入謁項王廟。時正被酒霑醉。才炷香拜訖。徑升偶坐。據神頸。拊其首而慟。大聲語曰。大王有相虧者。英雄如大王。而不能得天下。文章如杜默。而進取不得官。語畢又大慟。淚如迸泉。廟祝畏其獲罪。扶掖以出。秉燭檢視。神像垂淚亦未已。霸亭。霸王廟之亭也。然霸亦借意于灞。謂人不第而歸。每于灞水亭邊送別。當此秋景。最難爲情。每每淒然墮淚。故又託以自況也。

翠屏山

明沈自徵撰。*應作沈自晉撰，此云沈自徵，誤。所演楊雄事。雄與石秀爲異姓兄弟。秀居雄家。雄妻潘氏與僧有奸。雄爲吏。每公事入値。則僧即至。秀知之。以告雄。且囑雄密圖。雄自外醉歸。不覺忿詈其婦。婦泣訴。以爲秀嘗欲見汚。不從。故反設說誣陷。雄信焉。遂與秀離。秀憤甚。欲實之。而恐彰雄醜。夜伺其僧自門出。而殺之於道。褫其衣以示雄。雄始悟。乃托名燒香。與其妻偕往翠屏山而手刃之。因與秀同投梁山泊。按劇中情蹟。全本水滸演義。雖小有點竄。而大段無殊也。龔聖與賽關索楊雄贊云。關索之雄。超之亦賢。能持義勇。自命何全。又拚命三郎石秀贊云。石秀拚命。志在金寶。大似河魨。腹果一飽。劇內巧雲、迎兒、海闍黎、潘公、頭陀等。俱本演義。時遷、宋江。亦從演義中點入。按水滸傳云病關索。龔聖與云賽關索。關索者。相傳羽之子也。據史。羽子平。爲孫權將所殺。又羽旣謚壯繆。以子興嗣侯。爲諸葛亮所器。弱冠爲侍中中監軍數歲卒。不言又有索。今滇黔間有關索嶺。最爲險峻。當是諸葛亮南征孟獲時。關索踰嶺建功。故土人因以爲名。而後世傳聞其驍勇。故羣盜亦借以爲號也。陳壽之史甚畧。既已失載。而演義詳敘征孟獲事。亦不及之。演義多撮空添出人姓名。獨於關索反漏。殊不可曉。

耆英會

明沈自徵撰。*應作沈自晉撰。此云沈自徵，誤。衍文彥博事也。宋司馬光洛中耆英會詩序云。昔白樂天在洛。與高年者八人游。時人慕之。圖傳於世。宋興。洛中諸公。繼而爲之者再矣。皆圖形普明僧舍。樂天之故第也。元豐中。潞國文公留守西都。韓國富公致政在里第。皆自逸於洛者。潞公謂韓國公曰。凡所爲慕於樂天者。以其志趣高逸也。奚必文與地之襲焉。一日。悉集士大夫老而賢者於韓公之第。置酒相樂。賓主凡十有二人。圖形妙覺僧舍。時人謂之洛陽耆英會。洛中舊俗。燕私相聚。尙齒不尙官。自樂天之會已然。是日復行。余未七十。用狄監盧尹故事。亦預於會。武寧軍節度使守、司徒、開府儀同三司、致仕韓國公富弼彥國。年七十九。河東節度使守、太尉、開府儀同三司、判河南府潞國公文彥博寬夫。年七十七。尙書司封郎中、致仕席汝言君從。年七十七。朝議大夫、致仕王尙恭安之。年七十六。太常少卿、致仕趙丙南正。年七十五。祕書監、致仕上柱國劉幾伯壽。年七十五。衛州防禦使、致仕馮行已肅之。年七十五。中奉大夫、充天章閣待制、提舉崇福宮楚建中正叔。年七十二。司農少卿、致仕王謹言不疑。年七十二。宣徽南院使檢、太尉、判大名府王拱辰君貺。年七十一。大中大夫、提舉崇福宮張問昌言。年七十。龍圖閣直學士、通議大夫、提舉崇福宮張燾景元。年七十。端明殿學士、兼翰林侍讀學士、大夫司馬光。年六十四。按明萬曆中年。吳人申少師時行年已八十。與王穉登等時時爲文酒之讌。自徵其里人。應指此事也。

黃粱夢

有二種。其一曰呂眞人黃粱夢境記。明蘇漢英撰。係全本。其一曰邯鄲道省悟黃粱夢。元馬致遠撰。＊馬致遠黃粱夢。見本書卷二。係雜劇。此夢境記。漢英所撰也。記中載呂洞賓遇鍾離雲房於華山下酒肆。共炊黃粱作飯。洞賓方午睡。雲房導入夢中。

初經名利關。與守關大將力戰。遇太陰女救出。挈以歸家。遂成夫婦。入京中狀元。德宗賜兩宮女。黃金百鎰。又命帶管行人。賜一品服色。海外封王。三子皆登科第。洞賓自海外還朝。遂拜同平章事。其後忽以應對差誤。貶居沿海。途中爲驛夫關吏所辱。大雪飢餓。煮白石爲飱。堅硬不能噉。被雲房喚醒。令食黃粱。始知是夢。乃隨雲房出家修道。昇入仙班。其大指本列仙傳及呂純陽集。而造飾事蹟。以見歷盡酒色財氣關頭。乃證仙果。不盡依本傳也。中間如杜佑、郭子儀、顏眞卿、陸贄、盧杞、李希烈、姚令言、朱泚、李晟、李懷光等。皆隨意點綴。其事有眞有假。亦皆與洞賓無涉。不過借作波瀾耳。列仙傳。呂巖、字洞賓。蒲州永樂縣人。貞元十四年生。異香滿室。天樂浮空。虎體龍腮。金形木質。狀類張子房。會昌中兩舉進士不第。年六十四歲。遊長安酒肆。見雲房先生。與同憇肆中。就枕昏睡。及夢覺。遂拜爲師。此劇第一齣。全用仙傳中語。但洞賓生貞元時。已在建中以後。而劇中乃以爲建中時中狀元。

不如本傳會昌中舉進士之說爲當。

有情癡 雜劇

明徐陽暉所撰。*徐陽暉，字玄暉，浙江鄞縣人。所作雜劇有情癡、脫囊穎二種今存，又靑雀舫一種今佚。演衛叔卿點化有情癡事。有情癡不著姓名。蓋以自寓也。中間大約玩世不恭。語多譏刺。始云。富貴的人。百般去趨奉他。貧賤的人。百般去欺侮他。譏世人炎涼情狀也。又云。胸中本無一字。做出滿腹的態度來。拾他人之唾餘。爲自己之識見。文宗班馬。他亦曰班馬。詩推李杜。他亦曰李杜。譏世人假託聲氣也。又云。酒食到口。人人都說相知。利害及身。箇箇盡成反面。譏世人凶終隙末也。又云。古人以終南爲捷徑。如今只消在接官亭。古人出疆必載質。如今只消一箇紅手本。譏世人奔走勢利也。又云。有無不能相通。多寡不能相濟。只喜錦上添花。不肯雪中送炭。譏世人慳吝囂薄也。至末以酒色爲戒。而撰出玉郎、玉娘作點染。

次第敷演。警醒凡情。列仙傳云。衛叔卿。中山人。服雲母得仙。其子度世。往華山尋之。至其巔絕巖之下。望見其父與數人博戲於石上。紫雲鬱鬱。白玉爲床。度世問曰。同博者誰。叔卿曰。洪厓先生、許由、巢父、王子晉也。後度世亦服雲母仙去。

脫囊穎 雜劇

明徐陽暉所撰。演毛遂脫穎事。躄者、毛遂原屬二人。劇中合爲一事。以便前後貫串。史記平原君傳云。平原君家樓臨民家。民家有躄者。槃散行汲。平原君美人居樓上臨見。大笑之。明日。躄者至平原君門請曰。臣聞君之喜士。士不遠千里而至者。以君能貴士而賤妾也。臣不幸有罷癃之病。而君之後宮臨而笑臣。臣願得笑臣者頭。平原君笑應曰。諾。躄者去。平原君笑曰。觀此豎子乃欲以一笑之故。殺吾美人。不亦甚乎。終不殺。居歲餘。賓客門下舍人稍稍引去者過半。平原君怪之曰。勝所以待諸君者。未嘗敢失禮。而去者何多也。門下一人前對曰。以君之不殺笑躄者。以君爲愛色而賤士。士即去耳。於是平原君乃斬笑躄者美人頭。自造門進躄者。因謝焉。其後門下乃復稍稍來。秦之圍邯鄲。趙使平原君求救。合從於楚約。與食客門下有勇力文武備具者二十人偕。平原君曰。使文能取勝。則善矣。文不能取勝。則歃血於華屋之下。必得定從而還。士不外索。取於食客門下足矣。得十九人。餘無可以取者。無以滿二十人。門下有毛遂者前。自贊於平原君曰。遂聞君將合從於楚約。與食客門下二十人偕。不外索。今少一人。願君即以遂備員而行矣。平原君曰。先生處勝之門下。幾年於此矣。毛遂曰。三年於此矣。平原君曰。夫賢士之處世也。譬若錐之處囊中。其末立見。今先生處勝之門下。三年於此矣。左右未有所稱誦。勝未有所聞。是先生無所有也。先生不能。先生留。毛遂曰。臣乃今日請處囊中耳。使遂得蚤處囊中。乃穎脫而出。非特其末見而已。平原君竟與毛遂偕。十九人相與目笑之而未發也。毛遂比至楚。與十九人論議。十九人皆服。平原君與楚合從。言其利害。日出而言之。日中不決。十九人謂毛遂曰。先生上。毛遂按劍歷階而上。謂平原君曰。從之利害。兩言而決耳。今日出而言從。日中不決。何也。楚王謂平原君曰。客何爲者也。平原君曰。是勝之舍人也。楚王叱曰。胡不下。吾乃與而君言。汝何爲者也。毛遂按劍而前曰。王之所以叱遂者。以楚國之衆也。今十步之內。王不得恃楚國之衆也。王之命懸於遂手。吾君在前。叱者何也。且遂聞湯以七十里之地王天下。文王以百里之壤而臣諸侯。豈其士卒衆多哉。誠能據其勢而奮其威。今楚地方五千里。持戟百萬。此霸王之資也。以楚之彊。天下弗能當。白起小豎子耳。率數萬之衆。興師以與楚戰。一戰而舉鄢郢。再戰而燒夷陵。三戰而辱王之先人。此百世之怨。而趙之所羞。而王弗知惡焉。合從者爲楚。非爲趙也。吾君在前。叱者何也。楚王曰。唯唯。誠若先生之言。謹奉社稷而以從。毛遂曰。從定乎。楚王曰。定矣。

毛遂謂楚王之左右曰。取雞狗馬之血來。毛遂奉銅盤而跪。進之楚王曰。王當歃血而定從。次者吾君。次者遂。遂定從於殿上。毛遂左手持盤血。而右手招十九人曰。公相與歃此血於堂下。公等錄錄。所謂因人成事者也。平原君已定從而歸。歸至於趙曰。勝不敢復相士。勝相士多者千人。寡者百數。自以爲不失天下之士。今乃於毛先生而失之也。毛先生一至楚。而使趙重於九鼎大呂。毛先生以三寸之舌。彊於百萬之師。勝不敢復相士。遂以爲上客。

長生記

明汪廷訥所撰。汪廷訥。字昌朝。一字無如。自號坐隱先生。無無居士。安徽休寧人。所作雜劇六種。今存廣陵月一種。傳奇有十八種。總名環翠堂樂府。惟周暉續金陵瑣事稱長生記等八種。爲陳所聞所撰。汪廷訥刻爲己作者。陳弘世序云。新安友人汪昌朝者。尊信導引之術。爲閣事呂祖甚謹。通籍拜鹺大夫。志益修潔。別號坐隱先生。一日夢感純陽之異。若以元解授記而報之誕子者。公覺而搜羅仙籍。摭純陽證果之始末。演爲傳奇。

標曰長生記。又其自序云。余夙慕乎元宗。於環翠堂右。建百鶴樓。高十丈許。奉事純陽子唯謹。蓋表余一念皈依之誠。且祈以廣嗣續。其雅志也。乙巳暮春。余晨參純陽子。禮畢。假寐瓊蘂房。純陽子揖余。闡發玄扃。力驅宿垢。且囑以指導塵世。將降令子以報若。余覺而異香滿室。神情爽朗。轉思無誘世之術。則急翻呂眞人集曁列仙傳逸史百家。搜求純陽子顚末。爲作長生記。按純陽子未遇雲房時。垂涎富貴。若非黃粱一夢。幾不免墮落宦海中。厥後名登紫府。誰非此夢力也。余今瓊蘂之夢。雖不敢上擬黃粱之夢。然感我師之提誨諄諄。敢不書紳敬佩之。是秋杪而記成。越明年夏五月。余果舉一丈夫子。於是信我師之夢。果不我欺矣。按此劇、蓋昌朝借以自道者。第三十六齣昌湖遇仙。所謂無無居士。號全一道人。即昌朝也。白云。小生自闢廬湖上。時人便以昌公湖名之。湖上建百鶴樓。奉事純陽大仙。祈廣嗣續。一日晨起。參禮方畢。假寐瓊蘂房。純陽子揖余。開示玄機。且囑以指導塵世。當有生蘭之報。予覺而異香滿室。越明年。果舉一丈夫子。獲此靈驗。余志益虔。此段正與自序符合。
劇中事實。多據列仙傳。如戲狎牡丹。劍斬黃龍。召將除妖。岳陽度柳等齣。
亦本稗官小說。非盡屬無稽。蓋作者考實敷陳。未嘗憑虛撮撰也。按列仙傳。
呂巖、字洞賓。唐蒲州永樂縣人。祖渭。禮部侍郎。父讓。海州刺史。貞元十
四年四月十四日巳時生。因號純陽子。初母就蓐時。異香滿室。天樂浮空。一
白鶴自天而下。飛入帳中不見。生而金形木質。道骨仙丰。少聰明。日記萬言。
矢口成文。身長八尺二寸。喜頂華陽巾。衣黃襴衫。繫大皂絛。狀類張子房。
二十不娶。始在襁褓。馬祖見之曰。此兒骨相不凡。自是風塵外物。他時遇廬
則居。見鍾則扣。留心記取。後遊廬山。遇火龍眞人。傳天遁劍法。唐會昌中。
兩舉進士不第。時年六十四歲。遊長安酒肆。見一羽士。青巾白袍。偶書三絕
句於壁。其一曰。坐臥常攜酒一壺。不教雙眼識皇都。乾坤偌大無名姓。疏散
人間一丈夫。其二曰。得道眞仙不易逢。幾時歸去願相從。自言住處連滄海。

別是蓬萊第一峯。其三曰。莫厭追歡笑語頻。尋思離亂可傷神。閒來屈指從頭數。得到清平有幾人。洞賓訝其狀貌奇古。詩意飄逸。因揖問姓氏。再拜延坐。羽士曰。可吟一絕。予欲觀子之志。洞賓援筆書曰。生在儒家遇太平。懸纓重滯布衣輕。誰能世上爭名利。欲事天皇上玉淸。羽士見詩曰。吾雲房先生也。居在終南鶴嶺。子能從遊乎。洞賓未應。雲房因與同憇肆中。雲房自爲執炊。洞賓忽就枕昏睡。夢以舉子赴京。狀元及第。始自郎署。擢臺諫翰苑秘閣。及諸淸要。無不備歷。兩娶富貴家女子。生子婚嫁早畢。孫甥振振。簪笏滿門。如此幾四十年。又獨相十年。權勢薰炙。偶被重罪籍沒。家資分散。妻孥流於嶺表。一身孑然。窮苦憔悴。立馬風雪中。方興浩歎。恍然夢覺。炊尙未熟。雲房笑吟曰。黃粱猶未熟。一夢到華胥。洞賓驚曰。先生知我夢耶。雲房曰。子適來之夢。升沉萬態。榮悴千端。五十年間一瞬耳。得不足喜。喪何足悲。世有大覺。而後知人世一大夢也。洞賓感悟。遂拜雲房。求度世術。雲房試之日。子骨節尙未完。欲求度世。須更數世可也。翩然別去。洞賓卽棄儒歸隱。雲房自是十試洞賓皆過。第一試。洞賓自外遠歸。忽見家人皆病歿。洞賓心無悔恨。但厚備葬具而已。須臾。歿者皆起無恙。第二試。洞賓鬻貨於市。議定其值。市者翻然止酬其直之半。洞賓無所爭。委貨而去。第三試。洞賓元日出門。遇丐者倚門求施。洞賓卽與錢物。而丐者索取不厭。且加誶詈。洞賓唯再三笑謝。第四試。洞賓牧羊山中。遇一餓虎。奔逐羣羊。洞賓蔽羊下阪。獨以身當之。虎迺釋去。第五試。洞賓居山中草舍讀書。一女年可十七八。容華絕世。光豔照人。自言歸寧母家。迷路。日暮足弱。借此少憩。既而調弄百端。夜逼同寢。洞賓竟不爲動。如是三日始去。第六試。洞賓一日郊出。及歸則家貲爲盜劫盡。殆無以供朝夕。洞賓了無愠色。躬耕自給。忽鋤下見金數十片。速掩之。一無所取。第七試。洞賓遇賣銅器者。市之以歸。皆金也。卽訪賣主還之。第八試。有風狂道士。陌上市藥。自言服者立死。再世得道。旬日不售。洞賓買之。道士曰。子速備後事可也。輒服無恙。第九試。春潦泛溢。洞賓與衆共涉。至中流。風濤掀湧。衆皆危懼。洞賓端坐不動。第十試。洞賓獨坐一室。忽見奇形怪狀鬼魅無數。有欲擊者。有欲殺者。洞賓絕無所懼。復有夜叉數十。械一死囚。血肉淋漓。號泣言。汝宿世殺我。今當償我命。洞賓曰。殺命償命。宜也。起索刀。欲自盡償之。忽聞空中一叱聲。鬼神皆不復見。一人撫掌大笑而下。即雲房也。曰。吾十試子。子皆心無所動。得道必矣。但功行尚未完。吾今授子黃白之術。濟世利物。使三千功滿。八百行圓。方來度子。洞賓曰。所作庚辛有變異乎。曰。三千年後還本質耳。洞賓愀然曰。誤三千年後人。不願爲也。雲房笑曰。子推心如此。三千八百。悉在是矣。乃攜洞賓至鶴嶺。悉傳以上眞秘訣。俄淸溪鄭思遠、太華施眞人。由東南淩虛而來。相揖共坐。施眞人曰。侍者何人。雲房曰。呂海州讓之子。因命洞賓拜二仙。思遠曰。形淸神在。目秀精藏。可與學道者也。去後。雲房謂曰。吾朝元有期。當奏汝功行于仙籍。汝亦不久居此。後十年洞庭湖相見。又以靈寶畢法及靈丹數粒示洞賓。授受間。有二仙捧金簡寶符。語雲房曰。上帝詔汝爲九天金闕選仙。當即行。雲房謂洞賓曰。吾赴帝召。汝好住人間。修功立德。他日亦當如我。洞賓再拜曰。巖之志異於先生。必須度盡天下衆生。方願上昇也。於是雲房乘雲冉冉而去。洞賓既得雲房之道。兼火龍眞人天遁劍法。始遊江淮。試靈劍。遂除蛟害。隱顯變化。四百餘年。常游湘潭岳鄂及兩浙汴譙間。人莫之識。自稱回道人。又按耿定向權子云。昔呂純陽受學於雲房鍾子。鍾子故爲諸幻景歷試之。初以榮貴綬色諸世所欣艷者。而呂不動。繼以寇兵患難疾病諸苦楚不可忍者。而呂亦不動。雲房子猶未即授也。一日。呂子涕泣請曰。弟子從先生遊。三紀于茲。諸難備嘗矣。乃師竟秘不授。將某非其人也。鍾子曰。余視子履。似亦可語。顧子功行未累也。呂曰。何修而功行乃累。鍾子曰。須金百萬。博濟於世始得。呂曰。弟子窶人。何從辦此。鍾子曰。余有丹藥。可化銅鐵爲金。

子第懷此博施。愼勿泄也。呂子請曰。其金卒當變否。鍾子曰。須三千歲後還本質也。呂子愀然跪曰。如此則悞三千歲後人矣。功行之謂何。鍾子悅曰。善哉。即此一念。長生久視。道在是也。呂子豁然悟。㦎然懌。已蹶然起曰。師道易易若是。吾將廣師旨。普渡世迷。可乎。雲房子曰。汝試爲之。於是呂子悉以所得旨授人。計所度者無慮數千人。乃復化身爲極貧苦狀。行乞於諸所度者之門。是數千人者十去二三。又化身爲橫遭仇誣械繫俘囚。而過諸所度者之門。則數千人者十去六七已。又化身爲重罹疾病纍纍骨立。而過諸所度者之門。則數千人者一旦去之盡已。呂子失意。悵然而歸。偃息河濱樹下。雲房子化身一叟。過而訊之。呂子語以故。叟曰。吾非若算比。時老且衰。百念俱灰。自矢可身相許矣。願依子終身可乎。呂喜晚得叟。即許諾。負之渡河以歸。至河中。始悟其爲師。驚訝曰。嘻。師唯度我。我惟度師耶。

威鳳記

亦汪廷訥撰。馬翼如序云。坐隱先生以豪爽之才。憤時嫉俗之抱。莫由宣洩。往往觸發於新聲。以故樂府之夥。直入高王閫奧。茲觀威鳳一記。不尤可喜可愕。而大係風教者乎。韓氏紫荆之賞。因訓若子俾遵家範。詎意胎鶚兄鬩牆之禍。動豺友下石之謀。甚至甘棄其親而不養。向非仗義如馮生。道行母子。必且爲寃鬼矣。奚待遼東私賂。而後知其計之慘哉。卒之帝鑒不爽於毫芒。孑窮棲身於靈宇。伯氏之禍仲者乃自禍。僅幸兎其溝壑焉耳。猗歟。儀鳳文章。鼎名紫閣。造化斡旋於仲。豈可誣哉。夫貪淫殘暴。示懲也。孝友仁賢。昭勸也。非記不足以發其隱。無亦得三百之遺旨而寄之音律者耶。略云。韓生名用、字道行。浙江秀州人。兄韓周。兇頑性成。與用不合。其母春日宴於荆花下。引田眞事以敦勉周。周以爲母偏愛弟。因欲謀逐之。一夕。用偶宿於契友馮範家。周譖於母云。用日宿娼飲酒。適用歸。母面責之。會馮亦令人至。母始白其誣。周愧甚。害之之意益急。用其友卜仁計。托爭產事與用分居。母始在周處。周與其妻俱不孝殊甚。用知之。乃迎養。適周逼娶張氏女作妾。女自刎死。卜仁復教以先鳴於官。言用欲往殺周。周避匿。故殺某妾。官受賄。論用大辟。母與其友馮範爲訴冤。乃從輕謫戍遼東。其母權依馮範。周又恐用遇赦得回。託卜仁往遼東衛賄有司。欲寘之死。有司故淸正者。前已悉其冤。即下卜仁於獄。且釋用回籍。後用與範同年登第。時周爲火所焚。家貲罄盡。妻亦病委溝壑。而身乞食於道。用見之惻然。迎之歸。與爲兄弟如初。按劇中情節。未知眞假。大抵借此以諷世人之骨肉參商者。卜仁。卜與不音相似。言其不仁也。

序云。儀鳳文章。鼎名紫閣。以其弟韓用爲威鳳也。序又云。鴞兄鬩牆。指其兄韓周爲鴞。故指弟用爲威鳳。以兩相對勘云。

三祝記

汪廷訥記范仲淹事。言福壽男子兼全。故名三祝。全據實蹟敷演。宋史范仲淹傳云。仲淹、字希文。蘇州吳縣人。少有志操。旣長。之應天府文學。晝夜不息。冬月憊甚。以水沃面。食不給。至以糜粥繼之。舉進士第。爲集慶軍節度推官。遷大理寺丞。母喪去官。晏殊薦爲秘閣校理。天聖七年。章獻太后將以冬至受朝。天子率百官上壽。仲淹極言之。且上疏請太后還政。不報。尋通判河中府。徙陳州。時方建太一宮及洪福院。市材木陝西。仲淹言侈土木。破物產。非所以順人心。合天意也。事雖不行。仁宗以爲忠。召爲右司諫。帝欲以太妃楊氏爲皇太后。仲淹曰。太后。母號也。自古無因保育而代立者。歲大蝗旱。江淮京東滋甚。命仲淹安撫江淮。所至開倉賑之。後累遷吏部員外郎。權知開封府。時呂夷簡執政。進用者多出其門。仲淹上百官圖曰。進退近臣凡超格者。不宜全委之宰相。夷簡不悅。他日論建都之事。仲淹曰。洛陽險固。而汴爲四戰之地。太平宜居汴。即有事必居洛陽。帝問夷簡。夷簡曰。此仲淹迂闊之論也。仲淹迺爲四論以獻。大抵譏切時政。由是罷知饒州。殿中侍御史韓瀆希相旨。請書仲淹朋黨。揭之朝堂。於是秘書丞余靖上言曰。仲淹以一言忤宰相。遽加貶竄。臣請追改前命。太子中允尹洙自訟與仲淹師友。願從降黜。館閣校勘歐陽修以高若訥在諫官。坐視而不言。移書責之。由是三人者皆坐貶。元昊反。召爲天章閣待制。知永興軍。改陝西都轉運使。會夏竦爲陝西經畧招討使。進仲淹龍圖閣直學士以副之。延州諸砦多失守。仲淹自請行。遷戶部郎中。兼知延州。明年正月。詔諸路入討。仲淹曰。正月塞外大寒。不如俟春深入。久之。元昊與仲淹約和。仲淹爲書戒諭之。元昊答書語不遜。仲淹對來使焚之。大臣以爲不當輒通書。又不當輒焚之。宋庠請斬仲淹。帝不聽。降本曹員外郎。遷左司郎中。爲環慶路經略安撫緣邊招討使。初。元昊反。陰誘屬羌爲助。而環慶酋六百餘人。約爲鄉道。事尋露。仲淹至部。即奏行邊以詔書犒賞諸羌。閱其人馬。爲立條約。諸羌皆受命。改邠州觀察使。仲淹表言觀察使班待制下。臣守邊數年。羌人呼臣爲龍圖老子。今恐爲賊輕。辭不拜。進樞密直學士。右諫議大夫。仲淹以軍出無功。辭不敢受命。詔不聽。時已命文彥博經略涇原。帝以涇原傷夷。欲對徙仲淹。遣王懷德喻之。仲淹謝曰。涇原地重。第恐臣不足當此路。與韓琦同經略涇原。並駐涇州。琦兼秦鳳。臣兼環慶。涇原有驚。臣與韓琦合秦鳳環慶之兵。犄角而進。若秦鳳環慶有警。亦可率涇原之師爲援。臣當與琦練兵選將。漸復横山。以斷賊臂。不數年間。可期平定矣。帝用其言。元昊請和。召拜樞密副使。改參知政事。卒年六十四。四子。純祐、純仁、純禮、純粹。純祐、字天成。性英悟自得。尙節行方。父仲淹守蘇州。首建郡學。聘胡瑗爲師。生徒多不率教。仲淹患之。純祐尙未冠。輒白入學。齒諸生之末。盡行其規。諸生隨之。遂不敢犯。寶元中西夏叛。仲淹連官關陝。

皆將兵。純祐與將卒雜處。得其才否。由是仲淹任人無失。而屢有功。仲淹帥環慶。議城馬鋪砦。砦逼夏境。夏懼扼其衝。侵撓其役。純祐率兵馳據其地。數日而成。純祐事父母孝。未嘗違左右。不應科第。及仲淹以讒罷。純祐不得已。蔭守將作院主簿。又爲司竹監。以非所好。即解去。純禮、字彝叟。以父蔭爲秘書省正字。累拜禮部尚書。擢尚書右丞。純粹、字德儒。官至徽猷閣待制。致仕卒。純仁、字堯夫。中皇祐元年進士第。知武進縣。以遠親不赴。易長葛。又不往。仲淹曰。汝昔日以遠爲言。今近矣。復何辭。純仁曰。豈可重於祿食而輕去父母耶。晝夜肄業。至夜分不寢。置燈帳中。帳頂如墨色。仲淹沒。始出仕。以著作佐郎知襄城縣。兄純祐有心疾。事之如父。宋庠薦試官職。謝曰。輦轂之下。非兄養疾地也。富弼責之曰。臺閣之任豈易得。何庸如是。卒不就。後累拜兵部員外郎。兼起居舍人同知諫院。奏言王安石變祖宗法度。掊克財利。民心不寧。書曰。怨豈在明。不見是圖。願陛下圖不見之怨。

神宗曰。何爲不見之怨。對曰。杜牧所謂天下之人。不敢言而敢怒是也。作尙書解以進。加直集賢院同修起居注。及薛向任發運使。行均輸法於六路。純仁言小人掊克。生靈歛怨基禍。安石以富國强兵之術。啓迪上心。在廷之臣。方大半趨附。宜速退安石。答中外之望。不聽。遂求罷諫職。改判國子監。去意愈確。執政使諭之曰。毋輕去。已議除知制誥矣。純仁曰。此言何爲至於我哉。言不用。萬鍾非所顧也。其所上章疏語多激切。安石大怒。乞加重貶。神宗曰。彼無罪。姑與一善地。命知河中府。徙成都路轉運使。以新法不便戒州縣。未得遽行。安石怒純仁沮格。因讒者遣使欲掊摭私事。不可得。後竟坐失察寮佐燕游。左遷知和州。加直龍圖閣。知慶州秦中方饑。擅發常平粟賑貸。僚屬請奏而待報。純仁曰。報至無及矣。或謗其所全活不實。詔遣使按視。會秋大稔。民讙曰。公實活我。忍累公耶。晝夜爭輸還之。使者至。已無所負。邠寧間有叢冢。使者曰。全活不實之罪。於此得矣。發冢籍骸上之。詔本處監司窮治。

迺前帥楚建中所封也。環州种古執熟羌爲盜。流南方。過慶呼寃。純仁以屬吏。非盜也。古避罪譁訟。詔御史治於寧州。純仁就逮。民萬數遮馬。涕泗不得行。至有自投於河者。獄成。古以誣告謫。亦加純仁以他過。黜知信陽軍。移齊州。丐罷。提舉西京。留司御史臺。時耆賢多在洛。純仁與司馬光皆好客而家貧。相約爲眞率會。脫粟一飯。酒數行。洛中以爲勝事。

義烈記

亦汪廷訥所作也。薛應和爲之序云。東漢黨錮之事。張山陽亡命。而孔氏爭死於一門。高義薄雲天。偉烈貫金石。余友無如君檃括其概。編爲傳奇。戲劇中有係名教。非偶然已也。劇中皆紀實多。本漢書列傳。按矯詔誅竇武、陳蕃者。乃王甫與曹節也。劇中皆以爲侯參事。而不載王甫。蓋以侯覽乃誣張儉爲錮黨者。遂並以甫事入之。便於前後關目照應耳。然參爲益州刺史。被誅。初未嘗爲中常侍。劇則以覽爲參矣。又按董卓在桓靈時。尙在外爲將軍。爲刺史。至少帝時。始入朝。其拜郎中。乃從張奐擊破漢陽叛羌時也。烏得有爲侯參母壽事乎。且卓傳中載卓助袁術等誅宦官。及上書追理陳蕃、竇武諸黨人。而劇中乃言其附侯覽。捕張儉。收孔褒。皆非實事。蓋以卓之所爲。與曹節、王甫等相類。即其追理諸黨人。亦徒好名而非本心。故即借此事紐入爲點綴也。又按曹節、王甫之矯詔誅竇武。在建寧元年。至光和二年。陽球始奏誅王甫。曹節則光和四年乃卒。而蔡邕之爲議郎。在建寧之三年。未嘗有劾曹節等事。又邕附董卓者。而劇中則以爲并劾董卓。蓋因邕嘗對問於金商門。令中常侍曹節、王甫等以詔書喩旨。邕切言極對。譏刺豎宦。宦官遂造作飛條。致邕刑罪。頗類劾曹節者。又以附董卓事爲邕身名之玷。故反入爲點染也。張儉傳云。張儉、字元節。山陽高平人。初舉茂才。以刺史非其人。謝病不起。延熹八年。太守翟超請爲東部督郵。時中常侍侯覽家在防東。殘暴百姓。所爲不軌。儉舉劾覽及其母罪惡。請誅之。覽遏絕章奏。並不得通。由是結仇覽等。鄉人朱並素性奸邪。爲儉所棄。並懷怨恚。遂上書告儉與同郡二十四人爲黨。於是刊章討捕。儉得亡命。困迫遁走。望門投止。莫不重其名行。破家相容。復流轉東萊。止李篤家。外黃令毛欽操兵到門。篤引欽謂曰。張儉知名天下。而亡非其罪。縱儉可得。寧忍執之乎。欽因起撫篤曰。蘧伯玉恥獨爲君子。足下如何自專仁義。篤曰。篤雖好義。明廷今日載其半矣。欽嘆息而去。篤因緣送儉出塞。以故得免。其所經歷。伏重誅者以十數。宗親並殄滅。郡縣爲之殘破。中平元年。黨事解。乃還鄉里。大將軍三公並辟。又舉敦朴。公車特徵。起家拜少府。皆不就。獻帝初百姓饑荒。而儉資計差温。乃傾竭財產。與邑里共之。賴其存者以百數。孔融傳云。融字文舉。魯國人。孔子二十世孫也。性好學。博涉多聞。山陽張儉爲中常侍侯覽所怨。覽爲刊章下州郡。以名捕儉。儉與融兄褒有舊。亡抵於褒。不遇。時融年十六。儉少之而不告。融見其有窘色。謂曰。兄雖在外。吾獨不能爲君主耶。因留舍之。後事泄。國相以下。密就掩捕。儉得脫走。遂併收褒、融送獄。二人未知所坐。融曰。保納舍藏者。融也。當坐之。褒曰。彼來求我。非弟之過。請甘其罪。吏問其母。母曰。家事任長。妾當其辜。一門爭死。郡縣疑不能決。乃上讞之。詔書竟坐褒焉。融由是顯名。范滂傳云。滂字孟博。汝南征羌人也。太守宗資聞其名。請署功曹。委任政事。滂在職嚴整嫉惡。郡中中人以下。莫不歸怨。乃指滂之所用以爲范黨。後牢脩誣言鉤黨。滂坐繫黄門北寺獄。獄吏謂曰。凡坐繫皆祭皐陶。滂曰。皐陶賢者。古之直臣。知滂無罪。將理之於帝。如其有罪。祭之何益。獄吏將加掠考。滂以同囚多嬰病。乃請先就格。遂與同郡袁忠爭受楚毒。桓帝使中常侍王甫以次詰辨滂等。皆三木囊頭。暴於階下。王甫詰曰。君爲人臣。不惟忠國。而共造部黨。並欲何爲。滂對曰。臣欲使善善同其清。惡惡同其汙。謂王政之所願聞。不悟更以爲黨。甫曰。卿更相拔舉。迭爲脣齒。有不合者。見則排斥。其意如何。滂乃慷慨仰天曰。古之循善。自求多福。今之循善。陷大戮。身死之後。願埋滂於首陽山側。上不負皇天。下不愧夷齊。甫愍然爲之改容。乃得並解桎梏。滂後事釋南歸。建寧二年。大誅黨人。詔下。急捕滂等。督郵吳導至縣。抱詔書。閉傳舍。伏床而泣。滂聞之曰。必爲我也。即自詣獄。縣令郭揖大驚。出解印綬。引與俱亡。曰。天下大矣。子何爲在此。滂曰。滂死則禍塞。何可以罪累君。又令老母流離乎。其母就與之決。滂白母曰。惟大人割不可忍之恩。勿增感戚。母曰。汝今得與李杜齊名。死亦何恨。滂受教。再拜而辭。顧謂其子曰。吾欲使汝爲惡。則惡不可爲。使汝爲善。則我不爲惡。行路聞之。莫不流涕。李膺傳云。字元禮。潁川襄城人也。初舉高第。後拜司隸校尉。及遭黨事。當考實膺等。案經三府。太尉陳蕃不肯平署。帝愈怒。遂下膺等於黃門北寺獄。膺等頗引宦官子弟。宦官多懼。請帝以天時宜赦。於是大赦天下。膺免歸鄉里。及陳蕃爲太傅。與大將軍竇武共秉朝政。連謀誅諸宦官。故引用天下名士。乃以膺爲長樂少府。及陳、竇之敗。膺等復廢。後張儉事起。收捕鈎黨。鄉人謂膺曰。可去矣。對曰。事不辭難。罪不逃刑。臣之節也。吾年已六十。死生有命。去將安之。乃詣詔獄考死。黨錮傳云。太學諸生三萬餘人。郭林宗、賈偉節爲其冠。並與李膺、陳蕃、王暢更相褒重。時河内張成善説風角。推占當赦。遂教子殺人。李膺爲河南尹。督促收捕。既而逢宥獲免。膺愈懷憤疾。竟案殺之。初成以方伎交通宦官。帝亦頗誶其占。成弟子牢脩。因上書誣告膺等養太學遊士。交結諸郡生徒。更相驅馳。共爲部黨。誹訕朝廷。疑亂風俗。於是天子震怒。頒下郡國。逮捕黨人。收執膺等。明年。帝意稍解。乃赦歸田里。禁錮終身。後張儉鄉人朱並承望中常侍侯覽意旨。上書告儉與同鄉二十四人別相署號。共爲部黨。圖危社稷。靈帝詔刊章捕儉等。曹節因此諷有司奏捕前黨百餘人。皆死獄中。皇甫規傳云。規字威明。安定朝那人。太山賊叔孫無忌侵亂郡縣。徵規太山太守。規到官廣設方略。寇賊悉平。延熹四年。羌寇鈔關中。

規討之。羌遣使乞降。徵還拜議郎。論功當封。而中常侍徐璜等陷以前事。下之於吏。遂以餘寇不絕。坐繫廷尉。論輸左校。諸公及太學生張鳳等三百餘人。詣闕訟之。會赦歸家。徵拜度遼將軍。上書薦中郎將張奐以自代。朝廷從之。及黨事大起。天下名賢多見染逮。規雖爲名將。素譽不高。自以西州豪傑。恥不得豫。乃先自上言。臣前薦故大司農張奐。是附黨也。又臣昔論輸左校時。太學生張鳳等上書訟臣。是爲黨人所附也。臣宜坐之。朝廷知而不問。時人以爲規賢。陳蕃傳云。蕃字仲舉。汝南平輿人也。李膺等以黨事下獄考實。蕃因上疏極諫。帝諱其言切。託以蕃辟召非其人。遂策免之。竇后臨朝。以蕃爲太傅。錄尙書事。蕃與后父大將軍竇武同心盡力。徵用名賢。共參政事。謀誅中官。及事泄。曹節等矯詔誅武等。蕃時年七十餘。聞難作。將官屬諸生八十餘人。並拔刃直入承明門。攘臂呼曰。大將軍忠以衞國。黃門反逆。何云竇氏不道耶。王甫時出與蕃相迕。遂令收蕃。蕃拔劍叱甫。甫兵不敢近。乃益人圍之。數十重。遂執蕃。送黃門北寺獄。即日害之。蕃友人朱震時爲銍令。聞而哭之。收葬蕃尸。匿其子逸於甘陵界中。事覺繫獄。合門桎梏。震受考掠。誓死不言。故逸得免。後黃巾賊起。大赦黨人。乃追還逸。官至魯相。竇武傳云。武字游平。扶風平陵人。延熹八年。長女選入掖庭。桓帝立爲皇后。武封槐里侯。拜城門校尉。時國政多失。內官專寵。李膺、杜密等爲黨事考逮。武上疏諫。有詔原李膺等。靈帝立。拜武爲大將軍。封聞喜侯。武既輔朝政。常有誅剪宦官之意。後武奏收曹節、王甫等。長樂五官史朱瑀盜發武奏。曹節聞之。矯詔捕收武等。武等皆自殺。武府掾桂陽胡騰。少師事武。獨殯斂行喪。坐以禁錮。武孫輔時年二歲。逃竄得全。事覺。節等捕之急。胡騰及令史南陽張敞。共逃竄輔於零陵界。詐云已死。騰以爲己子。而使聘娶焉。宦者傳云。侯覽者。山陽防東人。桓帝初爲中常侍。以佞猾進。倚勢貪放。延熹中賜爵關內侯。進封高鄉侯。兄參爲益州刺史。民有豐富者。輒誣以大逆。皆誅滅之。沒入財物。前後累億萬計。太尉楊秉奏。檻車徵於道。自殺。覽坐免。旋復官。建寧二年。喪母還家。大起塋冢。督郵張儉。因舉奏覽貪侈奢縱。前後請奪人宅三百八十一所。田百一十八頃。起立第宅十有六區。又豫作壽冢。石槨雙闕。高廡百尺。破人居室。發掘墳墓。虜奪良人妻。略婦子及諸罪釁。請誅之。而覽伺候遮截。章竟不上。儉遂破覽冢宅。籍沒資財。具言罪狀。又奏覽母生時。交通賓客。干亂郡國。復不得御。覽遂誣儉爲鉤黨。及故長樂少府李膺。太僕杜密等。皆夷滅之。遂代曹節領太僕。熹平元年。有司舉奏覽專權驕奢。策收印綬自殺。曹節、字漢豐。南陽新野人也。初以西園騎遷小黃門。桓帝時遷中常侍奉車都尉。靈帝即位。封長安鄉侯。時竇太后臨朝。后父大將軍武與太傅陳蕃謀誅中官。節與長樂五官史朱瑀。從官史共普、張亮。中黃門王尊。長樂謁者騰是等十七人。共矯詔以長樂食監王甫爲黃門令。將兵誅武、蕃等。節遷長樂衞尉。封育陽侯。董卓傳云。卓字仲穎。隴西臨洮人也。拜并州牧。大將軍何進、司隸校尉袁紹謀誅閹宦。而太后不許。乃私呼卓將兵入朝。以脅太后。卓得召。即時就道。未至而何進敗。獻帝時遷太尉。更封郿侯。卓乃與司徒黄琬、司空楊彪俱帶鈇鑕。詣闕上書。追理陳蕃、竇武及諸黨人。以從人望。於是悉復蕃等爵位。擢用子孫。尋進卓爲相國。後爲王允、吕布等所誅。

桃花人面 雜劇

明孟稱舜作。*孟稱舜，字子若，一字子塞，又作子適，浙江會稽人。所作雜劇有桃花人面、英雄成敗、死裏逃生、眼兒媚、花前一笑等存。紅顔年少佚。傳奇有二胥記、赤伏符、嬌紅記、貞文記等。按唐人小説。博陵崔護。資質甚美。少而孤潔寡合。舉進士第。清明日。獨遊都城南。得居人莊一畝之宫。而花木叢萃。寂若無人。扣門久之。有女子自門隙窺問曰。誰邪。護以姓字對。曰。尋春獨行。酒渴求飲。女入。以杯水至。開門設牀命坐。獨倚小桃斜柯佇立。而意屬甚厚。妖姿媚態。綽有餘妍。崔以言挑之。不對。目注者久之。崔辭去。送至門。如不勝情而入。崔亦睠盼而歸。爾後絕不復至。及來歲清明日。忽思之。情不可抑。徑往尋之。門院如故。而已扃鎖矣。崔因題詩于左扉曰。去年今日此門中。人面桃花相映紅。人面秖今何處去。桃花依舊笑春風。後數日。偶至都城南。復往尋之。聞其中有哭聲。扣門問之。有老父出曰。君非崔護耶。曰。是也。又哭曰。君殺吾女。護驚怛莫知所答。父曰。吾女笄年知書。未適人。自去年以來。常恍忽若有所失。比日與之出。及歸見左扉有字。讀之。入門而病。遂絕食數日而卒。吾老矣。唯此一女。所以不嫁者。將求君子以託吾身。今不幸而殞。得非君殺之耶。又持崔大哭。崔亦感慟。請入哭之。尙儼然在牀。崔舉其首。枕其股。哭而祝曰。某在斯。須臾開目。半日復活。父喜。遂以女歸之。作者前後情節。都無改易。唯女郎本未傳姓字。今撰葉蓁兒以實之。似亦借桃夭之意。相爲映帶云。

花舫緣*一名花前一笑。雜劇

明孟稱舜作。唐寅遇華學士婢事。見涇林雜記。作者本用此事而其中小有改竄。如華學士則云沈八座。桂華則云慵來。又相遇本在無錫。而此以爲虎丘。則參用小說所記也。小說亦云華學士婢。而以婢名爲秋香。又與陳元超事相混云。

蕉鹿夢 雜劇

明上虞人車任遠撰。*車任遠。字遠之。號梲齋。別號蘧然子。浙江上虞人。所作傳奇有彈鋏記。今佚。雜劇有福先碑、四夢記。四夢記分高唐夢、邯鄲夢、南柯夢、蕉鹿夢四本。今僅存蕉鹿夢一種。餘佚。事本列子。稍緣飾之。列子。鄭人有薪於野者。遇駭鹿。擊而斃之。恐人見之也。遽而藏諸隍中。覆之以蕉。不勝其喜。俄而遺其所藏之處。遂以爲夢焉。順途而咏其事。傍人有聞者。用其言而取之。既歸。告其室人曰。向薪者夢得鹿而不知其處。吾今得之。彼直眞夢者矣。室人曰。若將是夢見薪者而得鹿耶。詎有薪者耶。今其得鹿。是若之夢眞耶。夫曰。吾據得鹿。何用知彼夢我夢耶。其妻又擬其爲夢。薪者歸。復眞夢藏之之處。又夢得之之主。案所夢而尋得之。遂訟而爭之。歸之士師。士師欲二分之。以聞鄭君。皆互有夢覺之說。相國曰。欲辯夢覺。維黄帝孔子。作者撰出樵夫烏有辰得鹿。爲漁翁魏無虛所取。且云是山神奉仙師列禦寇意旨。點醒世人。此乃粧點生色也。

曲海總目提要卷九

絡冰絲 雜劇

明季杭州人徐翽撰。*徐翽，又名士俊，字三有，號野君，別號紫珍道人，浙江仁和人，作劇極富，今僅存絡冰絲、春波影二種。事出𡚱嬛記。記曰。梁沈休文雨夜齋中獨坐。風開竹扉。有一女子攜絡絲具。入門便坐。風飄細雨如絲。女隨風引絡。絡繹不斷。斷時亦隨口續之。若眞絲焉。燭未及跋。得數兩。起贈沈曰。此謂冰絲。贈君造以爲冰紈。忽不見。沈後織成紈。鮮潔明滑。不異於冰。製扇。當夏日甫攜在手。不搖而自涼。劇全據此，尾聲云，方信𡚱嬛洞裏書，點出來歷。又云。欲將那詩家這休文白云。左目重瞳子。聰明過人。據梁書南史本傳。幾箇韻兒。像蕭何造律的一般。作下不刊之典。謂約作四聲譜也。後世有指沈韻爲韻經者。故曰不刊之典。又云。嘔絲之野。終日向自己口中一絲絲放出來。按山海經。歐絲之野。有一女子。跪據樹歐絲。郭璞注曰。蠶類也。又云。這喚做滿腹經綸。按明英宗時。李東陽、程敏政皆以奇童召見。上出對句曰。螃蟹渾身甲冑。敏政對曰。鳳凰遍體文章。東陽對曰。蜘蛛滿腹絲綸。其後弘正間。敏政官止少詹學士。而東陽入内閣爲宰輔。人謂對句已定兩人名位矣。

藍橋記

明萬曆間龍膺撰。*龍膺。字朱陵。一字君善。又字君御。號龍渠翁。湖南武陵人。所作有藍田記、金門記、藍橋記等。演裴航遇雲英事。以樊夫人詩有藍橋便是神仙窟句。果於藍橋驛側遇雲英而得名。故以標名也。藍橋驛在陝西西安府藍田縣。唐時屬京兆府。有藍水、藍田關。杜甫詩。藍水遠從千澗落。玉山高並兩峯寒。又曰。水面月出藍田關。李商隱詩。藍田日暖玉生烟。皆誌其地之勝景也。橋在藍水上。故曰藍橋。太平廣記。唐長慶中有裴航秀才。因下第遊於鄂渚。謁故舊友人崔相國。値相國贈錢二十萬。遂挈歸於京。因傭巨舟。載於襄漢。同載有樊夫人。乃國色也。言詞間接。帷帳比鄰。航雖親切。無計道達而覿面焉。因賂侍婢裊煙而求達詩一章曰。向爲胡越猶懷想。況遇天仙隔錦屏。倘若玉京朝會去。願隨鸞鶴入青冥。詩往久而無答。航數語裊烟。烟曰。娘子見詩若不聞如何。航無計。因在道求名醞珍果而獻之。夫人乃使裊烟召航相見。及搴帷。而玉瑩光寒。花明麗景。雲低鬟鬢。月淡修眉。舉止乃烟霞外人。肯與塵俗爲偶。航再拜揖。愕眙久之。夫人曰。妾有夫在漢南。將欲棄官而幽棲巖谷。召某一訣耳。深哀草擾。慮不及期。豈更有情留盼他人耶。但喜與郎君同舟共濟。無以諧謔爲意爾。航曰。不敢。語訖而歸。操比冰霜。不可干冒。夫人復使裊煙持詩一章曰。一飲瓊漿百感生。元霜搗盡見雲英。藍橋便是神仙窟。何必崎嶇上玉京。航覽之。空愧佩而已。然亦不能洞達詩之旨趣。後更不復見。但使裊烟達寒暄而已。遂抵襄漢。與使婢挈妝奩不告而去。人不能知其所造。航遍求訪之。滅跡匿形。竟乏蹤兆。遂飾裝歸輦下。徑藍橋驛側近。因渴甚。遂下道求漿而飲。見茅屋三數間。低而復隘。有老嫗績麻苧。航揖之求漿。嫗咄曰。雲英擎一杯漿來。郎君要飲。航訝之。憶樊夫人詩有雲英之句。深若有會。俄於葦箔之下。出雙玉手捧瓷甌。接飲之。眞玉液也。但覺異香氤氳。透於戶外。因還甌。遽揭箔。覩一女子。露裛瓊英。春融雪彩。臉欺膩玉。鬢惹濃雲。嬌羞而掩面蔽身。雖紅蘭之隱幽谷。不足比其芳麗也。航驚怛。植足而不能去。因白嫗曰。某僕馬甚飢。願憩於此。當厚答謝。幸無見阻。嫗曰。任郎君自便耳。遂飯僕秣馬。良久。謂嫗曰。向者見小娘子。豔麗驚人。姿容耀世。所以躊躇而不能適。願納厚禮而娶之可乎。嫗曰。我今老病。只有此女孫。昨有神仙與靈藥一刀圭。但須玉杵臼搗之。百日。方可就吞。當得後天而老。君約娶此女者。得玉杵臼。吾當與之。其餘金帛。吾無用處。航拜謝曰。願以百日爲期。必攜杵臼而至。更無他許人。嫗曰。然。航恨恨而去。及至京國。殊不以舉事爲意。但於坊曲鬧市喧衢。而高聲訪求玉杵臼。曾無影響。或遇朋友。若不相識。衆言爲狂人。數月餘日。忽遇一貨玉老翁曰。近得虢州藥舖卞老書云。有玉杵臼貨之。郎君懇求如此。吾當爲書道達。航媿荷珍重。果獲杵臼。卞老曰。非二百緡不可得。航乃瀉囊。兼貨僕馬。方及其值。遂步驟獨挈而抵藍橋。昔日嫗大笑曰。有如是信士乎。吾豈愛惜女子而不酬其勞哉。女亦微笑曰。雖然。更爲吾擣藥百日。方議姻好。嫗於襟帶間解藥。航即擣之。晝爲而夜息。夜則嫗收藥於內室。航又聞擣藥聲。因窺之。有玉兎持杵臼。而雪光耀室。可鑑毫芒。於是航之意愈堅。如此日足。嫗持而吞之曰。吾當入洞而告姻戚。爲裴郎具幃帳。遂挈女入山。謂航曰。但少留此。逡巡。車馬僕隸。迎航而往。別見一大第連雲。珠扉晃日。內有帳幄屛帷。珠翠珍玩。莫不臻至。頗如貴戚家焉。仙童侍女引航入帳。就禮訖。航拜嫗。悲泣感荷。嫗曰。裴郎自是淸冷裴眞人子孫。業當出世。不足深謝老嫗也。及引見諸賓。多神仙中人也。後有仙女。鬟髻霓衣。云是妻之姊耳。裴拜訖。女曰。

裴郎不相識耶。航曰。昔非姻好。不省拜侍。女曰。不憶鄂渚同舟而抵襄漢乎。航深驚怛。懇悃陳謝。後問左右。曰。是小娘子之姊雲翹夫人。劉綱仙君之妻也。已是高貞。爲玉皇之女吏。嫗遂遣航將妻入玉峯洞中。瓊樓珠室而居之。餌以絳雲瓊英之丹。體性清虛。毛髮紺綠。神化自在。超爲上仙。至太和中。友人盧顥遇之於藍橋驛之西。因說得道之事。遂贈藍田美玉十斤。紫府雲丹一粒。叙話永日。使達書於親愛。盧顥稽顙曰。兄既得道。如何乞一言而教授。航曰。老子曰。虛其心。實其腹。今之人心愈實。何由有得道之理。盧子懵然。復語之曰。心多妄想。腹漏精液。即虛實可知矣。凡人自有不死之術。還丹之方。但子未便可教。異日言之。盧子知不可請。但終宴而去。後世人莫有遇者。

西樓記

吳郡袁于令作。＊袁于令。原名韞玉。又名晉。字令昭。一字凫公。號籜庵。又號幔亭。江蘇吳縣人。所作雜劇有雙鶯傳。今存。傳奇有西樓記。鷫鸘裘。金鎖記。珍珠衫。

樂。瑞玉記。今佚。今存。玉符記。長生于令於順治年間。爲荆州知府。以狂誕不謹。被巡按御史劾罷。僑寓江甯。落魄終身。于令少年無行。有青樓女爲其所歡。相傳貌本中下。後被富人奪去。故託此以寓意。其言于鵑者。于鵑爲袁。蓋自謂也。祭酒吳偉業有贈荆州守袁大韞玉詩四首。中云。彈絲法曲楚江情。註。袁西樓樂府中有楚江情一齣。即指此。韞玉者。于令字也。于令所歡。名爲白一。故曰穆素徽。池同蓋指沈同和。池字與沈相似。同和父官巡撫。故曰公子。大略謂鵑少年領解。父御史。治家甚嚴。而鵑與素徽相會于西樓。歌其所撰楚江情曲。以爲天下第一才子。爲趙伯將所間。譖于御史。逐徽他徙。池同買歸。百方偎倚。而不能變其憶鵑之心。鵑聞素徽被逐。亦飲食俱廢。甚至不欲赴公車。其友胥長公捨妾輕鴻。救素徽出池門。以還于鵑。擢第成親。父乃不奪其志。又點入劉楚楚、李貞侯等。爲鵑、徽氣類中人。周旋關注。又長公殺池、趙以快于之心。皆空中布置也。池同以指沈同和。其所云趙伯將。乃指趙鳴陽也。鳴陽代同和屬稾。同和第一。而嗚陽第六。禮部磨勘原卷。三篇本同和作。經文四篇。兩篇抄刻文。兩篇草稾。則嗚陽之筆。非盡出嗚陽也。兩人皆革斥。同和本巡撫沈恂之子。家素封。而嗚陽以才入中官之幕。頗用事。于令或與兩人有隙。或爭妓者即同和。未可知也。嫁娶吉期。用不將日。將與陽同韻。而蘇人以趙爲不端之稱。故託名于此。胥長公者。聞以指載妓之舟子。詩云。于胥樂兮。故取于與胥相連也。長公。猶言長年三老也。李節者。猶言禮節也。此人與鵑善。故云有禮節也。劉楚楚者。語言楚楚可觀。言妓之稍佳者也。書童文豹者。聞報也。聞信則報。故以爲名也。樓會、錯夢諸折。頗爲詞客所賞。樓會仿紅梨記之亭會。錯夢則又換牡丹亭之驚夢。彼以女夢男。此以男夢女云。

鷫鸘裘

亦袁于令撰。司馬相如事。詳琴心記、鳳求凰、綠綺記諸劇。＊琴心記。明孫柚撰。鳳求凰。明澹慧居士撰。綠綺記。明楊柔勝撰。本書均未收入。此取鸘鸘裘換酒爲名。据本傳。又旁採諸書。凡係相如故事。大槪塡入。言相如以貲爲郎。官授武騎常侍。勿克展其才。遂辭職歸成都。著書食貧。故人王吉授臨邛令。過訪之。約之任所。適應梁王聘。與鄒陽、枚乘輩。皆受王知。因踐吉約。之臨邛。富人程鄭、卓王孫邀吉飲。並邀相如。相如素聞卓女文君。美而知音。攜綠綺琴以往。窺文君於簾內。座中撫鳳求凰之曲以挑之。王孫重令友。留居書室。文君新寡。知其不凡。欲托以終身。恐父嫌其貧。必間阻。使婢翩雲往約。遂奔相如。遁歸成都。婢名添出。日貧悴。令童研奴。奴名添出。典鸘鸘裘以沽酒。長者陽昌。重相如才。與之酒。還其裘。陽昌添出。文君勸歸臨邛。貸諸昆弟。及至無應者。乃售車馬。賣酒於布。身着犢鼻褌滌器。文君當壚。程鄭、王吉。勸卓收恤。乃贈女嫁時衣飾錢百萬。僮百人。令歸成都買田宅。一日過昇仙橋。題其柱曰。大丈夫不乘駟馬車。不復過此橋。適武帝閱子虛賦。疑爲古人。云恨不與此人同時。供奉官楊得意者。蜀人。奏云。

此同邑司馬相如所作也。帝即詔枚乘往召。（按召相如時，乘不在矣，此係增飾。）接徵詔詣闕。帝畋上林。賜御札。令作上林賦。稱旨。授著作郎。賜金帛。羣臣宴賀。復代陳皇后作長門賦。后亦賜金。中郎將唐蒙通夜郎西僰。使萬人轉運。民不堪命。遂至激變。詔相如諭蜀。皆就撫。或勸歸慰文君。相如急於覆命。即詣闕廷。拜中郎將。建節入蜀。使通諸蠻。授空頭勅書。許以便宜行事。成都守郊迎。臨邛令吉負弩前驅。相如念舊交。令充參謀。（此係增飾。）卓王孫亦具金帛珍玩。于都亭設席。浼吉謝。相如爲塡授都督銜。冠帶後堂與見。（此係增飾。）時冉駹邛筰等處。皆貢琛內附。葉楡書生盛覽張叔。願從受學。復命。詔賜金玉有加於前。相如素有渴病。養閒茂陵園。見一女子美。欲聘爲妾。令研奴寄書歸。使毋洩於文君。研奴以告。文君寄白頭吟自絕。相如詰研奴。研奴紿云。主母卜之嚴遵。相如乃絕茂陵女。歸與文君好益篤。詔賜金莖仙露以治渴病。且加文君封誥云。

精忠旗

演岳飛事。杭州李梅實草創。蘇州馮夢龍改定。*按、馮夢龍、字猶龍、一字耳猶、又字子猶、別號姑蘇詞奴、龍子猶、墨憨齋、江蘇吳縣人、自作僅雙雄記一種、又改訂劇本十餘種、夢龍云。舊有精忠記。*精忠記、見本書卷十三、俚而失實。識者恨之。從正史本傳。參以湯陰廟記事實。編成新劇。名曰精忠旗。精忠旗者。高宗所賜也。湼背誓師。岳侯慷慨大節所在。他如張憲之殉主。岳雲、銀瓶之殉父。蘄王諸君之殉友。施全、隗順之殉義。生死或殊。其激於精忠則一耳。編中長舌私情。及森羅殿勘問事。微有粧點。然夫婦同席。及東窗事發等事。史傳與別紀俱有可據。非杜撰不根者比。方之舊本。不逕庭乎。第二折家中一女五男。性俱忠孝。即銀瓶女與雲、雷、霖、震、霆也。宋史本傳云。飛學射於周同。盡其術。能左右射。同死。朔望設祭于其家。父義之。曰。汝爲國用。其殉國死義乎。今見第二折。史言飛背有精忠報國四大字。此劇云飛令張憲所湼。第三折引李若水、張叔夜點綴。因兩人皆宋忠臣也。第四折送檜南歸。敘兀朮與檜妻褻狎。頗覺過當。然宋人小說中曾有同席語。而檜傳云檜與妻王氏及婢僕一家航海歸行在。自言殺監己者奪舟而來。朝士多疑之。惟宰相范宗尹力薦其忠。則非盡無因也。檜傳云。檜於一德格天閣書趙鼎、李光、胡銓姓名。必欲殺之而後已。今見第六折中。或告吳元美作夏二子傳。指蚊蠅也。檜尤惡之。又知處州薛弼言木內有文曰天下太平。詔付史館。自此祥瑞之奏日聞。今亦見第六折。凡論人章疏。皆檜自操筆以授言者。識之者曰。此老秦筆也。今見六折檜自白中。飛傳云。吳玠素服飛。願與交驩。飾名姝遣之。飛卻不受。玠大敬服。今見第七折。飛傳云。飛入見。帝手書精忠岳飛字製旗以賜之。今見第九折。此記名精忠旗。蓋因此也。第十三折檜妻云。奴家王氏。王次山之女。按檜妻王珪女孫。今所云次山。乃王次翁字。慶曾非珪子也。慶曾在政府與檜極厚。其子孫作王次翁家傳云。檜奪張俊、韓世忠、岳飛三大帥兵權。皆次翁爲參政府。與檜密謀所致。故此劇以檜妻爲次翁女以辱之也。張憲傳云。檜與張俊謀殺飛。密誘飛部曲以能告飛事者。寵以優賞。卒無人應。聞飛嘗欲斬王貴。又杖之。誘貴告飛。貴不肯曰。爲大將寧免以賞罰用人。苟以爲怨。將不勝其怨。檜、俊不能屈。俊劫貴以私事。貴懼而從。時又有王俊者。善告訐。號鵰兒。以姦貪屢爲憲所裁。檜使人諭之。俊輒從檜、俊謀。以憲、貴、俊皆飛將。使其徒自相攻發。因及飛父子。庶主上不疑。俊自爲狀付王俊。妄言憲謀還。飛兵令告王貴。使貴執憲。憲未至。張俊預爲獄以待之。屬吏王應求白張俊。以爲密院無推勘法。俊不聽。親行鞫煉。使憲自誣謂得雲書。命憲營還兵計。憲被掠無全膚。竟不服。飛責王貴。今見第七折。張俊誘王貴。見第十七折。推勘張憲。見第十八折。飛傳云。李若樸言飛無罪。爲高訥去。故十九折形容若樸甚激烈。何鑄亦明其無罪。故並載之。飛傳云。中丞何鑄、侍御史羅汝楫交章彈論。謂金兵攻淮西。飛至舒蘄而不進。今作万俟卨詰問飛語。飛傳云。卨白檜簿錄飛家。取當時御札。藏之以滅跡。又云。嘉定間岳霖子珂。以淮西十五御札。辨驗出師應援之先後。第二十折飛云。不救淮西。當日裏御札君王命。卨云。拿御札來看。飛云。你收回御札。使我無踪影。蓋指此也。左編獄詞坐飛自語已與太祖俱三十歲除節度使。爲指斥乘輿。敵至淮西前後受親札十三次不即策應。爲擁兵逗遛。今見第二十二折世忠詰奸。秦檜答世忠語。韓世忠解兵罷政。臥家十年。嘗跨驢游西湖。自稱淸涼居士。此劇言世忠詰問莫須有語。因此遂解冠帶而去。是點綴生情。第二十四折東窗畫柑故實。詳精忠記。精忠記云。寫一紙書藏黃柑內。是緣飾語。此云送一封帖子。是據實。二十五折、六折獄卒隗順候飛死、負其骸埋於九曲叢祠事。載西湖志。已詳精忠記內。飛傳云。建州布衣劉允升上書訟飛冤。下棘寺以死。今見第二十七折。但云允升自撞死。與史稍異。第二十九折銀瓶墜井事。已詳精忠記。飛妻無投井事。係點綴。岳珂。飛第三子霖之子。後來作籲天辨寃錄者。亦隨筆點入。第三十折云。飛子雷、霖、震、靄。皆徙嶺南。震、靄年幼。死於中途。此與史不合。震後爲朝奉大夫。提舉江南東路茶鹽公事。霆後爲修武郎。亦不名靄。施全刺檜事。已見精忠記。西湖志。檜游西湖。舟中得疾。見一人披髮厲聲曰。汝誤國害民。吾已訴天得請矣。檜歸無何而死。今見第三十二折。志又云。王氏設醮。方士伏章見熺荷鐵枷。問太師何在。熺曰。在酆都。方士如其言而往。見檜與万俟卨俱荷鐵枷。備受諸苦。今見第三十三折。志云方士。此云押衙何立。稍異。何立入山修道。今有廟在蘇州。飛傳云。紹興末太學生程宏圖上書訟飛寃。詔飛家自便。今見第三十七折。而以岳珂辨寃合爲一齣。褒忠建祠。事蹟俱詳載精忠記。

楚江情

馮夢龍所改袁蘊玉西樓記也。增刪情蹟之意。悉見自序。原劇。胥長公之妾名輕紅。今作袁寶兒。寶兒後爲池同之妾。又原劇。池與趙不將俱爲胥長公所殺。今以翻案。自序云。此記模情布局。種種化腐爲新。訓子嚴於繡襦。錯夢幻於草橋。即考試最平淡。亦借以翻無窮情案。令人可笑可泣。但有幾處未妥。必當竄定者。胥長公一世大俠。於謀一婦人何有。乃計無復之。而出此棄妾之下策。豈惟忍心哉。其伎倆亦拙甚矣。長公與叔夜素昧平生。戀妓亦無關大事。何必相爲乃爾。池、趙二生即與叔夜有隙。亦何至謀刺。且旅店逢俠而遂委腹心乎。此又事之萬萬不然者也。合通記觀之。不過欲描佳人才子相慕之情而已。忽而殺一妾。忽而殺兩生。多情者將戒心焉。余不得不爲醫此大創。看梅折便出洪寶既便收科。又伏池生故人之案。至易姬折竟用洪寶兩全其美。池公子即此了局。葛藤盡去。第二十一折係全改。原劇標名曰俠概。爲胥長公自敍。今作歌筵買駿。自云。錦帆樂府。是江南解元于叔夜所作。傳有刻本。同年李貞侯作序。皆所以伏半劇之案。自敍云。觀劇須於閒處着眼。買駿一折。似冷。而梅花衕衕之有寓。馬之能致千里。叔夜貞侯之才名。色色點破。爲後來張本。此最要緊關目。趙不將不惟不殺。且與李貞侯共爲媒。與原劇絕異。自序云。趙不將但不合人情耳。其罪不至絕交。末折勸婚脩好。稍仿樂道德收科。然必如此結局。方是一團和氣。

酒家傭

係明蘇人陸無從、*陸無從，名弼，一名君弼，江蘇江都人。所作存孤記。馮夢龍以之與欽虹江本合爲一，重加增訂，改名酒家傭。欽虹江合藁。同郡馮夢龍更定。傳李燮爲酒家傭事。全据正史。按後漢書李固傳。固漢中南鄭人。司徒郃之子也。大將軍梁商嘗請爲從事中郎。冲帝即位。以固爲太尉。與梁冀參錄尙書事。及質帝被鴆。議立嗣。固引司徒胡廣、司空趙戒先與冀書。謂淸河王蒜年長有德。當立。先是蠡吾侯志嘗取冀妹。冀欲立之。衆論旣異。

冀意氣凶凶。自廣、戒以下。莫不慴憚之。皆曰。惟大將軍令。而固獨與杜喬堅守本議。冀愈怒。乃說太后先策免固。竟立蠡吾侯。後歲餘。劉文、劉鮪等各謀立蒜爲天子。冀因此誣固與文、鮪共爲妖言。下獄。太后明之。乃赦焉。冀畏固名德終爲己害。乃更據奏前事。遂誅之州郡。收固二子基、磁于偃城。皆死獄中。小子燮得脫亡命。冀乃露固尸于四衢。固弟子汝南郭亮。左提章鉞。右秉斧躓。詣闕上書。乞收固尸。遂守喪不去。夏門亭長呵之。太后聞而不誅。聽得歸葬。初、固既策罷。知不免禍。乃遣三子歸鄉里。時燮年十三。姊文姬爲同郡趙伯英妻。賢而有智。見二兄歸。默然獨悲曰。李氏滅矣。乃豫謀匿燮。託言還京師。人咸信之。文姬乃告父門生王成。成感其義。將燮乘江東下入徐州界內。令變姓名爲酒家傭。而成賣卜于市。陰相往來。燮從受學。酒家異之。意非恆人。以女妻燮。十餘年間。梁冀既誅。而災眚屢見。乃存錄大臣寃死者子孫。于是求固後嗣。燮遂還鄉里。姊弟相見。悲動傍人。按梁冀傳。冀既枉害李固。詔遂封冀妻孫壽爲襄城君。壽色美而善爲妖態。作愁眉、啼粧、墮馬髻、折腰步、齲齒笑、以爲媚惑。又性鉗忌。能制御冀。冀甚寵憚之。初、冀父商獻美人友通期于順帝。通期有過。帝以歸商。商出嫁之。冀即遣客盜還。私與之居。壽伺冀出。篡取通期歸。截髮刮面。笞掠之。欲上書告其事。冀大恐。請于壽母。壽亦不得已而止。冀愛監奴秦宮。得出入壽所。壽見宮。輒屏御者。託以言事。因與私焉。後冀驕橫益甚。又以事刺殺議郎邴尊。桓帝大怒。遂與中常侍左悺等五人成謀誅冀。遣司隸校尉張彪等共圍冀第。冀及妻壽即日皆自殺。　按馬融傳。融爲冀草奏李固。以此頗爲直正所羞。而吳祐傳亦云。梁冀誣奏太尉李固。祐聞而爭之。時馬融在坐。爲冀章草。祐因謂融曰。卿何面目見天下之人乎。冀怒而入室。祐亦徑去。

風流夢

即柳夢梅杜麗娘事。馮夢龍據牡丹亭本改竄成編也。夢龍叙云。若士先生。千古逸才。所著四夢。牡丹亭最勝。麗娘之妖。夢梅之癡。老夫人之軟。杜安撫之古執。陳最良之腐。春香之賊牢。無不從觔節竅髓。以探其七情生動之微。獨其塡詞不用韻。不按律。即若士亦云。吾不顧捩盡天下人嗓子。識者以爲此案頭之書。非當場之譜。欲付當場敷演。即欲不稍加竄改而不可得也。若士見改竄者輒失笑。其詩曰。醉漢瓊筵風味殊。通仙鐵篴海雲孤。總饒割就時人景。卻愧王維舊雪圖。若士既自護其前。而世之盲於音者。又謂才人之筆。一字不可移動。是慕西子之極。而幷爲諱其不潔。何如浣濯以全其國色之爲愈乎。余竊聞其略。僭刪改以便當場。梅柳一段因緣。全在互夢。故沈伯英題曰合夢。而余則題爲風流夢云。劇中與原稿大異者。柳夢梅說夢一段。移至第八折內。在麗娘夢後。改名夢梅。二夢暗合。似有關目。至二十六折夫妻合夢。柳生、麗娘各說一夢。與前照應。亦與原稿婚走不同。梅花觀中小道姑。改爲侍兒春香。因小姐夭亡。情願出家。與石道姑侍奉香火。亦似關目緊湊。餘則删繁就簡。移商換羽。大同小異。

量江記

佘聿雲原編。（佘聿雲。名翹。安徽銅陵人。所作雜劇有瑣骨菩薩。傳奇有賜環記。量江記。）馮夢龍更定。記樊若水量江事。（雲。池州人。若水鄉人也。姓未詳。）按宋史南唐世家。宋將有事江表。江南進士樊若水詣闕獻策。請造浮梁以濟師。太祖命荊湖造黃黑龍舡數千艘。及曹彬出師。乃先試于石牌口。移置采石。不失尺寸。三日而成。渡江若履平地。李煜初聞朝廷作浮梁。語其臣張洎。洎對以長江無爲梁之事。煜乃委兵柄於皇甫繼勳。委機事于洎。每軍書告急。二人多不時通。煜一日登城。見旌旗滿野。始大懼。遂殺繼勳。又按樊知古傳。知古本名若水。字叔清。因召見。上命改名知古。初在南唐。舉進士不第。遂謀北歸。乃漁釣采石江上數月。乘小舟載絲繩。維南岸。疾棹抵北岸。以度江之廣狹。遂詣闕上書。言江南可取狀。解褐授舒州軍事推官。嘗啓于上。言老母親屬在江南。恐爲李煜所害。願迎至治所。即詔煜令遣之。煜厚給齎裝。護送至境上。是南唐未嘗有若水母妻沒入掖庭之事。此係作者稍加改易。其本中弓洎即張洎。存其姓之偏旁耳。陳摶字圖南。賜號希夷先生。載宋史隱逸傳。

雙雄記

明馮夢龍改本也。其始不知何人所撰。*雙雄記爲馮夢龍自撰。此云改本。誤。此劇又名善惡圖。記前總評云。世俗骨肉參商。多因財起。丹三木之事。萬曆庚子辛丑間實有之。是記感憤而作。雖云傷時。亦足警俗。按夢龍。崇禎間人。去丹三木事未遠。而原作者又在夢龍之先。當是目擊時事而爲此記者。其事今無可考據。劇中所云丹生。名信、字重之。吳之東山人。與友劉雙幼相契善。其叔丹三木者。本兇徒也。妻每勸其分析家貲。三木不從。其妻因而病卒。三木憤妻之爲信而死。又慮終欲分析其産。必欲置信於死地。遂鳴於官。幷其友劉雙者。亦鍛錬入焉。後倭寇起。許罪人可疑者立功贖罪。信與雙素諳兵略。從征擒賊。以功授正千戶。官至征東將軍。按劇中留姓者。想亦有其人。禦倭係實事。惟龍神授劍。及救丹信之妻。度劉雙之叔等事。應是撰出關目。二女男裝。亦屬點綴。至劉雙所娶妓黃素娘。亦無所據。其曰雙雄者。丹信、劉雙俱以武功顯也。

新灌園

啓禎間長洲人馮夢龍改定本也。*新灌園。原本張鳳翼撰。其大旨以推食贈衣定盟。爲君王后識英雄於困頓之時。乃是女中俠丈夫本領。而不及於私。以成君王后之美。雖與史記稍不合。卻得立言之體。按戰國策。襄王解衣免服。逃太史之家爲溉園。君王后。太史敫氏女。知其貴人。善事之。田單以即墨之城破亡餘卒。

破燕兵。紿騎劫。遂以復齊。遽迎太子於莒。立之以爲王。襄王即位。立君王后以爲后。但云善事之。未嘗如史記之竊衣食而與之私通也。夢龍蓋以國策爲本耳。序云。法章亡國之餘。正孝子枕戈。志士臥薪之日。不務憤悱憂思。而汲汲焉一婦人之是獲。少有心肝。必不乃爾。且五六年間音耗隔絕。驟爾黃袍加身。父仇未報。不一置問。而惓惓訊所私德之太傅。又謂有心肝乎哉。君王后千古女俠。一再見而遂失身。即史所稱陰與之私。譚何容易。而王孫賈子母忠義。反棄置不錄。若是。則灌園而已。私偶而已。灌園私偶。何奇乎而何傳乎。伯起先生云。吾率吾兒試玉峯。舟中無聊。率爾弄筆。遂不暇致詳。自余加改竄。而忠孝志節。種種俱備。庶幾有關風敎而奇可傳矣。總評云。舊記惟王蠋死節。田單不肯自立二事。差强人意。餘只道淫。未足垂世。新記法章念念不忘君國。而夜祭之孝。討賊之忠。皆是本傳絕大關目。君夫人不失節。尤得爲賢者諱之義。寶簪世子故物。借此取巧。方成佳話。又云。不誅淖齒。

君仇不報。不臣服三晉魯衛諸國。君仇亦報之未盡。得末折點破。始無遺漏。又云。舊本臧兒牧童。率皆備員。未足發笑。且牧童孳尾而出。殊覺草率。請觀新劇。冷熱天懸矣。又云。田將軍迎立。在世子不無突然。今添臧兒途遇一折。前後血脉俱通。且於下折夜深歸煢煢荷鋤。亦有照應。戰國策。王孫賈年十五。事閔王。王出走。失王之處。其母曰。女朝出而晚來。則吾倚門而望。女暮出而不還。則吾倚閭而望。女今事王。王出走。女不知其處。女尚何歸。王孫賈乃入市中曰。淖齒亂齊國。殺閔王。欲與我誅者袒右。市人從者四百人。與之誅淖齒。刺而殺之。此賢母訓忠。王孫討賊二折事也。

夢磊記

會稽人史槃撰。*史槃，字叔考，浙江會稽人。所作傳奇極富。今存夢磊記、櫻桃記二本。夢磊記一名巧雙緣。吳縣人馮夢龍重訂。演文景昭夢神仙示以磊字云。婚姻富貴。皆由于此。因名夢磊。劉逵、蔡京、蔡嶷、宋用臣雖係同時。其情蹟非實也。黨人碑（*黨人碑，見本書卷二十八。）云。逵婿謝瓊仙。此云文景昭。並無所据。略云、當塗諸生文景昭。字允明。客于蘇州。與友鄭彬約遊虎丘劉園。劉園者。戶部侍郞劉公路之園也。公路名逵。隨縣人。觀察江南。愛吳門山水。遂家焉。蔡京專權。乞休林下。有女亭亭。才貌無雙。繼母章氏甚悍。不愛其女。逵嘗得奇石。高四丈餘。玲瓏可愛。旁有一路。直達石頂。乃構小軒。日拜石。以貯之。時憇其上。節居花朝。景昭晝寢。夢玉城仙史白玉蟾以畫一軸示之。軸上止書一磊字。曰。功名伉儷。皆在于此。及寤。不能解。與彬約同遊。彬有他事不果。景昭獨詣逵園。徙倚奇石之上。逵至。邀景昭坐。劇談相契。愛其才品。以女許之。遂指石爲媒妁。景昭退。逵與章氏言之。章大不愜。中州蔡嶷。與蔡京聯宗。聞逵女美。偕章氏弟曰子春者。同入園中。見女在焉。往前揖之。女與婢秋紅詬而入。嶷囑子春力主其姻事。適逵奉詔起中書侍郞。同知樞密院事。恐其妻爲梗。潛攜女適景昭而贈之百金。章氏聞之恚甚。子春受嶷託。因謀劫甥女歸以嫁嶷。女堅不從。母亦無可如何。乃以秋紅紿爲女以嫁嶷。時景昭妻被奪去。修書託彬入京求救于逵。逵移寓于彬宅。夜詣逵家。欲探一信。杳然無踪。徘徊月下。內監宋用臣監滁州酒稅。道過蘇州。月下遇景昭。談吐相賞。詢得其故。意甚不平。用臣嘗忤蔡京。是以外貶。其性鯁直。遂令僕從僞作迎親人。用花輿擡廟中泥神。侯嶷迎娶。使僕與爭道。乘鬧易轎。舁送景昭寓。用臣即入京復命。嶷啓轎。見泥神大駭。子春謂嶷。女上轎其姊所知。中途被劫。事出意外。姊必訴于官。乃嗾嶷亦赴京就試。侯姊訪知無從得嶷。庶可省脣口也。秋紅至景昭寓。景昭啓轎視之。非復己妻。詢其故。秋紅以景昭爲嶷。不敢以實告。景昭見其誤認爲蔡。亦不敢以實告。權留寓中。未嘗犯也。時蔡京立元祐黨人碑。復遣朱冲子勔爲觀察。兼管應奉局。採蘇杭花石。劉逵入京面訴勔。又上疏論京。徽宗不懌。使逵出使高麗。勔出都。京及戶部尙書劉貴等郊餞。鄭彬持景昭書誤投于貴。京乃知景昭爲逵壻。貴拆書覺其誤而還之。彬始知逵出使。復南歸。以復景昭。抵池河驛。與蔡蕤遇。蕤言已娶逵女。而誑語景昭已歿。彬悲不勝。遽欲南歸。蕤勸偕入京就試。時朱勔至蘇。聞逵園有奇石。突入强取之。夫人及子春抗不肯予。勔怒。並執繫獄。逵女惶急。欲詣景昭求救其母。至則寂然無人。聞景昭言。其友鄭彬居第八家。遂急往叩。適景昭出。造逵園探妻信。秋紅啟扉見亭亭。驚問其故。亭亭謂秋紅已與蕤甚匿。而秋紅則告亭亭云共牀異枕。情不相通。不可以救母事語彼。乘其未至。兩人同逸去。附内監舟以北。景昭抵逵園左右。不得眞信。及歸又失秋紅。遂入獄探章氏。始知舁歸者。乃其婢也。章氏重景昭之義。即以家事託之。許他日覓女歸。復諧伉儷。逵至高麗。其國王向風納貢。蔡京棨上意頗向逵。欲與修好。會典試入闈。拔蕤第一。而移他人卷以爲文景昭。擢居第二。以示修好于逵之意。鄭彬亦擢第十。亭亭、秋紅附舟至都。與彬遇于卜肆。占景昭事。彬迎兩人至己宅居之。不知景昭之未試也。徽宗在鷝鵡樓觀梅倦而假寐。夢司馬光、蘇軾等訴黨人碑之屈。醒而覺前失。立命毀之。並捕朱勔治其罪。而用金牌召逵入中書。與景昭詣京師。見逵。景昭以未入闈。不欲冒名中式。具疏陳奏。逵復奏劾京罪。乃以文運昭功石爲題。令景昭與薿並作一賦。景昭稱旨。擢大魁。翻薿卷于後。綴名榜末。鄭彬邀薿至家。使秋紅見之。不相識。及景昭至。亭亭出見。相感慟。而秋紅出見之。即前所誤認爲蔡郎者也。於是以亭亭爲妻。秋紅爲妾。朝廷不直蔡京。但以中景昭非惡意。僅落其中書之職。以開府儀同爲太乙宮使。而進逵官爲僕射云。按馮夢龍當崇禎時。以文知名于時。文震孟爲吳中宗匠。夢龍等蓋其所獎拂也。震孟天啟壬戌科狀元。釋褐後。即以建言罷歸。名震天下。其座師內閣何宗彥。湖廣隨州人。劇中劉逵。隨縣人。景昭居蘇。又擢狀元。當是指震孟耳。狀元姓文者。亦惟震孟一人。薛應旂甲子會記。崇寧元年壬午。蔡京爲相。立元祐黨人碑于端禮門。二年。令州縣立元祐黨人碑。石工安民不忍刻。四年。以朱勔領花石綱。五年丙戌正月。彗出西方。長竟天。詔求直言。毀黨人碑。復謫者仕籍。蔡京有罪免。革其弊政。是年策進士。蔡嶷以阿附得首選。大觀元年丁亥。蔡京復相。以蔡嶷爲給事中。三年。蔡京有罪免。尋以太師致仕。留京師。四年。降太子少保。出居杭州。政和二年壬辰。召蔡京爲太師。三日一至都堂議事。宣和三年庚子。蔡京以太師魯國公致仕。睦州民方臘以誅朱勔爲名作亂。六年。蔡京復相。七年。勒蔡京致仕。始罷花石綱。冬十二月。太學生陳東請誅蔡京、梁師成、李彥、朱勔、王黼、童貫六人。靖康元年。竄王黼、蔡京、童貫、趙良嗣、蔡攸、朱勔。遣人誅之。宋史劉逵傳。逵字公路。隨州隨縣人。進士高第。崇寧中擢戶部侍郎。使高麗。遷尙書。由兵部同知樞密院。拜中書侍郎。逵無他才能。以附蔡京。故躐進。劇言逵嘗觀察江南。官戶侍郎。時。以蔡京專權。乞休林下。不實。又云。逵起中書侍郎。上疏論京。爲京所排。命使高麗。按逵使高麗在前。拜中書在後・亦不實・達拜中書・由兵部。劇云戶部。亦不實。京以彗星見去相。而逵貳中書。首勸徽宗碎元祐黨碑。寬上書邪籍之禁。未滿歲。帝疑逵擅政。御史余深論逵專恣反覆。且庇其婦兄章綖使之盜鑄。罷知亳州。按此。黨碑之毁。實因逵言。劇云徽宗夢司馬光等訴寃而毁。謬也。逵貶後。未嘗入中書。劇言再入。亦誤。婦兄章綖。蓋即所謂章子春者。其情節全係撰出。蔡京傳。崇寧五年正月。彗出西方。其長竟天。帝以言者毁黨碑。京免爲開府儀同三司中太乙宮使。劇中京罷相官銜。與傳相合。朱勔傳。勔蘇州人。父沖。狡獪有智數。蔡京居錢塘。過蘇。陰器其能。明年召還。挾勔與俱。以其父子姓名屬童貫。竄置軍籍中。皆得官。徽宗垂意花石。京勸勔語其父。密取浙中珍異以進。歲率再三貢。至政和中。始極盛。舳艫相御於淮汴。號花石綱。置應奉局于蘇。指取內帑如囊中物。延福宮艮嶽成。奇卉異植。充牣其中。所貢物豪奪漁取于民。毛髮不少償。士民家一石一木。稍堪翫。即領健卒直入其家。用黃封表識。未即取。使護視之。微不謹。即被以大不恭罪。及發行。必撤屋抉牆以出。人不幸有一物小異。共指爲不祥。惟恐芟除之不速。嘗得太湖石高四丈。載以巨艦。役夫數千人。所經州縣。有拆水門橋梁鑿城垣以過者。既至。賜名神運昭功石。劇中朱勔事蹟本此，然四丈之石，本非出劉逵家，乃附會耳。子汝賢等召呼鄉州官寮。頤指目攝。流毒州郡者二十年。方臘起。以誅勔爲名。童貫出師。承上旨盡罷去花木進奉。欽宗用御史言。放歸田里。羈管循州。遣使即所至斬之。按勔之橫自政和中，其誅在靖康初，而毀黨碑乃崇寧五年事，劇并毀碑誅勔爲一時事，亦不實。宋用臣傳。用臣字正卿。開封人。爲人有精思彊力。以父蔭隸職内省。神宗時權勢震赫一時。積勞至宣政使。元祐初言者論其罪。降爲皇城使。謫監滁州太平州酒稅。四年。主觀靈仙觀。紹興初召爲内侍押班。徽宗時遷入内副都知。卒。謚僖敏。按元祐初，被謫滁州，其非忤蔡京可知，且與徽宗時相去甚遠，劇不過借入點綴，不必論其事實也。蔡嶷傳。嶷字文饒。開封人。崇寧五年以諸生試策。揣蔡京且復用。即對曰。熙豐之德業足以配天。不幸繼之以元祐。紹聖之纘述足以永賴。不幸繼之以靖國云云。於是擢爲第一。以所對頒天下。未幾。遷中書舍人。自布衣至侍從。纔九月。前所未有也。旋進給事中。一意附蔡京。敘族屬尊爲叔父。京命攸脩等出見。嶷亟云向者大誤。公乃叔祖。此諸父行也。遽列拜之。按嶷實中狀元，作者惡之，故云改與文景昭耳。按閩書。陳葵。福州人。中南省第三人。擢甲科。蔡京籍元符中上書王定等十八人。奏乞編置。葵其一也。謫居衡州。崇寧三年。雷震元祐黨人碑。得釋還。詔有司許依元考定甲分註官。雷震黨人碑事。不見于通鑑。但前數年持黨人甚急。崇寧四年五月。忽除黨人父兄子弟之禁。八月又詔徙元祐黨人于近地。據通鑑所記。何三年以前。處禁黨人及黨人之子弟。其法不一而足。三年以後。忽開解網之恩耶。五年彗出竟天。劉逵請碎碑寬禁。帝從之。乃夜半遣黃門至朝堂毁石。翌日蔡京見之。厲聲曰。石可毁。名不可滅也。此則因天變人言而毁。四年之時。既無天變。又無言者。雷擊黨碑之事。信當有之。又按步里客譚云。宣和殿立元祐奸黨碑。一日大風雨。爲震雷擊碎。蓋證閩書之不謬也。又按林靈素侍宴太清樓。見元祐奸黨一碑。對之稽首。上怪問之。對曰。碑上姓名。皆天上星宿。臣敢不稽首。因爲詩曰。蘇黃不作文章伯。童蔡翻爲社稷臣。四十年來無定論。不知奸黨是何人。上以詩示蔡京。京惶愧乞出。然則此碑之毁。靈素殆有助焉。

劇言徽宗得夢。似不如用雷震及靈素二事。中吳紀聞云。大觀中樞密章公之子綖。爲蔡京誣以盜鑄。詔開封尹李孝壽即吳中置獄。連逮千餘人。遣甲士五百圍其家。鉦鼓之聲晝夜不絕。俗謂之聒囚鼓。獄既不就。又遣三御史蕭服、沈畸、姚失其名重按之。其至也。人皆從門隙中窺之。不敢正視。按通鑑。此徽宗大觀元年丁亥歲也。時蔡京怨劉逵。會蘇州盜鑄錢獄起。京欲陷逵婦兄章綖兄弟。遣開封尹朱孝壽鞫之。株連者千餘人。强抑使承。死者甚衆。京猶以爲緩。遣侍御史沈畸、蕭服往代。畸至蘇。即日釋無左證者七百人。遂閲實平反以聞。京大怒。貶畸監信州酒稅。羈管處州。而綖竟竄海島。據此逵僑寓蘇州是實．而京以請毀黨碑銜怨圖報．欲借章綖以陷逵．劇所記非無因．但無執逵妻事．有則當載于書矣．又按太湖有東獄西獄二山。吳王于此嘗置男女二獄。楊郎中備詩云。雷霆號令雪霜威。二獄東西鎖翠眉。劇謂執逵妻入獄．影借女獄故事也．

萬事足

明馮夢龍撰。其劇前總評云。舊有萬全記。*萬全記見本書卷二十六。詞多鄙俚。調復不叶。此記緣飾情節而文之。按劇中云。陳循、高穀共學于周禮。循一日偶見土地神。戲書數字貶之。土地求解于其師。得免。妻梅賢淑。以循無子。爲之娶妾。循不從。乃乘循醉進之。後與高穀同年及第。穀就試時。道中夜宿古廟。聞女子哭聲。問之。乃父母鬻之以賽神者。穀救出之。會神至。穀挺劍與之鬭。中之。神啼而走。女不願歸。穀因留之爲妾。而其妻妬甚。妾寄居道觀。後爲勢豪逼娶結訟。適穀同年顧愈爲推官。乃責勢豪而釋妾。時巳生子。顧爲挈妾入京師。歸于穀焉。按陳循責高穀夫人係實事。其餘關目。係假借點綴。古廟救女。借用郭元振事。醉後進妾。借用西畢氏事。貶土地借用劉崇之事。菽園雜記云。明高文義公穀無子。置一妾。夫人素妬悍。每間之不得近。一日。陳學士循過焉。留酌聚話及此。夫人于屏後聞之。即出詬罵。陳公掀案作怒而起。以一棒撲夫人仆地。至不能興。高力勸乃止。且數之曰。汝無子。法當去。今不去汝而置妾。汝復間之。是欲絕其後也。汝不改。吾當奏聞朝廷。置汝于法。不貸也。自是妬少衰。生中書舍人晅。陳公一怒之力也。陳循、字德遵。江西泰和縣人。永樂乙未廷試第一。授翰林院修撰。賜第萬寶坊。仁廟時進侍講。宣德初又賜第玉河橋。陞侍講學士。駕每巡幸。循必扈從。正統九年。以翰林院學士入文淵閣典機務。累官至華蓋殿大學士少保戶部尚書。高穀、字世用。高郵興化人。永樂乙未進士。翰林院庶吉士。由編修遷侍講學士。累官至少保工部尚書謹身殿大學士。按湧幢小品云。李九我閣學名廷機。萬曆癸未會元榜眼。官至大學士。爲南吏部侍郎。年踰五十。尚未有子。丁改亭名賓。萬曆間進士。官至南京工部尚書。起南大理丞。切切勸納妾。其夫人立屛後聽之甚惱。改亭知狀。再三至。大言喚一老嫗出見我。我自有說。既出。語之曰。說與奶奶知道。你老爺會元及第。官至少宰。無後。他日官生卻被姪兒受用。你老爺精神尚王。急急納寵。必定生子。既生子。於奶奶只隔一胎。卻是老爺親骨血。撫養成人。就是奶奶親生一般。若是姪兒。

先與老爺也隔一重。何況奶奶。其言切至。老媼聞之亦下淚。夫人悟。納妾生二子。後孫月峯尚書孫月峯名鑛。萬曆甲戌會元。官至南京兵部尚書。丁賓其同年也。以參贊至。改亭亦依此法言之。孫不應。後漸厭拒。蓋孫方續娶。應接不暇。按二人同是萬曆間事。與夢龍尤近。此劇蓋因此而作。湧幢小品又云。劉崇之兒時。書齋文籍爲鼠嚙。戲判土地云。爾不職。杖一百。押出齋門。是夜其師夢老人曰。某實不職。煩一言於侍郎。免斷。次日其師以告崇之。遂毀其判。又馮夢龍情史云。西畢氏中歲無子。甚憂。然與妻恩愛。不忍置妾。醉後其妻陰以侍婢與睡。即有娠。畢疑之。既產子。欲斃之。其妻以實告。乃納其婢試之。明年復產一子。遂釋然。按蘇軾子由生子詩曰。無官一身輕。有子萬事足。後人遂以生子爲萬事足。題意本此。劇云陳循夢中爲紅面者奪花去。是科洪英中元。按永樂乙未洪英會元。陳循第二。英福建人也。陳循兩子。皆受胎七月而生。聞明時曾有此事。但未必即循事耳。

合釵記 一名清風亭

序云東山主人。未知其姓名。編次者天台秦鳴雷。（秦鳴雷。字子豫。號華峯。浙江臨海人。）或即其所撰。作序在明萬曆壬寅。云剞劂氏重刻。則作者更在前也。洪氏棄兒時。匣內置釵。後來得兒。釵乃復合。故曰合釵記。其與兒遇在清風亭。故曰清風亭。此劇關紐。全在洪氏。千磨百折。不改賢貞。既砥潔操。以延後嗣。復存厚道。以敦薄夫。足爲世勸。至梁之妬悍。榮之輕狂。猶扮生旦脚色。亦不得不然耳。略云。西京薛榮。贅居梁氏。妻名淑英。有兒曰崇。秉性奸狠。榮赴東京科舉。道過陳州。覩洪習仁姪女之美。誑以無妻。娶爲正室。挈歸故里。則梁氏儼然在焉。榮見梁勢不容洪。而已心有虧。竟即日脫身別去。洪不得已。願處卑下。顧梁日咆哮。兒崇又百方助虐。逼洪別嫁。洪矢志不從。梁遂罰令挨磨擔水。及至元宵。洪產一子。崇又設計。使妹囑婢紿洪付兒。投之河中。婢見洪悲慘。

告之以情。且爲畫策。令作血書。記兒年月日時及父母姓氏情蹟。抱兒置匣中。且納金釵一隻。爲收者養育之資。婢置兒牆陰。以淹水告。有王翁者。夫婦年七十。無子。拾得之甚喜。育以爲嗣。名曰王寶兒。時榮孑身赴京。即登甲第。官至荆州刺史。遣使至西京接家屬。梁兒妹展書。見並稱梁、洪二夫人。崇問妹當若何。妹猶言須挈偕往。崇則以危言訹妹。挈往則害兒事必露。不如幷害洪。乃遣婢持藥酒鴆之。婢又告之以情。縱洪遁走。洪欲往東京覓榮。道至清風亭少憩。寶兒年已十三。與同塾學徒角口。詆以爲無父母不知姓名之人。寶兒大忿。歸家訴于翁。且索親父母。翁大怒摑之。戒使勿言。寶兒益疑。哭不已。翁益怒。勢將痛捶。寶兒往外急竄。至淸風亭。適遇洪於亭上。而翁亦疾趨至。復將提捶之。寶兒則乞洪救己。洪見其急。憫之。姑爲懇翁令勿捶。翁弗聽而迫使歸甚急。翁愈迫。兒愈不肯歸。洪知其有隱情。而已嘗失兒。心不能無動。絮問不已。久之。乃知兒年十三。益問不已。於是翁不能隱。以其拾子之本末告洪。洪曰。此吾子也。爲語血書事。翁令背誦書中語。一字不謬。翁不得已。以兒付洪。洪挈往東京覓父。改其名薛夢祥。道遇習仁之僕。引謁習仁。留居陳州。久之。令入京赴武試。擢高科。授官招討。命勦史思明餘黨甄無敵。賊平。奉母赴京。是時榮由節度使遷樞密副使。還朝。與夢祥同抵長樂驛。互爭館舍。已而詢籍貫名姓。始知爲父子。洪乃與榮復聚。而梁氏與兄行訪榮。爲無敵所得。在賊營中。夢祥平賊。崇兄妹及婢。皆以俘囚被錄。梁自分必死。而洪竟待梁如初。使夢祥迎洪、王兩翁並享榮貴。厚報釋己之婢。而亦釋崇不殺。以充軍示薄譴焉。

西臺記 雜劇

陸世廉作。*陸世廉。字起頑。號生公。又號晚庵。江蘇長洲人。所作傳奇八葉霜。今佚。雜劇西臺記。今存。文天祥、張世傑、謝翶事。雜見宋史。通鑑綱目、紀事本末諸書。以西臺慟哭而名也。宋文天祥本傳云。

天祥、名雲孫。以字行。廬陵人。年二十舉進士第一。歷官湖南運判。致仕。德祐改元。元師渡江。詔天下勤王。天祥奉詔起兵。盡以家資爲軍費。提兵二萬赴臨安。有旨令詣軍前議和。元伯顏拘留之。左相吳堅等奉降表至。天祥憤罵。與客杜滸十二人定計夜亡。展轉四明、天台、至温州。時益王自永嘉趨福州。建大元帥府。天祥奉書勸進。遂即位。以觀文殿學士召至行都。除右丞相。以同都督出南劍收兵。明年五月。引兵出江西。入會昌。戰雩都。大捷。因開府興國。元李恒攻興國。同起事者皆死。天祥奔汀州。妻妾子女皆陷。明年三月。趨海豐。衛王即位。天祥上表自劾。有詔獎諭。乞入朝。不許。加少保信國公。元張弘範以大軍下海。天祥方飯五坡嶺。騎突至。被執。急擁之上馬。弘範送之燕京。四兵馬司。孛羅召見樞密院。命之跪。抗詞不屈。孛羅怒曰。汝欲快死耶。汝死必不可得快。曰。得死即快。復何不快。孛羅呼引去。元世祖召問曰。汝何願。曰。天祥受宋恩爲宰相。願一死。明日送柴市刑。綱目後編云。張世傑與元張洪範戰于崖山。軍大潰。會日暮風雨。昏霧四塞。咫尺不能辨。世傑以十六舟奪港去。丞相陸秀夫負帝赴海。世傑行收兵。遇楊太妃。欲奉以求趙氏後。楊太妃曰。我忍死艱關至此者。正爲趙氏一塊肉耳。今無望矣。遂赴海死。世傑葬之海濱。世傑謀入廣。颶風大作。將士勸世傑登岸。世傑曰。無以爲也。登柁樓露香祝曰。我爲趙氏亦已至矣。我未死者。庶幾敵兵退。別立趙氏。以存祀耳。今若此。豈天意耶。風濤愈甚。舟覆。世傑死。

按張丁西臺慟哭記注。登西臺慟哭記者。粤謝翺之所爲也。宋丞相文信國公値國亡。數起兵南服。翺、布衣也。倜儻有大志。會丞相開府時。杖策軍門。署以爲諸議參軍。後丞相死。翺慟知己之不復。故登斯臺以竹如意擊石作楚歌。招其魂。西臺者。子陵之西臺也。明宋濂謝翺傳云。謝翺、字皐羽。福之長溪人。後徙建之浦城。試進士不中。落魄漳泉二州。倜儻有大節。會丞相文天祥開府延平。翺長揖軍門。署諸議參軍。聲重梁楚間。已復別去。及宋亡。天祥被執以死。翺悲不禁。隻影行浙水東。逢山川池榭。雲嵐草木。與所別處及其時適相類者。則徘徊顧盼。失聲痛哭。有嚴子陵臺。孤絕千丈。於是天涼風急。翺挾酒以登。設天祥主於荒亭隅。再拜跪伏。酹畢。號而慟者三。復再拜起。悲思不可遏。乃以竹如意擊石作楚歌。聞者爲傷之。

女紅紗 雜劇

蕭山人來集之撰。*來集之，名鎔，字元成，號倘湖，浙江蕭山人。作有雜劇六種。集之父宗道。明天啓崇禎間內閣大學士。集之學問淵博。才名早著。而未得一第。崇禎之末。僅由明經起家。故頗多牢騷不平。借此劇以抒憤。才思橫溢。動心悅目。大指言場屋之中。主考不乏糊塗者。故詭其號曰胡塗。又設爲三種舉子。一名文運。字曰中盛。又曰中衰。謂孤寒一等之人。專恃文章。得志則爲文運中盛。不得志則爲文運中衰也。一名臭銅。典舖家子弟。但有錢財。一名白丁。顯宦家子弟。但有勢力。

蓋舉子不出三種人物。故詭託姓名。以該萬衆也。科場中向來有朱衣點頭。紅紗罩眼之說。故取紅紗作關目。言有二仙女奉玉帝之命。使入闈中。以紅紗罩試官之目。玉帝因試官作弊多端。令上清紫霞宫紫極眞人。與二仙加勅一道。使在闈中打聽試官明暗公私。轉天宫時。即以紅紗寫作覆本。一一奏聞。默行賞罰。時考官以若耶溪西子曉起梳頭爲題。試七言律一首。第二聯押鴉字。第三聯押花字。餘韻不拘。三舉子各竭心思。村雅懸絶。初閱時仙女以紅紗罩眼。其後則去其紗以清其目。而考官入暮夜之金。受當道之囑。竟取二種入彀。而遺孤寒善文之人。於是二仙女以紅紗備書試官情節。如何受賄。如何聽人情。如何看文字。一一奏聞天帝。并請設鑽刺之獄。以罪不讀書專務奔競之人。其有文字奇拔。不比尋常者。不論其命之應中與否。請破格收羅。以示考取遺才之意。蓋彼時關節盛行。誠有如集之所指者。而嬉笑怒罵。未免過當云。中間所載若耶美人曉起梳頭歌四首。其一文運所作云。未向吳龍鬬越蛇。苧蘿山上月初斜。亭亭欲舞青金鳳。拍拍難飛翠玉鴉。高插半梳雲擁月。輕垂雙鈿水生花。何須只今留得香魂在。脂粉迷離點石涯。其一銅臭所作云。是處紅顏解浣紗。欲簪不是買棹問施家。庭前乍舞雙雙蝶。門外閑飛點點鴉。再傳已非別樣粉。欲簪不是舊時花。誰知一朶烏雲髻。破盡姑蘇百歲車。其一白丁所作云。百花叢裏是儂家。玉鏡臺常傍若耶。香散引來千翼鳳。髻成盤出一蹲鴉。坐當繡檻偏宜繡。行近花庭欲妬花。曾是粧臺梳掠後。五湖高士共烟霞。兩仙女又自作一首云。粧臺傍處越兵譁。一笑中間放越蛇。今日東吳宛走鹿。當年西子髻堆鴉。捧心艷益芙蓉色。浣水香淸荳蔻花。共是忠魂應不泯。耶溪湘水兩無涯。中間仙女說白云。看這一班納卷秀才。渾似蒲團出定之僧。面如薄紙。又似錦帳孤眠之女。骨勝柴枯。比那吃橄欖的求一箇苦盡甘來。比那扒高山的求一箇一勞永逸。曲盡舉子情狀。

藍采和 雜劇

不知誰作。自號元成子。元成子即來鎔。所撰藍采和。阮步兵。鐵氏女三劇。合名秋風三疊。今存。演鄉社會飲。傀儡侑觴。藍采和逢場作戲。題曰冷眼。又名藍采和鬧劇。略云。長安市上二社長。醵金貰酒。聚飲尋樂。觀演傀儡。仙人陳陶。隱其姓氏。混稱藍采和。手拖拍板。一脚着靴。一脚跣行。唱踏踏歌。亦來社會中觀場。傀儡所搬弄者。羊質虎皮。見草而悅。見狼而戰也。中山狼恩將讐報也。昏夜乞哀。白日驕人也。雪裏送炭。錦上添花也。看錢富人也。欺善怕惡也。癡父子宋人揠苗也。烈兄弟趙禮讓肥也。嚴子陵羊裘釣澤也。美夫妻饁至如賓也。好朋友范張雞黍也。傀儡演畢。衆客將散。詢道人飲酒食肉否。欲以餘剩與之。道人云。我飲者玉液金波。村醪豈堪入口。食者瓊芝玉草。芻豢豈堪充腹。衆客大驚。社長以爲癡道人。道人云。汝癡我非癡也。長歌一曲。皆醒俗之言。化金光而去。按陸游南唐書。其時有藍采和。相傳以爲即陳陶也。

阮步兵 一曰英雄淚 雜劇

蕭山來集之撰。陳留阮籍爲步兵校尉。嘗於酒肆見少婦之美。醉臥其側。睡至天晚醒時。隱約見日色天光。乃此婦紅裙閃爍也。奚童因言近鄰兵家之女。遠勝酒婦。籍欲往見之。童云。昨日已死。籍即趨詣其家。撫棺慟哭。父母皆稔其狂。避而去。籍哭既畢。語童云。我因一酒字。罰作步兵校尉。彼因一色字。罰作兵家女兒。同工異曲。當同病相憐也。令呼主人翁葬此女於胭脂山。以鏡臺峰爲對案。他日身死陶家之側。得與相近。遂長嘯而去。世說云。阮籍鄰家婦有美色。當壚沽酒。阮與王安豐常從婦飲酒。醉即眠其婦側。夫始殊疑之。伺察終無他意。又云。步兵校尉缺。廚中有貯酒數百斛。阮籍乃求爲步兵校尉。唐類函。兵家女有才色。未嫁而死。阮籍不識其父兄。徑往哭之。盡哀而返。

鐵氏女 一名俠女新聲　雜劇

來集之撰。明布政鐵鼎石死節。成祖以其二女發教坊。逼勒萬端。誓不失身。禮部官察驗。二女口吟二詩。官爲奏聞。特予落籍。紀事。鐵鉉死。妻楊氏幷二女發教坊司。楊氏病死。二女終不受辱。久之。鉉同官以聞。文皇曰。渠竟不屈耶。乃赦出。皆適士人。錢謙益列朝詩序云。遜國諸書載鐵氏二女詩。謂鐵司馬就義。二女沒入教坊。獻詩于原問官。上聞。得赦出嫁士人。余考鐵長女詩。乃吳人范昌期。題老妓卷作也。詩云。教坊落籍洗鉛華。一片春心對落花。舊曲聽來猶有恨。故園歸去卻無家。雲鬟半嚲臨青鏡。兩淚頻彈濕絳紗。安得江州司馬在。尊前重爲賦琵琶。昌期、字鳴鳳。詩見張士瀹國朝文纂。同時杜瓊用嘉亦有次韻詩。題曰無題。則其非鐵氏作明矣。次女詩所謂春來雨露深如海。嫁得劉郎勝阮郎。其語尤爲不倫。宗正睦㮮論革除事。謂建文流落西南。諸詩皆好事者僞作。則鐵女之詩可知。革除間事。野史所載。大半訛謬。此亦其一端也。

挑燈劇 雜劇

來集之撰。因小青傳中有讀牡丹亭詩云。冷雨幽窗不可聽。挑燈閒看牡丹亭。人間更有癡於我。不獨傷心是小青。乃借此以寓意。亦以美人幽怨比名士之飄流無所遇也。情致酸楚。哀感頑艷。不愧才人之筆。按人間更有癡於我。此句本有着落。萬曆中年。湯顯祖還魂記初出。吳江俞二娘年少才美。取此記晨夕展玩。未幾得病而沒。顯祖玉茗堂集中親紀其事。小青挑燈之作。蓋指此也。後人閱小青傳者。不知有俞二娘事。以爲空虛懸揣。反覺無謂矣。唐人本事詩。皆推原作詩緣起。馬端臨論陸游沈園詩。言若無註解。後世不知其作此詩之故。以見詩小序之不可廢。即此小詩。亦其一證也。

碧紗籠 雜劇

來集之撰。演王播事。第一折木蘭花發院新修。言播在揚州惠照寺木蘭院中。以酒奠木蘭花。作文侑觴。正見木工石工修院也。第二折慚愧闍黎飯後鐘。言寺中上座設計。於飯後鳴鐘。播方折花供佛。聞鐘響而赴齋。則齋已畢。播乃題詩二句於壁。飄然竟去也。第三折樹老無花僧白頭。言播去後二十年。木蘭花神與菊花神、桃花神、松神共談因果。立地焦枯。昔年上座。已老病龍鍾。聞花神語。猛然自省。又見播已爲宰相。懼其報怨。乃取播平日所題詩句。盡以碧紗籠護也。第四折而今方顯碧紗籠。則言播爲宰相。奉旨節制江淮。特至院中訪從前故蹟。寺僧恐懼悚惶。曲盡諂笑脅肩之態。播見舊題二句。亦以紗籠。乃續題二句於後。語次雖帶詼諧。絕不修舊怨也。此亦集之自寓之意。

摭言。唐王播少孤貧。嘗客揚州惠照寺木蘭院。隨僧齋食。後厭怠。乃齋罷而後擊鐘。後二紀。播自重位出鎮是邦。因訪舊遊。向之題名。皆以碧紗罩其詩。播詠以二絕句曰。三十年前此院遊。木蘭花發院新修。如今再到經行處。樹老無花僧白頭。上堂未了各西東。慚愧闍黎飯後鐘。三十年來塵撲面。如今始得碧紗籠。

曲海總目提要卷十

驚鴻記

明萬曆時人作。＊吳世美撰，世美字叔華，浙江烏程人。有沈肇元序。稱吾友仲子所爲。又周鄭王序稱余兄仲氏。又自署多口洞天人編。按百家姓周吳鄭王。此云周鄭王者。隱一吳字。多口洞天者。亦吳字也。蓋吳姓而仲其字者。記梅妃驚鴻舞。據妃傳及開元天寶遺事。第祿山之亂。梅妃實死于兵。今記稱梅妃避跡菴觀。後復入宮。蓋傳奇家不得不如此收場耳。漢邸計陷梅妃。亦非實事。楊妃事本楊太眞外傳。詳長生殿。＊長生殿，清洪昇撰，本書未收入。劇內。唐曹鄴梅妃傳云。梅妃姓江氏。名采蘋。莆田人。開元中。高力士使閩越。見其少麗。選歸侍明皇。大見寵幸。東西兩宮幾四萬人。自得妃。視如塵土。妃善屬文。自比謝女。性喜梅。所居欄檻悉植數株。上榜曰梅亭。梅開賦賞。至夜分。尙顧戀花下不能去。上以其所好。戲名曰梅妃。妃有蕭蘭、梨園、梅花、鳳笛、玻盃、剪刀、綺窗七賦。是時承平日久。上于兄弟間極友愛。日從燕閒。必妃侍側。上命破橙往賜諸王。至漢邸。潛以足躡妃履。登時退閣。上命連趣。報言適履珠脫綴。綴竟當來。久之。上親往命妃。妃拽衣迓上。言胸腹病作。不果前也。卒不至。其恃寵如此。上嘗顧諸王戲曰。此梅精也。吹白玉笛。作驚鴻舞。一座光輝。會太眞楊氏入侍。寵愛日奪。竟爲楊氏遷于上陽東宮。上憶妃。夜遣小黃門持燭。密以戲馬召妃。至翠華西閣。敍舊愛。繼而上失寤。侍御驚報曰。妃子已居閣前。當奈何。上披衣。抱妃藏夾幙間。太眞旣至。問梅精安在。上曰。在東宮。太眞曰。乞宣至。今日同浴温泉。上曰。此女已放屏。無並往也。太眞語益堅。上顧左右不答。太眞大怒曰。肴核狼籍。御榻下有婦人遺舃。夜來何人侍陛下寢。歡醉至于日出不視朝。陛下可出見羣臣。妾止此閣以俟駕回。上愧甚。拽衾向屏復寢。

日。今日有疾。不可臨朝。太眞怒甚。逕歸私第。上頃覓妃所在。已爲小黄門送令步歸東宮。上怒斬之。遺爲并翠鈿。命封賜妃。妃謂使者曰。上棄我之深乎。使曰。上非棄妃。誠恐太眞惡情耳。妃笑曰。恐憐我則動肥婢情。豈非棄也。妃以千金壽高力士。求詞人擬司馬相如爲長門賦。欲邀上意。力士方奉太眞。且畏其勢。報曰。無人解賦。妃乃自作樓東賦。太眞聞之。訴明皇曰。江妃庸賤。以諛詞宣言怨望。願賜死。上默然。會嶺表使歸。妃問左右。何處驛使來。非梅使耶。對曰。庶邦貢楊妃果實使來。妃悲咽泣下。上在花萼樓。命封珍珠一斛密賜妃。妃不受。以詩付使者曰。爲我進御前也。曰。柳葉雙眉久不描。殘妝和淚污紅綃。長門自是無梳洗。何必珍珠慰寂寥。上覽詩。悵然不樂。令樂府以新聲度之。號一斛珠。曲名始此也。祿山犯闕。上西幸。太眞死。及東歸。尋妃所在。不可得。後上暑月晝寢。髣髴見妃隔竹間泣曰。昔陛下蒙塵。妾死亂兵之手。哀妾者埋骨池東梅株傍。上駭然流汗而寤。登時令往太液池發視之。無獲。忽悟温泉湯池側有梅十餘株。豈在是乎。上自命駕。令發視。纔數株。得尸。視其所傷。脇下有刀痕。上自製文誄之。以妃禮易葬焉。唐王仁裕開元天寶遺事云。明皇正寵楊妃。不視朝政。安祿山初承聖睠。因進助情花香百粒。大小如粳米而色紅。帝祕之曰。此亦漢之慎卹膠也。又云。念奴者。有姿色。善歌唱。未嘗一日離帝左右。每執板當席顧盼。帝謂妃子曰。此女妖麗。眼色媚人。每歌則聲出朝霞之上。雖鐘鼓笙竽嘈雜。而莫能遏。宮妓中帝之鍾愛也。又云。宮妓永新者。善歌。最受明皇寵愛。每對御奏歌。則絲竹之聲莫能遏。帝嘗謂左右曰。此女歌直千金。

合紗記

明史槃作。言姚、饒二女九華祈夢得詩。遇楚客崔衮江干投句。因白紗以作合。二女皆歸衮。而紗復合。故名曰白紗記。又曰合紗記。*又名雙緣舫。劇云。宋太宗時祁陽崔衮。字九絲。僑居湖口。與裴愷相友善。愷讀書虎阜。衮買舟造訪。過釆石。與兗州知府姚景龍官舫同泊。景龍由庶子外任兗州。挈妻平氏。女銀蟾以行。道經九華。銀蟾祈夢于地藏菩薩。菩薩示詩云。烟水茫茫未有涯。鴛鴦鎖處在銀沙。世間莫道知音少。江上能逢女伯牙。勳臣永春侯饒應孫有妹夢麟。及笄未字。應孫移鎮瀛海。夢麟亦至山中祈夢。夢與銀蟾同。明日。饒以妹小恙留醫。而姚船先發。至釆石夜靜。銀蟾聞鄰舟撫琴聲。即衮也。開窗遙睇。與婢私語。爲衮所覺。題詩于白紗。投窗隙中。明日各開帆去。銀蟾得紗。視其詩與夢中語無異。心竊喜。而恐爲人見。以紗藏塵承上。及舍舟登陸。紗遺舟中。衮至虎阜。則裴愷已歸。囑僧留衮相待。復挐舟迎愷。重泊釆石。前船尚在。衮心訝之。躑躅舟旁。爲臧獲所訶。舟中之女憐衮書生。戒僕毋犯。衮益自喜。而舟中女乃夢麟非銀蟾也。蓋姚既登陸。空船至九華。復載饒眷屬至此。夢麟見衮。悦其貌而不知其名。忽於塵承墮紗一方。上有詩與夢合。私喜以爲此紗必衮投入。攜以登車。入驛館。而紗遺車上。急遣人求之。而已爲兩車夫分而爲二。僅獲其半以歸。衮至江中。與愷遇。同入京應試。皆成進士。授邑令。衮任丘。愷靑陽。時景龍復召爲端明殿學士。愷出其門。聞衮未娶。囑愷爲媒。欲以女妻之。衮以采石所遇告景龍。詢其女。知衮所遇者。卽銀蟾也。然衮以必得白紗爲信。會程限急。與姚訂後期而去。之任未幾。耶律休哥率兵圍城甚急。應孫方鎭瀛海。聞報。語其妹。夢麟詢知縣令卽祁陽崔衮。乃以祈夢得紗之實告兄。應孫爲發兵解圍。而以妹字衮。衮見半紗。以姚言爲不實。與饒竟成夫婦。景龍擢禮部尙書。薦衮爲御史。敍應孫功。亦內擢。而已則告老南歸。至驛亭。銀蟾見驛中老嫗寒。賜以衣。嫗解帶。則白紗之半也。賞嫗收紗。登舟至靑陽。而衮與應孫移眷入都。亦泊靑陽。裴愷來見。知衮已娶。銀蟾父母聞之憤甚。過饒舟訪夢麟。互相詰問。不懽而散。會應孫設席邀愷舟中。衮旣在座。景龍亦至。各言前事。舟子周元識姚饒幷識衮。俱道前後皆其舟載眷泊采石。兩見衮於舟傍。于是愷爲衮請于景龍。景龍亦以爲前定。願以女妻衮。夢麟聞其詳。即過姚舟認夫人爲母。願居側室。景龍命以姊妹相稱。即舟中三人同合巹。兩紗復合爲一。九華山在今池州府青陽縣。舊名九子山。李白謂九峯似蓮華。乃更今名。劉夢得嘗愛終南太華。以爲此外無奇。愛女几荆山。以爲此外無秀。及見九華。深悔前言之失也。其山爲地藏王菩薩道場。有化城寺無相寺。自唐以來。香火最盛。唐至德間有新羅國僧渡海居九華山。嘗取巖間白土雜飯食之。人以爲異。年九十九。忽召徒衆告別。坐化函中。後三載開視。顏色如生。舁之。骨節俱動。是爲金地藏。並見地志。

天函記

明赤城山人文九玄撰。文九玄，號澹然，別號赤城山人，世居吳中。米萬鍾序云。文君赤城天函記。字字出色。與玉茗鼎峙。此記據坐隱先生紀年傳。摘而敷衍。稱實錄也。又陳端明序云。赤城山人以坐隱先生紀年傳中悟碁偶仙一事。或本傳。或訂譜。或古語合其意者。采集而稍緣飾之。名天函記者。以仙翁挂冠時。貽先生天函藏書。則指其實而名之也。按劇中所演。多神仙之事。廷訥好神仙。故文九玄爲之作此記。或曰。此廷訥自作。而託名於九玄者。未知孰是。坐隱先生紀年傳。今不可考。董其昌亦有廷訥傳。今摘其梗概云。仙客汪姓。諱廷訥。字昌朝。新安海陽人。厥號無如、坐隱先生、無無居士、全一眞人。咸諸高賢景慕而稱謂之也。生于大明。歷事三帝。拜督鹺大夫。耿介妨時。左遷鄞江司馬。興利除弊。德政入人肌髓。一日航次高蓋山。忽雲外畸人。窺其宿根高潔。有功成名退之勇。倏來指導。仙客即豁爾頓悟。易號先先。翩翩于天函之洞。友仙證道。詔起。莫知何之。汪廷訥在嘉隆萬曆時。由貢生官至鹽運使。後謫甯波府同知。有詩名。其詩載朱彝尊明詩綜內。

合壁記

明寧波人王恆撰。*王恒，字伯貞，號少谷，浙江奉化人。合璧記，舶載書目載日本藏有刊本。所記皆解縉事。縉死獄中。而此記則云赦出。仍爲學士。乃傳奇之體。必欲團圓。故結成婚合璧云。明史本傳。解縉、字大紳。江西吉水人。年十九。舉鄉試第一。洪武二十一年成進士。授中書庶吉士。成祖入京師擢侍讀。與楊士奇、胡廣等共七人並直文淵閣。預機務。帝嘗虛己聽之。永樂二年。立皇太子。進翰林學士。兼右春坊大學士。初、帝與丘福等議建儲。福等請立漢王高煦。帝召縉密議。縉言立嫡以長。皇太子仁孝。天下歸心。太子遂定。漢王深恨縉。會帝欲大發兵討交阯。縉諫不聽。卒發兵平之。而帝寵漢王。禮秩踰嫡。縉又力諫。帝以爲離間骨肉。遂坐縉廷試讀卷不公。出爲交阯參議翰林檢討。王偁時亦謫交阯。在英國公張輔幕下。縉與共覽廣東山川。謂可鑿贛江通南北。具草奏之。縉嘗奏事入京。

會帝北征。見太子而還。漢王言縉伺上出。私覲太子徑歸。無人臣禮。帝怒。及請鑿江奏至。乃發怒逮縉及僩下詔獄。永樂十三年。錦衣帥紀綱醉縉酒。埋積雪中死。詔籍其家。徙妻子遼東。仁宗時歸縉妻子。官其兄子禎期中書舍人。縉初與胡廣同侍宴。帝曰。汝二人生同里同學。仕又同官。縉既有子。廣女可妻之。廣頓首曰。臣妻方娠。未卜男女。帝笑曰。定生女矣。已而果生女。遂約婚縉子禎亮。縉家徙遼東。廣欲離婚。女截耳誓曰。薄命之婚。皇上主之。大人面承之。有死無二。及赦還。卒歸禎亮。正統元年。悉還縉所籍産。復官禎亮爲中書舍人。初、縉言建儲及討交阯事。用是得禍。後高煦以叛誅。而交阯數反。卒棄之。終明世不能復取。張輔三下安南。英公破賊一齣。三征不憚遙。乃實事也。解禎亮爲輔參軍。是空中結撰。解禎亮遞劍高煦。亦無此事。宣宗嘗命于謙數高煦之罪。蓋借此以點綴也。第二齣解縉白云。眞箇是國朝謀略無雙士。翰苑文章第一家。此二句明太祖賜學士陶安堂上對聯也。胡廣傳。廣字光大。吉水人。建文二年。擢進士第一。授翰林修撰。成祖即位。廣偕解縉迎附擢侍講。累官文淵閣大學士。以醇謹見幸。時人以方漢之胡廣。廣居政府時。有作詩嘲之者云。漢朝胡廣號中庸。今日中庸又見公。可惜天生兩奸宄。卻教名姓正相同。記中即以是詩作解縉誚廣之語。楊士奇救解縉。不見正史。亦是點綴。吾學編云。士奇本名遇。以字行。記云楊羽。亦微不合。

龍劍記

明萬曆間新都吳大震所作也。（吳大震，字東宇，號長孺，別號市隱生，安徽休寧人。所作有練囊記、龍劍記二種，均佚。）大震、字東宇。自稱市隱生。所記魏學曾、葉夢熊賜劍平賊事。據兩朝平攘錄、瞿侍詔武功錄、茅伯符三大征記。皆當時實事。且平哱拜在萬曆二十年。而記成於三十三年。相去未久。聞見俱確。非憑空結撰者。惟魏學曾嘗被逮。不載。蓋爲諱之。哱拜雖結黃台吉妻。縱其子擾邊。而三娘子是時已久與順義王扯力克合婚。

封忠順夫人。實未嘗引兵助拜。此係點綴。餘並不誤。按三大征記。哱拜本塞外人。嘉靖中亡抵朔方。屢立功。萬曆十年。授寧夏參將。十七年。加副總兵。休致。子承恩襲。益慓悍。沿邊皆慴伏之。巡撫黨馨每加裁抑。且欲覈青海虛糧。承恩怨次骨。會千總哱雲、指揮土文秀亦怨馨。而馨御將卒素嚴刻。衆亦不附。二十年二月。鎭戍請冬衣布花及月糧。未給。拜承恩遂激衆作亂。推軍鋒劉東暘爲會長。糾黨入帥府白事。總兵張維忠驚悸不能彈壓。衆遂露刃執副使石繼芳。擁焚軍門。劫巡撫馨至書院。並繼芳殺之。益合許朝、何應時等收印符。釋囚。脅總兵維忠。以扣餉激變報。是時河東僉事隨府通政穆來輔適並抵鎭。併劫請招安以緩師。會雲、文秀統兵五百人至自中衛互市。並迎入城。東暘等索維忠勑印。維忠與之。縊。東暘遂自稱總兵。據城。刑馬牛盟。僞授承恩朝左右副總兵。文秀雲左右參將。因挾慶王代請貰罪。承恩乃勒兵分遣王虎何安等據城堡。時總督尙書魏學曾行部花馬池。聞儆。遣標下張雲郜寵諭降。不聽。承恩衜玉泉營中衛廣武諸城。河西望風靡。惟文秀衜平鹵。參將蕭如薰堅守不下。逆黨王虎等隨略鳴沙州。將趨河。全陝震動。靈州有都司吳世顯黨逆。約三月九日陷州。參將來保誓死守。會總督檄副總兵李昫攝總兵進勦。昫與遊擊吳顯兼程馳至。逆謀始折。翌日。原任屯田都司蕭韶成陽以脩渠來奔。悉賊不軌狀。方遣叛人馬世傑奉金帛勾套騎着力兔等以拒我師。而我調延綏蘭靖兵稍集。李昫乃分發渡河。先後收復營堡四十七。河西惟鎮城爲賊所據矣。拜聞着力兔且至。屬文秀、朝分道馳迎。着力兔打正等引控弦三千騎入屯演武場。賊益括城中子女媚之。至奉河東西地圖。雲復引着力兔攻平鹵。參將如薰設伏射雲死。並傷驍賊吳敖壩。着力兔遁走。聲犯花馬池諸處。四月二日。總督移師花馬池。因撫切盡妣吉。諭無助逆。翌日。總兵昫與原任總兵牛秉忠督六路兵抵鎮城下。朝、文秀脅慶王及穆通政隨僉事至東城土樓。乞暫罷兵。願縛首惡獻。賊旣甘言求款。會軍糗糧乏。遂假此休士近堡。時朝議以總兵李如松督陝西省討逆軍務。由宣大濟師。御史梅國楨監軍事。國楨上書請戎服督戰。先同宿將李成梁馳軍中。時已推朱正色撫寧夏。而甘肅都御史葉夢熊上書願討賊。詔嘉夢熊慷慨。令同督撫並力。頃之。延綏遊擊姜顯謨、都司蕭如蕙、甘州原任總兵張傑、副總兵麻貴各軍並集。乃以二十一日進兵。復抵鎭城下。塹濠豎雲梯夾攻。東暘偵延綏楡林兵調征益密。賄黃台吉妻。縱男捨達大等掠舊安邊磚井堡。以圖牽制。五月。巡撫朱正色渡河督戰。以上命頒將士賞。一軍踴躍。賊聞。詭請降。以張傑嘗總寧夏兵。迎入城招安。傑單騎往。竟就縶。是時頓兵數月。賊陽請撫。陰勾塞外。上乃賜總督魏學曾劍一。中令違者立斬以殉。六月。夢熊如松國楨兵俱至。軍聲益振。賊益嬰城守。多以矢石狙擊。更詭招安望外救。然城中糧久殫。銳氣亦銷耗矣。七月。僉事隨府乘間攜印同蒼頭從城躍下。賊復縋執府繫獄。總督遂與都御史夢熊等決策水攻。大治隄。十七日隄成。決水。水抵城外。深八九尺。八月朔。都司吳世顯所治隄潰二十丈。總督魏學曾以賜劍斬世顯徇行間。會給事中許子偉等劾總督學曾惑於招撫。詔罷秩。以夢熊代。賜劍如之。是月十七日。新督臣任事。中令益肅。着力兎以八百騎入鎭北堡。如松貴等捕斬百二十餘級。追奔至賀蘭山。移級示賊。賊爲短氣。九月水浸北關城潰。南關居民內變。總督夢熊遂入南關。勞苦百姓。承恩益氣奪。乃急縋張傑下城懇貸死。總督陽諾。益治攻具。東暘頓足嘆曰。遂至是耶。佯爲風疾。殺土文秀曰。好頭頸。毋令他人砍也。承恩與畢邪氣走南關。殺許朝及其子許萬鍾。邪氣又走北關。殺東暘。皆懸首城上。于是如松等先登。如薰、貴繼之。大城悉定。參將楊文執承恩及其弟承寵等。拜闔室自焚。李如樟部卒李世恩從火中斬其首。寧夏平。捷奏。上御門受賀。詔逮前總督學曾得免爲民。十一月。大司寇處承恩極刑。承寵等駢斬長安市。詔慰慶藩王妃方氏不受汚。薨逝土窖中。特詔褒異。遷夢熊等官有差。學曾以原官致仕。而蕭如薰守平鹵。妻楊力贊。制勑旌奬。尤異數云。給事中曹大咸等劾穆來輔、隨府依違。緹騎逮問。俱謫邊。谷應泰紀事本末云。哱拜妻施氏孕將產。拜夢空中大響天裂。出火焰。一妖物如虎。入施脅下。不見。拜急手劍之。驚覺。遂產子。狼貌梟啼。名曰承恩。拜叛時。施氏諫不聽。又翟珮而立。謂拜曰。此何來。悖德不祥。奈何自取奇禍。承恩推跌去之。又云。拜黨日恣淫虐。城中婦女寶貨。已經搜括。尚根索不已。至迫脅慶府甚急。妃方氏懼辱。拔劍將自刎。保母抱持。並世子匿土窖中。以被服置井環哭。賊見信爲溺。盡取金帛及他宮人去。比發窖。妃已不起矣。

玉杵記

明末餘姚人楊之炯作。*楊之炯，一作文炯，字星水，號雲水道人，浙江餘姚人。合裴航崔護事爲一。以航得玉杵臼聘仙女雲英。故云玉杵記。玉杵事蹟。詳載藍橋記中。崔護事蹟。詳載登樓、題門二記中。作者取此相合。蓋航遇老嫗之女。護遇老父之女。映射有情。

聯綴生色也。航事出裴鉶傳奇。乃後來作小說戲劇之祖。先遇樊夫人於鄂渚。後遇雲英於藍橋。裊烟之詩箋。卞老之書問。玉兔之搗藥。仙洞之會姻。事蹟甚多。故用爲正面。護所遇女。但有淸明前後兩番。且卽護與父女三人。事簡而節短。故用爲側面。其關鍵相似者。茅屋畝宮之下。求漿求飮。擎甌捧盃。以解相如之渴。或揭箔微窺。或設牀命坐。足縮不去之態。言挑不對之情。雖仙凡道殊。如出一轍。又皆有七絕詩以供點染。宜乎攢爲合錦。聯作雙環也。雲英有姓字。人面桃花之女。本無所考。登樓記作莊慕瓊。雜劇又作葉蓁兒。此仍采登樓姓名。從衆所習聞也。裴航之傳。載明長慶年間。本事於崔護舉進士第。亦未點出年代。題門以王維爲護之友。亦是空中懸揣。此記又以航合傳。謂是憲穆間人。皆不可爲典要。又因航傳中云。謁故舊友人崔相國。因指護爲相國家子弟。與航交契。此亦取巧善生法處。不爲無根也。裴航詩。向爲胡越猶懷想。況遇天仙隔錦屛。倘若玉京朝會去。願隨鸞鶴入靑冥。樊夫人答詩。

一飲瓊漿百感生。元霜搗盡見雲英。藍橋便是神仙窟。何必崎嶇上玉京。崔護詩。去年今日此門中。人面桃花相映紅。人面不知何處去。桃花依舊笑春風。

桃花記

明孟稱舜用孟棨本事詩。作桃花人面雜劇。崔護事蹟。已詳載稱舜劇中。*桃花人面，見本書卷八。此記紹興人金懷玉作。*金懷玉，字爾音，浙江會稽人。作傳奇十種，今存望雲記及桃花記殘本。亦係明時人。未知與稱舜孰後先也。本事詩原無女子姓名。稱舜撰名曰葉蓁兒。此記撰名曰莊慕瓊。彼此互異。記云。護父崔鵬。與莊隱同年。幼時曾割襟訂婚。鵬夫婦俱沒。護不知其詳。發解遊西湖。見慕瓊之美。因改姓名曰秦晉。傭書於莊。與慕瓊私訂婚約。入都登甲第。歸過其宅。値瓊他出。遂有題詩門上及哭女復活之事。蓋前段皆非事實。恐直敘本末。未免寂寥。故緣飾成章也。楊嗣復、牛僧孺等。俱係添出關目。悉怛謀以維州降。李德裕受之。僧孺勸帝勿納。送還吐蕃。此是實蹟。而假託崔護說降。此作者欲熱鬧好看。爲護生色也。僧孺子求婚不遂。亦係撮造。義犬救焚。乃晉時楊生事。今借爲楊嗣復。太平廣記。晉太和中。廣陵人楊生者。畜一犬。憐惜甚至。常以自隨。後生飲醉。臥荒草中。時方冬燎原。風勢極盛。犬乃周匝嗥吠。生都不覺。犬乃就水自濡。還即臥於草上。如此數四。跬步草皆沾濕。火至免焚。爾後生因暗行墜井。犬又嗥吠至曉。有人經過。怪其如是。因就視之。見生在焉。遂求出己。許以厚報。其人欲請此犬爲酬。生曰。此狗曾活我於已死。即不依命。餘可任君所須也。路人遲疑未答。犬乃引領視井。生知其意。乃許焉。既而出之。繫之而去。卻後五日。犬夜走還。

靈犀佩

刻本云。武林寶恩樓鐫。未詳誰筆。王異撰。異一作權。字無功。陝西郃陽人。作有傳奇九種。一作明許自昌撰。以蕭鳳侶得二女爲配。用靈犀佩作關目。故名。其事創造無所本。衢州信安諸生蕭鳳侶。字靈儀。科試未錄。赴杭州考遺才。寓酒肆竇二家。二有女湘靈。甚美。八歲時爲人所掠賣。二之妻。本娼女也。遂以爲女。妻死。二復使湘靈當壚。鳳侶見而愛之。爲費三百金。欲納爲妾。而信安尤尚書表之子名效。恃勢驕橫。嘗在文昌庵中。覩梅侍御之女。偶失一靈犀佩于地。與尼密謀。欲佔爲妾。會赴省應試。來至酒家。見湘靈而大悅。贈之以佩。將强挾去。竇二慕勢。欲以予效。湘靈則戀鳳侶。不肯行。效訪湘靈本非二所出。適信安縣令詹拱。以闈事赴省。效乃使僕控于令。言湘靈係僕所生女。拱即欲斷予尤僕。而聞鳳侶錄遺第一。乃周旋其間。發保還家。俟出闈細鞫。及榜放尤雋而蕭落第。拱遂斷湘靈與尤。湘靈必不願從。以靈犀佩贈鳳侶。乘夜即自縊。梅侍御女者。字曰瓊玉。少失父母。夫人挈往庵中還願。爲效所窺。與庵尼定計誑其母入庵念佛。旋以輿夫往舁其女。云母忽中風。急須往視。遂舁入尤尚書園中。瓊玉見非尼庵。驚問其故。告以尤公子娶爲妾。瓊玉大怒啼哭。尼趣僕以舟載之。送往杭州。瓊玉乘間投入桐江中。鳳侶下第歸。經其處撈救入舟。是日瓊玉投江。湘靈投環。丙靈公召其魂問之。憫其貞烈。檢籍披視。兩人當爲鳳侶妻妾。乃令卒送還陽世。卒向兩人索錢不得。互易其處。比蘇。則非本來面目矣。鳳侶所救者瓊玉之軀。初不與相識。而女所敍者皆竇湘靈語。正欲挈歸。梅夫人以失女遍覓。見之舟中。急呼女。而女不認母。母以鳳侶竊其女。控之於令。令故識湘靈。以爲的是梅女。方欲治鳳侶拐騙之罪。而聞朝命。改官臨安參軍。倉卒遷徙。不竟其事而去。鳳侶語梅夫人。試同往竇宅。訪其再生與否。以證明之。夫人留女于家。偕鳳侶同往。則湘果復生。亦不認其父。而父强之當壚。夫人至。則痛哭呼母。鳳侶問之。則不識也。夫人欲攜歸。竇二云。我眞女已失。此女又攜去。是絕我也。予我三百金任挈而去。鳳侶急往富春。貸金于友。及至而尤僕聞湘靈復生。蜂擁奪去。送入京師矣。瓊玉初在家時。嘗于鏡中見一男子。及與鳳侶見。告母曰。此生即鏡中所見者也。臨去謂母曰。兒此去誓不復生。舟中攜歸之女本兒血肉軀。母當以爲女。嫁此生可也。母以女言告鳳侶。鳳侶即以所貸金及靈犀佩爲聘物。而告夫人云。我入京赴監肄業。成名乃歸。越二年。果雋于北闈。尤僕送梅女入京。效會試落第。方悶悶。見而甚喜。欲與狎昵。女大呼。爲尙書所覺。細詰其故。云梅侍御之女。非店家女也。尙書問侍御家事。語甚詳悉。乃送居後園。使人守之。不令子入。及鳳侶登鄉榜。送硃卷于尙書。見其刻聘妻梅氏。注云侍御之女。尙書急呼梅女問故。女細告換魂情事。尙書大奇之。正欲作合。使嫁于蕭。而鳳侶已擢狀元。以尙書爲鄉先達。先趨謁之。尙書語以梅女之姻。鳳侶亦告以換魂事。而以已有先聘者。不可再娶。尙書云。此本梅侍御女。當致書與夫人。令自主可也。鳳侶遂乞假還家。尙書遣僕送梅女。舟至張家灣。上岸謁丙靈公廟。訴以換魂之故。丙靈公治前卒之罪。使卒爲之改正。於是二女各易其魂。復現本來面目。夫人大喜。

納鳳侶爲婿。以二女並嫁之。

綰春園

武林沈孚中作。*沈孚中，名嵊，一字會吉，號唵庵，浙江錢塘人，所作有息宰河、辛戌記、綰春園三種。 譚友夏鍾伯敬批評。新安汪猶龍序刻。大略與遠塵園*遠塵園，見本書卷十二。無異。略云。楊珏、字兩玉。嘉興秀水人。副史楊翰之子。元丞相伯顏擅權。罷科停舉。停試乃撒里比朮兒之事，今歸咎伯顏，爲小人之不幸如是。至元四年。珏與友人韓畹生名夢蘭赴省對策。珏方下第。留滯西湖昭慶寺。畹生公車北上。有閑闊朮者。約珏餞畹生飲湖中。會江西廉使維揚崔固擢侍御史。挈夫人許氏女倩雲詣京。假道杭州。進香天竺。威遠伯阮翀流寓錢塘。園名綰春。翀妹蒨筠。貌與崔倩雲無異。時直重陽。翀與妹赴園賞菊。而崔固僑寓該園。倩雲賦醉雲軒菊花詩題于綾帕云。芳園黃菊主人栽。不管無人只管開。霜冷杜鵑楓葉落。卻將何面待陶來。帕上繫琥珀墜一枚。藏袖中。乘父母進香。

遍觀園景。楊珏閑步入園。與倩雲遇。兩情相許。倩雲墜帕于地。珏得之狂喜。然以所遇爲園主女也。固進香畢即行。留家屬于揚州。輕裝赴闕。縮春園自此扃鐍。珏往不可入。有孟尼靜照者。自揚徙杭。與阮兄妹相熟。遇珏于園外。珏父守揚時。夫人爲此尼蓋庵。珏因得悉園主爲威遠伯。有妹蒨錡。以其音與倩雲同。遂疑崔氏爲阮。珏自此移寓孟庵。倩尼達情愫于蒨錡。和詩題帕後云。新詩只把舊愁栽。一閉桃源再不開。紅葉止傳離別恨。依先流入御溝來。帕墜付尼。蒨錡見帕驚異。私念帕上之名。與己同字異音。己無其事而心不忍絶之。留其墜帕。另以羅帕題一詩。幷解所佩漢玉環答之。怱卒忘署蒨錡字。詩中之意。不過詢得帕所由。而珏見字跡相同。不署名字。始終認爲倩雲也。時晩生入京。選授香山縣令。聞珏在西湖。强邀之任。固辭不去。而阮翀家接京書。知爲權相所誣。權相者。伯顏也。伯顏官銜。曾議用薛禪二字。阮翀以犯世祖廟號。與學士涉刺班謚力駁不可。顔心恨之。都轉運納刺因言叛逆刺泰。前翀父胄所招撫。今剌泰復叛。乃翀召之。上怒。詔戮翀家。翀聞信。託尼挈妹逃揚州。已被逮入京。以父胄殉節功。免死。流香山嶼。會香山令晼生內擢御史。已稔知其寃。挈之入京。代爲申辨。珏自別晼生歸其所寓菴。菴蓋阮氏家廟。已封鎖。探知異變。謂阮妹已亡。祭奠湖濱。朝夕對環帕哭泣。旅病懨懨。無心應試。而蒨筠至揚。寓崔夫人園後空五菴中。倩雲與結爲姊妹。一日至庵。書帙中見墜帕。後有和詩及書生名姓。不知何由入筠手。又不便詳詢。密攜之去。是時朝中崔韓諸人。交章參劾伯顏。並辨阮翀寃。得旨。阮翀復爵征蠻。崔固撫禦苗賊。伯顏謫河南。納速剌遣戍。籍其家賜翀。崔阮相見。各言女妹之名。已知音同字異。崔迎妻女到署。即聞苗警。仍命由水路送歸揚州。翀亦尋妹至京。而珏已領鄉薦北上。舟泊黃河口。與崔眷回揚之舡逼。舟子訶逐。楊僕通主姓名。入倩雲耳。因私取水窗遙睇。知爲向年園中所見帕上和詩人。兩舟相隔。難通一言。仍出庵中所得墜帕還擲于珏。珏拾之。且喜且驚。以爲阮妹重生。仍出玉環羅帕還擲過舡。方擬次早訪問。而五更順風。揚帆即去。醒已行數十里矣。時剌泰兵圍兗。崔固歿于王事。蒨筠抵都。備言與孟尼寓庵情事。翀亦爲言崔郎即借寓綰春園之人也。珏赴京會試。館于畹生齋。忽忽不樂。畹生詢得前事。以認爲姊妹。珏又言其人已死。其物猶存。復有舟中贈答之異。而畹生向在香山見翀。知其妹不死。因具言之。珏大喜。浼畹生作伐。阮氏允婚。榜發。珏擢翰林。倩雲同母歸揚。不復見蒨筠。一日尼至崔家。見玉環詩帕。知爲阮蒨筠之物。遂以往日珏以帕墜託售。阮以環帕相易之事。告之倩雲。雲始悟彼此錯誤。未幾。崔固訃至。賊兵壓淮。崔氏母子同孟尼避難杭州。仍寓綰春園。楊珏贅居阮氏。合巹之夕。敘墜帕始末。阮妹全然不認。訐辨久之。明日。其兄翀見墜帕及倩雲二字。方悟崔女倩雲寓綰春園時所貽物也。蒨筠避難時。感崔女憐愛。欲求共聚。翀以崔公靖節。家口存亡未卜。珏遂請假往揚州尋訪。翀亦奉命泰州討賊。一戰成功。假歸。同珏至揚。崔氏舊居。盡爲瓦礫。怏怏南行。途遇孟尼。知崔夫人母女無恙。寓緡春園內。乃遣媒聘合。兩帕重圓。珀墜玉環復合。劇內載伯顏貶南思州陽春縣安置。至龍興集。遇納速剌遣戍。彼此責詈。一時雷電。兩人俱震斃。以彰惡報。按陶宗儀輟耕錄。重紀。至元間。太師丞相伯顏專擅蠹政。貪惡無比。以罪左遷南思州達魯花赤。至隆興卒。寄棺驛舍。滑稽者題于壁云。百千萬錠猶嫌少。堆積金銀北斗邊。可惜太師無脚力。不能搬運到黃泉。是則人譏尤甚于天譴矣。又按輟耕錄。丞相伯顏所署官銜。計二百四十五字。曰元德上輔廣忠宣義正節振武佐運功臣太師開府儀同三司秦王答刺罕中書右丞相上柱國錄軍國重事監修國史兼徽政院侍正昭功萬戶府部總使虎符威武阿速衛親軍都指揮使司達魯花赤忠翊侍衛親軍都指揮使奎章閣大學士領學士院知經筵事太史院宣政院事也可千戶哈必陳千戶達魯花赤宣忠斡羅思扈衛親軍都指揮使司達魯花赤提調回回漢人司天監羣牧監廣惠司內使府左都威衛使司事欽察親軍都指揮使司事宮相都總管府領太禧宗禋院僉都典制神御殿事中政院事宣鎭侍御親軍都指揮使司達魯花赤提調宗人蒙古侍衛親軍都指揮使司提調哈剌赤也不干察兒領隆祥使司事。當其擅政之日。前後左右。無非陰邪小輩。惟恐獻諂進佞之不至。孰能告以忠君愛民之事。有一王爵者奏云。薛禪二字。人皆可以爲名。自世祖皇帝廟號之後。遂不敢用。今太師伯顏功高德重。可以薛禪名字與之。時御史大夫帖木兒不花。亦其心腹。每陰嗾省臣奏允其請。文定王沙則班時爲學士。從容言于上曰。萬一曲從所請。關係匪輕。遂命學士另議以元德上輔四字代之。加于功臣之上。又京畿都運納速剌上言。太師伯顏功勳蓋世。所授宣命。難與百官一體。合用泥金書詞以尊榮之。省臺院官議不可行。宛轉禀白。止金書上天眷命皇帝聖旨八字。餘仍墨筆云。

落花風

明末人李素甫作。*李素甫，字位行，江蘇吳江人。所作傳奇五本，今存元宵鬧一種。演江練與韋珠娘約。以練口語中落花風三字標出爲題。雖非前後關鍵。而游戲中尙不墮惡道。蕭葸、江練並無其人。惟武仙係金大將是實。而事亦紐合。略言淮陽諸生江練。字楚平。居落虹橋。一日經懷遠街。樓上一女子揀花。誤墜於頭上。仰面窺之。見一女子。因彼此屬意。時有蘇西坡者。亦窺見之。訪其姓氏。父曰韋長官於元。止生二女。長珠娘。年二八。次元兒。年甫十三。西坡屬韋鄰居夾七娘爲女介紹。七娘與珠娘婢吉祥計。僞若珠娘召之者。及至。則誑以外婆喚己。改訂他日。蓋共誑其錢財也。西坡暮夜伏墻樹上。遂爲巡徼哨官所擒。欲指爲賊。西坡乃自首與珠娘有約。而極譽珠娘之美。時朝廷遣節度使蕭葸爲建康留守。臨淮知府路已上諂事之。聞其家有女樂而無絕色。方購美女以獻。哨官遂以珠娘白於守。已上呼其父以情懇之。於元不從。怒而寘之獄。使吏卒圍其家。奪珠娘。珠娘方遣吉祥與練期元宵燈節密抵其室。至期赴約。門尙閉。練徬徨無如何。欲敲門以入。其友林生于道旁詰而得其情。教以若行路人自語而逗出姓名以動之。綀乃曰好落花風。吹我江楚平滿身皆香也。珠娘在內聞之。啓門迎綀將入。而路守所遣吏卒劫珠娘去。備千金奩具。納之於菟。綀悵然莫可爲計。而戀戀不能捨。竟詣留守軍門獻技呈勇。願投爲軍。菟召與語。識其具文武材。令與兩營將相角。無出其右者。立擢爲牙將。營中事宜。一以委之。珠娘至。菟見之甚喜。而珠娘方託病。俾一媼守之。俟其愈而入侍。未幾。果大病。乃使綀延醫。綀知病者即珠娘。因薦林生善岐黃。呼使治病。至則告之以情。作密札納林生懷中。俾伺便以致於珠娘。媼延林入內室。診脉用藥。言宜用江參阿魏以聒珠娘。珠娘微識其指。不敢問。旣而語病證。媼云數夢魘。林即僞能治鬼者。言爲畫一符以鎭之。須密視。不可與四目見。遂以江札投之。珠娘得札。諭其意。未幾遂稱病稍愈。菟愛之甚。未遽迫也。會金朝大將武仙遣兵南伐。都總制余烈鎭守臨淮。菟召綀入。珠娘侍於後。綀方凝眸。菟語綀云。急召余將軍計事。

練未及答。菟再呼語之。倉皇應曰諾。及出。大悔。懼爲所誅。而菟已覺其情。試問珠娘何自入路守宅。珠娘以搶奪告。淚珠瑩瑩然。菟語曰。余非戀色者。一少年牙將有文武才。以汝嫁之。珠娘不知爲練。執不可。菟亦不聽。呼練入問曰。汝此來何所爲。練知情露。抵曰。惟讀書耳。曰。讀何書。曰。讀五代史。曰。讀五代史何事。曰。讀葛從周以女與卒事。菟故恐之曰。從周非壯夫。若我則殺卒耳。練雖未測其意。强詞以對曰。公宜傚從周。不宜殺卒。菟乃笑曰。此正吾意也。以侍姬嫁汝。其率水師五千扼上游。爲余將軍聲援。練感泣承命。菟乃治千金裝。飾珠娘以嫁於練。初、珠娘被奪。其隣王保者。誘其妹元兒以覓姊。賣於建康妓梁媪家。父於元出獄歸。則幼女又失。憤恨無已。挈婢吉祥同抵建康。欲訪珠娘之信。練見吉祥而識之。留其主婢於家。而林生應帥府之召。亦居練家。嘗偕練爲狎邪游。至梁媪宅。與元兒遇。改名十二娘。不知爲珠娘之妹也。練見元兒貌似珠娘。頗心動。以軍務倥偬。無暇相訪。而林生慕之特甚。移寓於其家。與訂密約。誓仝生死。無力相贖。竟乘暮夜抵江干。以汗巾互縛手足。投江而死。遂流至采石磯鴛鴦浦。兩人猶相抱持。里人奇其事。爲造塋以葬。名曰鴛鴦塚。珠娘知之。遣人護其墳。且爲建祠。練禦武仙兵獲勝班師。至其地。土人云。岸有廟。不祭必有風濤之患。練叱其妄。已而風大作。入廟詢道士。則林之僕松烟也。詰其故。知爲林之神。乃捐貲飾廟宇。歸家偕妻與岳及婢吉祥同至廟所。建醮七日而去。葛從周事出稗史中。歐陽修五代史不載。此云五代史。亦假借用之耳。梁葛侍中從周鎮兗之日。有廳頭甲者。年壯未婚。有神彩。善騎射。膽力出人。偶因白事。葛公召入。時諸姬妾並侍左右。內一寵姬。國色也。嘗在公側。甲窺見目之不已。葛公有所顧問。至於再三。甲方流盼殊色。竟忘對答。公但俛首而已。旣罷。公微哂之。或有告甲者。甲方懼。但云神思迷惑。亦不記憶公所處分事。數日之間。慮有不測。公知其憂甚。以温言接之。未幾。有詔命公出征唐師於河上。時與敵決戰數日。

敵軍堅陣不動。日暮。軍士飢渴殆無人色。公召甲謂之曰。汝能陷此陣否。甲曰。諾。即攬轡超乘。與數十騎馳赴敵軍。斬首數十級。大軍繼之。唐師大敗。及葛公凱旋。乃謂愛姬曰。甲立戰功。宜有酬賞。以汝妻之。愛姬涕泣辭命。公勉之曰。爲人妻不愈於爲妾耶。令具貲粧直數千緡。召甲告之曰。汝立功於河上。吾知汝未婚。今以某妻。兼署列職。此女即所目也。甲固稱死罪。不敢承命。公堅與之。葛公爲梁名將。盛名著於敵中。河北諺曰。山東一條葛。無事莫撩撥。又按宋种世衡傳。世衡知環州。羌酋慕恩竊與侍姬戲。世衡出掩之。慕恩慚謝。世衡笑曰。君欲之耶。即以遺之。由是得其死力。弇州史料。王越御軍能恤下。一日大雪。方坐圍爐。使四伎抱琵琶捧觴侍。一千戶詗賊事。即召入與談敵事甚晰。大喜曰。寒矣。手金卮飲之。復談。則益喜。命絃琵琶而侑酒。則併金卮予之。已又談。則又喜。指其中最姝麗者曰。欲之乎。以予汝。自是千戶所至。爲效死力。二事亦相類。又按情史。揚州女子張麗春。年十七。

美姿容。善詩賦。同里曹璧。聰俊工文詞。張頗垂意。曹以貧富所量。不敢啓齒。張翁開塾招生讀書。命宿西軒靜室。以便肄業。時値菊節。與麗春相遇。其禮甚恭。翌日。命侍兒蘭香持彩箋作詞寄生。中有赤繩繫足之句。生答詩云。昨夜嫦娥降消息。廣寒已許折高枝。一夕叩門。出四絕句效唐人迴文四時。索生依韻立和。漏下二鼓。生欲求歡。麗春正色不可。張公擇日下聘。贅生入門。咸淳末。海寇犯揚州。市肆一空。殆至張宅。生女臥榻。適臨大池。倉卒無避。恐致辱身。乃相摟共溺池中而死。踰年。其中忽生並蒂蓮花。士大夫詩詞成帙。名並蒂蓮集。又民家有男女以私情不遂赴水死。三日。二尸相攜出水濱。是歲此陂荷花無不並蒂者。李仁卿作摸魚兒詞紀其事云。爲多情和天也老。不應情遽如許。請君試聽雙蕖怨。方見此情眞處。誰點注。香瀲灎。銀塘對採胭脂露。藕絲幾縷。絆玉骨春心。金河曉淚。漠漠瑞紅吐。連理樹。一樣驪山懷古。古今朝暮雲雨。六郎夫婦三生夢。斷幽恨徒前阻。須會取。共鴛鴦翡翠照影長相聚。

風不住。悵寂寞芳魂。輕烟北渚。涼月又南浦。此兩事與林生十二娘絕相似。作者蓋本於此。

白玉樓

明末烏程人蔣麟徵作。蔣麟徵，字瑞書，江蘇長洲人，一作字西宿，浙江烏程人，所作白玉樓一種，今佚。演李賀事。因李商隱所記云。緋衣人奉上帝命召賀作白玉樓記。故名白玉樓也。事蹟已詳修文記。

倒鴛鴦 一名鬧鴛鴦

近時人朱寄林作。朱寄林，名英，號樹聲，江蘇蘇州人，一作上海人，所作傳奇四種，醉揚州，鬧烏江，倒鴛鴦，野狐禪，皆佚。演司馬淸事。以淸與莫娟、龔麗英。皆男女易粧。互相配合。故名倒鴛鴦。憑空結撰。無所本。略云。錢塘司馬淸。字子朗。父成。京畿道御史。淸與母龔氏。隨任京師。時相鮮以仁。恃權驕肆。成疏劾其奸惡。被逮繫獄。復提家屬。夫人令淸易女裝出走。嘉禾人莫有良。趨走以仁門下。得官眞定府通判。以仁囑買妾。無出色者。其女名娟。美而多才。欲獻以仁。女不從。乃强送之館驛。娟潛匿衣巾易男裝。逾垣以逃。眞定總兵龔成龍。即司馬清母舅也。女曰麗英。貌妍。便弓馬。聞女盜鄔有貞擾郡舍。乞父兵往勦。鄔率僂儸欲與較勝負。遇清與娟于途。皆執以去。强娟爲夫。娟拒之。鄔令清充女侍以守娟。勸使從己。遂出與麗英鬬。力不敵。棄寨遠遁。清與娟仝處。互詢姓字。各述易裝始末。遂於月下訂盟。出賊營欲遁。官軍衝散。擒娟見成龍。娟冒清名以對。成龍與成久別。不能識清。謂娟云。汝吾外甥也。何由陷於賊。娟以父劾以仁得禍。是以避之。成龍告曰。汝父恩詔改輕。降桃源縣二尹。將之任矣。遂留娟署中。欲贅爲婿。娟堅拒不得。及花燭。以實情告麗英。誡使毋洩。彼此相訂。願同歸司馬清。且甘居側室。麗英念清亡命。以探姑爲名。辭其父。易男裝以蹤跡之。初清途遇官兵。與娟散失。捕卒見其貌類娟。擒解有良。有良充己女。以獻於以仁。淸欲乘機復父仇。遂諾而往。入其第。乘以仁醉。拔其劍刺之。逾牆而出。匿於大理評事施惠之園亭。惠與以仁抗。降桃源令。方將起程。入園檢古玩。見淸。詰其姓名。淸以有良女答。且云恥父諂媚。因仝節除奸耳。惠重其義。欲送還有良。淸不願歸。惠乃認爲義女。使隨之任。過雄縣。遇鄔於途中。惠方大驚。麗英適至。戰敗鄔女。惠詢所自。詭名答云。眞定龔總兵子名麗。欲往探姑丈司馬成。惠云。成已降桃源二尹。予今且令茲土。可以偕行。及至桃源見成。亦以爲內姪。不知其爲女子也。遂留署中。仝訪淸消息。而淸在惠所。成不得知也。惠愛麗才品。以撫女妻之。麗堅拒。成竟主婚。使結花燭。淸旣成婚。乃於閨中更男裝。以見父母。父母甚驚異。惠聞亦至。問其根由。淸具陳始末。會有詔以成惠能抗疏擊奸。成陞僉都御史。巡撫直隸。惠陞刑部郎中。乃使淸應浙試。而挈麗英赴京師。抵眞定。鄔女復猖獗。成龍大困。麗英射殺鄔女。解父圍。成龍與成相見。言麗英乃己女。成甚異之。成龍告以贅甥爲婿。成謂清已赴試浙江。並無入贅事。孰冒其名者。令出相見。成龍云。已別我歸矣。麗英乃與父述娟男扮出亡始末。於是成龍與成。皆謂英娟並當爲清配偶。初以仁被刺事聞。謂有良故令女殺之。逮有良繫獄。娟之別成龍也。實詣京師爲父陳辯。惠已入京。即奏娟節孝。詔釋有良罪。惠告有良。以娟與清已訂婚約。有良喜不勝。清浙闈獲雋。會試成進士。擢大魁。始謁父母。二女過門成婚。

情不斷

許炎南撰。＊許炎南，字有丁，一作名有丁，浙江海鹽人。所作傳奇二種：軟藍橋存，情不斷，佚。演衛密事。以密死後託生。復與前妻相見。結爲姊弟。故云情不斷也。其事眞僞未定。蓋未嘗無因。而姓名事實。未必的確耳。略云。青州瑯琊人衛密。字顯則。父官諫議。及母皆早逝。密家甚貧。與妻蕭氏鳳娘情愛甚篤。友人賓弘濟。字叔度。稱莫逆交。同讀書白雲寺。武則天亂政。密制罵玉郎樂府譏之。時居除夕。弘濟餽酒食。密勸蕭飲。失手碎其盃。悵然不樂。蕭以因緣聚散語慰之。密遂令蕭刺須認我三字於左臂。御史侯思止節度山東。武三思祖餞。官妓歌罵玉郎詞。思止詰問。知密所撰。至青州。捕密斃之獄中。其妻無倚。兄蕭念華逼令改嫁。鳳娘欲投繯。白雲寺僧于山下人家逡殮。密魂附尸。詣弘濟告以妻之變。懇爲解救。叔度甚駭。妻入密塋自經。弘濟急救歸。資以日給。冥官以密無罪。判投雲間太僕卿趙璧爲子。璧字完玉。林居乏嗣。晚年生子。左臂有須認我三字。幼即聰慧。讀書過目不忘。取名天錫。與參軍宋廷諫聯姻。年十六。魁鄉薦。但忽忽若有未了事。不能忘。密妻茹櫱苦守。每遇節序。必祀其夫。越十九年。天錫會試於良鄉。旅邸與弘濟遇。儼若舊識。即與結爲異姓弟兄。叔度初不解也。感其傾蓋之厚。同往京師。時三思等皆正法。思止謫戍沅江軍民府。過蘆溝橋。天錫見之大怒。以所攜劍殺之。解役問其何仇。天錫亦不知也。以擅殺欽犯。

坐罪立決。天錫服罪無辭。惟力薦弘濟以爲可用。朝廷以其義士。授天錫三甲進士瑯琊知縣。弘濟亦三甲進士雲間教授。詔起舊臣。授廷諫東昌刺史。璧仍故官。天錫之任瑯琊。弘濟同歸山左。出資斧以賙密妻。適遇家祭。弘濟亦往奠。而土神攝天錫魂以受其饗。縣吏見其令暈絕。環視驚恐。及甦。盡憶生前事。遂邀弘濟與言。己即衛密後身。令視臂間字。欲迎妻以續前姻。弘濟往述其事。妻不肯信。及天錫父攜家屬詣京。廷諫亦送女之瑯琊。並會衙署。聞而駭異。天錫堅欲迎蕭。蕭以縣官妄言。欺凌寡婦。璧令子與蕭隔簾敘往事。歷歷不爽。蕭乃大哭不能止。兩家父母以二人年齒不倫。璧乃認蕭爲義女。迎入署中。與天錫稱姊弟。終身養之。按中間所稱官名地名等。甚是駁雜。如御史大夫、節度使等。古名也。山東省、良鄉縣、錦衣衛、沅江軍民府及充軍等。皆後世之稱。蓋所作乃暗指明代時事。如吳仕期、何心隱輩以詩文刺譏。爲張居正所殺。劉鐸等以詩諷諭。爲魏忠賢所殺。因此假託借名于武后時事耳。

罵玉郎之說。村俚無據。借尸還魂及再生認前世妻事。稗乘頗載。其有無姑置不論。存以備考可也。除夕盃破。乃沈蓮池事。

龍華會

近代王翔千作。*王翔千，字起鳳，江蘇太倉人。所作傳奇龍華會一種，今佚。龍華會三字。出彌勒下生經。以彌勒出世時。至龍華樹下大會說法。普度衆生。故世人相傳有龍華會。龍華乃樹名。高廣四十里。此劇則以龍瑞與華女貞香。同皈依三寶。救母出幽冥。見佛解脫。故名龍華會。乃假託也。藏經中無此事。大抵空中樓閣。勸人爲善。勿昧因果。與目連記。*目連記，見本書卷二十五。相類云。略云。過去正法明如來。現前觀世音菩薩。因王舍城龍襄。本西方散聖。靈根不昧。已引歸極樂。妻金氏。性根不堅。恐致墮落。賜善子爲嗣。救濟其母。共證菩提。子名瑞。父襄棄世三載。與母金氏繼父之志。造善應寺以供比丘尼。瑞幼時聘華貞香爲妻。未娶。母舅金蜚明。

巧言誑姊。經營謀利。又令使瑞攜資他鄉貿易。並勸開葷。恣食生命。種種炮炙。驅逐僧衆。金氏惑其言。悉聽之。龍襄因在世勤脩。廣行慈善。授九州糾察勸善天曹使。瑞奉母命爲商。夜宿孤館。有穿窬入室。瑞驚醒。以銀贈之。勸其改過。及歸家。知母所行事。婉言幾諫。母云。散僧衆者。因家無進益也。若開葷。永沉地獄。言未已。雙睛出血。昏迷殞絕。蜚明聞姊死。欲挾詐以圖產。頃刻被雷擊。鬼卒押金氏至望鄉臺。因業重不見家鄉。食迷魂湯。歷冤報關。惡狗村。羊腸路。猪婆場。牛頭關。按內典地獄中無此等名 龍瑞痛母之亡。誓終身不婚配。作休書並庚帖送還華氏。以家業託蒼頭龍德。自書二親眞容。隨身供養。欲往天竺見佛。求佛濟拔。早生淨域。而華貞香堅心守節。瑞一切視同泡幻。竟棄家去。金氏復徧歷寒冰火床地獄。按內典有此二地獄名 血湖池。內典中無此名。備受諸苦。瑞往靈鷲。路經象腹崗。遇埊山土神指示云。過崗名埊山。昔黃帝之孫始均居此。後顓頊娶藤氏女祿爲妻。而生老童。老童生祝融。祝融生長琴于此。有一怪獸。名無厭。豹頭犀角。狼面虎睛。彪軀豺足。踞此食人。瑞一心見佛。直行不顧。無厭噴霧吐火欲啖之。賴觀世音救免。罰無厭塡河源缺口。又遇混塵魔王。幻作女子。按內典，魔王名波旬，非混塵也。瑞堅心不退。遂詣靈鷲。見釋迦牟尼佛。摩頂受記。法名捷連。入深禪定。于定中見父已解脫。母尚滯輪迴。泣告釋迦如來。賜拂塵。錦襴袈裟。行至冥司三殿。欲投血湖池代母。蓮花湧出。雖護己身。不能救母。仍歸靈鷲求佛。佛說血盆經懺悔。受罪女人。皆得超脫。而金氏業重。不得遽脫。復解往四殿。瑞復哀求佛。佛賜以須彌錫杖。而金氏又解往五殿。閻羅鞫問時。爲言其夫龍襄行善。已昇天界。金氏乃大悔誤聽蜚明之言。已無及矣。復押入六殿黑暗地獄。瑞至五殿。閻羅爲言須求佛日月普光燈。摩尼如意寶珠。方得見母。瑞又返靈鷲求佛。願以身代母罪。佛憫之。賜日月普光燈四十九盞。金氏復押入餓鬼地獄。其弟蜚明。亦在黑暗地獄。聞聲識姊。互相怨恨。又奉泰山冥王令。押蜚明入阿鼻地獄。金氏於中途遇夫襄。襄不能救。瑞點日月普光燈至。見母舅蜚明。知母又入餓鬼地獄。悲慟哽噎。復返靈鷲求佛。佛賜甘露飯。持至獄中。而母又解八殿平等王。九殿都市王。十殿輪迴王。將入畜生道。瑞益哀慘。又返靈鷲求佛。佛勅地藏菩薩。追魂攝魄。且爲設龍華大會。金氏暨夫襄子瑞。及未婚元媳華氏。俱見佛得度。夫妻子媳相聚。共往極樂佛刹。永離輪迴。按此劇與目連記相似。而藏經中佛智慧弟子舍利弗。神通弟子目犍連。無所謂龍瑞法名捷連也。作者紐合成劇。實與內典不合。血盆經懺。亦內典所無。雲棲法彙沈蓮池正訛集云。血盆經係後人僞造。然假此勸女人行善。亦有益也。內典琰魔法王。主人間善惡。亦稱閻羅。但無十殿之稱。又按山海經。西北海之外有國。黃帝孫始均所生。其國有芒山。有桂山。有榣山。其上有人。號曰長琴。顓頊生老童。老童生祝融。祝融生長琴。是處榣山。始作樂風。劇中所引本此。然有山名三。而非丕山。其山有五彩鳥三名。一曰皇鳥。一曰鸞鳥。一曰鳳鳥。未嘗有無厭獸名。又世本云。顓頊娶于滕墳氏。謂之女祿。產老童。國名記又云勝濆。注云。勝。奔也。高陽妃勝奔氏國。劇云藤氏。本此而小異。又按四十九盞燈。本藥師經。謂之續命燈。以琉璃爲之。不名日月普光燈也。經內有日光徧照菩薩。月光徧照菩薩。故作者影借以爲日月普光燈耳。

金魚墜

明興安姜以立所撰也。*姜以立，江西興安人，所作有金魚墜，梨釧記二種。其劇以金魚墜爲前後情節。封丘諸生李曰才。妻金氏。貌美。有富豪張一網者。見而悅之。令家人蔡坤囑盜扳陷。曰才發配荊州擺站。夫妻臨別時。曰才以金魚墜付妻爲驗。妻方懷孕。曰才囑妻生男。撫養成人。讀書雪恨。解子受張一網買囑。中途欲害曰才。遇金兵衝散。一網遂逼金氏成婚。金氏逃避姑家。相依過活。遂生一子。名曰士美。而曰才投岳飛麾下爲軍伍。以功授鄧州都尉。會士美早年登第。除授荊州推官。

其母與姑告以從前情事。以金魚墜付之。令訪父下落。持墜爲證。至布機寺中。題詩于壁。會寺中報有上司入寺。士美迴避失墜。而入寺者即士美父曰才也。拾墜驚訝。睡卧未安。而士美以失墜故詰僧。曰才自云拾得。彼此詢問。認明父子。同抵家團聚。且奏聞張一網誣害情由。鞫問抵罪。大略與尋親記*尋親記。見本書卷十四。事相彷彿。周羽。封丘人。李曰才。亦封丘人。張敏稱張員外。張一網亦稱張員外。張敏妻諫夫不從。張一網妻亦諫夫不從。至如家人設謀。夫妻分別。賄囑解子。登第訪親。夜半父子相遇。種種關目。俱與尋親相似。李曰才以金魚墜爲驗。後來父子相逢寺中。父爲武官。子爲文官。曰才契友雷茂才與曰才子同中進士。遂以女嫁士美。又絕似雙珠記。*雙珠記。見本書卷十七。

雷鳴記

明許宗衡所撰也。*許作僅有雷鳴記一種。里居不詳。宗衡嘗偕其弟之中都。弟病卒。宗衡傷之。

因引王裒聞雷事作記。勅游地府齣。蓋爲此也。按裒事母孝而未嘗云有弟。劇中棄兒救弟事。蓋宗衡因己有弟而死。故借此以發之也。神女試裒。旅店辭金等齣。皆非裒實事。且裒身不臣晉。未嘗有應舉之說。蓋考試及遊街。固皆後代事。原係撰出。而裒友張文。裒子復春。亦無所考據。按王裒傳。王裒、字偉元。城陽營陵人也。父儀爲文帝司馬。東關之役。帝問於衆曰。近日之事。誰任其咎。儀對曰。責在元帥。帝怒曰。司馬欲委罪於孤耶。遂引出斬之。裒少立操尙。行己以禮。博學多能。痛父非命。於是隱居教授。三徵七辟。皆不就。廬於墓側。旦夕常至墓所拜跪。攀柏悲號。樹爲之枯。母性畏雷。母沒。每雷輒到墓曰。裒在此。及讀詩至哀哀父母。生我劬勞。未嘗不三復流涕。門人受業者。並廢蓼莪之篇。家貧躬耕。計口而田。度身而蠶。或有助之者。不聽。諸生密爲刈麥。裒遂棄之。知舊有致遺者。皆不受。及洛京傾覆。寇盜蜂起。親族悉欲移渡江東。裒戀墳壟不去。賊大盛。方行。猶思慕不能進。遂爲賊所害。

曲海總目提要卷十一

分金記

明萬曆間山人葉良表所撰也。（葉良表，字正之，里居不詳，所作僅此一種，今存。）同時祝世祿爲之序云。管鮑之石交。亘古之希覯也。世之附勢趨利。炙暄背。凉毫髮。得失反面相讐。視管鮑終始全交。休戚一體。不以窮通得失而易其誼。其匡持扶助之力。每見於嘘枯甦阨之時。此人情之所難也。不然。管子之在當時。使非鮑叔之眞知雅契以成之。其得不死者幸矣。尙望其弘匡輔之功。樹霸齊之盛耶。世不乏才。憐才如叔。千載絶響。此仲獨著名於春秋也。分金記之發。良以此耶。山人少習經生業。屢試不利。去事鉛槧。尤工詞賦。旁及岐黄堪輿諸書。靡不究意。是編之著。特其緒餘耳。觀此序知良表自以不遇知己。不見用於世。故借管鮑分金事以發之。且以勵天下之爲友者。良表、字正之。祝世祿。萬曆己丑進士。休寧知縣。按劇中大概據史記諸書。唯妻姜氏無所考。關目亦多係點綴。

按史記管仲傳云。管仲夷吾者。潁上人也。少時嘗與鮑叔牙遊。鮑叔知其賢。管仲貧困。嘗欺鮑叔。鮑叔終善遇之。不以爲言。已而鮑叔事公子小白。管仲事公子糾。及小白立爲桓公。公子糾死。管仲囚焉。鮑叔遂進管仲。管仲既用。任政於齊。齊桓公以霸。九合諸侯。一匡天下。管仲之謀也。管仲曰。吾始困時。嘗與鮑叔賈。分財利多自與。鮑叔不以我爲貪。知我貧也。吾嘗爲鮑叔謀事而更窮困。鮑叔不以我爲愚。知時有利有不利也。吾嘗三仕三見逐於君。鮑叔不以我爲不肖。知我不遭時也。吾嘗三戰三走。鮑叔不以我爲怯。知我有老母也。公子糾敗。召忽死之。吾幽囚受辱。鮑叔不以我爲無恥。知我不羞小節。而恥功名不顯於天下也。生我者父母。知我者鮑子也。桓公實怒少姬。南襲蔡。管仲因而伐楚。責包茅不入貢於周室。桓公實北征山戎。而管仲因而令燕修召公之政。於柯之會。桓公欲背曹沫之約。管仲因而信之。諸侯由是歸齊。管仲富擬於公室。有三歸反坫。而齊人不以爲侈。又按齊世家云。初、襄公時羣弟恐禍及。次弟糾奔魯。管仲召忽傅之。次弟小白奔莒。鮑叔傅之。小白自少好善大夫高傒。及雍林人殺無知。議立君。高國先陰召小白於莒。魯聞無知死。亦發兵送公子糾。而使管仲別將兵遮莒道。射中小白帶鉤。小白佯死。管仲使馳報魯。魯送糾者行益遲。六日至齊。則小白已入。高傒立之。是爲桓公。桓公之中鉤佯死以誤管仲。已而載温車中馳行。故得先入立。發兵拒魯。秋、與魯戰於乾時。魯兵敗走。齊兵掩絕魯歸道。齊遺魯書曰。子糾兄弟。弗忍誅。請魯自殺之。召忽管仲。讐也。請得而甘心醢之。魯人遂殺子糾於笙瀆。召忽自殺。管仲請囚。桓公心欲殺管仲。鮑叔牙曰。君欲霸王。非管夷吾不可。於是桓公從之。乃佯爲召管仲欲甘心。實欲用之。管仲知之。故請往。鮑叔牙迎受管仲。及堂阜而脫桎梏。齋祓而見桓公。桓公厚禮以爲大夫。任政。又按管子云。桓公自莒反於齊。使鮑叔牙爲宰。鮑叔辭曰。君有加惠於臣。使臣不凍餒。則是君之賜也。若必治國家。則非臣之所能也。其惟管夷吾乎。臣之所不如夷吾者五。寬惠愛民。臣不如也。治國不失秉。臣不如也。忠信可結於諸侯。臣不如也。制禮儀可法於四方。臣不如也。介冑執枹而立於軍門。使百姓皆知勇。臣不如也。公曰。夷吾親射寡人中鉤。殆於死。今乃用之可乎。鮑叔曰。彼其爲君勤也。君若宥而反之。其爲君猶是也。公曰。然則爲之奈何。鮑叔曰。君使人請之魯。公曰。夫施伯。魯之謀臣也。彼知吾將用之。必不吾與。鮑叔曰。君詔使者曰。寡君有不令之臣。在君之國。願請之以戮於羣臣。魯君必諾。且施伯之知夷吾之才。必將致魯之政。夷吾受之。則魯能弱齊矣。夷吾不受。彼知其將反齊。必殺之。君亟請之。不然無及。公乃使鮑叔行成曰。公子糾。親也。請君討之。魯人爲殺公子糾。又曰。管仲。讐也。請受而戮之。魯君許諾。施伯謂魯侯曰。勿與。非戮之也。將用其政也。管仲。天下之賢人。今齊求而得之。則必長爲魯國憂。君何不殺之而授其屍。魯君曰。諾。將殺管仲。鮑叔進曰。殺之齊。是戮齊也。殺之魯。是戮魯也。寡君願生得之。以徇於齊。爲羣臣戮。若不生得。是君與寡君之賊比也。非敝邑之所請也。使臣不敢受命。於是乎魯君乃不殺。遂生束縛而以與齊。鮑叔受而哭之。三舉。施伯從而笑。謂大夫曰。管仲必不死矣。至於堂阜之上。鮑叔祓而浴之三。桓公親迎于郊。遂與歸。禮之於廟。三酌而問爲政焉。又按呂氏春秋。管仲與鮑叔同賈南陽。及分財利。而管仲嘗欺鮑叔。多自與。鮑叔知其有母。不以爲貪。

全德記

明蘇州人王穉登所撰也。（*王穉登、字百穀、一字伯谷、江蘇長洲人、所作僅此一種、今存。）穉登、字百穀。嘉靖間諸生。詩文有盛名。此載竇禹鈞全德事。以竇諫議錄據而增損成之。如高懷德、石守信輩。或因事附會。或憑空結撰。而以禹鈞積德致多子爲大要。蓋欲爲世人作好事榜樣也。范文正公別集竇諫議錄。竇禹鈞、范陽人。爲左諫議大夫。致仕。諸子進士登第。義風家法。爲一時標表。馮道贈禹鈞詩云。燕山竇十郎。教子以義方。靈椿一株老。仙桂五枝芳。人多傳誦。禹鈞生五子。儀、禮部尙書。儼、禮部侍郎。侃、左補闕。偁、左諫議大夫參知政事。僖、起居郎。初禹鈞家甚豐。年三十無子。夢祖父謂曰。汝早脩行。緣汝無子。又壽算不永。禹鈞唯諾。禹鈞爲人素長者。先家有僕者盜用房廊錢二百千。僕慮事覺。有一女年十二三。自寫券繫于臂上云。永賣此女與本宅償所負錢。自是遠逃。禹鈞見此女子券。甚哀憐之。即時焚券。收留此女。付妻曰。養育此女。求良配嫁之。及女笄。以二百千擇良匹。得所歸。後舊僕聞之歸。感泣訴以前罪。禹鈞不問。由是父子圖禹鈞像。日夕供養。晨興祝壽。又公同宗及外姻甚多。由公葬者二十七人。親戚故舊孤女。由公嫁者二十八人。故舊相知由公而活族者數十家。四方賢士賴公而舉火者不可勝數。如此者十年。復夢祖父告曰。汝自數年以來。名掛天曹。陰府以汝有陰德。延算三紀。賜五子。各榮顯。終身福壽。且升洞天充眞人位。言訖。復祝禹鈞曰。陰陽之理。大抵不異。善惡之報。或發于見世。或報于來世。天網恢恢。疏而不漏。此無疑也。禹鈞愈積陰功。年八十二。五子八孫。皆貴顯于朝廷。施義一齣。皆禹鈞實事。中述夫人之語。凡君九族中未婚者。助錢娶之。未配者。助錢嫁之。有負財帛者。莫與較量。此乃以夢中祖父語。謂爲其妻所勸。蓋歸功於內助之意。宋史高懷德傳。懷德係周天平節度使高行周之子。豪華年少。以軍功世其家者。負債送女。乃禹鈞僕者之事。嫁名于懷德也。又前後情節。懷德貸禹鈞銀。以二百兩付高童兒往金陵生意。童兒被人騙去。逃亡在外。及後懷德赴總管任。遇見童兒。恕罪留用。此又即以禹鈞事爲懷德事也。宋史石守信傳。守信。開封人。非廣州人。周恭帝時已爲節度。非趙太祖拔于側微者。與高懷德常並將破劉筠。無爲懷德壻事。守信官中書令。封衛國公。懷德官侍中。封冀國公。

三關記

明施鳳來撰。（施鳳來，字立齋，浙江平湖人。所作傳奇三關記，存。五節記，佚。）鳳來。平湖人。萬曆丁未會元。啓禎時官至大學士。記云。虎林會元施鳳來編。蓋萬曆間所作也。謝金吾拆毁天波樓、六郎私下三關、焦贊殺死謝金吾。俱與元人謝金吾襍劇相同。八大王德昭奏請赦延昭死。充軍汝州。焦贊充軍鄧州。則與元劇異。自此以後。皆另自結撰。欽若矯詔殺延昭。汝州知府胡拨以子代殺。令延昭避禍。遂至五臺訪見延德。欽若令人投書於蕭太后。爲岳勝搜出。（此亦元劇所有，元劇竟作因此誅欽若矣。）令婆及六郎妻因天波樓被燒。同走覓五郎。至關。岳勝、孟良方起兵爲六郎報仇。迎入營中。六郎妻失散。令婆勸勝良回兵。勝還涿州。良入太行。胡拨升潼關安撫。遇六郎妻。偕往任所。蕭天左題詩八句。假作民謠。言有天生祥瑞。

眞宗駕幸澶淵。八大王及寇準諫不聽。至則被圍。呼延贊突圍入汴求救。八大王知延昭未死。問於胡授。親至五臺訪延昭。延昭乃往鄧州招焦贊。太行招孟良。偕岳勝等同赴救。胡授爲土金秀所追。延昭射殺金秀。又大敗遼兵。王欽若易服逃番。追至沙河禽獲。按此記有據楊家將演義者。亦有與相左者。演義亦屬傅會。不妨互爲異同也。

雙鳳記

明陸華甫撰。演趙范、趙葵事也。兄弟皆立功。故曰雙鳳齊鳴記。趙范兄弟破李全事。見宋史及紀事本末。此記多實事。惟言李全妻途遇范葵。贈之以馬。及全與范葵奪功成隙。皆是增飾。又平李全時趙方已没。賜婚及爲李燔壻。亦是點綴。楊氏婢海棠。係憑空撰造。楊氏與李全比試成親。事出稗史。韓侂胄、史彌遠。隨意點入。宋史。趙葵、字南仲。京湖制置使方之子。與兄范俱有志事功。方器之。遣從南康李燔爲有用之學。每聞警報。與諸將偕出。遇敵則深入死戰。諸將唯恐失制置子。盡死救之。屢以此獲捷。其後累立戰功。寶慶元年。范知揚州。乞調葵以强勇雄邊軍五千屯寶應備賊。紹定元年。葵出知滁州。李全之獻俘也。朝廷授以節鉞。葵策其必叛。上書丞相史彌遠。又言于朝。彌遠猶未欲興討。參政鄭清之贊決之。乃加葵直寶章閣淮東提點刑獄兼知滁州。范刻日約葵共事。全攻揚州東門。葵親出搏戰。全在隔濠立馬相勞苦。問全來何爲。全曰。朝廷動見猜疑。今復絕我糧餉。我非背叛。索錢糧耳。葵曰。朝廷資汝錢糧。寵汝官職。待汝以忠臣孝子。而乃反戈攻陷城邑。朝廷安得不絕汝錢糧。汝云非叛。欺人乎。欺天乎。全無以對。彎弓抽矢向葵而去。於是數戰皆捷。遂殺全。事見全傳。進葵福州觀察使。未幾。授淮東制置使。兼知揚州。范、字武仲。少從父軍中立戰功。及官淮東安撫副使。與弟葵決謀討賊。戮全。進兵部侍郎。淮東安撫使。兼知揚州。紀事本末云。寧宗嘉定七年。金濰州李全兵起。全、濰州北海農家子。銳頭蠭目。權譎善下人。弓馬趫捷。能運鐵鎗。人號李鐵鎗。河北山東羣盜寇掠州郡。皆衣紅衲襖。時目爲紅襖賊。全與仲兄福。亦聚衆數千。鈔掠山東。劉慶福等皆附之。金僕散安貞敗楊安兒于益都。安兒入海墜水死。其妹四娘子狡悍善騎射。劉全收餘黨奉之。稱曰姑姑。衆萬餘。掠食至磨旗山。李全以其衆附之。楊氏因與私通。遂以爲夫。紹興十一年正月。李全率衆來歸。詔以全爲京東路總管。金石州賊馮天羽黨國安用來降。詔同知孟州事。其後國安用歸于李全。十五年十二月。以李全爲保寧軍節度使。李全逼淮東。制置使許國自縊。知揚州趙范請討之。史彌遠不聽。紹定三年二月。起復趙范、趙葵。節制鎭江滁州軍馬。三年五月。以李全爲彰化保康節度使。京東鎭撫使。全不受命。治船自淮口及海相望。欲先據揚州以渡江。分兵徇通泰以趨海。且以捕盜爲名。水陸數萬。徑擣鹽城。入據之。趙范、趙葵謂全必反。累疏力言。史彌遠不納。以趙善湘爲江淮制置使。李全紿通判趙敬夫。爲求誓書鐵券。敬夫得史彌遠書。勸全歸楚州。全擲書不受。敬夫恐。亟迎趙范于鎭江。范刻日約葵。葵帥雄勝寧淮武定强勇四軍萬四千赴之。時全攻下泰州。將趨揚。聞范葵已入揚城。乃鞭其將鄭衍德曰。我計先取揚州渡江。爾曹勸我取通泰。今二趙已入揚州矣。江其可渡耶。既而曰。今惟有徑搗揚州耳。遂分兵守泰。而悉衆攻揚州。屢戰。全兵多敗。乃列砦圍三城。制司總所糧援俱絕。全乃張蓋奏樂于平山堂。布置築圍。范出師大戰。獲全糧數十艘。四年正月。全浚圍城塹。范葵遣將出東門掩擊。蹂溺甚衆。賊閉壘不出。葵曰。賊俟我收兵而出耳。乃伏騎破垣間。收步卒誘之。賊兵數千趨濠側。李虎力戰。城上矢石如雨注。賊退。范、葵並出爲三陣以待之。自巳至未。賊敗走。全攻城不得。欲戰不利。忽忽不樂。或令左右抱其臂曰。是我手否。人皆怪之。范、葵夜議詰朝所向。葵曰。出東門。范曰。西出嘗不利。賊必見易。因其所易而圖之。必勝。不如出西門。全置酒平山堂。槍垂雙拂爲號。范、葵率精鋭數千而西。取官軍素爲賊所易者。張其旗幟以易之。全望見大喜。突鬬而前。范麾兵並進。葵親搏戰。諸軍爭奮。賊始疑非前日軍。欲走入土城。李虎軍已塞其甕門。全窘。從數十騎北走。葵率諸將邀之。全趨新塘。自決水後淖深數尺。會久晴。浮戰塵如燥壤。全騎過之。皆陷淖中。不能自拔。葵軍追及。奮長槍三十餘。亂刺之。碎其屍而分鞍馬器甲。餘黨欲潰。國安用不從。欲還淮安奉全妻楊氏。范葵追擊。大破之。乃散去。捷聞。加范淮東安撫使。葵淮東提刑。全妻楊氏謂鄭衍德曰。二十年梨花槍。天下無敵手。今事勢已去。撐拄不行。汝等未降者。以我在故耳。遂絶淮而去。其黨納款。范許之。淮安平。宋史李全傳云。葵使人瘞新塘骸骨。得左掌。無一指。蓋全支解也。先是全乞靈茅司徒廟。無應。全怒。斷神像左臂。或夢神告曰。全傷我。全死亦當如是。至是果然。紀事本末。韓侂冑生日。趙師睪出小合曰。願獻少果核侑觴。啓之。乃粟金蒲桃小架。上綴大珠百餘顆。侂胄嘗與衆客飲南園。過山莊。顧竹籬草舍曰。此眞田舍間氣象。但欠犬吠雞鳴耳。俄聞犬嗥。蕭薄視之。乃師睪也。侂胄大笑。今見第四折中。又侂胄有愛妾張、譚、王、陳四人。皆封郡夫人。或獻北珠冠四枚于侂胄。侂胄以遺四夫人。今第四折指爲蘇師旦所獻。又諫議大夫程松市一妾。獻侂胄。名曰松壽。侂胄曰。奈何與大諫同名。答曰。欲使賤名常達鈞聽耳。今亦見第四折中。

四大癡

近時人李逢時撰。＊李逢時·字九標·湖南武陵人·所作雜劇酒懂一種·今合無名氏之蝴蝶夢·徐復祚之一文錢·孟稱舜之殘唐再創·總稱四大癡·又作有傳奇鐵面圖· 以酒色財氣分作四劇。每劇五六齣。猶元人之雜劇也。酒曰酒懂。色曰搧墳。事本蝴蝶夢。財曰一文錢。用盧至事。事本內典。氣用黃巢下第事。事本殘唐。酒懂略云。語溪人姜應召。字飛熊。妻何氏。子惠連。有田有業。

甚自得也。性不喜飲。遇酒輒厭。見嗜酒者。必爲攢眉。里中醵金祀神作春社。應召終席不沾涓滴。同社錢小竹者。以官事棄產。匆匆赴社。遺金一錠。應召拾而不還。社神達之上帝。勅酒神耗其家。蕩其檢。以爲不義之罰。應召歸。聞途中店家酒氣。忽覺香美。至家痛飲而睡。夢酒神引入和神之國。有平原督郵。青州從事。盛稱酒德。劉伶、李白、張旭等。歌舞而前。相與豪飲極酣。從此日耽麯櫱。沈湎醉鄉。如是累年。上帝念其平生善良。拾金之事。醉中常悔悟。復勅桃花女化作奔女以試之。應召拒之甚確。於是陰宥其過。其子惠連即於本年中經魁。應召復止酒。終身不飲。　色用莊子事。其關目有搧墳、毀扇、病訣、唔傻、露哀、決嫁、劈棺等。與蝴蝶夢無異。末添陰妒一齣。則云莊妻陰魂。念禍起扇墳之婦。因至其家索鬧。適婦艷粧出嫁。莊妻入與爭論。化大風一陣。燈火盡滅。衆皆驚散。蓋甚言色之可畏。化爲異物。猶足傷人也。　財曰一文錢。事出佛經。中有小異處。略云。盧至、字善長。累世仕宦。富踰陶猗。性慳。以財爲命。儉陋之態。妻子皆不能堪。計口量食。每人日給米二合。其子索後園李。至給一枚。除口糧一日。屑麥作飯。欲喫而止。時當阿蘭節會。遊人甚盛。至托爲遊人。冀相識者留一飽。則省家食一頓也。忽於道拾得一文錢。佛經作五文錢。喜不自勝。握錢而遊。遇乞兒一隊。以所乞酒肉。環聚而飲。中一人出令。舉城中最富者。皆曰。盧至也。又出一令。舉城中最貧者。一人曰。盧至也。衆問其故。曰。彼雖富。然自苦。不如乞兒之樂也。至聞之。亦以其言爲然。遂以所拾一文。欲肆揮霍。沈吟良久。腹中饑餒。聞有喚賣芝蔴者。乃毅然出錢買食。恐他人見奪。行至山林隱僻處食之。自謂諸天帝釋。不若我也。帝釋慧眼照見。念此人前世原在祇園會上。因貪心未淨。罰降下方。乃化作募緣僧。來化導之。至不悟。於是攝醇醪飲之。使十日不醒。帝釋則幻爲至面目。抵其家。告妻子云。我平日之慳。有魅纏我也。今幸遇聖僧指迷。大悔前非。願以家貲。廣作善緣布施。徧告遠近。有貧乏欲得銀錢田宅者。於十日内恣意支給。悉出其帑藏。與家人婦子燕衎行樂。越十日。至醒。歸。則其家皆以爲慳魅復來。衆共擊之。至莫知其所以。欲訴之國王。不得達。乃詣給孤獨園。告之於佛。佛令諸弟子幻作十盧至。以點化之。至始豁然省悟。皈依三寶。得證本來云。

氣集略云。黄巢。曹州人。世以販鹽爲業。博涉書傳。兼通騎射。負氣矜人。自以爲有異相。必當大貴。祥符元年。開科取士。巢入京應試。時有滎陽鄭畋。本儒家子。志遠大。亦知兵。累舉不第。同赴長安。主司劉允章者。貪而不知文。陰受令狐滈千金。拔爲第一。而巢與畋皆下第。巢怒甚。登允章門辱詈之。允章亦怒。命衆毆之。巢歸。聚衆造反。畋既下第。落魄無聊。然以爲時命未至。口無怨言。堅守窮約。以待來科。巢兵勢日熾。朝命劉允章領兵十萬。留守東都。即以令狐滈爲參謀。巢圍東都。允章不能支。偕滈獻城於巢。面縛請降。巢進兵長安。僭號改元。是時畋已登第。出守鳳州。應詔勤王。刺血移檄十八鎮。合兵勦賊。李克用、劉守光、王行瑜等。聞風四集。大破巢兵。斬巢。再造唐室。天子論功行賞。以畋爲平章政事。兼鳳翔節度使。而以降賊諸人命畋勘問。則允章、滈其首也。畋責其負恩誤國、按法誅之。按劉允章傳。允章、字蘊中。咸通中。爲禮部侍郎。請諸生及進士第。並謁先師。衣青巾介幘。以還古制。後爲東都留守。黄巢至。分司李磎挈尙書印走河陽。允章寄治河淸。巢僭號。輒受僞官。文書盡用金統。遣取印磎所。磎不與。更悔愧。移檄近鎭。起兵扞賊。磎持印還之。後廢於家。史未言允章主試。其後亦未受戮。令狐滈傳。父綯爲相。滈避嫌不舉進士。懿宗時。綯去宰相。因丐滈與羣進士試有司。詔可。是歲及第。諫議大夫崔瑄劾奏綯。請委御史按實其罪。不聽。及遷右拾遺。左拾遺劉蛻。疏言滈未嘗舉進士。而妄言已解。使天下謂無解及第。不已罔乎。史未嘗言允章所中。鄭畋傳。畋舉進士時。年甚少。有司上第籍。武宗疑。索所試自省。乃可。按畋未嘗落第。劇以畋檄討巢。故借作波瀾耳。巢本下第舉子。詳見通鑑中。

錦西廂

周公魯撰。（周公魯，字公望，江蘇崑山人。此劇一名翻西廂。又淸周杲撰有竟西廂，亦一名錦西廂。）據會眞記鶯鶯委身于人。張生往訪鶯鶯。作詩以絕之云。自從消瘦減容光。萬轉千迴嬾下床。不爲旁人羞不起。爲郎憔悴卻羞郎。他書又有云鶯鶯所嫁即鄭恒者。乃截草橋以後數折不用。言紅娘代鶯鶯以嫁于恒。其詩亦紅所作。而嫁名于鶯鶯者。翻改面目。錦簇花攢。故曰錦西廂也。略云。張珙于草橋客店。夢與鶯鶯敍別。且受孫飛虎之侮。及覺。與琴童言。琴童亦夢鄭恒中狀元。奪娶鶯鶯。紅娘與辨。遂奪紅去。珙欲回普救寺。琴童力勸入京。考官學士白居易以月明三五夜爲詩題。五律五絕七絕三體。聽人自占。珙病甚不能作詩。遂以鶯鶯所作待月西廂下之什。草率完卷而出。居易賞其情致。而疑以爲婦人之作。置之下第。拔鄭恒五律爲首。擢大魁。授協律郎。奉詔與崔氏完婚。老夫人聞報。謂珙得第。及閱報帖。乃鄭恒也。恒奉命至蒲。鶯鶯以死自誓。不肯渝盟。紅娘乃與夫人計。自請代鶯以往。夫人慮恒覺。與女潛歸博陵。珙不第。回普救以訪崔。抵西廂。門戶闃寂。法本法聰俱他往。其留寺之僧。不知委曲。但云崔已適鄭而已。珙惘然自失。還宿草橋。欲詣恒以與鶯決。初孫飛虎爲杜確誅死。而其妻自號伏虎女將。哨聚如夫時。痛夫爲珙所害。欲殺之以甘心。聞其復來。引卒以圍普救。至則珙已去。崔氏母女亦去。遍搜西廂。一無所有。僅得畫扇一柄。乃珙別後。鶯鶯手畫珙像。執玩以當面晤者。題其上曰君瑞小影。鄭恒之來。母女倉卒移家。誤墜屋角。伏虎得之。悅其美麗。頓釋前恨。必欲得之以爲夫。徑赴草橋。圍店以索。珙無策禦之。幾欲自盡。琴童乃易珙衣冠。冒名出應。珙得遁去。而伏虎夜醉。未及細察。遂與琴童狎焉。天明視之。與扇中人絕異。初欲殺琴童。童以實告。伏虎念已失身。且天緣也。竟委己事之。改其名曰七絃大王。教以武藝。推爲寨主。珙既得脫。即訪恒寓。自稱崔氏表兄。恒留珙書室。出赴同年公讌。紅娘知之。恐恒珙接洽。點破機關。乃易舊粧出見。珙意紅必隨鶯適恒。不知所嫁者即紅也。紅娘卒不明言。惟責珙落第來遲。而恒以奉旨歸娶相壓。以致舊盟之渝。因出詩一首。言鶯所命以與張者。趣珙速別。遂翩然入內。不復再見。珙恚鶯與絕。急求功名。素與居易相知。即往投居易。居易詢被黜之故。告以抱恙。勉書妻詩以塞白耳。居易亦願爲之地。會德宗有意搜落卷。得珙詩而賞之。疑其女人充作男子以試者。欲召試之。問居易識此人否。奏以現在寓中。即時召對。復用前題。命賦古風。大稱旨意。欽賜狀元。授翰林學士。珙奏鄭恒奪其妻。詔居易訊恒情蹟以聞。恒茫然不解。以詰紅娘。紅言嫁時實處子。奈何聽妄語自疑其妻。恒啣珙甚。會吐蕃入犯。恆屬張延賞以邊才薦珙爲會盟使。吐蕃圍珙。七絃與妻統卒往救。以解其圍。珙率七絃夫妻奏捷。居易聞珙還。益欲詰明崔女事以奏。紅娘度不能隱。具以告恒。言鶯鶯實隨母居以待珙。居易爲珙奏聞。珙乃遣琴童詣博陵迎崔母女。始與鶯鶯相聚。恒亦攜紅娘謁老夫人。認爲母女。珙恒俱至顯位。琴童夫婦。以軍功授官。按會眞記本元稹所撰。稹與白居易最密。劇中引入居易以此。張延賞之相在德宗中年。元白登仕籍。已不相及矣。會眞記云。張行文戰不利。遂止于京。後歲餘。崔已委身于人。張亦有所娶。後乃因其夫言于崔。求以外兄見。夫語之。而崔終不爲出。張怨念之誠。形于顏色。崔知之。潛賦一章。詞云自從消瘦減容光云云。竟不之見。劇中紅代鶯嫁。珙以表兄相訪。本此。又按會眞記。崔氏婦。鄭女也。張出于鄭。緒其親。乃異派之從母。然則張不惟與崔爲表兄妹。而與鄭實表兄弟也。記云。因其夫以外兄求見。而不言夫之爲親戚。則夫不姓鄭明矣。王銍辨證。微之作陸氏姊誌云。予外祖父授睦州刺史鄭濟。白樂天作微之母鄭夫人誌。亦言鄭濟女。則鶯鶯者。乃崔鵬之女。於微之爲中表。正傳奇所記鄭氏爲異派之從母者也。趙愚軒鶯鶯傳跋。予丁卯春二月。啣命陝右。道出于蒲東普救之僧舍。所謂西廂者。有唐麗人崔氏女遺照在焉。因命畫師陳居中繪摹。劇中于西廂得畫。係本此而翻換爲張生之像也。

如是觀

一作翻精忠。聞係明末時吳玉虹作。（一作清張大復撰。此劇亦名倒精忠。）以精忠直敍岳飛之死。而秦檜受冥誅未快人意。乃作此以翻案。言飛成大功。檜受顯戮。兩人一善一惡。當作如是觀。故名如是觀也。事蹟有眞有假。精忠眞者大半。此劇多係綴飾。李綱、李若水請徽宗臨朝奏事。徽宗宣至便殿。二人因奏兵機事。徽宗宴飲不恤。聞文武狀元遊宮。幸翠華樓觀之。李若水言秦檜利於北。不利於南。岳飛利於南。不利於北。遂命檜爲河北行人司使。岳爲江南遊擊將軍。（此段非實事。）兀朮令粘罕爲先鋒。斡離不合後。自領中軍。長驅渡河圍汴京。要道君親至軍前。李若水見諸臣奔竄。勸之盡節。不從。又見康王飛馬至金營議和。因至萬壽宮見道君。金以康王年幼。不准議和。逼道君、欽宗俱至營中。李若水從行。見二聖在金營受辱。極駡而死。二聖及后妃等北去。此段係實事。而少加點綴。按李若水字清卿。洺州曲周人。靖康初以著作佐郎使金。見粘罕於太原。歸至京師。言和議必不可諧。請飭守備以待。擢吏侍兼權開封。城破。入見欽宗。靖康二年。扈從欽至金營。抗論極駡。粘罕令曳出於青城東華門外敲殺之。金兵相謂曰。大遼之破。死義者十數。今南朝惟李侍郎一人。死時年二十五。建炎初贈觀文殿學士。秦檜聞斡離不要送還二聖。班師北還。與妻王氏議。王氏逆料二聖決不能回宮。立意身在南朝心向北。乃設香粉鴛鴦計。假作採桑婦。以誘兀朮。秦檜見之。因俯伏獻酒。兀朮抱王氏上馬而去。其後岳飛連復數郡。王氏獻反間計。金遂令檜夫妻南回。贈王氏以金念珠。王氏亦以九珠金鳳釵獻。兀朮欲放二聖回。爲王氏所阻。檜夫妻道遇飛兵。紿言殺監守逃回。牛皋勸飛殺之。不從。檜至臨安。即拜平章。王氏憶兀朮恩情。相思成病。因閱報見飛連破兀朮。煩惱泣下。檜回朝置酒東窗。爲王氏解悶。設計陷飛。假作詔書。將十二金牌召飛班師。且欲首飛通謀金國。令家將田思忠齎詔以往。王氏因作私書付田。密送兀朮。其後王氏又詐説奉太后旨勘問飛母。欲賺其親筆手書。召飛回師。飛母痛罵長舌婦。王氏計無所出。遂遣家將戚方行刺云云。前後數段。皆非實事。因東窗之謀。出於王氏。惡之甚而歸惡焉耳。惟檜回時云。殺監守者而回。人頗有疑之者。謂實金與定計遣回也。彼時飛尚微。未有遇檜欲殺事。宗澤臥病。岳飛進見。諜報二聖北去。因將印符交岳。宗澤字汝霖。連呼渡河而亡。元祐六年進士。李綱薦爲東京留守。臨沒無一語及家事。但連呼過河者三。詔贈觀文殿大學士。當澤疾甚時。諸將楊進等排闥入問。澤慰勉激厲之。迨死。都人請於朝。乞以澤子穎繼其父任。會杜充已除留守。乃以穎充留守判官。無交印與岳飛事。岳回家見母。母因將金針刺岳背作精忠報國四字。精忠報國。飛所刺於背者。見精忠記。趙鼎等重領朝政。張俊、劉翊等復整軍容。康王泥馬渡江。至臨安。李綱、按今河間府寧津縣有康王祠。縣北十八里大柳店。宋靖康中高宗質金。於此得泥馬。乘之南還。後人因立此祠。府志云。高宗質金還。中途馬蹶。適野人牽一馬至。謂曰。此馬可乘。不可飲水。行至。此馬渴不可制。入灣飲水。頃之。遂成泥矣。沙浦申其學知命編云。靖康之變。王質於金。金太子與王同出射。王連發三矢。皆中其筈。金太子默計。此必宗室中嫺於武藝者冒名爲質也。留之無益。不如遣換眞者。王由是得脫。遂易服間道南奔。足力疲困。假寐於崔府君廟。夢神人曰。追兵且至。速去之。王徬徨四顧。曰。已備馬伺矣。宜速行。王驚覺。則馬在側。因躍馬南馳。一日行七百里。既渡河。而馬不前。視之。泥馬也。泥馬事本此。但寧津與江甚遠。亦流傳之訛也。二聖住草窩內。道君及太后病。尋米不可得。朱后拾枯枝請道君太后煖火。又安置五國城。二后皆死。又云二聖至五國城。路遇風雪凍倒。有一南朝老人。扶之而行。宿古廟廊下。又有一野老進食。欽宗賜以玉龍佩。令持之南朝進之。按宋人雜記徽欽事，往往不合，後人多有駁其誣捏者，此劇亦約略影響云。飛接假詔不肯班師。百姓攀留。牛皐拿獲送私書人。因將田思忠梟首。連夜進兵。檜誣飛擅殺使臣。反投金國。拿飛家屬。飛母及妻張氏令雲自投大理寺獄。李綱及夫人與子自縛保奏岳飛不反。高宗欲殺三人。太后旨免之。此段皆非事實。兀朮設計誘飛至草坡。以鐵浮圖圍之。岳令牛皐解鞍牧馬。遇雲兵至。突圍至全城。飛入城謁廟。獨登翠華樓。題滿江紅詞。戚方放箭而去。飛令軍中揚言中箭而亡。合軍發喪。以誘兀朮。因此取勝。牛皐追朮。遇仙人鮑方云。徽、欽無道。玉帝差赤鬚龍攪亂山河。今將數滿。遂將角端止住宋軍。現金橋渡朮過海。飛到五國城。迎二聖還朝。勘問秦檜、王氏。招出通奸兀朮。立誓反間。搜王氏金念珠。將檜與王氏凌遲處死。此數段皆非事實，惟滿江紅詞是飛所作，亦未嘗言題於翠華樓也，解鞍牧馬，借用李廣事，角端止軍，借用元世祖事。

畫中人

明萬曆己未進士宜興吳炳作也。＊吳炳，字石渠，號粲花主人，江蘇宜興人，所作畫中人，綠牡丹，西園記，情郵記，療妬羹傳奇，總名粲花別墅五種。雜采趙顏、張擇、葛棠等事。爲此記云。唐進士趙顏。於畫工處得一軟障。圖一婦人甚麗。顏謂畫工曰。世無其人也。如可令生。某願納爲妻。畫工曰。余神畫也。此亦有名。曰眞眞。呼其名百日。晝夜不歇。必應。應則以百家綵灰酒灌之。必活。顏如其言。遂呼之百日。晝夜不止。乃應曰。諾。急以百家綵灰酒灌。遂活。下步言笑。飲食如常。曰。謝君召妾。妾願事箕箒。終歲生一兒。兒年兩歲。友人曰。此妖也。余有神劍。可斬之。其夕遺顏劍。眞眞泣曰。妾南岳地仙也。人畫妾形。君又呼妾名。旣不奪君願。君今疑妾。妾不可住。言訖。攜其子卻上軟障。嘔出先所飲百家彩灰酒。唯添一孩子。皆是畫焉。臨川進士張擇。赴省試。行次玉山道中。暮宿旅店。於榻上得絹畫一幅。乃一美人寫眞。旁題四娘二字。擇注目不釋。援筆書曰。揑土爲香。禱告四娘。四娘有靈。今夕同牀。因挂於壁。沽酒獨酌。持杯接其吻曰。能爲我飲否。燈下恍惚。覺軸上應聲。莞爾微笑。醉而就枕。俄有女子臥其側。撼之使醒曰。我是卷中人。感爾多情。故來相伴。於是撫接盡歡。將去告曰。先詣前途以俟。自是每來就宿以爲常。抵臨安。試畢西歸。將至玉山。慘然曰。明當抵向來邂逅之地。吾當與子決別。及期。擇執其手曰。我未曾娶。願與汝同歸。女曰。我夙緣合伉儷。今則未也。君今舉失利。明年授室。爲别不久。他時當自知。瞥然而去。擇果下第。尋約婚於崇仁吳氏。來春好合。妻之容貌。絕類卷中人。而排行亦第四。一日戲語妻曰。方媒妁許議卿。吾私遣畫工圖爾貌。妻未之信。開笥出示。吳門長幼見之。以爲無分毫不似者。明天順間。紹興上舍葛棠。築亭於圃。扁曰風月平分。壁間張一古畫。乃桃花仕女。棠戲曰。誠得女捧觴。豈吝千金。迨夜。一美姬進曰。久識上舍詞章之工。日間又垂深念。特至此。歌以侑觴。棠飲半酣。略不計眞僞。曰。吾欲一杯一曲。姬連歌百曲。棠沈醉而臥。翌曉視畫上。不見仕女。少焉復在。棠慮其致禍。乃投諸火。此數條雜見說部中。情史一並臚載。皆畫中之人也。劇云。庾長明與鄭瓊枝有緣。華陽眞人贈以美人圖。令之拜喚。瓊枝生魂。竟與長明交接。其眞身得病而亡。停柩寺中。長明啓而活之。遂成夫婦。則又借用倩女離魂。及拜住與速哥失里事。而其關目又彷彿牡丹亭。蓋吳炳粲花五種。皆力摹湯顯祖四夢云。按崔徽寫眞圖。自題其後曰。崔徽一旦不及卷中人矣。畫中人。即取卷中人之意。又曲中每云畫兒裏愛寵。此其標名之因也。胡圖取華陽之法。以呼美人。乃降一醜男子。驚悸成疾。人安肯自名胡圖者。宋時稗乘。有一人登場。自通曰公道。秉銓者云。公道不用。又一人登場。自通曰胡圖。秉銓者云。胡圖儘去得。作者本此。

綠牡丹

明吳炳所作。謝英、顧粲。率皆揑造。翰林學士沈重。亦無其人。白云。世居吳興。炳乃宜興人。蓋以自喻也。車靜芳、沈婉娥。閨閣能詩。亦屬點染情蹟。至柳五柳、車尚公。不過借音律字目游戲。第二十折云。那兩個人。都叫他做六五六尺上工。分明一隻笛曲兒。作者已自說明。後第二十四折。范虛云。賤號思訶。這些人就順口兒叫凡四合。亦此意也。前後俱以綠牡丹作眼目。故以爲劇名。顧生刻社稿。沈學士立社規。蓋因明季諸生多標榜文社。借此諷之。又倩代傳卷等弊。塲屋多有。劇中亦以譏笑時人也。沈學士邀諸秀士爲文會。密寓爲女擇婿之意。謝英館于柳五柳之家。每爲五柳捉刀。而車尚公之妹靜芳。善于詞章。亦代兄屬藁。沈以綠牡丹爲題。各賦一絕。遂取柳第一。車第二。而顧屈第三。車遂圖爲沈婿。而顧以妹許柳。其妹靜芳窺柳面貌。察其非才士。乃語兄召柳親試。而已在簾內命題。復以綠牡丹。俾賦一首。柳仍覓謝代作。而謝已覺其情。乃作一惡詩與之。以龜自比。柳不能辨。親筆書之。靜芳大哂笑。而柳猶不悟。堅執爲己作。及知謝毒謔。仍忿詈逐謝。沈學士知前首取之詩。實係謝作。竟許以女。而車妹亦賞顧之才。會兩人登第。於是謝娶沈。顧娶車。五柳尙公亦相趨奉。反爲作柯斧。以成其美云。

西園記

明萬曆末年。宜興人吳炳撰。開卷西江月云。買到蘭陵美酒。烹來陽羡新茶。逗出自己籍貫。炳少年登第。有才名。撰曲五種。曰。畫中人、療妒羹、綠牡丹、西園、情郵。名爲五種曲。此其一也。五種皆寓才子佳人之意。事蹟多係假託。或其自喻。亦未可定。略云。武林趙禮。字子約。別號陶齋。嘗宦觀察使。年未五十。乞假林居。卜築西山僻處。名曰西園。夫人梁氏。子惟權。

字于度。女玉英。許字王錦衣之子伯寧。禮友王孝廉號筒庵。遺女玉眞。託禮擇配。居在西園門首。英、眞二女。相愛不啻如姊妹。而伯寧與惟權同讀書。騃蠢無賴。朋寮斥爲白丁。玉英頗知之。悒悒多恙。時邀玉眞談笑。以遣悶懷。玉眞輒由西園入。襄陽張繼華。字繡林。名馳吳越間。惟權與相慕。武林名士夏玉。字韞卿。則繼華友也。繼華遊學杭州。與玉同居淨慈寺。一日。繼華閑遊至西園。抵紅樓下。倦臥花茵。玉眞在樓上。偶折梅花一枝。失手墜繼華頭。繼華驚醒。玉眞婢翠雲尋花至其處。繼華仰窺玉眞。遂以花還翠雲。欲其通姓名于玉眞。玉眞謂出男子手。不宜接受。仍使翠雲還之。翠雲則邀繼華揖已。曰。此吾小姐所還贈也。繼華大喜。立綴詩一絕云。羞桃辟杏踞春開。親自佳人手折來。草短花深眠竹穩。暗香飛送夢驚回。囑翠雲口誦于其主。頃之。玉英至樓上。見其下有人。欲捲簾遽止。繼華未見其面。以爲折梅者愛己而復來也。手擎花枝。朗誦所吟之句。玉英以爲風狂。徑去不顧。繼華歸寓。述于夏玉。玉曰。園主趙觀察有女玉英。共傳其才美。所遇者必是。明日。繼華復訪西園。適與禮遇。禮令子惟權出見。邀繼華館于家。與惟權伯寧同研席。時玉英已病。延請師巫。繼華誤認爲折梅者。以爲緣己而病。心甚憂切。及見翠雲從外入。姑試詢之。則曰。無病。問其主是玉英乎。翠雲行急。遙應曰。是玉眞也。英眞音近。繼華謂眞果病矣。無幾何。玉英竟死。繼華適訪玉。未之知。抵園中。又與玉眞遇。蓋玉眞欲㕭趙母也。繼華謂玉英已愈。遮而欲與言。玉眞不能入。走出園外。還其家。繼華方訝之。問館童。云玉英已死。繼華謂玉英死而魂出外。所見者鬼也。奔還淨慈。與夏玉謀。約惟權同赴京會試。三人並登第。惟權旋里。復約繼華主其家。繼華畏鬼。不敢居園中。請居別院。而是時玉眞已過房爲趙女。惟權乃以玉眞之居。爲繼華舍館焉。玉英之亡也。王伯寧知趙撫玉眞。愬夏玉爲媒。惟權以爲不可。反囑玉與繼華議婚。繼華之來。知玉英亡。不知有玉眞在也。燈月之上。時時呼玉英。玉英感其意。爲幽媾。虞其畏己爲鬼。乃嫁名于玉眞。與訂婚約。及玉爲玉眞議婚。繼華堅拒不可。玉英知之。力勸繼華從趙命。婚夕。見玉眞。繼華驚駭。以爲有鬼。蓋猶誤認爲玉英也。玉眞與婢翠雲。歷叙前後踪跡。始知非鬼。猶不悟嫁名者爲何人。玉英知冥緣已盡。乃以實告繼華。於是白之禮夫婦。爲玉英延淨慈大智禪師。建水陸道場。拜梁皇大懺。結壇施餤。追薦玉英。得生天界云。釋氏稽古略。梁帝初爲雍州刺史時。夫人郗氏性酷妬。既亡。至是化爲巨蟒。入後宮通夢于帝。求拯拔。帝閱佛經。爲制慈悲道場懺法十卷。請僧懺禮。夫人化爲天人。空中謝帝而去。其懺法行于世。曰梁皇懺。又云。初梁帝夢僧告曰。六道四生。受大苦惱。何不爲作水陸大齋。而救拔之。帝扣諸沙門寶誌。公曰。尋經必有因緣。帝取佛經。躬自披覽。創造儀文。三年乃成。於夜捧文停燭。白佛曰。若此文理。協聖凡願。拜起時。此燈自明。或儀式未詳。燈暗如故。言訖。投地一禮。燈燭皆明。至是二月十五日。於今鎭江金山寺。依儀脩式。

帝臨地席。詔祐律師宣文。利洽幽明。至今遵行焉。劇言玉眞過房爲趙氏女。此二字世俗相沿。然韓偓詩有云。多爲過房成後悔。則唐時已有此說矣。

情郵記

吳炳撰。劉士元於郵亭賦詩。王女與婢。前後賡和。彼此情感。故以是名。

略云。劉乾初、字士元。姑蘇人。與同學蕭長公契厚。蕭官青州守。以書邀劉。適樞密阿乃顏恃勢。囑有司買妾維揚。無出衆者。通判王仁慮禍。將婢紫簫充己女以獻。女與婢皆善詩賦。樞密得婢。喜不勝。與何金吾議。擢仁長蘆轉運使。初劉訪蕭。抵黃河東岸驛。見驛亭粉壁。題詩寄懷云。年少飄零只一身。風波愁殺渡頭人。青衫穩稱騎羸馬。白面難教撲暗塵。但說荊山當有淚。自生空谷孰爲春。蕭蕭旅館河流上。忽憶青州太守貧。値仁之長蘆。過驛亭。驛丞趙德。其鄉人也。留款甚洽。仁女見壁上詩稱賞。援筆和云。閨中弱質病中身。也向天涯作旅人。暗綠柳條全繫恨。淡黃衫子半蒙塵。題未竟。母趣之行。適紫簫詣京。後至。覘所題。知爲閨秀語。遂續其半云。眞娘墓上空題句。燕子樓中幾度春。十斛珍珠等閑看。不如荆布本來貧。及劉至靑州。蕭已轉盧龍觀察使。不遇而歸。復詣此驛。見所和詩。度必貧家女被迫爲妾者。詢諸驛中。謂樞密所娶。遂尾其車後。誦詩使聞之。紫揭帷視。從者叱劉避。劉不敢前。遂入京師。託爲紫中表。望門求訪。復受閽人詬辱。旅中大窘。適遇蕭使者。挈詣盧龍。留居署中。樞密妻性妬。拘紫別院。不令見夫。囑媒賣妾。蕭聞。以千金贖紫。與劉爲匹。劉詢紫和詩僅半。度前所題亦必才女。紫令夫訪得題詩之女。當令並侍。劉大以爲賢。然但知爲王氏女。不知爲婢紫簫也。樞密知紫爲蕭所售。誣以他罪。削籍歸吳。劉無所依。乃與紫謁其父。仁心內慚。拒不相認。夫人念女愛紫。私贈資斧。及劉試擢大魁。奏樞密罪。奪其職。詔使巡淮南。樞密黨何金吾。乘樞密勢孤。劾其奪命官女爲妾。波及仁。

削職候勘。會劉奉命鞫仁。過黃河驛。覩所題感懷詩。復命紫和前韵。及讞仁。紫囑劉力庇其父。而是時仁女又至驛中。復和前韵。劉復見之。心益眷眷。趙驛丞欲劉庇仁。乃與仁計。以其女給爲族女。與劉會于驛亭。劉果大喜。聘以爲妾。及花燭。與紫相見。始知眞仁女也。敍爲姊妹。與劉偕老。而仁罪盡釋。時蕭以樞密旣敗。復官還朝。又與劉相晤云。

燕子箋

明末阮大鋮作。*阮大鋮。字集之。號圓海。別號百子山樵。安徽懷寧人。所作傳奇十種。內燕子箋。春燈謎。雙金榜。牟尼合總名石巢園四種曲。又名詠懷堂四種。今存。獅子賺。忠孝環。桃花笑。井中盟。賜恩環。翠鵬圖六種。佚。以燕子銜箋作關目。故名。大鋮。懷寧人。萬曆丙辰進士。天啓初。擢給事中。遷吏科左給事中。以憂歸。機敏有才藻。四年春。吏科都給事中缺。大鋮次當遷。同里僉都御史左光斗招之。而吏部尙書趙南星等。以察典近。大鋮輕躁不可任。欲用魏大中。大鋮至。光斗意中變。使補工科。大鋮心恨。陰結中璫。寖推大中疏。吏部不得已。更上大鋮名。即得請。大鋮自是附魏忠賢。與霍維華、楊維垣、倪文煥爲死友。然畏東林攻己。未一月。遽請急歸。而大中掌吏科。後光斗等死詔獄。大鋮里居對客。詡詡自矜其能。五年冬。召爲太常少卿。居數月。乞歸。崇禎改元。大鋮函兩疏馳示維垣。其一專劾崔魏。其一以七年合算爲言。言天啓四年以前。亂政者王安。而翼以東林。天啓四年以後。亂政者忠賢。而翼以呈秀。令維垣占時局。相機以奏。會維垣方指東林崔魏爲邪黨。與編脩倪元璐相剌誹。得大鋮書大喜。爲投合算疏以自助。聞者咸切齒。崇禎元年。起光祿卿。御史毛羽健劾其黨邪。罷去。明年定逆案。論贖徙爲民。崇禎八年。流寇偪皖。大鋮避居南京。頗招納游俠。爲談兵說劍。覬以邊才召。復社中名士顧杲、楊廷樞等。作留都防亂揭逐之。大鋮乃閉門謝客。獨與戍籍馬士英相結。士英嘗爲宣府巡撫。以贓汚謫戍者也。周延儒再召。大鋮求湔濯己。延儒不可。大鋮乃薦士英。延儒遂薦起士英。爲鳳陽總督。大鋮在南京。與守備太監韓贊周甚暱。福王至。大鋮陰與其謀。士英方以迎立功專國柄。未踰月。以邊才薦大鋮。起兵部添注右侍郎。尋兼右僉都御史。巡閱江防。明年。進本部尙書。大淸兵臨南京。大鋮出走。王師收浙江。大鋮赴江干乞降。後從攻仙霞關。僵仆石上死。此記乃其廢棄時所作也。按劇中霍都梁。大鋮自寓也。先識妓女華行雲。行雲是門戶中人。以比呈秀。後娶酈飛雲。是貴家之女。以比東林。是時東林及呈秀之黨相攻。皆互詆爲門戶也。其云。朱門有女。與靑樓一樣。暗詆東林也。其云。走兩路功名的是單身詞客。大鋮自比兩路兼走。未嘗偏着一黨也。生因塲期改夏。初欲回家去。店主人云。功名大事。沒有打回頭的道理。生因問及昔年相與華行雲。以見不得吏掌科。不得已乃投呈秀也。生云。丹靑是我畫。詩箋是酈小姐眞筆。供說燕子啣來。就渾身是口。誰人肯信。定要受刑問罪。以燕子比維垣。言其代奏已疏。以致獲罪。生入節度使賈公幕。改名卞無忌。大鋮自比入士英之幕。便可無忌憚矣。鮮于佶假狀元奸遁事。指沈同和。同和中丙辰會元。房考給事中韓光祜。聞有物議。召而試之。文理不通。因自檢舉。同和斥革問罪。開元天寶遺事云。長安郭紹蘭。適巨商任宗。賈於浙中。數年不歸。紹蘭作詩一首。繫於燕足。宗時在荆州。忽見一燕飛鳴于頭上。訝視之。燕遂泊肩上。見有一小封書繫足間。解而視之。乃妻所寄之詩。宗感泣而歸。首出詩示蘭。按劇中燕子啣箋。蓋用此事。大指言妓女華行雲。與酈學士之女飛雲。面貌相似。霍都梁與行雲舊交。入都應試。復主其家。援筆畫撲蝶聽鶯圖。寫己及行雲春容其上。標款于末。付禮部裝潢匠人趙酒鬼裱之。飛雲亦以己所畫水墨觀音。令老僕送趙裝裱。其後兩家各誤取其畫以去。飛雲見像。儼然與己無二。而有一男子在傍。心甚驚駭。題一詩箋。以誌其異。風吹脫手。颺入半空。爲燕子啣去。墮于華宅。都梁拾得。亦以爲異。即和其韻。欲覓人以大士像送還。而易己所畫撲蝶圖。兩人適各抱恙。醫者孟婆。出入酈華兩家。偵飛雲之病。

探得其觀畫之故。及偵都梁病。則見酈詩在焉。孟婆心中。謂兩人嘗因此相思致病矣。按孟婆者風之名。其意以爲但是風聞。無有事實也。鮮于佶者。都梁之友。與黠吏謀割都梁闈試之作。以爲己卷。是時酈學士爲總裁。因安祿山亂。奉詔暫停放榜。佶恐獲雋之後。其文傳誦。必爲都梁所知。方欲以計相陷。適在華宅。知燕子啣箋之事。按崇禎初劾大鋮者。御史毛羽健也。故托之燕子箋云。遂布流言以嚇都梁。云有指其以詩箋關通試官者。都梁果懼而遁。改名卞無忌。投西川節度使賈南仲幕中。南仲以爲參謀。共討祿山。時酈飛雲隨母避祿山難。中道相失。遇孟婆。即與偕行。賈節度軍士收得之。養爲己女。而華行雲于道反遇酈母。母疑爲女而挈之。及知其非。然已失親女。遂收爲女。既而亂定。闈榜亦放。鮮于竟得鼎元。賈以卞有軍功。以女妻之。孟婆見卞。乃指以爲霍。而霍猶未知出酈之門。酈亦不覺鮮于之僞。行雲見佶卷。告于父曰。此予表兄霍都梁文也。酈召佶試之。竟日不成一字。至鑽狗竇而逃。酈乃奏黜鮮于。以狀元歸霍。霍趨謝。俾女見之。則係舊交。非表兄也。鄺賈本同年。具悉踪跡。適頒文武兩重誥命。乃以軍功品秩封鄺女。以詞垣品秩封華女云。奸遁一折。流傳世俗。亦有所因。聞韓光祜以人言藉藉。招同和于私第試之。出孟子士憎茲多口句爲題。而同和不能記。語韓僕曰。若主人奈何以幽僻論題難我。於是韓決意檢舉。此狗竇之說所由來也。是科。總裁大學士吳道南。江西崇仁人。己丑榜眼也。先是庚戌春闈。吏侍蕭雲舉。禮侍王圖總裁。取韓敬爲會元。敬卷本在南企仲房內。庶子湯賓尹易在己房。又指使各房互換。共十八卷。道南以禮侍知貢舉。榜放時欲具疏糾之。有勸沮者曰。公與兩主司同官。若以此奏劾。人必謂爭內閣一席。齕齮兩公也。道南乃止。而簿載易卷之號甚詳。明年辛亥京察。御史孫振基劾湯賓尹、韓敬。首及闈中易卷事。禮部覆驗如其言。遂以察典勒賓尹閑住。敬降補行人司副。越兩科。道南主試。適有同和之事。朝官中頗有厚于賓尹、敬者。沸騰不止。其事遂上聞。然道南無私。不受其累。劇云。鄺安道上本檢舉。奉旨安心供職。不必引咎求斥。蓋指此也。割卷之弊。明代時時有之。相傳文徵明繕卷太工。每科試卷皆被人割去。其文從未達于考官。亦一證也。嘉靖壬戌。大學士袁煒教習翰林。每呼至書室內。鎖門試以難題。傍晚不令遽出。酈安道令門官鎖門。蓋引此也。據劇。酈所出題。其一恭慰大駕西狩表一道。其二安史平鼓吹詞一章。其三箋釋先世水經注序一首。則題本不易屬筆也。

春燈謎

又名十錯認。阮大鋮作也。福王時。大鋮起掌兵部。言官論之。中有云。恐燕子箋、春燈謎。非掌上之兵符。袖中之黃石也。按大鋮當崇禎時作此記。其意欲東林持清議者。憐而恕之。言已是誤上人船。非有大罪。通本事事皆錯。凡有十件。以見當時錯認之事甚多。而已罪實誤入也。沉誤一齣。是大關目。搜出箋紙。遂綑縛批明罪犯。欲沉水中。宇文生哭訴。年少書生。不戒杯酒。

乘醉誤入官舫。箋詩是客路良辰。偶遇新知。逢塲消遣。總是風流罪過。何曾犯法。狃作賊情。韋節度不聽。竟沉於水。以見己與呈秀。不過書札往還。無別件事情也。宇韋於元宵打燈謎。生出無限波瀾。故標此三字曰春燈謎。亦寓意彼時朝局人情。有如猜謎云。

宇文學博之子。宇文羲、宇文彥。兄弟皆能文。羲留家讀書。而彥隨母之父任所。會抵黃河驛前。泊舟岸側。時值元宵令節。彥挈老僕陳英上岸觀燈。而韋節度之舟亦泊於岸。相去甚邇。韋有二女。其次女抱病。長女聞燈甚盛。竊父衣巾。改裝男子。使婢春櫻。亦改裝爲僮。相隨上岸。迨抵道廟觀燈。有題詩謎於燈上者。猜着者衆人出采。以爲韻事。宇文生猜得孟光二字。韋女猜得司馬相如四字。衆皆喝采歡笑。廟祝遂留二生共飲。韋女恐爲人覺。不敢明言。但改姓爲尹而已。酒間。宇文强韋唱和。韋亦勉强和之。各寫詩箋。互執而去。船因風起各移。而僕婢之名。音聲相似。又當夜半。韋竟誤入宇文舟。宇文亦誤入韋舟。迨及天明。韋女見宇文之母。

不敢正言。仍稱尹氏。母遂撫以爲女。而宇文見非己舟。滿目奩具。懼而無計。傅粉墨於面。突出艙中。被擒質問。搜得詩箋。節度見是女詩。大怒不已。詰婢春櫻。櫻投水自盡。遂剝彥衣。書其背曰獺皮軍賊。投之水中。時獺賊之黨方橫行。巡緝者拯之而蘇。以爲眞賊。錄送獄中。問其姓名。恐辱父母。詭名以對。問者不甚察。竟抵重辟。韋節度見春櫻溺水。虞婢溺敗名。命以彥衣衣之。家人爲具棺。寄於廟祝。曰一書生。不告以實。廟祝私念必宇文生也。書其柩曰宇文彥。彥母之父任。復遣陳英遍覓彥。不可得。至廟詢之。謂彥亡矣。是時彥兄義已擢大魁。鴻臚官老耄。唱名時悞呼李文義。朝廷謂天意欲更之。倘正其誤。則大典不光。遂改其姓爲李。授巡方御史。并父亦從其姓。彥在獄中。有盧孔目者。甚憐其寃。導以自訟于御史。然名已非眞。御史不知其弟也。而察其罪有可矜。杖而釋之。彥遂用孔目籍貫。改名盧更生。入京應試。韋節度先已內召。以次女字文義矣。會受命總裁。擢更生上第。知文義之父有一女未字。遂爲更生執柯。俾爲李氏之壻。更生亦不知其爲父與兄也。及至花燭時。各各相認。始知種種錯誤。男入女舟。女入男舟。一也。兄娶次女。弟娶長女。二也。以媳爲女。三也。以父爲岳。四也。以韋女爲尹生。五也。以春樱爲宇文生。六也。義改李文義。七也。彥改盧更生。八也。兄豁弟之罪案。九也。師以仇爲門生。而爲媒己女。十也。蓋以喻滿盤皆錯。故曰十錯認云爾。

雙金榜

阮大鋮撰。劇中皇甫敦、敦二子、詹孝標、皇甫孝緒、及藍廷璋、汲嗣源、莫佽飛等。俱係憑空撰出。推其大指。總因崇禎初年。大鋮麗名逆案。棄不復用。借傳奇以寓意。謂己無辜受屈。欲求洗雪之意。盜珠、通海兩重罪案。是大關目。彼時劾大鋮者。言其叩馬獻策。以致左光斗、魏大中之死。是大鋮一罪案也。崇禎之初。大鋮上通算七年一疏。言天啓七年中。前四年王安、楊漣之罪。後三年魏忠賢、崔呈秀之罪。以王、楊、魏、崔竝稱。公論忿忿。是又大鋮一罪案也。記中云。莫佽飛盜珠。遺金一錠。認作眞贓。扭在寒儒身上。又云。佽飛少年無賴所爲。與皇甫敦竝無干涉。蓋欲卸罪於他人也。藍廷璋定盜珠之罪。苗帥府立通番之案。暗指當時議定逆案韓爌、劉鴻訓等諸人也。汲嗣源爲之爭執。掛冠而去。是時楊維垣與大鋮最厚。極力左袒大爌。應是指維垣也。白中有云。通番立案。題請過的。要請封。須把表字頂了名子。恐元名在御前。甚不穩便。又云。市舶通番一案。還仗大力。全與消磨。日後更無痕跡。蓋因逆案定本。在崇禎御前。欲當事者巧爲覆蓋。朦朧起用也。詹孝標訐奏通番一案。皇甫孝緒訐奏盜庫一案。皇甫敦云。兩個孩兒。各人見教本章。無一字鬆泛。蓋大鋮門徒。深恨劾者。作此譸譃。以洩其忿也。藍廷璋係鞫獄問罪之人。今云以女嫁孝緒。爲其子媳。亦因深恨定逆案者。作此以洩其忿也。

莫佽飛爲皇甫敦辨寃。盜珠、通海兩節心事俱白。苦盡甘來。昭雪封贈。蓋冀有爲之抱白者。朝廷湔濯用之。得如其所願也。詹孝標、皇甫孝緒。同年互訐。按大鋮與魏大中。俱丙辰進士。因吏科都給事中缺。左光斗等必欲以此缺與大中。大鋮遂與大中訂讐。同年搆隙。寓此意也。中間情節變幻。而曲白皆極緊湊。與燕子箋、春燈謎。同一機杼。當時盛行於世。頗有名士風流。然初入逆案。已爲淸議所擯。而晚年出山。大肆猖獗。衆稱馬、阮。詆其奸邪。雖有文筆。殆無足取。盜珠事。亦有影射。佛國記。僧尼羅國王。以金等身鑄佛像。髻裝珠寶。有盜者以梯取之。像漸高而不及。盜歎佛不救衆生。像俯首與之。後盜被擒。言其事。視像尙俯。王重贖其珠而更裝之。廣異記。則天時。西國獻靑泥珠一枚。大如拇指。后以施西明寺僧。布金剛額中。有賈胡用十萬貫買之。納腿肉中。則天尋問。知爲至寶。復索得寶持之。又咸陽獄寺後。有周武帝冠。其上綴冠珠。大如瑞梅。天后時。有士人過寺。見珠。戲而取之。天大熱。至寺門易衣。以紙裹珠。放金剛脚下。因忘取之。後憩陳留旅邸。夜聞諸胡鬭寶。因説冠上綴珠。胡人驚駭。以五百千與士。令持珠還。定價五萬緡。合錢市之。邀士偕行東海上。以銀鐺煎醍醐。又以金瓶盛珠。於醍醐中重煎。甫七日。有二老人及徒黨數百。齎持珠寶來至。未幾山積。莫佽飛盜珠者。佽。刺也。飛。非也。言莫妄刺非其人也。佽飛衣敦之衣。又遺銀一定。偺遂執爲敦盜。言李戴張冠之意。瓜田李下之嫌也。藍廷璋入罪。汲嗣源欲出其罪者。藍、濫也。汲、急也。言濫入者須急出也。敦以子托商人。商人遺囑。令改姓歸宗。醫者代書。誤皇甫作黄父。遂使其子不能知。言改頭換面。全失本來也。竄徙嶺表。娶蠻女爲妻。又爲佽飛迎入海船。言潦倒無賴。隨波逐流也。説佽飛招海外羣蠻。納款貢琛。言反邪歸正。補過无咎也。兩子互訐。兩事因以得白。言多年舊案。終獲平反也。始以佽飛受累。卒以佽飛辨冤。言始則刺之者陷于罪。繼則刺之者白其非也。詹孝標者。古有阮瞻。皇甫孝緒者。古有阮孝緒。暗藏己姓也。其寓意如此。

牟尼合

亦名牟尼珠。又名馬郎俠。阮大鋮所撰。演蕭思遠被害。事屬撮撰。亦因己在逆案。故借思遠寓意。言定入逆案者乃寃情也。略言。蕭思遠、字德祖。梁武帝之孫。妻荀氏。生子佛珠。達摩付武帝牟尼珠一對。傳至思遠。生子時。放光滿室。故名佛珠。幼定王千牛倜之女。龍塘寺壁有張僧繇畫龍。四月八日都人共建濯龍會。思遠爲會首。是日有芮小二夫婦。走馬賣解。建康招討使封其蔀。欲得其馬。芮不肯與。鎖拏作賊。思遠爲解救。以語犯封。封大怒。會麻叔謀開河。封首思遠建濯龍會。圖謀不軌。檄捕思遠。思遠遁走。改名梁德祖。依芮居海州之廟灣。叔謀用陶榔兒蒸食小兒。蒸兒事詳後開河記。封以佛珠開送。遣役捕取。荀氏題詩云。裙布蕭然婦。深寃欲訴誰。有人收此子。相報佛頭珠。以詩裹珠繫衣領。欲拋之僻處。痛哭暈絕。而佛珠已取去。叔謀用王倜爲副中軍。倜乘間竊一兒出。即佛珠也。被追急。棄之白衣庵。鹽商令狐頔。同妻岳氏。設齋求子。見供桌有小兒。大喜。攜歸以爲子。名曰佛賜。思遠作書令芮取其妻。妻未至而思遠爲海盜刼去。欲以爲盜魁。（盜畫沒頭大鳥於壁。俟有畫頭者。即擁爲盜魁。乃房德事。見小說中。）思遠不從。盜怒。殺死擲海邊。達摩以返魂香救活。留住海外香草叢林。居十年。達摩折蘆渡海、（因達摩嘗折蘆渡江。故又翻爲折蘆渡海也。）送思遠歸。館于令狐。教其子佛賜。芮往迎荀氏至海州。又避海賊之亂。偕至揚州。因女道士薦入王倜宅。教其女。佛賜登第。聘王倜女。思遠以珠爲賀。令狐用雙珠爲催妝禮。倜令荀氏綴之領巾。成婚之夕。荀氏送女至令狐宅。思遠與妻相遇。倜叙竊兒事。頔叙收兒事。始知佛賜即佛珠。倜女即幼時所定也。時已在唐武德初。裴寂奏麻封二人之奸。皆誅死。召封思遠爲蘭陵郡公。

吳琯開河記。（*開河記。宋史藝文志著錄。註云不知作者。曾收入說郛。古今逸史。古今說海等書。皆不題撰人。此題吳琯。蓋錄自古今逸史。以逸史編者吳琯誤爲作者。）

寧陵下馬村陶榔兒。家中巨富。兄弟

皆兇悖。以祖父塋域傍河道二丈餘。慮其發掘。乃盜他人孩兒。年三四歲者。殺之。去頭足蒸熟。獻麻叔謀。咀嚼香美。迥異於羊羔。愛慕不已。召詰槨兒。槨兒乘醉泄其事。及醒。叔謀乃以金十兩與槨兒。又令役夫置一河曲以護其塋域。槨兒兄弟。自後每盜以獻。所獲甚厚。貧民有知者。競竊人家子以獻。求賜。襄邑寧陵睢陽界。所失孩兒數百。寃痛哀聲。旦夕不輟。虎賁郎將段達爲中門使。掌四方表奏事。叔謀令家奴黃金窟。將金一埒賄與。凡有上表及訟食子者。不訊其詞理。竝令笞背四十。押出洛陽。道中死者。十有七八。時令狐達知之。潛令人收兒骨。未及數日。已盈車。于是城市村坊之民。有孩兒者。家置木櫃。鐵裹其縫。每夜。置子于櫃中鎖之。全家秉燭圍守。至明。開櫃。見子。即長幼皆賀。

獅子賺

刊本注百子山樵撰。不書姓名。蓋明末阮大鋮所作也。劇中關目皆空花幻影。與皈元、曇花、雙修諸劇。＊皈元即歸元鏡，見本書卷十二。曇花記，見本書卷七。雙修記見本書卷八。同借傳奇說法也。其曰獅子賺者。大藏經載菩薩作獅子吼。優樓頻羅經有獅子眼王菩薩。又佛座爲獅子座。故僧家有力能承佛法者。稱法門獅象。劇中以獅子作引。後以打破獅子現本來面目作歸結。所謂但有言說。都無實義。故曰賺也。劇云。等輪王者。統攝幽明。總持三界。謂無始以來。陰陽撮合。晝夜平分。人有罪愆。鬼亦有公案。人死而爲鬼。歷諸地獄。鬼轉而爲人。亦受諸苦惱。輪王宅心平等。秉教圓通。無異同也。遂定等輪律三條。使獅頭僧傳諭酆都一切官吏軍民男婦諸鬼。使盡改前非。各安本分。有犯者必依律罰往陽世受罪。唐武舉鍾馗曾攝功曹印務。管轄八萬四千鬼頭。以包龍圖斷盆兒鬼案被揭。至總持殿轉降爲柰河橋橋梁俟缺大使。閒曹冷署。不堪寂寞。與總持殿掌印判官喇嘛苗有舊。乃盛設飲饌招苗飲。並陳古玩贈苗。苗亦攜地裏鬼。看財鬼。兩頭鬼餽鍾。酒酣。鍾出妹侑酒。苗遂與通。於陵陳仲子以生前矯廉。死爲餓鬼。來乞食。爲鬼吏所毆。苗醉中遺文筆判簿在地。爲仲子拾去。苗歸。途遇犼頭僧牽小猴一頭。在柰河橋演說猴頭經。使猴演故事。爲衆鬼指示因果。苗至。令猴重演。猴加衣冠作判赴席狀。自入門揖讓餽遺。以至與鍾妹戲謔。及毆陳仲子。無不畢現。苗怒甚。欲撻之。猴忽化爲虎。衆皆驚走。苗至家。遂得疾。其妻子延醫賽無常診視。而犼頭僧陰攝鍾妹魂使與相見。兩情方篤。忽見陽間差役拘之。病益甚。竟不起。馗方欲與苗朋比納賄。而知苗變。又苗妻以妹贈鞋爲據。告之等輪王。欲馗塡命。陳仲子亦以所拾文筆判簿訴被毆狀。輪王乃按律罰三人往陽間受罪。輪王欲修等輪志。且補判官缺。乃使卒以書邀禰衡蘇軾。衡赴天曹修文。軾以啓辭。遂以陳仲子補判職。而戒以不必矯廉云。　宋沈括補筆談云。明皇痁將踰月。巫醫不能治。一夕夢二鬼。一大一小。其小者竊太眞紫香囊及上玉笛繞殿而奔。其大者戴帽衣藍裳。袒一臂。鞹雙足。乃刳小者目、擘而啗之。奏曰。臣鍾馗氏。即武舉不捷之士也。誓與陛下除天下妖孽。夢覺。痁即瘳。乃召吳道子圖之。道子承旨。恍若有覩。立圖以進。上瞠視久之。撫几曰。是卿與朕同夢耳。何肖若是哉。自是畫家多作鍾馗像。民間用以壓鬼。亦有鍾馗嫁妹圖。 睽車志云。張叔言判冥鬼十人。十人數內兩人是婦人。 王隱晉書云。蘇韶死而甦云。顏淵、卜商爲地下修文郎。 劇內說白有鍾馗妹脫鞋爲鞋杯。與鬼判奉酒。此絕荒誕。然元末楊維楨好以妓鞋承酒。謂之鞋杯。不爲無因也。

合劍記

眞定劉鍵邦撰。（＊劉鍵邦、一作建邦、河北眞定人、所作合劍記一種、今佚。）記南宮令彭士弘殉節事。士弘姪可謙爲堂邑知縣。刊板行世者也。士弘、字仁寰。杏山人。由舉人授眞定南宮知縣。崇禎末年。闖賊李自成之將劉方亮攻南宮。士弘抗節。時鍵邦爲諸生。目擊其事。爲作此記。與南宮縣志大略相符。非造作者。其以合劍爲名。言士弘有雌雄兩劍。一曰龍泉。一曰昆吾。自佩其一。而以昆吾佩姪可謙。遣往他處爲救援計。士弘嘗讞獄。爲民王義雪寃。義感其恩。欲以死報。會方亮攻破南宮。典史司化金已降。而士弘匿印不予。方亮禽得士弘索印。士弘大罵。取印擊方亮倒地。因自撞死。其妻妾王氏、高氏及二子。皆依王義以居。可謙隨大將請兵破闖。王義亦糾鄉兵殺土賊。兩人遇於戰場。初不相識。交鋒甚銳。兩劍齊鳴。始知爲龍泉、昆吾。遂偕謁士弘妻妾。而南宮士民。爲士弘營葬立祠。不可謙以軍功授堂邑知縣。其情節視縣志詳悉。大抵多眞。獨所謂兩劍齊鳴。不過扭作關目。殆非實事。可謙殺劉方亮。亦是趁筆取快。士弘爲城隍神。縣志未載。恐亦臆揣。李建泰督師。吳三桂請兵。劉應國赴救。皆時事映帶。縣志。知縣彭士弘。遼東人。由舉人十五年任。十七年殉難。又士弘傳云。履任伊始。值兵燹饑饉之餘。一意拊循。與民休息。拮据二載。著有成績。十七年闖寇攻城被執。抗節不屈。以身殉難。闔邑肖像尸祝。建祠額曰忠烈。典史司化金。富平人。崇禎十七年任。本朝順治三年去任。

曲海總目提要卷十二

魚兒佛 雜劇

明湛然和尚所撰。而寓山居士者爲之潤色。其略云。會稽金婴。以釣魚爲業。其妻鍾氏。每勸夫念佛。且戒勿殺生。婴旋悔悟。從其言。而時有斷續。妻乃懸一鈴於門。每出入撞之有聲。則隨聲念佛。觀世音幻作婦人。即以魚籃爲緣。先度其妻。婴念終未堅。乃歷之輪迴惡道。復惕之以魚鱉冤孽。始證善果。按禪門自沈蓮池教出。皆以念佛爲宗。劇中所演。大約言人雖有罪孽。但能專心持佛。則不唯不墮地獄。且可成佛作祖。蓋湛然借此以闡發宗旨者。

歸元鏡

明萬曆間杭州報國寺僧智達所撰也。智達。別號心融。自稱嬾融道人。時又稱爲心師。其劇名異方便淨土傳燈歸元鏡三祖實錄。採晉時廬山遠公、五代時永明壽禪師、明隆萬時雲棲蓮池大師、三人在俗以至出家成道傳燈實行。皆據本傳塔銘爲主。意在勸人念佛戒殺茹齋。求生西方。以三祖作標榜。錄皆眞經眞咒。眞法眞理。眞祖實事。眞心發願。借人顯法。權巧化導。故不曰傳奇。而曰實錄。不曰齣。而曰分錄。分四十二分。取華嚴經四十二字母之義。其中曲白皆本藏經語錄。不等泛常戲劇云。按萬曆時蓮池之教盛行。專修淨土。念誦阿彌陀佛。其教原本於遠公壽師。作者緣起。實爲蓮池。序云。近日賢智者參禪習教。不暇念佛。愚拙者應名了事。不信西方。心私悲之。欲使人人咸歸淨域。因思蓮社中主張淨土者。惟廬山、永明、雲棲三大老。爰是搜三祖本傳塔銘一生實蹟。敷爲四十二分。借諸伶人當場搬演。音樂問答。出相露布。俾三祖公案。一朝重新。淨土法門。燈傳無盡。大旨于參禪者不甚許可。欲人專脩淨土也。佛經云。歸元無二路。方便有多門。作此錄者。或顯理。或顯事。或事理互融。或眞妄兩顯。故取名歸元鏡云。釋迦與舍利弗言。西方佛土有世界名爲極樂。其佛號阿彌陀。又云。若有善男子。善女人。聞說阿彌陀佛。執持名號。若得一日以至七日。一心不亂。即得往生極樂國土。舍利弗言。弟子就此下凡。到南閻浮提傳此淨土法門。把此一卷彌陀經。宣揚流布。廣度衆生。此通本關鍵也。釋氏通鑑云。廬山遠法師諱惠遠。出鴈門賈氏。少爲儒生。博極羣書。尤邃周易莊老。道安法師門徒數千。遠居第一座。安嘗曰。使道流東國。其在遠乎。晉武帝甲申太元九年也。前秦國亂。來遊于晉。抵江西。見廬山愛之。乃止江州龍泉精舍。次寓慧永之西林寺。復于山東建東林寺。時天下奇才。多隱居不仕。聞廬山遠公之道。皆來從之。遠公每送客。不過虎溪。道士陸脩靜偕陶淵明入山見師。送之。執手告語。不覺過虎溪。三人相顧大笑。今人圖之爲三笑圖。乙卯八月初六日。遠公合掌向西而逝。壽八十四歲。東坡集云。錢塘壽禪師。本北郭稅務專知官。每見魚鰕。輒買放生。以是破家。後遂盜官錢爲放生之用。事發坐死。欲赴市矣。吳越錢王使人視之。若悲懼如常人。即殺之。否則捨之。禪師淡然無異色。迺舍之。遂出家。得法眼淨。又釋氏通鑑云。杭州慧日永明智覺禪師。名延壽。出餘杭王氏。年二十八爲華亭鎭將。志慕眞乘。禮龍册寺翠巖參禪師剃染。野蔬布襦。以遣朝夕。吳越忠懿王弘俶。請師開山靈隱新寺。明年遷永明大道場。凡十五年。度弟子一千二百人。嘗與七衆授菩薩戒。夜施鬼神食。放諸生類。不可稱算。餘力念法華經萬三千部。著宗鏡錄一百卷。宋太祖開寶八年寂。年七十二。釋德清古杭雲棲蓮池大師塔銘云。雲棲大師。諱祩宏。字佛慧。別號蓮池。俗姓沈氏。古杭仁和人。師生而頴異。年十七。補邑庠。顧志在出世。每書生死事大四字于案頭。前婦張氏生一子。殤。頃婦亦亡。議婚湯氏。年二十七父喪。三十一母喪。因涕泣曰。親恩罔極。正吾報答時也。至是而長往之志決矣。除日師命湯點茶。

捧至案。盞裂。師笑曰。因緣無不散之理。訣湯曰。吾往矣。汝自爲計。湯亦洒然曰。君先往。吾徐行耳。師乃作一筆勾詞。竟投西山無門洞性天理和尚祝髮。居頃。北遊五臺。感文殊放光。至伏牛。隨衆煉魔。至金陵瓦官寺。病幾絕寢。病間歸。乞食梵村。見雲棲山水幽寂。遂有終焉之志。因結茅以棲之。村多虎。居民最苦之。師爲諷經施食。虎患遂以寧。歲亢旱。村民乞師禱雨。師擊木魚循田念佛。時雨隨至。民異之。因相與發其地。不日成蘭若。自此道大振。海內衲子歸心。遂成叢林。梵村舊有朱橋。屢被潮汐衝塌。行者病涉。請師倡造。師云。欲我爲者。無論貧富貴賤。人施銀八分而止。不日累千金。鳩工築基。每下一樁。持呪百遍。潮汐不至者數日。橋竟成。萬曆戊子歲大疫。師就靈芝寺禳之。疫遂止。臨終時預於半月前入城別諸弟子。作三可惜十可嘆以警衆。念佛而逝。其偶湯氏。亦後師祝髮。建孝義菴爲女叢林主。先一載而化。吳應賓孝義菴主大尼太素師塔銘云。菴主姓湯氏。法號袾錦。四十七出家受具。先大師涅盤一歲。端坐念佛而寂。學者稱太素師。

鴈翎甲

演徐寧事也。不知誰作。＊清范希哲撰。希哲別號四願居士。一作明秋堂和尚撰。殆誤。此劇一名偷甲記。按癸辛雜識。龔聖與金鎗班徐寧贊云。金不可辱。亦忌在穢。盍鑄長殳。羽林是衞。寧固宋江羣盜之一。今劇中所演。多據水滸傳。其略云。宋命將呼延灼討宋江。灼用連環甲馬。江無策抵敵。聞徐寧善使鈎鐮鎗法。可破此陣。因與湯隆設計賺寧。寧有家藏鴈翎甲。先使時遷盜之。寧憤恨。不得此甲不止。間行求賊。隆故寧友也。宛轉誘導。醉而輿之入梁山泊。寧不得已强從焉。後灼爲江所敗。亦降於江。按金鎗班。演義作金鎗手。又演義云雙鞭呼延灼。而癸辛雜識作鐵鞭呼延綽。亦有贊云。尉遲、彥章。去來一身。長鐵梵鑄。汝豈其人。

鴛鴦夢

明末蘇州人作。自稱採芝客。未詳姓氏。演秦璧、崔嬌蓮男女皆在夢中相會。故曰鴛鴦夢。鑿空結撰。非實事也。略云。吳中秦璧、字玉賢。石隱龍、字雲公。同學知名士也。元宵燈節。少司馬崔乾之女嬌蓮。與婢蘭馨進香玄妙觀。爲璧所見。兩人各各鍾情。嬌蓮呼婢云。回家點燈門首。閑玩片時。蓋微示璧以意也。璧心默會。作詩及書置袖中。昏時詣崔之門。女果偕婢並出。匆匆數語。亦暗擲書與璧。相約訂盟。璧遂懇隱龍爲媒。而乾以璧貧士。竟以女允羊公子如皓。嬌蓮聞之。挈婢遁入尼庵。尼利其美。暫留數日。即載往洞庭。蓋將私鬻之也。半道爲湖賊所掠。賊婦故良家女。見而憐之。使蘭馨改爲男裝。詭云夫婦。與之令箭俾往常州投其親吉老人。老人認二女爲兒媳。乾失女。以爲淫奔。不敢尋覓。會被召。遂偕夫人入京。璧見嬌蓮後議親不允。日夜思憶。

夢遇嬌蓮于淸淨庵中。是夜嬌蓮亦夢與璧遇。及璧醒。造庵相訪。則嬌蓮已去。欲往洞庭覓之。又無可踪跡。適隱龍相約赴京會試。璧不得已而行。遂擢鼎元。隱龍亦成進士。選浙中推官。初、隱龍在家。與妓平藹如有婚約。妓家遭難。假母挈女北上。抵中途。賣與大司空平其政夫人賈氏爲侍婢。其政見其美。欲納爲妾。藹如守婚約不肯從。問其姓。知爲同宗。乃撫爲女。攜入京師。聞璧無室。使官媒議親。璧反屬媒必欲求崔侍郎女。崔女失後。羊如皓亦頗聞之。謂婚議已斷矣。如皓入京會試。鄉闈關節事發。瘐死獄中。而乾見璧擢第。方悔從前不允其親。以致失女。其政聞璧必欲求崔女。聞乾無女。乃與乾議。以藹如權作崔女。送至乾宅。其政反爲璧作伐以成之。花燭之夕。藹如涕泣推阻。璧怪而細詰。始知爲藹如。乃隱龍所訂婚者。及問乾夫婦。始知女失去。而隱龍已南歸訪平。璧乃作書寄隱龍。報以平氏在京。令入京就婚。且切囑其代己訪嬌蓮之信。隱龍南下。以僕從甚少。欲收一二。舟抵常州。吉老人貧甚。將二女鬻之。二女不得已隨至石舟。隱龍見其面貌。方詰問來歷。二女稍露崔秦姓氏。語未畢。而京中差役持璧書至。二女聞秦狀元三字。驚駭竊聽。隱龍則以囑已覓崔。及已妻在京之說。心更狐疑。及詢差役。則云璧贅崔府。於是入艙修書以答秦。而二女竊視璧書。知果是璧。乃委折以告隱龍。隱龍遂別具舟使二女共載。不赴浙任。復還京師。璧至隱龍舟中。彼此詳述崔、平二女情節。復同謁乾與其政。璧娶嬌蓮。仍爲崔壻。隱龍娶藹如。認其政爲岳。乾又以蘭馨送其政爲妾。以答其美意云。明時工部尙書無所謂平其政。兵部侍郎無所謂崔乾。皆係假託。

紅蓮債 雜劇

明陳汝元撰。函三館爲其書室名。汝元字太乙。號太乙山人。又號燃藜仙客。浙江會稽人。所作雜劇紅蓮債。存。傳奇金蓮記。存。紫環記。佚。

刊本云。古越函三館編。未詳誰筆。本小說明悟禪師趕五戒一段事蹟。演成傳奇。謂五戒因紅債敗道。故曰紅蓮債也。蘇軾爲戒和尙轉身。乃五祖山戒禪師。傳奇與小說皆稱法號五戒。未的。略云。淨慈長老五戒。俗姓金。本西京洛陽人。爲大行禪師高第。禪師圓寂。衆皆推戒住持。與師弟明悟最相契合。悟俗姓王。河南太原人也。戒嘗于雪中拾得一女子。付道人淸一看養。及年十六。裝作小頭陀。戒召至禪室。留而不返。改爲女裝。悟偵知之。請戒觀白蓮花。各賦一絕。悟詩有紅蓮爭似白蓮香之句。戒因悟指破。別悟至本院中立時坐化。作辭世頌一首。悟來見之。懼其誤入塵網。必至毀佛謗僧。亦即相隨坐化。轉世爲人。追而警悟。俾勿墮落。於是戒轉身爲蘇軾。悟轉身爲佛印。據劇云。佛印者。臨安謝道淸之子。俗名端卿。法名佛印。按此乃據小說。佛印本非謝氏子也。謝道淸乃宋末謝太后之名。不宜妄用。又按小說言佛印出家。係東坡所致。此劇不袓其說。軾官端明殿學士。方與妾朝雲妓琴操等歡讌。佛印至門。門者不納。印投詩云。天半悠悠去路長。鶴歸華表誤遼陽。君家若問前生事。兩瓣紅蓮一段香。軾見詩。若有所感。立請相見。問其因果之說。印言琴操即淸一。朝雲即紅蓮。東坡即五戒。己即明悟。於是琴操改尼裝。朝雲改女道士裝。而軾亦改道裝。朝雲即紅蓮。故標曰紅蓮債云。按紅蓮事絕無影響。乃小說荒謬之談。子由嘗夢五祖山戒和尚訪之。而明日子瞻即至。故相傳以爲五戒也。朝雲琴操。俱子瞻在錢塘時事。佛印名了元。與子瞻善。其住持金山也。子瞻嘗施玉帶以鎭山門。劇借以供遊戲。非實事也。朝雲有內翰一肚皮不合時宜語。劇中引入。

一文錢 雜劇

明萬曆間人作。自標曰破慳道人。徐復祚撰。復祚原名篤儒。字暘初。後字訥川。又字慕竹。號陽初子。三家村老。忍辱頭陀。洛誦生。破慳道人。慳吝道人。休休生。江蘇常熟人。所撰雜劇一種。一文錢。存。傳奇六種。紅梨記。宵光劍。投梭記。存。祝髮記。梧桐雨。題橋記。佚。兩生天兩生天。見本書卷十八。下半截。即採此爲藍本。而中間亦有各異處。彼以盧至爲西安人。此以爲舍衞城人。此乃據實。彼乃翻改。至事本出內典。籍係西方。非內地人也。彼所記謂是元旦時事。此言二月中阿蘭會節。西天帝釋及後釋迦佛兩段說白。係作者用意處。融會佛門宗旨以立言。兩生天劇內俱删去。曲調亦間有改易。末折至將叩訴國王。釋迦佛廣布神通。令宮門上人堅不許進。至不得已而取決於佛。佛因得指點入道。其所造者給孤獨園。其化爲衆盧至者。即釋迦諸弟子也。兩生天記以至爲唐時長安人。見人假冒己形。憤欲訴于縣令。吏以新正不理事卻之。一路向上。遂欲叩閽。處處皆被阻遏。叩閽不得。帝釋以拄拂之。至跌于地。其魂被引到靈鷲山。乃見如來憤訴。委折甚多。不如此原本之直捷。蓋作兩生天者。欲合龐蘊爲一。不得不以至爲唐時人。爲長安人也。此處釋迦佛云帝釋與金童玉女同衆徒弟。引其性靈同其妻子送入西方。是言西方極樂世界阿彌陀佛處。兩生天後來結果。則是從中華至天竺也。亦有異同。不可不辨。兩生天云。至妻稽氏。不的。此只云盧至員外之妻。

玉釵記

刊本云心一山人撰。未詳其姓名。本小說彈詞而作。何文秀遇金、瓊二女。皆以玉釵作合。故名。略云。明嘉靖時。南直江陰人何文秀。父棟。母潘氏。

楝官山左提學。黜壽陽尹金練之子。練以他事誣楝。楝棄職歸。夫婦相繼歿。初秀遊學金陵。與妓月金最厚。聞親訃。方痛絕。而練爲江南巡按。因事捕文秀。秀懼不敢歸家。辭月金欲竄。金以玉釵贈秀。期他日爲再合之證。秀之蘇州。捕甚急。易裝唱道情。有王太師女瓊珍。夜夢神告以當婚文秀。甚異之。適令婢出買線。婢引秀入西園。請瓊聆秀曲。秀于曲中敘其寃。瓊知秀名家子。品不凡。又適符夢中語。詢其未聘。欲托終身。秀乃以玉釵贈瓊。瓊答以金鴛扣。及將去。值太師歸。見之心大疑。擒秀檢得金扣。係瓊閨中物。恚甚。令僕挾二人。夜沉之池中以滅其跡。夫人憐之。贈以資斧。囑僕縱二人遠遁。秀之海寧縣。賃監生張堂屋暫居。堂覘瓊美。欲謀之。紿邀秀飲。殺醜婢以誣秀。繫獄抵罪。獄官王鼎。山右人。子染痼疾。詢得秀寃。斃其子以代秀。改秀名王察。攜歸平陽肄業。瓊謂秀已歿。欲自盡。鄰母楊媼救歸。堂復謀娶。瓊截髮毀容。堂不敢犯。秀試得第。吉囊方擾邊。詔爲曾銑參謀。以軍功授浙江巡按。辭鼎赴任。訪瓊踪跡。知爲己守節。乃給爲推命者。代瓊寫狀詞。令訴寃。遂擒堂治罪。酬謝楊媪。迎瓊歸署。月金別秀後。即謝客杜門。秀白瓊。瓊令娶爲妾。覆命過蘇州。詣王太師。王知瓊得生。大喜。認爲婿。秀廬祖塋。奏明鼎事。朝旨以鼎行人所難。晉職擢用。按曾銑撫陝。當明世宗時。嘉靖四十五年中。並無宰相姓王者。非止蘇州無王太師也。

詩賦盟

刻曰西湖居士編。●張楚。字叔文。一字旭初。號騷隱。別號西湖居士。松羅道人。浙江杭州人。所作傳奇六種。詩賦盟。靈犀錦。鬱輪袍。金鈿盒。明月珠。題塔記。不著姓名。雖託于志寧虞世南事。而悉屬牽引。非實蹟。以駱俊英于如玉賦詩訂盟。故曰詩賦盟也。　略云。駱俊英、字文魔。檇李人。父希古。家素封。重九之節。命子邀友施幔亭、張愫甫賞菊。英詣施書室。見一詩什。甚麗。詢之蒼頭。云。于志寧女如玉。施氏之甥。甥將赴京。隨母辭舅。詩其所作也。

英袖歸和韻。復綴秋聲賦。倩蒼頭達其意。玉亦作賦以答之。玉婢紅香。竊見英美。又爲誇詡。玉屬英求施愬之母氏。施邀姊遊烟雨樓。英乘間入謁。玉母見英才品。心亦許之。適虞世南子基。亦偕張慥甫登樓。而張乃玉母中表之戚。與基年家。令女勿避席。基覩玉之艷。浼張執柯。施以英故爲拒張。復以英窗稿琴譜呈于姊。玉母亦以玉香奩集及繡譜酬之。施遂促英納采。張使基聘女已不及。心甚啣之。値突厥擾邊。志寧薦張寶相往討。而世南舉其子基爲副。基赴闕。于夫人亦抵京。張係寶相之表叔。囑基浼寶相求婚于志寧。會突厥平。寶相封安國侯。基授職肄業。寶相言基姻事。志寧允之。而夫人言已納英聘。夫婦爭不決。玉知之。憂懣成疾。約英晤於園亭。以爲永決。英試復不第。玉執志不改。慰之以詩。施懷不平。以甥女進御。授爲充華。志寧世南爲奏請得免。英復叩闕疏陳其情。有詔使歸前聘。賜英完婚。試英之才。授以淸要。而志寧以曾許基婚。乃撫紅香爲義女以嫁之。用踐後約。按虞世基乃世南之兄。

唐時避太宗諱。或有單揭其名曰基者。安得以世南子名基也。世南子無文采。來爲將作大匠。而隋將來護兒之子來濟。以文學行誼爲高宗相。故時人語曰。來護兒兒作宰相。虞世南男作木匠。劇因此語遂謂世南子非名流。假託以供戲筆耳。于志寧、張寶相。皆彼時將相大臣。然大概不過借名渲染。貞觀時。太宗選一宮嬪。魏徵言其已字。太宗詰其父母及夫家。皆云無有。太宗以語徵。徵復爭之。太宗納徵言。遂止其事。此于女選充華而奏免之所由影借也。

靈犀錦

刊本曰西湖主人撰。不載眞姓名。蓋杭州人也。即雙玉人（雙玉人見本書卷四十六。）中張善相事。而增飾紐合。以靈犀錦爲關目。故名。劇云。張善相者。東魏建州沁水縣人。字曰思皇。幼聘都督段詔女琳瑛爲室。（按正史。善相本襄城人。而禪眞逸史以爲廣寧。此又以爲沁水。皆非是。逸史亦無原聘詔女之說。）善相祖完淳。供養禪師林澹然于家。（互見善惡報雙玉人內。）教以五遁及騰空縮地之法。與逸史同。時値淸明。段夫人曹氏。率女掃塋。桑參將子嘉。號曰桑皮觔者。邀于路而窺之。善相亦至。怒毆嘉。嘉竄以免。與門客管賢士謀。欲害善相。按桑嘉者。喪家也。管賢士者。管閑事也。皆據逸史。但逸史桑嘉以計得杜伏威叔之妾贈金。伏威奪而歸之。遂與訂仇。此則並作善相事。善相既毆嘉。則詣段宅請妻母之安。留宿西軒。逸史云東軒。曹使琳婢瘦紅視之。善相將與狎。爲他婢肥綠所覺而去。逸史曰春香。此曰瘦紅。善相辭歸。一日正馳馬。有九頭鳥孫鬼車。遮與大鬧。鬼車忽斃。逸史善相踐殺九頭鳥。與此同。蓋管縱妻上官氏與嘉通。共謀囑鬼車向善相索鬧。乘其喧嚷。嘉僕踢殺鬼車。執善相送于官。謂其殺人也。嘉既陷善相于獄。即賄獄卒朱儉盆殺善相。善相欲殺儉。儉告以情。善相即遁出。殺嘉及賢士。竄入一園中。乃即段氏園也。此與逸史異。復遇瘦紅。使通殷勤于琳。遂與瘦紅狎。捕者方急。善相欲投其友杜伏威薛舉。思與琳相別而行。紅爲竊琳所佩靈犀錦與善相。教善相託言偶拾。須面還琳。琳不得已出別。乃裂錦題詩。各持其半。復以所佩寶劍與善相。蓋琳亦通劍術也。杜薛起兵孟門山。朱儉亡命往投之。伏威令探善相。儉至沁水不值。索林師書而返。夜宿娼家。娼即上官氏。買女二人。曰紅瘦、綠肥。儉爲獄卒時。賢士邀至家。共謀善相。上官氏識儉。聞官捕儉甚急。即首官遣卒縛儉。儉殺瘦、肥二女而竄。遇善相于塗。告以故。善相誤以紅瘦爲瘦紅。不勝痛惋。時齊主命將軍商擅相討賊。兵敗身亡。傳者訛爲張善相。瘦紅悲慟欲絕。琳亦欲自將兵討賊。以報夫讐。會善相已入杜辟軍中。桑參將承命來討。善相一鼓殺之。戰時失去半錦。桑之壯丁拾得。誑段氏曰。善相陣亡。拾錦相報。琳急欲往討。先遣紅、綠兩婢抵京白父韶。請將兵誅賊以洩憤。至則韶已奉命出勦。紅、綠亦粗知兵。遂從軍中。伏威等用術陷韶大峪中。善相見二婢于陣。疑以爲鬼。因令朱儉至峪召瘦紅。始知昔誤。即使說韶。韶令傳語善相等相率歸朝。畀封侯之賞。善相等果如所諭。韶爲奏聞齊主。並授顯爵。善相娶琳瑛爲妻。以瘦紅爲妾。歸省完淳。鎮守青州云。後半節俱與逸史不合。按張善相等皆起于隋末唐初。此劇在北齊時已俱貴顯。相去尙遠。

不足信也。

鬱輪袍記

明王衡有雜劇。此爲全本。自稱西湖居士編。不著姓名。錯舉王維事實。而仍以鬱輪袍爲名。亦多所綴飾。略云。王維寓居河東。十九擢省元。結禪社。卜築輞川。與友裴迪同居。弟綵性狡猾。貪緣先中進士。甚輕維。尙書蘇頲妻韋氏孀居。爲女蕙芳擇壻。令文士投詩。維獨不可。樂師段嫗。於韋處彈維所制鬱輪袍曲。蕙芳慕其才。贈金箋及琵琶。求其他稿。維答以近作數首。幷自畫輞川圖。以達求婚之意。値綵過蘇樓下。其婢誤以爲維。鄙其貌陋。姻事作罷論。迪維會試。綵亦候選。仝詣京師。岐王賞維才。欲飾爲樂工謁長公主。以鬱輪袍進。求奪狀頭。維不願往。豪家子王推與綵索舊負。綵上岐王書。令推冒維名以往。公主爲屬考官温履貞。擢推第一。主司張九齡秉公黜之。擢維狀元。李林甫爭不得。而岐王令查落卷。見王推名。知其僞。甚悔之。時值祿山之叛。欲署維僞職。維服瘖藥以拒。被拘。綠推前後冒維名。以求蕙芳。韋詢得實。面斥辱。蕙芳亦被掠至京。李光弼破祿山。獲於軍中。知爲縝女。留養署中。林甫指維降賊。岐王爲辯奏。授維中允。光弼以蕙芳爲己女。迎韋至家。段嫗亦之京師。光弼知維未娶。欲以女妻之。維云已聘蘇女。適段嫗詣女。與光弼述其始末。遂以女嫁維。按王推僞作王維。公主屬趙履温擢第。此本王衡關目。而張九齡秉公黜推。則與衡異。維居輞川。裴迪唱和。是實事。亦與衡同。而自畫輞川圖以送蘇女。則又與衡異。王維輞川圖，畫苑中最著名者。衡引曹崑崙。此則引段師。亦似與角勝。維弟縉與維極友愛。維被汙於祿山。縉請解官以贖其罪。而劇云王綠種種作惡。與維爲難。似彼時弟兄不睦。而弟先兄舉。乃借此以寓意也。詐瘖被拘及凝碧池之詩。皆是實事。彼時李林甫久沒。安得陷之。救維者縉。而肅宗亦自以百官何日朝天之句。諒其本心。故由給事中左遷中允耳。

若初登進士。則中允之授。乃爲殊擢。豈辯奏所能得乎。維並無蘇頲壻之說。奪解記又以爲李林甫壻。皆不知何據。

再生緣 雜劇

明中葉間人作。自稱蘅蕪室編。（明吳仁仲撰。）閱定者。杭州沈士伸也。記漢武帝李夫人事。言夫人臨沒。以所贈玉鉤殉葬。武帝用李少君術。與夫人相見。夫人自訴當再生人世。在河間陳家。十五年後。更續前緣。後得河間女子。拳握玉鉤。是爲鉤弋夫人。其大段與鉤弋宮記相似。據正史及他傳記。本無李夫人轉世爲鉤弋夫人之說。蓋紐合生情也。陳翰李夫人傳。李夫人兄延年。性知音。善歌舞。武帝愛之。每爲新聲變曲。聞者莫不感動。史記。中山李夫人有寵。其兄李延年以音幸。號協律長。兄廣利爲貳師將軍。（劇中李延年自敘兄妹。又言主上命司馬相如爲樂章。令其譜入絃曲。本此。）李夫人傳。夫人病篤。上自臨候之。夫人蒙被謝曰。妾久寢病。形色毀壞。不可以見帝。願以王及兄弟爲託。上曰。夫人病甚。殆將不起。一見我。囑託王及兄弟。豈不快哉。夫人曰。婦人貌不修飾。不見君父。妾不敢以燕媠見。上曰。夫人第一見。我將加賜千金。爲予兄弟尊官。夫人曰。尊官在帝。不在一見。上復言欲必見之。夫人遂轉鄉歔欷而不復言。於是不悅而起。夫人姊妹讓之曰。貴人獨不可一見上囑託兄弟耶。何爲恨上如此。夫人曰。所以不欲見帝者。乃欲以深託兄弟也。我以容貌之好。得從微賤愛幸於上。夫以色事人者。色衰而愛弛。愛弛則恩絕。上所以拳拳顧念我者。乃以生平容貌也。今見毁壞。顏色非故。必畏惡吐棄我。意尚肯復追思閔錄其兄弟哉。及夫人卒。上以厚禮葬焉。劇中延年之母及延年勸李夫人見帝求恩。夫人不可。悉與傳合。惟云取所賜玉鉤握之母手以殁。係添出生情。史記。李夫人卒。則有尹婕妤之屬更有寵。褚先生曰。武帝時幸夫人尹婕妤。邢夫人號娙娥。衆人謂之娙何。說文云。娙。長也。好也。許慎云。秦晋之間。謂好爲娙。娙何秩比中二千石。婕妤秩比列侯。尹夫人與邢夫人同時並幸。有詔不得相見。尹夫人自請武帝願見邢夫人。帝許之。

即令他夫人飾從御者數十人爲邢夫人來前。尹夫人前見之曰。此非邢夫人身也。帝曰。何以言之。對曰。視其身貌形狀。不足以當人主矣。於是帝乃詔使邢夫人衣故衣。獨身前來。尹夫人望見之曰。此眞是也。於是乃低頭俯而泣。自痛其不如也。劇言尹邢相妬。自李妃得幸。尹反與邢釋怨交好。聞李妃沒。皆向帝前弔慰。帝憶李夫人甚摯。視尹邢漠然。此乃揣度情事云。然據史記。則尹邢之寵。正在李夫人卒後也。拾遺記。帝息於延涼室。臥夢李夫人授帝蘅蕪之香。帝驚起而香氣猶著衣枕。歷月不歇。遂改延涼室爲遺芳夢室。劇內引入。李夫人傳。上思念李夫人不已。方士齊人少翁言能致其神。乃夜張燈燭。設帷帳。陳酒肉。而令上居他帳遙望。見好女如李夫人之貌。還幄坐而步。又不得就視。上爲作詩曰。是邪非邪。立而望之。偏何姍姍其來遲。令樂府諸音家弦歌之。劇與此合。添出語帝當再生一段。又按拾遺記敘李少君事甚詳。言取暗海潛英之石。刻爲人像。神形不異眞人。帝見夫人畢。少君舂此石人爲九服之。不復思夢。劇中不載。又漢書云。李夫人早卒。帝悼之。李少翁致其形。帝爲作賦。褚少孫補史記。鉤弋夫人姓趙氏。河間人。得幸武帝。生子一人。昭帝是也。漢書。武帝過河間。望氣者言此有奇女。天子亟使使召之。女兩手皆拳。上自拔之。手即伸。由是得幸。號曰拳夫人。後居鉤弋宮。號曰鉤弋夫人。列仙傳曰。昔年得一玉鉤。故號鉤弋夫人。正義曰。孝武帝鉤弋趙婕妤。昭帝之母。齊人。姓趙。少好清靜。六年臥病。右手捲。飲食少。望氣者云。東北有貴人。推而得之。召到。姿色甚佳。武帝持其手伸之。得玉鉤。後生昭帝。漢武故事。上巡狩過河間。有紫青氣自地屬天。望氣者以爲其下當有奇女。天子之祥。上使求之。見有一女子在空館中。姿貌殊絕。兩手皆拳。上令開其手。數十人擘之。莫能舒。上於是自拔其手。手即伸。由是得幸。號拳夫人。進爲婕妤。居鉤弋宮。解黃帝素女之術。大有寵。有娠。十四月而產。是爲昭帝焉。

按兩手皆拳。本之漢書及漢武故事。手握玉鉤。本之仙傳及正義。劇言詔諭河間。挨查民間女子雙拳不開者。即選入宮。得西村陳老人之女。年方十五。河間守爲送進。宛然李夫人再生。此則因玉鉤事甚奇。故緣飾巧合也。鉤弋姓趙。而劇以爲陳。未知其所本。

文章用

明時刻本。萬歷乙未固無居士所撰。然非眞姓名。未知誰筆也。以蕭然與余寬貧富相形。終以然貴爲結局。故曰文章用。全是空中結構。引一二舊事點綴於中。以供遊戲。南詔人蕭然。字空之。才高而寠。與管城子相厚。而富人余寬者。與孔方爲至交。然與寬臭味不投。常共口角。及應試。寬成進士。而然下第。管城子畫寰瀛圖一幅予然。且云。發跡機緣。皆在於此。然方展閱。忽已身入圖中。至南詔國王禁地。爲內侍所執。問何由至。告以管城子與圖掛壁。遂爾身入畫中。內侍即執然拘禁。而捕管城。城取瓶水飮之。鑽入瓶內不出。呼之則應。碎瓶呼之。片片皆應。而終不出。無可奈何。方欲奏王治然之罪。而國王女仙音主。偶遊後園。見然被禁。憐而釋之。時國王爲仙音選壻。余寬以賄結禮官被選。成婚之夕。寬忽見種種異態。懼而疾走以出。國王聽女意自擇。女請倒騎牛背。任其所之。不論貴賤。即爲夫壻。牛忽盤山過嶺。走入蕭然書室中。見然讀書。遂告以故。留其家不返。而國王遣內使詿然。以車迎仙音女歸。然不得復見。生計益落托。時又有闍婆國公主醫金。統攝軍馬。聞南詔蕭然之才。欲選爲壻。令人訪然。以白綾求其詩字。及既得字跡。益心賞之。興兵伐南詔。意在索蕭然也。南詔議遣將出師。左右皆以爲不可。余寬所議。獨合王意。遂賞玉印名馬。黄金鎖甲。令往說之。寬本無一籌。身詣轅門。進賄以求息戰。醫金不許。且語寬云。欲我息兵。須令蕭然才子見我。寬不得已。以其語聞。然方作文送窮。而國王忽遣使。命然說降。然單騎抵營。見旛竿上掛己所題詩。甚駭。醫金見然。果係題詩者。乃聽其語願降。與同歸南詔。南詔王大喜。亦仍以女仙音爲配。拜爲輔弼。畀以勳封。時余寬已貧。孔方亦改易面目。轉而奉然。管城子則舊好逾密。南詔王并封管城子爲中山郡公。孔方爲通泉郡侯。按此當是貧士不得第者所作。黄庭堅詩云。管城子無肉食相。孔方兄有絕交書。管城筆也。孔方錢也。蕭然貧人也。孔方富人也。蕭然與管城子厚。謂貧而能文。余寬與孔方厚。謂富而多錢也。余寬中式而然下第。謂中者以賄進。其爲下第者所作無疑。身入寰瀛圖中。借用陳季卿事。詳竹葉舟內。遁入瓶中。借用冷謙事。明洪武時。冷謙畫一圈子。令其友入圈中。取得庫銀而出。被擒詰問。云是冷謙所爲。太祖召謙問之。謙面承有此。欲罪之。則隱入瓶內。呼之則應。碎之則不見。再呼之則片片皆應。謙遂遁去。稗乘往往載其事。然謙當洪武時。與諸詞臣定樂。其始末不詳。未審事之的否。婚時避去之說。唐小說有云。婦家納壻。賓客滿堂。壻入婦房。狂奔而去。婦翁大怒曰。吾女非怖人者。使侍婢扶出。令座客見之。則美貌女子也。翁遂告坐客。擇客中一年少而未娶者。即於是夕贅之。他日壻與前避走者相見。問其故云何。曰。見婦狀若奇鬼耳。壻呼入令婦見之。固美貌女子也。其人懊恨而已。南詔。唐時國名。事蹟盡載唐史。闍婆在南海中。事蹟見宋史。劇所載並無影響。惟唐貞元時。南詔異牟尋遺韋臯書曰。西山女王。見奪其位。劇因此以爲女兵伐南詔之證。然其詞蓋謂女王之位。爲吐蕃所奪耳。所引亦誤。

遠塵園

刊本標護春樓主人作。未知其姓名。大約是明中葉後手筆。以江鶴於遠塵園中遇梅杜二女。後皆得以爲室。故名。其事無所本。*按此劇關目全與綰春園相同。僅改換人物姓氏。綰春園見本書卷十。略云。江鶴、字羽玉。嘉興秀水人。相國江萬傑之孫。明宰相無此人。副使江文翰之子。與同里南芝友善。鶴方下第。留滯西湖昭慶寺。芝公車北上。鶴與友人裴鳳餞飲湖中。會江西廉使維揚梅操擢僉都御史。挈夫人許氏女璧筠詣京。假道杭州。進香天竺。威遠伯杜忠。錢塘人。園名遠塵。忠妹碧雲姿容才調。與梅璧筠無異。時當重九。忠與妹赴園賞菊。而操僑寓杜園。璧筠作菊詩題于綾帕云。芳園黃菊主人栽。不管無人只管開。露冷杜鵑楓葉落。卻將何面待陶來。帕上繫琥珀墜一枚。藏袖中。乘父母進香。與侍兒遍觀園景。江鶴閒步入園。與璧筠遇。兩情相許。璧筠墜帕于地。鶴得之狂喜。然以所遇爲園主女也。操進香畢即行。留家屬于揚州。輕裝赴闕。遠塵園自此扃鐍。鶴往不可入。有鄧尼心照者。自揚徙杭。與杜兄妹相熟。遇鶴于園外。鶴父守揚時。夫人爲此尼蓋庵。鶴因得悉園主爲杜將軍。有妹碧雲。以其音與璧筠同。遂疑梅氏爲杜。鶴自此移寓鄧庵。倩尼達情悰于碧雲。和詩題帕後云。新詩日把舊愁栽。一閉桃源再不開。紅葉止傳離別恨。依先流入御溝來。仍裹帕墜付尼。碧雲見帕驚異。私念帕上之名。與己音同字異。己無其事。而心不忍絕之。留其墜帕。另以羅帕題詩一絕。並解所佩漢玉環答之。匆卒忘署碧雲字。詩中之意。不過詢其得帕所由。而鶴見字跡相同。不署名字。始終認爲璧筠也。時南芝入京。選授香山縣令。聞鶴在西湖。强邀之任。固辭不去。而杜忠家接京書。知爲權相所誣。權相者。其名曰白閒。爲父請謚文成。杜忠以成字犯成祖廟號。力駁不可。閒心恨之。明宰相無白閒其人。都轉運薛蕭因言苗黨華師泰。本忠父所招撫。今師泰復叛。乃忠召之。即挺身出首。閒取旨抄戮忠家。忠聞信。托尼挈妹逃揚州。

被逮入京。以父貴殉節功。免死。流香山塞。會香山令南芝內擢御史。稔知其寃。挈之入京。代爲申辨。鶴自別芝歸。其所寓庵爲杜氏香火。門已封鎖。探知異變。謂杜女已亡。祭奠湖濱。朝夕對環帕哭泣。旅病懨懨。無心應試。而碧雲至揚。寓梅夫人園後空五庵中。壁筠與結爲姊妹。一日至庵。書帙中見墜帕。後有和詩及書生名姓。不知何由入雲手。又不便詳詢。竟密攜之去。是時朝中梅、南諸人。交章奏劾白閒。並辨杜忠寃。得旨。杜忠復爵征蠻。梅操加兵部侍郎。撫禦苗賊。白閒、薛蕭皆籍沒遣戍。梅、杜相見。各言女妹之名。已知音同字異。操迎妻女到任。即聞苗警。仍命由水路送回揚州。忠亦尋妹至京。而鶴已領鄉薦北上。舟泊黃河口。與梅眷回揚之船逼。舟子訶逐。江僕通主姓名。入壁筠耳。因私啓水窗遙睇。知爲向年園中所遇帕上和詩人。兩舟相隔。難通一言。仍出菴中所得墜帕遙擲與鶴。鶴拾之。且驚且喜。以爲杜女重生。乃出玉環還擲其舟。方擬次早訪問。而五更順風揚帆。及醒。行已數十里矣。時師泰兵圍兗州。梅操歿於王事。碧雲已抵都見兄。備言同鄧尼寓菴情事。忠亦爲言梅即借寓遠塵園之人也。鶴赴京會試。館于芝齋。忽忽不樂。芝詢得前事。亦以爲忠妹。鶴又言其人已死。其物尤存。復有舟中贈答之異。而芝向在香山見忠。知其妹不死。因具告之。鶴大喜。浼芝作伐。杜氏允婚。榜發。鶴擢翰林。璧筠同母歸揚。不復見碧雲。詢尼知爲杜忠妹。尼又見玉環詩帕。知爲杜碧雲之物。遂以鶴將帕墜托售。杜以環帕相易之事。告之璧筠。筠始悟彼此錯悞。未幾。梅操訃至。賊兵壓淮。梅氏母子同鄧尼避難杭州。仍遇遠塵園。江鶴贅居杜氏。合巹之夕。敍墜帕始末。杜女全然不認。訏辨者久之。明日。其兄忠見墜帕及璧筠二字。方悟梅女璧筠寓園時所貽物也。碧雲避難時。感梅女憐愛。欲求共聚。忠以梅公靖節。家口存亡未卜。鶴遂請假往揚州尋訪。忠亦奉命泰州討賊。一戰成功。假歸。同鶴至揚。梅氏舊居。盡爲瓦礫。怏怏南行。途遇鄧尼。知梅夫人母女無恙。寓遠塵園內。乃遣媒聘合。兩帕重圓。珀墜玉環復合。按姓名情節皆子虛。惟劇中謚法一段。似有影響。蓋明嘉靖時夏言爲禮部尙書。擬謚費宏爲文憲。詹事霍韜與言結怨。遂劾言不宜以憲宗廟號憲字爲謚。言甚忿怒。奏云宋濂、彭時。俱謚文憲。俱在憲宗已定廟號之後。詆毀不學無術。情節略似。又夏言與武定侯郭勛不合。此劇以杜忠勳爵與宰相異同。疑影射勛言也。又按明代謚文成者。惟劉基、王守仁二人。守仁謚在成祖廟號之後。

摘纓記 一名摘纓會

明嘉靖前舊本。標曰筆花主人。記楚莊王絕纓事。蔣雄賜絕纓美人。本無此事。美人姓名。亦係增飾。孫叔敖、伍參皆莊王之臣。而所託蘇從者。則史傳無其人。陳經、魏襄。亦俱揑造。持鞭救主。則與尉遲恭事相符。未知作者孰先後也。略云。楚湘陵人蔣雄。字國英。與孫叔敖契厚。劇言叔敖字子皋・鑿空不實・秉性豪俠。

時有酒失。其妻宋氏諫之不聽。里中水荒。雄發粟賑飢。村民感其惠。楚莊王與鄭、趙二美人宴于層臺。州守魏襄以美人圖獻。乃大夫陳經之女也。經不樂仕進。告老林居。夫人王氏。女曰曉環。襄爲子求親不允。故繪圖以獻。莊王遣內侍黄裳聘之入宮。叔敖嘗獨行入山。斬兩頭蛇埋之土中。後與雄同往駱駝岡謁伊耆眞人豐本。詢以休咎。本答二人並貴。而雄異日當復相晤于山中。雄亦不能喻其旨也。莊王納陳姬。頗廢朝政。楚卿蘇從伍參入諫。不納。以大鳥飛鳴爲喻。王大醒悟。使二人擧賢。乃以雄、叔敖並薦。授雄參軍。叔敖先鋒。引兵伐晉。以報城濮之怨。（劇誤城濮爲濮城。）晉將先且居禦之。大敗。（劇誤先且居爲宣且居。）王遂令二將引兵伐鄭、宋二國。皆遣使納款。王乃召二將還。設宴慶賀。令美人歌舞侑觴。雄已酣醉。乘燈滅時與美人戲。美人怒而摘雄冠纓。且訴于王。王命羣臣盡絕其纓。然後明燭。即以其宴爲絕纓會。雄遂棄職潛歸。羞與妻見。逕往駱駝岡從豐本學道。時有陸戎大王之子繡麒麟。擧兵內侵。雄妻在家。嘗製征衣。遣僕寄雄。抵國都。則雄已掛冠去。僕歸家。宋氏方嗟歎。而戎兵入境。乃星夜逃竄。寄跡茅庵中。楚王奉周天子命。討繡麒麟。屯兵駱駝岡下。夜窺敵營。爲所覺。縱騎急追。雄睡中夢神指示。令救其主。以報不殺之恩。及醒。聞戰鬬聲。亟起乘馬。莊王被追甚迫。雄突出與繡麒麟戰。揮鞭擊殺之。莊王問單騎救孤者誰。雄伏地以對。王問其倏去倏來之故。雄以摘纓事實告。莊王赦而不罪。召同至國。欲加爵賞。雄堅請還山。莊王乃令孫叔敖諭雄。以陳姬賜爲妾。雄道過尼庵。復與妻見。遂並迎歸里。而曉環亦得復見經夫婦云。

楚史檮杌云。楚莊王賜羣臣酒。酒酣燭滅。有引美人衣者。美人援絶其冠纓以告。王曰。奈何欲顯婦人之節而辱士乎。命左右皆絶其冠纓。比舉火。莫知爲誰。居二年。晉與楚戰。有一士嘗在前。五合五獲首。卻敵勝之。王怪而問焉。對曰。臣蔣雄。乃夜絶纓者也。按此並無賜美人予雄事。且交鋒者晉。非戎也。其曰陸戎者。因左傳楚子伐陸渾之戎而附會之。又莊王與晉戰于邲。晉師敗績。

乃荀林父。非先且居也。因晉有先且居將中軍事。而邲之戰。不聽衆帥之言。先濟以致衄者。乃中軍佐先縠。遂誤以爲先且居。並誤宣爲先耳。又楚子伐鄭。鄭伯肉袒牽羊以迎。其伐宋也。宋人易子而食。析骸以炊。華元夜登子反之牀。莊王乃退舍而與宋平。劇中楚伐鄭宋。本此造出。鄭使吳元。宋使張英。則妄矣。孫叔敖左傳謂之令尹。蓋楚相。劇以爲先鋒亦謬。伍參即伍員之曾祖。邲之戰。叔敖與參俱在軍中謀畫取勝。層臺者。蓋指章華臺也。賈誼新書云。孫叔敖出遊歸。憂而不食。其母問故。泣而對曰。今日見兩頭蛇。恐死。其母曰。今蛇安在。敖曰。聞見兩頭蛇者必死。吾恐人又見之。殺而埋之矣。母曰。毋憂。汝不死矣。吾聞有陰德者。天必報之以福。果不死。劇中引入。

天有眼

明末人寒山作。不詳姓氏。＊按：此爲張大復撰。大復字星期，一字心其，號寒山子，江蘇蘇州人。作有傳奇二十餘種。所演萬曆年間程子忠事。以子忠從軍十年。其妻守貞養子。鬻身娶媳。其子與婦。皆欲賣身贖母。義士贈金。穿窬竊去。被雷擊死。子忠以軍功授職榮歸。夫妻子媳團聚。善惡之報。昭然不爽。故名天有眼也。事出小說。不根史傳。無可證據。略云。程子忠。山東高唐州人。雙親早逝。妻袁七娘。子官保壽。是時萬曆承平日久。南蠻溪洞盤瓠氏强盛。洞主乃女子也。少年勇猛。統轄五種苗丁。一曰猺丁。二曰僚丁。三曰蠻丁。四曰黎丁。五曰蛋丁。剝獸爲衣。射鳥爲食。架木作屋。名曰排闌。破土藏身。號爲寢洞。人甚獷悍。風俗荒誕。造竹鎗竹弩藤牌。三日一獵。部下黎丁太保。素管諸蠻。又有僚丁太保能擊虎。猺丁太保能殺熊。爲所任用。聚衆萬餘。侵擾雲貴兩廣地方。朝中推兵部侍郎王季文武才能。授兩廣雲貴四省經略。王季者。字仲叔。山東萊州人。平蠻將軍王豸之後也。召募民間義勇。至高唐州。程子忠應募。用爲親隨。遂與妻別。子官保壽已五歲矣。妻願爲守節撫育幼子。而本州富戶傅足字爾豪者。號爲攣角牛。

見七娘姿容妍麗。與鄰右余仁號爲過街鼠者謀。仁令妻邀七娘至家共飲。夜靜滅燭之後。仁妻藏避。導傅足潛入圖奸。七娘窺破其意。以言餂之。仁妻盡露眞情。七娘勸其飲醉。不省人事。竟從後門歸家。傅足來。誤奸仁妻。仁復嚇詐拏奸。點燭視之。乃己妻也。各大羞慚。袁于是得全節操。時子忠欲建功業。獻苦肉計于王季。往探蠻洞地利形勢。季乃摘其過失。重責六十棍。拋于營外二十里。黎丁太保巡哨見之。收入排闥居住調養。棒瘡平復。進與洞主盤瓠氏。洞主愛程子忠姿容俊偉。招爲賴伴。賴伴者。即女壻之稱也。命蠻男蠻女坐地踏歌。復以黃金白璧異寶奇珍。請咖嘛師進酒配合。名爲宣和。又名爲過賴。僚猺二太保以事出於黎。其心不忿。言語相爭。黎于坐間殺僚。黎復爲猺所殺。洞主使衆擒猺。猺丁太保越澗亡走。洞主遂與子忠諧秦晉之歡。王季知子忠已入賊營。屢遣遊兵擾之。子忠出戰。官兵詐敗以惑洞主。益傾心信託。因勸止其擄掠。洞主皆聽從。諸郡得寧靜七載者。子忠之功也。洞主旋生一子。稱爲郎牙。夫婦之情愈篤。王季遣人招撫。洞主猶倔强不從。子忠力陳區區蠻洞。不足當天下之大。遂奉表降。詔以盤瓠氏納款歸誠。宜加獎勵。賜金印一顆。世襲宣慰司。仍管諸洞蠻丁。程子忠忍辱立功。賜銀印一顆。世襲宣慰司副使。即隨王季同往京師謝恩朝覲。袁七娘在家撫育官保壽至十五歲時。値萬曆十六年高唐州荒旱。晝夜紡績。以謀朝夕。官保壽傭工養母。訛聞子忠已歿。爲子定婚陳氏。而苦乏資。與媒嫗施氏商。鬻身娶媳。攀角牛傅足者適斷絃欲繼娶。出財禮銀二十兩。官保壽痛母捨身娶媳。懇求諫沮。母以宗嗣爲重。竟往傅宅。官保壽亦於是日合巹。自誓不贖母歸。不忍夫妻完聚。七娘至傅家。冰霜凛然。欲逼成親。以利刃自刎。傅足不得已全其貞烈。留家執婢役。必償銀四十兩。方釋之去。官保壽知母守節。願同妻陳氏賣身贖母。禱于雷鳴大王廟。大盜一枝梅伏樑上竊聽。憫其孝心。即贈銀四十兩。喜甚持歸。過街鼠余仁伺之。半夜偷其銀去。次日官保壽、陳氏哀苦憤極。一投水。一自縊。雷神大王神力默護。得以復甦。而余仁爲雷擊死。手中堅持銀二大錠。觀者拍之不開。官保壽至。其手即鬆。人共驚異。以爲善惡昭彰。皇天有眼也。名劇天有眼，此其正意。七娘井邊汲水。見馬上官長貌似其夫。方切疑駭。而子忠果衣錦榮歸。差人訪妻子消息。悉知妻鬻身娶媳。誓不改節。子媳賣身贖母。義士贈金。爲盜竊去。子媳自盡救甦。盜遭雷擊種種情事。即遣本州官吏以上賜鳳冠霞帔接至公館。十年離別。一旦骨肉團圓。悲喜交集。命有司重修雷鳴大王廟。挈妻子赴任。與盤瓠氏歡聚。共樂溪洞。子孫繁衍云。按明萬曆間山東人爲督撫者。無所爲王季。係僞撰。

蓮囊記

明天啓時人所作。自署曰四明山環谿漁父編。按傳奇彙考標目題沈季彪撰，一云沈爲浙江寧波人，自署四明山環谿漁父。祁彪佳遠山堂明曲品題陳顋祖撰，二者孰是，待考。未著姓氏。其序有沈季彪、蔡天植、呂圭三人。按其詞氣。

蓋即季彪筆也。大意徐嘉文娉婚姻。以蓮囊爲始終關鍵。故名蓮囊記。然其事不的。或沈惟敬議封貢時。曾有以女子獻媚之說。作者以此實之耳。略言萬曆間杭州徐慈之子嘉。字君美。居長山善里。椿萱並茂。棠棣相依。師事明州祖漁父。三月三日。眞武誕辰。在熙皇鎭賽會。花茂村文毅者。遠出訪友。其妻李氏家居。挈女文娉。借徐宅看會。李氏見嘉而喜之。與徐母蒴襟定婚。嘉娉二人。亦目成情契。嘉入書館。思慕不已。遂以娉字起句。吟詩曰、娉婷嬝娜出風塵。咫尺蓬瀛不可親。吟就一聯珠與玉。倩誰傳與意中人。文娉亦繾綣留戀。窺嘉出。潛入書齋見詩。知其首尾暗藏娉爲意中人也。即和曰。仙子非關隔遠塵。玄霜搗盡始能親。摽梅須念殷勤意。莫負蘭閨寂寞人。以蓮囊置書篋中而去。嘉歸見詩。愈深惆悵。適祖漁父招遊西湖。嘉醉後嘲坐客沈惟敬。惟敬銜恨而去。文娉父毅歸。知女看會。怒詬其妻。李氏遂不敢言蒴襟事。未幾。文娉病甚。毅僞以寶釵賺之云。已受戚家聘。冲喜。病可愈也。文娉聞之。

彌切悲感。時嘉讀書吳山吳相國祠。其神即伍員也。知徐嘉將爲大將勦日本關白。夢中贈以寶劍。並教舞劍之法。覺後火光入地。掘之得劍。歸家便道過花茂村。私訪文娉。園中相晤。始知已受戚聘。二人切訂盟誓而別。是時日本平秀吉號關白。侵凌朝鮮。而沈惟敬恨嘉甚。欲破其婚姻。以文娉眞容獻于白。朝鮮求救。朝命兵部尙書石星征勦。召募文武全才。徐嘉應召。星即薦爲總帥。與參謀楊元協心勦倭。惟敬因善講倭語。給遊擊官銜。與白往來通事。而惟敬欲阻嘉兵。說星以美人文娉。盛備妝奩。計餌關白。則可罷兵。功歸一已。星惑其言。聽之。即委惟敬覓文娉。文娉驚惶。侍婢春蘭云。旣許戚家。何不送去完姻。母李云。前乃冲喜設說。並無戚家。文娉方懸梁。母與婢同救醒。而惟敬已至。文娉念此時自殺。恐累父母。遂拜辭而行。僕韓霞隨往。嘉方督師進勦。軍中以霞爲奸細。拏見嘉。嘉細詢之。知文娉實未受戚家之聘。乃付霞文書。送南原驛官留寓數日。待破關白。即帶回鄉。而惟敬又假傳軍令。聘文娉獻于秀吉。嘉大駭愕。急率兵迎戰。秀吉大敗而走。遂擒惟敬。押解京師。救文娉歸。露布上聞。石星拏問。斃于獄。惟敬處斬。封嘉爲靖海侯。楊元海防都督。聘妻文氏。封靖海侯夫人。奉旨歸娶。證蓮囊之盟。重修伍員廟以報其德。按萬曆中年。日本平秀吉攻朝鮮。其國王請救。神宗大發兵討倭。總督顧養謙。經略宋應昌。先後率總兵劉綎、李如松等交兵數年。竟無大功。兵部尚書石星聽嘉興人沈惟敬之策。許倭封貢。而關白非實心歸順。特以計相誑誘耳。朝廷遣勳衛李宗城往。定封貢之議。宗城至逃竄而歸。石星得罪。瘐死獄中。惟敬亦坐死。然其時無所謂徐嘉爲總帥也。劇中言總帥。又言總督。疑指顧養謙。又言參謀楊元。疑指贊畫袁黄。養謙亦未能大敗秀吉。石星亦未嘗自將。皆緣飾。非實事。

裙釵壻 雜劇

明中葉時人作。自稱秦臺外史。未詳姓名。*按：此爲王驥德撰。驥德字伯良，又字伯駹，號方諸生，秦樓外史。浙江會稽人。作有雜劇裙釵壻、棄官救友、倩女離魂、兩日雙環、金屋招魂等五種，傳奇題紅記一種。秦臺或爲秦樓之誤。所本者陳子高傳。據傳司空之女。不諧婚配。劇作與子高伉儷。子高婚夕。尙是女粧。故曰裙釵壻也。*一名男王后。李翊陳子高傳。子高、會稽山陰人。世微賤。織履爲生。侯景亂。子高從父寓都下。時年十六。尙總角。容貌豔麗纖妍。潔白如美婦人。螓首膏髮。自然蛾眉。亂卒揮白刃。縱橫間噤不忍下。更引而出之數矣。陳司空霸先平景亂。其從子蒨以將軍出鎭吳興。子高于淮渚附部伍寄載求還鄉。蒨見而大驚。問曰。若不欲富貴乎。盍從我。子高本名蠻子。蒨嫌其俗。改名之。旣幸。愈憐愛之。子高膚理色澤。柔靡都曼。而猿臂善射。上下若風。性恭謹。恆執佩身刀。侍酒炙。蒨性急。有所恚。目若虓虎。啖啖欲啖人。見子高則立解。子高亦曲意傳會。得其懽。蒨常爲詩贈之曰。昔聞周小史。今歌明下童。玉麈手不別。羊車市若空。誰愁兩雄並。金貂應讓儂。且曰。人言吾有帝王相。審爾。當册汝爲后。子高叩頭曰。古有女主。當亦有男后。（劇遂以虛語作實事。）蒨夢騎馬登山。路危欲墮。子高推捧而升。乃配以寳刀。備心腹。（自此以上。劇並依傳悉載。）王大司馬僧辨下京師。功爲天下第一。陳司空次之。僧辨留守石頭城。命司空守京口。爲第三子頠約娶司空女。頠有才貌。司空女窗隙窺之。謂侍婢曰。世寧有勝王郎子者乎。婢曰。吳興東閣日直陳某。且數倍王郎子。時蒨解郡佐司空在鎮。女果見而悅之。遂私焉。（王頠情節。劇中不載。）書一詩白團扇。畫比翼鳥其上。以遺子高曰。人道團扇如圓月。儂道圓月不長圓。願得炎州無霜色。出入歡袖百千年。（劇載相合。）事漸泄。所不知者。司空而已。子高恃寵凌其侶。其侶因竊團扇與頠。且告之故。（劇改作婢穠桃取團扇告之于蒨。與此異。）僧辨用他事停司空女婚。司空遂襲僧辨。幷其子縊殺之。蒨率子高實爲軍鋒焉。自是子高引避不敢入。蒨知之。仍領子高之鎮。女以念極結氣死。（此段劇皆不載。）蒨後嗣統。子高爲右衛將軍散騎常侍。廢帝時坐誣謀反誅。按陳書韓子高傳。韓子高、會稽山陰人也。家本微賤。侯景之亂。寓在京都。景平。

文帝出守吳興。子高年十六。爲總角。容貌美麗。狀如婦人。於淮渚附部伍寄載欲還鄉。文帝見而問之曰。若能事我乎。子高許諾。子高本名蠻子。文帝改名之。性恭謹。勤于侍奉。恆執備身刀及傳酒炙。文帝性急。子高恆會意旨。及長。稍習騎射。頗有膽決。願爲將帥。及平杜龕。配以士卒。甚寵愛之。未嘗離于左右。文帝嘗夢見騎馬登山。路危欲墮。子高推捧而升。按史與翊傳相合。惟稱姓韓名異耳。史稱子高官至右衞將軍。領鎭軍府。頗敍其戰績。光大元年。上虞縣令陸昉告其謀反。執送廷尉賜死。與翊所作傳。亦大略相合。

雙報恩

明末人漢眉編。未著其姓。演嚴倫事。因救蛇虎之命。俱受其報。故名雙報恩。事跡鑿空無據。略云。嚴倫、字子常。富春山人。東漢子陵之後裔。父母早亡。二十未娶。山中蛇虎爲害。臨安守命獵戶嚴捕。設弩置阱。倫一日山前閒步。見大蛇被箭。爲拔之。蛇入水。回顧去。又見一猛虎落阱。釋之。虎點首去。大蛇即東海龍王敖廣之幼子亢金龍。虎即牛哀所化。蛇虎俱感其恩。思有以報之。成國用字五台者。河南洛陽人。妻穆氏。子大椿。國用爲福建邵武令。奬善勸農。督郵至邑。誅求不遂。嗾權要參之。遂解組歸。行至仙霞嶺。忽遇虎。負其子大椿至嚴倫舍扣門。倫出見虎。叱之去。扶入草廬。調養數日。親送之歸。其父正延僧招魂。見子重生。大喜。欲謝倫。而倫已去。亦不知其姓名也。時山寇劉朊腤據赭鼻山。遣頭目馬其心下山訪絕色女子。落廠村方杰。家道頗裕。女瓊卿。年十六。美麗特甚。清明祭掃。爲賊所見。遂乘杰入城完糧。拏至山寨。逼索其女。押下山。使三日內送女。如無女。必得明珠一對。始免其死。杰歸家愁苦無策。父女相對悲啼。嚴倫送成公子歸。途中遇雨。避杰家廊簷下。聞哭泣聲。呼而問之。杰具告其故。倫有爲排難之心。而明珠不可得。歎息而已。少頃。天已晴。遂行。昏黑入頹剎。倦睡樹根。亢金龍以明珠二顆。置其側。倫醒得珠。即持至杰家贈之。杰願以女妻倫。倫云。余雖未有室。必不因人之急而利之。問其姓名。不答。飄然而去。杰倩鄰友賫明珠上山。又慮賊反覆有無厭之求。乃偕女往嘉興糧船幫內訪表兄王運通。及至而王船久開。乃沿路尋覓。追及之淮安。王留女父同舟北上。成大椿廣延賓客。名聞四方。都察院崔呈秀參其招納亡命。請加抄戮。熹宗勅云。成國用有孟嘗君之名。必有三千之客。着伊子大椿率家客會同浙撫勦賊。如得勝成功。免除前罪。復加優賞。時兵科給事中王弼奏赭鼻山寇劉肐膊跳梁。戶科給事中孫惟一奏淸河京口冰雹雷轟。狂風拔木。糧船千艘。盡覆江中。朝廷以山寇不過烏合。而糧船沉覆。有無餉之虞。天變非常。當卹刑修省。故赦大椿罪而用之也。時倫貧甚。以祖傳磚硯一方。價值千金者。徧覓售主。至金陵。遇故交符載夫。勸其詣洛陽小孟嘗成大椿處。必邀賞鑒。倫遂往謁。大椿詢昔年被虎負去遇人救還之事。始知倫之厚德。悔失問姓名也。初、方杰在運船遭冰雹之禍。亢金龍知之。潛置杰于岸濱。而送瓊卿至成國用花園內。留爲義女。至是。感倫之恩。遂以瓊卿妻之。花燭之夜。瓊卿詰問其夫。知即贈明珠之恩人。情好日篤。國用方留賓燕飲。邸報忽至。驚懼無計。倫願偕大椿率衆客往勦。亢金龍復顯靈以密霧助之。竟殲渠魁。雙珠復得。班師過淸河。泊舟閒步猶龍觀。與杰相遇。挈之返舍。一家歡聚。是時崇禎痛殛魏黨。起用廢官。國用授巡按御史。大椿、倫俱賜進士。禮部觀政。復勅賜洛陽郡主與大椿完婚。劇引崔呈秀。又白云。楊漣、左光斗等被禍者數十人。蓋天啓末年時也。然荒唐無可考。

曲海總目提要卷十三

珠衲記

一名衣珠。未知何人所作。曾經湯顯祖批改。略云。成都趙旭。探劉氏祖姑。不爲禮。其女孫湘雲。令婢荷珠贈旭物。荷因與旭私。旭嘗買鯉魚放生。乃小龍也。龍神爲旭攝湘至夷陵。與王母爲女。付湘衲衣。中藏明珠。令予一貧士。即旭也。入都題詩旅壁。帝夢九輪紅日。詳夢者曰。此旭字也。會微行。見旭所題。大賞異。令內監覓得予官。後湘、荷並歸於旭。皆憑空撰出。然有趙姓因帝微行得官。載於稗史。又旭白云。因唯字誤不從口。寫作厶傍。竟致淪落。又云。上寫玉音四句云。單單去吉。吳矣呂台。卿言通用。爲朕拆來。因此擯棄不用。則其說亦有所本。非妄飾也。唐尉遲偓中朝故事云。大中皇帝多微行坊曲間。跨驢重載。縱目四顧。往往及暮。方歸大內。一日到天街中。道傍見一人。狀若軍將。坐槐樹下石上。見上來遽起。鞠躬而立。上詰之。云姓趙。淮南人也。問之。云。聞杜琮相公出鎭淮南。欲往謁耳。上曰。舊識耶。對云。非舊識。始往投誠。上曰。公聞杜公何如人也。對曰。杜是累朝元老。聖上英明。復委用之。非偶然也。上悅之。詰曰。懷中何有。乃一牘述行止也。上留之。戒曰。但留邸中伺候。杜公必來奉召。翌日。上以狀授邠公。乃批云。授淮南別勅押衙。終身獲厚祿焉。大中、宣宗年號。邠公、即杜琮也。唐闕史云。進士單長鳴者。隨計求試於春官日。袖狀訴吏云。某姓單。爲書榜者易爲單。誠姓氏之僻。而援毫吏得以侮易之。實貽宗光之羞也。主司初不諭。久之方云。方口尖口。亦何異耶。長鳴厲聲曰。不然。梯航所通。聲化所曁。文學之柄。屬在明公。明公儻以尖方口得以互書。則台州吳兒。乃呂州矣兒也。主文者不能對。詞場目爲舉妖。

葵花記

明初舊本。未知誰作。〔傳紀振倫撰。振倫字春華。別號秦淮墨客。江蘇江寧人。〕演高彥眞、孟日紅事。荒唐無據。曰葵花記者。梁相埋日紅于古井。種葵花井上以覆之。故即以爲名也。

略言。高彥眞者。湖廣高城人。少而失怙。母楊氏。口授書史。及長。娶妻孟日紅。鄰翁焦大。勸入洛陽應舉。甫擢上第。爲權相梁計所逼。入贅其女月英。彥眞與月英相商。遣僕梁才。迎接母妻入洛。爲計所覺。藏彥眞家書。且閉才於密室。不令與女及彥眞見。彥眞母妻日夜憶彥眞。杳無一信。年荒家貧。楊得危疾。日紅割股肉啖之。終不能愈。賴焦翁之力。竭蹶襄事。僅獲葬埋。以墳墓托翁。入京尋夫。〔以上。段段以琵琶爲藍本。〕道遇草寇機關大王。掠入山中。逼爲壓寨夫人。日紅誓死不辱。錮之牢內。守者夫婦憐其節義。竊令旗與偕逃脫。出關口。徑投洛下。店媼爲日紅言。彥眞已得第再婚。因引日紅見梁相。梁令女設宴款待。而與婢梅香密計。貯毒酒于鴛鴦壺。日紅飲之立斃。月英詰問梅香。言一出其父意。乃不敢言。計乃舁日紅埋於後園井中。覆葵花其上。九天玄女察知。命土神灌以活命丹。又使雷神於七日之後。揭開井蓋。挈出近郊。返魂重生。引之見己。授以神書寶劍。戰册陣圖。俾至征西大元帥處投軍立功。元帥以其弱女。未即深信。使日紅排陣。乃以玄女陣法。頃刻布置。縱横變化。難以測識。遂授前鋒女將。出討機關。一戰擒之。奏功于朝。封爲五軍都督一品夫人。命公卿大臣。悉皆趨賀。太后聞其英烈。召之入宫。日紅以梁計鴆害情由。訴請報寃。獲奉密旨。令其自問。會彥眞先至。日紅痛訶叱之。彥眞辭窮。但力辨不知謀害事。及梁計至。日紅復痛詰責之。計初抵飾。及呼梅香細鞫。供係其主決策。而己爲之設謀。月英則實無與。於是備奏于朝。褫計職。謫居口外。重戮梅香。夫婦歡好如初。以月英本不知情。仍留共聚。劇以大元帥爲祖逖。草寇爲劉曜。皆隨意竄入。且以劉曜爲機關大王。更覺荒唐。

精忠記

不知誰作。*按、此劇傳姚茂良撰。茂良字靜山。浙江武康人。呂天成曲品稱武康姚靜山僅存一帙。惟覩雙忠。則此記恐非其作。徐渭南詞敘錄著錄岳飛東窗事犯一本。下註用禮重編。或即此本。用禮或疑爲周禮之誤。周禮即周靜軒。以西湖建精忠祠祀岳飛。故名精忠記。按秦檜白云官都御史。宋無此官。自明太祖革去丞相御史大夫。始設都察院。此記乃明人所作也。演岳飛秦檜事多據史傳。西湖志。葛嶺下爲岳武穆王墓。又有翊忠祠。分骸檜。流芳亭。武穆王名飛、字鵬舉。相州湯陰人。少負氣節。沉毅寡言。有神力。未冠。挽弓三百觔。弩八石。宋高宗時以戰伐功。歷官都統制。屢陳恢復大計。而丞相秦檜揣帝旨。力主和議。會飛敗兀朮于朱仙鎭。指日欲渡河。檜乃召張俊、楊沂中先歸。言飛孤軍不可久留。以金牌十二召之班師。明年。解其兵權。會兀朮遺檜書。言飛不死。和議終不成。檜乃諷臺臣何鑄、羅汝楫等交章論飛。言金兵攻淮西。飛至舒蘄而不進。與張俊按兵淮上。又欲棄山陽而不守。張俊又劫王俊。誣飛令張憲、岳雲通書協謀。冀以兵權還飛。檜遣使捕飛父子下獄。令諫議大夫万俟卨鞫成之。歲暮。獄無佐證。檜以片紙致獄吏。即日報飛死。蓋摺殺之。年三十九。雲、憲皆棄市。獄卒隗順負飛屍。踰城至九曲叢祠。瘖瘞之。以玉環殉。樹雙橘識焉。孝宗時詔復飛官。謚武穆。改葬于棲霞嶺。雲祔其旁。廢智果院爲祠。賜額曰褒忠衍福寺。嘉定四年。封鄂王。雲、飛養子也。每立奇功。飛輒隱之。能握鐵椎重八十斤。死年二十三。陶九成弔岳武穆祠詩。精忠祠宇西湖上。再拜荒墳感昔游。通鑑。兀朮棄汴去。有書生叩馬曰。太子毋走。岳少保且退矣。自古未有權臣在內。而大將能立功於外者。岳少保且不免。況欲成功乎。兀朮悟。遂留。史言飛按兵淮上。而記言屯兵三關。是增飾語。三關在雄莫間。飛是時不得屯兵也。飛白云。已欲屈招。因兩兒駐軍朱仙鎮上。恐其領兵報怨。遂招二子同入獄。飛傳無此事。按春秋時。楚平王囚伍奢。欲殺之。奢恐子尙與員報寃。乃以書招其二子。此記借用奢事也。左編。檜力謀殺飛。以万俟卨與飛有怨。風卨劾飛捕下獄。初命何鑄鞫之。飛裂裳以背示鑄。有精忠報國四大字。深入膚理。既而閱實無左驗。鑄明其無辜。改命卨。卨入臺月餘。獄遂上。記云。万俟卨奉檜意旨。將飛父子三人俱在風波亭上弔死。與正史不合。西湖志。忠佑廟在按察司左。宋紹興十三年。以岳飛故宅改爲太學。學中時時相驚以岳將軍見。孝宗朝詔復其官。追謚武穆。建廟學左曰忠佑。淳祐六年。改謚忠武。已而學中復驚岳將軍降爲土神。景定二年。從監學之請。立爲土神。封鄂王。改謚忠文。廟曰忠顯。王之父母妻子。下逮將佐。皆有命秩。祠後有銀瓶娘子井。銀瓶娘子者。王季女也。聞王下獄。哀憤骨立。欲叩閽上書。而邏卒攖門。不能自達。遂抱銀瓶投井死。王原吉詩云。碧梧月落烏號霜。寒泉幽凝金井牀。綺疏光流大星墜。夢驚萬里長城亡。女郎報父報囹圄。匍匐將身贖無所。官家聖明如漢主。妾心媿死緹縈女。井臨交衢下通海。海枯衢遷井不改。銀瓶同沉意有在。萬歲千春露神采。王原吉名逢。元末明初人。著席帽山人集。堯山堂外紀。浙江按察使址。武穆王故宅也。東南有井。王之女聞王被收。抱銀瓶投其中死。按察使梁大用建亭覆之。榜曰孝娥井。西蜀劉瑞銘曰。天柱虧。日爲月。禍忠烈。姦檜孽。娥叫父寃寃莫雪。赴井抱瓶泉化血。血如霓。憤如鐵。曹江之娥符爾節。噫嘻。井可竭。名不可滅。世稱銀瓶烈女。王原吉有銀瓶娘子辭。西湖志餘。元至正間。杭州經歷李全重與岳王廟。塑王像。以其子雲、雷、震、霖、霆祔焉。後作燕寢。像王父母及王夫人與王之女號銀瓶娘子者。按女本抱銀瓶入井。今記以銀瓶爲女名。西湖志。張憲。武穆愛將也。紹興中累立戰功。會秦檜主和班師。憲還未幾。檜與張俊謀殺岳飛。誘飛部曲能告飛事者。卒無人應。張俊乃自爲狀付奸人王俊。妄言憲與岳雲通書。謀還飛兵權。張俊親行鞫煉。憲被掠無全膚。竟不伏。張俊乃手具獄詞。告成于檜。憲坐死。景定二年。追封烈文侯。元總管夏思忠爲立石表其墓。西湖志。牛皐墓在劍門關畔。皐字伯遠。汝州魯山人。爲岳武穆部將。累立戰功。轉寧國軍承宣使。紹興十七年上巳日。都統制田師中大會諸將。皐遇毒。明日卒。或言秦檜使師中毒之也。西湖志。施公廟在石龜巷口。其神曰施全。宋殿司小校也。紹興二十年二月。全憤秦檜奸邪誤國。俟其入朝。懷刃刺之。不克。被執。檜罵曰。汝病心耶。全曰。丞相病心耳。通敵欺君。戕剁忠義。非病心何以有此。檜大怒。命磔于市。郡人且哀且憤。詬曰。此不了事漢也。相與立祠祀之。左編云。施全。岳飛舊卒。宋史飛傳云。韓世忠詣檜詰其實。檜曰。飛子雲與張憲書。雖不明其事體。莫須有。世忠曰。莫須有三字。何以服天下。又世忠傳云。岳飛寃獄。舉朝無敢出一語。世忠獨攖檜怒。又抵排和議。觸檜尤多。記因增飾世忠上疏。爲飛訟寃云。史但言何鑄明飛無罪。又言大理寺丞李若樸、何彥猷。大理卿薛仁輔並言飛無罪。宗正卿士㒟請以百口保飛。未及周三畏。蓋三畏棄官去。而諸保飛者盡獲罪。故未及載三畏事也。樵書。錢希言作剪頭仙人傳云。陝西延安府葭州深山中。有剪頭仙人。日祇飲淨水三甌。間用法水療疾。延綏開府鄭汝璧。榆關大帥李如樟。敦請至榆林城。偶論宋史及寃死岳家父子事。仙人輒大慟淚下。質其姓名年紀。默然不應。已而强應曰。姓周。晝夜百餘人環衛。忽逸去。不知所之。數日後。撫帥兩府內各見空中墜下名紙一束。中有周三畏拜謝五大字。餘並空紙。考之通鑑。則中丞何鑄。大理卿周三畏先勘武穆。爲白其寃。而檜乃改命万俟卨等羅織之也。應以此時棄官入山而得道耳。金陀編、顚天辨誣錄。皆遺三畏之名。今按此記。言周少卿棄職入山。與通鑑及希言傳有合。故坿錄之。左編。秦檜、江寧人。登政和五年第。汴京失守。檜從帝至燕山。賜撻懶爲任用。首倡和議。撻懶縱之使歸。拜禮部尙書。賜以金帛。命見宰執。檜首言如欲天下無事。南自南。北自北。及首奏與撻懶求和書。秦檜白云。官授都御史之職。按檜傳言檜爲臺長。蓋御史中丞也。史但云登第。亦不云爲狀元。檜白云。欽賜玉帶一條。精忠旗一面。着差人送與岳飛。此是增飾。檜白云。曾與大金盟誓。得放還鄉。願作他國細作。宋稗類編。秦檜一日在某寺中慶聖節。一樹上貼一榜子云。秦相公是細作。夷堅志。秦檜矯詔逮岳飛父子下棘寺獄。遣万俟卨鍛鍊之。拷掠無全膚。終無服辭。一日。檜于東廂窗下畫灰密謀。其妻王氏贊成之曰。擒虎易。放虎難。飛遂死獄中。張憲、岳雲戮于市。流徙兩家妻孥。貲產皆沒官。後檜挈家遊西湖。舟中得暴疾。昏悶之際。見一人披髮瞑目。厲聲責曰。汝誤國害民。殺害忠良。我已訴于天矣。汝當受鐵杖于太祖皇帝殿下。檜自此怏怏不懌以死。未幾。其子熺亦死。方士伏章見熺荷鐵枷。因問秦太師何在。熺泣曰。吾父現在酆都。方士如其言以往。果見檜與万俟卨俱荷鐵枷。備受諸苦。檜囑方士曰。可煩傳語夫人。東窗事發矣。卨在鐵籠下與檜爭辨殺岳飛事。至理宗朝。有考試官歸自荆湖。暴死旅舍。其僕未敢殮也。官復甦曰。適爲看陰間趙宋斷秦檜爲臣不忠欺君誤國事。檜受鐵杖。押往某處受報矣。朝野遺記。秦檜妻王氏。素陰險出其夫上。方岳飛獄具。一日檜獨居書室食柑。玩皮。以爪劃之。若有思者。王氏窺見笑曰。老漢何一無決耶。捉虎易。放虎難也。檜犂然當心。致片紙付入獄。是日岳王薨于棘寺。迪吉錄。岳侯獄成。檜居東窗下。以爪畫柑皮。如有所思。檜妻王氏云云。檜即書片紙付獄。是日岳侯縊死。王氏無子。未幾亦死。有押衙何立者。檜差往東南第一峯勾幹。恍惚人引至陰司。見夫人帶枷備刑。楚毒難堪。語何立曰。告相公。東窗事發矣。押衙復命言其事。檜憂駭皇皇。數日亦死。何立後住山修行。成地仙。江湖雜記云。秦檜置岳飛於獄。欲殺之未果。於東窗下掐橘皮沉吟不決。妻王氏問故。檜以告。王曰。豈不聞縛虎容易縱虎難。檜計遂定。片紙傳獄。即報飛死矣。飛既死。檜向靈隱寺祈懺。有一行者持大筒。亂言譏檜。問其居止。即賦詩曰。棄了袈裟別了參。不來塵世住心庵。二時齋粥無心戀。薄利虛名不道貪。性似白雲離嶺岫。心如孤月下寒潭。相公問我歸何處。家住東南第一龕。僧去。檜立遣隸皂何立物色追之。至一宮殿。

甚嚴邃。僧坐决事。即作詩偈也。聞傍人曰。地藏殿方決陽間檜殺岳飛事。須臾。數卒引檜至。身荷鐵枷。囚首垢面。見立呼告曰。傳語夫人。東窗事犯矣。秦檜號秦長脚。檜妻王氏。宰相王珪女孫。號長舌婦。左編。檜于一德格天閣書趙鼎、李綱、胡銓姓名。必欲殺之而後已。使鼎子汾自誣與張浚及李光、胡寅謀大逆。凡一時賢士五十三人皆與焉。獄成。而檜病不能書。西湖志。秦檜擅權久。大誅殺以脅善類。末年。因趙忠簡鼎之子汾以起獄。謀盡覆張忠獻浚、胡文定安國諸族。棘寺奏牘上矣。檜時已病。坐格天閣下。吏以牘進。欲落筆。手顫竟不能字。其妻王在屏後搖手曰。勿勞太師。檜猶自力。竟仆于几。數日而卒。獄事大解。諸公僅得全。王世貞滿江紅詞。十二金牌丞相詔。風波片紙君王獄。其意蓋云金牌雖出朝廷。而實由檜矯詔。故曰丞相詔。風波亭之死。雖由秦檜。而高宗若不欲殺飛。則檜亦當不敢。故曰君王獄也。

千金記

未詳誰作。＊按此劇爲明沈采撰。采字練川，一作練塘，江蘇嘉定人。所作傳奇千金記、還帶記今存，臨潼記、四節記佚。千金報漂母。本韓信實事。惟韓信妻高氏。高氏之兄高起。無所考據。按漢書韓信傳。信、淮陰人。家貧。至城下釣。有一漂母哀之。飯信。信謂曰。吾必重報母。母怒曰。大丈夫不能自食。吾哀王孫而進食。豈望報乎。淮陰少年又衆辱信。令信俛出跨下。及項梁渡淮。信仗劍從之。居戲下。無所知名。梁敗。又屬項羽爲郎中。數以策干羽。羽不用。漢王入蜀。信亡歸漢。未得知名。爲連敖。坐法當斬。滕公壯其貌。與語。大悅之。釋勿殺。言于漢王。漢王以爲治粟都尉。未之奇也。信數與蕭何語。何奇之。至南鄭。諸將道亡者數十人。信度不用。即亡。何聞信亡。不及以聞。自追之。及來謁上。上問所追者誰。曰。韓信。信國士無雙。王必欲爭天下。非信無可與計事者。王因欲召信拜爲大將。何曰。王欲拜之。擇日齋戒。設壇場。具禮乃可。王許之。信已拜。漢王舉兵東出陳倉。定三秦。信遂擊魏。擒魏王豹。因以兵數萬。欲東下井陘擊趙。趙廣武君李左車。說成安君陳餘以奇計。餘不聽。信即夜選輕騎二千人。人持一赤幟。戒曰。趙空壁逐我。若疾入拔趙幟。立漢赤幟。又使萬人先行。背水陣。于是夾擊破趙軍。斬安成君泜水上。禽趙王歇。令軍中生購廣武君。頃之。縛至戲下。信解其縛。東鄉坐。西鄉對而師事之。及已定臨淄。楚使龍且將。救齊。與信夾濰水陳。信夜令人爲萬餘囊。盛沙以壅上流。引兵半渡擊龍且。不勝。還走。且遂追渡水。信使人決壅囊。水大至。且軍大半不得渡。即擊殺龍且。楚以亡龍且。項王恐。使武涉說信。信不聽。蒯通又說信以三分天下之計。信亦不聽。乃會兵垓下。項羽死。漢立信爲楚王。信至國。召所從食漂母。賜千金。辱己少年令出跨下者。以爲都尉。按史記項羽本紀。項籍者。字羽。其季父項梁。與籍舉吳中兵。以八千人渡江而西。梁自號武信君。後爲秦將章邯破滅。邯因復圍趙。項羽即渡河救趙。破秦軍。降章邯。行略秦地。函谷關有兵守。不得入。又聞沛公已破咸陽。羽大怒。沛公左司馬曹無傷復言于項王曰。沛公欲王關中。范增因說羽急擊沛公。項伯素善張良。馳之沛公軍。具告以事。張良要項伯入見沛公。約旦日來謝。沛公旦日從百餘騎來見項王。至鴻門。項王留沛公與飲。范增數目項王。舉所佩玉玦以示之者三。項王默然不應。范增起。出召項莊。令以劍舞。因擊沛公於坐。于是項伯亦拔劍起舞。常以身翼蔽沛公。莊不得擊。張良至軍門。見樊噲曰。今日之事甚急。噲即帶劍擁盾入軍門。項王賜之巵酒彘肩。噲既飲酒。拔劍切肉啗之。項王因曰。壯士。能復飲乎。噲曰。臣死且不避。巵酒安足辭。夫沛公勞苦而功高。未有封侯之賞。而聽細說欲誅有功之臣。竊爲大王不取也。項王未有以應。沛公起如廁。因招樊噲出。沛公已出。項王使都尉陳平召沛公。沛公乃令張良留謝。持白璧一雙獻項王。玉斗一雙與亞父。項王受璧置座上。亞父受玉斗。置之地。拔劍撞而破之。曰。奪項王天下者。必沛公也。漢五年。韓信與彭越既會垓下。項王兵少食盡。夜聞漢軍四面皆楚歌。項王大驚。則夜起帳中。有美人名虞。常幸從。駿馬名騅。常騎之。項王乃悲歌慷慨。自爲詩。美人和之。遂夜潰圍南出。馳至陰陵。迷失道。問一田父。田父紿曰左。左乃陷大澤中。以故漢追及之。于是項王乃欲東渡烏江。烏江亭長檥船待。項王笑曰。我何渡爲。籍與江東子弟八千人。渡江而西。今無一人還。縱江東父老憐而王我。我何面目見之。乃自刎而死。按高祖本紀。五年。高祖與諸侯兵共擊楚軍。與項羽決勝垓下。淮陰侯將三十萬當之。孔將軍居左。費將軍居右。皇帝在後。絳侯柴將軍在皇帝後。項羽之卒可十萬。淮陰先合不利。卻。孔將軍費將軍縱。楚兵不利。淮陰侯復乘之。大敗垓下。項羽卒聞漢軍之楚歌。以爲漢盡得楚地。項羽乃敗而走。是以兵大敗。使騎將灌嬰追殺項羽東城。斬首八萬。遂略定楚地。按張良世家。良既封侯。乃稱曰。此布衣之極。於良足矣。願棄人間事。從赤松子遊耳。遂學辟穀導引輕身。又按彭越始起澤中。助漢引兵會垓下。破楚。立爲梁王。周昌從沛公起沛。爲漢中尉。擊破項籍。封爲汾陰侯。盧綰與高祖同里。亦從破項籍。後封燕王。灌嬰初以中涓從沛公於碭。後以功封潁陰侯。項籍敗垓下。嬰受詔別追項籍至東城。破之。夏侯嬰初以功封滕公。後定楚。封汝陰侯。樊噲封舞陽侯。以呂后女弟呂須爲婦。故其比諸將最親。曹參始從韓信攻魏。又從擊趙。又從破齊。又從擊龍且。及高祖六年。乃以功封平陽侯。英布始從楚。籍因立爲九江王。既而歸漢。俱會垓下。籍亡。漢以爲淮南王。呂馬童以騎司馬追項王。項王死。以功封中水侯。以上俱雜見史記漢書。摘其梗概如此。惟本中張邯。疑即章邯之誤。而邯本秦降將。爲楚拒漢。漢圍之廢丘。邯自殺。無從韓信蹙項之事。又魏豹始從楚。繼歸漢。後又畔漢。韓信擊虜之。漢王令守滎陽。楚困之急。周苛懼其有變。因殺之。不應此時猶在。又史記陳豨傳云。豨不知始所以得從。亦從未明言從破項籍。又史記功臣表。止有河陽侯陳涓。無奚涓及閔子奇殷蓋。

漢書則有奚涓。高祖本紀。高起王陵對曰。或以高起爲人名。或以爲高坐者起而對。此遂以高起爲信妻兄也。

還帶記

明初舊本。未知誰作。＊按，此劇爲明沈采撰。演裴度香山還帶事。言度相寒薄。以陰功致顯位。但云妻弟劉二欺度。待以不堪。度榮貴。乃曲盡諂媚。摹寫炎涼之態。毫髮無遺。似因親戚參商。別有寓意。度無此事也。別頭巾一折。第資笑噱。然風雪月三段詞調甚佳。賓白亦巧。施神童名日槃。施槃乃明正統己未狀元。吳人劇於狀元多以二生爲之。此獨花面。作蘇語。似有意調弄。香山婦人云借帶於彭鄒兩公。按彭韶、鄒幹。皆名卿貳。與槃同時。疑即所指。唐小說。裴晉公質狀渺小。有相者曰。郎君形神不入相書。若不至貴。即至餓死。今殊未見貴處。一日遊香山寺。有婦人置一緹縚於僧伽欄楯。祈祝擲筊。瞻拜而去。

度見其所置收取。至暮。婦人竟不至。詰旦。復攜來。向者婦人疾趨撫膺曰。阿父無罪被繫。昨告人假得玉帶二。犀帶一。以賂津要。不幸遺失。吾父之禍無所逃矣。度因授之。婦人拜泣。請留其一。度不答而去。後見相者。曰。必有陰德及物。前途萬里。非某所知也。度果位極人臣。裴度進士及第。宏詞登科。歷中書舍人、御史中丞、刑部侍郎。叶贊憲皇。蕩平宿寇。爲盜憎。入朝遇刼。不能傷。遂拜相。爲蔡州節度使四十日。擒吳元濟。未幾。平鄆州。太和五年。册拜司徒。累拜侍中中書令。凡六拜。近古儒生未有也。

斷髮記

未知誰作。＊按：此劇爲明李開先撰，日本存有萬歷刊本。記李德武妻斷髮事。太平御覽。李德武妻裴氏。字叔英。安邑公矩之女。以孝聞鄉黨。德武在隋坐事。徙嶺南。時嫁方踰歲。矩表離婚。德武謂裴曰。我無還理。君必儷他族。於此長別矣。答曰。願死無他。即欲割耳自誓。保母持不許。自是不御薰澤。讀烈女傳。見述不更嫁者。謂人曰。不踐二庭。婦人之常。何異而載之書。後十年。德武未還。矩決嫁之。斷髮不食。矩知不能奪。聽之。德武更娶爾朱氏。遇赦還。中道聞其完節。乃遣後妻迎裴。復爲夫婦如初。按此事載唐書烈女傳中。爲此記者。必係明初人聞胡廣女事而作。其事絕相類。詳合璧記中。劇中添出德武妻之姑以作關目。

桃符記

作者不知何人。（按。此劇爲明沈璟撰。）其所本乃元鄭廷玉包龍圖智勘後庭花雜劇也。劉天儀、字攸宜。洛陽人也。遊學汴京。寄寓黃公店中。資斧俱罄。乃書春帖子賣字以償賃費。嘗書長命富貴。宜入新年二句於桃符。店家即以釘於門首。有裴氏青鸞者。洛陽小家女也。父裴公。母曾氏。因歲荒旱。挈女投汴京故人。無所遇。而裴公病死。樞密傅忠買青鸞爲妾。其妻雲氏妬甚。令堂候官王慶立引出。且令殺之。軍牢賈順者。其妻酆氏。王慶之所歡也。慶欲令順殺青鸞。酆氏爲慶畫策。以己意商之於順。縱青鸞母女。取其釵飾。而誑慶云已殺青鸞。使慶詰其情狀。酆氏爲證。言實未殺而縱之。慶遂逼順作休書。以酆嫁慶。順知慶與妻之合計也。出怨言。欲告慶於開封尹。慶與酆乃殺順以滅口。投後園枯井中。順有子幼即喑啞。雖痛父不能言也。天儀訪友。道遠不能還寓。遂宿友家。而曾氏母女倉卒逃遁。昏黑中相失。青鸞獨至黃公店叩門求寄。店小二即以天儀之寓留宿焉。半夜。欲與奸。青鸞不從。小二持斧怖之。立死。小二遂用天儀所書桃符板長命富貴一片。揷於青鸞鬢上以鎭壓之。而埋於後園空地。天儀歸寓。張燈讀書。青鸞魂見。詭稱鄰女。天儀贈以後庭花詞云。雲鬢堆綠鴉。羅裙簇絳紗。巧鎖眉顰柳。輕勻臉襯霞。小粧札。凌波羅襪。洞天何處家。題曰劉天儀作。青鸞和云。無心度歲華。夢魂常到家。不見天邊雁。相親井底蛙。碧桃花。鬢邊斜插。伴人憔悴殺。題曰裴青鸞作。唱和之次。青鸞母曾氏是晚亦投黃店中。聞女聲。排闥而入。則女倏不見。曾氏謂天儀匿女。訴之開封府。傅忠索青鸞母女不得。以問王慶。慶言發與賈順。順脫逃不知所至。忠怒。亦訴於開封尹。開封尹者。包龍圖拯也。同日接二訴。深疑其事。而又有鬼魂訴寃。拯讞天儀。閱所作詞。知青鸞已死。令張千隨天儀至寓。俟青鸞至。索取其信物。青鸞果至。以鬢邊碧桃花贈之。明日。變爲桃符一片矣。令張千踪蹟失桃符者。至黃公店中。止存宜入新年一片。乃擒小二治之。具得其情。又令張千踪蹟賈順。至順家。悄無一人。見一枯井。揭去石板。搉得一麻布袋。其中有屍。則男子也。有啞兒隨之哭泣。帶入府詢之。不能言。作手勢。令千往捉其母。母未至。而慶以青鸞事庭讞。啞兒忽語云。殺吾父者。即此人也。慶乃辭服。酆氏至亦不能詆讕。於是王慶、酆氏及店小二俱正法。用神丹活青鸞。拯薦天儀授官。忠以青鸞爲女。配爲夫婦焉。後庭花原本劉天義。今改天儀。廉訪使趙忠。今改樞密使傅忠。忠妻張氏。今改雲氏。祗候人李順。今改賈順。順妻張氏。今改鄷氏。王氏翠鸞。朝廷所賜。今改裴氏青鸞。忠所買翠鸞死。建造墳塋。今改靑鸞復生。爲天儀之室。獅子店今改黃公店。

灌園記

作者未詳何人。（明張鳳翼撰，馮夢龍有改訂本，名新灌園，見本書卷九。）記法章灌園實事。按史記田完世家。樂毅入齊。湣王出亡之衛。衛人侵之。去走鄒魯。鄒魯弗納。遂走莒。楚使淖齒將兵救齊。反殺湣王。湣王遇殺。其子法章變姓名爲太史敫家傭。敫女奇法章狀貌。以爲非恆人。憐而常竊衣食之。而與私通焉。淖齒既去莒。莒人共立法章。是爲襄王。立太史敫女爲王后。是爲君王后。太史敫曰。女不取媒。因自嫁。汚吾世。終身不覩君王后。又樂毅列傳。燕昭王卒。子惠王素不快於毅。齊田單因縱反間。燕使騎劫代樂毅將。又田單列傳。燕平齊。單走安平。令其宗人盡斷車軸末而傅鐵籠。已而齊人爭塗。轊折車敗。惟單宗人以鐵籠得全。東保即墨。即墨人立以爲將軍。及騎刼代將。單收城中千餘牛。爲絳繒衣。畫以五彩龍文。束兵刃於其角。而灌脂束葦于其尾。燒其端。牛熱。怒奔燕軍。燕軍大驚敗走。遂復齊七十餘城。又按通鑑綱目。樂毅聞畫邑人王蠋賢。使人請蠋。蠋不往。燕人曰。吾且圖畫。蠋曰。忠臣不事二君。烈女不更二夫。遂自經。法章無改名王立事。君王后之婢亦未聞。田單以君王后之婢爲妻。亦係增出。其他與正史合。

葛衣記

明時舊本。不知誰作。*按，此劇爲明廟大典撰。任昉子西華冬月葛衣。作者慨交道之薄。借此敷演。然到溉爲任昉獎拔。未嘗結姻。劇謂西華本溉壻。邂逅溉女。向前揖之。溉僕訴辱。西華訴溉不理。反逼休書。逐出門外。大雪飢凍。投蕭左丞、陸太常。皆拒不納。劉峻見而憫之。邀歸。教以兵書。賴沈約薦。授官討賊。得立軍功。溉女聞父逐壻投江自盡。女尼救入庵內。西華得官。峻向溉嘲笑。溉已思女傷目。夫人言女尚存。立接女歸。贅西華爲壻。此皆巧綴非實。南史云。任昉、字彥昇。樂安博昌人。梁武帝時爲義興太守。友人彭城到溉。溉弟洽從昉共爲山澤遊。遷御史中丞。終於新安太守。昉好交結獎進。士友得其延譽者。多見升擢。故衣冠貴游。莫不多與交好。坐上客恆有數十。時人慕之。號曰任君。言如漢之三君也。不事生產。至乃居無室宅。卒後有子東里、西華、南容、北叟。並無術業。墜其家聲。兄弟流離。不能自振。生平舊交。莫有收恤。西華冬月葛帔練裙。道逢平原劉孝標。泫然矜之曰。我當爲卿作計。乃著廣絕交論以譏其舊交。到溉見其論。抵之於地。終身恨之。到溉、字茂灌。少孤貧。樂安任昉大相賞好。廣爲聲價。昉守義興。要溉洽之郡爲山澤之游。昉還爲御史中丞。後進皆宗之。時有彭城劉孝綽、劉苞、劉孺。吳郡陸倕、張率。

陳郡殷芸。沛國劉顯及溉、洽。車軌日至。號曰蘭臺聚。溉累官吏部尚書。以淸白自脩。冠履十年一易。後因疾失明。就第養疾。劉峻、字孝標。平原人。梁天監初召入西省。與學士賀蹤典校祕閣。

靑衫記

不知何人所作。*按、此劇爲明顧大典撰。按白居易。字樂天。下邽人。貞元中擢進士。拔萃皆中。補校書郎。歷遷左贊善大夫。盜殺武元衡。居易請急捕賊。刷朝廷恥。宰相嫌其出位。出爲州刺史。追貶江州司馬。後累官刑部尚書。致仕卒。居易自號醉吟先生。又稱香山居士。嘗與胡杲等讌集。皆高年不事者。人慕之。繪爲九老圖。初與元稹酬咏。故號元白。稹卒。又與劉禹錫齊名。號劉白。居易集琵琶行序。元和十年。左遷江州司馬。送客湓浦口。聞舟中夜彈琵琶者。問之。本長安倡女。年長色衰。委身爲賈人婦。因爲長歌以贈之。結語云。就中泣下誰最多。江州司馬青衫濕。此青衫所由名。又詩中云。商人重利輕別離。前月浮梁賣茶去。故有浮梁茶客。但琵琶女與茶客俱無姓名。又與居易相遇。詩中未言舊係相識。至元人馬致遠青衫淚雜劇。始有裴興奴、劉一郎之名。並叙興奴先與居易情好。此本大率彷彿元人而作。又樊素、小蠻。係居易侍姬。居易有詩云。櫻桃樊素口。楊柳小蠻腰。又居易集有聽玲瓏唱歌詩。又按通鑑綱目。唐穆宗使王庭湊殺節度田弘正。又前憲宗元和九年。以吐突承璀爲神策中尉。元稹、字微之。河南人。歷官尚書左丞。拜武昌節度使。稹長於詩。天下傳諷。號元和體。往往播樂府。穆宗在東宮。妃嬪近習皆誦之。宮中呼爲元才子。劉禹錫、字夢得。彭城人。歷官檢校禮部尙書。素善詩。晚節尤精。元稹、劉禹錫雖與居易交好。然時禹錫未嘗爲江州刺史。居易貶江州司馬之後。徙忠州刺史。入爲司門員外郎。以主客郎中知制誥。未嘗召爲禮部侍郎並翰林學士。皆係作者點綴也。按裴興奴。唐時名倡。攏撚第一。天下稱爲興奴手。

然白氏長慶集內從未及之。商玲瓏則曾爲賦詩。詩中云聽唱黃鷄與百日也。

鸞鎞記

温庭筠與魚玄機分鎞合鎞事。無所出。中云他們通是崑山腔板。覺得冷靜。則係明季人作無疑矣。＊按，此劇爲明葉憲祖撰。按唐詩紀事。杜羔不第。其妻趙氏先寄一詩云。良人的的有奇才。何事年年被放回。如今妾面羞君面。君若來時傍晚來。羔得詩。即不回家。及登第。又寄一詩云。長安此去無多地。鬱鬱葱葱佳氣浮。良人得意正年少。今夜醉眠何處樓。又按全唐詩話云。温庭筠才思艷麗。工于小賦。每入舉場。多爲鄰舖假手。時宣宗愛唱菩薩蠻詞。丞相令狐綯假其修撰密進之。戒令勿洩。而遽言于人。由是疎之。南部新書又云。令狐綯以姓氏少。族人相投者不恡其力。由是遠近趨之。至有姓胡冒令者。故庭筠有天下諸胡盡帶令之誚。至魚玄機。本西京咸宜觀女道士。讀書善屬文。而行多不檢。後以笞殺女奴綠翹事下獄。實未嘗適庭筠。庭筠亦終身未登第。按新唐書云。庭筠少敏悟。工爲詞章。與李商隱皆有名。號溫李。然薄於行。無檢幅。又多作側詞艷曲。與貴胄裴諴、令狐滈等蒲飲狎昵。數舉進士不中。第思神速。多爲人作文。大中末試有司。廉視尤謹。庭筠不樂。上書千餘言。然私占授者已八人。執政鄙其爲。授方山尉。徐商鎭襄陽。署巡官。不得志去。歸江東。令狐綯鎭淮南。庭筠怨居中時不爲助。過府不肯謁。丐錢揚子院。夜醉。爲邏卒擊折其齒。訴於綯。綯爲劾吏。吏具道其汙行。綯兩置之。事聞京師。庭筠偏見公卿。言爲吏誣染。俄而徐商執政。頗右之。欲白用。會商罷。楊收疾之。遂廢卒。今傳奇所載合鏡圓成事。屬附會也。杜羔登貞元進士第。終工部尙書。贈右僕射。按羔在貞元中登第。而庭筠至宣宗大中時。尙試有司。相去三四十年。二人不得爲好友。魚玄機乃補闕李億之妾。億字子安。玄機有寄子安詩可證。雖與庭筠相識。未必屬意庭筠。無所爲嫁庭筠事也。劇中以鸞鏡作關目。分鏡合鎚。以玄機配合庭筠。蓋作者之意。以庭筠有才而淪落。玄機有才色而飄零。以爲二人相偶。庶幾無憾耳。杜羔有妻寄詩事。引作合傳。不暇攷時代也。

金蓮記

作者未詳。（按：此劇爲明陳汝元撰。）記蘇軾傳金蓮歸院事。軾生十年。父洵游學。母程氏親授以書。嘉祐中制策入三等。王安石行新法。軾極論之。因遂請外。通判杭州。後知湖州。時事有不便民者。軾不敢言。而以詩託諷。御史李定、舒亶等摭其表語。并媒孽所爲詩。以爲訕謗。逮赴臺獄。欲置之死。神宗獨憐之。以黃州團練副使安置。軾因築室於東坡。自號東坡居士。哲宗立。召爲禮部侍郎。尋除翰林學士。嘗鎖宿禁中。召對便殿。宣仁后因言先帝每誦卿文章。必嘆曰。奇才奇才。今進用卿。蓋以此耳。軾不覺哭失聲。宣仁后與哲宗亦泣。左右皆感涕。已而命坐賜茶。撤御前金蓮燭送歸院。此金蓮記所由名。但本中移作登第時事耳。紹聖初安置惠州。又貶瓊州別駕。居昌化。昌化故儋耳地。非人所居。初僦官屋。有司猶謂不可。軾遂買地築室。獨與幼子過處。徽宗立。量移廉舒等州。後卒于常州。本中資政殿學士太師等官。皆高宗追贈之爵也。子邁、過。俱善爲文。邁駕部郎中。過承務郎。軾遷海外。過獨侍之。又按蘇轍傳。轍與軾同登進士科。極言新法不便。出爲河南推官。後權吏部尚書。使契丹。傳中無遷兵部尚書出鎮之事。徽宗即位。罷祠居許州。築室于許。號潁濱遺老。按程頤傳。軾不合于頤。頤門人合攻軾。本中因是附會。有過于調侃道學處。按黃庭堅傳。庭堅與秦觀等俱游蘇軾門。而庭堅尤長於詩。人以配軾。故稱蘇黃。而秦觀傳亦云觀善文詞。見蘇軾於徐。爲賦黃樓。軾以爲有屈宋風。後亦坐黨籍出貶。又按章惇傳。惇初與蘇軾游。後哲宗用爲尚書左僕射。專以紹述爲國是報復怨仇。無一得免。又起同文館獄。欲覆諸人家。後爲任伯雨劾奏。貶雷州司戶參軍。初、蘇軾亦謫雷州。不許占官舍。遂僦民屋。惇又以爲强奪民舍。至是。惇問舍于民。民曰。前蘇公來。爲章丞相幾破我家。今不可也。本中蘇章相遇事。即彷佛此節爲之。又按李定傳。定爲御史中丞。劾蘇軾湖州謝表語侮慢。又論軾文章怨謗。竄之黄州。而張璪傳亦云蘇軾下臺獄。璪與李定雜治。謀致軾於死。卒不克。以上雜見史傳。按東坡年譜。壬戌七月在黄州。遊赤壁。有赤壁賦。十月又遊之。有後赤壁賦。又按東坡詩集。聖主如天萬物春二詩序云。余以事繫御史獄。獄吏見侵。自度不能脱死。獄中不得一别子由。故作二詩授獄卒梁成以遺之。又按東坡詩注。佛印禪師法名了元。饒州人。公久與之游。時住持潤州金山寺。公赴杭過潤。爲留數日。解所係玉帶以鎮山門。又朝雲詩序云。予家有數妾。相繼辭去。獨朝雲隨予南遷。朝雲姓王氏。錢塘人。又悼朝雲詩序云。朝雲從泗上比丘尼學佛。略聞大義。以上俱見蘇軾本集。又琹操。錢塘妓也。亦通佛書。軾守杭日喜之。一日游西湖。戲語之曰。我作長老。汝試參禪。琹操敬諾。軾因問曰。何謂湖中景。對曰。落霞與孤鶩齊飛。秋水共長天一色。何謂景中人。對曰。裙拖六幅湘江水。髻挽巫山一片雲。何謂人中意。對曰。隨他楊學士。鼈殺鮑參軍。操問如此究竟何如。子瞻曰。門前冷落鞍馬稀。老大嫁作商人婦。操言下大悟。遂削髮爲尼。見山堂肆考。本中事蹟。俱可考證。但前後情節不無少改。如軾母程氏卒于嘉祐二年。父洵卒于治平三年。妻王氏卒於治平二年。年譜可考。不應南遷時尚在。又軾與佛印、朝雲、琹操。爲明悟、五戒、及紅蓮、凊一後身。雖相傳俗說。然屬不經。

鮫綃記

未知何人所作。●按此劇爲明沈鯨撰。鯨字涅川。一作塗川。浙江平湖人。或作江蘇姑蘇人。所作傳奇四種。雙珠記。易鞋記。鮫綃記今存。青瑣記佚。惟易鞋記或云陸采作。聞明中葉間。蘇州上三班相傳。曰申鮫綃。范祝髮。申謂大學士申時行家樂。則此劇乃在嘉隆以前無疑也。所作係南宋事。而中間官名。有中城兵馬司及按察司。故知是明朝人手筆。其姓名事蹟。皆屬假託。據云。襄陽魏從道。嘗官臨安府刺史。有子名必簡。同年沈必貴。即臨安人。有女名瓊英。兩家訂姻盟。從道以失權貴意。罷官還襄陽。夫人早沒。遣必簡探親臨安。以鮫綃帕爲禮物。必貴留居宅中。時有富豪劉均玉者。爲其子漢老求婚沈氏。必貴怒而卻之。均玉謀之訟師賈主文。出首從道失職怨望。遣子至必貴家。謀刺秦檜。於是下三人大理寺獄。少卿羅汝楫。鍛錬成罪。議誅從道而戍必簡、必貴。從道得周三畏力救。臨刑免死回家。必簡押戍淮州。其解差單慶。受劉均玉父子之賄、欲于半道殺之。遇一相士。言必簡當大貴。而單慶若行陰隲。可以得子。慶遂好送必簡至戍所。其大帥劉錡。愛其材勇。任以爲將。與兀朮戰而大勝。超擢大將。爲經略使。是時沈必貴戍崖州。有張招討者。欲得其女。始而善遇之。繼而遣拒金兵。必貴老病。驚怖死。其同年張驛丞。養其妻女于家。元宵節。必簡以地與敵鄰。禁放花燈。張驛丞是日誕辰。壽筵稍稍放燈。沈氏母女以鮫綃稱祝。冪于燈上。張招討率卒徑至燈所。與張驛丞大鬨。幷鮫綃奪去。驛丞與招討互控于經略。必簡讞問。始知沈氏母女皆在。遂乃奏聞于朝。與瓊英配合。而誅劉均玉父子。以報怨焉。按羅汝楫本秦檜黨人。而周三畏實以議獄抗檜。棄官歸隱。所引雖偶然借名。邪正不謬。其所云張九成榜進士。亦隨意點染而已。

四喜記

作者未詳何人。*按：此劇爲明謝讜撰。讜字獻忠，號海門，浙江上虞人。所作僅此一種。今存。*按宋史宋庠傳。弟祁附焉。庠即宋郊。爲李淑所劾。因而改名。未生時。父母禱於廬阜。夢道士遺以書曰。以遺爾子。已而郊生。天聖初舉進士。開封試禮部皆第一。奏第時。本祁第一。郊第三。章獻太后不欲以弟先兄。乃擢郊爲首。以上俱見本傳。又小說。祁過御街。逢內家車子。中有褰簾者曰。小宋也。祁因作鷓鴣天詞。傳達禁中。仁宗不罪。即以內人賜之。又竹橋度蟻。俗傳有此說。又賞花釣魚。係仁宗宴羣臣故事。又張子野本名先。詞最有名。號張三中。亦號張三影。又貝州妖人王則反。文彥博平之。見通鑑。俗傳四喜詩曰。久旱逢甘雨。他鄉遇故知。洞房花燭夜。金榜掛名時。士人登第。乃第四喜也。明萬曆二十年壬辰。閩人翁正春狀元及第。有增四喜詩以調之者。曰、教官金榜掛名時中狀元。是則狀元冠以四喜之確證也。作者或因正春而作。亦未可定。按仁宗時。士大夫以郊爲大宋。祁爲小宋。郊至參知政事。祁至尙書。並有才名。爲時所艷稱。張三中者。張子野詞有眼中淚、心中事、意中人。時人相傳以爲佳句。故以名之也。又子野所作詞。凡三首中皆用影字。命意俱佳。爲時所傳誦。故又稱之曰張三影。如唐人趙倚樓、鄭鷓鴣、崔鴛鴦之類。載詞話中。以爲美談。宋子京嘗訪子野。傳語云。尙書來看雲破月來花弄影郞中。子野亦令人傳語云。莫非紅杏枝頭春意鬧尙書乎。紅杏亦子京詞中句也。子京與子野本相善。故用以點綴。度蟻事。祝穆載事文類聚中。梓潼陰隲文云。救蟻中狀元之選。蓋指此也。

櫻桃園 雜劇

明紹興人撰。＊按：此劇爲明王淡撰。淡字淡翁，別署淡居士，浙江會稽人。所作雜劇僅此一種，今存。傳奇有雙合記、孝感記、金碗記、紫袍記、蘭佩記五種，均佚。記汪應辰櫻桃園故人密語事。劇中歐陽彬、魏簡、張玉華。皆係撰出。而又譌汪應辰爲汪藻。應辰、號玉山。少年狀元。官至尚書。藻號浮溪。官至學士。皆南宋時最有名望而判然二人。撰者不知玉山爲應辰。故訛作藻耳。淳熙中王季海爲相。奏起汪玉山爲大宗伯。知貢舉。且以書速其來。玉山將就道。有一布衣友。平生極相得。屢黜於禮部。心甚念之。乃以書約其胥會於富陽一蕭寺中。與之對榻。夜分。密語之曰。某此行或典貢舉。當特相牢籠。省試程文易義。冒子中可用三古字。以此爲驗。其人感喜。玉山既知舉。搜易卷中。果有冒子內用三古字者。遂置之前列。及拆號。非其友也。竊怪之。數日。友來見。玉山怒責之曰。此必足下輕名重利。售之他人。何相負如此。友指天日誓曰。某以暴疾幾死。不能就試。何敢泄之於他人。玉山終不釋然。未幾以古字得者來謁玉山。因問頭場冒子中用三古字何也。其人沉吟久之。對曰。茲事頗怪。先生既問。不敢不以實對。某之未就試也。假宿於富陽某寺中。與寺僧閒步廡下。見室陬一棺。塵埃漫漶。僧曰。此一官員女也。殯於此十年矣。杳無親戚來問。因相與默然。是夜夢一女子行廡下。謂某曰。官人赴省試。頭場冒中可用三古字。必登高科。但幸勿忘。使妾朽骨早得入土。既覺。甚怪之。遂用其言。果獲濫叨。近已往寺中葬其女矣。玉山驚嘆。此事出宋人稗史。相晤在富陽蕭寺。劇作櫻桃園。以唐時登第者。有櫻桃宴。故借此寓意也。按汪應辰年少高科。讀書講學。考亭與相契厚。與汪玉山尙書尺牘。俱載朱子全集內。

雙合歡 雜劇

近時人作。*按、此劇爲明茅維撰。維字孝若。號僧曇。浙江歸安人。所作雜劇有雙合歡、闘門神、蘇園翁、秦庭筑、金門戟、醉新年等六種。今均存。*即盧夜雨事。曲白稍有異同。曰盧夜雨者。以孟月華避雨墓廬中爲名。曰雙合歡者。宋珍與月華既離而復合。珍又爲妹瑤姬與柳鼎作合。故取雙合歡爲名也。小說云。王有道妹名淑英。此改宋珍妹爲瑤姬。又小說中月華詩句云。拚赴陽臺了宿緣。此句本極不妥。意圓語滯。足以致疑。作者亦知其誤。改曰茅屋相逢事偶然。然王有道休妻之故。實因前句。若如改句。愈覺其棄妻之不審矣。柳生中式。小說止云鄉闈。今劇以爲會試。且云柳爲狀元。宋爲探花。湖廣推官申高。劇以爲翰林學士。蓋是傳奇中舖張故套。然據小說。卻似眞有此事。據劇。則反成子虛矣。明代會闈主考。無所謂學士中高。狀元探花。無所謂柳鼎、宋珍。不如據小說爲得實也。隆萬以前。各省巡按主闈試。聘取簾官。固有從他省來者。小說殆非謬耳。

鬧門神 雜劇

近時人作。（按。此劇爲明茅維撰。）言除夕換桃符。新門神已至。而舊門神不肯去。互相爭嚷。醜態百出。宅神和合神竈君鍾馗五路財神等並爲解紛。其意蓋以譏守令官有新舊交代者。新官已至。而舊官不肯去。以致喧爭不息也。明沈周門神詩云。莫向新郎訴恩怨。明年今夜自分明。隱寓此指。兩生天內採取此折。以補入一文錢劇。爲盧至家之門神。更增幻矣。

雙烈記

不知何人作。（按。此劇爲明張四維撰。四維字治卿。號聿文。別號玉山秀才。江蘇上元人。所作傳奇二種。雙烈記。今存。章台柳。蟭璋記。佚。）記內叙韓世忠事。皆據宋史本傳。第世忠早年立功西夏。今劇稱從軍鎮江。又演征方臘事在南渡後。稍覺訛錯耳。梁夫人出身樂籍。助夫勤王。故得並稱雙烈。宋史韓世忠傳云。世忠、字良臣。延安人。早年鷙勇絕人。能騎生馬駒。家貧無產業。嗜酒尙氣。日者言當作三公。世忠怒其侮己。毆之。年十八。以敢勇應募鄉州。隸赤籍。崇寧四年。西夏騷動。世忠斬其監軍駙馬兀啰。補進義副尉。宣和二年。方臘反。調兵四方。世忠以偏將從王淵討之。次杭州。賊奄至。勢張甚。大將惶怖無策。世忠以兵二千伏北關堰。賊過伏發。衆蹂亂。世忠追擊。賊敗而遁。淵嘆曰。眞萬人敵也。盡以所隨白金器賞之。且與定交。時有詔得臘首者。授兩鎭節鉞。世忠窮追至睦州淸漢峒。賊深據巖屋爲三窟。諸將繼至。莫知所入。世忠潛行溪谷。問野婦得徑。即挺身杖戈直前渡險數里。擣其穴。格殺數千人。擒臘以出。辛興宗領兵截峒。掠其俘爲己功。故賞不及世忠。別帥楊維忠還闕。直其事。轉承節郎。時山東河北盜賊蠭起。世忠從王淵、梁方平討捕。禽戮殆盡。積功轉武節郎。欽宗即位。召對便殿。轉武節大夫。累遷嘉州防禦使。康王如濟州。世忠領所部勸進。金兵數萬至。世忠單騎突入。斬其帥。遂大潰。康王即皇帝位。授光州觀察使。苗傅、劉正彥反。世忠得張俊書。大慟。舉酒酹神曰。誓不與此賊共戴天。士卒皆奮。張俊慮世忠兵少。以劉寶兵二千借之。舟行載甲士。綿亙三十里。至秀州。稱病不行。造雲梯。治器械。傅等始懼。時世忠妻梁氏及子亮爲傅所質。防守嚴密。朱勝非紿傅令白太后。遣二人。慰撫世忠。於是召梁氏入。封安國夫人。俾迓世忠。速其勤王。梁氏疾驅出城。一日夜。會世忠於秀州。世忠進兵次臨平。令將士曰。今日當以死報國。面不被數矢者皆斬。於是士皆用命。賊列神臂弩持滿以待。世忠瞋目大呼。挺刃突前。賊辟易。矢不及發。遂敗。傅正彥擁兵開湧金門以遁。世忠追禽之。皆伏誅。帝手書忠勇二字。揭旗以賜。授檢校少保。武寧昭慶節度使。兀术入侵。以世忠爲浙西制置使。守鎮江。既而兀术分道渡江。諸屯皆敗。世忠退保江陰。兀朮破臨安。帝如浙東。召世忠。世忠奏留江上截金人歸師。盡死一戰。帝聽之。及金兵還。世忠已先屯焦山寺。兀朮遣使通問。約日大戰。許之。戰將十合。梁夫人親執桴鼓。金兵終不得渡。盡歸所掠。假道不聽。請以名馬獻。又不聽。相持黃天蕩者四十八日。兀朮窮蹙求會。語祈請甚哀。世忠曰。還我兩宮。復我疆土。則可以相全。又數日。求再會。言不遜。世忠引弓欲射之。急馳去。謂諸將曰。南軍使船如使馬。奈何。募人獻破海舟策。閩人王某者。教其舟中載土。平版鋪之。穴船板以擢槳。風息則出江。有風則勿出。海舟無風不可動也。又有獻謀者曰。鑿大渠接江口。則在世忠上流。兀朮一夕潛鑿渠三十里。且用方士計。刑白馬自割其額祭天。次日風止。世忠軍帆弱不能運。金人以小舟縱火。矢下如雨。孫世詢、嚴允皆戰死。敵得絕江遁去。世忠收餘軍還鎭江。初、世忠謂敵至必登金山廟觀我虛實。迺遣兵百人伏廟中。百人伏岸滸。約聞鼓聲。岸兵先入。廟兵合擊之。金人果五騎闖入廟。兵喜。先鼓而出。僅得二人。逸其三。中有絳袍玉帶。既墜而復馳者。乃兀朮也。是役也。兀朮兵號十萬。世忠僅八千餘人。帝凡六賜札。褒獎甚寵。拜檢校少保。武成感德軍節度使。紹興三年。金人劉豫合兵入侵。世忠往援。大戰。捷聞。羣臣入賀。帝曰。世忠忠勇。朕知其必能成功。沈與求曰。建炎以來。將士未嘗與金人迎敵一戰。今世忠連捷以挫其鋒。厥功不細。進少保。六年。授京東淮東路宣撫處置使。置司楚州。世忠披草萊。立軍府。與士同力役。夫人梁。親織薄爲屋。撫集流散。通商惠工。山陽遂爲重鎭。會秦檜主和議。世忠力陳其非。章十數上。金使來。以詔諭爲名。世忠聞之。凡四上疏。言不可許。秦檜收三大將權。拜世忠樞密使。世忠旣不以和議爲然。遂抗疏言檜誤國。檜諷言者論之。帝格其奏不下。世忠連疏乞骸。罷爲醴泉觀使。封福國公。自此杜門謝客。絕口不言兵。時跨驢攜酒。從一二奚童。縱遊西湖以自樂。平時將佐。罕得見其面。顯仁皇后自金還。世忠詣臨平朝謁。后在北方聞其名。慰問者良久。臥家凡十年。澹然自如。若未嘗有權位者。晚喜釋老。自號淸涼居士。進封咸安郡王。薨。追封通義郡王。孝宗朝追封蘄王。子彥直。字子溫。六歲從世忠入見高宗。命作大字。即拜命跪書皇帝萬歲四字。帝喜之。拊其背曰。他日令器也。親解孝宗丱角之繻。傅其首。賜金器筆硯監書鞍馬。後登進士。終戶部尙書。岳飛傳云。飛獄之將上也。韓世忠不平。詣檜詰其實。檜曰。飛子雲與張憲書。雖不明言其事體。莫須有。世忠曰。莫須有三字。何以服天下。女俠傳云。韓蘄王之夫人。京口娼也。嘗五更入府伺候賀朔。忽于廟柱下見一虎蹲臥。鼻息齁齁然。驚駭急走出。不敢言。已而人至者衆。復往視之。乃一卒也。因蹴之起。問其姓名。爲韓世忠。心異之。密告其母。謂此卒定非凡人。乃邀至家。具酒食。卜夜盡歡。深相結納。資以金帛。約爲夫婦。蘄王後立殊功。爲中興名將。梁封兩國夫人。蘄王嘗邀兀朮於黃天蕩。幾成禽矣。一夕鑿河遁去。夫人奏疏言世忠失機。乞加罪責。舉朝爲之動色。按金山在水中。非可騎上。宋史誇張失實也。金史宗弼傳。宗弼又作兀朮。太祖第四子也。自杭州取秀州平江。麾下阿里率兵先趨鎮江。宋韓世忠以舟師扼江口。宗弼舟小。自鎮江泝流西上。世忠襲之。世忠大舟十艘。宗弼循南岸。世忠循北岸。且戰且行。世忠艨艟大艦。數倍宗弼軍。出宗弼軍前後數里。擊柝之聲。自夜達旦。世忠以輕舟來挑戰。一日數接。將至黃天蕩。宗弼乃因老鸛河故道。開三十里。通秦淮。一日一夜而成。宗弼乃至江寧。將渡江而北。世忠分舟師絕江流上下。舟皆張五緉。宗弼選善射者乘輕舟。以火箭射世忠舟上五緉。五緉着火箭。皆自焚。煙焰滿江。世忠不能軍。追北七十里。舟軍殲焉。世忠僅能自免。宗弼渡江北還。按宋金二史。皆元時脫脫等所撰。雖互有異同。然宗弼循南岸行。安得有乘馬金山之事。且金史稱世忠大艦數倍宗弼軍。而宋史云兀朮兵十萬。世忠僅八千。殆非實錄也。

八義記

記趙盾事。仗義八人。詳後辨證中。明初舊本。按。此劇爲明徐元撰。元字叔回。浙江錢塘人。所作傳記僅此一種。

據元人趙氏孤兒改編。今存。左傳。晉靈公時。宰夫胹熊蹯不熟。殺之。寘諸畚。使婦人載以過朝。趙盾驟諫。公患之。使鉏麑賊之。晨往。寢門闢矣。盛服將朝。尚早。坐而假寐。麑退。嘆而言曰。不忘恭敬。民之主也。賊民之主不忠。棄君之命不信。有一於此。不如死也。觸槐而死。史記晉世家所載亦同。秋九月。晉侯飲趙盾酒。伏甲將攻之。其右提彌明知之。趨登曰。臣侍君宴。過三爵。非禮也。遂扶以下。公嗾夫獒焉。明搏而殺之。鬭且出。提彌明死之。初、宣子田于首山。舍于翳桑。見靈輒餓。問其病。曰。不食三日矣。食之。舍其半。問之。曰。宦三年矣。未知母之存否。今近焉。請以遺之。使盡之。而爲之簞食與肉。寘諸橐以與之。既而與爲公介。倒戟以禦公徒而免之。問何故。對曰。翳桑之餓人也。問其名居。不告而退。遂自亡也。乙丑。趙穿攻靈公於桃園。宣子未出山而復。史記提彌明作示眯明。又合明與靈輒爲一人。成公四年。晉趙嬰通於趙莊姬。注。莊姬趙朔妻。朔。盾之子。五年。原屏放諸齊。注。放趙嬰也。八年。趙莊姬爲趙嬰之亡故。譖之於晉侯曰。原屏將爲亂。

欒郤爲徵。六月。討趙同、趙括。武從姬氏畜於公宮。注：趙武，莊姬之子。史記趙世家。趙朔娶留成公姊爲夫人。景公三年。大夫屠岸賈欲誅趙氏。屠岸賈者。始有寵於靈公。及至於景公。而賈爲司寇。將作難。乃治靈公之賊。以致趙盾。徧告諸將曰。盾雖不知。猶爲賊首。子孫在朝。何以懲罪。請誅之。韓厥曰。靈公遇賊。趙盾在外。吾先君以爲無罪。故不誅。今諸君將誅其後。是非先君之意。屠岸賈不聽。韓厥告趙朔趣亡。朔不肯。曰。子必不絕趙祀。朔死不恨。韓厥許諾。稱疾不出。賈不請而擅與諸將攻趙氏於下宮。殺趙朔、趙同、趙括、趙嬰齊。皆滅其族。趙朔妻成公姊有遺腹。走公宮匿。趙朔客曰公孫杵臼。杵臼謂朔友人程嬰曰。胡不死。程嬰曰。朔之婦有遺腹。若幸而男。吾奉之。即女也。吾徐死耳。居無何而朔婦免身生男。屠岸賈聞之。索於宮中。夫人置兒絝中。祝曰。趙宗滅乎。若號。即不滅。若無聲。及索兒。竟無聲。已脫。程嬰謂公孫杵臼曰。今一索不得。後必且復索之。奈何。公孫杵臼曰。立孤與死孰難。程嬰曰。死易。立孤難耳。公孫杵臼曰。趙氏先君遇子厚。子彊爲其難者。吾爲其易者。請先死。乃二人謀。取他人嬰兒負之。衣以文葆。匿山中。嬰出。謬謂諸將曰。嬰不肖。不能立趙孤。誰能與我千金。吾告趙氏孤處。諸將皆喜許之。發師隨程嬰攻公孫杵臼。杵臼謬曰。小人哉程嬰。昔下宮之難。不能死。與我謀匿趙氏孤兒。今又賣我。縱不能立而忍賣之乎。抱兒呼曰。天乎天乎。趙氏孤兒何罪。請活之。獨殺杵臼可也。諸將不許。遂殺杵臼與孤兒。諸將以爲趙氏孤兒良已死。皆喜。然趙氏眞孤乃反在。程嬰卒與俱匿山中。居十五年。晉景公疾。卜之。大業之後不遂者爲祟。景公問韓厥。厥知趙孤在。乃曰。大業之後。在晉絕祀者。其趙氏乎。景公問趙尙有後子孫乎。韓厥具以實告。景公乃與韓厥謀立趙孤兒。召而匿之宮中。諸將入問疾。景公因韓厥之衆。以脅諸將而見趙孤。趙孤名曰武。諸將不得已乃曰。昔下宮之難。屠岸賈爲之。矯以君命。并命羣臣。非然。孰敢作難。於是召趙武、程嬰偏拜諸將。遂反與程嬰、趙武攻屠岸賈。滅其族。復與趙武田邑如故。及趙武冠。爲成人。程嬰乃辭諸大夫。謂趙武曰。昔下宮之難。皆能死。我非不能死。我思立趙氏之後。今趙氏旣立。爲成人。復故位。我將下報趙宣孟與公孫杵臼。遂自殺。趙武服齊衰三年。爲之祭邑。春秋祠之。按史記所載。與左傳大異。左氏成公二年傳。欒書將下軍。代趙朔。於時朔已死矣。不得至五年而與同、括俱死也。起禍者爲莊姬。今史記以爲屠岸賈。而稱莊姬甚賢。左氏無程嬰、杵臼事。而史記極詳備。蓋司馬遷别據所聞。不必與左氏符合也。作劇者于提彌明、靈輒事。悉本左傳。其餘則皆據史記。又有不盡與史符合者。所稱八義。謂周堅、鉏麑、提彌明、靈輒、韓厥、公孫杵臼、程嬰、及嬰子代孤兒死者也。周堅本無其人。朔固被殺。今以堅爲代朔死。趙盾旣出而入。復爲正卿。後乃卒。今云卒於首陽山。屠岸賈於晉景公時。始與趙氏爲難。今以靈公欲害盾事。皆傅會入之。韓厥但請復趙氏後耳。今作縱孤自刎死。代孤兒者。他兒也。今即作嬰子。大約關目半出撮撰。多本列國小說也。爭朝、平話、觀畫等折。皆世所盛傳。不無根據。

曲海總目提要卷十四

焚香記

明初舊本。未知誰作。*按．此劇爲明王玉峯撰．玉峯字同谷．別號月榭主人．江蘇松江人．所作傳奇四種．焚香記．釵釧記今存．羊觚記．三生記佚．王魁桂英焚香盟誓。故名。事實全據魁傳。中間陽告陰告。皆大關目。陽告本傳所無。桂英重生與魁偕老。則作者不得不然也。此等事後來頗多。宋滿少卿早年落魄。焦大郎以女贅之。滿登科富貴。別娶他氏。絕不相聞。焦飲恨而終。一日入其署中。滿忘所以。留與權寢。天明已斃。此陰告之報也。元周廷章誑王嬌鸞。既而負約。王將自盡。取其交好姻盟本末。緘入官封。致與邑宰。捕廷章。杖殺之。此陽告之報也。其他如此類者甚衆．不能盡述．宋柳貫王魁傳云。王魁下第失意。入山東萊州。友人招遊北市。有敫氏婦絕艷。酌酒曰。某名桂英。酒乃天之美祿。足下得桂英而飲天祿。明春登第之兆。乃取擁項羅巾請生題詩。英拌曰。君但爲學。四時所須。我爲辦之。由是魁朝去暮來。踰年。有詔求賢。英爲辦西遊之用。至州北海神廟盟於神曰。吾與桂英。誓不相負。若生離異。神當殛之。後唱第爲天下第一。英寄詩數首。魁竟不答。而魁父已約崔氏爲親。魁及魁授徐州僉判。英喜曰。徐去此不遠。當使人迎我矣。復遣僕持書以往。魁方坐廳決事。大怒。叱書不受。英曰。負我如此。當死以報之。揮刀自刎。魁在南都試院。有人自燭下出。乃英也。曰。君負誓渝盟。使我至此。後數日。魁死。今萊州海神廟中塑英執魁跽神前。殆即記中陰告事云。然按周密齊東野語辨王魁傳一事甚詳。云異聞集乃唐末陳翰所編。有王魁傳。而魁乃宋朝人。後又云有妄人託夏噩姓名作王魁傳。今綠窗女史又刻柳貫然。則作者姓名。蓋未的也。記中魁字俊民。然俊民實魁之名。宋人大抵以狀元連姓相稱曰某魁。如馬涓則云馬魁。見何薳春渚紀聞。魁非名也。據密所載。俊民、字康侯。嘉祐中御試。

王安石爲詳定。官俊民狀元及第。次年赴徐州任。明年嘉祐八年。爲應天府發解官。得狂疾於貢院中。嘗對一石碑呼叫不已。碑石中若有應之者。亦若康侯之奮怒也。病甚。不省覺。取書册中交股刀自裁及寸。左右抱持之。遂免。出試院未久。疾平復。起居飲食如故。但愔愔不樂。或云生平自守如此。乃有此疾。歲暮徐醫以爲有痰。以碧霞金虎丹吐之。或謂心藏有熱。勸服治心經諸冷藥。積久爲夜中洞泄。氣脱内消。飲食不前而死。康侯父知舒州太湖縣。遣一道士與弟覺民自舒州來。云道士能奏章達上清。訴問鬼神幽暗中事。道士作醮書符。傳道冥中語云。五十年打殺謝吳劉不結案事。康侯纔二十七歲。豈宿生耶。此密據俊民友人所記書之者也。觀此有道士上章事。或其友人爲之諱。未可知。俊民、萊州掖縣人。密、宋末人。字公謹。萊州人相傳云。王魁性酷嗜酒。不能暢意。桂英每日以酒沃面。沃畢。令婢傾而棄之。魁適見傾酒。遂取飲立盡。自後每日如此。桂英以爲多情。因與相締。後竟爲所負云。

祥麟現

係近時人作。（按：此劇爲明姚子翼撰，子翼一作子懿，字襄侯，號仁山，浙江秀水人，所作傳奇四種：上林春、遍地錦，今存；白玉堂、祥麟現，佚。）所引楊延昭、王欽若等。皆本北宋演義、楊家將傳二書。而參以漢時許武分產事。初楊文鹿妻不容納妾。兄文標佯據其產。激鹿妻連蓄數妾。後生七子團圓。故名祥麟現也。（楊文鹿、文標，宋史無其人，演義亦無。）略云。成都楊文鹿。弱冠成名。官御史。祖產甚厚。兄文標掌之。兄生三子。而文鹿夫婦年四十無子。其妻甚妬。時遼宋對壘。王欽若與文鹿父有仇。薦使和番。挈啞僕楊瑞以往。蕭后方遣耶律夫人。設天門陣七十二座以攻宋。（按攻宋者耶律休哥也，作者以休哥二字近於女名，故曰夫人耳。）都招討楊延昭探其陣面。值文鹿辭別。延昭謂曰。彼陣不全。易破耳。毋與和。文鹿至遼。蕭太后賞其才。使耶律夫人允文鹿和。配以夜珠。不使歸國。時王欽若以密札進蕭后。言陣圖不全。宜早補完。迨延昭出關搦戰。見陣已全。懼而墜於地。兵敗回營。賴孟良暗箭射中耶律。得以相持。文鹿謂和議成。詣耶律營與別。見欽若書。乃竊兵符潛遁入關。欲投延昭。述其始末。適延昭詣八大王祝壽。文鹿誤投欽若營。奏文鹿通番。旨令欽若監斬。啞僕走愬孟良。口不能言。用手勢作欲殺狀。指燈籠上楊字。良問欲殺者何人。僕手勢作王字。良以爲王欽若奏而殺其主將延昭也。徑奔法場殺欽若。覓延昭不見。乃知誤殺。延昭白於八大王。詰問。文鹿出欽若手書。乃知通番者欽若也。遂釋文鹿。奏其事於朝。以文鹿參延昭軍。並釋孟良罪。伐遼有功。文鹿高官顯爵。其妻勸令與文標分產。欲嗣一姪爲子。文標欲激文鹿妻娶妾。故作種種驕態。笑其絕後。不肯分產。文鹿妻大怒。立娶五妾。各生一子。妻亦生一子。初、夜珠欲追文鹿回。不能及。耶律夫人沒於軍。夜珠代將。因在天罡陣中交兵時。適當分娩。負痛走天魔陣中。血光冲破。兩陣皆敗。延昭得成功。及是時。夜珠所生子已十三歲。奏明蕭后。攜入宋朝講和。楊延昭送至文鹿之宅。於是共得七子團圓。文鹿生子滿月。拜謝家廟。則其兄已先焚香禱告。保佑其所生之子。且具陳激發弟婦之情。文鹿夫婦聞之。不勝感激。舉家和好。產業均分云。據演義。爲遼壻者楊四郎延朗。自名木易。破天門陣者延昭妻柴郡主。大戰一日。動搖胎孕。育子昏倒。血光衝破陣勢。木桂英遂用飛刀斬鐵頭太歲。此劇借用。小變其文。宋史楊延昭傳。延昭本名延朗。世俗流傳。以延朗爲四郎。延昭爲六郎。太平興國中。爲軍先鋒。流矢貫臂。鬬益急。徙緣邊都巡檢使。眞宗咸平冬。契丹擾邊。攻之甚急。延昭守甚堅。契丹潰去。拜莫州刺史。屢訪邊要。帝指示諸王曰。延昭治兵護塞有父風。深可嘉也。是冬。契丹南侵。延昭伏銳兵掩擊。契丹大敗。獲其將。函首以獻。劇云。耶律陣歿。本此。進團練使。率兵抵遼境。破古城。俘馘甚衆。眞宗選邊州守臣。御筆錄以示宰相。進防禦使。在邊二十餘年。契丹憚之。目爲楊六郎。遼史后妃傳。景宗皇后蕭氏。聖宗尊爲皇太后。攝國政。委于越休哥以南邊事。統和元年。上尊號曰承天皇太后。習知軍政。澶淵之役。親御戎車。賞罰信明。將士用命。

按稗史每稱蕭太后。皆指聖宗母也。又按耶律休哥傳。聖宗即位。太后稱制。命休哥總南面軍務。以便宜從事。統和四年。宋將楊繼業曹彬等來侵。休哥設伏。南軍自救不暇。聞太后軍至。彬等冒雨遁。太后益以銳卒追及之。宋師望塵奔竄。太后旋旆。休哥封宋國王。劇中耶律陣亡。甚謬。又按王欽若以澶淵之役。請幸金陵。及出守天雄。惟閉門修齋誦經。又極力傾陷寇準。故凡不美事。盡歸於欽若。寇準曾用楊延朗者。故劇中點入。

後漢書許荆傳。荆、會稽陽羨人。祖父武。太守第五倫舉爲孝廉。武以二弟晏普未顯。欲令成名。乃曰。禮有分異之義。家有別居之道。於是共割財產。以爲三分。武自取肥田廣宅。奴婢彊者。二弟所得。並悉劣少。鄉人皆稱弟克讓。而鄙武貪婪。晏等以此並得選舉。武乃會宗親泣曰。吾爲兄不肖。盜聲竊位。二弟年長。未豫榮祿。所以求得分財。自取大譏。今理產。所增三倍于前。悉以推二弟。一無所留。於是郡中翕然。遠近稱之。位至長樂少府。通鑑綱目。荆王元儼。太宗子。廣顙豐頤。嚴毅不可犯。天下崇憚之。名聞外裔。呼爲八大王。遼人入使。必問安否及所在。劇中以為德昭宋史宗室傳。周恭肅王元儼。少奇穎。太宗特愛之。每朝會宴集。多侍左右。帝不欲元儼早出宮。期以年二十始就封。故宮中稱爲二十八太保。蓋元儼於兄弟中行次也。眞宗即位。封廣陵郡王。祠太清宮。加兼中書令。仁宗加太尉尙書令。兼中書令。按史歷封榮王端王彭王通王涇王定王鎭王孟王荆王淮王。歿贈燕王。凡有請報可。必手書謝牘。陝西用兵。問翊善王渙云。元昊平未。對曰。未也。曰。如此安用宰相爲。聞者畏其言。按元儼因名聞外裔。有遼人問安否語。故稗史往往稱之。然皆以爲楚王元佐。元佐善射。一發而中。契丹在側驚異之。又嘗從征太原幽薊。則稗史亦不爲無因。此劇又以爲德昭。要皆誤傳耳。

賣愁村

不知何人作。按此劇爲明李素甫撰。演河南石祐仁流寓瓊崖。與賣愁村土妓徐元兒交。元兒負盟不終。事之有無不可考。其村即在廣東瓊州府臨高縣。見地志。略云。石祐仁、字介卿。河南開封府人。隨父宦遊瓊崖。父歿僑居。弱冠登賢書。縱情詩酒。步屧賣愁村。見孀婦徐元兒而悅之。婦亦心許。偷兒沈阿雷與元兒鄰。元兒曾與富戶康元往來。阿雷夜踵康元入其室。見元兒獨坐月中私語。嫌康元蠢而憶祜仁。呼其名曰。安得從空掉下。阿雷奔告祜仁。祜仁往赴。情甚昵。居數日。祜仁蕭然無所贈。元兒漸落寞。以語譏之。祜仁怒而舍去。征羌將軍蘇雲章者。河南洛陽人。封靖國公。拜征羌將軍。鎮關中。有两妹。一適鎮遠伯。一未字。雲章性豪爽。雪天讌賞。忽有綠面虬鬚人飛墮筵前索酒。雲章知爲俠客。飲以斗酒而去。其後請急歸里。以女樂無佳者。遣人往南方買妓。腐儒白相。瓊州廩生。本祜仁舊交。亦與鎮遠伯有舊。鎮遠薦之與雲章。遣人挾幣聘爲幕客。初、祜仁與元兒通。爲青陽廟戚道士所見。告之康元。元卿之。雲章所遣買妓者寓廟中。元遂與戚謀。誘元兒賣之靖國府。而憾祜仁不置。乘其赴公車。邀刺於道。綠面俠客殺康元。脫祜仁之難。入京擢第。授官翰林。條奏邊事。且薦雲章不宜放歸。朝旨以新進越職。貶官閒住。祜仁至瓊。遷父棺還河南籍。白相受雲章聘。僱人擔行李。阿雷賺入浴堂。盡刼其裝。赤身無措。綠面俠見而憐之。助貲。囑見雲章道故。時阿雷冒相名至河南投謁。雲章方疑之。而相已至。乃呵阿雷而遣之。雲章見祐仁疏。甚慕其人。偕相遊中岳。祐仁適至。始相識。恨相見之晚。邀入第。張宴款留。出女樂侑酒。元兒在其中。知祐仁已貴。深悔前誤。乘夜奔館舍薦寢。祐仁以其既入靖國。則爲友朋婢妾。義不可私。拒不納。元兒慚退自縊死。雲章聞之。愈重祐仁。以其妹適焉。阿雷軼入羌中。引羌入寇。朝以祐仁言驗。復官翰林。起雲章征羌將軍。率兵進討。而綠面俠者。羌種也。本名喇瑪瑚。以馬市隨父入中國。父爲人所殺。瑪瑚得劍術。報父仇。復歸部落。感雲章斗酒知遇。率所部助戰。斬阿雷。平西羌。雲章凱還。奏瑪瑚功。封羌王。雲章加食邑。白相從軍歸。得祐仁薦。亦授官敎讀。劇中賓白。稱蘇雲章妹曰侍長。按明憲宗稱萬貴妃爲侍長。成祖時稱仁宗張妃曰使長。元時宮中亦有使長之稱。必是宮掖勳貴間有此稱謂也。至所云靖國公。則明代無其人。鑿空不實。鎭遠伯則靖難功臣顧成。爲鎭遠侯。子孫世襲。非伯也。

元宵鬧

不知何人作。*按：本劇一名玉麒麟，明李素甫撰。*演水滸傳中盧俊義始末。以吳用設計。于元宵夜火燒翠雲樓劫俊義出獄。故謂之元宵鬧。事跡俱與傳合。惟插入張文遠一段。非傳所有。略云。大名富戶盧俊義。力敵萬人。名滿河北。綽號玉麒麟。梁山泊宋江聞其名。欲勾引入夥。吳用設謀。遣鼓上蚤時遷潛至其家爲鬼怪。擲瓦礫。使不安其居。此段小說中所無。而用則僞爲星士造其門。以大言撼之。俊義呼問吉凶。用謂將有危難。須出千里外。方得避免。且造口訣。使俊義題壁以爲後驗。實則以盧俊義反四字藏頭。而俊義不知。促裝欲往泰安州進香。其家管鑰者曰李固。腹心曰浪子燕青。固本乞兒。乞食于俊義門。俊義之妻賈氏愛其貌偉。勸俊義收用。委任家事。青則多技能。尤善伏弩。有俠氣。俊義特重之。至是聞俊義信星士言。將遠行。皆阻之。俊義不聽。留青於家。使固隨行。行近山泊。店家以泊中有大盜。勸使繞道。俊義恃勇。以旗揭車上而進。至則伏兵四出。佯敗。引入泊中被擒。江等說使降。不從。則强留俊義。而放固引車杖先歸。瀕行。用陰謂固云。若主已無歸志。壁上反詩可證也。固歸與賈氏通。賄留守梁中書。首俊義反。逐燕青而占其家。俊義從梁山乞歸。青伏道左哭訴。且勸無歸。俊義不信。歸則被縛至官。嚴拷誣服。固賄獄吏蔡福、蔡慶。使陰殺之。福知其寃未決。而江等已覘知之。潛使柴進以千金餽福。福爲轉賂官吏。得從寬發配。固又賄役中道謀害。行入深林。兩役方下手。燕青踵至。放弩射殺役。負俊義逃。憩店中。青出求食。而殺役事覺。官遣吏捕獲俊義去。會江等遣楊雄、石秀探信。與青遇。青與雄歸泊。秀入大名。聞人嘆嗟聲。以俊義將戮于市也。秀從酒樓飛墮法場。刼俊義走。寡不敵衆。兩人皆被擒。官既畏賊。不敢即殺。又善視之。得不死。時值元宵。大名府常年燈事甚盛。官欲禁燈。則恐貽笑于盜。下令如常。府有酒樓曰翠雲。爲遊人聚集之所。吳用定計。

預遣頭目至大名潛伏。而令時遷于翠雲樓放火爲號。統兵繼進。及期。內外夾攻。城中大亂。官俱出走。于是救俊義、石秀于獄。擒李固、賈氏。並拉蔡福、蔡慶同入夥。唱凱還寨。俊義手剮固及賈氏。江等設宴慶賀。後並受招安。征方臘有功。各授官爵。事皆出水滸傳。但傳中尙有宋江率兵攻大名。梁中書告急於蔡太師。遣關勝討江。江誘降之。又雪中賺縛索超。宋江患疽。張順延醫諸事。俱不詳。而李固所交張孔目。則劇中指爲張文遠。謂其殺閻婆惜後實未嘗死。逃至大名。復爲孔目。且與賈氏亦有私。此皆隨手牽合。借景生情。水滸傳中不載文遠下落。蓋文遠不過鄆城之吏。原與水泊無干。特用宋江殺婆惜以爲入泊張本耳。青樓記謂婆惜活捉張文遠。此又牽及賈氏。可供噱噱。豈梁山盜魁之妻。必皆文遠染指耶。

輭藍橋

此劇非實。其掛軟梯引季生。乃借用蘭英、蕙英故事。不爲無據。作者在近代。未知何人。（*按：此劇爲明許炎南撰。）季天倫、李仙鄰。皆蘇人也。天倫習文。仙鄰習武。同爲諸生。面貌酷似。最相契厚。里中先達崔御史。居齊門外。巡按浙江。留妻女于家。女甚才美。侍婢疏烟亦美。不大相上下。天倫父爲總兵。奉命勦山寇。仙鄰置酒。餞之吳山。既別而雨大至。天倫避雨樓下。樓曰凝霧閣。即崔宅也。崔女居樓上。見天倫衣盡霑濕。令疏烟持乾衣與之。明日。天倫送衣還。以詩爲謝。且寓挑逗之意。疏烟令崔答詩。遂相訂于尼菴。定婚姻之約。有僧方與尼媾。見天倫至。潛伏床下。疏烟語生。某日黄昏後至雪洞相俟。用甎敲門。當以軟梯引至樓上。僧一一聞之。而天倫不知有僧也。至期。仙鄰召天倫飲。天倫辭以疾。仙鄰則攜酒至其家。天倫强命酌。而僧已先抵崔。及引梯登樓。女與疏烟視之。非天倫也。惶駭棄梯。僧墮地立死。天倫至。踐僧而踣。巡警弓兵執送木瀆巡檢。巡檢拘而禁之。欲申于上臺。仙鄰知其事。往探天倫。以闈期甚近。恐因此而誤。自度貌相似。他人不能辨也。乃入鋪中代天倫。令入都赴試。天倫父破賊。崔御史設宴慶賀。席間杭守爲媒。兩家結婚姻。巡檢知天倫爲總兵之子。縱仙鄰出。惶恐謝罪。而天倫父怒子犯法。拒不肯見。揚帆入都。作書告杭守。言子不肖。杭守勸令早完婚。乃告崔之夫人。令贅仙鄰于宅。時崔女爲五通神所魅。病不可婚。夫人以疏烟充女。仙鄰念友妻不可犯也。衣不解帶者徹夜。疏烟疑其知己贋而慢己。與言崔女抱恙。而己代庖之故。仙鄰亦具言其情。兩人呀然笑。念非眞崔女。無大閡也。遂成婚。仙鄰尋入都赴試。兩人先後中文武狀元。崔御史已遷大寮。典文試。天倫出其門。而季總兵典武試。仙鄰出其門。天倫謁崔。但叙師生禮。崔以爲怪。詰問之。則天倫久入都。無成婚事。崔乃以書問夫人。疏烟爲夫人述顚末。報崔以其實。而天倫與仙鄰語此事。仙鄰委折詳言之。于是復具花燭。天倫娶崔女。而仙鄰與疏烟爲夫婦。終其身。聯芳樓記。吳郡富室有薛姓者。至正初。家于閶門外。以糴米爲業。二女蘭英、蕙英。皆敏秀能詩。父遂于宅後建樓居之。名曰蘭蕙聯芳樓。二女吟詠不輟。嘗作蘇臺竹枝詞十章。楊鐵崖維禎。見其稿。手題二詩于後。咸以爲班姬蔡女復出也。其樓下瞰官河。崑山鄭生。其父與薛厚。生興販抵郡。泊舟樓下。依薛爲主。薛以其通家子弟。往來無間。生青年韶秀。性復溫和。二女窺見。以荔支一雙投下。更深漏靜。樓窗啞然有聲。二女以鞦韆絨索。垂一竹兜。墜于其前。生乃乘之而上。女父一日登樓。於篋中得生所爲詩。乃以書抵生父。喻其意。生父命媒氏通二姓之好。問名納采。贅以爲婚。

雙螭璧

不知誰作。按。此劇爲明鄒玉卿撰。玉卿字崑圃。江蘇長洲人。所作有雙螭璧、青虹嘯二種。其事蹟。大段本之稗官。而改換姓名。添飾關目。以雙螭璧爲樞紐。蓋稗官所無也。略云。錢塘裴碩、字遜之。小說是劉員外。妻金氏。家素封。年邁無子。姪曰正宗、字子胄。小說是劉引孫。妾曰梅姑。有孕未產。女贅奚岊爲壻。小說壻曰張郎。金溺愛岊。逐正宗於外。以家業盡付岊夫婦。岊傲狠兇惡。其妻甚賢。時勸存厚道。岊不聽。必欲盡吞碩產。會當清明。碩命壻辦祭物。老夫婦同往掃墓。至則壻女皆不在。而正宗方負土荷鍤。久之壻乃至。問其遲延之故。則曰先祀祖塋。然後及此。金大憤怒。立呼正宗歸家。以鎖匙簿籍。盡付掌管。此段情節。小說相同。岊恨正宗。欲誣陷之。時有白蓮教賊首王鴻儒之妻。自稱一蓮夫人。剽掠粵閩州縣。按明天啓間。山東妖賊徐鴻儒。與其黨王好賢等作亂。州縣多被其擾。巡撫趙彥。總兵楊御蕃等。討平之。今滕縣孔道有趙彥紀功碑。即其事也。劇云王鴻儒。蓋兼撮王好賢、徐鴻儒姓名。且改齊爲粵也。一蓮夫人。則無所據。然此劇後半有宰相陳循。陳循。永宣間人。彼時山東唐賽兒作亂。總兵衛青討平之。參政段民撫輯其餘黨。賽兒本妖婦。劇云。異人傳授天書。能作符籙。正與相似。劫庫放囚。攻城掠郡。亦賽兒事蹟。不爲無因也。聘武林龍升爲軍謀。龍升。正宗友也。岊聞。乃與羅定州同喬德者密計。令寺僧出首正宗通賊謀叛。錢塘縣令郭鼎。立擒正宗拷訊。以謀叛無實跡。而知龍升從賊。匿而不報。發榆林衛充軍。臨行。碩以螭璧一枚。令佩於身。螭璧者。碩遠祖晉公度所遺。傳十七世。二璧合而成雙。名曰雙螭璧。碩以一予妾梅姑。

今以一予正宗云。此段情節．小說所無．初、正宗被逐於外。屺念妻黨無他人。惟梅姑有娠。懼其生子。百計欲殺之。屺妻聞夫計。密使老僕畢義。載梅姑送牟尼庵中。屺謂梅姑逃去。心大喜。告岳父母。言其已逃。碩不能詳。嘆息而已。踰年。梅姑生子。周晬。屺妻令義送衣鐲等物。而作疏以祈佛祐。屺偶至庵。見疏書碩名。與妻金氏。側室梅氏。同保佑小男線兒。屺大驚駭。念梅姑有子。則裴產終當歸彼。乃與家童密計。給梅抱子歸宅。閉之室中。將俟更深殺之。爲畢義所覺。竊線兒逃去。而梅竟爲屺所殺。小說載劉員外女愆夫惡毒．密藏父妾於外．生子數歲．員外以掃墓故怒其壻．呼姪引孫歸．盡以家產付之．女云．尙有一弟．密藏在外．父母驚喜．令即取歸．母子皆無恙．父母分產爲三．子女姪各得其一．劇云妾被殺．屺後亦爲賊所殺．互異．梅以兒付義時。取碩所予蠙璧。令佩兒身。義走京師。變姓名爲田。兒稍長。取名田延宗。字曰子膺。自此以後．皆小說所無．正宗之戍榆林。隸參將鄭重麾下。重愛其文學。爲脫戍籍。改名宗文。令入府泮。後領鄉薦。而重遷天津總兵。乃以女許字宗文。宗文與田延宗。嫡兄弟也。彼此不相識。其家亦不能知。時屺雖殺梅。知畢義走。心常疑懼。恍惚如見梅。遂得瘋疾。而龍升途遇畢義。知杞害梅。夜入裴宅。殺杞而去。喬德聞杞被殺。懼而走京師。候補官。宗文會試主其家。德聞宫中購玉器。見宗文螭璧。欲買之。宗文不可。德使人竊得以獻。宗文試畢。覓璧無有。心大疑居停。而德見田延宗有璧。與相似。遂告宗文曰。偷汝璧者田延宗也。宗文控于御史。御史斷延宗璧予文。宗文試擢大魁。用薦招撫叛寇。作書射賊營。約龍升歸順。會一蓮已戰死。升率餘黨悉降。奉詔班師。迎碩夫婦入京奉養。而田延宗新擢鼎元。太后欲令尙主。賜以螭璧。延宗得璧涕泣。問其情。言有祖傳之寶。爲勢豪宗文冤陷迫奪。宗文奏係喬德指證。而宫中之璧。即喬德所獻也。於是朝庭知簸弄竊誑。皆德所爲。令法司治罪。而喻輔臣陳循。爲宗文延宗解紛。及至公所。裴碩夫婦及畢義皆會。各叙本末。始知宗文、延宗爲親兄弟。乃奏明復姓。並締良姻。一門顯榮。雙螭復合。按陳循景泰間内閣。前後皆無關會。偶然牽合耳。明代二百七十餘年。無以進士爲駙馬者。太涉誕妄。

靑鋼嘯

演馬超事也。（按，此劇爲明鄒玉卿撰，此即本書卷二十四之簪頭水，鋼應作虹，因虹初誤作釭，後人以釭字不可解，又以意改爲鋼。）超欲殺曹操。故劍鋒嘯躍。操爲超軍所逼。至割鬚棄袍。蓋原本三國演義。非實事也。馬超傳。超字孟起。右扶風茂陵人也。父騰。靈帝末與邊章、韓遂等俱起事於西州。初平三年。遂騰率衆詣長安。以遂爲鎭西將軍。遣還金城。騰爲征西將軍。遣屯郿。後騰襲長安敗走。退還涼州。復與韓遂不和。求還京畿。於是徵爲衛尉。以超爲偏將軍。封都亭侯。領騰部曲。超旣統衆。遂與韓遂合從及楊秋、李堪、成宜等相結。進軍至潼關。曹公與遂、超單馬會語。超負其多力。陰欲突前捉曹公。曹公左右將許褚瞋目盻之。超乃不敢動。曹公用賈詡謀。離間超、遂。更相猜疑。軍以大敗。超走保諸戎。曹公追至安定。會北方有事。引軍東還。楊阜說曹公曰。超有信布之勇。甚得羌胡心。若大軍還。不嚴爲其備。隴上諸郡。非國家之有也。超果率諸戎以擊隴上郡縣。隴上郡縣皆應之。殺涼州刺史韋康。據冀城。有其衆。超自稱征西將軍。領幷州牧。督涼州軍事。康故吏民楊阜、姜敍、梁寬、趙衢等合謀擊超。阜、敍起於鹵城。超出攻之。不能下。寬、衢閉冀城門。超不得入。進退狼狽。乃奔漢中依張魯。魯不足與計事。內懷於邑。聞先主圍劉璋於成都。密書請降。先主遣人迎超。超將兵逕到城下。城中震怖。璋即稽首。以超爲平西將軍。督臨沮。因爲前都亭侯。先主爲漢中王。拜超爲左將軍。假節。章武元年。遷驃騎將軍。領梁州牧。進封斄鄉侯。典略。建安十六年。超與關中諸將凡十部俱反。其衆十萬。同據河潼。建立營陣。是歲曹公西征。與超等戰於河渭之交。超等敗走。超至安定。遂奔涼州。詔收滅超家屬。超復敗於隴上。後奔漢中張魯。以爲都講祭酒。欲妻之以女。或諫魯曰。有人若此。不愛其親。焉能愛人。魯乃止。超遂從武都逃入氐中。轉奔往蜀。山陽公載記。超因見備待之厚。與備言。常呼備字。關羽怒。請殺之。備曰。人窮來歸我。卿等怒以呼我字故而殺之。何以示於天下也。張飛曰。如是。當示之以禮。明日大會。請超入。羽飛並杖刀立直。超顧坐席。不見羽、飛。見其直也。乃大驚。遂一不復呼備字。明日歎曰。我今乃知其所以敗。爲呼人主字。幾爲關羽、張飛所殺。自後乃尊事備。

小英雄

又名續精忠。未知何人作。（按：此劇爲明湯子垂撰。）演岳飛子岳雷、岳電。及牛皐戮秦檜以報冤。又以皐子通及岳二子。皆少年英雄。故名小英雄。皆係憑空結撰。幷無事實。略云。岳飛子岳雷、岳電。痛父冤。與母避跡山中。惟樵採以延歲月。不復習韜略。牛皐亦別妻孥。放蕩江湖。值飛諱日。皐以紙錢望空祭。述其平生忠勇。受不白冤。適遇神仙抱樸子。勸皐入草庵。修道隱跡。值嚴冬大雪。沽酒村中。見二少年。崗下搏斃一虎。皐異之。詢姓名。乃知飛子也。皐亦自述始末。同謁岳夫人。涕泣別去。仍隱舊居。金師復南伐。宋高宗苦乏良將。詔訪岳氏後及牛臯等。使臣持節不能覓。一日至山中草庵。遇臯。臯潛避去。抱樸謂臯云。爾年雖邁。數當與國建功業。骨肉復完。岳氏亦當興。復檜仇。正此時也。宜勿隱。臯即引使召岳二子。母痛拒。不許二子出。臯亦以復檜仇爲言。乃隨使詣闕。奏白飛寃。帝爲逮檜赴軍前質審。二子與臯。亦用酷刑鞫檜。檜夫婦各承款伏誅。臯與二子屢拒金師。秦熺懼禍。遂叛作賊。牛臯子名通。與母避跡。易姓爲馬。通甚驍勇。貧無倚。丐於市。適熺騎蹂通瓦礶。揮拳擊之。拳入馬腹中。熺異其勇。令爲先鋒。宋將不能敵。時以金師累北。詔臯班師討熺。臯亦爲通所敗。熺賞通金帛花紅。歸耀其母。母詢及戰場事。通述父名。母驚謂通曰。此汝父也。向以潛踪出。吾故易姓耳。吾謂汝助宋。孰知助反賊耶。宜速縛賊以獻。同父歸可贖汝罪。通即于陣前認其父。臯怒欲誅之。岳氏二子勸令縛熺以贖罪。遂擒熺奏功。熺伏法。岳氏二子及牛臯子通皆授職。兩家復榮盛云。按飛五子。雲、雷、霖、震、霆。雷其次子。無所聞。霆脩武郎。閤門祗候。即所指爲霍者也。亦無事蹟。又牛臯官至荆湖南路馬步軍副總管。岳飛歿後。臯未嘗出戰。其子亦無所聞。晉書。葛洪、字稚川。丹陽句容人也。好神仙導養之法。從祖玄。吳時學道得仙。號曰葛仙公。以其煉丹秘術授弟子鄭隱。洪就隱學。悉得其法。後以師事上黨鮑玄。亦內學。逆占將來。見洪深重之。以女妻洪。元帝咸和初。官至散騎常侍。欲煉丹以祈遐壽。聞交阯出丹。求爲勾漏令。將子姪俱行。廣州刺史鄧獄。留不聽去。洪乃止羅浮山煉丹。在山積年。優游閑養。著述不輟。所著言黃白之事。名曰內篇。其餘駁難通釋。名曰外篇。內外共一百十六篇。自號抱朴子。因以名書。年八十一得仙去。按宋史。秦熺舉進士第一。本檜妻兄王喚孽子也。以秘書少監領國史。除翰林學士。檜病。帝命學士草檜父子致仕詔。遂進少師致仕。熺自檜秉政。無日不鍛酒具。治書畫。特其細耳。然無叛宋事。不可不辨。

讀書種

近時人撰。*按。此劇爲明陳曉江撰。所作有讀書種。凌雲記二種。均佚。演方孝孺事也。明成祖殺孝孺。後世無不悲之。作者爲孝孺發憤。故姚廣孝及蹇義等皆蒙詆毀。而且直指斥崇禎帝煤山殉國事。以爲成祖誅戮太多之報應。疑明末不得志者之所爲也。方孝孺、字希直。浙江寧海人。建文時爲文學博士。成祖發北平。姚廣孝以孝孺爲託。曰。城下之日。彼必不降。幸勿殺之。殺孝孺。天下讀書種子絕矣。成祖頷之。至是。使其門人廖鏞、廖銘諭意。孝孺斥之。成祖欲使草詔。召至。悲慟聲徹殿陛。成祖降榻慰勞曰。先生毋自苦。予欲法周公輔成王耳。孝孺曰。成王安在。成祖曰。彼自焚死。孝孺曰。何不立成王之子。成祖曰。國賴長君。孝孺曰。何不立成王之弟。成祖曰。此朕家事。先生無過勞苦。顧左右授筆札曰。詔天下非先生草不可。孝孺大書數字。筆投於地。且哭且罵曰。死即死。詔不可草。

成祖怒曰。汝欲遽死耶。會當滅汝十族。令以刀抉其口至耳。復繫之獄。拘其宗族及母妻黨脅之。執不從。遂幷其門生朋友等爲十族誅之。然後磔孝孺於市。孝孺慨然就死。作絕命詞曰。天降亂離兮。孰知其由。奸臣得計兮。謀國用猶。忠臣發憤兮。血淚交流。以此殉君兮。抑又何求。嗚呼哀哉兮。庶不我尤。時年四十有六。

水滸記

記內演宋江事。皆據羅貫中水滸傳。唯張三郎借茶。閻婆惜活捉。及張三郎調戲宋江正妻孟氏等齣。皆係脫空結撰。宋江事止於江州刼法場小聚會。便作團圓。避冗長也。詞曲甚婉麗。自署楳花墅編。不知何人所作。（按：此劇爲明許自昌撰。自昌字玄祐。別署梅花墅。梅花主人。江蘇吳縣人。所作傳奇今存水滸記。橘浦記及改訂之節俠記三種。）按宋史云。宋江起爲盜。以三十六人。橫行河朔。轉掠七郡。官軍無敢攖其鋒。宋時畫手李嵩輩。傳寫其像。士大夫頗不見黜。龔聖與至爲作三十六贊。周公謹癸辛雜識。載之極詳。蓋實有其人。非佗家傳奇子虛亡是者比也。記中劉唐醉酒一劇。近日梨園喜演之。第水滸傳劉唐綽號赤髮鬼。癸辛雜識則尺八腿。爲小異云。

躍鯉記

相傳吳中有婦頗孝。爲姑所誣。其夫不得已遣出之。憤恨而死。時人傷其志。故作此記。＊按，此劇爲明陳羆齋撰，所作傳奇二種，躍鯉記，今存，風雲記，佚。見其事頗相類。而不知姜詩妻之離而復合也。詩妻躍鯉事。見後漢書。傳中所載鄰母甚賢。記中以爲與詩妻有隙。因譖於姑。與傳大不合。又其子因遠汲溺死。記所演安安。亦屬撮撰。烈女傳云。廣漢姜詩妻者。同郡龐盛之女也。詩事母至孝。妻奉順尤篤。母好飲江水。水去舍六七里。妻嘗泝流而汲。後値風不時得還。母渴。詩責而遣之。妻乃寄止鄰舍。晝夜紡績。市珍羞使鄰母以意自遺其姑。如是者久之。姑怪問鄰母。鄰母具對。姑感歎。呼還。恩養愈謹。其子後因遠汲溺死。妻恐姑哀傷。不敢言。而託以行學不在。姑嗜魚鱠。又不能獨食。夫婦常力作供鱠。呼鄰母共之。舍側忽有涌泉。味如江水。每旦輒出雙鯉魚。常以供二母之膳。赤眉散賊經詩里。弛兵而過曰。驚大孝必觸鬼神。時歲荒。賊乃遺詩米肉。受而埋之。比落蒙其安全。永平三年。察孝廉。顯宗詔曰。大孝入朝。凡諸舉者一聽平之。由是皆拜郎中。詩尋除江陽令。

釵釧記

係明時舊本。不知誰作。*按：此劇爲明王玉峯撰。* 皇甫吟、史碧桃爲韓時忠誑取釵釧。致生無限波瀾。其事蹟則有數條相近者。或見正書。或見稗史。作者將數事串合。翻換成編。未必實有皇史其人也。劇中大略。眞州皇甫吟奉母張氏。居州學之旁。貧而善文。其父曾與富民史直議姻。直嫌吟窶。欲以女改字樞密魏國相。

女知父意。私遣婢芸香約吟至後園贈物。使卽行聘。芸香至吟家。不値。以情告吟母。吟歸始知。與友韓時忠講書。漏言于時忠。時忠怵以利害。阻吟勿往。昏夜僞作吟。抵史園內。碧桃、芸香皆本未識吟。遂以釵釧等物贈之。時忠欲偷權。碧桃堅拒不可。不得已而去。時忠亦心悔。不敢爲吟言。及魏議姻漸迫。而碧桃待吟信不得。復遣芸香往趣之。吟母疑其詭計圖害。怒相詬詈。芸香忿歸。告于碧桃。碧桃念爲吟所誑。又不敢爲父言。義則不可他適。乃題詩壁上。自投于河。時張所奉命巡視陵園。道經瓜州。碧桃附木浮至江口。拯問所由。愍其節烈。撫以爲女。史直覓女不得。拷問芸香。乃控吟于州。以芸香爲證。州守入吟罪。而釵釧則未得也。學士李若水恤刑江淮。吟母訴寃。若水以釵釧不得爲疑。細詢吟隱情。乃言史直設謀令婢誘己。賴講書時洩于時忠。指明利害。始獲倖免。若水知必係時忠詭幻。託名觀風。邀時忠入幕。令人至其家紿取釵釧。果得之篋中。於是令芸香出證。識其面貌。遂致時忠于法而立釋吟。

以釵釧還之。史直憫吟受屈。接其母子同居。吟感碧桃之貞。義不婚娶。及入京應試。出若水門下。同榜謁見。若水獨留吟。會張所回京。過若水。見吟而問之。若水爲言吟與己前後情蹟。所知即其女夫。託言有女將嫁。欲取其釵釧作式。吟出之袖中。所持歸示女。女大號慟。所言吟誓不別娶。乃屬若水爲媒。向吟具悉其事。吟亦已迎母及史直來京。遂成婚配。事所及直皆爲妻父。許公異政錄。萊州閻瀾與柳某善。有腹婚之約。閻得子自珍。柳得女鸞英。遂結夙契。柳登進士。仕至布政。而瀾由貢得教職以死。家貧不能娶。柳欲背盟。鸞英泣告其母曰。身雖未往。心已相諾。他圖之事。有死而已。母白於父。父佯應之而未許。鸞英度父終渝此盟。乃密懇鄰媼往告自珍曰。有私蓄。請君以某日至後圃挾歸。姻事可成。遲則爲他人先矣。自珍聞之。喜不自抑。遂與其師之子劉江、劉海具言其故。江、海密計設酒賀珍。醉之於學舍。兄弟如期詣柳氏。鸞英倚圃門而望。時天將暮。便以付之。而小婢識非閻生。曰。此劉氏子也。鸞英亦覺其異。罵之曰。狗奴何以詐取我財。速還則已。不然當告官治汝。江、海恐事洩。遂殺鸞英及婢而去。自珍夜半醉醒。自悔失約。急詣柳氏圃門。直入圃中。踐血尸而蹎。懼而歸。達曙。柳氏覺女被殺而不知主名。官爲遍訊。及鄰嫗。遂首女結約事。逮自珍至。血衣尚在。一詞不容辯。論死。會御史許進巡至。夜夢女子泣曰。妾柳鸞英爲劉江、劉海所殺。反坐吾夫。幸公哀辯此獄。明日。召自珍密問之。具述江、海留飲事。進僞爲見鬼自訴之狀。即捕二兇訊之。叩頭款服。誅於市。遂釋自珍。爲女建貞節坊以表之。自珍後登鄉薦。

許進，靈寶人，明正德時官吏部尚書。今古奇觀。江西石城縣魯廉憲之子學曾。幼與顧僉事女阿秀約婚。學曾父母俱亡。家計日落。僉事欲悔親。夫人孟氏知女執性。與相商酌。乘僉事課租東莊。令老園公約學曾傍晚至後園。贈以金帛。園公未見學曾。與鸚嫗言之。學曾至姑母家。向表兄梁尚賓借衣。尚賓生心。以語阻止。夜至顧園見孟氏。孟令女出見。面贈銀盃金飾等物。尚賓即强女懽。歸復誑學曾。遲二日從前門入。勿爲所暗算。學曾如其策。守門者入白孟氏。孟深駭之。出見訝其貌非是。然以前事無知者。呼女出見。女使僕婦傳語曰。來已遲。不堪作婦矣。無物相贈。金釵二股。金鈿一對。表寸心而已。語畢即自縊。孟氏憤責園公。僉事歸詰問。遂控學曾於縣。抵以重罪。尙賓聞女縊。失口言可惜一美女。母究其情。倉卒不能隱。母氣憤數日病沒。尙賓妻田氏以夫喪心。與相閙。尙賓拳毆之。田氏索休。尙賓即予離書手印。久之。巡按御史陳濂至。寧波府鄞縣人。明成化年間官至副都御史。僉事乃其父同年也。屬濂殺學曾。濂心疑其事。呼學曾細問。乃知曾向表兄借衣。於是掩門數日。微行至尙賓家。僞作布商。有亟事欲歸。賤賣其貨。尙賓貪其利。乃以所獲顧氏之物輳銀付之。濂即命役擒尙賓。而邀僉事。出物相示。僉事見皆己物。問何自來。濂留僉事于後堂。出鞫尙賓。盡吐實。乃釋學曾。抵尙賓大辟。僉事疑尙有物在田氏手。强縣令究田氏。田氏聞信。即往投孟夫人。言夫行惡。故離書現在。乞夫人申救。語次。阿秀附魂田氏。訴己寃苦。願無絕姻親。孟氏爲夫言。止令不究田氏。撫以爲女。嫁于學曾。小說不載廉憲僉事之名。陳濂是實。則二人必有其人。龍圖公案。廣東潮州王之臣妻魏氏。子朝棟。幼聘鄒士龍女瓊玉。之臣官松江同知。沒後家窘。士龍官至參政。嫌朝棟貧。欲改盟。瓊玉與婢丹桂約朝棟至園。贈以金鐲銀釵。往來情密。有賊祝聖八者。偶入女室。殺婢而去。士龍疑女有別故。會朝棟母病。以金鐲換銀。士龍即控于官。言朝棟通奸殺婢。包拯呼女面質。知朝棟未嘗殺婢。禱神示夢。擒賊聖八。使役至其家誑出釵飾。乃入聖八之罪。而使朝棟成婚。又云。浙江定海夏侍郎正子昌時。指腹定高僉事科之女季玉。正亡。昌時貧甚。科欲悔親。季玉竊父銀及鈿鐲寶釵。使婢秋香約昌時入後園面付。昌時語其友李善輔。善輔醉昌時酒。乘夜至高氏園。秋香持物予之。覩貌非是。方欲聲喚。善輔取石擊殺。持物而去。及昌時至。見婢死于園。懼而遁回。僉事欲究女。季玉云。已實約昌時。必是奸婢不從而殺。科遂控于顧知府。以女爲證。定昌時罪。包拯私行。被定海縣捕送監獄內。閒中問昌時。得其漏言善輔情節。即取巡按印示令。令大驚。迎請登堂。傳令考通府諸生。取善輔爲首。待之甚厚。久之託言嫁女。令善輔取奩具爲式。遂得高氏之物。抵善輔重辟。使昌時與季玉成婚。按此數事。皆與釵釧事相類。蓋其所影借也。公案取名龍圖。不過假託。劇中李若水、張所。亦不過牽引襯貼耳。

玉環記

不知何人所作。按。此劇爲明楊柔勝撰。柔勝字新吾。江蘇武進人。所作傳奇二種。玉環記。今存。綠綺記。佚。按玉簫本姜氏青衣。今以爲平康妓。再世玉簫乃盧八座所獻歌姬。今曰姜承女。張延賞厭薄韋臯。非由富童兒。凡此皆作者隨手撮撰。不盡與本傳符合。大抵此劇詳于延賞而略于玉簫。蓋借此以爲不知人者之戒。而于命名玉環。非所重云。雲溪友議云。張延賞選壻。無可意者。延賞之妻苗氏。賢而知人。特選進士韋臯許之。臯性疎曠。不拘細行。延賞竊悔。由是婢僕頗輕慢之。惟苗氏待之益厚。臯固辭東遊。張氏罄奩具以治行。延賞幸其去。以七馱物爲贈。皐行。翌日悉還之。惟留奩具及書册而已。後五年。皐擁節旄。會德宗幸奉天。持節西川替延賞。乃改姓名作韓翶。人莫敢言。至大回驛。去府三十里。人有報曰。替相公者韋皐。非韓翶。苗氏曰。必韋郎也。延賞曰。天下姓名同者甚衆。彼韋生必塡溝壑。豈能乘吾位乎。次日果韋皐也。延賞慚懼。自西門潛遁。皐入見苗。禮奉過布衣之日。求前輕慢者。皆杖死之。時泗濱郭圍因爲詩曰。宣父從周又入秦。昔賢誰不困風塵。當時甚訝張延賞。不識韋皐是貴人。玉簫傳云。唐西川節度使韋皐。少遊江夏。止於姜使君之館。姜氏孺子曰荆寶。荆寶有小青衣曰玉簫。纔十歲。常令祗侍韋兄。玉簫亦勤於應奉。後三載。值姜使君入關求官。韋乃居止頭陀寺。荆寶亦時遣玉簫往役給奉。玉簫年稍長大。因而有情。時韋復歸覲。與玉簫約。少則五載。多則七年來取。因留玉指環一枚。並詩一首遺之。暨五年。既不至。玉簫乃靜禱於鸚鵡洲。又逾年。至八年春。玉簫嘆曰。韋家郎君一別七年。是不來耳。遂絶食而殞。姜氏愍其節操。以玉環著於中指而殯焉。後韋鎭蜀。到府三日。詢獄囚。一人厲聲曰。僕射憶姜家荆寶否。韋曰。深憶之。曰。即某是也。公曰。犯何事而重繫。答曰。某辭別之後。尋以明經及第。再選靑城縣令。家人誤爇廨舍庫牌印等。韋曰。家人之犯。固非己尤。即與雪寃。仍歸墨綬。乃奏眉州牧。問玉簫何在。姜曰。僕射維舟之夕。與伊留約。七載是期。既逾時不至。乃絶食而終。因吟留贈玉環詩曰。黃雀啣來已數春。別時留解贈佳人。長江不見魚書至。爲遺相思夢入秦。韋聞之。益增悽嘆。廣修經像。以報夙心。且相念之懷。無由再會。時有祖山人者。有少翁之術。能令逝者相親。但令府公齋戒七日。清夜。玉簫乃至。謝曰。承僕射寫經造像之力。旬日便當託生。卻後十三年。再爲侍妾。以謝鴻恩。臨去微笑曰。丈夫薄情。令人死生隔矣。後韋以隴右之功。終德宗之代。理蜀不替。累遷中書令。天下響附。瀘㚟歸心。因作生日。節鎭所賀。皆貢珍奇。獨東川盧八座送一歌姬。未當破瓜之年。亦以玉簫爲號。觀之。乃眞姜氏之玉簫也。而中指有肉環隱出。不異留別之玉環也。韋嘆曰。吾乃知存歿之分。一往一來。玉簫之言。斯可驗矣。據劇。韋皋父與李晟、張延賞。三人極相善。按晟爲將。延賞爲相。兩人常不和。德宗爲和解。而延賞終挾怨不化。李晟以爲文臣難與相交。今云兩人舊交。非也。皋少孤。應試時與妓玉簫厚。贈以玉環。不中第。往投延賞。苗氏善相。偉其貌。而延賞善談祿命。亦以爲必貴。遂以女嫁之。皋與勇士萬人敵者。日夜搏虎捕熊。延賞受富童兒之譖。遂與大鬧。皋忿怒而去。投李晟幕下得官。旋立軍功。至西川節度使。改姓名來代延賞。延賞出避。索得童兒杖殺之。玉簫自皋別後。鬱鬱病亡。取玉環殉。以所題畫寄皋。而託生爲副節度姜承之女。自幼好吹玉簫。會有賊兵向蜀。承本不知兵。置酒燕皋。令女侍酒。皋見女貌。且有玉環。兩人共語若相識。承發怒。與皋賭賽。若平賊。以女嫁之。不能平。讓印與承。皋以書諭賊立降。承乃以女送皋爲次室。此蓋組織二事。加以緣飾也。拍掌賭賽。似太粗鄙。

尋親記

又名教子記。不知何人所作。（按。此劇爲明范受益撰。王錂重訂。）在臧晉叔所編六十種內。（按。六十種曲係汲古閣毛晉編刊。此云臧晉叔。誤。臧晉叔所編刊者乃元曲選。）其來已久。雖不出史傳。但敷演妻賢子孝。有裨風教。非無因也。略云。周羽、字維翰。河南開封府封丘縣人。府庠入泮。妻郭氏。鮮兄弟。夫婦相依。甚貧窘。值河決築堤。均攤夫役。黃德保正與胥吏謀。欲漁利。先索貧者。而富必倍輸之。遂派羽夫役。羽言懦儒求免。德紿以用銀始豁。羽無措。令妻貸銀二錠于同里張敏字好學者。敏係土豪。性奸狡。素不仁。羽忽遽失塡借券數目。敏覘羽妻美。欲謀之。益塡二十錠。未幾。遣狠僕張千往索。羽怒詈僕。僕唆敏殺黃德。而以尸置羽門首。令德兄黃文。訟羽挾仇殺德。開封尹讞無證據。減羽罪配廣南。敏賄解卒張禁。于中途害羽。至金山廟。廟神托夢于解卒。卒憫而釋之。羽不敢歸。丐于鄂州。有李員外素積善。詰羽貧儒被陷。憐之。留管簿籍。甚相得。敏復謀佔郭氏。郭毀容以拒之。及生遺腹子。自命名瑞隆。稍長。親送林學士義館就學。茹荼食蘖。以教其子。學成登進士。授平江路吳縣尹。初解卒懼敏豪横。不敢以釋羽告郭氏。知其子成名。乃叩郭氏。述羽在鄂州始末。瑞隆痛哭。即棄官蹤跡其父。時羽飄泊二十餘載。遇大赦。因感趙岐遇孫賓石事。爲賦臺卿集贈李。而身返開封。瑞隆至鄂州。刺血書經。沿街尋訪。値羽已去。李詢瑞隆。知爲羽子。乃爲言羽歸未久。追尙可及。恐其不識父容。即以羽臺卿集付瑞隆曰。逆旅輒誦之。認此詩者。即汝父也。瑞隆如其言。至旅店。果遇其父歸。與郭聚首。皆皤然矣。時范仲淹爲開封尹。訪知敏惡。瑞隆亦以父寃控仲淹。重懲張敏。瑞隆宰吳。甚有淸譽。後一門榮盛云。此劇事雖不載史傳。聞蘇州平江路井欄。尙有知縣周瑞隆之名。實有其人。非無據也。范仲淹。宋仁宗時爲開封尹。但劇中云河南開封府。宋時開封乃京畿。不稱河南。後云平江路。元時蘇州曰平江路。疑是明初人筆也。

節俠記

明初舊本。*按。此劇爲明許三階撰。演裴伷先事。力抗武后爲節。豪結諸番爲俠。合以標名。伷先官太僕寺丞。裴炎遇害。伷先上封事。請面陳得失。天后召見謂曰。汝伯父自貽伊戚。爾欲何言。伷先對曰。陛下先帝皇后。李家新婦。今遽自立諸武爲王。誅斥李宗。自稱皇帝。臣伯父忠於李氏。反誣其罪。戮及子孫。臣深痛惜。望陛下復迎太子東宮。陛下高枕。諸武獲全。如不納臣言。天下一動。大事去矣。天后大怒。令杖伷先至百。長流驩州。在南中娶流人盧氏生男愿。盧卒。伷先攜愿潛歸鄉。歲餘事發。又杖一百。徙北庭。都護府城下有部落萬帳。其可汗以女妻伷先。因致食客數千人。朝廷動靜。數日前伷先必知之。時補闕李秦授上封事。請誅流人。天后納之。發敕使十人於十道。安慰流者。實賜墨敕與牧守。有流放者殺之。伷先知之。

乃挈妻偕三百餘人夜遁入蕃。既明。候者言伷先走。都護令八百騎追之。伷先從者皆戰死。乃縛伷先及妻械穽中。具以狀聞。待報。而使者至。召流人數百。皆害之。伷先以未報。故暫免。天后度流人已死。又使使者安撫流人。而命取殺流人使者斬之。諸流人未死者放還。由是伷先得免。及唐室再造。贈裴炎益州大都督。求其後。伷先乃出焉。後任至秦州大都督。再節制桂廣。一任幽州帥。四爲執金吾。一兼御史大夫。太原京兆尹。太府卿。後爲工部尙書。東京留守。壽八十有六。此本太平廣記。劇全據以敷演。新唐書則太略也。

運甓記

作者未詳。按。此劇爲明吾邱瑞撰。瑞字國璋。浙江杭州人。所作傳奇二種。運甓記。今存。合釵記。佚。記陶侃運甓事。陶侃傳。侃少孤貧。鄱陽范逵遇侃。倉卒無以待賓。其母乃截髮以易酒肴。及爲武岡令。陳敏與其子恢據有吳越之地。劉弘擧侃爲江夏太守。有間侃于弘者曰。侃與敏有鄉里之舊。弘曰。侃之忠能。吾得之已久。侃潛聞之。遽遣子洪詣弘以自固。弘引爲參軍。資以遣之。于是擊恢。所向必破。及杜弢以梁益二州叛。帝使侃擊弢。參軍王貢舉兵與弢合。侃大破之。王貢誘五溪蠻相結。侃諭降貢而走弢。後遷廣州刺史。在州無事。輒朝運百甓於齋外。暮運於齋內。曰。吾方致力中原。過爾優游。恐不堪事。王敦平。遷都督荆雍等州軍事。諸參佐或以談戲廢事者。命取其酒器蒱博之具。悉投于江。暨蘇峻作逆。温嶠固請侃爲盟主。侃便戎服登舟。與庾亮等會石頭。部將彭世斬峻於陣。侃旋江陵。封長沙郡公。初、侃夢生八翼而上天登天門八重。惟一不得入。又嘗以針刺指見血。洒壁而爲公字。後果爲公位。至八州都督。母湛氏。侃爲縣吏時。以一蚶鮓遺母。母封鮓及書責侃。亦見晉書列女傳。又侃將葬母。未得葬地。家忽失一牛。遇一老父謂曰。前岡見一牛眠處。其地若葬。位極人臣。侃尋牛得之。因葬其母。又按温嶠傳。元帝初鎮江左。劉琨使嶠奉表勸進。母崔氏固止之。嶠絕裾而去。

及至。拜爲侍中。嶠知王敦有異志。謬與錢鳳相結。丹陽尹缺。鳳薦嶠。嶠僞辭之。及餞別。又僞醉。以手版擊鳳。臨去。涕泗横流。出閤復入。于是敦深信之。而錢鳳讒不行。及在江陵。值蘇峻之亂。遣王愆期等要陶侃同赴難。卒滅峻。又按王導傳。過江人士。每至暇日。相與出新亭飲宴。周顗中坐而嘆。相視流涕。惟導愀然變色曰。當共戮力王室。克復神州。何至作楚囚相對泣耶。又云。導妻曹氏性妬。導甚憚之。乃密營别館以處衆妾。曹氏知將往焉。導恐衆妾被辱。遽先命駕。又郭璞傳。王敦將舉兵。使璞筮之。璞曰。無成。敦怒。收璞斬之。又按卞壼傳。蘇峻至東陵。壼率諸軍與戰。爲峻所破。峻進攻青溪口。壼時發背創猶未合。力疾苦戰。遂死之。二子眕盱見父歿。相隨赴賊。同時見害。又按甘卓傳。卓始與陳敏結。敏既作亂。因共滅敏。其後征杜弢。亦屢經苦戰。又按元帝紀。王敦晝寢。夢日環其城。驚起。使五騎物色追帝。帝疾馳去。僅而獲免。傳奇中以一時之事。錯綜而成。俱與史傳相合。劇以陶侃爲主。侃事極多。故又提運甓爲主。討陳敏。誅杜弢。斬蘇峻。皆侃實績。牛眠折翼。運甓惜陰。皆侃故事。剪髮封鮓。侃母湛氏事。截髢剉薦。范逵薦侃。本之世説。晉書不詳也。王導新亭戮力。揮塵登車。温嶠絕裾而行。手板擊鳳。郭璞下壺盡節。王敦蘇峻謀逆。皆同時。事跡相聯。惟其妻姑病求醫。是無中生有。而王導之子。謂是王敦贈妓文鸞彩鳳所生。則是增飾。燈宴折内有料絲屏。

按料絲燈詩見於明嘉靖年間。作此劇者。當在嘉隆以後也。

牧羊記

明時舊本。不知誰作。按。吕天成曲品。高奕新傳奇品題元馬致遠撰。恐不確。當依徐渭南詞叙錄入宋元無名氏作。全本史漢。稍有異同。如衞律令妓勸武。妓見武忠節。借劍自刎。此添出情節也。又如黄石公二仙點化。及野熊引入洞中。亦是添出。又云。李陵、霍光出兵。陵與管敢被執。陵遂降匈奴。按敢是陵部卒。敢憾陵。投降匈奴。告以陵軍無援。匈奴急圍陵。曰。李陵、韓延年趣降。陵兵敗矢竭而降也。霍光未嘗與陵並將。因陵傳有霍子孟謝汝句。故牽及耳。望鄉臺一折。本陵傳置酒悲歌事。母妻燒香及團圓。皆着色點綴。漢書云。蘇武、字子卿。少以父任。兄弟並爲郎。稍遷至栘中廄監。天漢元年。武帝遣武以中郎將使。持節送匈奴使留在漢者。與副中郎將張勝。及假吏常惠等俱。旣至匈奴。置幣遺單于。單于益驕。方欲發使送武等。會張勝與長水虞常等。謀劫單于母閼氏歸漢。事發。單于欲殺漢使者。左伊秩訾曰。宜皆降之。單于使衞律召武受辭。武引佩刀自刺。律驚。自抱持武。馳召醫。醫鑿地爲坎。置熅火。覆武其上。蹈其背以出血。武氣絕半日。復息。單于壯其節。朝夕遣人候問武。而收繫張勝。會論虞常。欲因此時降武。劍斬虞常已。律曰。漢使張勝當死。降者赦罪。舉劍欲擊之。勝請降。律謂武曰。副有罪。當相坐。武曰。本無謀。又非親屬。何謂相坐。復舉劍擬之。武不動。律曰。律前負漢歸匈奴。幸蒙大恩。賜號稱王。擁衆數萬。馬畜彌山。富貴如此。蘇君今日降。明日復然。空以身膏草野。誰復知之。武不應。律曰。君因我降。與君爲兄弟。今不聽吾計。後雖欲復見我。尙可得乎。武罵律曰。女不顧恩義。畔主背親。何以女爲見。且單于信女。使決人死生。不平心持正。反欲鬬兩主。觀禍敗。匈奴之禍。從我始矣。律知武終不可脅。白單于。單于愈欲降之。迺幽武置大窖中。絕不飲食。天雨雪。武臥齧雪。與旃毛並咽之。數日不死。匈奴以爲神。乃徙武北海上無人處。使牧羝。羝乳。乃得歸。別其官屬常惠等。各置他所。武至海上。廩食不至。掘野鼠。去屮實而食之。杖漢節牧羊。臥起操持。節旄盡落。初、武與李陵俱爲侍中。武使匈奴明年。陵降。不敢求武。久之。單于使陵至海上。爲武置酒設樂。因說武降。武不可。陵與武飲數日。復曰。子卿壹聽陵言。武曰。自分已死久矣。王必欲降武。請畢今日之驩。效死於前。陵喟然歎曰。嗟乎義士。陵與衞律之罪。上通於天。因泣下霑衿。與武決去。陵惡自賜武。使其妻賜武牛羊數十頭。昭帝即位數年。漢求武等。匈奴詭言武死。常惠夜見漢使。教使者言。天子射上林中。得雁足。有係帛書。言武等在某澤中。使者如惠語。以讓單于。單于驚謝曰。武等實在。於是李陵置酒賀武。起舞悲歌。泣下數行。因與武決。官屬隨武還者九人。武以始元六年春。至京師。拜爲典屬國。秩中二千石。賜錢二百萬。公田二頃。宅一區。武留匈奴凡十九歲。始以彊壯出。還時須髮盡白。宣帝時。賜爵關內侯。武在匈奴。生子曰通國。後因使者贖還。上以爲郎。李陵、字少卿。少爲侍中建章監。拜騎都尉。將步卒五千人。出居延北。至浚稽山。與單于相值。騎數萬。圍陵軍。累戰。多所擊殺。單于兵益多。陵軍無後救。敗降單于。單于壯陵。以女妻之。立爲右校王。衞律爲丁零王。皆貴用事。衞律者。父本長水胡人。律生長漢。用協律都尉李延年薦。命使匈奴。使還。會延年家收。律懼幷誅。亡降匈奴。常在單于左右。陵居外。有大事。乃入議。按蘇武告雁。非實。乃元郝經事也。中統元年三月。元世祖欲定和議於宋。以郝經（經字伯常。）爲翰林侍講學士。佩金虎符。充國信使以行。賈似道拘留儀眞。不遣。至元十一年。伐宋。問執行人之罪。時經在拘所已十五載。以音問不通。乃于季秋甲戌。用帛一方。博二寸。高五寸。書曰。霜落風高恣所如。歸期回首是春初。上林天子援弓繳。窮海纍臣有帛書。中統十五年九月一日放雁。獲者勿殺。國信大使郝經。書於眞州忠勇軍營新館。凡五十九字。以蠟丸帛。先是有以雁獻經者。經命畜之。雁見經。輒鼓翼引吭。似有所訴。公感悟。北向再拜。以帛書親繫雁足。祝之北飛。十二月。伯顏師渡大江。十二年二月。似道懼。送經歸國。三月。虞人獲雁於汴梁金明池。四月。經至燕。七月卒。年五十三。謚文忠。其書中統十五年。即至元十一年。南北隔絕。故不知也。宋亡。帛書爲安豐教授王時中所得。延佑五年。學士郭貫奏聞。仁宗敕中使取之。裝潢成卷。文臣各題識之。藏秘書監。明初。宋濂題其後甚詳。云帛背有陵川郝氏印。方一寸。文透於面。

百順記

不知何人撰。所記乃王曾事也。曾於眞仁時以三元致位宰相。封沂國公。富貴功名壽考。一時無比。爲後世所艷羨。作者以曾終身皆處順境。又增飾其子之科名。而標曰百順。凡賓筵吉席。無不演此劇者。其事與宋史本傳。亦不甚繆。中間所綴金蓮燭送曾歸第。則移蘇軾王珪事附之。而以楊億女爲曾次室則大繆。億與曾同時。億爲學士。最有文名。性喜談諧。於同官多面譃。獨致敬於曾。嘗語曾曰。於公不敢相戲。安有以女嫁曾之理。乃作者妄加點綴也。曾子繹中武狀元。亦不經。

曲海總目提要卷十五

五福記

作者未知何人。*按，此劇爲明鄭若庸撰，若庸字中伯，號虛舟，江蘇崑山人，所作傳奇四種，玉玦記，五福記今存，大節記，珠毬記，佚，另有徐時敏作之五福記，演徐汝璋事，與此不同。所演韓琦事。眞者居多。加以緣飾。以琦五福俱修。故名五福記。謂仁宗賜五福堂扁。故又名五福堂。*又名五福星。略云。安陽韓琦、字穉圭。少年未娶。應試京師。妻父崔侍郎立留居東園。崔女奇英。婢翠蟬。琦出外訪友。女嘗挈婢至書館。琦回見之。女即避入內室。此段是緣飾。琦之友即范仲淹、富弼、歐陽修也。仁宗臨軒策士。仲淹第一。琦第二。弼第三。修第四。唱琦名時。太史奏五色雲現。仁宗大喜。問知爲諫議大夫韓國華之子。聘工部侍郎崔立之女。即命禮部擇日畢姻。授爲司諫。此段眞假參半，以史稱宋仁宗時賢宰執曰韓范富歐，遂點綴作同年，其實韓舉天聖五年進士，范富歐俱非同榜。是科狀元乃王拱辰。琦嘗賦牡丹詩云。已被妖紅占一枝。蓋指拱辰也。琦成進士。雖屬少年。未嘗聞有欽賜完姻事。借職郎郭守義以事貶官。逗留數載。資斧罄盡。鬻妻柳氏。琦判相州。夫人崔氏爲買妾。用錢三十萬得之。琦見柳氏愁慘。詢得其故。立命還其夫。此事是實。然未必是判相州時。劇又述崔夫人白云。郭汾陽後房百人。相公署過汾陽。而姬侍未及其半。故復爲買妾。此特極形崔氏之賢耳。琦最澹泊。斷無姬妾數十人之事。守義之子獻琛。年甫髫齔。入市買米。爲無賴所誆。與奚懷璧二人。並拐賣于趙元昊。元昊錄獻琛爲子。即使懷璧事之。守義得貲。赴部候補。富弼爲吏侍。與守義年家世契。遂即補爲隴西總捕僉判。琦使媒婆金媽送柳還郭。在道被西夏兵所刼。獻于元昊。逼爲侍姬。柳氏不從。羈管在宮。獻琛見而知之。母子相約。共圖元昊。此段俱係緣飾。蓋因宋時有張元、李昊二人曾入西夏。元昊用爲將相。故影借游戲也。劇又云富弼祖好禮。與郭守義祖同年。按史。富好禮非進士。上帝以琦功業隆盛。而還郭妻一事。陰德更鉅。令張仙等神送天上五福星爲琦之子。琦已内召。官平章政事。朝房隱几。夢見五星聚奎。適夫人崔氏與妾四人。同時並生五子。朝廷以爲國家之瑞。賜御書五福堂扁額。并賜五子之名曰忠彥、端彥、純彥、粹彥、嘉彥。賓鈔金錢無算。頃之。以元昊跋扈。命琦爲安撫經略招討使。出鎭西邊。此因琦有五子而緣飾之也。判相州。圖西夏。事蹟前後顚倒。不合正史。琦至鎭。守義入謁。始知琦已遣還其妻。而未得見。度必中道遭刧。會柳氏獻琛母子相商。遣懷璧投書于琦。并寄家書于守義。約爲內應。懷璧夜抵琦幕。琦疑爲刺客。問知爲郭守義子所遣。深獎其義。即以家書付郭。使領前軍。誘元昊兵入靑龍山口。內外夾攻。元昊大敗而去。琦於燈下繕疏。執燭者誤爇琦鬚。琦恕不治。捷奏旣聞。朝命仲淹代琦。召琦入輔。是時五子同榜連登。鼎甲三人。即韓氏兄弟。而最少之子。選爲駙馬。誕日稱觴。福祿壽三星降臨。滿門晝錦。極一時盛事云。此段眞僞相雜。刺客及爇鬚事。本之言行錄。仲淹乃與琦並領西事。非相代也。且其事在作相之前。今叙於作相及判相州以後。不過隨意撮撰。未嘗考事實也。

宋史韓琦傳。琦、字稚圭。相州安陽人。父國華。自有傳。琦風骨秀異。弱冠舉進士。名在第二。方唱名。太史奏日下五色雲見。左右皆賀。歷右司諫。劇中次序皆合。權知制誥。爲體量安撫使。趙元昊反。琦自蜀歸。論西師形勢甚悉。即命爲陝西安撫使。進樞密直學士。副夏竦爲經略安撫招討使。會四路置帥。以琦兼秦鳳經略招討安撫使。慶曆二年。換觀察使。琦與范仲淹在兵間久。名重一時。人心歸之。朝廷倚以爲重。故天下稱爲韓范。方謀取橫山。規河南。而元昊稱臣。召爲樞密副使。按琦爲經略安撫招討使。在未爲宰執之前。劇中敘次顛倒。琦後在神宗初年。以西邊俶擾。判永興軍。經略陝西。此在判相州後。然其時乃元昊子諒祚。非元昊矣。琦仲淹並帥。劇言仲淹代琦。誤。謀取橫山。劇云敗元昊于青龍山。影借此事。嘉祐三年。拜同中書門下平章事。集賢殿大學士。六年。遷昭文館大學士。監脩國史。宋制。集賢乃次相。昭文則首相也。英宗初。進封衛國公。神宗初。拜司空兼侍中。琦堅辭位。除鎮安武勝軍節度使。司徒兼侍中。判相州。按史判相州。乃晚年事。劇敘在入相前。誤。子五人。忠彥、端彥、純彥、粹彥、嘉彥。忠彥、字師樸。少以父任爲將作監簿。復舉進士。琦罷政。忠彥以祕書丞召試館職。除校理同知太常禮院。徽宗初。拜門下侍郎。端彥右贊善大夫。純彥徽猷閣直學士。粹彥吏部侍郎。終龍圖閣學士。嘉彥尚神宗女齊國公主。拜駙馬都尉。終瀛海軍承宣使。劇中琦五子之名。並與史合。幼子尙主亦合。但無五子同科中式。且登三鼎甲之事。乃緣飾以美觀耳。宋名臣言行錄。公駐延安。忽有人夜攜匕首至臥門。遽褰幃帳。公起坐。問曰誰何。曰。某來殺諫議。又問曰。誰遣汝來。曰。張相公遣來。蓋是時張元夏國正用事也。公復就枕曰。汝攜予首去。其人曰。某不忍。願得金帶足矣。遂取帶而出。明日亦不治此事。俄有守陴卒報城櫓上得金帶者。納之。時范純祐亦在延安。謂公曰。不治此事爲得體。蓋行之則沮國威。今乃受其帶。是墮賊計中矣。公歎曰。非琦所及。又公帥定州時。夜作書。令一侍兵持燭。侍兵旁視。燭燃公鬢。公遽以袖摩之。而作書如故。少頃回視。則已易其人矣。公恐主吏鞭之。亟呼視之曰。勿易。渠已解把燭矣。軍中感服。來集之云。世人奉張仙打彈圖以爲宜子。夫張弓則發彈。彈發而子見。所謂張仙打彈者。不過藏一子字。以爲見子之兆耳。而世傳張仙或謂張仲。或謂張遠霄。且以爲花蕊夫人奉蜀主孟昶之像而誑宋主。以爲此神名張仙。宜子。故奉之。蜀主入宋。封爵秦國。宋主豈不能見似而察之哉。此不得其說。從而爲之辭也。黃帝之子名揮。始造弦張羅網。世掌其職。

因以張爲姓。則張仙之立名可思已。按世本。揮子作弓。弓之神名曲張。詢芻錄云。人以二郎挾彈者。即張仙也。二郎乃詭詞。張仙乃蘇老泉所夢仙挾二彈。以爲宜子之兆。果得軾轍二子。見集中。按此止與韓琦同時事。月令。玄鳥至之日。以太牢祠于高禖。后妃率九嬪御。乃禮天子所御。帶以弓韣。授以弓矢于高禖之前。疏云。天子所御。謂今有娠者。祠大祝。酌酒飲於高禖之庭。以神惠顯之也。帶以弓韣。授以弓矢。求男之祥也。按此乃挾弓矢以事神。蓋求子之古法。後世增飾張仙之名耳。又按張遠霄。眉山人。一日見老人持竹弓一。鐵彈三。質錢三百千。張無靳色。老人曰。吾彈能辟疫癘。宜寶而用之。後再見。老人遂授以度世法。此於挾彈則似矣。然未有宜子之說。遠霄遊青城山得道。蘇洵有贊。

黑鯉記

明代松江人所作。相傳已久。不知誰筆。所演本劉才事。而抽出才子鼎儀買鯉放生。得救己命一事。用爲劇名。*一名赤鯉記。其事眞僞未可定。略云。劉才、字朝用。保定安州人。由吏員選松江府司獄。妻王氏。子鼎儀。爲諸生。才素耿介。獄吏倪恩守才法度。貧苦自甘。其妻陳氏紡績餬口。與兄陳老夫婦全居。上海縣諸生費應元。酗酒踢父致死。問凌遲繫獄。禁子錢勝受其賄。每弛杻械。才涖任。責勝疎虞。嚴鎖應元。元以銀二十兩浼勝賄才及恩。才堅拒不納。勝紿應元云。送才子鼎儀矣。遂自納其銀。仍寬鎖具。值才隨衆官出迎新郡守。應元與二盜趙經、劉副者。醉勝以酒。越獄而逃。推官方鈍拘才與恩勝嚴審。勝誣才與恩三分均分應元銀。鈍以受賄可疑。而失囚事大。俱抵死。置獄。鼎儀欲詣京訴辨。慮母無依。恩妻與兄仗義迎歸養之。鼎儀渡淮而北。有漁翁持一黑鯉賣於市。尙能跳躍。鼎儀念父被禁。如魚入網。遂買縱河中。行數里。遇越獄盜趙經刼其行囊。裸體束縛。擲蘆葦中。會方鈍百取入京。舟子見巨鯉躍蘆中。及往取之。見鼎儀偃臥。乃救入舟中。詢知即劉才之子。語鈍以入京爲父辯冤。鈍心憐之。即挈以往。至京。具本訴冤。詔令巡按覆審。鈍已擢吏科給事中。留鼎儀應試。巡按鞫問。恩力辯才刦金無罪。御史以失囚事重。不能並出。遂釋才而獨坐恩。才救恩不得。乃投泖塔寺薙髮爲僧。欲俟便爲恩辯冤。費應元既越獄。與劉副偕逃。副歿於路。應元往霸州。投大盜劉六、劉七。共擾山東淮海間。官兵追急。劉六、劉七俱死。應元竄免。復爲响馬。刦殺東原驛丞賈得用。得其文憑。冒名赴任。經刦鼎儀後。以偷竊事露。徒配東原。應元恐洩其情。與結兄弟。鼎儀中探花。未知父罪已白。給假省親。過東原驛。遇經。發其刦己之罪。經又供驛丞即費應元。乃並擒付吏。具奏于朝。一并正法。將抵里。知父被薙。遂不歸家。訪于虎阜。遇其父。迎歸與母完聚。蓋恩既獨認罪。臨刑有僧嗚冤。願代之。即才也。恤刑者爲緩決奏聞。詔誅錢勝而釋恩罪。才豁免不究。才雲遊虎阜。遂與子相遇。其後劉倪兩家。子孫皆榮顯云。按劇內劉才妻口中引吏員徐晞爲尙書。徐晞。常州府江陰縣人。其爲尙書。在正統中。作者蓋明中葉時人也。方鈍。湖廣岳州府巴陵縣人。世宗時爲戸部尙書。劇云湖廣長沙縣人。由庚辰進士爲松江府推官。不謬。但庚辰乃正德十五年。是時會試中式舉人。因武宗南巡。明年辛巳始殿試。當云辛巳進士。不當云庚辰也。劉六、劉七。武宗時大盜。正德六年。由霸州起。猖獗殊甚。蹂躪兩畿山東河南湖廣等處。劉六先死。陸完提督軍務。追劉七于鎭江。與諸將殲之狼山。劇云。陸完打探賊船在狼山水面。令游江都指揮使李斌討擒賊首。不誤。但平劉七。是正德七年事。而敍方鈍爲庚辰進士。乃正德十五年。其爲推官。又當稍後。則嘉靖初年矣。謂費應元此時越獄爲劉六、劉七之黨。誤也。或改方鈍爲戊辰進士乃合。陸完添一字云陸志完。亦謬。劉鼎儀自敍云。中雍熙榜進士。按正德時狀元呂柟、楊愼、唐皋、舒芬、楊維聰。無所謂雍熙者。乃僞撰也。

綈袍記

未詳誰作。記范雎受須賈綈袍事。雎妻蘇瓊瓊。妾蘇簡簡。史無其人。按白居易樂府有云。蘇家小女名簡簡。芙蓉花腮柳葉眼。此蓋借用其姓名也。魏齊亦無逼其妻爲子婦之事。係憑空撰出。故其第一齣有悲歡離合戲中情。休向人前問假眞之句。按范雎蔡澤列傳云。范雎者。魏人也。字叔。游說諸侯。欲事魏王。家貧無以自資。乃先事魏中大夫須賈。須賈爲魏昭王使于齊。范雎從。留數月。齊襄王聞雎辨口。乃使人賜雎金十斤及牛酒。雎辭謝不敢受。須賈知之大怒。以爲雎持魏國陰事告齊。故得此餽。令雎受其牛酒。還其金。既歸心怒雎。以告魏相。魏相。魏之諸公子。曰魏齊。魏齊大怒。使舍人笞擊雎。折脅摺齒。雎佯死。即卷以簀。置廁中。賓客飲者醉。更溺雎。故僇辱以懲後令無妄言者。雎從簀中謂守者曰。公能出我。我必厚謝公。守者乃請出棄簀中死人。魏齊醉。曰。可矣。范雎得出。後齊悔。復召求之。魏人鄭安平聞之。乃遂操范雎亡。伏匿。更名姓曰張祿。當此時。秦昭王使謁者王稽于魏。鄭安平詐爲卒侍王稽。王稽問魏有賢人可與俱西遊者乎。鄭安平曰。臣里中有張祿先生。欲見君言天下事。其人有仇。不敢晝見。王稽曰。夜與俱來。鄭安平夜與張祿見王稽。語未竟。王稽知范雎賢。謂曰。先生待我於三亭之南。與私約而去。王稽辭魏去。過載范雎入秦。至湖關。望見車騎從西來。范雎曰。彼來者爲誰。王稽曰。秦相穰侯。范雎曰。吾聞穰侯專秦權。惡內諸侯客。此恐辱我。我寧且匿車中。有頃。穰侯果至。勞王稽。因立車而言曰。關東有何變。曰。無有。又謂王稽曰。謁君得無與諸侯客子俱來乎。王稽曰。不敢。即別去。范雎曰。吾聞穰侯。智士也。其見事遲。鄉者疑車中有人。忘索之。於是范雎下車走。曰。此必悔之。行十餘里。果使騎還索車中。無客乃已。王稽遂與范雎入咸陽。已報使。因言曰。魏有張祿先生。天下辨士也。臣故載來。秦王弗信。使舍食草具。待命歲餘。及穰侯爲秦將。且欲越韓魏而伐齊綱壽。欲以廣其陶封。范雎乃上書。昭王大悅。拜范雎爲客卿。范雎日益親。因請間說秦王。乃拜范雎爲相。收穰侯之印。使歸陶。封范雎以應。號爲應侯。范雎既相秦。秦號曰張祿。而魏不知。以爲范雎已死久矣。魏聞秦且東伐韓魏。魏使須賈于秦。范雎聞之。爲微行敝衣。間步之邸。見須賈。須賈見而驚曰。范叔固無恙乎。范雎曰。然。須賈笑曰。范叔有說於秦耶。曰。不也。雎前日得過於魏相。故亡逃至此。安敢說乎。須賈曰。今叔何事。范雎曰。臣爲人庸賃。須賈意哀之。留與坐。飲食。曰。范叔一寒如此哉。乃取其一綈袍以賜之。須賈問曰。秦相張君。公知之乎。吾聞幸於王。天下之事。皆決于相君。今吾事之去留在張君。孺子豈有客習於相君者哉。范雎曰。主人翁習知之。唯雎亦得謁。雎請爲君見於張君。須賈曰。吾馬病車軸折。非大車駟馬。吾不出。范雎曰。願爲借大車駟馬于主人翁。范雎歸。取大車駟馬。爲須賈御之。入秦相府。府中望見。有識者皆避之。須賈怪之。至相舍門。謂須賈曰。待我。我爲君先入通於相君。須賈待門下持車良久。問門下曰。范叔不出何也。門下曰。無范叔。須賈曰。鄉者與我載而入者。門下曰。乃吾相張君也。須賈大驚。自知見賣。乃肉袒膝行。因門下人謝罪。於是范睢盛幃帳。侍者甚衆。見之。須賈頓首言死罪。曰。賈不意君能自致於青雲之上。賈不敢復讀天下之書。不敢復與天下之事。賈有湯鑊之罪。請自屏於胡貉之地。唯君死生之。范睢曰。汝罪有幾。曰。擢賈之髮。以續賈之罪。尚未足。范睢曰。罪有三耳。公前以睢爲有外心於齊。而惡睢於魏齊。公之罪一也。當魏齊辱我於廁中。公不止。罪二也。更醉而溺我。公其何忍乎。罪三矣。然公之所以得無死者。以綈袍戀戀有故人之意。故釋公。乃謝罷。入言之昭王。罷歸須賈。須賈辭於范睢。范睢大供具。盡請諸侯使與坐堂上。飲食甚設。而坐須賈于堂下。置莝豆其前。令兩黥徒夾而馬食之。數曰。爲我告魏王。急持魏齊頭來。不然者。我且屠大梁。須賈歸。以告魏齊。魏齊恐。亡走趙。匿平原君所。范睢于是散家財物。盡以報所嘗困戹者。一飯之德必償。睚眦之怨必報。秦昭王聞魏齊在平原君所。欲爲范睢必報其仇。乃佯爲好書遺平原君曰。寡人聞君之高義。願與君爲布衣之友。君幸過寡人。寡人願與君爲十日之飲。平原君畏秦。且以爲然。而入秦見昭王。昭王與平原君飲。數日。昭王謂平原君曰。范君之仇。在君之家。願使人歸取其頭來。不然。吾不出君於關。平原君曰。魏齊者。勝之友也。在固不出也。今又不在臣所。昭王乃遺趙王書曰。王之弟在秦。范君之仇魏齊。在平原君之家。王使人疾持其頭來。不然。吾舉兵而伐趙。又不出王之弟於關。趙孝成王乃發卒圍平原君家急。魏齊夜亡。出見趙相虞卿。虞卿度趙王終不可說。乃解其相印。與魏齊亡。間行。會諸侯莫可急抵者。乃復走大梁。欲因信陵君以走楚。信陵君聞之。畏秦。猶豫未肯見。魏齊怒而自剄。趙王聞之。卒取其頭與秦。秦昭王乃出平原君。後應侯任鄭安平。使將擊趙。鄭安平爲趙所困。急以兵二萬人降趙。王稽爲河東守。與諸侯通。坐法誅。而應侯日益以不懌。昭王臨朝嘆息。欲以激勵應侯。應侯懼。不知所出。蔡澤聞之。往入秦。蔡澤者。燕人也。聞應侯任鄭安平、王稽。皆負重罪於秦。應侯內慚。蔡澤乃西入秦說應侯。應侯延入坐爲上客。後數日。入朝言於秦昭王曰。客新有從山東來者曰蔡澤。其人辨士。明於三王之事。五伯之業。世俗之變。足以寄秦國之政。臣之見人甚衆。莫及。臣不如也。臣敢以聞。秦昭王召見與語。大悅之。拜爲客卿。應侯因謝病請歸相印。昭王彊起。應侯遂稱病篤。范睢免相。昭王新悅蔡澤計畫。遂拜爲秦相。劇中所載皆據實。元人有誶范叔雜劇。不載睢妻妾。關目亦異。當互看。

醒世魔

明季人作。演弓德、董芳、花氏等。各以前世因。互相報復。後得觀音菩薩指點成道。意在喚醒世魔。勸人爲善。故曰醒世魔也。弓德。京師宛平人。少孤。負俠氣。充東廠番子手。長於緝捕。人皆呼爲俊俏眼。又以其嗜義輕財。亦謂之小孟嘗。中城御史易弘器。以銀三十兩付役董芳購玉杯。爲母上壽。芳持銀被酒。爲人拐去。及覺。徬徨無措。弓德爲之緝獲。以金還芳。芳妻花三姐有姿容。憎其夫嗜酒。不相得。德經芳門。三姐傾水。誤汚德履。延入換履。悅德貌。會其夫將遠出。遂與德訂約。及期德往。方私盟。其夫遽返。德避床後。聞其夫顧三姐叮嚀。語刺刺不休。已去復回者三。三姐輒詈且詛其死。德不勝憤。拔刀殺三姐而去。何正者。擔水爲生。奉母至孝。曾割股療母病。三姐被殺。正擔水至其家。見尸驚倒。隣人環至。以正殺人。繫至官。嚴刑誣服。不三日。將殺戮。人多哀其冤。德聞。赴法場自首。請釋正。御史上聞。朝命兩宥之。德乃延正至家。盡以產業付正。使養母。而飄然遠逝。欲爲僧。途遇董芳。詳告其事。芳亦願出家。先是定陶人孫承與其友丘五岳。皆富而無子。九日登高。遇僧曰慈航。化其莊房爲佛院。請建大士像。承與五岳並許之。請僧住持。僧留圖一幅。謂當有有緣者來駐錫。遂辭去。至是。見德芳于廟。爲披剃。命二人名曰回光、返照。囑赴定陶。承見兩人貌與圖合。乃請住院修持。花三姐死。其魂入冥府。不錄。時嚴嵩新敗。見嵩黨皆爲牛羊。而三姐之姊生時貞靜好行善。託生爲男。當早貴。責三姐不端。不顧而去。三姐入枉死城。城中魔王悅其貌。欲留爲室。大士降旨不容。令託生。即令魔王幻形。以昭果報。孫承生一女。丘五岳亦舉一子。五歲。貌甚陋。五岳病危。以子託承。承即以爲壻。五岳亡。承撫壻如子。年漸長。將成婚。女嫌其壻醜。端午觀競渡。有流寓秀才龎魁。見孫氏。兩相悅。歸問其寓中王小二。知爲孫氏女。遣人作伐。欲娶之。孫以實告。孫氏含怨。乳媼窺其意。設計使孫氏以書招龎。挈貲同奔。書爲王小二所得。冒爲龎。夜赴孫約。孫及其乳媼果以貲出。偕行數里。孫氏覺。欲聲張。王小二殺其二女。以其頭投道旁井中而去。回光、返照在院清修十八年。是夜。回光忽見有青面魔王入院。呼返照出。唊之。恐及己。急走渡溪。時天方大雪。光陷入井中。承率人覓其女。見尸井旁。聞井中有聲。急出之。則回光。並得二首。遂以光付官。受諸刑下獄。小二贓敗。始知殺人者爲小二。伏誅。回光得釋。照亦未嘗被啖也。于是大士現形。指示諸人因果報應。謂董芳、花氏。前生皆僧。芳犯酒戒。花殺放生牛。德爲監齋使者。惡花欲殺之。芳逐花。飢死。故有今生業緣。而孫氏女又花轉世。德曾向花立誓。負約願受官刑。故有此報。麻魁即魔王幻出。小二即放生牛。孫承、丘五岳。皆以前生溺殺兒女。故艱于子嗣也。回光、返照感悟。俱得證果云。向敏中傳。敏中在西京時。有僧暮過村中。求寄宿。主人不許。寄宿門外車廂。夜有盜自牆上扶一婦人囊衣而出。僧自念不爲主人所納。今主人家亡婦及財。明日必執我。因亡去。忽墮眢井。則婦人已爲盜所殺在井中矣。明日。主人搜得之。執詣縣。僧自誣服。獄成。詣府。讞亦無異。獨敏中以贓不獲。致疑。引僧問得其實。敏中密使吏暗訪之。吏食村店。店嫗聞自府中來。問曰。僧之獄何如。

吏答之曰。昨已笞死矣。嫗曰。今獲賊何如。曰。已決此獄。雖獲賊亦不問也。嫗曰。言之無傷矣。婦人者。乃村中少年某所殺也。指示其舍。吏就舍中捕獲之。案問具服。並得其贓。僧得出。又太平廣記所載東西兩廊僧事。亦相似。而其事蹟尤詳。劇中所載。更與相合。廣記所載是唐時事。向敏中是宋時事。前後相仝。亦可異也。

撮盒圓

明末人所作。自序云磊道人、癯先生合編。未詳其姓氏。演聞人淵于廟市買得金鈿合半面。蓋中藏甘氏婚書。有女紫鴛幼時許姪留哥爲妻。以金鈿盒各執一扇爲據。淵後于揚州福清庵遇紫鴛。遂冒認留哥。合鈿成婚。故名撮盒圓也。明人雜劇有丹桂鈿盒。亦相仿。劇中云湖盜趙海。是劉六、劉七餘黨。蓋正德年間事。略云。聞人淵、字次卿。南直隸姑蘇人。官翰林院編修。弱冠未諧良偶。與友江文長、向雄成最相契。閒遊廟市。見雜銀換錢者。攜一半面金鈿盒蓋。淵買之歸。細玩盛盒紙簍內。藏婚書一紙。云。立婚書姑甘氏。有女紫鸞。許姪留哥爲妻。年俱二歲。今因赴任出京。特將金鈿盒各執一扇爲據。日後長大。合鈿成婚。紙背書紫鸞甲子年七月七日子時生。已十七歲矣。淵乞假南旋。方謀娶婦。文長亦因下第。攜妾迴風爲五湖之游。時雄成官荆襄總戎。淵與文長札。令探雄成。淵南下。路經維揚。借寓福淸尼庵。適甘氏同女紫鸞亦寓于此。淵窺見紫鸞絕色。愈深思慕。婚書鈿盒。又適相符。竟冒認留哥。託尼妙通與甘氏言。甘氏大喜。邀淵相見。即留寓。但疑其吳音。因留哥原京師人也。淵詭云。自幼所從業師俱吳人。又在南方住久。故不覺聲音變耳。居數月。甘氏忽患心痛。淵行笈中有京師前門外李姓所賣治心痛藥。欲親送至甘氏臥室。而誤入紫鸞室。紫鸞侍母湯藥未回。淵癡迷留戀良久。遺失心痛藥而去。紫鸞入室見藥。亦不細察。持藥與母服。病旋愈。時文長同妾迴風遊君山。被洞庭大盜趙海劫迴風去。拘禁凌逼。迴風貞操凜然。海不敢犯。文長與總戎雄成借冠服儀從。扮爲新任巡江都司。拜訪趙海。海感其以禮相待。因出迎謁。設筵款文長。文長亦答席。暗移舟出港。始語以失妾迴風之事。海懼。即送迴風還之。甘氏病愈。益屬意于淵。淵遂浼妙通爲媒。甘氏云。須有半扇鈿盒方成婚。尼與淵言。淵即出鈿盒蓋付之。結褵之後。淵仍儒巾青袍。甘氏猶以爲眞留哥也。而家人聞桂忽至。報陞翰林學士。甘氏方悟其非姪。然喜得佳婿。金鈿巧合。洵天緣也。文長亦中解元。迴風在賊營中。拾得半面盒底。文長謂與淵廟市所買半面盒相似。遂往晤淵。共敍離情。淵則扮書生得妻。文長則扮官長救妾。相詫異事。文長乃出盒底贈淵。果即甘氏所遺失者。淵以示甘氏紫鴛。益大驚異。淵與紫鴛。本非中表。皆鈿盒撮合成配。而所謂留哥者。幼年散失。不知所向。姻緣固有定數耳。按聞人淵、江文長、向雄成三人俱無考。而今古奇觀小說內。有陳御史巧勘金釵鈿一段。作者或影借此。但彼係梁尚賓奸騙。致女阿秀身死。魯學曾金鈿雖合。而所配則田氏。非阿秀。不如此劇足爲風流佳話也。

孝順歌

一名二十四孝。明末人所作。不知姓名。演女媧氏煉石補天。攝古人精魄。將身前事現身敷陳。教人孝順。故以爲名。補天之說。原屬荒誕。而二十四孝錯舉史傳雜說。愚夫孺子。皆能道之。作者全據此。然至聖如虞舜。首編劇中。未免近於狎侮。非所宜也。略云。女媧聖母奉玉帝勅旨。重補天缺。採五色精華之石修煉。丹爐輕清之氣。已將凝聚上升。爲下方煞氣冲散。乃以五行全寶丹置鼎中。命五丁神將守護。少頃。煞氣并丹鼎冲倒。女媧大驚。慧眼觀之。乃下界缺陷難完。於是攝古今最著二十四孝之精魄。令其將生時孝道詳演之。天下士庶。悉皆感化。親心愉悅。女媧奏聞玉帝。命將二十四孝俱引上天。別類分門。以大舜、漢文爲帝孝。曾參、閔損、仲由爲賢孝。萊子、姜詩爲順孝。黃香、陸績爲幼孝。剡子、孟宗、庾黔婁、黃庭堅爲病孝。吳猛、王祥、郭巨、董永、朱壽昌爲苦孝。江革、蔡順、楊香爲難孝。王裒、丁蘭爲追孝。唐氏爲女孝。玉帝召入殿前。賜宴黃金闕內。太白金星陪位。以昭示寵榮。俾流芳萬載云。按二十四孝。詳載日記故事中。未知起于何時。八義劇內賓白有二十五孝之說。問者云。只有二十四孝。如何有二十五孝。八義相傳最久。葉盛水東日記中已道及之。蓋是元末明初之作。則二十四孝故事。亦是宋元人所編也。

二十四孝故實。其一大舜耕田。虞舜。瞽瞍之子。性至孝。父頑母嚚。弟象傲。舜耕于歷山。有象爲之耕。鳥爲之耘。其孝感如此。帝堯聞之。事以九男。妻以二女。遂以天下讓焉。其二文帝嘗藥。前漢文帝名恆。高祖第三子。初封代王。生母薄太后。帝奉養無怠。母嘗病三年。帝目不交睫。衣不解帶。湯藥非口親嘗弗進。仁孝聞于天下。其三曾參心痛。周曾參、字子輿。事母至孝。參嘗採薪山中。家有客至。母無措。望參不還。乃嚙其指。參忽心痛。負薪以歸。跪問其故。母曰。有急客至。吾嚙指以悟汝爾。其四閔損御車。周閔損、字子騫。早喪母。父娶後母。生二子。衣以綿絮。妬損。衣以蘆花。父令損御車。體寒失靷。父察知其故。欲出後母。損曰。母在一子寒。母去三子單。母聞悔改。其五子路負米。周仲由、字子路。家貧。嘗食藜藿之食。爲親負米百里之外。親沒。南遊於楚。從車百乘。積粟萬鍾。累裀而坐。列鼎而食。乃嘆曰。雖欲食藜藿爲親負米。不可得也。其六剡子鹿乳。周剡子性至孝。父母年老。俱患雙眼。思食鹿乳。剡子乃衣鹿皮。去深山。入鹿羣之中。取鹿乳供親。獵者見而欲射之。剡子具以情告。乃免。其七萊子斑衣。周老萊子至孝。奉親極其甘脆。行年七十。言不稱老。嘗着五彩斑斕之衣。爲嬰兒戲於親側。又嘗取水上堂。詐跌臥地。作嬰兒啼以娛親意。其八董永賣身。漢董永家貧。父死。賣身貸錢而葬。及去上工。路遇一婦。求爲永妻。俱至主家。令織縑三百疋。乃回。一月完成。歸至初相會處。婦曰。因君孝心感天。遣我助織。遂辭永騰空而去。其九郭巨埋兒。漢郭巨家貧。有子三歲。母嘗減食與之。巨謂妻曰。貧乏不能供母。子又分母之食。盍埋此子。兒可再有。母不可復得。妻不敢違。巨遂掘坑三尺餘。忽見黄金一釜。金上有字云。天賜黄金。郭巨孝子。官不得奪。民不得取。其十姜詩躍鯉。漢姜詩事母至孝。妻龐氏。奉姑尤謹。母好飲江水。去舍六七里。妻常出汲而奉之。母更嗜魚膾。又不獨食。夫婦嘗力作供膾。召鄰母共食。舍側忽有湧泉。味如江水。日躍雙鯉。時取以供母。其十一蔡順拾椹。漢蔡順少孤。事母至孝。遭王莽亂。歲荒不給。拾桑椹以異器盛之。赤眉賊見而問之。順曰。黑者奉母。赤者自食。賊憫其孝。以白米三斗牛蹄一隻與之。其十二丁蘭刻木。漢丁蘭幼喪父母。未得奉養。而思念劬勞之恩。刻木爲像。事之如生。其妻久而不敬。以針戲刺其指。血出。木像見蘭。眼中垂泪。蘭問得其情。蘭將妻棄之。其十三陸績懷橘。後漢陸績年六歲。於九江見袁術。術出橘待之。績懷橘二枚。及歸。拜辭墮地。術曰。陸郎作賓客而懷橘乎。績跪答曰。吾母性之所愛。欲歸以遺母。術大奇之。　其十四江革供母。後漢江革少失父。獨與母居。遭亂。負母逃難。數遇賊。或欲劫將去。革輒泣告有老母在。賊不忍殺。轉客下邳。貧窮裸跣。行傭以供母。母便身之物。莫不畢給。　其十五黃香扇枕。後漢黃香。年九歲失母。思慕惟切。鄉人稱其孝。躬執勤苦。事父盡孝。夏天暑熱。扇涼其枕簟。冬天寒冷。以身煖其被席。太守劉護表而異之。其十六王裒泣墓。魏王裒事親至孝。母存日性怕雷。既卒。殯葬于山林。每遇風雨。聞阿香響震之聲。即奔至墓所。拜跪泣告曰。裒在此。母親勿懼。嘗讀詩至哀哀父母。生我劬勞。未嘗不三復流涕。門人盡廢蓼莪之篇。　其十七吳猛飽蚊。晉吳猛年八歲。事親至孝。家貧榻無帷帳。每夏夜。蚊多嚼膚。恣其膏血之飽。雖多不敢驅之。恐其去己而噬其親也。愛親之心至矣。　其十八王祥臥冰。晉王祥早喪母。繼母朱氏不慈。父前數譖之。由是失愛于父。母嘗欲食生魚。時天寒冰凍。祥解衣臥冰求之。冰忽自解。雙鯉躍出。持歸供母。鄉里驚嘆爲孝感所致。　其十九楊香打虎。晉楊香。年十四歲。嘗隨父豐往田穫粟。父爲虎曳去。時香手無寸鐵。惟知有父。而不知有身。踴躍向前。搤持虎頸。虎亦磨牙而逝。父得免于害。　其二十孟宗哭竹。晉孟宗少喪父。母老疾篤。冬日思筍煮羹食。宗無計可得。乃往竹林中抱竹而泣。孝感天地。須臾地裂。出筍數莖。持歸作羹。奉母食畢疾愈。　其二十一黔婁嘗糞。南齊庾黔婁爲孱陵令。到縣未旬日。忽心驚汗流。即棄官歸。時父病始二日。醫者曰。欲知瘥劇。但嘗糞。苦則佳。黔婁嘗之甜。心憂之。至夕稽顙北辰。求以身代父死。　其二十二唐氏乳姑。唐崔山南曾祖母長孫夫人。年高無齒。祖母唐夫人每日櫛洗升堂。乳其姑。姑不粒食數年而康。一日有病。長幼咸集。乃宣言曰。無以報新婦恩。願子孫婦如新婦孝敬矣。　其二十三壽昌認母。宋朱壽昌年七歲。生母劉氏爲嫡母所妬。出嫁。母子不相見者五十年。神宗朝。棄官入秦。與家人決。誓不見母不復還。後行次於同州得之。時母七十餘。　其二十四山谷滌器。宋黃庭堅。元祐中爲太史。性極孝。身雖貴顯。奉母盡誠。每夕親自爲母滌溺器。未嘗一刻不供子職。

梅花樓

明嘉靖間舊本。未知誰筆。（按。此劇爲明馬佶人撰。佶人字更生。一作亘生。江蘇吳縣人。所作傳奇三種。荷花蕩。十錦塘。今存。梅花樓。佚。）演蘇彥、巫婉娘訂盟。彥得禍。婉娘以憶死。停柩梅花樓下。其後返魂完好。故名。姓名事蹟。皆係捏造。所引眞娘墓、短簿祠。則載姑蘇志。仇賽甫則指仇鸞也。劇云。長洲人蘇彥。字仙才。十五學劍。二十成文。所交金陵朱鵬。同郡陸堅。皆豪士也。鵬已爲山東巡撫。堅尙豹隱。彥有寶劍。號霜蕖、傳家已久。不輕示人。有木華者。權相仇賽甫名路之門客。（按宰相無所謂仇路者。當指仇鸞。時爲邊將。以帥府爲賽甫也。）爲仇采骨董於蘇。聞彥有寶劍。强堅相引同觀。彥出劍。果神物也。華說彥獻之仇府。則富貴可得。彥怒罵。立揮使去。華啣之。虎丘山塘故宦之女巫婉娘。有殊色。失怙恃。與乳嫗相依。居一小園中。家貧。以園之半出賃爲酒館。彥至虎丘訪僧。過眞娘墓。誦任彥良何事世人偏重色。眞娘墓上獨題詩句笑爲村豎語。因入酒館索酒賦詩。反任意以弔。酒後倚樓。卒見婉娘。目成心許。留連日暮而去。以後思之不置。重過其地。忽有靑衣女引入大廈。珠簾繡幕。非復人境。俄有艷者出見。邀飮致謝。語甚殷勤。但有無端雀角。辜負梅花。斂鍔空還語。彥方不知所謂。忽一官自外入。身矮而多鬚。高呼索醉。彥驚避。久之雞三鳴。人物臺榭。忽皆不見。蔓草中有小石碑。拂視之則眞娘墓。旁有祠。則短簿祠也。乃悟向所見。蓋眞娘及王珣耳。婉娘見彥後。亦思之成疾。方欲訪問其姓名。而彥復至。遂相與訂終身之約。木華至京。譏彥。誣以私藏利器。有反形。緹騎逮問。彥惟一僕曰長鬚。欲隨行。緹騎不許。對主自刎而死。至京。仇屬大理嚴鞫。而長鬚魂附大理。責問首人木華。杖殺之。及醒。華已死。下彥于獄。會東撫朱鵬薦彥有文武才。而陸堅聞彥難。亦馳至京。擊登聞鼓鳴寃。朝命釋彥。還其劍。赴軍前立功贖罪。初、婉娘與彥盟。約其再至。已而杳然。及聞其被禍。憂鬱病危。禱於虎丘寺。扶病草疏。祈夫寃雪早歸。不勝悲憤。竟卒于寺旁梅花樓下。寺中伽藍神方拘訊。爲眞娘所聞。謂其陽壽未絕。授以金丹。引魂入柩。以俟彥來相救。彥以軍功得官歸。訪婉娘。知其已死。有乳嫗爲堅所收養。彥乃獨至梅花樓下設奠哭之。忽聞柩中有聲。以霜藻劍啓視之。婉娘復活。乃同造堅家。呼嫗相見。堅復爲彥買宅成婚。未幾。有三神人見于宅中。即伽藍、眞娘。其一則僕長鬚也。勸衆以世緣既畢。宜事淸修。各登證果云。　唐名妓眞娘墓。在虎丘之西。往來遊士。多著篇咏。有舉子譚銖或作任彥良。題一絕云。虎丘山下冢纍纍。是處松楸盡可悲。何事世人偏重色。眞娘墓上獨題詩。後人由是閣筆。宋王元之題眞娘墓詩云。女命在乎色。士命在乎才。無色無才者。未死如死灰。虎丘眞娘墓。止是空土堆。香魂與膩骨。消散如黃埃。何事千百年。一名長在哉。吳越多婦人。死即藏山隈。無色固無名。丘塚空崔嵬。惟有眞娘墓。客到情徘徊。我是好名者。爲爾傾一杯。我非好色者。後人無相咍。劇中詩意本此。短簿祠在眞娘墓旁。晉時王珣爲桓溫主簿。捨宅爲虎丘寺。後人立祠寺旁。以其生有短主簿之名。故名祠也。朱鵬應作翟鵬。嘉靖時翟鵬爲宣大總督。今改翟爲朱。改宣大爲山東耳。

雙龍佩

明時人所作。不知姓字。演袁彬事。謂英宗以雙龍佩賜彬。始終以佩作關目。故名。中間所引姓名俱實。其事蹟則眞僞參半。而僞者居多。足淆視聽。附辨於後。以證其訛。略云。英宗土木之變。惟錦衣衛校尉袁彬從駕。備歷勞悴。帳中嚴寒。以脇護帝足。帝念其勞。解所繫雙龍佩賜之。朶顏帖木乃公遣人夜入帳。欲害英宗。見火光起帳中。有龍盤帳外之異。驚而仆地。不敢加害。也先屢次送歸。邊將慮其詭計。不敢迎。也先與弟伯顏送至大同。定襄伯郭登拒之。復詣居庸關。值楊善奉勅迎上皇。云使臣李實歸。於上前詆也先伯顏意。因遣迎駕。及入關。內閣王文密奏使上皇毋居宮中。此說誤。王文亦尚未爲內閣。時御史鍾同、禮部員外章綸、錦衣衛百戶龔遂榮、請迎英宗。遜大位。景帝怒。發錦衣衛杖一百。同斃杖下。同綸疏。非此時。誤。大學士于謙力諫不從。謙欲辭職。詔謙防禦九邊。此段誤。于謙亦非內閣。劇又以爲太極殿大學士。明時殿閣大學士。無所謂太極殿。惟嘉靖時光明殿後有太極殿。乃世宗脩眞之所。王穉登牡丹詩。香分太極殿中烟是也。與內閣無與。作者妄甚。遂奉上皇居南宮。送錢后同居。上皇述袁彬勞。景帝授彬錦衣衛百戶。瞽者楊暄善卜。楊暄非瞽者。亦誤。彬邀與上皇卜。言其後福甚大。景帝命扃南宮。灌鎖以銅鐵汁。伐沿牆樹。禁人出入。遣錦衣衛千戶門達主其事。彬與達爭之。以頭觸南宮門。大學士徐有貞解釋之。謂彬云。此出上意。必太后始可救。彬使妻充作軍人之婦。入宮掃雪。密啓太后云。大臣欲迎立襄王世子。太后以密詔付彬示徐有貞。同文武迎立上皇。又賜雙龍佩一枚。云一留上皇。一賜汝夫。爲紀功之符券。彬邀暄卜及觸門等事。俱史傳所無。節節僞造。有貞與石亨、曹吉祥等奪門迎上皇於南宮。

左右都督張軏、張輗巡緝防禦。天忽晦暝。及子時。上皇登輦轂。天更皎潔。此段實。英宗遂改元天順。誅王文。欲赦于謙。石亨云。不斬于謙。此舉爲無名。遂并誅謙。此徐有貞語。誤作石亨。詔授袁彬錦衣衛指揮。門達居其下。石亨恃功驕縱。達投亨門下爲義子。曲盡諂媚。亨益肆横。民多受冤。投萬寃錄控於袁彬。元宵夜。英宗幸彬第。見其錄。袖入禁中。此段係增飾。非實。亨啣彬。與達謀。陷彬與也先通。遣達首於英宗。逮彬繫獄。妻持血疏入朝辨冤。爲亨所見。抑不得奏。時詔亨與有貞同鞫彬。有貞知其寃。畏亨勢力。不敢明辨。此段亦誤。亨嘗與達謀不軌。卜於楊暄。有悖逆語。書於禱神之疏。暄默藏之。亨恐洩其謀。使人刺暄。暄預知之。逾牆出避。入有貞寓。有貞以亨達陷彬事告之。暄告有貞以亨悖逆之語。有貞令奏于朝。英宗方親審彬事。暄擊登聞鼓。奏亨逆語。英宗鞫得其實。而細詰彬通敵事。彬自訴從前隨駕之功。且出雙龍佩二枚以爲證。英宗感悟。誅亨達。復彬職。賜以節旄。命有貞送彬夫婦歸第。門達昭彬事有之。而所演情節。俱係增飾。多誤。

英宗實錄。正統十四年七月己丑。瓦刺兵分道入寇。下詔親征。癸巳。命郕王居守。張輔、朱勇、顧興祖等率師從。瓦刺兵圍馬營城。西寧侯宋瑛、武進伯朱冕、與也先戰于陽和。敗沒。甲午。車駕發京師。辛丑。至宣府。八月己酉。駐蹕大同。鎭守太監郭敬密以敵計告。始議旋師。命廣寧伯劉安充總兵官。鎭大同。庚戌。車駕東還。丁巳。至宣府。恭順侯吳克忠、與其弟都督克勤戰沒。朱勇及永順伯薛綬救之。至鷂兒嶺。全軍盡覆。辛酉。次土木。壬戌。移營。敵乘之。大潰。英國公張輔等皆死之。王振亦被殺。也先擁帝去。劇中袁彬說白。言敵兵攻陷大同。王振勸上親征。按是時塞外城堡多陷沒。然未嘗陷大同也。又言百官伏闕懇留。不聽。命郕王居守。親統五十萬人馬出居庸關。一時敗報踵至。王振執意勸駕前行。直至大同。雷雨大作。衆文武哭請班師。行至宣府。敵人攻殺甚急。將校皆血戰身亡。奔至土木。北兵合圍。突陣不出。被北兵擁去。此段皆實。劉定之否泰錄云。官軍私屬共五十餘萬人。蓋非盡勝兵者也。又言那時只有我一人相從。幸得太師也先詢知聖駕。不敢相犯。送在伯顏丞相營中居住。按尹直北征事蹟。成化元年。錦衣衛指揮僉事袁彬。言正統十四年八月十五日。臣在土木。爲囘囘賽伏刺所擄。十六日上在雷家站高岡地上。衆人圍着。是臣遠觀認。的是我英宗皇帝。上問你是甚麽人。臣說是校尉。當奉聖旨。你不要說是校尉。只說是原在家跟隨的指揮。又問你會寫字不會。臣說會寫。就令在左右隨侍答應。劇所記相合。又正統北狩事蹟。也先以上送伯顏帖木兒。令護之。帖木兒曰。我當奉侍。時囘子撒夫剌以袁彬來見。上問爲誰。曰。識字校尉袁彬。上曰。敵所怒者校尉。勿云校尉。只稱識字人 劇言帝在伯顏營亦合。至宣府。有異謀。是夕雷震也先所乘馬、有赤光覆帝寢幄。乃止。劇言朶顏帖木乃公欲害英宗。見帳上火光罩住。且見金甲龍神。持刀相斫。與史相合。又按北狩事蹟。乃公大言欲害英宗。伯顏大怒。正統臨戒錄。亦言乃公口發惡言。欲害英宗。伯顏大怒。撾其面。其後在豐州地方。伯顏妻令使女阿失加問哈銘。你們天道緩和。夜晚燒火做甚。銘言我們五七人在一氈帳睡。那有地方燒火。使女說。只見氈帳上有火光。伯顏妻云。此是洪福光現。北征事蹟。言上令彬出帳外覘。但見赤光罩定御帳。敵衆屢謀欲害。數見瑞應。謀遂沮。又言也先每夜見上所御帳房上火起。隱隱有黃龍交騰其上。皆與劇合。九月癸未。郕王即位。遙尊帝為太上皇帝。十月戊申。也先等擁上皇至大同。丙辰。也先破紫荊關。戊午。也先列陣西直門。己未。邀大臣迎駕。庚申。于謙、石亨敗敵于德勝門外。壬戌。也先由良鄉西去。劇言也先擁英宗至大同。聲言送還。定襄伯郭登不納。引社稷爲重。君爲輕語。袁彬以頭撞城。登令諸將一齊放砲。按李夢陽于謙廟碑云。也先擁英宗諭下大同。大同之人登城謝曰。賴天地社稷之靈。已有君矣。謙獨揚言曰。社稷爲重。君爲輕。斯言也。功以之成。禍以之生。高岱鴻猷錄。也先擁上至大同。城門閉。上詔守將郭登曰。朕與登有連。何相外。登傳奏曰。登奉命守城。不敢擅啓。校尉袁彬以頭觸門大呼。於是廣寧伯劉安等出見。北狩事蹟。至宣府。也先命袁彬呼城。總兵太監都不應。欲發火鎗。乃至大同。又令彬呼城。總兵廣寧伯等乃出朝見。劇所演非無因也。然據北征事蹟。八月二十日到大同東塘坡上。二十一日過西門。着臣騎馬到城下。號說我是寫字校尉。見有駕牌爲照。下弔橋放我進去。臣入城見劉安郭登沈固霍瑄。衆官計議良久。留臣在城。劉安出城見上。劉安入城。方遣臣出。又令臣入城取通事李指揮讓同出城見上。是日劉安等同大小官員出城朝見。及進羊酒等物。劉安說城中有十四萬兩銀子。當令臣取銀一萬兩賞也先等。上令臣再入城取銀五千兩，散與衆人，二十二日，離西二十里駐蹕，有夜不收密請石佛寺去乘間入城，上以危事，不用其計，九月十六日，季鐸到營，言郕王即位，上令寫書三封，一禪位郕王，一問安太后，一致意百官，絕也先闚地之心，動景王天倫之念，二十八日，到大同，上至北門，郭登等朝服，在月門裏設交床，俟候叩頭，上不肯下馬，郭登潛令人伏城上，欲放下月城閘板，敵覺之，就擁上出城，也先到大同東門，叫城中頭目出見，城中不從，惟進羊酒諸物，上親說與城上官軍，這厮們說謊，不肯送我，你每守祖宗的城池，操練軍馬，不可怠慢，北征事蹟，乃袁彬自記，題請纂修者，豈有自己以頭撞城，反不叙入之理，郭登情蹟，亦當以彬所叙爲的。

景帝實錄。景泰元年正月丁丑朔。以上皇在北。罷朝賀。六月己亥。擢禮科都給事中李實爲禮部右侍郎。大理寺丞羅綺爲右少卿。同使瓦剌。壬寅。也先使至居庸關。命李實等齎銀幣迎犒之。即與偕往。戊申。瓦剌可汗遣使來議和。庚申。命右都御史楊善、工部右侍郎趙榮使瓦剌。癸亥。李實還自瓦剌。以也先使者把禿等來。賜敕報之。己巳。楊善等抵瓦剌。也先許送上皇還國。與伯顏帖木兒各置酒餞上皇。八月癸酉。上皇發瓦剌。壬午。至宣府。癸未。太常少卿許彬以奉迎至。上皇命書罪己。敕諭羣臣。甲申。遣商輅迎上皇于居庸關。丙戌。還京師。帝迎見於東安門。遂入南宮。帝及百官朝謁。癸巳。御奉天門。宴瓦剌送駕使臣。劇叙楊善出使，帶說李實出使事在內，略述善言數句，及也先伯顏餞行，送至居庸關而去，俱是實事。又述英宗令善啓太后，同都避位，並諭羣臣免迎，亦是實事。但也先伯顏送至野狐嶺而去，未至居庸關也。鴻猷錄云：公卿迎至城外，景帝迎之東華門內，上皇下馬，相持泣，各述遜避意，遂居上皇于南宮，朝百官。後以讒譖頗閒隙，歲時不令百官朝見，至鎔鐵錮其門鎖云。

三年五月。廢見深爲沂王。立見濟爲皇太子。十月戊戌。左都御史王文入閣。預機務。四年十一月辛未。見濟薨。五年五月甲子。下禮部郎中章綸、御史鍾同于詔獄。是年。也先爲知院阿剌所殺。八年正月辛巳。胡濙等詣左順門問安。出集禮部。議以明晨入朝。疏請沂王。羣臣以次署名而進。壬午。百官方待漏朝房。忽聞南城呼噪震天。石亨、徐有貞等已奪門迎上皇。二月乙未朔。廢景帝爲郕王。遷之西內。

劇云王文爲謹身殿大學士，朝廷大事，惟與密謀。也先送上皇入關，內監傳旨王文與于謙議事。文進密啓云：上皇辱國喪師，必無復位之理。一不宜朝見太后，二不宜接見沂王，三不宜羣臣朝謁，四不宜留處宮中，五不宜聽于謙讒言，六不宜寬小臣浮議。于謙爲太極殿大學士兼兵部尚書。議令景帝懇請避位，然後受之。王文不可。鍾同章綸龔遂榮皆請堅辭避位。奉旨拿至午門，各杖一百。鍾同打死，暴尸街市。餘發錦衣監禁。于謙脫冠哭奏，勅赴九邊防禦云云。按此一段，乃極有關係節目，而不根誕妄，增飾亂眞，疑是蘇人爲徐有貞作者。不可不急辨也。王文景泰二年始入內閣。此時安得爲大學士。于謙終身未入內閣。而太極殿之名，尤村野小夫不知官制者所造。于謙王文，彼時未聞有異同之論。鍾章之疏，在景泰五年。相去甚遠。龔遂榮未嘗與鍾章同杖。于謙未嘗在外防邊。節節皆謬。惟太上迎歸，王文欲阻之說，傳記有之。然王世貞亦但言當太上之迎復，謙不爲梗，小梗者，王文楊俊耳。他書亦但言也先之送太上。王文以爲不然。厲聲曰。來耶來耶。敵不索金帛。必索土地。便謂上皇來耶。蓋疑也先之借此爲詞。因而入寇。亦情理所有。未可便指爲力扼英宗也。條陳六事之說。鑿空以陷王文之罪。後來徐有貞等坐罪。王文亦但云欲迎襄王子。豈有從前有此疏而乃不及乎。劇又以伐去髒樹。鎔鐵錮門。歸罪門達。按此乃因給事中徐正之言。與門達亦無干涉。達之驕橫在天順時。劇又云袁彬撞南城宮門。徐有貞目擊其事。共商啓孫太后以定奪門之謀。更屬誕妄。惟云袁彬授百戶。是實。　王世貞二史考。給事中徐正嘗自言已有禦敵功。欲引姚夔陞侍郎例乞陞。不許。遂進南城離間之策。謫戍鐵嶺。後磔死。家籍。正吳江人。　劇中載龔遂榮事。按傳記等書。諸大臣會議上皇迎禮。朝退。得一匿名書。都人一聞駕旋。人人喜躍。宜請主上厚奉迎之禮。避位婉辭。然後受命。因述唐肅宗故事。諸臣曰。若封進。或可感動上心。胡濙以語諸同官。王直曰。可。禮失而求諸野。王文曰。不可。匿名書不得以告。禮科給事中于奉以聞。帝詰濙何從得書。濙言臣得之高穀。帝怒。命按捕其人。高穀云。臣得之隸。隸云拾之道。王文曰。勿累小子喫牢飯也。千戶龔遂榮出承曰。臣爲之。濙因奏唐肅宗故事。言已行之令典。可效之良規。帝不能從。其禮甚簡。當時并遂榮入獄。未幾出之。王文之言。頗徇景帝意。王世貞所謂小梗也。又按英宗錢皇后傳。英宗北狩。傾中宮所有。佐迎駕費。夜哀籲天。倦臥地上。損一股。傷哭之至。復損一目。英宗歸南城。不自得。后曲慰解。劇中前後籲天一折。皆實事。

王世貞錦衣志。英宗在敵營。校尉袁彬始得見。袁彬者。少以材力射生。選從刺奸緹騎。既從征。沒敵麾下牧馬矣。久之。乃使侍上。上方坐槖駞帳中。得彬甚喜。彬溫美多數計。善言笑。時時爲隱語悅上。獲一羊髀。烹而共啖之。晝斧薪伐冰。夜則以背承上足而寢。敵挾上攻雲中。轉戰上谷。遂躪關而下。趨京師。小不遂。輒欲僇殺彬。上至爲泣請之。

僅免。彬嘗病中寒。上親爲治糜啖之。身壓彬背。汗洽良已。上還。稱太上。絀彬勞。僅拜錦衣百戶。天順初召見。彬語絮且泣。超爲都指揮僉事。理錦衣事。賜城東甲第一區。黃金十鎰。白金二十鎰。綵綺鹽醪醯醬乾糒充實。又加賚妻異繒精醪。各有差。間夕宴對。略用家人禮。北征事蹟。彬首尾大略相同。中有云在蘇武廟駐札四十日。時天寒甚。臣得宿寢旁。每至中夜。令臣伏臥內。以兩脇溫上足。劇以英宗語點出。正統臨戎錄英宗諭哈銘云。你昨夜一隻手壓在我胸前。我不曾推下。直待你醒了翻身擡下去。漢光武同嚴子陵宿。子陵脚壓在光武身上。也只等他自翻身擡下去。你到比他一般。銘回奏該萬死。奉旨到家與你都指揮做。按此乃哈銘事。劇中改作袁彬。因增飾云。英宗命與錦衣指揮。因無勅據。乃以太祖所遺雙龍珮一枚。賜之以爲識。此珮本有二枚。其一在孫太后所。後來袁彬之妻方氏。扮作軍妻入宮掃雪。孫太后命密諭徐有貞。遂以龍珮一枚賜之。劇稱雙龍珮者以此。此則全然謊說也。據彬自紀。英宗南回至雙泉鋪。以舊服白綾中衣一件。及也先所進戰裙賜之耳。無所謂雙龍佩也。又按彬自紀。天順元年正月十九。陞指揮僉事。賜第一所。三月內娶妻。上命國舅孫顯宗主親。彬妻乃天順時所娶。則所載以前事皆妄矣。孫太后密諭之說。乃石亨等所揑造。亦未可定。彬畏滿好避。而同列門達、逯杲顯。達初以錦衣校理鎮撫司遷至指揮。而其所任校逯杲繼起。與同列中貴人曹吉祥、忠國公石亨、干請不已。上心厭之。欲稍稍削其重以屬彬。固謝不敢。乃屬杲。杲數伺忠國公罪狀聞上。併其從子定遠侯彪誅之。上益貴重杲。杲遂持吉祥陰事。擬之急。乃與從子欽殺杲。攻長安門。詔族吉祥。贈杲右都督。彬請急。不任。而門達獨重。上已誅曹、石。恆借達爲彊。賞賜無算。袁彬猶以義故。位達上。達知上薄之。搆以死罪劾奏。上不平曰。是負我者。然故人不死足矣。此外以任若。達執彬下獄。脅以火。五毒更下。彬不勝苦。且誣伏矣。而燕中少年楊賢者。嘗爲漆工尙方。奮曰。袁公。上魚服侶也。門達何人。而輒害之。因上疏詆達奸惡數十百事。而極稱彬枉。且有社稷功。不宜罪。詔併下達治。達捶賢百餘。賢恐遂死。不得白。謬攀大學士李賢。達以醪肉食之。持牘面訴曰。李賢令楊賢中臣爲袁彬地。上爲集羣臣于朝堂。楊賢出餘肉大呼曰。門指揮醪肉食我。而令引李。李學士貴人。吾何從見之。上悟。趣出袁彬。令分司南都。餘具置不問。自是達漸寵衰矣。居一載。驛召袁彬還職。寄如故。憲宗初。達論戍嶺表。瀕行。袁彬帥僚出餞郊墅。揮囊金爲解裝。良厚。衆咸多彬不念惡。有古長者風。按袁彬不肯搆石亨罪。英宗屬逯杲治之。其誅亨。杲所爲也。劇言上微行過彬家。

彬進萬寃錄，皆亨惡蹟，亨知之，欲害彬，卜于楊暄，暄指其悖妄，又欲殺暄，暄逃入徐有貞家，亨嗾門達奏彬與也先交通，謀爲叛逆，曹吉祥傳旨，發有貞亨審鞫，因旨有還活袁彬之語，有貞不聽亨動刑，兩人各自奏請，而彬草血疏令妻叩閽，亨于朝房執彬妻，奏請并案，旨命監禁覆審，尋聽有貞言，午門親鞫，而楊暄首亨悖逆語，出其親筆爲證，遂以亨達一同正法，而復彬官，此乃謬妄讆語也，達之搆彬，在天順七年，而石亨之誅，在四年，曹吉祥之誅在五年，安得偕門達陷彬也，且達亦未嘗大辟，而也先之死，亦在彬被陷前，徐有貞則天順元年已黜官爲民金齒，安得此時尚在朝中，惟執袁彬送錦衣，英宗曰，還我活袁彬，此語是實，又劇所謂楊暄者，憲章錄諸書，皆云門達有寵，惡袁彬質直不阿，得進言于御前，乃使邏卒捃摭彬陰私數十事，上之，上欲法行不以彬阻，諭之曰，從汝拿問，只要一箇活袁彬還我，彬既下獄，達拷掠欲致彬死罪，有彩漆軍匠楊暄者，憤然不平，上疏言駕留北庭，獨彬以一校尉保護聖躬，備嘗艱苦，今卒然付獄，乞御前審錄，則死無憾，并條陳達不法二十餘事，擊登聞鼓以進，上令達逮問，達逼暄令供李賢主使，及命中官會法司官訊於午門，暄大言此門指揮教我攀指也，達失色計沮，彬遂得從輕調南京，暄亦得免，唐樞國琛集，楊塤，京衛餘丁卒，當袁彬忤門達，搆誣重情，舉朝寃之，莫敢鳴，塤素不識彬，擊登聞鼓，懇疏暴達罪，并下獄，達姑緩塤，使誣連大學士李文達主使，塤佯諾之，及會鞫午門前，乃顯伏無他及，人吐舌壯之，按楊塤或作楊暄，或作楊賢，其實乃楊塤也，劇以爲瞽者，引易卦爲英宗占斷，此乃仝寅事，寅，山西安邑人，少瞽，以京房斷占輒奇中，曾答大同守監裴當之問，占裕陵甚驗，劇遂扭爲楊暄也，鄭曉今言云，上居南城，錦衣使盧忠上變告密，筮寅所，寅儆以滅族之禍，盧大懼佯狂，卒坐誅，石亨大貴幸，寅每筮戒以持滿，石不悟，及禍，劇又扭二事爲一也，其謂楊暄入徐有貞家，有貞力庇之者，按史天順元年，御史楊瑄奏石亨罪，亨謂有貞主使，因陷有貞，劇又扭楊暄爲楊瑄也。又按

徐有貞。初名珵。吳人也。由庶吉士進侍講。英宗北狩。建議南遷。于謙請斬倡南遷議者。有貞恨入骨。景泰中。以治河功。進副都御史。石亨、張軏、張

輗等就有貞謀。有貞指示乾象。約亨等收諸門鑰。薄南城門以迎英宗。進兵部尙書。旋封武功伯。拜華蓋殿大學士。入内閣。御史楊瑄、張鵬論石亨、曹吉祥。二人泣訴于上。言御史承有貞風旨。上下有貞獄。出爲廣西參政。尋中蜚語。流金齒。王世貞作有貞傳云。有貞自計。不大置王文等罪。己功亦眇。遂悉誣以迎立外藩。死戍有差。按天順初。將殺王文于謙。而上以謙有功爲疑。有貞進曰。不殺于謙。則此舉無名。劇改作石亨語。蓋爲有貞嫁禍也。明弘正間蘇人記于謙有貞事。是非多謬。蓋祝允明乃有貞外孫。而文林子徵明。又允明好友。允明及林所紀。多歸美有貞。而飾其險譎。允明作蘇林小記。大抵皆一面之詞。他書又多據此爲牆壁。不能詳核也。王世貞史學甚熟。而持論亦公。故奮筆言其誣。世貞亦蘇人。其論出。始正前者衆論之謬。今劇猶全美有貞。蓋是蘇人之作。在嘉靖前耳。又按于謙、字廷益。錢塘人。正統中爲兵部右侍郎。土木報至。尙書鄺埜歿於陣。景泰初進兵部尙書。虛已委謙兵事。廷議遣使與也先和。且迎太上。上意不懌曰。我非貪此位。而卿等强樹焉。今復作紛紜何。謙從容曰。天位已定。寧復有他。言和者覬以解目前而得爲備耳。上顧而改容曰。從汝從汝。於是楊善以奉使往。而上皇返駕。後石亨等奪門。下謙與大學士王文獄。謂謙、文與中貴人舒良、王誠、張永等謀迎襄王子。坐以謀反。鈷鑽鍛煉。文不勝憤辨之苦。謙笑曰。亭等欲殺我。辨何益。遂論棄市。其日陰霾翳天。行路嗟歎。憲宗初。復其子冕官。爲府軍前衛千戶。後改文資。至應天府尹。孝宗初。諡謙肅愍。神宗時。改諡忠肅。

按王世貞作于謙傳頗詳核。劇中亦以公議不誣謙。然爲謙飾辭。云與王文爭辨。則又誣罔不實也。王文。東鹿人。正統末官左都御史。景泰三年入內閣。文既有也先未必送太上來之說。而景泰末年廷臣主沂王。於時文與蕭鎡蕭維禎頗有異同。天順初。既殺文與于謙。李賢作古穰雜錄。遂言王文與王誠謀。欲取襄王之子。其事漸泄。人遂傳其說於石亨輩曰。王文于謙。已遣人齎金牌勅符取襄王世子。中官曹吉祥蔣冕輩白於太后。寫勅旨與亨輩。成奪門事。遂以王文輩大逆奸惡。王文初謀。于謙輩未必知。況文之謀。其實未發。所以誅戮者。多非其罪。按李賢所記。歸獄王文。劇中遂盡情醜詆。言文有密本。請迎襄王之子云云。考賢本與謙文不相能。天順之初。未嘗不附有貞。議論亦未可全據也。金牌之說。錢后曾爲憲宗言之。在孫太后宮內。即有中官謀豈能自取。石亨等既云孫太后勅令奪門矣。又以在太后所之金符。謂文謙以此迎外藩。何其傎乎。然則奪門奉勅之說。亦非實也。憲章錄云。言官劾謙文等。所司勘得金符現存禁中。別無顯跡。石亨等揚言雖無實跡。亦有此心。此則莫須有之說也。蓋王文之罪。亦止疑案。他書又有言謙力辨。而文笑謂不必者。存以備考可也。成化二年。昭雪于王。弘治中諡于謙肅愍。王文毅愍。

沉香亭

明初人作。不知誰筆。*按。此劇爲明雪簑漁隱撰。名里待考。其情節與驚鴻記*驚鴻記。見本書卷十。相同。而提出李白賦沉香亭詩以爲標目。蓋曰驚鴻者。以江妃賜白玉笛作驚鴻舞而名。曹植洛神賦。翩若驚鴻。故取以爲舞名也。曰沉香亭。則取楊妃賞花。李白賦詩爲大關鍵。江妃事蹟。則撮其傳中數件。如所居植梅。榜曰梅亭。號曰梅花。戲稱曰梅精。作梅花及蕭蘭等賦。漢邸躡履。太眞相疾。戲馬召幸。珍珠封賜。皆與傳合。其他則係揑造。劇中以韋應物爲嶺南太守。進貢嶺梅。按應物當明皇時僅爲三衛。後爲蘇州刺史。亦不爲嶺南太守也。漢王與楊迴設謀害梅妃。乃是小說不根之談。其江楊兩妃賦詩相嘲。高力士口中有女英伴娥皇句。按本傳。則上嘗方之英皇。議者謂廣狹不類。竊笑之。故因此緣飾兩詩也。江詩。撇卻巫山下紫宸。南宮一夜玉樓春。冰肌玉骨那能似。錦繡江天半爲君。以譏楊肥。楊詩。英豔何嘗減卻春。梅花雪裏亦清眞。總教借得春風早。不與繁桃鬬色新。以譏江瘦。俱後人撰出。明皇回京以後。詣玄都觀。江妃時出家爲尼。捧茶出謁。明皇問其履歷。復召入宮。此亦非實事。據傳則江沒於亂兵也。作者以楊爲女道士。故以江爲女尼。前後對照耳。楊妃事蹟。亦撮其傳中數件。如鈿合定情。錦褓拜母。霓裳羽衣之舞。比翼連理之誓。馬嵬坡之褻褥。玉妃院之叩扉。皆與傳合。其賞牡丹花一齣。則題中最要緊關目。而末後以少君之術。召致相見。亦本傳記。其以江妃、李白。亦隨太上得見玉妃。玉妃指示云。唐天子乃孔聖眞人。梅夫人乃王母侍女許飛瓊。李白乃方壺仙吏。而已爲太乙玉女。則皆點綴設色。非實語也。玉妃語李白云。汝紋亦有水厄。蓋唐人小說。相傳李白捉月采石。墜江而死。故唐詩即有李白騎鯨魚之句。明嘉靖中。王世貞題李白匡山讀書處歌。亦云。潯陽雨。夜郎霧。采石捉月月不顧。然以范傳正誌文考之。白卒後。葬于宣城謝公山。無墜江事也。且白自放還山後。以永王璘之亂。長流夜郎。雖獲赦歸。不復至京。太上還宮。無由更得宣召。蓋增此一段。與沉香賦詩相照應耳。太眞外傳。開元中禁中重木芍藥。即今牡丹也。得數本紅紫淺紅通白者。上因移植于興慶池東沉香亭前。會花方繁開。上乘照夜白。妃步輦從。詔選梨園弟子中尤者。得樂十六色。李龜年以歌擅一時之名。手捧檀板。押衆樂前。將欲歌之。上曰。賞名花。對妃子。焉用舊樂詞爲。遽命龜年持金花箋。宣賜翰林學士李白。立進清平樂詞三篇。承旨。猶苦宿酲。因援筆賦之。第一首。雲想衣裳花想容。春風拂檻露華濃。若非羣玉山頭見。會向瑤臺月下逢。第二首。一枝紅艷露凝香。雲雨巫山枉斷腸。借問漢宮誰得似。可憐飛燕倚新妝。第三首。名花傾國兩相歡。長得君王帶笑看。解釋春風無限恨。沉香亭北倚欄干。龜年捧詞進。上命梨園子弟略約詞調。撫絲竹。遂促龜年以歌。妃持玻璃七寶杯。酌西涼州蒲萄酒。笑領歌。意甚厚。上因調玉笛以倚曲。每曲遍將換。則遲其聲以媚之。妃飲罷。斂繡巾再拜。上自是顧李翰林尤異於他學士。會力士終以脫靴爲耻。異日。妃重吟前詞。力士戲曰。始謂妃子怨李白深入骨髓。何翻拳拳如是耶。妃子曰。何學士能辱人如斯。力士曰。以飛燕指妃子。賤之甚矣。妃深然之。上嘗三欲命李白官。卒爲宮中所捍而止。劇中此折。言力士宣李白。據傳則李龜年。劇敘白醉後令力士脫靴。與傳相合。又白自稱斗酒百篇。則用杜甫飲中八仙歌李白斗酒詩百篇也。又白自敘有詩二句云。酒渴思吞海。詩狂欲上天。則唐人以咏白之什。非白自作也。又太眞傳云。上羯鼓。妃琵琶。馬仙期方響。李龜年觱篥。張野狐箜篌。賀懷智拍。此劇於高力士口中敘出。但據傳乃在清元小殿按曲時。非沉香亭事。按元虛子長恨歌傳後跋云。馬嵬變後。明皇朝夕思惟。形神憔悴。有道士以少君術求見。上極其寵待。冀得復見。道士出袖中筆墨。索細黃絹。誦呪呵筆。畫一女人像。若天師所畫將符。僅類人形而已。使上齋戒懷之。凝神定意。想其平日。三日夜不懈。道士曰。得之矣。上出像觀之。乃眞貴妃面貌也。上喜甚。道士笑曰。未也。請具五色帳。結壇壓而供之。索十五六聰慧端正之女二十四人。齊聲歌子建步虛詞。復焚符誦呪。吸烟呵像。次命諸女如方呵之。至定昏時。請上自秉燭入帳中。先是道士以五色石示上。謂之衡遙。以少許研極細。和以諸藥。命作燭。外畫五色花。謂之還形燭。上既入。道士命侍者出。反閉金扉。以葳蕤鎖鎖之。于是太眞在帳中見上泣曰。以天下之主。不能庇一弱女。何面顏復見妾乎。沉香亭下月中之誓何在也。上亦淚下。言馬嵬之變。出於不意。其言甚多。太眞意少釋。與上曲盡綢繆。勝于平日。脫臂上玉環內上臂。天未明。道士啓扉曰。宜別矣。上出帳回視。不復更見。惟玉環宛然在臂耳。道士具言太眞所以尸解。今見爲某洞仙甚悉。多所祕。道士姓王名舟。不知何許人。要其術過於李夫人是邪非邪遠矣。此說又與長恨歌異。存之備考。末齣以李少君之術。召妃相見。即此事也。乃以姓名爲洪都客。又引鈿合金釵七夕私誓。則牽合長恨歌事爲一耳。據此跋。則沉香亭月下之誓也。此跋附載梧桐雨雜劇中。又按江、楊兩妃賦詩相嘲。雖屬不根。然宋人稗乘。有一事頗與相類。吳七郡王有二愛姬。一名梅嬌。一名杏倩。丰姿並俊。尤善詩詞。梅作一詞誇己嘲杏云。一種陽和。玉英初綻。雪天分外精神。冰肌玉骨。別是一家春。樓上笛聲三弄。百花都未知音。明窗畔。臨風對月。曾結歲寒盟。笑杏花何太晚。遲疑不發。等待春深。只宜遠望。舉目似燒林。麗質芳姿雖好。一時取媚東君。爭如我青青結子。金鼎內調羹。杏答云。景傍淸明。日和風煖。數株濃淡胭脂。春來蚤起。惟我獨芳菲。幾番雨過。似佳人細膩香肌。堪賞處。玉樓人醉。斜插滿頭歸。笑梅花何太早。消疎骨肉。葉密花稀。不逢媚景。開後甚孤恓。恐怕百花笑你。甘心受雪壓霜欺。爭如我年年得意。占斷踏青時。王益加稱美。作梅杏詞以和解之。又按開元天寶遺事。寧王宮有樂妓寵姐者。美姿色。善謳唱。每宴外客。其諸妓女盡在目前。惟寵姐客莫能見。飲至半酣。詞客李太白恃醉戲曰。白久聞王有寵姐、善歌。今酒肴醉飽。羣公宴倦。王何怯此女示于衆。王笑謂左右曰。設七寶花障。召寵姐于障後歌之。白起謝曰。雖不許見面。聞其聲亦幸矣。劇内云李白在宋王府中聽寵姐之歌。即此事。宋王即寧王也。劇云。因聽寵姐歌。連飲五百餘觴。大醉嘔吐。于道上逢安祿山。兩人大罵。此是揑出。

曲海總目提要卷十六

玉瑑緣

明末人所作。未知姓名。記鮮于同事。今古奇觀小說有老門生三世報恩。及鈍秀才一朝交泰二段。劇採鮮于同以作正文。又借鈍秀才爲餘波。以相映帶。與三報恩。*見本卷。同一事實。而變幻情節。與彼互異。其曰玉瑑緣者。言同妻孔氏有祖傳玉瑑。同會試時。妻爲送行。贈以玉瑑。同生子託人寄孔氏。以玉瑑爲證據也。小說相同。鮮于同、字巨通。廣西桂林府興安人。八歲有神童稱。十歲入學、與同窗巫御字所如友善。此小說所無。不過言其無遇無所如耳。非實也。凡與巫善者。率多不利。里中以爲鈍秀才。按此借小說老門生鈍秀才相鉏合耳。小說鈍秀才。乃馬任。非巫御也。望而避之。獨同與善如故。同三十歲時。聘孔靜貞爲妻。誓不登黃榜。不諧花燭。年至望六。而孔猶未嫁。小說所無。縣令蒯誠。字潤之。浙江仙居人。少年進士。小說蒯名遇時。字潤之。小異。惡老喜少。科試閱卷。彌封以誇眼力。謂必取年少英才。及案發。批首則同。蒯大不樂。此與小說合。聘爲內簾官。決意欲落同卷。但取筆意清疏無實學者。力爭一卷。與他簾官馮迪互相喧嚷。摘出迪所呈卷中有別字。主考因駁彼卷。而中蒯所呈。及拆卷。則又同也。小說無馮迪事。蒯慚且恚。拒不與見。出場。即行取擢。授禮科。禮闈復與分考。同以春秋中式。及會試。改易經。蒯不疑同。復中同卷。據小說云。同鄉試以禮記。會試以詩經。此則云春秋易。小異。劇又以爲同問終身于周顛仙。示同以改易之意。同用易經。乃顛仙所導也。顛仙在金山。蒯誠等問其終身。所云皆不謬云云。初、與安諸生牟奎。字伯就。按此不過言有富家子弟。謀魁不就者耳。非實事也。蒯爲令時。毀公孫弘之祠。造賈誼之廟。使奎主其事。奎科試不爲蒯所識。嘗譏刺之。及馮迪力薦奎卷。爲蒯所駁。而同之卷。則蒯竟代主考書中字于卷面。奎銜恨入骨。抵京。與迪謀搆無賴子出首。言張天師女壻楊應龍叛。蒯誠爲之內應。蒯奉旨革職拏問。按小說言同生于正統間。又云蒯爲科員。以得罪宰相劉吉下獄。此云在萬曆間。且涉楊應龍事。此大相異也。楊應龍。播州土官。神宗時作亂。總督李化龍。總兵劉綎等討平之。無所謂鮮于同者，劇言張天師之壻，不實。其妻張氏，亦土官之女也。劇又言其繼妻名田雌鳳，雌鳳本妾，旣殺張，遂以爲妻耳。

辨冤。蒯得回籍候旨。與小說略異。同正窮究誣首之黨。將根及于奎。時以倭犯浙。命同監軍兼御史。巡按浙省。奎大窘蹙。方挈其妹文綃在京。乃星夜逃出都門。乘同與蒯會飲。使妹改男裝。作門子以伺。同見而大悅。挈往浙署。私與之暱。竟生一子。使人送至本籍。屬聘妻孔氏撫爲子。而仍留文綃于左右以充門役。居久之。擢陞四川巡撫。討平楊應龍。巫御、牟奎。皆賴同力。以軍功授官。同子巡舉神童。御試西平賦。賜爲狀元。與蒯誠子遂爲同年進士。遂之科名。蓋同所成就也。同有平播功。其子當得錦衣恩蔭。同又令讓于蒯誠之孫蒯年。以報其恩。於是父子承命旋里。同始與孔氏成婚。巡即娶巫御之女。

按播州。夜郎且蘭地。漢屬牂牁郡。唐初置朗州。已改播州。乾符中。楊端應募禦卻南詔。授武略將軍。值唐亂。留據其地。歷宋元至明。子孫世守。元世祖授楊邦憲爲宣慰使。明初授楊鑑爲播州宣慰使。隸四川。其地廣袤千里。介川湖貴竹間。西北塹山爲關。東南附江爲池。領黄平草塘二安撫、眞播等六長官司。隆慶六年。應龍襲職。驕蹇不法。酷殺樹威。嬖小妻田雌鳳。遂殺嫡妻張氏。結關外生苗。肆行劫掠。萬曆十七年。妻叔張時照上變。告應龍反。貴撫葉夢熊請勦。蜀中撫按以蜀三面鄰播。請撫。逮詣重慶。論斬。會倭入朝鮮。應龍請將兵征倭。詔出于獄。歸而抗命。再撫再叛。先後督撫王繼光、邢玠、江東之等不能定。起都御史李化龍節制川湖貴三省軍事。總兵劉綎、麻貴、陳璘、董一元、童元鎮、李應祥等數道並進。化龍委綎專制。三十八年。綎兵直入海龍囤。應龍自縊。獲其子朝棟及妾田雌鳳。分播地爲二。屬蜀者曰遵義。屬黔者曰平越。據明太祖御製周顛仙人傳略。顛人周姓。自言南昌屬郡建昌人。年十四歲。患顛疾。入南昌。乞食于市。元至正間。嘗入撫州。陳友諒入南昌。顛不與語。後見太祖于南昌東華門。又謁見于建業。曰。告太平。太祖見其顛狀。以巨缸覆顛于内。用火蒸之者數次。揭缸。輒無恙。太祖異之。

欲西征九江。特問顚者。應聲曰可。至湖口。縱之去。莫知所之。洪武癸亥。有赤脚僧名覺顯者。自言于匡廬深山中見一老人寄語。又數年。太祖患熱。赤脚僧言周顚仙人遣送藥至。其一曰温良藥兩片。其一曰温良石一塊。服之立愈。僧云。仙在匡廬竹林寺中。據此，未嘗有應化金山之說，

逍遥樂

明時舊本。不知何人所撰。演蕭姚駱三姓男女配合事。故用同音作逍遥樂也。李敬業與駱賓王等於嗣聖元年起兵揚州。旋取潤州。李孝逸擊殺之。餘黨皆捕得。傳首神都。劇以敬業賓王皆受詔撫。係僞造。其他關目。亦皆空中樓閣。按賓王本傳。義烏人。七歲能賦詩。武后時數上疏言事。除臨海丞。怏怏不得志。棄官去。徐敬業亂。以爲府屬。代敬業爲檄武后罪。后初讀但嘻笑。至一抔之土未乾。六尺之孤安託。矍然曰。誰爲之。或以賓王對。后曰。有才如此。

而使之淪落不偶。宰相之過也。敬業敗。亡命不知所之。又靈隱志云。宋之問遊靈隱。月夜吟詩曰。鷲嶺鬱岩嶢。龍宫鎖寂寥。吟第二聯終不如意。旁一老僧曰。何不云樓觀滄海日。門對浙江潮。或曰。僧即賓王也。據此。則敬業之敗。賓王亡命爲僧是實。劇稱宫人駱氏。即其妹。無考。又太平廣記中言徐敬業亦逃免未死。然則徐駱之生。似非無本。緣飾爲降服授官。太荒唐矣。劇云。河南開封府人蕭允讓、姚輔德。兩人同學相友善。蕭曾與駱賓王結爲兄弟。賓王佐英公李敬業幕。客揚州。蕭别姚往訪之。姚鄰朱泓。家頗豐。無子。撫甥趙桂爲子。年已七十餘。忽思娶妾。同里蕭氏女。甫二八。有殊色。父歿。其繼母急欲改嫁。紿其女。賣與泓爲妾。花燭夜見泓老邁。知爲繼母所紿。以死拒泓。閉戶號泣不止。輔德憐之。倚梯于牆勸慰。蕭曾一見姚。聞其聲。呼使踰牆入室訴苦。且願以身屬。爲趙桂覺。告泓。排闥入。縛送兩人於官。駱賓王之妹美而艷。以選繡女入宫。繼奉武后密旨。令改裝作內監。巡撫河南。

別有所命。至則遇蕭姚事。廷鞫知奸情不實。而蕭朱非偶。乃償泓禮物。責桂。以蕭配姚。且促輔德急入京應試。駱招諸生觀風。允讓從揚歸就考。駱悅其才貌。邀入後堂飲會。武后以駱久不報命。下旨切責。勒限回朝。駱情急。以實告允讓。願爲夫婦。潛逃。欲赴其兄幕避跡。事聞。后怒。下諭獲駱者與美官。時輔德已登第。授桃源縣令。而趙桂亦以資授桃源巡檢。桂方憾駱見責。適與相遇。縛送輔德。輔德夫婦念舊恩。潛釋去。而桂已申聞巡撫狄仁傑。狄高其義。爲詳疏奏聞。以輔德、趙桂俱送京候旨。蕭氏同其繼母回籍。繼母之姊瞯蕭美。又食貧。設計僞作輔德書報蕭。謂已問大辟。勸蕭別嫁。適駱潛回豫。聞之。憂蕭繼母不端。復改裝稱富商馬姓。至開封出重貨購蕭爲妾。其母及姨許之。蕭佯應。欲臨期自盡也。而家有老僕。不解蕭意。奔赴京以告于輔德。時輔德見武后重其才。授官翰林。遣人迎眷。駱假馬姓入贅蕭家。蕭持刀欲自刎。駱以實告。乃從駱居。駱歸揚。蕭入都覓輔德。輔德方怒甚。拒不許見。比之以買臣妻。使入尼菴出家。時賓王方助英公起兵匡復。允讓夫婦勸其受撫。會仁傑入相。中宗正位。于是敬業、賓王從允讓議。斂兵歸命。廷命英公仍鎮揚。而授賓王、允讓皆爲翰林。允讓見輔德。始知蕭氏受誣見拒。乃與駱氏拉輔德俱至尼菴。爲德輔請罪。迎歸復爲夫婦。

上林春

明季人作。*按：此劇爲明姚子翼撰。*演武后臘月遊上林。催春放花。故名。按唐武后催春。見卓異記。劇中惟安金藏見于正史。而關目內僞者十居八九。金藏傳中不載。其中鑿空添出。非有實也。略云。安金鑑。房州人。樂工金藏。其同母弟也。本儒家。金鑑以其弟習業卑。絕之門外。金藏依父執皇甫翁以自活。鑑與里中無賴子東方白、西門虎相狎昵。其妻韓氏嘗規之。不聽。天大雪。白與虎置酒招金鑑飲。時武后欲遊上林。下詔催花。凌晨。羣芳爛熳。獨牡丹不發。

后怒。貶牡丹於洛陽。虎以其事告鑑。稱后爲神。獨鑑作詩隱寓譏武后之意。虎出扇索書。即以此詩書扇而別。鑑大醉。臥仆雪中。金藏來探其兄。扶掖以歸。及醒。以弟扶己爲飾說。夜半逐之。韓氏命乳嫗持被使宿門房。天明而去。鑑得寒疾甚危。會白虎二人來請貸。乳嫗惡其致鑑疾。罵逐之。二人啣憾。武后方置銅匭。使人告密。虎與白計。遂以鑑詩投匭。告鑑謀反。語涉廬陵王。金藏與皇甫翁俱以候疾在鑑所。緹騎至。舉家倉皇。皇甫翁云。須得以形似者代鑑。庶或可免。金藏毅然請行。其嫂與翁阻之不得。乃赴理。大理卿來俊臣加以酷法。金藏剖腹見五臟。以明廬陵不反。武后命太醫療治。始獲少瘳。其初代鑑行也。鑑方病甚。不知。及愈。韓氏始告之。鑑猶不信。與東方、西門益密。耽溺嫖賭。家日敗。韓氏屢諫不從。乃與皇甫翁謀。候鑑歸。韓特靚粧作改嫁狀。與之訣。席卷其餘貲去。鑑憤恨欲死。乳嫗留至家。爲辦供給。勸使讀書。白等探知踪跡。至嫗家。怖以題詩事發。索詐百金。嫗爲轉貸于皇甫。

以付二人。鑑始知弟之友愛。二人之險。二人持金置酒妓家。欲分之。白潛置毒酒中以飲虎。毒將發。虎亦持斧砍白。二人俱死。鑑去安姓。以金鑑應試。試題惜春三日萬花開。用上林春事。鑑痛其弟寃。仍以前詩應試。主司上聞。武后心疑。鞫之。兄弟爭承。會徐敬業起兵。以迎廬陵爲詞。廬陵王解散其兵。率敬業歸房州。上表請命。后悅。使使召廬陵。忽報牡丹盛開。遂以金鑑爲狀元。金藏爲指揮使。授敬業官。使收鞫來俊臣。敬業以熾火圍甕。使俊臣入。俊臣伏罪。鑑藏兄弟同給假歸。感嫗之德。趨往謁之。嫗已至皇甫家。因同叩皇甫翁。翁乃告鑑以其妻現在。改適非眞。欲激鑑使成名。嫗資即妻資。所付東方白、西門虎金。亦妻資也。于是夫婦歡然相見。兄弟益加友愛云。卓異記云。武后臘月將遊上苑。下詔曰。明朝遊上苑。火速報春知。花須連夜發。莫待曉風吹。凌晨百花皆開。若有神助。劇中所引是實。但牡丹獨不開。則係捏造添入。綱目云。中宗嗣聖十一年秋八月。太后出梨花一枝以示宰相。宰相皆以爲瑞。杜儉獨白今草木黃落。而此更發榮。陰陽不時。咎在臣等。太后曰。卿眞宰相也。劇中金鑑以詩譏諷。借此影射。又云。有告皇嗣潛有異謀者。太后命來俊臣鞫其左右。左右不勝毒楚。皆欲自誣。太常工人安金藏大呼曰。請剖心以明皇嗣不反。即引佩刀自剖其胸。五臟皆出。太后聞之。令轝入宮。使醫內五臟。以桑皮線縫之。傅以藥。經宿始蘇。太后親臨視之。即命俊臣停推。睿宗由是得免。劇中金藏事是實。但皇嗣係睿宗。非中宗也。金藏本傳。亦無所謂兄金鑑。及題詩代行事。亦無以金藏爲指揮事。徐敬業事之見於劇中者。皆牽合附會。不實。綱目又云。太后命來俊臣鞫周興。俊臣與興方對食。謂興曰。囚多不承。當爲何法。興曰。此甚易耳。取大甕以炭四周炙之。令囚入中。何事不承。俊臣索大甕。如興法。起謂興曰。有內狀推兄。請兄入此甕。興惶恐服罪。劇中引此事。謂徐敬業問來俊臣而得此法。即以治俊臣。蓋翻換以快耳目耳。

萬民安

明季蘇州人作。不知誰筆。*按：此劇爲清李玉撰。玉字玄玉。江蘇吳縣人。所作傳奇今知有三十二種。演葛成擊殺黃建節事。謂因此而蘇民得安。故曰萬民安也。其捐金完配。及堅辭贈婦二段事情。當是緣飾爲觀美者。臨刑地震。亦是揑造。依仿古人六月飛霜等件。以爲關目耳。按紀事等書論礦稅之弊。其一條云。萬曆二十九年六月己巳。太監孫隆採稅浙直。駐蘇州。激變市人。殺其參隨黃建節等數人。撫按詰亂民。有葛成獨引服。不及其餘。下獄論死。此實事也。自建節外。其數人未錄姓名。今此劇臚載頗詳。蓋同時人所作。當從實不謬。稗官樂府不嫌瑣綴。亦可具見彼時情狀也。又按萬曆三十二年。都御史温純疏云。稅使借皇上之威福。以十計。參隨又借稅使之聲勢爲聲勢。以百計。土棍又借參隨之牙爪爲牙爪。以千萬計。宇內生靈。能勝此千萬牙爪之吞噬搏擊否。劇中所記。參隨土棍。相倚作奸。與純疏參觀。知其不謬也。今蘇州虎丘內有葛賢祠。府縣志亦皆載入。略云。長洲人葛成。機戶中傭工織匠也。年三十餘。妻曹氏。已故。一子方在襁褓。

鄰居韓媪。其夫在日。曾領內府黃絲官價。織造黃帛紬絹。舊規上下那移。遠年沉閣。是年其夫已亡。媪聞朝廷已經豁免。而部中澈底淸查。重追舊欠。京差二人至蘇提弔。搶其女雲娘去。以作抵償。成問媪所欠幾何。差云。據府申文。韓媪尙欠三十兩。時成累年蓄積。適有此數。欲娶繼室以撫其子。遂傾囊付差。以償所欠。媪女得還。媪欲送女與成爲繼室。成堅執不可。二差勸媪爲成撫子。媪遂抱成子歸家。保定房壯麗春闈下第。其母舅鄭尙甫客蘇忘歸。壯麗至蘇接取。與名士張獻翼號河梁者同游虎丘。微聞其事。韓媪遂以女鬻壯麗爲妾。以三十金還成。成堅不受。令媪備女奩資。母女感成刻骨。鄭尙甫者。商販吳中。虧本久寓。娶吳女沈氏爲妾。多年未得生子。而尙甫已逾七旬。恐悞沈終身。欲擇所歸以贈。其甥娶妾。借其寓所。尙甫因問韓女根由。具述葛成恩德。尙甫念成疎財仗義。居心忠厚。聞其有幼子而無室。遂作手書。以沈氏送成爲妻。幷贈白金百兩。成義不肯受。鎖沈于屋。走白其母。令挈女歸。

至則沈母他出。成歸家昏黑。不肯入室。恐犯瓜李之嫌。只於門外立談。倦則睡于門首。長洲縣令鄧雲霄三更巡夜。見成熟睡門首。疑以爲賊。及聞門內女人聲音。又疑其拐騙婦女。開門呼女問之。乃得其實。雲霄稱嘆。欲爲報聞各憲。旌表門閭。天明。沈母至。成以女及銀歸之。女既感成。又念一再從夫。皆有齟齬。乃出家于洋澄湖旁靜室爲尼。取名靜眞。與母同去。挈成子撫之。以報其義。是時部差稅司黃建節。按建節非部差也。作者特諱孫隆不言耳。建節乃稅使參隨。非即稅使。廣抽各項稅銀。蘇州六門。各派參隨分管抽稅。不論肩挑步擔。十取其一。各色店舖。十取其二。機坊十取其三。建節設署于葑門外瓦屑涇。大開柵門。見貨便抽。其黨徐怡春等。分據水陸。要截鄉農。苛取虐斂。人心惶惑。俱不聊生。滿城百姓。相約罷市。齊集玄妙觀中。呼聲震天。葛成亦在其內。屈指建節、怡春、及湯辛、徐成等十二人。兇惡相仿。衆議推成爲首。欲共擊殺建節等。有豎子滿臘梨。賣瓜爲業。爲羣棍所奪。號哭于路。成以蕉扇一揮。萬衆俱集。將出葑門。棍徒閱扇索稅。成出語牴觸。遂擒見徐成。欲送建節處枷示。于是衆憤不可復遏。立剝徐成之衣。投入水中。幷火建節衙署。揮拳斃之。投入火內。自初六至初九。焚燒三晝夜不息。知府朱燮元、知縣鄧雲霄、極力排解。衆聚不能即散。指揮楊姓署遊擊印。鎮東城。立馳令箭。申聞撫院。指爲亂民。葛成乃挺身出認。雲霄告燮元以巡夜見成不納沈女事。燮元遂改成名曰葛賢。願力庇之。而蘇松兵備道鄒墀自太倉聞變。至府城。奉巡撫檄研審。必欲正葛成聚衆倡亂之罪。置之重辟。刑房畢成名極力相援。張顯翼又率諸生求府縣官。燮元、雲霄力爲解救。墀責以不思弭變。反欲養奸。兩人合辭云。寧將職等題參罷職。固所甘心。不能不爲愚民乞命。墀不肯從。具招轉詳。遂定成死罪。靜眞母女至獄探成。成恐己子難保。囑靜眞認以爲子。改姓名曰鄭天祐。墀以成獄詳撫奏聞。有旨不時處決。綁赴市曹。忽爾地震。雲霄正欲馳報撫院。請暫停刑。巡撫亦恐有冤。使人傳令箭將成暫放。具奏于朝緩決。淹繫久之。鄭尙甫與韓嫗俱歿。而房壯麗成進士。歷任河南道御史。奉命巡按蘇松。先送妾雲娘至蘇。問其有何親戚。雲娘即以恩人葛成爲託。壯麗在蘇時。亦知其顛末。遂力任出豁。比巡江左。滿臘梨方欲挺身爲成控寃。挾狀懷中。道經雨淋。抵庵中晒紙。靜眞問其狀詞。云欲爲成控訴。靜眞取視不謬。悲感涕泣。天祐怪而詢之。告以汝本葛氏之子。非已所生。天祐年已十三。奔至獄中見父。即赴按院訴寃。臘梨相從扶助。時萬曆四十一年。壯麗舟至黃河。於金龍四大王廟賽神。而其神即葛成生魂也。跳神時巫語云云。壯麗亦驚駭。會舟抵濟墅關。天祐撲水具控。壯麗覽狀。即提原卷。見口供雖已招定。而司道府縣審結語有云。一人倡義。萬民安枕。尙有百姓辨寃。臨刑地震許多情節。取成覆讞。具疏請寬。奉旨釋放寧家。松江隱士陳眉公。名繼儒。慕成之義。延至佘山居住。蘇州士民相率建生祠于玄妙觀內。稱爲葛將軍云。　按房壯麗。直隸保定府安州人。萬曆間進士。天啓時歷官吏部尙書。後入逆案內。其初爲巡按。固當有聲名也。

朱燮元。浙江山陰人。萬曆間進士。天啓時爲雲貴總督。平奢崇明之亂。稱爲名臣。張獻翼。蘇州府長洲人。爲諸生。有文學。晚年狂甚。劇中所載醉後穿女人衣及大紅方巾。花紙道袍。皆是實事。陳繼儒。松江華亭人。萬曆間諸生。隱居佘山。奉詔徵聘。不仕。時稱徵君。又按定陵誌略。萬曆二十九年六月。蘇州民變。時蘇杭織造太監孫隆。兼管稅務。無賴盡投入其幕。奉札委稱稅官。蘇城六門。門各立稅。隻鷄束菜。咸不得免。民不聊生。洶洶思亂。本月初六日。忽有二十七人蓬頭跣足。衣白布短衫。手各持一芭蕉扇。遍走諸稅官家。焚毁其室廬長物。執其人榜之通衢。無不立斃。雖止二十七人。所至如風雨。人莫攖其鋒。即高牆峻宇。首者執扇一揮。諸人皆立躍而上。次日。誤入一民家。其家以經紀爲業。無他過犯。跪而迎之門。請罪。首者取腰間手摺視之。曰。誤矣。蓋一稅官家與其人俱與腐店爲鄰故也。首者即率諸人羅拜。謝驚恐。仍趨彼稅官家。稅官懼。投於河。諸人從河中撈起、擊之。兩眼俱突出。猶毆不已。至死乃罷。有童某者。爲州判。擁貲數萬。亦充稅官。收劉河稅。及民變起。泗河奔避。中寒死。又焚一宦家。宦家盡室潛匿。其子孝廉藏箱籠中。寄鄰家得免。稅監孫隆乘夜走杭州以避。如是者三日。諸稅皆次第芟盡。至第四日。六門各有榜文云。稅官肆虐。民不堪命。我等倡義。爲民除害。今事已大定。四方居民。各安生理。毋得藉口生亂等語。連日合城寂然。路無行人。第五日。道府始下令捕諸爲亂者。有葛賢者。挺身投官。曰。倡義者。我也。以我正法足矣。若無株連平民。株連則必生亂。當事者乃止。就葛賢具獄論死。後遇赦得出。越三十年而賢尚存。叩以當日情事。頗多支吾。或曰。倡義者。實非葛賢。但其束身就獄。爲民請命。是亦有足風者。紀事云葛成。誌略云葛賢。劇云本名葛成。郡守朱燮元改爲葛賢也。此亦可補史乘所未及。

留生氣

一名詞苑春秋。明初舊本。未知誰作。*按。此劇爲清王翃撰。翃字介人。號秋懷老人。一作秋槐老人。浙江嘉興人。所作傳奇有留生氣。紅情言。榴巾怨。博浪沙四種。均佚。演唐中宗時裴伷先事。而與本傳多不合。所引狄仁傑等事蹟。亦與正史互異。六十種曲內節俠記亦裴伷先事。而關目各異。劇中妄引張九齡在內。九齡天寶時尙爲宰相。與此甚遠。作者甚無考據。考唐書云。伷先。宰相炎之從子。不詳其父名。劇云父旦。未冠。推蔭爲太僕丞。炎死。坐流嶺南。上變。求面陳得失。天后召見。曳出。杖之朝堂。劇中武后臨朝革命。伷先裂詔。借此一段附會。長流瀼州。歲餘逃歸。爲吏蹟捕。流北廷。中間無單前建功事。係作劇者憑空插入。無復名檢。專居賄。五年。至數千萬。娶降胡女爲妻。妻有黃金駿馬牛羊。以財自雄。按此無聘狄梁公妹事。係作者空中揑造。養客數百人。自北廷屬京師。多其客。詗候朝事。得八九。時補闕李秦授爲武后謀曰。讖言代武者劉。劉無彊姓。殆流人乎。今大臣流放者數萬族。使之叶亂。社稷憂也。后謂然。夜半。以秦授爲考功員外郎分走使者。賜墨詔。慰安流人。實命殺之。伷先前知。以橐駝載金幣賓客。奔突厥。行未遠。都護遣兵追之。與格鬬。爲所執。械繫獄。以狀聞。會武后度流人已誅。畏天下姍誚。更遣使者安撫十道。以好言自解釋曰。前使使慰安有罪。而不曉朕意。擅誅殺。殘忍不道。朕甚自咎。今流人存者一切縱還。由是伷先得不死。中宗復位。求炎後。授伷先太子詹事丞。遷秦桂廣三州都督。坐累且誅。賴宰相張說右之。免官。久乃擢節度范陽。歷官至工部尙書。封翼城縣公。略云。太平廣記所載，比唐書較詳，引在節俠記後。裴伷先、字孝則。唐高宗朝御史大夫且之子。且持節監軍征高句麗。陷歿。伷先幼孤。撫於伯父炎。炎死。朝有收錄忠良子孫之詔。有司以名聞。伷先聞命赴都。翰林學士狄仁傑。且之門生也。養疾在家。餞伷先行。以妹宜生許字。伷先至都。武三思方用事。大理卿來俊臣、補闕李秦授諂奉之。三思欲假收錄忠良之詔以網羅人物。拜伷先太僕寺丞。陰令俊臣秦授說諸新進。使入其黨。秦授見伷先勸使依附三思。伷先唾而罵之。秦授譖於三思。會武后廢中宗爲廬陵王。改元如意。國號曰周。廷讀詔書。伷先指爲篡逆。裂詔書不奉命。武后命收斬之。鳳閣舍人張說疏救。得免死。發大理寺勘問。俊臣承三思旨。將致伷先於死。張說復爲請旨從寬。謫戍瀼州。按本傳。伷先面陳得失。被杖朝堂。長流瀼州。非武后改國號時事。俊臣勘問。亦係添入。張說救免。則影射本傳中爲都督時坐累且誅一段也。初伷先得官太僕。即令家人裴襄以書及聘物往迎狄氏。仁傑遣妹宜生就道。中途聞謫戍之信。復歸故鄉。當是時李敬業等先後起兵。而可汗默啜連高句麗內侵。武后以婁師德荐。起仁傑爲河北大元帥。督師征勦。賜內廄天馬照夜白。星馳入京。仁傑移檄瀼州。取伷先軍前効用。伷先與先鋒李孝逸夜入敵營。生擒默啜。斬馘數千。仁傑據功上奏。三思見伷先名。令內史楊再思劾其離伍冒功。改戍北庭。秦授復上言請盡殺流放諸臣在外者。武后即以爲考功員外郎。齎墨勑而行。宜生在京聞之。與養娘謀。改男裝。乘其兄照夜白馳至北庭。託爲狄府差官。見伷先。使之遠避。往返七晝夜。伷先潛逃崎嶇山谷間。爲都護追及。將被殺。伷先以辭說之。使解京就戮。會仁傑班師回。聞武后病。擁兵城外。以觀動靜。密召張柬之等共謀。伷先扭解入都。至狄門與宜生訣。忽報廬陵登位。張柬之輩擒武三思等。仁傑移兵入城。朝議起諸被難官。仙先拜大理寺卿。命勘武黨。三思、俊臣、秦授等俱伏誅。奉旨仙先與宜生成婚。節俠記內仙先兩妻。一是盧藏用女彎金。一是可汗女閨華。此云狄仁傑之妹。關目迥異。按史來俊臣伏誅。在武后神功元年。武三思之死。則又在景龍元年。劇與史前後不符。通鑑。嗣聖十五年。周武氏以狄仁傑爲河北道副元帥以討默啜。默啜盡殺所掠趙定男女萬餘人而去。仁傑將兵追之。不及。劇中生擒默啜。亦係僞撰。又按狄梁公之卒。在武后久視元年。而張柬之等舉兵討武氏。則在神龍元年。相去六年。安得有仁傑與柬之同謀之事。特以柬之爲仁傑所荐。故牽合附會以成關目耳。

文媒記

明時舊本。*按。此劇爲明秋閣居士撰。秋閣一作秋閑。吳縣人。姓氏待考。所作傳奇有文媒記、奪解記二種。均佚。演唐盧儲事。已詳芍藥記中。*按。芍藥記。明鄭之文撰。本書未收入。李翺改作李遨。情節大半增飾。謂儲投卷得妻。故曰文媒記也。略云。盧儲、字大有。姑蘇吳江人。花朝郊外閒遊。與趙弼字夢賚相遇。飲酒談心。遂相契合。弼念儲貧窶。作書薦與揚州郡牧李邀。邀字翔甫。紹興人也。年垂六十。尚無子嗣。夫人黃氏。女曰翠玉。貌美才艷。儲趁漁舟渡江。寓萬松禪寺。及謁邀。邀方奉命浙西。翠玉於書室見儲所投諸文卷。繙閱既畢。云此人必中狀元。渡儲漁婦適至。翠玉與婢雲英問儲居止。使語儲以相賞之意。屬留於揚以俟邀歸。邀歸見儲卷面批必爲狀頭四字。係女親筆。問夫人及婢。因知女所屬意。即召儲與締姻盟。留儲讀書于內署。邀復公出。儲乘間抵園中會仙亭。探得翠玉臥室。竊入求歡。翠玉滅燈。以雲英代已。用吳綾一幅。題詩于上。末寫書贈雲英四字。使雲英納儲袖中。翠玉乳母之子文童。夫人所遣事儲者也。潛知其事。以告于母。母恐事發貽累。偕其子白之于夫人。夫人乃贈儲金。而遣歸就學。翠玉令雲英邀儲相別于晚翠亭。儲初不知翠玉之紿已也。復趁漁舟以歸。吁嗟不已。漁婦詢得其情。爲之畫策。屬老妓張嫗。繆作淮安郭夫人。其女蕙芳。繆作郭女。邀李夫人母女同赴金山泛月。

其舟晚泊金山。蕙芳邀翠玉夜話。儲突入求歡。翠玉面叱而去。未幾。儲赴試。擢第一。承恩歸娶。先遣人至揚。下催粧柬帖云。昔年曾向玉京遊。第一仙人許狀頭。今日已成秦晉友。早教鸞鳳下粧樓。翠玉將出閣。白之于母。令雲英別居伴月軒。不侍左右。成婚半載。使雲英侍寢。納爲側室。儲又以邊材督師。與趙彌同討番寇。寄妻妾于雲林鎭一葦寺尼庵中。功成凱旋。挈家歸里。不復戀仕。與玉英逍遙共樂云。南部新書。李翺尙書牧江淮郡日。進士盧儲投卷來謁。李置文卷几案間。長女及笄。見文卷尋繹數四。謂小青衣曰。此人必爲狀頭。李公聞之。深異其語。乃納爲壻。來年果狀頭及第。纔過殿試。即赴佳期。按芍藥記。載盧儲東風與拘束。留待細君開詩。故以爲名。而其關目。本之實事居多。此記不載題芍藥花詩一段事。而從前關目。皆與實事不合。蓋翻案也。

雪裏梅

明季舊本。未知誰筆。演劉文光得妾事。取女詩中凌寒雪裏梅爲標目也。情史。瑞州劉舉人文光。廖舉人暹。嘉靖乙丑。會試京師。廖從老嫗買妾。僞指劉曰。娶汝。劉君也。女即拜劉。劉辭謝。明日。老嫗詣劉講婚。劉曰。娶妾者。廖也。非我也。嫗歸語女。女誓曰。吾旣拜劉。業已許之。豈肯易志。不然。有死而已。劉不得已曰。後三年方得來娶。女矢無他適。劉遂納聘。辭赴南雍。酌酒爲別。女贈詩云。玉手纖纖捧玉杯。仙郎南去幾時回。天涯到處生芳草。須記凌寒雪裏梅。

馬上郎

明初舊本。不知誰作。所演梅先春與木瓊桃魂夢間於馬上相見。瓊桃借軀以配先春。事甚恍惚。小說中載之。白居易詩。牆頭馬上遥相見。一見知君即斷腸。劇所由取名也。略云。洛陽梅先春。字花卿。僑居汴京。春和景明。於碧桃樹下隱約見一美人。追而尾之。不可復見。乃取素絹畫目中所見爲美人圖。題詩其上云。如烟一種津頭樹。飛紅正滿簾前路。榆錢難買少年回。柳絮能牽幽夢去。使書童憨頭假賣花爲名。冀遇其與畫相似者。朝散大夫木某妻縣君。與女瓊桃賃居花園中。憨頭過其門。喚入買花。見瓊與畫相似。展畫閲視。爲其母女所覺。取而觀之。瓊見所畫與己酷似。又見先春所題詩。忽暈於地。縣君怒憨頭而詬責之。憨頭則大喜。回報先春訪得美人。但未知其姓氏也。時有番僧花長老。遊方普光寺中。有役召鬼神之術。先春叩請。告以姻緣在木梅桃柳。安排已定。先春不能解也。瓊觀畫後。時時見一美男子在牆頭上窺視。因此得病。其鄰女李鸞姐。相與如姊妹。數相過從。瓊喃喃喚馬上郎不置。鸞爲其母言。母以爲著魔。無如何也。遼將南侵。兵抵汴城。士女四散分竄。木縣君與女及鸞相失。縣君投碧霞觀爲道姑。鸞投白雲庵爲小尼。旣而得相見。而瓊依茶姥以居。未幾病劇。茶姥棄之路旁。遂斃於碧桃樹下。風姨吹花瓣掩其尸。先春攜畫而行。失於半道。爲鸞所拾。先春亦至白雲庵借寓。鸞使居靜室中。先春於月夜恍惚見一美女在碧桃花前。遂與瓊魂幽媾於花陰。時女執花俛首。吟詩二句。卽先春詩前二句。先春如夢如癡。不能辨人鬼。鸞屢挑之。先春不甚屬意。一晚。鸞徧覓先春不得。見其臥花下。扶入己房中。先春醒而驚異。不知所遇者爲尼爲他美人也。鸞見其薄己。怒推出門。木縣君以觀回祿。夜半投鸞。遇先春自其房出。而鸞見先春冷淡。乃懸瓊畫於室。禱請相助。以博先春之懽心。畫中美人忽與相語。言已卽瓊。頗妬鸞欲分其愛。鸞知瓊已死。乘先春入己房。僞作瓊語。言已卽桃花美人。先春因與媾。而鸞念非破瓊之交。則愛己不固。乃告木母云。其女實存。在先春之室。母偕鸞趨索。隱隱見一女。迫視之。則無所有。方互喧攘。而瓊以仙官命。使借柳尙書女眉兒之軀以還魂。爲梅生婦。柳尙書者。名金。樊城人。以待制使遼。獲就和議。遷尙書。家去白雲庵不遠。於是瓊魂乘夜告先春。言我乃柳眉兒也。使覓已聯姻。先春俟黎明。即出庵狂走。木母不得女。且失先春。亦出庵追之。尙書家屬遊金線池。眉兒在車中。先春謂是其妻。木母謂是其女。皆狂奔力追。木母問御車者。答云柳氏。木母遂怏怏去。而先春直入其宅。抵死認爲已妻。尙書大怒。以爲中風之人。令人以桃枝痛擊。先春猶誦柳絮榆錢句不絕。擊之良久。乃縱使去。而尙書女猝遇心疾暴殞。尙書謂妖人所爲。使捕先春。已不可得。擒花長老以爲妖人。痛擊之。長老一無所苦。而口誦柳絮榆錢二句。言汝即日明白此段因果。乃脫縶而去。尙書不得已邀白雲庵尼以禳之。鸞至而女蘇。不認其父。口稱瓊桃。與鸞認姊妹如熟識。鸞乃歸告木母。令往認之。先春脫去。即入試場。擢探花。太尉岳進。會以陪柳金宴爭坐不協。先春告以柳女即其妻。而妻父不肯相認。進挺身送先春往。尙書見先春大怒。以爲妖人。仍欲擒治。女自內出與相見。自述本木氏。借柳以還魂。會鸞引木縣君至。女一見慟哭。認爲母女。衆皆駭異。乃以女嫁先春。初、兵亂時憨頭與先春相失。及是亦復歸。敍述賣美人圖事。而圖方在鸞所。女又與鸞厚。遂令還俗爲副室云。劇中姓名皆不實，惟敘柳金使回，陪宴官有蒲宗孟，則係神宗時大臣也，又引所記楊令公女楊六娘，亦與楊家將傳不合。

玉花記

明時舊本。未知誰作。*按，祁彪佳遠山堂明曲品著錄有玉花記，題黃日撰，不知是否即此本，待考。演韓翊與陳瓊姬相別。各分玉花半片。離而復合。賴以證盟。故曰玉花記也。其事眞僞無考。河東韓翊。父維策。叔維簡。兄弟皆進士。爲朝官。母曰周氏。其姑嫁淸建陳編修。生女瓊姬。周氏與姑指腹爲婚。及年長。翊因將上京赴試。往探其姑。居陳園內。嘗與瓊姬相見。瀕行。瓊姬承母命。贈玉花一枚。以當采頭。其婢誤墜於地。分爲兩段。男女各執其一。瓊姬疑爲不祥。又夢翊重婚再娶。心甚惡之。

翊入都後。淸建忽遭兵。滿城屠戮。陳氏舉家失散。瓊姬父母。竄於平原。暫寓同年沈家。而瓊姬流落陵陽易水村。有村嫗曰楊姑。收以爲女。其媳鄭氏。認爲姊妹。楊姑初待如親生女。久而厭之。諭令嫁人。瓊以有夫。不從。故乃逼令擔水挑柴。鄭氏輒私代其役。翊入京登第。訪陳消息不得。以爲闔邑兵燹。必無存矣。其叔維簡竟爲翊潛聘林尙書之女淑貞。迎至家中。始告以故。翊不得已而成婚。然心念瓊姬特甚。醉夢間嘗作囈語。淑貞詰得其情。且知瓊與己同年月日生。心甚憐惜。勸夫訪覓。翊告以無由踪跡。淑貞又力勸使翊作手書。令僕二人持玉花爲證。於其附近州縣遍尋覓之。二人抵陵陽。飲於肆中。誤失行李。爲賣貨郎者所拾。貨郎至楊姑門。鄭與瓊買其翠花。見有家書一封。又有玉花一片。瓊識爲己物。詰其得花之由。貨郎遁去。瓊拆書。則翊手書。令僕持玉花爲證以迎己者。於是僱一鄰老修書付之。使入京投翊。翊僕旣失玉花。不得已回京。翊方痛加責治。鄰老適到。知瓊尙存。乃釋二僕。立遣使往陵陽迎瓊姬入京。時翃上疏請養親。朝旨不允。乃迎父母就養。父母旣至。瓊姬亦到。遂與淑貞並儷。不分嫡妾。稱爲姊妹。厚待楊嫗姑媳。以答其收養之恩。按唐韓君平名翃。亦有作韓翃者。劇中姓名相同。或取其名。以示才子佳人之意。或果有其人。未可定也。

剸犀劍

明嘉靖間人所作。其馬維玉、崔漪事蹟。似當有因。而姓名不免詭託。又以當時文武職官不便直言其姓氏。故託之唐時耳。觀其引羅希奭、吉温、與張九齡、李光弼、郭子儀、馬璘爲一時人。可見非實指此數人也。劍名以爲因此被禍之故耳。於中間事蹟。亦無甚緊要。略云。彰德人馬維玉。託名馬璘。崔漪、李璽、姬呈四人爲友。呈本豪惡。爲富不仁。春游普福寺。見富人杜萬里託名杜鴻漸。之女玉律於寺中還願。美麗出羣。遂囑無賴子穆逸叩萬里求親。萬里以女許漪已久。

而逸言頗無狀。怒而詬絶之。逸有妻白氏。貌陋多疾。逸乃與呈計。邀漪與呈共飲。酒後以言觸漪。故激其怒以生釁端。因攘臂作揮拳之狀。漪方含笑不與校。而其妻自内出勸。逸竟陡挈棒棰擊殺病妻。誣告漪乘醉殺人。姬呈以重賄納武安令。託名吉溫。傳致其死罪。維玉與璧倡三學諸生。公訟漪冤。令不肯聽。維玉惡呈陷友。俟其出縣廷。邀而毆之。且持己橐數百金送吏。求脱漪死。吏爲援赦例減等。發配階州。呈又賄解差。遣兩惡僕尾其後。於半途殺漪。維玉度當有變。暗持寶劍相隨。兩僕將殺漪。維玉突出揮刃殺僕并解役。贈漪百金。甚之遁走。漪有姑丈爲河西兵馬使。遂往投之。託名李光弼。維玉所攜寶劍。遠祖世傳。以劍揮石。輒從中兩分。所謂劃犀劍也。既殺三人。歸途遇呈逸。欲并殺之。兩人急走免。因共計首維玉於河南節度使。按此言河南大吏尊如巡撫者。以古官爲名耳。託名羅希奭。謂此大吏與今竟是羅鉗吉網也。言其輸貲餉叛。有劃犀劍爲證。節度使擒訊。將立斬之。督兵部招討飛符召節度使議軍事。乃暫羈於獄中。劇中安祿山叛。都招討郭子儀征之。蓋亦皆託名也。會直指使者巡彰德。維玉妻魯氏攔輿訴冤。劇言巡按河南御史張九齡，亦託名也。巡按是明朝官制，蓋所指乃明朝事耳。使者入境時。已私行訪得其實。乃提維玉及呈逸面質。具得冤狀。而呈逸朋謀害漪之情。亦互相供招。於是定兩人大辟。而釋維玉。使者奇維玉偉貌。且賞其才武。作書薦之招討使。効力軍前。崔漪之入獄也。其聘妻與父商。改爲男裝。僞稱萬里之姪。入獄探漪。贈以資斧。及漪發遣。妻復男裝送行。漪察其非男子。乃告漪以實。與之設誓。衣不解帶。髮不再理。以待其歸。漪所投兵馬使。爲援例納監入北闈。連擢科第。充軍納監，二事皆明朝制，古未有也。初、漪被陷。維玉與李璧爲動公呈。動公呈亦明朝事。姬呈恨維玉、璧。欺璧孤弱。擒至家痛毆。逼寫服約。言竊其盃鼎。璧憤恨甚。削髮爲僧。投汝甯延慶寺靜緣爲師。法名正覺。靜緣本軍官。敎僧兵三百。皆擅武藝。璧故多膂力。得靜緣指授。無能與角者。靜緣付以衣鉢。俾爲住持。維玉往投招討。過其寺中。相見驚喜。正覺願以僧兵助征。乃盡發僧兵以行。招討即以維玉爲前部先鋒。率僧兵出戰。一鼓敗賊。擒其魁。劇謂馬璘擒安祿山。亦託名也。僧兵助戰。是明嘉靖間征倭事。奏功於朝。授維玉爲西京留守。正覺爲護國禪師。漪以翰林官宣詔。三人相晤。悲喜交集。漪因歸家與杜氏成婚。按馬璘傳。璘、岐州扶風人。劇云彰德。不合。少孤。流蕩無業。開元末。挾策從安西節度使府。劇所託爲郭子儀者也。以奇勞累遷金吾衞將軍。至德初。王室多難。統金甲三千。自二庭赴鳳翔。肅宗奇之。委以東討。從李光弼攻洛陽。史朝義衆十萬陣北邙山。旗鎧照日。諸將未敢擊。璘率部士五百薄賊屯。劇所謂僧兵三百也。出入三反。衆披靡乘之。賊遂潰。光弼曰。吾用兵三十年。未見以少擊衆。雄捷如馬將軍者。按璘所擊者史朝義。劇以爲陣中殺安祿山。謬。

天福緣

不知何人所作。按。此劇爲明鹿陽外史撰。姓氏里居待考。以癩子張福遇奔女彭素芳。復發藏金。遂得富貴。故名天福緣也。事本小說。劇云。錢唐彭一淸。以貲爲員外郎。家頗饒。有女曰素芳。才色皆擅。許字楊公子。未婚。素芳以爲紈袴子弟。懼非佳偶。其保母之妹曾乳公子。說公子過彭氏門。引素芳登樓觀之。公子未至。見一少年容貌姣好。舉止風流。素芳心悅目成。愛慕之情。形於辭色。詢其姓名。則鄰人陸氏子也。俄見一人鮮衣怒馬。狀甚粗俗。保母指曰。楊公子來矣。素芳驚駭欲絕。誓不從楊而欲嫁陸。保母極言楊氏富貴。陸氏貧薄。且楊已有父命。不可改。素芳欲自盡。保母不得已爲請於父。父怒叱之。保母乃爲畫計。密通情於陸。令乘夜泊船後門。而挾貲以奔。陸喜逾望。忽以腹痛就枕愆期。有張福者。牧牛豎也。病癩。邋遢不堪。偶檥舟河下。時已昏黑。忽聞保母喚船聲。忽遽引素芳負篋而登。福心知彭女私奔之悞。遂蕩舟至積金村。辨色時。素芳始見福。與保母相顧錯愕。不知所爲。欲投水死。保母百計救免。既已無可奈何。暫居空室。保母出錢給福。使求藥治癩。癩漸瘳。其狀亦漸修潔。猝見階下火光。掘之。得黃金一窖。金上皆有署字云。天賜張福、彭素芳夫妻收用。福本不識字。持以示素芳。讀之。始悟姻緣福澤。悉由天定。於是從保母勸。與福成婚。移居京師。以金營生。遂至巨富。一淸失女。與楊訐訟。家計日落。楊父亡流蕩爲乞兒。陸患腹疾竟不起。一淸晚景無聊。入都謀改官。告貸於張氏。時福受妻指授。粗通文理。見債券。識一淸姓名。延入。俾妻謁見。詳告以配合本末。一淸歎異久之。福已授蘇州府佐。幷出貲爲一淸改選。同赴任云。

金鏡記

明初舊本。全據徐德言本事而作。其後張鳳翼爲紅拂記。馮夢龍爲女丈夫記。（*按紅拂記、女丈夫記、本書均未收入。）皆以紅拂爲主。而兼及樂昌。此劇則全載樂昌事。以賣鏡買鏡爲前後關目。故名之曰金鏡記也。太平廣記。陳太子舍人徐德言之妻。後主叔寶之妹。封樂昌公主。才色冠絕。德言爲太子舍人。方屬時亂。恐不相保。

謂其妻曰。以君之才容。國亡必入權豪之家。斯永絕矣。倘情緣未斷。猶冀相見。宜有以信之。乃破一鏡。各執其半。約曰。他日必以正月望賣於都市。我當在。即以是日訪之。及陳亡。其妻果入越公楊素之家。寵嬖殊厚。德言流離辛苦。僅能至京。遂以正月望訪於都。適有蒼頭賣半鏡者。大高其價。人皆笑之。德言直引至其居。予食。具言其故。出半鏡以合之。乃題詩曰。鏡與人俱去。鏡歸人不歸。無復嫦娥影。空留明月輝。陳氏得詩。涕泣不食。素知之。愴然改容。即召德言還其妻。仍厚遺之。聞者無不感歎。仍與德言、陳氏偕飲。令陳氏爲詩曰。今日何遷次。新官對舊官。笑啼俱不敢。方驗作人難。遂與德言歸江南。竟以終老。

白羅衫

係明時人所作。未知誰手。演蘇雲事。本之小說。曰蘇知縣羅衫再合。姓名事蹟皆符。（劇中以蘇夫人產子之後，收生媼引入王尚書家，爲其女之乳母，其後徐繼祖遊尚書園，蘇夫人突出告狀，此節稍異，徐用爲僧，亦係添出，餘並相同。又太平廣記中崔尉子事，絕相似。）涿州蘇雲。明永樂間登進士。除授蘭谿尹。挈妻赴官。舟至黃天蕩。船戶徐能行劫。縛雲投水中。掠其妻鄭氏還家。（在儀眞五壩。）使老婢朱媼守之。徐能弟徐用者。義士也。乘能與衆賊飲。令鄭氏從後門出。朱媼願與同去。夜走五六十里。朱媼不能前。投井而死。時天色微明。路旁有茅庵。鄭氏叩門求暫息。尼出延入。而鄭適分娩。遂於廁屋中產一子。恐賊蹤跡得之。以所衣羅衫裹其兒。衫內插金釵一股。棄於道。（地名大柳村。）鄭氏乃削髮於當塗縣慈湖老庵中。徐能追鄭不及。得其子。撫爲己子。及長。名曰徐繼祖。年十五。即發鄉榜。會試經涿州。人馬俱疲。入一室。見老婦。求飲。老婦見繼祖。不覺淚下。怪問之。對曰。老身張氏。有二子。長子蘇雲。職受蘭谿尹。喪於江盜之手。使次子雨往探。又沒於蘭谿。（蘇雲去三年，家中無信，母使其弟雨往探，後任高尹，送寓城隍廟，未幾病亡，高爲殯殮，停柩于廟中。）今見君面貌與長子無二。不能不感傷也。繼祖亦爲歎息。是夕宿老婦家。明日將行。老婦取羅衫一件相贈。曰。老身有兩白羅衫。男女各一。花樣皆同。女衫與兒婦矣。
男衫摺疊時燈煤忽墜。領燒一孔。嫌其不吉。未與兒服。今見君如見吾長子。
故以此相送。春闈得第。煩君使人於蘭谿探一實信。寄與老婦。言訖痛哭。繼
祖亦不勝感傷。會試登進士。授中書舍人。居二年。擢監察御史。奉差往南京
刷卷。就便省親歸娶。道至當塗。適前蘇夫人鄭氏來訴寃。繼祖取狀觀之。所
告者。即徐能也。繼祖因思涿州老婦之言。心疑其事。且少時同學常笑己非親
生子。此惟老僕姚大知之。姚大妻。繼祖乳母。因呼詰問。僕不敢隱。具以實告。遂并得
所裹羅衫於大妻。先是蘇尹被沉。爲徽客陶某所救。流離數載。教學三家村。
久之別去。過常州。求籤於烈帝廟。有骨肉團圓金陵豸府之語。按烈帝姓陳。名杲仁。隋末爲沈
法興部將。法興作亂。杲仁自剖其腹。以水滌腸而死。唐以後崇祀加封。廟曰西廟。又曰陳司徒廟。籤最靈驗。即往南京。投狀于操江林都御史
臺下。林與繼祖言及之。會徐能自以御史之父。揚揚自得。與賊前同謀害尹者
俱抵署中。繼祖與聚飲。令人盡擒之。有趙三。翁鼻涕。楊辣嘴。范剝皮。沈鬍子等。以蘇尹證。諸賊皆

俛首伏罪。遂並誅之。獨釋徐用。乃拜跪呼蘇尹爲父。初不敢承。出羅衫爲據。始知果爲己子。於是以羅衫往迎鄭氏於庵。因上疏復姓名曰蘇泰。葬其叔蘇雨。且迎祖母就養。初、徐能所操舟。乃王尙書舟也。後盜已誅。不株累王氏。尙書感之。因以愛女妻繼祖。太平廣記原化記云。唐天寶中有淸河崔氏。家于滎陽。母盧氏。善治生。家頗富。有子策名京都。受吉州大和縣尉。其母戀故產不之官。爲子娶太原王氏女。與財數十萬。奴婢數人赴任。乃謀賃舟而去。僕人曰。今有吉州人孫姓。云空舟欲返。傭價極廉。儻與商量。亦恐穩便。遂擇發日。崔與王氏及婢僕列拜堂下。泣別而登舟。不數程。晚臨野岸。舟人素窺其橐。伺崔尉不意。遽推落深潭。佯爲拯溺之勢。退而言曰。恨力救不及矣。其家大慟。孫以刃示之。皆惶懼。無復喘息。是夜即納王氏。王方娠。遂以財物居於江夏。後王氏生男。舟人養爲己子。極愛焉。其母竊誨以文字。亦不告其由。崔之親老在鄭州。訝久不得消息。積望數年。天下離亂。人多飄流。

崔母分與子永隔矣。爾後二十年。孫氏因崔財致產極厚。養子年十八九。學藝已成。遂遣入京赴舉。此子西上。途過鄭州。去州約五十里。遇夜迷路。常有一火前引而不見人。隨火而行二十餘里。至莊門。扣開寄宿。主人容之。舍於廳中。乃崔莊也。其家人竊窺。報其母曰。門前宿客貌似郎君。言語行步。輒無少異。母欲自審之。遂召入。升堂與之語話。一如其子。問乃孫氏矣。母垂涕。其子不知所以。母曰。郎君遠來。明日且住一食。此子不敢違長者之意。遂諾之。明日。母見此子將去。遂發聲慟哭。謂此子曰。郎君勿驚。昔年唯有一子。頃因赴官。遂絕消息。已二十年矣。今見郎君狀貌。酷似吾子。不覺悲慟耳。郎君西去。迴日必須相過。老身心孤。見郎君如己兒也。亦有奉贈。努力早迴。此子至京應舉不捷。卻歸至鄭州。還過母莊。母見欣然。遂停數日。臨行。贈資糧。兼與衣一副。曰。此是吾亡子衣服。去日爲念。今既永隔。以郎君貌似吾子。便以奉贈。號哭而別。他時過此。亦須相訪。此子却歸。亦不爲父母言之。後忽著老母所遺衣衫。下襟有火燒孔。其母驚問何處得此衣。乃述本末。母因屏人泣與子言其事。此衣是吾與汝父所製。初熨之時。誤遺火所爇。汝父臨發之日。阿婆留此以爲念。比爲汝幼小。恐申理不了。豈期今日神理昭然。其子聞言慟哭。詣府論寃。推問果伏。誅孫氏。而妻以不早自陳。斷合從坐。其子哀請而免。

斷機記

亦名三元記。演淳安商輅事。明成化間人所作。相傳吳縣王鏊。成化甲午乙未鄉會試皆第一。自擬必作三元。及殿試。得榜眼。疑宰相商輅忌其名而阻之。乃令人作斷機記。言輅父歿而輅始生。以詆諆輅。及後鏊入內閣。見輅有揭帖。力請以鏊爲狀元。憲宗不從。其疑始釋。然此記甚淺陋。乃當時無學識人所撰。决非鏊筆。亦非鏊門下士所爲也。其曰斷機記者。借古人斷機教子事以爲關鍵也。吾學編。商輅、字弘載。淳安人。宣德乙卯發解第一。正統九年會試。明年廷試皆第一。爲翰林修撰。十四年。景帝監國。入內閣陞侍讀。成化中。累官吏部尚書。兼謹身殿大學士。以少保致仕。家居十年。壽七十二。贈太傅。謚文毅。馬文升嘗言國朝賢佐。商公第一。楊文貞士奇、李文達賢。皆不及也。鴻書。商文毅公三元及第。官至元輔。德望首稱。止此一人而已。公之父爲嚴州掾。公生於吏舍中。刺史於是夕夢天門開。有神人乘鸞車降公廨。詰旦公生。故命名輅。今俗行傳奇。造言生事。可笑尤甚。蓋公之父親見公發解。絕無遺腹之事。紀此以詔後學云。樵書二編朝野紀略。商輅父名仲宣。爲嚴州府吏。輅生時。太守夜間遙見吏舍有光。踪跡之。非火也。翌旦。問羣吏家夜間有何事。羣吏云。商仲宣生一子。太守曰。此子必貴。非尋常人。宜善撫之。是日適有以宋馮文簡京中三元記饋之。後輅竟中三元入相云。據此輅父自名仲宣。此記云商霖。亦悞。代醉編。淳安商文毅公。鄉會廷試皆第一。文錦坊北所建三元坊是也。第三十四折。仰本府給銀五百兩。起造五鳳牌坊。本此。　劇云。商輅之父名霖。聘妻秦氏。未娶而霖卒。其妾生遺腹子曰輅。秦氏辭其父母。至商門守節。與妾共撫其子。長而教之。輅稍懈怠。秦督責之。自斷其機以示警。輅乃連中三元。貤封二母。按此本非輅事。乃章綸母也。温州府志、馮夢龍情史、及名山藏諸書。皆載其事。綸父。温州樂清人。名文寶。聘金氏未成婚。納妾包氏。有娠而文寶病篤。金請于父母。往視之。文寶一見即逝。金氏撫妾守喪。迨妾生綸。親教讀書。通四書大義。復遣就外傅。正統元年成進士。官禮部郎中。景泰五年。疏請朝上皇于南宮。復汪后之位。沂王之儲。初恐貽母憂。金氏謂曰。吾平日教爾。能諫死職。我雖爲官婢。無恨也。綸忤旨。杖垂危。禁錮詔獄。金氏怡然。天順二年復官。終養二母。金氏每吟詩見志。詩曰。誰曰妾無夫。妾猶及見夫方殂。誰云妾無子。側室生兒與夫似。兒讀書。妾辟纑。空房夜夜聞啼烏。兒能成名妾不嫁。良人瞑目黃泉下。後綸官至禮侍。按此詩見高啓集。恐是綸母嘗誦之。非其作也。綸與輅同時人。作者當誤記耳。又松江張鎣。成化間官至禮部尙書。聘媳未娶而子死。其媳京師人也。遠抵雲間。爲夫守節。垂數十年。修撰錢福有文紀其事。且請旌之。而學士顧淸則以爲不可。福忿。至與相訐。陸淵雜記中載其事。亦輅同時也。

三報恩

馮夢龍序云。余向作老門生小說。政謂少不足矜。而老未可慢。爲目前短算者開一眼孔。滑稽館萬後氏取而演之爲三報恩傳奇。加以陳名易負恩事。與鮮于老少相形。萬後氏年甫弱冠。有此奇才異識。將來豈可量哉。按左傳畢萬之後必大。此云萬後氏。疑畢姓者所作。*按。此劇爲明畢魏撰。魏字萬侯。字晋卿。江蘇吳縣人。所作傳奇六種。三報恩。竹葉舟。今存。紅芍藥。呼盧報。萬人敵。杜鵑聲。佚。而落場詩云。誰將稗史譜宮商。少小書生第二狂。點化紅罏經妙手。墨憨端不讓周郎。夢龍有墨憨齋曲本。則此又係夢龍所改定。蓋同時商酌而成者。第四齣梁德乩賭。本無其事。至嚴還幼、嚴輕、盛當時、强仕、蚤可達、畢登、倪速等。不過撮撰姓名。皆因年老二字生出。陳名易猶言成名易。亦非實有此人也。按小說云。鮮于同、字大通。廣西興安人也。幼敏悟。年十一遊邑庠。累試不第。至五十餘。得貢者屢矣。不屑就。天順中闈試及期。興安令蒯遇時錄科考試。自以少年科甲。必得後生英俊者爲領袖。及至唱名。則鮮于同也。舉邑閧然。蒯令亦自有愧色。會蒯令以禮記入闈。鮮于以爲必獲知遇。將試時置酒歡飲。飲過多。腹疾大作。草率畢卷而出。蒯令因誤收鮮于。乃取學問未充者。以爲必非老成之士。閱畢呈之主司。塡榜時禮經首卷。仍然鮮于也。蒯令請于主司。欲以他卷易之。主司指堂中匾額曰。此堂旣名爲至公。豈可以老少而私爲愛憎乎。遂領鄉薦。明年下第。又三年。公車至京。試期前數日。夢已中魁。而下塡詩經。鮮于求中之心切。兼諸經無不熟者。因即易禮爲詩。適蒯令以行取授給事中。又預會試。恐復中鮮于。乃改閱詩經。而鮮于復以第十名及第。蒯公大驚。俟鮮于來謁。詢知其故。乃矍然曰。此皆天也。未幾。鮮于同授刑部主事。蒯遇時以直言奏疏。忤大學士劉吉。吉加以罪名。下之詔獄。鮮于同盡力爲之解免。遂從輕降謫。久之。鮮于遷台州府尹。蒯公。台州人也。其子以事繫獄。鮮于爲出之。累官浙江巡撫。時蒯公家居。攜其孫蒯悟謁鮮于。鮮于延之歸。與其孫共學曰。此亦可以報吾師三次之恩矣。後蒯公卒。鮮于亦致仕還鄉。其孫鮮于涵者。與蒯悟又爲同榜進士云。

三桂記

明人所作。*今存明紀振倫校正本。作者待考。*序云。和氣致祥。自古重之。是編之作也。小桃僅一私幸耳。而二桂挺生。其嫡母猶溺於私。每有不愜之意。其子與僕私竊而長育之。曲成其美。而嫡母無妬忌之失者。子與僕之力居多。雖謂一門之和氣可也。家門興替。出自閨中。馮衍有忌妻。不免自操井臼。劉孝標有妬婦。遂致家道坎坷。婦德之賢否。關家運之盛衰。予因錄是傳奇以愧世之妬婦。又因以爲世之孝子義僕勖哉。其略云。洛陽全正。以布衣居家。淸明日舉家祭掃。正以疾獨留。與婢小桃私。因有孕。而妻甚妬。不可明言。乃題詩於小桃衣襟之上云。五十年來鬢已絲。春風忽向小桃枝。老天若肯綿宗祀。記取淸明拜掃時。會正以薦起吏部侍郎。妻亦潛知其事。每加箠楚。又欲於產時害其母子。其所生子全孝聞之。索父所題詩閱之。果父筆也。因與婦咸氏及僕全旺密計。藏小桃及所產子於外。詭云已死。潛教讀書。後父致仕歸。則已皆弱冠矣。率之來見。母知之愧甚。而三人者。旋並登第。妻亦愧其前愆。始與小桃和好無間。按劇中情蹟。大約非實。全生名孝。不過因其孝而稱之。未必有其人也。

立命說

明吏部侍郎陸尙書者。亦無全正其人。不過隨手撮撰。兄弟三人同年登第。故日三柱記。

明時人所撰。*按：此劇爲蒙春園主撰。姓氏里居待考。記袁黃事也。袁黃、字坤儀。別號了凡。浙江嘉善人。隆慶庚午舉人。萬曆丙戌進士。官兵部職方主事。贊畫征倭。有名聲。所著兩行堂集、功過格。盛傳於世。記中所載。乃據其所作立命篇。始末皆實事也。袁黃自敍訓子云。予童年失父。老母命棄儒學醫。後在慈雲寺遇一老者。予脩髯偉貌。飄飄若仙。語予曰。子仕路中人也。明年即進學矣。何不讀書。予告以故。曰。吾姓孔。雲南人也。得邵子皇極正傳。數該傳汝。故萬里相尋。予遂起讀書之念。禮郁海谷爲師。孔爲予起數卜終身休咎。言某年入學。某年補廩。某年當貢。某年選四川縣令。在任二年半。即宜告歸。所惜無子。予謹識之。自後考校名次悉驗。貢入南監。訪雲谷禪師於棲霞山。對坐一室。凡三晝夜不瞑目。雲谷問曰。凡人所以不得作聖者。只爲妄念相纏耳。汝坐三日。不見起一妄念。予曰。吾爲孔先生算定。榮辱死生。皆有定數。無可妄想。雲谷笑曰。極善之人。數拘他不定。極惡之人。數亦拘他不定。汝二十年來。被他算定。不曾動轉一毫。乃凡夫也。予問曰。數可逃乎。曰。命自我作。福自己求。詩書所稱。的爲明訓。我教典中說求功名得功名。求富貴得富貴。求男女得男女。求長壽得長壽。諸佛菩薩。豈誑語欺人。汝能將向來不登科不生子之相。盡情改刷。力行善事。多積陰德。安得而不受享乎。予拜而受教。因將往日之罪。佛前盡情發願。爲疏一通。先求登科。誓行善事三千條。以報天地祖宗之德。雲谷出功過格示予。令所行之事。逐日簿記。善則記數。惡則退除。自號了凡。蓋悟立命之說。而欲不落凡夫窠臼也。至明年考科。舉孔先生算。該第三。忽考第一。其言不驗。而秋闈中式矣。自己已發願至己卯。歷十餘年。而三千善行始完。遂起求子道場。亦許行三千善事。辛巳生男儼。後中天啓乙丑進士。予至癸未八月。三千之數已滿。九月起中進士道場。許行善事一萬條。丙戌登第。授寶坻知縣。置空格一册。名曰治心編。孔公算予中壽。今六十九歲矣。雲谷所授立命之說。乃至精至正之理。其熟玩而勉行之。作者自稱萬春園主人。未詳眞姓名。云黃字學海。是爲改字。非眞也。母李氏。妻沈氏。可補其自敍所不載。孔先生雲谷禪師之說。皆與自敍相合。其敍贊畫事頗詳。大段與史合。云。日本國平秀吉。薩摩州人。國王用爲關白。使攻朝鮮。衆推之曰大閤王。抵釜山鎭。與倭中馬島相對。由此進迫王京。王京。朝鮮國王所居也。左將軍行長。右將軍淸正、分左右耳。將軍名是增出。協同攻擊。朝鮮國王李昖已失慶尙江原忠淸三道。按朝鮮有八道。神宗遣經略宋應昌救之。劇中不及巡撫顧養謙。李如松、劉綎並將。時尙有陳璘麻貴等。共八將。而如松爲首將。黃令賓坻辨火藥。應昌薦爲贊畫。擢兵部主事。應昌由給事中內陞。白云。幾載薇垣。三遷柏府。是實。如松決計用兵。兵部尙書石星聽沈惟敬之言。專主和款。此亦實事。石星因招撫不成。後至下獄。然其時內閣主其事者趙志皐也。如松兵抵平壤。欲待倭南奔度江。亂流擊之。按是役惟如松風月樓之戰績最可紀。此劇失載。關白等佔平壤二年。大同江運餉。龍山倉積粟。屯兵鳥島。聚衆釜山。如松等兵截餉燒倉。如松於江中敗倭。綎又大敗秀吉于鳥嶺。朝鮮遂無倭。

按是役無大功。劇不能不稍鋪張也。劇又敍如松敗倭于江。袁黃鳥嶺接應。綎敗倭于鳥嶺。黃亦踶殺。皆是爲黃排門面也。云劉綎侍兒戎裝。又云女將同追于鳥嶺。史雖不載。相傳有之。云宋陞兵尙。黃進通參。黃子儼成進士。奏伊父年老求歸。准同應昌回京辦事。儼授禮部主事。按儼天啓五年進士。去此時幾三十年。甚謬。